Còir-sgrìobhaidh © 2024 le David Gildea. Gach còir glèidhte. 'S e eadar-theangachadh ùr a tha seo de 'Anne of Green Gables' le Lucy Maud Montgomery agus tha e dìonadh fo laghan còir-sgrìobhaidh. Tha an obair thùsail le Lucy Maud Montgomery anns a' phoball raon.

Anne de na Gàbail Uaine

le

Lucy Maud Montgomery

Series: Scots Gaelic Classics

Chapter 1

Bha Bean Uasal Rachel Lynde a' fuireach dìreach far an do ghluais an prìomh-rathad Avonlea a-nuas gu uaimh beag, air a chabhag le fiodhag agus bonaidhean mnathan agus air a chroiseadh le allt aig an robh a bhothan anns na coilltean aig seann àite Cuthbert; chaidh aithne a chur air mar allt seachranaich, seilgireil ann an cursa tràth aige tro na coilltean sin, le dìomhaireachdan dorcha de linne agus eas; ach nuair a ràinig e Uamh Lynde, bha e mar allt beag, sèimh, toilichte, oir cha robh fiù 's allt a' ruith seachad air doras Bean Uasal Rachel Lynde gun tuigse cuibheasach do choireachas agus do mhodhailteachd; b' eòlach a dhòcha gur robh Bean Uasal Rachel a' suidhe aig a h-uinneag, a' cumail sùil gheur air a h-uile càil a dh'fhalbh, bho alltan agus clann suas, agus ma dh'fhaiceadh i rud sam bith ait no as àite, cha b'fhearr leatha tàmh gus an robh i air cùisean agus adhbharan a dhèanamh a-mach.

Tha gu leòr dhaoine ann an Avonlea agus a-mach à, a dh'fhaodas a dhol gu dlùth dhan obair nàbaidhean le bhith a' leigeil seachad an obair fhèin; ach bha Bean-uasal Rachel Lynde na fear de na creutairean comasach a dh'fhaodas am feum fhèin agus feum daoine eile a stiùireadh aig an aon àm. Bha i na bean-taighe ainmeil; bha an obair aice an-còmhnaidh deiseil agus gu math deiseil; stiùirich i an Cuallach Fuidheag, chuidich i a stiùireadh an Sgoil Domhnaich, agus bha i mar a' phrop as làidire aig an Comann-cuideachaidh Eaglais agus an Còmhdhail

Misneachdachd Thaompaideach. Yet leis a h-uile seo, lorg Bean-uasal Rachel ùine pailt gus a shuidhe airson uairean aig uinneag a cidsin, a' bruidhinn "còtann warp" quilts bhiodh i air còig bliadhna deug dhiubh a bhriudinn, mar a bhiodh bean-taighean Avonlea cleachdte ri innse ann an guthan àraidh agus a' cumail sùil gheur air an prìomh rathad a chrois na h-uaimh agus a chaidh suas an cnoc dearg, cas aig an dàrna cearna. O chionn 's gun robh Avonlea a' gabhail àite air sgèith trì-chearnach beag a' priocadh a-mach don Ghulf of St. Lawrence le uisge air dà thaobh, bhiodh duine sam bith a bhiodh a' dol a-mach às no a-steach dhan robh ri dol thairis air an rathad cnoc agus mar sin a' ruith an gauntlet fhàbharach gun fhaicinn aig sùil uile-fhaicinn Bean-uasal Rachel.

Bha i a' suidhe an sin fèin feasgar aon latha anns an Ògmhìos. Bha a' ghrian a' tighinn a-steach aig an uinneag blàth agus soilleir; bha an torran air an leathanach fon taigh ann am preas bhan-dearg, le mìleachan de bheachan a' rònadh mu timcheall air. Bha Thomas Lynde, duine beag sèimh a chaidh ainmeachadh le muintir Avonlea mar "fear-pòsda Rachel Lynde," a' cur a shìl rapais dèidheil air an achadh cnuic fon bhàthaich; agus bu chòir do Mhathghamhain Cuthbert a shìl a bhith a' cur air an achadh mòr ruadh air taobh eile de Green Gables. Dh'fhaighinn a-mach bho Mhàiri Rachel gun robh e a' dèanamh sin oir chuala i e ag innse don Phàdraig Moireasdan oidhche roimhe ann an stòr Uilleam J. Blair aig Carmody gun robh e airson a shìl rapais a chur an ath feasgar. Dh'fhaighnich Pàdraig dha, gu cinnteach, oir cha robh Mathghamhain Cuthbert riamh air aithneachadh airson fiosrachadh a thoirt seachad mu dheidhinn rud sam bith ann an beatha.

Agus ge-tà, seo an seo Matthew Cuthbert, aig leth uair an deidh trì feasgar latha trang, gu sàmhach a' dràibheadh thar an lub agus suas an cnoc; a bharrachd air sin, bha colar geal air agus a chùl as fheàrr de eideadh, a bha mar dhearbhadh follaiseach gu robh e a' falbh à Avonlea; agus bha e aig an buggy agus an t-Each donn dorcha, a bha a' comharrachadh gu robh e a' dol cudromach astar. A-nis, càite an robh Matthew Cuthbert a' dol agus carson a bha e a' dol an sin?

Nam biodh e duine sam bith eile ann an Avonlea, d' fhaodadh Mrs Rachel, a' cruinnichadh seo agus an rud sin còmhla, tuigidh gu math math a thoirt seachad air an dà cheist seo. Ach cha robh Matthew aig an tigh ach gu an-annamh mar sin feumaidh e rudeigin prìseil agus neònach a bhith a' toirt air falbh e; 's e an duine as cuideige a bh' ann agus chaidh e a chur às a chòmhdhail le strangers a bhith ann no gu h-ì sam bith far am biodh e a' feumachadh bruidhinn. Matthew, a' cur aodach air le collar geal agus a' draibheadh ann an buggy, cha robh sin a' tachairt gu tric. Cha mhòr dè choitcheann a bha Mrs Rachel, cha b'eil i a' faodadh rud sam bith dheth a dheanamh agus chuir sin cramp air toileachadh feasgar.

"Chan eil ach ceum a ghabhail thairis gu Green Gables an dèidh tì agus fhaighinn a-mach bho Marilla càit an deach e agus carson," thug an tè urramach ris aig a' cheann thall. "Cha tèid e gu tric gu baile aig an àm seo den bhliadhna agus cha tadhail e idir; ma bhiodh e air falbh air sìol neip, cha churadh e suas e fhèin agus gabhadh e na' gharraidh airson barrachd; cha robh e a' tiomnadh gu leòr a bhith a 'dol airson dotair. Ge-tà, feumaidh rudeigin tighinn gu buil bho oidhche an dè a chuir air falbh e. Tha mi glan air mo chur na mearaich, sin dè, agus cha bhi mì-thèis agam no cogadh goirid gus am faigh mi a-mach dè a thug Matthew Cuthbert a-mach à Avonlea an-diugh"

A rèir sin, an dèidh tì, chaidh Mrs Rachel a-mach; cha robh i a 'dol fada; an taigh mòr, a 'sgaoileadh, a' dol a-mach air a bha na Cuthberts a 'fuireach bha neo-eisimeil cairteal mìle suas an rathad bho Hollow Lynde. Gu cinnteach, rinn an làn fada e gu mòr nas fhaide. Cha robh athair Mhathais Cuthbert, cho cùthach agus cho sàmhach ris an mhac às a dhèidh, air faighinn cho fad às a b' urrainn dha bho a chompanaich gun a bhith a 'teicheadh a-steach don choille nuair a chuir e a chuid fosglaidhean sìos. Chaidh Green Gables a thogail aig an oir as fhaide à a 'talamh a chlaoraich e agus an sin bha e gu an latha an-diugh, barely ris an fhaicinn bho'n phrìomh rathad far am bheil na taighean Avonlea eile cho sòisealta. Cha robh Mrs Rachel Lynde a 'cur an ainm a' fuireach ann an àite mar sin a 'fuireach idir.

"'S e dìreach fuireach a tha ann, sin a tha," thuirt i fhèin nuair a bha i a' coiseachd air an rathad fèiniche, lèanaich a bha air a chrìochnachadh le preas-rosaichean fiadhaich. "Chan eil e na iongantas gu bheil Matthew agus Marilla beagan àraid, a' fuireach air ais an seo leotha fhèin. Chan eil crannan mór companach, ged a bhiodh Dia fhèin a' fios ma bhiodh iad chun na b' fhèarr dhiubh. 'S fheàrr leam a bhith a' coimhead air daoine. Gu cinnteach, tha iad a' coimhead gu leòr toilichte; ach an uairsin, tha mi a' smaoineachadh, tha iad cleachdte ris. 'S urrainn do duine a bhith cleachdte ri rud sam bith, fiù 's a bhith air a chrochadh, mar a thuirt an Gàidheal Éireannach"

Le seo, chaidh Mrs Rachel a-mach às an lòn dhan chùlaigh aig Green Gables. Bha an lòn sin uaine agus sgiobalta agus beachdail, le saileach mhòr phatriarchal air taobh agus Lombardies uallach air an taobh eile. Cha robh maide no clach air chall ri fhaicinn, oir bhiodh Mrs Rachel air an fhaicinn nam biodh iad ann. Gu prìobhaideach, bha i den bheachd gu bheireadh Marilla Cuthbert an lòn sin a-nuas cho tric 's a bheireadh i an taigh aice a-nuas. B' urrainn do dhuine biadh ithe dìreach air an talamh às aonais a bhith a 'lionadh am pàgan proverbial de dh'fhòghar.

Bhuail Bean Raonaid gu tapaidh air doras na cistine agus ceum a-staigh nuair a chaidh iarraidh oirre a dhèanamh. Bha an cistin aig Gleann na h-Uaine na seòmair sunndach no bhiodh i sunndach nam biodh i chan eas-thoilichte glan 's gu robh coltas seòmar neo-chleachdaichte oirre. Bha uinneagan a' coimhead an ear agus an iar; trois an t-iar fear, a' coimhead a-mach air an achadh cùl, thàinig tuil de ghrèin òg òg samhradh; ach an fear an ear, far am faigheadh tu spléachadh air na crainn sìlìn geala a' blòomadh sna h-ùbhlan air an taobh clì agus na beithe caola a' cur nan cinn sìos anns an dubhlan aig an allt, bha e air a ghlasaich le preas de dh'fhìneagan. An seo, shuidh Màiri Cuthbert, nuair a shuidh i idir, a' còrdadh ris an t-solais gu ìre, a bha coltach rithe gu robh i ro shaor spèis agus neo-fhreagarrach airson saoghal a bu chòir a ghabhail gu dàirireach; agus an seo, shuidh i a-nis, a' fine, agus bha am bòrd air a chùl air a chur airson dìnnear.

Bha Mrs Rachel, mus robh i air an doras a dhùnadh gu cinnteach, air sùil a thoirt air a h-uile rud a bha air a' bhòrd sin. Bha tri plaideagan air an riaradh, mar sin feumaidh Marilla a bhith a 'feitheamh ri cuideigin a thilleadh dhachaigh le Matthew gu tì; ach bha na h-àireamhan gach latha agus cha robh ann ach glasraich crab apple agus aon seòrsa cèic, mar sin cha b' urrainn don chuideachadh a bha ri feitheamh a bhith na chuideachadh sònraichte. Ach dè mun cuilear geal aig Matthew agus an capall ruadh? Bha Mrs Rachel a 'faighinn gu cinnteach cuairteach leis an dìomhaireachd neo-àbhaisteach seo mu Green Gables sàmhach, neo-dìomhaireachd.

"Feasgar math, Rachel," thuirt Marilla gu beò. "Seo feasgar gu math deagh, nach eil? Nach suid thu sìos? Ciamar a tha a h-uile duine agad?"

Rud éigin a dh'fhaodadh cairdeas ainm a thoirt air ma b' eigin, a bha ann agus a bha an-còmhnaidh eadar Marilla Cuthbert agus Mrs Rachel, a dh'aindeoin no do dh'adhbhar an neo-chosmhailt.

Bha Marilla na bean ard, caol, le ceàrnan agus gun chruthan; bha cruth dathan liath a' nochdadh ann an a gruag dorcha agus bha e an-còmhnaidh tèanta suas ann an bun beag cruaig air cùl le dà pin gruaige snìomhach a' steachadh gu cathach troimhe. Bha i coltach ri boireannach leis a bha eòlas cùng agus coinnleach rigid, a bha i; ach bha rudeigin sàbhalaidh mu a beul a, ma bhiodh e air a leasachadh dìreach beagan, dh'fhaodadh a bhith air a bhreithneachadh mar a' toirt comharra air mothachas faraireachd.

"Tha sinn uile gu math gu leòr," thuirt Bean Ràchail. "Bha mi beagan eagalach nach robh sibh, ge-tà, nuair a chunnaic mi Màthaidh a' dol air adhart an-diugh. Smaoinich mi 's dòcha gu robh e a' dol chun an dotair."

Bha bilean Marilla a' tuiteam gu tuigseach. Bha i an dùil gu b' fheudar Mrs Rachel a dhol suas; bha fios aice gum biodh sealladh Matthew a' falbh gu neo-chiallach ro mhòr airson curiositeachd a comharsa.

"Ò, chan eil, tha mi gu math ged a bh' air mi ceann goirt an-dè," thuirt i. "Chaidh Matthew gu Bright River, Tha sinn a' faighinn balach beag bho dachaigh-dìth ganntanach ann an Nova Scotia agus tha e a' tighinn air an trèana an nochd"

Ma tha Marilla ag ràdh gu bheil Matthew air falbh gu Bright River gus coinneachadh ri kangaroo à Astràilia, cha bhiodh Mrs Rachel air a h-èigin nas foirfe. Bha i dha-rìribh air a dapadh marbh airson còig diogan. Cha robh e sùil gun robh Marilla a' magadh air, ach cha robh ùidh ag Mrs Rachel ach a bhith a' smaoineachadh e.

"A bheil thu gu dà-rìribh, Marilla?" dh'iarr i nuair a thill a guth dhith.

"Seadh, gu cinnteach," thuirt Marilla, mar gum biodh a' faighinn bhalach bho asraon-cloinne ann an Nova Scotia na phàirt de dh'obair èibhinn sam bith air feirm Avonlea freagarrach seach a bhith na nòisean nach deach a chluinntinn riamh.

Bha Mrs Rachel a' faireachdainn gu robh i air buille mòr inntinn fhaighinn. Bha i a' smaoineachadh ann an comhlaichean. Duine òg! Marilla agus Matthew Cuthbert de na daoine uile a' gabhail duine òg! À dàimh an dìthreabhaidh! Uill, bha an t-saoghal gu cinnteach a' tuiteam às a chèile! Cha bhiodh i na h-iongnadh aig rud sam bith às a seo! Rud sam bith!

"Dè air talamh a chuir a leithid de bheachd anns do cheann?" dh'iarr i le mì-chàileachd.

Bha seo air a dhèanamh às aonais a comhairle a bhith ga iarraidh, agus feumaidh gu bheil e air a dhiùltadh.

"Uill, tha sinn air a bhith a' smaoineachadh air fad an geamhraidh," fhreagair Marilla. "Bha Mrs Alexander Spencer an seo latha ro na Nollaige agus thuirt i gun robh i a' dol a ghabhail nighean bheag bhon dachaigh-dìnnear ann an Hopeton sa' t-earrach. Tha a bràthair-ceathrair a' fuireachd an sin agus tha Mrs Spencer air a bhith an seo agus tha fios aice air a h-uile càil mu dheidhinn. Mar sin, tha Màrtainn agus mise air a bhith a' bruidhinn air a' chuspair bho uair gu uair bho chionn sin. Smuainich sinn gun togamaid balach. Tha Màrtainn a' dol seann, tha thu fhèin a' fios - tha e a-nis seasgad agus chan eil esan cho soirbhigheach 's mar a bha e once. Tha a chridhe a 'cur dragh air gu mòr. Agus tha fios agad cho doirbh 's a tha e a' dèanamh obair a dhìol. Cha robh duine sam bith ri fhaighinn ach na balaich òga, stùpid, leth-fhàsaidh Frangach; agus aon uair 's gun do lorg thu aon neach, tha e suas agus air falbh a dh'ionnsaigh nan cananairean giomaich no na Stàitean. Aig an toiseach mhol Màrtainn gum faodamaid balach dachaigh a ghabhail. Ach, throideadh 'na' ris. 'Faodaidh iad a bhith ceart chan eil mi a 'ràdh nach eil - ach chan eil gasgadan sràide London dhomh,' thuirt mi. 'Beathaich mi neach-ionnarainn co-dhiù. Bidh cunnart ann, chan eil cùram cò a gheibh sinn. Ach bidh mi nas fhasa na smuaineadh agus a 'cadal nas sàmaiche sa' oidhche mura faigh sinn ri Canadian àbhaisteach. Mar sin, mu dheireadh thall, rinn sinn co-dhùnadh gu bheil Mrs Spencer a 'lorg dhuinn aon nuair a dh'fhalbh i a ghluasad a nighean beag. Chualas againn an t-seachdain a chaidh gun robh i a 'dol, mar sin chuir sinn facal rithe tro mhuintir Richard Spencer aig Carmody Gheibh sinn balach snog, is dòcha mu dheich no aon deug. Chuir sinn a-steach gu robh sin an aois as fheàrr a dh'fheumas a bhith gòraiche aig co-dhiù agus gu òg gu leòr a bhith air earrannan a bhith air an trèanadh. Bidh sinn a 'gealltainn sgoilteachd is dhachaigh mhaith dha. Bha rudeigin againn bho Mrs Alexander Spencer an-diugh le duine a 'toirt a-steach puist ón stèisean - ag ràdh gu robh iad a' tighinn air an trèana aig a còig is deug. Racha Màrtainn dha Bhright River a dh'coinneachadh ris. Bheir Mrs Spencer leatha e gu sin. Bidh i a 'gabhail orrainn dhan stèisean White Sands i fhèin thuige."

Bha boireannach Rachel moiteil as an-còmhnaidh a' bruidhinn a h-inntinn; thòisich i a bruidhinn a-nis, an dèidh dhi a h-inntinn a chur ceart gu an naidheachd iongantach seo.

"Uill, Marilla, theid mi dìreach ag ràdh riut gu soilleir gur e rud glè amadanach a tha thu a' dèanamh rud cunnartach, sin e dè. Chan eil fios agad dè tha thu a' faighinn. Tha thu a' toirt leanabh coimheach a-steach don dachaigh agad agus tha thu às aonais aon fhios mu dheidhinn no dè an dòigh-bheatha a th' aige no dè an seòrsa pàrantan a bh' aige no ciamar a tha e coltach nach eil e a' dol a dhol timcheall. Carson, cha robh e ach an t-seachdain seo chaidh a leugh mi anns a' phàipear mar a thug duine agus a bhean suas air cearban na h-Eilean duine òg às taigh-òsta nam facail agus chuir e teine ris an taigh am broinn na h-oidhche chruthaich e ris a 'bhùrach, Marilla agus beò-laoghaich iad gu dearbh anns na leapaichean aca. Agus tha mi a' fiosrachadh cùis eile far an robh gille a thaobh a bha a 'sùgh ughan nach b' urrainn dhaibh a chur às leis. Nam biodh tu air mo chomhairle fhaighinn sa ghnothach seo, nach eil thu air a dheanamh, Marilla bhith ag ràdh airson tròcaire agus nach eil smaoineachadh air rud mar sin, sin e dè."

Cha deach treòiradh Job a bhriseadh no a dhèanamh dragh air Marilla. Lean iad air adhart gu sònraichte.

"Chan eil mi a' diùltadh gu bheil rud éigin anns na tha thu ag ràdh, Rachel, bha draghan orm fhìn cuideachd. Ach bha Matthew gu math ceart air. B' urrainn dhomh sin fhaicinn, mar sin thug mi a-steach. Tha e cho annamh a tha Matthew a' cur a mhisneachd air rud sam bith gus nuair a nì e, tha mi a' faireachdainn gu bheil e mar dleastanas agam a thoirt a-steach. Agus a thaobh an cunnairt, tha cunnart ann an dìreach mu gach rud a nì duine sam bith anns an t-saoghal seo. Tha cunnart ann an daoine a' faotainn clann fhèin ma thèid gu sin nach eil iad a' tòiseachadh gu math an-còmhnaidh. Agus an uairsin tha Alba Nuadh dìreach faisg air an Eilean. Chan eil mar gum biodh sinn a' faighinn dheth bho Sasainn no na Stàitean. Chan urrainn dhà a bhith mòran eadar-dhealaichte bhon dàr fhèin"

"Uill, tha mi an dòchas gum bi e ceart gu leòr," thuirt Mrs Rachel le guth a' sealltainn goirid gur e amharas-dìreach a bh' ann. "Cha toir thu ach nach do rinn mi rabhadh dhut ma losas e Green Gables no ma chuireas e strychnine anns a' tobar. Chuala mi mu chùis ann an New Brunswick far an do rinn leanabh dìtheanais dìochuimhneach sin agus dh'fhalbh an teaghlach shlàn ann an cràdh uamhasach. Ach, bha i na caileag san eisimpleir sin."

"Uill, chan eil sinn a' faighinn nighean," thuirt Marilla, mar gu robh nimheachadh tobraichean na sgil boireanta a-mhàin agus nach robh eagal roimpe ann an cùis gille. "Cha bhiodh mi riamh a' bruadarachadh mu nighean a thogail suas, tha mi a' iongnadh aig Mrs. Alexander Spencer airson a rinn i. Ach an sin, cha bhiodh i a' crùnadh bho ghabhail asgaidh dachaigh gun phàrantan gu lèir ma ghabhadh i e a-steach do a ceann."

Bu mhath le Mrs Rachel fuireach gus am biodh Matthew air tighinn dhachaidh leis an dìlleachd a bha e air a thoirt a-steach. Ach a' smaoineachadh gum biodh e aig a' char as lugha dà uair a thìde mus ruigeadh e, chuir i crìoch air a bhith a' dol suas an rathad gu taigh Robert Bell's agus a' innse na naidheachd. Gan dèanadh e gu cinnteach tuilleadh faisneiseachd nach robh aig a h-uile duine, agus b' e toil le Mrs Rachel tuilleadh faisneiseachd a dhèanamh. Mar sin, dh'fhàg i an àite, beagan air faochadh Marilla's, oir bha i a' faireachdainn a teagamh agus a h-eagal a' tighinn air ais fo bhuaidh duilgheadas Mrs Rachel.

"Uill, de na rudan uile a bha no a bhios a-riamh!" freagair Mrs Rachel nuair a bha i gu sàbhailte a-muigh anns an làn. "Tha e coltach gu dearbh mar nach eil mi ach a' bruadarachadh. Uill, tha mi duilich airson an òigridh bhochd sin agus chan eil eagal air. Cha tuig Matthew agus Marilla dad mu chloinn agus bidh iad a' sùileachadh gu bheil e nas glice agus nas stàbailte na a sheanair fhèin, ma tha e riamh air a bhith aige seanair, a tha amharasach. Tha e neònach smaoineachadh air pàiste aig Green Gables air choreigin; cha robh fear ann riamh, oir bha Matthew agus Marilla inbhich nuair a chaidh an taigh ùr a thogail ma bha iad riamh na cloinn, a tha duilich a chreidsinn nuair a tha duine a' coimhead orra. Cha bhithinn ann an sgiobaidhean an dìlleachdain sin airson rud sam bith. Mo, ach tha truas agam air, sin e"

Mar sin thuirt Mrs Rachel ris na preas-rosaichean allaidh à làn a cridhe; ach mur a bhiodh i air an leanabh fhaicinn a bha a' feitheamh gu foighidinneach aig stèisean Bright River aig an aon àm gus brosnachadh a truas a bhith nas làidire agus nas doimhne.

Chapter 2

Bha MATTHEW Cuthbert agus an t-each rua a' ruith gu sàmhach thairis air an ochd mìle gu Bright River. Bha e na rathad prìseil, a' ruith eadar tuathanasan beaga, le bith-bith eile de choille fir balsamaigh a dh'fheumadh iad a ruith tron no a' h-ùig far a bheil plumaichean fiadhaich a' crochadh a-mach an flùrachan sìoltach. Bha an t-àile ghaoithe milis le analach de mhoran gharraidhean ùll agus bha na lòintean a' falbh gu ìre mhòr ann an cè distance gu ceò horizont de phèarl agus purpaidh; fhad 's

"Seinn na h-eòin beaga mar gum biodh e

An aon latha samhraidh anns a' bhliadhna gu lèir"

Bha Matthew a' gabhail tlachd às an t-siubhail a rèir a dhoigh fhèin, ach am broinn na mìomagan nuair a bha e a' coinneachadh ri mnathan agus ag èigheachd riutha oir ann an Eilean Prionnsa Eideard, tha dùil gun déan thu sin do gach aon agus do na h-uile duine a bheir thu air an rathad, eadhon ma tha fios agad cò iad no nach eil.

Bha eagal air Màrtainn ro na mnathan uile ach Marilla agus Mrs Rachel; bha e a' faireachdainn gu robh na créatúranan dìomhair a' gàireachdainn gu dìomhair ris. Dh'fhaodadh gu robh e ceart gu leòr ann a bhith a' smaointeachadh mar sin, oir b'e duine aon-ghnètha a bh' ann, le cruth mi-chumanta agus falt liath-iarainn fada a bhuineadh ri a ghuaillean crom, agus feusag dhonn mhòr a bh' air a bhith a' fàs bhon a bha e fichead bliadhna a dh'aois. Anns a' fhìrinn, bha coltas aig fichead bliadhna air mar a dh'fhéachadh e aig seasdach, 's beag de ghlèidheadh liath.

Nuair a ràinig e Bright River, cha robh soidhne sam bith de thrèana; smaoinich e gu robh e ro thràth, mar sin cheangail e a each anns a' gharadh aig an òsdail beag Bright River agus chaidh e thairis chun an taigh-stèidhinn. Bha an àrd-ùrlar fada dìreach fhad 's a bha e; an aon chreatur beò ri fhaicinn a' còmhdach caillich a bha a' suidhe air càrn de shinglaichean aig an iomall as àirde. Matthew, a' toirt faotainn gu robh e na caillich, stailc seachad oirre cho luath 's a ghabh e gun coimhead oirre. Ma bhiodh e air coimhead cha mhòr nach robh e comasach air a dhol seachad air an deigh aice a thàinig agus an dùil a bha aice. Bha i a' suidhe an sin a' feitheamh air rud no air cuideigin agus, on a bha suidhe agus feitheamh an aon rud a dh'fheumadh a dhèanamh an-dràsta, shuidh i agus dh'fheith i le a h-uile spionnadh a bha aice.

Coinnich Màrtainn ri maighstir an stèisein a' glasadh oifis na tiocaidean ro làimh a dhol dhachaigh airson dìnnear, agus dh'fhaighnich e dha an robh an trèana còig uairean deug gu bhith ann a dh'aithghearr.

"Tha an trèana aig còig uairean deug air a bhith a-staigh agus a dh'fhàg e leth-uair air ais," fhreagair an oifigear beothail sin. "Ach chaidh pasaidhear a thilgeil dhut, nighean beag. Tha i a' suidhe a-muigh air na sgeilpichean. Dh'iarr mi oirre dol a-steach don t-seòmar feitheamh aig na mnathan, ach dh'informich i mi gu solemanta gun robh i ag iarraidh fuireach a-muigh. 'Bha barrachd raon airson miann,' thuirt i. Tha i na cùis, bu chòir dhomh ràdh"

"Chan eil mi an dùil ri nighean," thuirt Màthadh gu mì-chinnteach. "'S e balach a tha mi air tighinn airson. Bu chòir dha a bhith an seo. Bha Bean-uasal Alexander Spencer airson a thoirt thugam bho Nova Scotia dhomh"

Whistil e stiùiriche stèisean.

"Tha mi a' smaoineachadh gu bheil mearachd ann," thuirt e. "Thàinig Mrs Spencer dheth an trèana leis an nighean sin agus thug i dhìom. Thuirt i gu robh thusa agus do phiuthar a' gabhail a-steach o asram na h-òigearan agus gu robh sibh a' tighinn airson a ghabhail a-steach a dh'aithghearr. Sin a h-uile rud a tha mi a' fiosrachadh mu dheidhinn agus chan eil aon òigearan eile a' falaich an seo."

"Chan eil mi a' tuigsinn," thuirt Màthadh gu neònach, a' dèanamh mìann gun robh Marilla an làthair gus dèiligeadh ris an suidheachadh.

"Uill, 's fheàrr dhut ceist a chur air a' nighean," thuirt am maighstir steisean gu neo-dhùrachdach. "Tha mi cinnteach gum bi i comasach air a mhìneachadh, tha cànan aice fhèin aig a' cheart, tha sin cinnteach. 'S dòcha gun robh iad às na gillean den sòrt a bha thu ag iarraidh"

Ghabh e air falbh le gait beothail, a' faireachdainn gu bhith acrasach, agus fàgadh an t-ainmhidh Matthew a-rèir sin a dhèanamh a bha nas doirbh dha na a bheatha leòmhann ann an uaimh aige - coiseachd suas gu nighean; nighean neo-aithnichte; nighean dìlleachd; agus a h-iarradh oirre carson nach eil i nam balach. Thugaich Matthew ann an spiorad agus e a' tionndadh mun cuairt agus a' gluasad gu socair sìos an àrd-ùrlar i dhà-rìribh.

Bha i air a bhith a' coimhead air o chionn 's gun do dh'fhalbh e seachad oirre agus bha a sùilean oirre a-nis. Cha robh Màrtainn a' coimhead oirre agus cha bhiodh e air fhaicinn dè bu mhiann leatha gu dearbh nam biodh e, ach bhiodh lorg-eòlaiche àbhaisteach air seo fhaicinn: Leanabh mu aon bhliadhna 's a h-aon deug, a' caitheamh gùna glè ghoirid, glè dhlùth, glè grànnda de whincey buidheach glas. Bha i a' caitheamh adag màlaid bhuidhe bhosdail agus fodha na h-ad, a' sìneadh sìos a druim, bha dà bhraids anabarrach tiugh, gu cinnteach, falt ruadh. Bha a h-aodann beag, bàn agus caol, cuideachd mòran freckled; bha a beul mòr agus mar sin bha a sùilean, a dh'fhaicinn uaine ann an solais agus suidheachaidhean àraidh agus liath ann an càch eile.

Gu ru fad seo, an neach-breithneachadh àbhaisteach; dh'fhaodadh neach-breithneachadh eòrach a bhith air faicinn gun robh an gnuis gu math beumach agus soilleir; gun robh na sùilean mòra làn de spiorad agus beothail; gun robh an beul milis agus lèirsinneach; gun robh an eiteag mhòr agus làn; goirid, dh'fhaodadh ar neach-breithneachadh eòrach tuigse a bhith air concludadh nach abhaisteach anam a chòmhnaidh ann am bodhaig na mnà-òigich seo a tha aig a bheil eagal mòr Matthew Cuthbert gu h-àraid.

Geàrr, ámh, chaidh Matthew fhèin a shàbhaladh bhon fhulangas a bhith a' bruidhinn an toiseach, oir cho luath 's a bhathar air a chùis a dhèanamh gun robh e a' tighinn thugad, sheas i, a' glacadh le aon làimh bhàn tana an làmh-sgith de phòca-seantain aonaichte, sean-fhasanta; an tè eile dh'fheuch i a-mach dha.

"Tha mi a 'smaoineachadh gu bheil thu a' Mhathaidh Cuthbert de Green Gables?" thuirt i le guth sònraichte soilleir, milis. "Tha mi glè thoilichte gad fhaicinn, bha mi a 'tòiseachadh a bhith eagalach nach robh thu a' tighinn dhomh agus bha mi a 'smuaineachadh air na h-ùidhean uile a dh'fhaodadh a bhith air an tachairt gus do chumail air falbh. Bhiodh mi air mo bheachd a dhèanamh suas nach biodh thu a 'tighinn dhomh a-nochd, thèid mi sìos a' track gu craobh fhiacail mhòr fhiaclach aig an lub, agus dìreadh suas ann a chumail air fad a-nochd. Chan bhiodh mi a 'faireachdainn eagal idir, agus bhiodh e àlainn a bhith a' cadal ann an craobh fhiacail fhiadhain uile geal le bloom anns an lòchrann, nach robh thu? Bhiodh thu a 'smaoineachadh gu robh thu a' fuireach ann an tallaichean marmair, nach bhiodh tu? Agus bha mi cinnteach gu leanainn leat dhomh sa mhadainn, ma rachadh tu a-nochd"

Bha Matthew air an làimh bheag dhìth robach a ghabhail gu ciotach na aige; an sin agus an sin chaidh e a roghnachadh dè a dhèanadh. Cha b' urrainn dha a chur in iúl don leanabh seo leis na sùilean solais gun robh mearachd ann; thogadh e dhachaigh agus leigeadh e do Mharilla sin a dhèanamh. Cha bhiodh i air a fàgail aig Bright River co-dhiù, cho math 's a bha mearachd sam bith air a dhèanamh, mar sin d'fhàgadh gach ceist agus mìneachadh gus an robh e tilleadh gu sàbhailte aig Green Gables.

"Tha mi duilich a bha mi 'n dheireadh," thuirt e le aithreachd. "Thig còmhla rium, Tha an t-each thall san raon. Thoir dhomh do bhaga"

"O, thàinig mi a thogail," fhreagair an leanabh gu sòlasach. "Chan eil e trom, tha na nithean uile a th' agam san t-saoghal ann, ach chan eil e trom. Agus ma theid e a thogail ann an dòigh shònraichte, tha an t-sùil a' tighinn a-mach mar sin 's fheàrr leam a chumail dhomhsa oir tha mi a' tuigsinn dìreach mar a bhiodh e. 'S e baga carpet seann gu leòr a th' ann. O, tha mi glè thoilichte gun do thàinig thu, ged a bhiodh e math a dhol a chadal ann an craobh silin. Feumaidh sinn a dhol air tiurus fada, nach feum? Thuirt Mrs Spencer gu robh e ochd mìle. Tha mi toilichte on a tha mi a' còrdadh ri siubhal. O, tha e a' faireachdainn cho àlainn gu bheil mi a' dol a bhith a' fuireach còmhla riut agus a' buntainn riut. Cha robh mi riamh a' buntainn ri duine sam bith a-riamh. Ach bha an dìonadh a' ciallachadh. Cha robh mi ann ach ceithir mìosan, ach 's e sin a bh' ann gu leòr. Chan eil mi a' smaoineachadh gun robh thu riamh na leanabh gun phàrantan ann an dìonadh, mar sin chan urrainn dhut tuigsinn dè tha e coltach. Tha e na b' mhotha na aon rud a bhiodh tu a' dèanamh dàimh. Thuirt Mrs Spencer gu robh e olc dhomh a bhith a' bruidhinn mar sin, ach cha robh mi a' ciallachadh a bhith na mo pheacadh. Tha e cho furasta a bhith na do pheacadh gun fios dhut, nach eil? Bha iad math, tha fios agad luchd an dìonaidh. Ach tha glè bheag de dh'fharsaingeachd airson an t-saoghal mòr san dìonadh a-mhàin just anns na leanabh gun phàrantan eile. Bha e gu math inntinneach a bhith a' dèanamh nithean mu dheidhinn - a smaoineachadh gu bheil an nighean a tha a' suidhe ri do thaobh gu dearbh na nighean aig an iarla criostal, a chaidh a goid bho a pàrantan nuair a bha i òg le banaltrum cruaidh a chaochail mus do dhearbhadh i. Bhiodh mi a 'dùsgadh aig oidhcheannan agus a' smaoineachadh air nithean mar sin, oir cha robh ùine agam sa latha. Is dòcha gu bheil sin carson a tha mi cho tana - tha mi uabhasach tana, nach eil mi? Chan eil aon bhite ann orm. Tha mi a' gràdhachadh a bhith a' dèanamh dàimh gum bi mi beò agus slàn, le pithean ann am m' uilnean.

Leis a seo, stad com-pàirtiche Mhathaidh a' bruidhinn, gu ìre mhòr air sgàth 's gu robh i às anail agus gu ìre mhòr air sgàth 's gun robh iad air ruigsinn an cairt. Cha do thug i facal eile gus an robh iad air fàgail a' bhaile agus a' siubhal sìos cnoc beag cas, an rathad pàirt dhen robh air a ghearradh cho doimhne san fheur bog, 's gu robh na bruachan, air an ladhradh le craobhan fhiogha geal agus beithe bàna tana, air iomadh troigh os cionn an cuid cinn.

Chuir an leanabh a làmh a-mach agus bhris i geòid de phlomaichean fiadhaich a bha a' bualadh an aghaidh taobh an charbad.

"Nach eil sin àlainn? Dè bha a' craobh sin, ag èirigh às a' bhanc, uile geal is lace, a' cur ort smaoineachadh?" dh'iarr i.

"Uill, a-nis, chan eil mi a' tuigsinn," thuirt Maitiú.

"Carson, a bhrùid, gu follaiseach bhrùid air fad ann an geal le boinne aig bòidhchead ceò, cha d'fhuair mi aon aig am ach 's urrainn dhomh a bhith a' miannachadh dè bhiodh a coltas. Chan eil mi a' sùil a-riamh a bhith na bhrùid fhèin. Tha mi cho dubh nach eil duine sam bith a-riamh ag iarraidh pòsadh orm mura bhiodh e na mhisinèar ceàrrachdach. Tha mi a' smaoineachadh nach biodh misinèar ceàrrachdach ro shònraichte. Ach tha mi an dòchas gum bi agam aon latha gùn geal. Sin mo dhealbh àirde de sonas talamhach. 'S fheàrr leam aodach àlainn. Agus cha d' fhuair mi gu bràth gùn àlainn ann am beatha a bha mi nam chuimhne ach gu follaiseach tha e na bharrachd ri coimhead air adhart, nach eil e? Agus an uairsin 's urrainn dhomh a bhith a' meòrachadh gun robh mi air a ghiùlain gu h-àlainn. A-màireach nuair a dh'fhàg mi an àite-taic bha mi a' faireachdainn cho nàireach tro bhith a' fhalbh anns an gùn wincey grànnda seo. Bha orm a chur air gu bràth a' dìonachan, a bheil fios agad. Bhuineadh ceannaiche ann am Hopeton an geamhradh mu dheireadh trì cheud slat de wincey air an àite-taic. Thuirt daoine gu robh e air sgàth 's nach robh e comasach e a reic, ach 's fheàrr leam a bhith a' creidsinn gu robh e à còir a chridhe, nach biodh tu? Nuair a dh'fhàs sinn air an trèana mhothaich mi mar bhiodh a h-uile duine a' coimhead orm agus a' truasachadh rium. Ach chaidh mi dìreach a dhèanamh agus a bhith a' samhlachadh gun robh mi anns an gùn sìoda gorm pailt as bòidhche a bh' agam airson samhlachadh rud sam bith fiù 's a bheil agus mòr adhartach eile uile blàthanna agus pluic nodha, agus faire òir, agus cèir bhrèige agus bòtannan. Mhothaich mi nas aoibhneach an uairsin agus bha mi a' freagairt dhomh turas gu Eilean le mo chridhe gu lèir. Cha robh mi beag sam bith tinn a' tighinn thairis anns a' bhàta. Cha robh Mrs Spencer a h-uile. Thuirt i nach robh ùine aice a bhith tinn, a' coimhead ri fhaicinn nach robh mi a' tuiteam thairis. Thuirt i nach fhacas i dè chumadh mi airson siubhal mu cuairt. Ach ma thug e às aice a bhith a' faireachdainn slachdan itealan 's e tròcair a tha ann gun deach mi a bhith siubhal, nach e? Agus bha mi ag iarraidh fhaicinn a h-uile rud a bha ri fhaicinn air an bhàta sin, oir cha robh fhios agam am biodh cothrom eile agam a-riamh. Oh, tha barrachd choille craobh cherries uile ann am blòdhmhòr! 'S e an t-Eilean as blòdhmara a th' ann. 'S toil leam gu mòr e mar-thà, agus tha mi cho toilichte a bhith a' fuireach an seo. Bha mi a' cluinntinn gu tric gun robh Eilean Prionnsa Eideard an àite as bòidhche air an t-saoghal, agus bha mi a' samhlachadh gun robh mi a' fuireach an seo, ach cha robh mi a' sùil gu robh mi gu math. 'S e dìreach nuair a thig do shamhlachadh gu bheil e fìor, nach e? Ach tha an rathad dearg sin cho èibhinn. Nuair a dh'fhàs sinn a-steach don trèana aig Baile Sheàrlot agus thòisich an rathaidean dearg a' soilleireachadh seachad dh' fhaighnich mi do Mrs Spencer dè bha ga dhèanamh dearg agus thuirt i nach robh fhios aice agus airson trocair 's gun do fhaighnich mi tuilleadh ceistean. Thuirt i gun robh mi air ceist mìle a chur a' cheana. Tha mi a' smaoineachadh gun robh, cuideachd, ach ciamar a bhios tu a' faighinn a-mach mu rudan mura h-eil thu a' faighneachd ceistean? Agus dè a tha ga dhèanamh na rathaidean dearg?"

"Uill, a-nis, chan eil fhios agam," thuirt Màrtainn.

"Uill, sin aon de na nithean ri fhaighinn a-mach uaireigin, nach eil e àlainn a bhith a' smaoineachadh air na h-uile nì tha ri fhaighinn a-mach mu dheidhinn? Tha e dìreach a' cur orm a bhith toilichte a bhith beò, tha an saoghal cho inntinneach. Cha bhiodh e leth cho inntinneach nam biodh fios againn air na h-uile nì, nach biodh e? Cha bhiodh ùidh sam bith airson dàimh-beatha an sin, nach biodh e? Ach a bheil mi a' bruidhinn ro mhòr? Tha daoine a' guidhe orm an-còmhnaidh gu bheil mi. An robh thu airson nach bruidhinn mi? Ma their thu, stad mi. Is urrainn dhomh stad nuair a thogras mi air, ged a tha e duilich."

Bha Matà, gu mòr na iongnadh fhèin, a' gabhail tlachd às a bhith aige fhèin. Mar a bu trice le daoine sàmhach, 's ann le daoine labhrach a bu toil leis nuair a bha iad deònach bruidhinn fhèin agus nach dèanadh iad suidheachadh dhan deireadh e. Ach cha robh e riamh a' sùileachadh gun robh e a' gabhail tlachd às an com-pàirteachas le nighean òg. Bha mnathan gu leòr gu guailneach gu leòr, ach bha nigheanan òga na bu miosa. Bha e a' gràineadh an dòigh a bh' aca air seachranadh seachad air mar a b' àbhaist dhaibh, le seallaidhean oirre, mar as dèidh dha feuchainn a-mach iad aig am bial mòr ma bhiodh iad ag iarraidh abairt innse. Sin a bh' ann an seòrsa Chille Bhrìghde air nighean beag maith. Ach bha an draoidh bhreac seo gu math eadar-dhealaichte, agus ged a lorg e gu math duilich airson a mheabrain nas motha a chumail suas le pròiseasan inntinneach na caillich, smaoinich e gu robh e "toilichte leis an cabadaich" Mar sin thuirt e cho taingeil mar as àbhaist:

"Ò, 's urrainn dhut bruidhinn cho mòr 'sa toil leat, chan eil dragh agam"

"O, tha mi cho toilichte, tha fhios agam gu bheil thusa agus mise a 'dol a dhol còmhla gu math. 'S e fuaireas fàilteachas a bhrosnachadh nuair a tha duine ag iarraidh agus chan eil duine ag ràdh gum bu chòir do chloinn a bhith ri fhaicinn agus nach cluinnte. Tha mi air sin a chlaoidh leam millean turas ma tha mi aon uair. Agus daoine a 'gàireachadh orm a chionn 's gu bheil mi a' cleachdadh facail mòra. Ach ma tha beachdan mòra agad, feumaidh tu facail mòra a chleachdadh gus iad a mhìneachadh, nach eil?"

"Uill, a-nis, tha sin coltach ri reasonable," thuirt Màthaidh.

"Thuirt Bean Spencer gu robh mo theanga air a hongadh anns an meadhan, Ach chan eil, tha e gu daingeann air a cheangal aig aon cheann. Thuirt Bean Spencer gun deach do àite ainmeachadh Mar Ghealainn. Dh'fhaighnich mi dhi mu dheidhinn. Agus thuirt i gun robh craobhan mun cuairt air. Bha mi nas toileantaiche na riamh. Is toil leam craobhan gu mòr. Agus cha robh gin idir mun cuairt air an dìon, ach beagan bochdainnean beag bìdeach a-muigh anns a' bheul le càigean beag geala mu cuairt orra. Dh'fhaireachdainn iad mar dìlleachdan iad fhèin, na craobhan sin. Bhiodh e gam dhèanamh ag iarraidh gàire a dhèanamh a' coimhead orra. Bhiodh mi ag ràdh riutha, 'Oh, thu bochdainnean beag dhaoine! Ma bha sibh a-muigh ann an coille mòr mòr le craobhan eile mun cuairt oirbh agus monaidhean beaga agus clochan an t-samhraidh a 'fàs thar do fhreumhaichean agus allt nach eil fada air falbh agus eòin a' seinn anns na meangaichean agaibh, gachdadh sibh, nach fhaodadh sibh? Ach cha toir thu aig às. Tha fios agam dìreach mar a tha thu a 'faireachdainn, craobhan beag.' Bha mi duilich iad a dh'fhàgail air cùl an-diugh. Tha thu a 'faighinn dealachadh cho luath sin ri rudan mar sin, nach eil thu? An e coimeas allt sam bith ri Gealainn? Dhìochuimhnich mi ag iarraidh air Bean Spencer sin "

"Uill, a-nis, seadh, tha fear dìreach fon taigh"

"Breug, B' e aon de m' aislingean a-riamh a bhith a 'fuireach faisg air allt, Cha dùirt mi a-riamh gum biodh, ge-tà. Cha tèid aislingean a chomharrachadh gu tric, nach tèid? Nach biodh e snog nam biodh iad? Ach an-dràsta tha mi a 'faireachdainn gu ìre mhath toilichte. Chan urrainn dhomh faireachdainn gu dìreach toilichte gu leòr oir, uill, dè an dath a bhiodh tu ag ràdh gu bheil seo?"

Thug i sùil air aona de na breacanan fada, snasail aice tarsainn a gualainn caol agus thug i suas e ro na sùilean aig Màthaidh. Cha robh Màthaidh cleachdte ri dath breacanan boireannaich a cho-dhùnadh, ach anns an cùis seo, cha bhiodh mòran teagamh.

"'S e dearg, nach eil?" thuirt e.

Leig an nighean an t-snaidhm tuiteil air ais le osna a bha coltach ri tighinn bhon a spògan fhèin agus a' sealltainn gach duilichidh nan aoisichean.

"Seadh, tha e dearg," thuirt i gu sprochdach. "A-nis chì thu carson nach urrainn dhomh a bhith gu tur toilichte. Cha b' urrainn do dhuine sam bith a bhith le falt dearg. Chan eil mi a' cur dragh air na nithean eile cho mòr; na freiceadan agus na sùilean uaine agus mo chaochladachd. Faodaidh mi a' smaoineachadh gun a bhith ann. Is urrainn dhomh a' smaoineachadh gun a bhith a'gead dearg agam agus sùilean vìoileta àlainn reul-riomhach. Ach chan urrainn dhomh a' smaoineachadh gun a bhith a' falt dearg agam. Tha mi a 'dèanamh mo dhìcheall. Tha mi a 'smaoineachadh ri m' fhèin,' Nou tha m' falt a 'glòirach dhùbh, dubh mar sgiath an fhithich. ' Ach tha fios agam fad an ùine gur e dearg lom a th' ann agus tha e a 'briseadh mo chridhe. Bidh e na mhilleadh bròin dhomh fad mo bheatha. Bha mi a' leughadh mu nighean ann an nobhail a bh' aig a h-uile duine a bharrachd bròin ach cha robh falt dearg aice. Bha a falt mar òr beò a' sìneadh air ais bho a bruach albastair. Dè a th' ann an bruach albastair? Cha b' urrainn dhomh a-mach a-mhain a dhearbh. A bheil tu a 'soirbhich dhomh?"

"Uill, a-nis, tha eagal orm nach gabh," thuirt Màrtainn, a bha a' faighinn beagan de gheur-lethann. Bha e a 'faireachdainn mar a bha e aon uair anns a' ghòlogan nuair a thug balach eile air chuairt air a' chuirm-chèilidh.

"Uill, ge b'e dè a bh' ann, feumaidh gun robh e rudeigin snog oir bha i àlainn gu dìreach. A bheil thu riamh air smaoineachadh ciamar a tha e a' faireachdainn a bhith àlainn gu dìreach?"

"Uill, a-nis, chan eil," thug Matthew iosta, gun mhì-chunntas.

"Tha mi, gu tric, Dè am biodh tu as fheàrr leat a bhith nam d' roghainn eireachdail àlainn no làn de chlisteas no math le aingeal?"

"Uill, a-nis, chan eil mi a' fiosrachadh gu dìreach"

"Chan eil mi cuideachd, cha ghabh mi riamh co-dhùnadh, Ach chan eil e a' dèanamh mòran diofar fior oir chan eil e coltach gun bi mi a-riamh mar an dàrna fear. 'S cinnteach nach bi mi riamh math gu aingeal. Tha Mrs Spencer ag ràdh oh, Mr Cuthbert! Oh, Mr Cuthbert!! Oh, Mr Cuthbert!!!"

Cha robh sin na thuirt Mrs Spencer; cha robh an leanabh air tuiteam às an tarraineadh, agus cha robh Matthew air a dhèanamh sam bith iongantach. Bha iad dìreach air crìoch a chur air cuairt anns an rathad agus fhuair iad iad fhèin anns an "Avenue"

An t-"Avenue," mar a bha na daoine Newbridge a 'gairm, bha e na shlighe cèad no còig ceud slat a dh'fhaid, air a h-uile taobh le craobhan ùbhlan mòra, leathadach a chaidh a chur ro bhliadhnaichean le feirmeor sean-eagallach. Bha aodach sneachdach falach thairis. Fo na geugan, bha an adhar làn de dhuskach purpaidh agus fada air adhart bha splèodadh de speuran sunset peantichte a 'soillseachadh mar uinneag ròs mòr aig ceann slighe caitheamhail eaglais.

Bha e coltach gu robh a bòidhchead a' bualadh an leanbh gu bhalbh. Chaidh i air ais anns an tarrainn, a làmhan tana air an clas aig a beulaibh, a h-aodann air a thogail le ceòl-neamhais gu an splannadh geal gu h-àrd. Fiù 's nuair a bha iad air a dhol a-mach agus a' dràibheadh sìos an leathad fada gu Drochaid Ùr, cha do ghluais i no labhair i. Fhathast le h-aodann làn de cheòl-neamhais, bha i a' sealltainn fad air falbh gu an taobh siar san là, le sùilean a bha a' faicinn aithriseachdan a' dol seachad gu àlainn air an cùl-raon dearg. Tro Drochaid Ùr, baile beag beòthail far an robh cùin ag amharc orra agus balaich beaga a' fògarachadh agus aodain tòrrach air an sealltainn bhon uinneagan, chaidh iad, fhathast ann an sàmhchair. Nuair a bha tri milean eile air a dhol seachad air an cùl, cha robh an leanabh air bruidhinn. Bha e soilleir gu b' urrainn dhi a bhith sàmhach, gu dlùth mar a b' urrainn dhi a bhith a' bruidhinn.

"Tha mi a' smaoineachadh gu bheil thu a' faireachdainn gu math sgìth agus acrasach," dh'fheuch Matthew ri ràdh mu dheireadh thall, a' toirt cunntas air a h-ùine fhada gun labhairt leis an aon adhbhar a bha e a' smaoineachadh air. "Ach chan eil againn ach mìle eile ri dhèanamh a-nis"

Thàinig i a-mach à h-aiseirigh le osna domhainn agus sheall i air le sealladh bruidhinn aig anam a bh' air a bhith a' siubhal fad às, stiùirichte le rionnagan.

"Ò, Mgr Cuthbert," fluich i, "am àite sin a thàinig sinn tro, an àite geal sin, dè bha e?"

"Uill, a-nis, feumaidh tu a ciallachadh gur e an Avenue a tha thu a' ciallachadh," thuirt Matthew an dèidh greis de dhùil chinnteach. " 'S e àite breagha a th' ann"

"Snog? Ò, cha robh snog coltach ri am facal ceart ri chleachdadh, no àlainn, cuideachd. Chan eil iad a 'dol fad gu leor. Ò, bha e sgoinneil, sgoinneil. 'S e an rud a chiad a chunnaic mi nach urrainn do dhuine sam bith a leasachadh le bhith a 'smaoineachadh. Tha e dìreach ga mhothachadh orm an seo "chuir i aon làmh air a cliabh "rinn e goil fada èibhinn agus ge-tà bha e na thoilinn shona, A bhiodh tu riamh goil mar sin, Mgr Cuthbert?"

"Uill, a-nis, chan urrainn dhomh cuimhneachadh gu robh agam riamh"

"Tha mi a' faighinn gu tric nuair a chi mi rudeigin rìoghail brèagha, Ach cha bu chòir dhaibh an àite àlainn sin a ghairm an Avenue. Chan eil ciall sam bith ann an ainm mar sin. Bu chòir dhaibh a ghairm leig mi faic an Slighe Geal na Toilichte. Nach e sin ainm snog imaginach? Nuair nach eil mi ag iarraidh ainm àite no duine, bidh mi a' dèanamh eòlas air ainm ùr agus bidh mi a' smaoineachadh air an comas seo. Bha nighean aig an taigh-dèanainn a b' e ainm Hepzibah Jenkins, ach bha mi a-riamh a' dèanamh an eòlas air mar Rosalia DeVere. Faodaidh daoine eile an àite sin a ghairm an Avenue, ach bidh mi a-riamh a' gairm an Slighe Geal na Toilichte. A bheil sinn dìreach eile mhìle a dh'fhalbh mus tèid sinn dhachaigh? Tha mi toilichte agus tha mi duilich. Tha mi duilich on a bha an treòir seo cho taitneach agus tha mi a-riamh duilich nuair a tha rudan taitneach a' tighinn gu crìch. Faodaidh rudeigin nas taitniche tighinn às dèidh, ach chan urrainn dhut a bhith cinnteach. Agus tha sin mar as trice. Sin an t-eòlas agam co-dhiù. Ach tha mi toilichte a bhith a' smaoineachadh air tighinn dhachaigh. Chunnaic thu, cha robh taigh dìreach agam bhon a thòisich mi a' cuimhneachadh. Tha e a' toirt an t-acras taitneach sin dhomh tighinn gu dachaigh dìreach fìor. Och, nach eil sin breagha!"

Bha iad air a bhith a 'draibhear thairis air mullach cnuic. Fòs-làir dhith bha lochan, a 'coimhead dìreach mar abhainn cho fada agus a' snìomhadh a bha e. Bha drochaid a 'cluich e aig àm meadhanach agus bhon sin gu ceann a' bhaile, far an robh iomairean gainmhich de dh'òr a 'freagairt e bhon guulf gorm dorch a bha nas fhaide air falbh, bha an t-uisge na ghlòir de dhiofar dhathan a' dathadh a 'measgachadh crocus agus ròs agus uaine eadar-dhealaichte, le tintings eile elusive airson nach eil ainm air a bhith air a lorg a-riamh. Os cionn a 'drochaide, chaidh an lochan suas gu coilltean de dh'abhal agus de mhòr-chlàr agus bha i uile gu dorch-chraolach ann am faileasan a 'snigheadh. An seo agus an sin, chaidh plum allaidh a-steach bhon chlàr mar nighean cladhte geal a 'toirt a-steach gu tiùpsaidh gu h-ìomhaigh fhèin. Bhon mhòineach aig ceann a 'loch, thàinig còmhlan pùirt brònach gheur na lòbhan. Bha taigh beag liath a 'faicinn mun cuairt air ùbhlan geal air cnoc an deidh sin agus, ged nach robh e fhathast dorcha gu tur, bha solas a' soillseachadh bho aon de na h-uinneagan aige.

"Sin lochan Barry," thuirt Màthaidh.

"O, chan eil mi ag iarraidh an t-ainm sin, cuideachd, cuiridh mi an t-ainm air leig mi faic an Loch nan Uisgeachan Soilleire. Seo an t-ainm ceart air. Tha mi a' fios gach uair a tha mi a' freagairt ainm a tha freagarrach gu dìreach, bheir e dùsgadh orm. Am bheir rudan riamh dùsgadh ort?"

Bha Matthew a' meòrachadh.

"Uill, a-nis, seadh, Tha e còmhnaidh a' toirt spreidh dhomh nuair a chi mi na gròban geala grànnda sin a tha sinn a' cladhach suas anns na leabhraichean cucair. Tha fuath agam air mar a tha iad a' coimhead."

"Ò, chan eil mi a 'smaoineachadh gur e an aon seòrsa de dhèideadh a tha sin, A bheil thu a' smaoineachadh gur e? Chan eil coltas gu bheil mòran ceangail eadar gròbanan agus lochan de dh'uisgeachan soilleir, nach eil? Ach carson a tha daoine eile ga ghairm Loch Barry?"

"Tha mi a' smaoineachadh oir tha Mgr Barry a' fuireach an sin anns an taigh sin, Slope Orchard an t-ainm a th' air a àite. Mur robh an preas mòr sin air a chùlaibh, bhiodh tu comasach Green Gables fhaicinn bhon àite seo. Ach feumaidh sinn a dhol thairis air an drochaid agus cuairt leis an rathad, mar sin tha e beagnach leth mhìle a bharrachd"

"A bheil cailin beag sam bith aig Mgr Barry? Uill, chan eil iad cho beag sin cuideachd, mu mo mheud fhìn."

"Tha aige fear mu dheireadh a h-aon-deug, 's e Diana an t-ainm a th' oirre"

"Och!" le faochadh fada anail. "Dè an t-ainm alainn gu tur!"

"Uill, a-nis, chan eil mi cinnteach, tha rudeigin gu dearbh ainneamhach mu dheidhinn, tha coltas orm. B' fheàrr leam Jane no Mary no ainm ciallach sam bith mar sin. Ach nuair a rugadh Diana, bha maighstir sgoile a' fuireach an sin agus thug iad dha ainmeachadh a' cur an ainm Diana oirre."

"Bu mhath leam gun robh maighstir sgoile mar sin mun cuairt nuair a rugadh mi, an uairsin. Oh, tha sinn aig an drochaid a-nis. Tha mi a 'dùnadh mo shùilean gu cruaidh. Tha mi a-riamh eagalach a' dol thairis air drochaidean. Chan urrainn dhomh stad bhith a' samhlachadh gu bheil e mathaid direach nuair a bhios sinn a' tighinn don mheadhan, gun duilich iad suas mar sgian-jack agus gun ghabh iad sinn. Mar sin dùnaidh mi mo shùilean. Ach feumaidh mi iad fhosgladh airson uile nuair a bhios mi a 'smaoineachadh gu bheil sinn a' tighinn faisg air a 'mheadhan. Oir, chì thu, ma dhèanadh an drochaid duilich suas, bu toil leam fhaicinn a 'dìreadh. Dè àrd-gheàrr gu bheil e! Tha mi a-riamh a 'toirt toil leis an t-uabhas dhen obair. Nach eil e àlainn gu bheil an t-uabhas rudan ann airson toil a thoirt dhuinn anns an t-saoghal seo? Tha sinn thairis a-nis. Nise, bidh mi a 'coimhead air ais. Oidhche mhath, a 'Phuirt Sholais a' Sèo. Tha mi a-riamh ag ràdh oidhche mhath ri na nithean a tha mi a 'gairmheas, dìreach mar a bhiodh mi ri daoine. Tha mi 'smaoineachadh gu bheil iad a' toirt toil leis. Tha coltas air an t-uisge mar gu robh e a 'dèanamh gàire dhomh "

Nuair a bha iad air a' chàr a dhìreadh suas an cnoc nas fhaide agus timcheall air cearnag, thuirt Màtà:

"Tha sinn gu math faisg air an taigh a-nis, Sin Green Gables thall."

"Ò, na innis dhomh," thuirt i agus i anail a' tighinn gu bòil oirre, a' gabhail air a gheur-làimh a bha beagan air ùrdaigh agus a' dùnadh a sùilean 's gun fhaic i a gheàrradh. "Leig leam tomhais, tha mi cinnteach gu tomhas mi ceart"

Dh'fhosgail i a sùilean agus dh'fhèach i mun cuairt oirre. Bha iad air mullach cnuic. Bha a' ghrian air dol fodha o chionn ùine, ach bha a' chrìoch-sealladh fhathast soilleir ann an solas fionnar an fheasgair. Gu siar, dh'èirich sguir eaglais dhorcha suas an aghaidh speur bhuachaille dhubh. Fo bhun bha gleann beag agus còrr is cnoc sìos gu bog le bailean tuathanais còmhlaichte air feadh. Eadar fear is fear eile, leum sùilean a' phàiste, dìoghrasach agus mathan. Mu dheireadh thall, fhan iad air aon gu clì, fad air falbh bhon rathad, dubh-bàn le crann-bhlàthach ann an coilleachd an fheasgair. Thairis air, ann am speur an iar-dheas gun smalan, bha reul mòr, geal, criostail a' soillseachadh mar lampa stiùiridh agus geallaidh.

"Sin e, nach eil?" thuirt i, a' pointeireachd.

Matthew bhuail an lùb-siùil air cùl an t-sorrel le toileachas.

"Uill, a-nis, tha thu air adivinadh! Ach tha mi a 'smaoineachadh gu bheil Bean Spencer air a lìobhrigeadh ann an dòigh 's gum faod thu innse."

"Chan eil, cha do rinn i gu dearbh, cha do rinn, D'fhaodadh gu robh a h-uile rud a thuirt i dìreach cho math mu a' mhòr-chuid de na h-àiteachan eile sin. Cha robh beachd sam bith agam dè a sheall e coltach. Ach dìreach mar a chunnaic mi e, chaidh faireachdainn a tha mi aig an taigh a thoirt orm. Ò, tha e coltach gun robh mi ann an aisling. A bheil fios agad, feumaidh mo gheàrradh a bhith dubh agus gorm bho mhullach mo uilinn, oir tha mi air mo chnagadh cho iomadh turas an-diugh. A h-uile beagan ùine, thigeadh faireachdainn uabhasach, galair orm agus bhiodh mi cho eagalach gur e aisling a bhathas ann. An uairsin bhithinn a' cnapadh mi fhìn gus faicinn an robh e fìor gus a bhain mi a-mach gu b' fheàrr dhomh dol air adhart leis an aisling ma bhiodh e dìreach mar aisling; mar sin, stad mi a' cnapadh. Ach tha e fìor agus tha sinn beò dìreach aig an taigh."

Le osnaidh làn de dheòin, sheas i ann an sàmhchair. Dhùisg Màrtainn gu neo-fhoiseil. Bha e toilichte gun robh e Marilla agus chan e fhèin a bhiodh ri innse don leanabh gun-àireamh seo gun robh an dachaigh a bha i a' miannachadh air nach robh i aice uile gu dearbh. Chaidh iad seachad air Cnoc Lynde, far an robh e dorcha gu leòr mu thràth, ach chan eil e cho dorcha 's nach fhaic Màthair Raonaid iad bhon uinneig aice, agus suas an cnoc agus a-steach dhan rathad fada aig Green Gables. Ro an àm a ràinig iad an taigh, bha Màrtainn a' teàrnadh bhon fhiosrachadh a bha a' tighinn le neart nach robh e a' tuigsinn. Cha robh e a' smaoineachadh air Marilla no air fhèin, no air a' chunnart a bhiodh an mealladh seo a' dèanamh dhaibh, ach air dìomhaireachd an leanabh. Nuair a smaoinich e air an solas sin a' dul à sna sùilean aice, bha faireachdainn neo-chòmodach aige gun robh e a' dol a chuideachadh aig a mharbhadh rud sam bith mar an aon rud - an aon ghnè de faireachdainn a thàinig air nuair a bha e a' dol a mharbhadh uan no laoigh no aon eile de bheathaichean beaga neònach.

Bha an làrach gu tur dorcha nuair a thionndaidh iad a-steach dha agus bha duilleagan na popail a' rustadh gu sìodaileach mun cuairt dha.

"Èist ri na craobhan a' bruidhinn ann an an cadal," thuirt i gu sàmhach, nuair a dh'èirich e i gu talamh. "Dè na brèithrean snog a bhiodh aca!"

An uairsin, a' cumail gu daingean ri an tasca-brèige a bha a' cumail "a h-uile sealbh aice san t-saoghal," lean i e isteach an taigh.

Chapter 3

Thàinig MARILLA air adhart gu beòthail nuair a dhùisg Matthew an doras. Ach nuair a thuit a sùilean air an duine beag aon-ghnèach sa ghown mahogany, leis na spàinnich fhada de chnò ruadh agus na sùilean geur, lèirsinneach, stad i goirt ann an iongantas.

"Matthew Cuthbert, cò tha sin?" ghlaodh i. "Càit a bheil am balach?"

"Cha robh balach sam bith ann," thuirt Màthaidh gu tursach. "Bha i fhèin a-mhàin ann"

Bha e a 'toirt sùil don leanabh, a' cuimhneachadh gun do dh'iarr e a-riamh air an t-ainm aice.

"Chan eil balach! Ach feumaidh gun robh balach ann," cho-dhùin Marilla. "Chuir sinn facal gu Mrs Spencer gus balach a thoirt."

"Uill, cha do rinn i, Thug i leatha, Dh'fhaighnich mi an stiùiriche stèisein, Agus bha orm a thoirt dhachaigh. Cha bhiodh i air fhàgail an sin, cho cudromach 'sa bha am mearachd a thachair."

"Uill, seo pìos gnothaich snog!" tha Marilla a' screadail.

Fad dèanasgaidh seo, bha an leanabh air a bhith sàmhach, a sùilean a' siubhal bho fear gu fear eile, a h-uile beatha a' falbh às a h-aodann. Gu h-obann, chòrd iad dha a bheachdachadh air a' bhuaidh iomlan a bha air a ràdh. Ag a leigeil a bhuidsear cuspair luachmhor, lean iad air adhart ceum agus clas iad a làmhan.

"Chan eil thu ag iarraidh orm!" ghlaodh i. "Chan eil thu ag iarraidh orm a bhith ann oir chan eil mi nam balach! Dh'fhaodainn a dùil ris. Cha robh duine sam bith riamh a' miannachadh orm. Dh'fhaodainn a bhith air aithneachadh gu robh e uile ro àlainn a mhaireas. Dh'fhaodainn a bhith air fhios a bhith agam nach robh duine sam bith ga dhìth orm gu dearbh. Ò, dè an dòigh a thèid mi? Tha mi a' dol a sgaoileadh gu sùilean teth!"

Bha i a' tuiteam a-steach gu deòir. 'S e suidhe sìos air cathair ri taobh a' bhùird, a' tilgeil a làmhan a-mach air, agus a' clachadh a gnùis anns an dà latha, chaidh i a-steach gu brosnachail a' caoineadh. Choimhead Marilla agus Matthew air a chèile dìreach thairis air an stòbh. Cha robh fhios aca dè bu chòir dhaibh a ràdh no a dhèanamh. Mu dheireadh thall, chuir Marilla céum gu gràineil a-steach don bheàrn.

"Uill, uill, chan eil feum sam bith agad a bhith a' caoineadh air cho mòr mu dheidhinn"

"Seadh, tha feum ann!" Dh'èirich an leanabh a ceann gu luath, a' nochdadh aodann làn de dheòir agus bilean a' crith. "Bhiodh tu fhèin a' caoineadh, cuideachd, nam biodh tu gun phàrantan agus air tighinn gu àite far an robh thu a' smaoineachadh gun robh dachaigh an sin agus gun robh iad a' diùltadh dhut air sgàth nach eil thu nam balach. Ò, seo an rud as truime a thachair riamh dhomh!"

Rud sam bith coltach ri gàire fulangach, gu sònraichte ruisgte bho bhith gun cleachdadh fad ùine, bha Marilla's a' mìneachadh trom.

"Uill, na caoineadh tu barrachd, Chan eil sinn a' dol a thoirt a-mach as do dhòras an nochd. Feumaidh tu fuireach an seo gus am faigh sinn dearbhadh air an sgeulachd seo. Dè an t-ainm a th'ort?"

Dhàilich an leanabh airson greis.

"An toir thu air m' ainmeachadh mar Cordelia, mas e do thoil e?" thuirt i le dian-iarrtas.

"An toir thu Cordelia ort fhèin? A bheil sin an t-ainm agad?"

"Chan eil o o, chan eil sin dìreach m' ainm, ach bhiodh mi toilichte a bhith air a ghairm Cordelia. 'S e ainm cho foirfe elegant a th' ann."

"Chan eil fhios agam dè tha thu a' ciallachadh air thalamh, ma tha, ma s e Cordelia a tha ann an d'ainm, dè tha?"

"Anne Shirley," thuirt an neach aig a bheil an t-ainm sin gu mì-chinnteach, "ach, ò, gabh mo leisgeul, ach canaidh dhomh Cordelia. Chan eil e cudromach dhuibhse dè an t-ainm a bheir sibh orm ma tha mi a 'dol a bhith an seo a-mhàin airson ùine ghoirid, an e? Agus tha Anne a 'còrdadh nach eil romantic"

"Unromantic fiddlesticks!" thuirt an Marilla ùmhlach. "Is e Anne ainm fiù 's fiughair simplidh. Chan eil feum agad a bhith nàireachdail as."

"Ò, chan eil mi a' faireachdainn nàire mu dheidhinn," mhìnich Anne, "ach 's fheàrr leam Cordelia. Tha mi fhathast dèanamh fiughair gu robh m 'ainm Cordelia co-dhiù, tha mi air a bhith an-còmhnaidh anns na bliadhnaichean mu dheireadh. Nuair a bha mi òg bhiodh mi a' smaoineachadh gum biodh e Geraldine, ach 's fheàrr leam Cordelia a-nis. Ach ma ghairm thu mi Anne, thoir an aire do Anne le E."

"Dè an diofar a tha e dè mar a tha e air a litreachadh?" dh'fhaighnich Marilla le gàire eile ruisgte fhad 's a bha i a' togail an tì-phota.

"O, tha e a' dèanamh diofar mòr, Tha e a' coimhead cho breàgha, Nuair a chluinneas tu ainm a' seinn can't you fhaic ead always e ann an do inntinn, dìreach mar a bhiodh e air a chlò-bhualadh a-mach? 'S urrainn dhomh; agus tha A n n a' coimhead uamhasach, ach tha A n n e a' coimhead cho mòr-chòrdte. Ma bheir thu orm Anne le E, bidh mi a' feuchainn ri m' fhèin a choileanadh gun caill mi Cordelia"

"Ceart gu leòr, ma-thà, Anne litreachadh le E, an urrainn dhut innse dhuinn ciamar a thachair mearachd seo? Chuir sinn facal gu Mrs Spencer athair sinn gille a thoirt dhuinn. Am b' eil balach sam bith aig an taigh-òsta?"

"Och, tha gu dearbh, bha farsaingeachd dhiubh, Ach thuirt Mrs Spencer gu soilleir gun robh thu ag iarraidh nighean mu aon bhliadhna deug a dh'aois. Agus thuirt am ban-altruim gun smaoineadh i gum biodh mise freagarrach. Chan eil fios agad ciamar a bha mi toilichte. Cha b' urrainn dhomh cadal an oidhche sa chaidh de dheagh bheachd. Och," thuirt i le brosnachadh, a' tionndadh gu Matthew, "carson nach do inns thu dhomh aig an stèisean nach robh thu ag iarraidh mise agus fàg mi an sin? Mur robh mi air Slighe Geal nan Truisg agus Loch nan Uisgean Soilleire fhaicinn cha bhiodh e cho cruaidh"

"Dè air talmhainn a tha i a ciallachadh?" dh'iarr Marilla, a' stàirnigeadh air Matthew.

"Tha i dìreach a' toirt iomradh air còmhradh sam bith a bh' againn air an rathad," thuirt Màthaidh gu h-obann. "Tha mi a' dol a-mach gus an t-òran a chur a-steach, Marilla, Bi tì ullamh nuair a thilleas mi."

"An do thug Màthair Spencer duine sam bith eile a-mach a-staigh, a thuilleadh ort fhèin?" lean Marilla nuair a dh'fhalbh Màthadh a-mach.

"Thug i Lily Jones dhìth fhèin, tha Lily dìreach còig bliadhna d'aois agus tha i glè àlainn agus tha falt donn cnò-chnò ag aice. Nam biodh mi glè àlainn agus falt donn cnò-chnò agam an cumadh tu mi?"

"Chan eil, Tha sinn ag iarraidh balach gus cuidichadh le Matthew air an tuathanas, Cha bhiodh nighean sam bith feumail dhuinn. Thoir dheth do h-ad. Cuiridh mi e agus do bhagaig air bòrd an halla"

Thug Anne dheth a h-adag gu ùmhal. Thàinig Màrtainn air ais a dh'aithghearr agus shuidh iad sìos gu dìnnear. Ach cha b' urrainn do Anna ithe. Gun toradh sam bith, bha i a' beaganachadh air an aran agus an ìm agus a' piocadh air an t-sàbhal crabapple a-mach àn am biadhàn glainne scalloped beag ri taobh a h-àrainn. Cha do rinn i gu dearbh sam bith adhartas idir.

"Chan eil thu a' ithe rud sam bith," thuirt Marilla gu geur, a' coimhead air mar gun robh e na giorrachadh mòr. Osnaich Anne.

"Chan urrainn dhomh, tha mi anns na doimhnean deàir, Am bi thu a 'itheadh nuair a bheil thu anns na doimhnean deàir?"

"Cha deach mi a-riamh sìos gu doimhneachd an eòlais, mar sin chan urrainn dhomh a ràdh," fhreagair Marilla.

"Nach robh thu? Uill, an do rinn thu riamh feuchainn ri do shamhlachadh gu robh thu ann an doimhneachd an èigh?"

"Chan do rinn mi,"

"An uairsin chan eil mi a 'smaoineachadh gur urrainn dhut tuigsinn dè tha e coltach, Tha e na thoileachas uabhasach gu dearbh. Nuair a bhios tu a 'feuchainn ri ithe, thig bogsa suas anns do ghob agus chan urrainn dhut aon rud a shlùcadh, fiù 's ged a bhiodh e na caramel seaclaid. Bha aon caramel seaclaid agam aon uair dhà bhliadhna air ais agus b' àlainn e gu sìmplidh. Tha mi air aisling a dhèanamh tric bhon uairsin gu robh mòran de charamels seaclaid agam, ach bidh mi a 'dùsgadh dìreach nuair a bhios mi a' dol gan ithe. Tha mi an dòchas nach bi thu troimhe-chèile oir chan urrainn dhomh ithe. Tha a h-uile càil an-còmhnaidh snog, ach fhathast chan urrainn dhomh ithe "

"Tha mi a' smaoineachadh gu bheil i sgìth," thuirt Mhathaidh, nach robh air bruidhinn on a thill e bhon sabhal. "Is fheàrr i a chur gu leabaidh, Marilla"

Bha Marilla air a bhith a' wonderadh càite an cuireadh i Anne dhan leabaidh. Bha i air sofa a ullachadh anns a' sheòmar cidsin airson am balach a bha iad an dùil agus an dòchas fhaighinn. Ach, ged a bha e sgiobalta agus glan, cha robh e coltach gu leòr gus nighean a chur ann mar sin. Ach bha an t-seòmar spare a-mach às an roghainn airson oileanach air chall mar sin, mar sin cha robh an t-seòmar gable an ear ach. Las Marilla coinneal agus thuirt i ri Anne a leanaildh i, a rinn Anne gun spiorad, a' toirt a hata agus a mala carpet bhon bhòrd hall mar a bha i a 'dol seachad. Bha an hall uabhasach glan; tha am bheag sheòmar chamber sa bha i a 'lorg i fhèin ann a' còrdadh nas glanaire.

Chuir Marilla an coinneal air bòrd trì-chasach, trì-chearnach agus thionndaidh i sìos na còtaichean-leapa.

"Tha mi a' smaoineachadh gu bheil dìdean-oidhche agad?" dh'fhaighnich i.

Dh'ionnsaich Anna.

"Seadh, tha dà agam, Rinn màthair an dìonaidh iad dhomh, Tha iad sgìth gu uabhasach. Chan eil gu leòr ri dol mun cuairt ann an dìonadh, mar sin tha rudan a-riamh sgìth co-dhiù ann an dìonadh bochd mar ar fear. Tha fuath agam ri aodach-oidhche sgìth. Ach faodaidh duine aisling a bhith cho math ann an cuid mar iad mar ann an fheadhainn eireachdail a' sìor shreath, le freangal mun cuairt air an mhuineal, sin aon sòlais."

"Uill, duisg cho luath 'sa ghabhas tu agus falbh a chadal, thig mi air ais ann an grunn mhionaid airson a' choinneal. Chan urrainn dhomh a' mhothaich sin a thoirt dhut fhèin. Dh'fhaodadh tu an àite a chur air a 'losgadh gu furasta."

Nuair a dh'fhalbh Marilla, thug Anne sùil timcheall air le tùrmeanachd. Bha ballachan an t-seòmair, air an deargadh leis an aoig, cho lom is cho soilleir 's gu robh i a' smaoineachadh gun robh iad a' fulaing leis an lomadh aca fhèin. Bha an làr lom cuideachd, ach air a chuir às le mat cnòideanach cuairteach anns a' mheadhan, de ghnè nach robh air a bhith riamh air fhaicinn le Anne roimhe. Ann an aon chùinne, bha an leabaidh, aon de sheann stoidhle, ard, le ceithir phoist dorcha, h-ìosal. Ann an cùinne eile, bha an bòrd tri-chùinneach a chaidh a luadh roimhe, stèidhichte le cusnan pìnsean dearg velveteach, cruaidh gu leòr gus bàrr an pìn as iomallaiche a thruisgeadh. Os cionn, bha sgàthan beag, sia air ochd. Eadar an bòrd agus an leabaidh, bha an uinneag, le frill mhuiseil gheal-reòite os cionn, agus os a comhair, bha an stàile uisge. Bha seasmhachd air a h-uile rud anns an t-seòmar, nach gabhadh a mhìneachadh ann an faclan, ach a chuir crith air cnàmhan Anne. Le osna, thilg i dhith a cuid èideadh, chuir i an deas-leine nocht thaibhseach orra agus leum i a-steach don leabaidh far an do chuir i a gruaidh a-nuas anns a' phuilid agus thug i na clòraidhean os a cionn. Nuair a thàinig Marilla suas airson an solais, cha robh ach mì-chunntas bùthan èideadh sgìth agus coltas stoirmeil air an leabaidh a' nochdadh gun robh cuideigin eile ann ach ise fhèin.

Thog i a' bhith air a' ghearradh suas aodach Anne, chuir iad gu neat air cathair buidhe prim, agus an uairsin, a' togail suas an coinneal, chaidh i thairis gu an leabaidh.

"Oidhche mhath," thuirt i, beagan mi-chinnteach, ach chan eil i gun chaoi.

Nochd aodann gheal Anne agus a sùilean mòra thairis air a' chlò-daolach le iongnadh tobann.

"Ciamar a ghabhas tu e ri beul mar oidhche mhath nuair a tha fios agad gu bheil e ri bhith na dh'oidhche as miosa a bh' agam riamh?" thuirt i gu càineadhail.

An uairsin tum i sìos a-rithist gu neo-fhaicsinneachd.

Chaidh Marilla sìos gu trath gu cùinne-còcaireachd agus thòisich i air nighe nam soithichean dìnnear. Bha Matthew a' smocadh, comharra cinnteach air curcamaid ann an inntinn.

Cha smocaich e gu tric, oir bha Marilla a' cur a h-aghaidh mar chleachdadh salach; ach aig amannan agus ùineachan air leth, bha e a' faighinn feumach air a smocadh agus an sin chuireadh Marilla suil ramhach air a' chleachdadh, ag aithneachadh gun robh feum aig duine co-dhiù air àite-eagail airson a bhith a' faighneachd amach a emotions.

"Uill, seo a-nis droch staid a th'ann," thuirt i le fearg. "Seo na thig nuair a chuireas tu teachdaireachd seach a dhol fhèin. Tha muinntir Richard Spencer air an teachdaireachd sin a chumail gu cearr mar eigin. Bidh feum aig aon againn a dhol thairis airson a bhith a' coimhead air Mrs Spencer a-màireach, tha sin cinnteach. Bidh feum aig an nighean seo a dhol air ais chun an taigh-dubharta."

"Seadh, tha mi a' smaoineachadh mar sin," thuirt Màrtainn gu neònach.

"A bheil tu dhen bheachd! Nach eil fios agad?"

"Uill, a-nis, tha i na rud beag fior mhath, Marilla, Tha e coltach gu bheil truas a chur rithe nuair a tha i cho deas air fanacht an seo"

"Matthew Cuthbert, nach eil thu a' ciallachadh gu bheil thu a' smaoineachadh gum bu chòir dhuinn a cumail!"

Cha b' urrainn do iomhairt Marilla a bhith nas motha ged a bhiodh Matthew air innse gu robh e airson a sheasamh air a cheann.

"Uill, a-nis, chan eil, cha chreid mi gu bheil gu dìreach," bhris Matthew, gu neo-chothromach air a stiùireadh gu cùinne airson a shealladh cruinn. "Chan eil mi a' smaoineachadh gun dèanamaid a cumail, ma-thà"

"Bu chóir mi a ràdh nach eil, Dè b' fheàrr a bhiodh i dhuinn?"

"Dh'fhaodadh sinn a bhith math dhi," thuirt Màthaidh gu h-obann is gun dùil.

"Matthew Cuthbert, tha mi a' creidsinn gu bheil an leanabh sin air do dhruidheadh! Faodaidh mi fhaicinn cho soilleir ris a' bheinn gu bheil thu ag iarraidh a h-uile duine a ghlèidheadh"

"Uill, tha i na dìon fhìor inntinneach," lean Matthew. "Bu chòir dhut an còmhradh aice a chluinntinn a' tighinn bhon stèisean."

"O, tha i comasach a bruidhinn gu leòr, chunnaic mi sin an toiseach, Chan eil sin ann an iomairt sam bith aice, cuideachd. Chan eil mi toilichte le clann a tha leòr ri ràdh. Chan eil mi ag iarraidh nighean dìlleachd agus ma bhiodh, chan e sin an stoidhle a bh' agam ann an aire. Tha rudeigin nach tuig mi mu dhi. Cha no, feumaidh i a bhith air a cur air ais don àite an dàrna h-aon a thàinig i"

"Chuireinn boy Fhrangach a' cuideachadh dhomh," thuirt Màthair, "agus bhiodh i na cuideachd dhut"

"Chan eil mi a' fulang airson cuideachd," thuirt Marilla goirid. "Agus chan eil mi a' dol a cumail aice"

"Uill, a-nis, tha e dìreach mar a tha thu ag ràdh, gu cinnteach, Marilla," thuirt Matthew ag èirigh is a' cur a phìpe air falbh. "Tha mi a' dol a leabaidh"

Chaidh Matthew dhan leabaidh. Agus chaidh Marilla dhan leabaidh, nuair a chuir i na soithichean aice air falbh, a' mucadh gu diongmhor. Agus suas an staidhir, anns an gable an ear, dh'èigh leanabh uaigneach, acrasach do charaid, gun charaid a dhèin iad fhèin a chadal.

Chapter 4

Bha e làn solais nuair a dhùisg Anne agus shuidh i suas sa leabaidh, a' coimhead gu mearachdach air an uinneag tron a bha tuil de ghrein sunndach a' tuiteam agus taobh a-muigh dhen a bha rud geal agus iteach ag luasadh tarsainn seallaidhean de speur gorm.

Airson mionaid, cha b' urrainn dhi cuimhneachadh far an robh i. An toiseach thàinig spionnadh aoibhneach, mar rudeigin glè taitneach; an uair sin cuimhne uamhasach. B' e seo Green Gables agus cha robh iad ag iarraidh oirre oir cha robh i na gille!

Ach bha e na mhadainn agus, gu dearbh, bha craobh sgiobalta làn de bhlàthan a-muigh uinneag. Leis a' cheum mhòr, bha i às an leabaidh agus tarsainn an ùrlair. Bhrùth i suas an sàs, chaidh e suas gu doirbh agus gu crìonail, mar gum biodh e nach robh air fhosgladh fad ùine, a bha mar a bha; agus bha e a' stigh cho teann nach robh feum sam bith ann a chumail suas e.

Thuit Anne air a glùinean agus sheall i a-mach air madainn an t-Sultain, na sùilean aice a' sòlradh le aoibhneas. Oh, nach robh e àlainn? Nach robh e àite breàgha? Sam bith nach robh i gu dearbh a' fuireach an seo! Bhiodh i a' smaoineachadh gu robh i. Bha farsaingeachd airson dàimhigeadh an seo.

Dh'fhàs craobh mòr cheireis a-muigh, cho faisg ris gu robh a geugan a' bualadh an aghaidh an taighe, agus bha i cho làn de bhlàthan gun robh duilleag air leth air a beil. Air gach taobh den taigh bhiodh ughdarras mòr, fear de chrannan-ùbhal agus fear de chrannan-cheireis, a bharrachd air bhlàthachadh thairis; agus bha am feur uile sgapte le dandelions. Aig bun a 'ghàrraidh bhiodh crannan lilac làn de bhlàthan corcra, agus bha am fàileas miannachan orra a' seòladh suas gu uinneag anns a' ghaoith maidne.

Fon a' ghàrradh, shloich raon uaine le seamrag sìos gu h-ìosalachd far an robh an allt agus far an robh iomadh beithe bàn a' fàs, gan èirigh gu h-aotrom à fo-ùrlar a bha a' toirt comharra air cothroman àlainn ann an raineach agus còinneachain agus nithean coilleachd gu coitcheann. Air a chulthaobh, bha cnoc, uaine agus clòimheach le sgrùdan agus giuthas; bha bearn ann far an robh ceann geal-grèineach na taighe beag a bha i a' faicinn bhon taobh eile de Loch nan Uisgean Soilleir.

Air clì mòr bha na sabhalan mòra agus air an taobh thall dhiubh, tarsainn air raointean uaine, ìosal, agus ag osgadh, bha sealladh gorm, dealrach de mhuir.

Bha sùilean àlainn Anne a' fuireach air a h-uile càil, a' gabhail a h-uile càil a-staigh goirt. Bha i air coimhead air aon àite grànnda ann an beatha, paistidh bochd; ach bha seo cho breágha ri cuideigin a bha i riamh air aisling.

Ghlùinich i an sin, air chall do a h-uile rud ach an àilleachd mun cuairt oirre, gus am biodh i air a sgrios le làmh air a gualainn. Thàinig Marilla a-staigh gun cluinntinn leis an aislingiche bheag.

"Tha e ùine dhut a bhith air do ghlèidheadh," thuirt i goirt.

Marilla gu dearbh cha robh fios aice ciamar a bhiodh i a' bruidhinn ris an leanabh, agus rinn a h-eòlas mì-chomhfhurtail i geur agus goirt nuair nach robh i a' ciallachadh a bhith.

Sheas Anne suas agus tharraing iadail fhada.

"O, nach eil e àlainn?" thuirt i, a' bualadh a làimh gu farsaing aig an saoghal math a-muigh.

"'S e crann mòr a th' ann," thuirt Marilla, "agus bidh e a' blàthachadh gu mòr, ach cha tig mòran as a' mheas, 's e beagan agus pìosach a th' ann gu tric."

"Ò, chan eil mi a' ciallachadh an craobh a-mhàin; tha e boireannach, tha e gu dearbh àlainn, tha e a' blàthachadh mar gum biodh e a' ciallachadh e, ach bha mi a' ciallachadh a h-uile càil, an gàrradh agus an dearc-lus agus an allt agus na coilltean, an t-saoghal mòr deagh fharsaing. Nach bi thu a' faireachdainn mar gum biodh thu dìreach ga ghràdhachadh an t-saoghal air madainn mar seo? Agus faodaidh mi èisteachd ri gàire an alltan suas an seo. An robh thu riamh eòlach air cho sona ris a tha alltan? Tha iad a' gàireachdainn an-còmhnaidh. Fiù 's anns an geamhradh, chuala mi iad fo an deigh. Tha mi cho toilichte gu bheil allt faisg air Green Gables. 'S dòcha gun smaoinich thu nach eil e a' dèanamh diofar sam bith dhomh nuair nach eil thu a' dol gam cùm, ach tha e. Bidh mi an-còmhnaidh toilichte mòran a chuimhneachadh gu bheil allt aig Green Gables fiù 's ged nach fhaic mi e a-rithist. Mura biodh allt ann, bhiodh mi a' faireachdainn gun bu chòir a bhith ann. Chan eil mi anns na doimhneachdan an-diugh. Cha b' urrainn dhomh a bhith ann anns a' mhadainn. Nach e rud àlainn a tha ann a bhith a' faighinn madainn? Ach tha mi gu math brònach. Bha mi dìreach a' samhlachadh gun robh mi a' faireachdainn gu robh mi dìreach a' faireachdainn mar gum biodh mi a' fuireach an seo gu bràth agus a-chaoidh. Bha e na chuideachadh mòr fad 's a mhair e. Ach an droch rud mu dheidhinn samhlachadh rudan gu bheil an t-àm a' tighinn nuair a tha thu a 'feumachadh stad agus tha sin a' peanas."

"Bu chòir dhut a dhol agus a dhol sìos staighrean agus na bi a' toirt aire do d' iongnaidhean," thuirt Marilla cho luath 's a b' urrainn dhi facal a chur a-steach. "Tha am bracaist a' feitheamh, Nigh do aghaidh agus ceanglaich do chuid gruaig, Fàg an uinneag suas agus cuir do chuid leabaidh air ais thar bonn na leapa. Bi cho tapaidh 's a gheibh thu."

B' urrainn do Anne a bhith follaiseach ciallach air adhbhar sam bith o bha i sìos an staidhre ann an deich mionaidean, le a cuid aodaich air gu snog, a cuid falt biorach agus braided, a h-aghaidh nite, agus mothachadh cofhurtail a' sìoradh a h-anama gun robh i air freagairt ri gach riatanas Mhàiri. Dè an suidheachadh, ge-tà, bha i air an leabaidh fhosgailte a dhìochuimhneachadh.

"Tha mi gu math acrach a-màireach," thuirt i nuair a shèid i sìos sa chathair a chuir Marilla dhi. "Chan eil an saoghal a' coimhead mar fhasach screachail mar a bha e an-raoir. Tha mi cho toilichte gu bheil e soilleir a-màireach. Ach tha mi toilichte le madian làn cho math. Tha gach màireach cho inntinneach, nach eil thu a' smaoineachadh? Chan eil fhios agad dè tha dol a thachairt fad an latha, agus tha ann fìor mhòran do d' mhac-meanmainn. Ach tha mi toilichte nach eil an t-uisge ann an-diugh oir tha e nas fhasa a bhith sona agus a bhith a' fulang fo strì leanasach là soilleir. Tha mi a' smaoineachadh gu bheil cuideam mhaith orm a bhith a' fulang. Tha e glè mhath a leughadh mu dhoilgheasan agus a bhith a' smaoineachadh ort fhèin a' dol tronnta gu calma, ach chan eil e cho snog nuair a thig iad gu dìreach thugad, nach eil?"

"Airson truas a chumail dìomhain," thuirt Marilla. "Tha thu a' bruidhinn cus gu tur airson nighean òg"

An sin, chum Anne a teanga gu dìleas agus gu h-iomlan 's gu robh a tost mairtinnichte gad dhearg-ruigsinn gum biodh Marilla beagan neirbhiseach, mar nam biodh i ann an làthair rud nach robh glè nàdarra. Chum Matthew a theanga cuideachd, ach bha seo nàdarra, 's mar sin bha an biadh gu tur tost.

Mar sin a' dol air adhart, thàinig Anna nas air falbh, a' sìthreachadh gu meacanaigeach, le a suilean mòra a' coimhead gun sgòth is gun fhacal air an speur a-muigh an uinneag. Rinn seo Marilla nas misneachaile na riamh; bha faireachdainn mì-chomhfhurtail aice gun robh spiorad a' chloinne aig a' bòrd ach a corp, a spiorad a bha ann an seoigh mheadhainn fad às, air a thogail suas air sgiathaibh na samhlaichte. Cò a bhiodh ag iarraidh leithid de leanabh mun àite?

Ach bha Matthew ag iarraidh a cumail, seach gach nì nach fhacal air cho iongantach! Bha Marilla a' faireachdainn gu robh e ag iarraidh sin a dh'aithghearr a raoir is a bha e a' faireachdainn an-diugh, agus gun rachadh e air adhart ag iarraidh. Sin dòigh Matthew - a glacadh tàire ort-fhèin agus a' gliocaireachd ris leis an ro-dhùrachd sàmhach iongantach as lìonmhoire - ro-dhùrachd a tha deich uairean nas làidire agus nas èifeachdaiche ann an sàmhachd na bhiodh e nam b' eileadh e a' bruidhinn.

Nuair a bha an biadh deiseil, thàinig Anne a-mach à h-ainglean agus thairg i nigheanachd na soithichean.

"Am faod thu doicheallan a nighe gu ceart?" dh'fhaighnich Marilla le mì-shoillsinn.

"Gu math gu leòr, tha mi nas fheàrr aig a bhith a' coimhead às deidh clann, ge-tà, tha mi air cho mòran eòlas a chosnadh air sin. 'S e truas nach eil gin an seo agad dhomh a bhith a' coimhead às deidh."

"Chan eil mi a' faireachdainn mar gu bheil mi ag iarraidh barrachd chloinne a bhith agam ri dhèanamh freagarrach air mar a th' agam an-dràsta. Tha thu gu leòr de dh'fhuadain gu cinnteach. Chan eil fhios agam dè a th' air a dhèanamh riut. Tha Màrtainn na dhuine a tha gu tur dona"

"Tha mi a' smaoineachadh gu bheil e gràdhach," thuirt Anna le geurachd. "Tha e cho pathaidh. Cha robh duil aige cò mheud a bhruidhinn mi, bha coltas air gu robh e toilichte leis. Mhothaich mi gun robh e na spiorad coltach cho luath 's a chunnaic mi e"

"Tha sibh an dà dhiubh gu leòr, ma 's e sin an rud a tha thu a' ciallachadh le spioradan càirdeil," thuirt Marilla le snìom. "Tha, 's urrainn dhut an truinnsearan a nigheancaidh, Toir gu leòr dh'uisge te, agus bi cinnteach gu seasaich thu iad gu math. Tha gu leòr agam ri dèanamh a-màireach oir bidh agam ri sgioba air White Sands feasgar is Mrs Spencer a choinneachadh. Thig thu còmhla rium agus stèidhicheadh sinn dè tha ri dhèanamh dhut. And dèidh dhut an truinnsearan a-nigheancaidh, falbh suas an treap làir agus dèan leabaidh agad"

Nigh Anne air na soithichean gu léir, mar a bha Marilla a' faicinn, a bha a' cumail sùil gheur air a' phròiseas. An uair sin, rinn i a leabaidh nas lugha soirbheachail, oir cha robh i a-riamh air ionnsachadh an t-ealain a bhith a' streap le tick feather. Ach rinn i e air choreigin agus rinne i e gu mìn; agus an uair sin, thug Marilla dhith le bhith a' innse dhi gun robh i comasach a dhol amachd airson fein-eòlas a dhèanamh gus an tig àm dìnnear.

Dh'èirich Anne gu doras, a gruaidhean fo lasair, a sùilean a' deargadh. Air an dorus fhèin, stad i gu tur, thionndaidh i timcheall, thill i 's shuidh i aig a' bhòrd, an solas 's an deargadh air an smior gu tur, mar gum biodh cuideigin air mùchadair a chur air.

"Dè tha cearr a-nis?" dh'iarr Marilla.

"Chan eil mi a' smaoineachadh gun rach mi a-mach," thuirt Anne, le guth na martra a' cur às do gach aoibhneas talamhach. "Mura faod mi fuireach an seo chan eil feum aig mo ghràdh air Green Gables. Agus ma theid mi a-mach an sin agus mi a' faighinn eòlach air na craobhan sin uile agus na flùraichean agus an tobar agus an allt cha bhi mi comasach air stad a bhith ga ghràdadh. Tha e gu leòr doirbh mar-thà, mar sin chan eil mi a' toirt itealan barrachd doirbhe dha. Tha mi ag iarraidh a dhol a-mach cho dona is gu bheil a h-uile rud a' fògradh thugam, 'Anne, Anne, thig a-mach chugainn. Anne, Anne, tha sinn ag iarraidh duine cluiche' ach tha e nas fheàrr nach eil. Chan eil feum aig gràdh a bhith agad air nithean ma bhios tu gan sgaradh uaibh, nach eil? Agus 's e sin gu doirbh stad a bhith ga dhràdhadh rudan, nach eil? Sin an adhbhar a bha mi cho toilichte nuair a smaoinich mi gun robh mi a' dol a dh'fhuireach an seo. Smaoinich mi gun robh uiread de ghnothaichean aigam ri gràdh agus chan eil aon rud a' cuir bac orm. Ach thàinig deireadh goirid air an aisling sin. Tha mi a' smaoineachadh gun tèid mi a-mach mar eagla gun tòisich mi air a bhith mi-shàsaichte a-rithist. Dè am facal a th' air an dearcag sin air an ùinneag, mas e do thoil e?"

"Sin e an geranium a tha a' cumail faire air an ùbhlan"

"Ò, cha b' e an dòigh sin de ainm a tha mi a' ciallachadh, tha mi a' ciallachadh dìreach ainm a thug thu dha fhèin. Nach do thug thu ainm dha? Am faod mi ainm a thoirt dha an uairsin? Am faod mi a ghairm oh, leig leam fhaicinn, dh'fhaodadh Bonny a dhèanamh, am faod mi a ghairm Bonny fhad 's a tha mi an seo? Ò, thoir dhomh leigeil leam!"

"Math dha-rìribh, chan eil mi a' cur dragh sam bith, ach càit' a bheil an ciall ann ainm a thoirt do ghearanium?"

"O, tha mi a' toirt suil air stuthan a bhith le freagairtean fiù 's ged a bhiodh iad a-mhàin geraniums, Tha e a' cur coltas dhaibh gu bheil iad nas motha mar dhaoine. Ciamar a tha fios agad ach nach eil e a' bualadh air mothachaidhean geranium dìreach airson a bhith air a ghairm mar geranium agus chan eil dad eile? Cha bhiodh e a' còrdadh riut a bhith air a ghlèidheadh mar bhean a h-uile àm. Tha, Bidh mi a' gairm e Bonny. Chuir mi ainm air a' chraobh cherries a-muigh uinneag mo sheòmair cadail an-diugh. Ghairm mi e Bhanrigh Sneachda air sgàth 's gu robh e cho geal. Gu cinnteach, chan eil e a' còrdadh riut a bhith ann an blàths a h-uile àm, ach faodaidh duine a bhith a' sàbhaladh gun robh e, nach eil sin?"

"Cha do chunnaic mi riamh ann am mo bheatha no chuala mi rud sam bith a tha co-ionnan riutha," thuirt Marilla, a' teicheadh sìos gu an taigh-tasgaidh airson buntàta. "Tha i seòrsa spòrs mar a tha Matthew a' rádh. Tha mi a' faireachdainn cheana fhéin gu bheil mi a' cur iongnadh dè an t-òran an ath sheachdain. Bidh i a' cruthachadh draoidheachd orm fhìn cuideachd. Tha i air a 'chur air Matthew. Tha an sealladh a thug e dhomh nuair a dh'fhàg e a' seallthainn a h-uile càil a thuirt no moladh e an-raoir a-rithist. Tha mi airson gu bheil e mar dhaoine eile agus gu bheil e a 'bruidhinn cùisean a-mach. D'fhaodadh duine freagairt an uair sin agus a 'cur a-steach e gu ciall. Ach dè a dh'fheumas a dhèanamh le duine a tha dìreach a' coimhead?"

Bha Anne air tilleadh gu bruadar, le a sroin anns a làmhan agus a suilean air an speur, nuair a thill Marilla bho strì na ceallair aice. An sin, dh'fhàg Marilla i gus am biodh an dìnnear tràth air a' bhòrd.

"'S docha gum faod mi a' mhaireag agus an t-carbad an-diugh feasgar, Matthew?" thuirt Marilla.

Dh'ionnsaich Màrtainn agus choimhead e gu h-ùilinn air Anna. Thug Màiri a sùil air am fearadh seo agus thuirt i goirt:

"Tha mi a' dol a dhraibheadh thairis gu White Sands agus a' socrachadh an rud seo, Thèid mi a ghabhail Anne leam agus 's docha gum bi Mrs Spencer a' dèanamh socarrachadh gus a cuir air ais gu Nova Scotia aig aon uaire. Cuiridh mi am tì agad a-mach dhut agus bidh mi aig an taigh ann an ùine gus na baich a bhainneadh."

Fhathast, cha do thuirt Màrtainn dad agus bha mothachadh aig Mairiul air faochadh facal agus anail. Chan eil dad nas corraige na duine nach freagair mura h-eil boireannach nach dèan sin.

"Thug Matthew ceangal air an t-orra-ruadh don bhagaig ann an ùine, agus ghabh Marilla agus Anne iad fhèin air falbh. Dh'fhosgail Matthew gèit an t-sabhail dhaibh, agus fhad 's a bha iad a' siubhal gu mall troimhe, thuirt e, gu duine sam bith gu sònraichte mar a bhitheadh e a' ciallachadh:

"Thainig Jerry Buote beag àn Craig an seo madainn, agus thuirt mi ris gun robh mi a' smaoineachadh gun fastadh mi e airson an t-samhraidh"

Cha do rinn Marilla freagairt sam bith, ach bhuail i an t-each donnachaidh mi-fhortanach le cliop gharbh leis a' bhiorraich gun do dh'fhalbh an t-each reamhar, nach robh cleachdte ri dèiligeadh den t-seòrsa sin, sìos an slighe gu luath gu h-eagalach. Thug Marilla sùil air ais aon uair mar a bha an cairt a' leum is a' bualadh agus chunnaic i an Matthew mì-chuideachail sin ag ùrnaigh thar an geata, a' coimhead lèirsinnich às dèidh iad.

Chapter 5

"An eil fios agad," thuirt Anne le dìomhaireas, "tha mi air mo chiall a dheanamh gus an dreuchd seo a chòrdadh rium. 'S e mo phròifeas gum faod thu rudean a chòrdadh riut ma dhèanamh thu do chiall gu daingean gu bheil thu ag iarraidh. Freagarrach, feumaidh tu do chiall a dheanamh gu daingean. Chan eil mi a' dol a smaoineachadh mu dhol air ais dhan dòigh san fhòr-spaideis fhad 's a tha sinn a' coimhead air ar dreuchd. Tha mi dìreach a' dol a smaoineachadh mu dheidhinn an dreuchd. Oh, coimhead, tha aon ròs beag fhiadhain a-mach tràth! Nach eil e àlainn? Am bheil thu a' smaoineachadh nach bu chòir dha a bhith toilichte a bhith na ròs? Nach biodh e snog nam biodh comas cainnt aig na ròisean? Tha mi cinnteach gum faodadh iad rudan teth dhuinn a innse. Agus nach e an dath pinc an dath as motha a tha a' cur an-sealladh air duine? Is toil leam e, ach cha bheil mi comasach air a chasadh. Chan urrainn do dhaoine le gruag ruadh pinc a chasadh, chan eil fiù 's ann an ìomhaigh. An robh thu riamh a' fiosrachadh mu dhuine sam bith a bha aig a bheil gruag dearg nuair a bha i òg, ach a thàinig gu dath eile nuair a dh'fhàs i suas?"

"Chan eil, chan eil fhios agam ma rinn mi riamh," thuirt Marilla gun truas, "agus cha bhiodh mi a' smaoineachadh gur e rud do-chreidsinneach a bhiodh ann ann an do chùis-sa cuideachd."

Anne thug osna.

"Uill, sin e dòchas eile a dh'fhalbh, 'Tha mo bheatha mar reilig làn de dhòchasan air an adhlacadh.' Sin e abairt a leugh mi ann an leabhar aon uair, agus canaidh mi e gus mo chothromachadh gach uair a tha mi air mo dhiùltadh ann an rud sam bith."

"Chan fhaic mi càite a bheil an sòlas a' tighinn a-steach fhèin," thuirt Marilla.

"Carson, oir tha e a' fuaimneachd cho bòidheach agus romansach, dìreach mar gum biodh mi na prìomh-charactar ann an leabhar, tha fios agad. Tha mi cho measail air nithean romansach, agus tha cladach làn de dhòchasan air an adhlacadh cho romansach ri nithean 's urrainn dhut a bhith a' smaoineachadh, nach eil? Tha mi gu math toilichte gu bheil aon agam. A bheil sinn a' dol tharsainn Loch nan Uisgeachan Soilleir an-diugh?"

"Chan e a' dol thairis air lochan Barry a tha sinn, ma 's e sin an loch Solais Lonrach agad. Tha sinn a' dol leis an rathad tràigh."

"'S math leam fuaimean slighe na mara," thuirt Anna gu aislingeach. "A bheil e cho snog 's a tha e a' fuaimneachadh? Dìreach nuair a thuirt thu 'slighe na mara' chunnaic mi e ann an dealbh ann am mo inntinn, cho luath 's sin! Agus 's e ainm bòidheach a th' ann an White Sands cuideachd; ach cha toil leam e cho math 's Avonlea. 'S e ainm àlainn a th' ann an Avonlea. Tha e dìreach a' fuaimneachadh mar ceòl. Ciamar fad a th' e gu White Sands?"

"Tha e còig mìle; agus on a tha thu follaiseach airson bruidhinn, dh'fhaodadh tu bruidhinn gu feumail le bhith ag innse dhomh na tha fios agad mu dheidhinn do dhèidhinn fhèin"

"Och, chan eil na tha mi fhìn ag aithneachadh airidh air a bhith ag innse," thuirt Anna gu dealasach. "Ma leigeas tu dhomh innse dhuibh na tha mi a' bhruadarachadh mu m' fhèin, bidh sibh a' smaoineachadh gur e sin a tha nas inntinneach buileach"

"Chan eil, chan eil mi ag iarraidh gin de d' imaginings, Just you stick to bald facts, Tòisich aig an toiseach. Càite an robh thu air do bhreth agus dè an aois a th'ort?"

"Bha mi aig aon-dheug an am Mart," thuirt Anna, a' gabhail ris na fìrinn gun mhais le osna bheag. "Agus rugadh mi ann an Bolingbroke, Nova Scotia, Bha ainm m' athar Walter Shirley, agus bha e na thidsear ann an Àrd-sgoil Bolingbroke. Bha ainm mo mhàthar Bertha Shirley. Nach iad Walter agus Bertha ainmean brèagha? Tha mi cho toilichte gun robh ainmean snog aig mo phàrantan. Bhiodh e na nàire buileach a bhith agam athair air a bheil, uill, abair Jedediah, nach biodh e?"

"Tha mi a 'measgachadh nach eil e gu diofar dè an t-ainm a th' air duine cho fad 'sa bhios e a' giùlain fhèin," thuirt Marilla, a 'faireachdainn gu robh i air a gairm a-staigh gus moral math agus feumail a thoirt a-steach.

"Uill, chan eil fhios agam" dh'fhàg Anne i a smaoineachadh. "Bha mi a' leughadh ann an leabhar aon uair gun robh ros no ainm eile air, bha iad fhathast a' fàs cho milis, ach cha deach mi a-riamh a mhìneachadh. Chan eil mi a 'creidsinn gum biodh ros cho math ma bhiodh e air ainmeachadh mar thistle no skunk cabbage. Is docha gun robh m'athair na duine math fiù 's ged a bhiodh e air ainmeachadh mar Jedediah; ach tha mi cinnteach gun robh e na chrois. Uill, bha mo mhàthair na tidsear san Ard-sgoil, cuideachd, ach nuair a phòs i m'athair dh'fhàg i an teagaisg, gu cinnteach. Bha duine-cèile gu leòr. Thuirt a 'Bhanntrach Thomas gun robh iad mar mhac-màthair, agus a' dol gu eaglais. Chaidh iad a ghabhail ann an taigh beag buidhe ann an Bolingbroke. Cha deach mi a-riamh air an taigh sin fhaicinn, ach tha mi air a bhith a 'dearbh mi mìltean de thursan. Tha mi a 'smaoineachadh gum biodh cris-ghuib air an uinneag-seòmair-litreach agus deinichean air a' chlàr-bhòrd agus lusan na glinne dìreach a-staigh air a 'ghèata. Tha, agus curtainean muslin san uile uinneag. Tha curtainean muslin a 'toirt geamhrachd air taigh. Rugadh mi anns an taigh sin. Thuirt a 'Bhanntrach Thomas gun robh mi na leanabh as grànnda a chunnaic i riamh, bha mi cho lag agus beag agus chan ann ach sùilean, ach smaoinich màthair gun robh mi foirfe àlainn. Bu chòir smaoineachadh gum biodh màthair na breitheamh nas fheàrr na boireannach bochd a thàinig a-steach gu leantainn, nach biodh tu? Tha mi toilichte gun robh sìde riaraichte rium co-dhiù, bhiodh mi a 'faireachdainn cho brònach nam smaoineachadh gun robh mi na dì disappoint dhith air sgàth nach robh i a' fuireach fada às a sin, a-nis tha thu a 'dearbhadh. Bha i oidhche bho fhiabhras nuair a bha mi dìreach trì mìosan a dh'aois. Tha gu tur sireadh gun deach iad a 'fuireach gu leòr fhad' s gum b' urrainn dhomh màthair a ghairm. Tha mi a 'smaoineachadh gun robh e cho milis gu fàireachdainn' màthair ', nach biodh tu? Agus chaochail athair ceithir làithean an dèidh sin bho fhiabhras cuideachd. Dh'fhàg sin mi na dheoidh agus bha daoine chun a 'chinn aca is chan eil fhios aca dè a dhèanadh rium. Tha thu a 'faicinn, cha robh duine sam bith ag iarraidh orm fiù 's an uair sin. Tha coltas a bhith na m'adhbrann. Thàinig athair agus màthair bho àiteachan iomallach agus bha e follaiseach gun robh duine sam bith aca a 'fuireach. Mu dheireadh thall, thuirt a 'Bhanntrach Thomas gun do ghabh i mi, ged a bha i bochd agus duine-cèile air meisg. Thug i mi suas le làimh. A bheil fios agad ma tha rud sam bith ann a bhith air a thogail le làimh a bu chòir do dhaoine a tha air an togail mar sin a bhith nas fheàrr na daoine eile? Oir nuair a bhiodh mi na bad girl, bhiodh a 'Bhanntrach Thomas a' faighneachd dhomh ciamar a bhiodh mi na chaillich cho dona nuair a thog i mi suas le làimh mar ro-innse.

"Shoist Mr agus Mrs Thomas as Bolingbroke gu Marysville, agus dh'fhuirich mi còmhla riutha gus an robh mi ochd bliadhna a dh'aois. Chuidich mi an cuideachd a thàladh air clann a' Thomas - bha ceithir dhiubh nas òige na mise agus dh'fhaodainn a ràdh riut gun d'fheumadh tu mionaid mòr ga thòiseachadh air. An uair sin chaidh Mr Thomas a mharbhadh 's e a' tuiteam fo trèana, agus thairg a mhàthair am falbh le Mrs Thomas agus a clann, ach cha robh ise ag iarraidh orm. Bha Mrs Thomas gu a h-ìre-uile, mar sin thoirt i a-mach e, dè a dhèanadh leam. An uair sin thàinig Mrs Hammond suas bho'n abhainn a-nuas agus thuirt i gun toireadh i leatha mi, on a bha mi amach leis a 'chlann, agus dh'fhalbh mi suas dhan abhainn a fuireach còmhla rithe ann an beagan sgapaich eadar na cambaich. Bha e na àite uaigneach dha-rìrebh. 'S cinnte nach bh' urrainn dhomh a dhol ann mur robh fantais uamhasach agam. Rinn Mr Hammond moladhandan beag suas an sin, agus bha ochd clann aig Mrs Hammond. Bha iad dà fois. Thoill mi na nàbaidhean gu mèadhanach, ach dhà uair 'na dèidh a chèile, bu mhòr do dhroch. Bha mi ag ràdh gu daingen le Mrs

Hammond, nuair a thàinig a' chòrda as deireadh. Bha mi cho sgìth a 'nochdadh iad."

"Bha mi a' fuireach suas an abhainn còmhla ri Mrs Hammond thairis air dà bhliadhna, agus an uairsin chaochail Mr Hammond agus sgaoil Mrs Hammond a cuid aodaich-taighe. Roinn i a cloinn am measg a h-àbhaisteachd agus chaidh i gu na Stàitean. Bha orm falbh gu an asram aig Hopeton, oir cha robh duine sam bith ag iarraidh orm. Cha robh iad ag iarraidh orm aig an asram cuideachd; thuirt iad gu robh iad làn gu leòr mar a bha e. Ach bha iad a' feumachadh orm agus bha mi an sin airson ceithir mìosan gus an tàinig Mrs Spencer"

Crìochnaich Anne suas le osna eile, osna fuaime an turais an turas seo. Gu follaiseach, cha robh i toilichte bruidhinn mu na dèiligeadh i ann an saoghal a cha robh ag iarraidh i.

"An do rach thu gu sgoil riamh?" dh'iarr Marilla, a' toirt a' mheirlich ruadh sìos an rathad tràigh.

"Chan e mòran, chaidh mi beagan an uiridh mu dheireadh a bha mi a' fuireach còmhla ri Mrs Thomas. Nuair a chaidh mi suas an abhainn, bha sinn cho fada bhon sgoil nach b' urrainn dhomh a choiseachd anns a' gheamhradh agus bha saor-làithean anns a' samhradh, mar sin, dh'fhalbh mi a-mhàin anns an earrach agus am foghar. Ach, gu cinnteach, chaidh mi nuair a bha mi aig an taigh-òsda. Tha mi comasach leughadh gu math feumail agus tha mi eòlach air an uiread de phìosan bàrdachd a tha dhìomhsach bho m' chridhe, 'The Battle of Hohenlinden' agus 'Edinburgh after Flodden,' agus 'Bingen of the Rhine', agus a' mhòrchuid de 'The Lady of the Lake' agus a' mhòrchuid de 'The Seasons' le James

Thompson. Nach eil thu a-màin a 'gràdhadh bàrdachd a tha a' toirt duit mothachadh corrach eadar do dhàruisg? Tha pìos anns an Còigeamh Leughadair 'The Downfall of Poland' a tha loma làn de dh'òigrichean. Gu cinnteach, cha robh mi anns an Còigeamh Leughadair, bha mi a-màin anns a 'Cheathramh ach bhiodh na caileagan mòra a' tabhairt dhomh an leabhar aca gus am faic mi."

"An robh na mnathan sin, Mrs Thomas agus Mrs Hammond, math dhut?" dh'fhaighnich Marilla, a' coimhead air Anne à ceàrna a shùla.

"O o o h," thàinig as Anne. Dh'ath dhaiteach a beul beag so-mhaoinichte gu scarlett na b'fhìor 's chuir e buaireadh air a h-eireachdail. "Oh, bha iad a' ciallachadh 'bhi, tha fhios agam gun do chiallaich iad 'bhi cho math 's caoimhineil 'sa b' urrainn dhaibh. Agus nuair a tha daoine a' ciallachadh 'bhi math dhut, chan eil dragh ort moran nuair nach eil iad cho math 'sa b' àbhaist dhaibh. Bha tòrr a' buaireadh iad, tha fhios agad. Tha e glè chruaidh a bhith 'gabhail duine air ol, tha thu a'faicinn; agus feumaidh e bhith glè chruaidh a bhith a'faighinn teadaidh an dàrna h-uair às deidh a chèile, nach eil thu a' smaoineachadh? Ach tha mi cinnteach gun do rinn iad iomairt a bhith math dhomh"

Dh'iarr Marilla gun cheist sam bith a bharrachd. Thug Anne i fhèin suas gu sàmhach airson an rathad tràigh is bha Marilla a' stiùireadh an sorrel gun aire fhad 's a bha i a' meòrachadh gu domhainn. Bha truas a' toirt oirre gu h-obann airson an nighean. Dè cho bochd, cho neo-ghràdhta 's a bha iad beatha - beatha de dhìth is bochdanachd agus neo-shùilearachd; oir bha Marilla gu leòr glic ri leughadh eadar na loidhnichean de eachdraidh Anna agus a tuigsinn na fìrinn. Chan eil e iongantach gu robh i cho toilichte aig beachd air dachaigh fhìor. B'e truas gum feumadh i a chuir air ais. Dè ma bhiodh i, Marilla, a' toirt a-steach air sunnd Matthew's neo-chunntanta agus a leigeadh a fuireach? Bha e air a shuidheachadh air; agus chòrd an nighean beag a bha ag ionnsachadh gu snog.

"Tha i a' dol ro mhòr," smaoinich Marilla, "ach dh'fhaodadh i a bhith air a trèanadh a-mach à sin. Agus chan eil rudeigin garbh no slang anns na tha i ag ràdh. Tha i mar bhean uasal. 'S docha gun robh a muintir na daoine snog."

Bha an rathad chladaich "coillteach agus fiadhain agus uaigneach". Air an làimh dheis, fàsaich firinn, gun spiorad briste leis na bliadhnaichean fada de strì le gaoithe a' chuain, gu teann. Air an taobh clì, bha na ailltean gainmheich dearg aotrom, cho faisg air an rathad ann an àiteachan 's gun do dh'fheuch broilleach nas lugha na an sorrel am beusan na daoine a bha air a cùlaibh. Aig bun na h-ailltean, bha carn taois de chlachan no tràighean beaga gainmheil, le co-chruinn ris an fhuaim mhara; thall bha a' mhuir, a' crathadh agus a' gorm, agus air a tharraing na fulmairean, aca sgiathan a' flasgadh airgeadach anns a' ghrian.

"Nach eil am muir sgoinneil?" thuirt Anna, a' toirt soilleireachadh bhon sàmhchair, gun smoineachadh. "Aon uair, nuair a bha mi a' fuireach ann am Marysville, lorg Mgr Thomas carbad togail agus thug e sinn uile airson sealladh den latha aig an cladach deich mhìltean air falbh. Ghnìth mi gach mionaid an latha sin, fiù 's ged bha agam ri coimhead às dèidh nan leanabh fad an ùine. Bha mi a' beò air ais ann am bruadar son bhliadhnaichean. Ach tha an cladach seo nas fheàrr na cladach Marysville. Nach eil na farspag sin àlainn?

Am bu toigh leat a bhith na farspag? Tha mi a 'smaoineachadh gum biodh mi, sin is, mur robh mi a' dol a bhith na caileag daonna. Nach eil thu a 'smaoineachadh gum biodh e snog a dhùsgadh aig èirigh-grèine agus a' sgoltadh sìos thar an uisge agus a-mach thairis air an gorm bhreagha sin fad an latha; agus an uair sin aig an oidhche air ais gu nead aon? Ò, faodaidh mi a-mhàin a 'mhac-meanma a' dèanamh e. Dè an taigh mòr sin air thoiseach ort, mas e do thoil e?"

"Sin e an t-Òstaig White Sands, tha Mr Kirke a' ruith e, ach chan eil an t-seasan toiseachadh fhathast. Tha tòrr Aimeireaganaich a' tighinn an sin airson an t-samhraidh. Tha iad a' smaoineachadh gu bheil an cladach seo dìreach ceart"

"Bha eagal orm gun robh e àite Mrs Spencer," thuirt Anne gu brònach. "Chan eil mi ag iarraidh a dhol an sin, ann an dòigh, bidh e coltach ri deireadh gach rud"

Chapter 6

Ràinig iad an sin, ge-tà, ann an ùine freagarrach. Bha Mrs Spencer a' fuireach ann an taigh mòr buidhe aig Cove White Sands, agus thàinig i aig an doras le iongnadh agus fàilte measgaichte air a h-aodann càirdeil.

"Mo gràdh, mo gràdh," ghlaodh i, "sibhse an teaghlaich mu dheireadh a bha mi an dùil fhaicinn an-diugh, ach tha mi gu math toilichte sibh fhaicinn. Cuiridh sibh an t-each agaibh a-steach? Agus ciamar a tha thu, Anne?"

"Tha mi cho math 'sa ghabhas dùil, tapadh leat," thuirt Anne gun ghàire. Chuir e coltas gu robh plaigh tuiteil oirre.

"'S docha gum fuirich sinn beagan ùine gus an tè a leigeil seachad airson fois," thuirt Marilla, "ach thug mi gealltainn do Mhathaidh gum biodh mi aig an taigh tràth, Tha an dearbhfhaclan a tha ann, a' Bh. Spencer, tha mearachd iongantach air tachairt àiteigin, agus tha mi air tighinn thairis gus faicinn càite a bheil i. Chuir sinn fios, Mathaidh agus mise, dhut a thogail dhuinn balach à an dìonad. Dh'inns sinn do d' bhràthair Roibeirt gun innis e dhut a bha sinn ag iarraidh balach deich no a h-aon deug bliadhna a dh'aois"

"Marilla Cuthbert, nach eil thu ag ràdh sin!" thuirt Mrs Spencer le duilgheadas. "Carson, chuir Robert facal sìos le a nighinn Nancy agus thuirt i gun robh thu ag iarraidh nighean nach robh i Flora Jane?" a' cur ceist air a nighean a bha air tighinn a-mach gu na ceumachan.

"Thug i cinnteach, Miss Cuthbert," dearbhaich Flora Jane gu dìleas.

"Tha mi duilich gu uabhasach," thuirt Mrs Spencer. "Tha e ro dona; ach gu cinnteach cha robh e na mo mhearachd, chi thu, Miss Cuthbert. Rinn mi an rud as fheàrr a b' urrainn dhomh agus smaoinich mi gun robh mi a' leantainn do stiùiridhean. Tha Nancy na rud uamhasach èibheil. Tha mi air a bhith gu tric ga chàineadh gu math airson a beisfiosachd"

"'S e mo chulaidh fhèin a bh' ann," thuirt Marilla gu sòlasach. "Bu chòir dhuinn tighinn thugad fhèin agus chan fhalbh teachdaireachd chudromach air a lìbhrigeadh le facal beul mar sin. Co-dhiù, tha am mearachd air a dhèanamh agus cha tèid ach feum a chur ris. Am faod sinn an leanabh a chur air ais chun an taigh-àraidh? Tha mi a' smaoineachadh gun gabh iad i air ais, nach gabh iad?"

"Tha mi a' smaoineachadh gu bheil," thuirt Mrs Spencer gu smuainteach, "ach chan eil mi a' smaoineachadh gum bi e riatanach a cur air ais. Bha Mrs Peter Blewett an seo an-de, agus bha i ag ràdh rium ciamar a dh'aindeoin i gun do chuir i leam airson nighean beag gus cuideachadh leatha. Tha teaghlach mòr aig Mrs Peter, tha fios agad, agus tha i a' faighinn duilich le cuideachadh. Bidh Anne na nighean a tha dìreach dhut. Tha mi a' gabhail ris mar a bhiodh e fortanach dha-rìribh"

Cha robh coltas air Marilla mar gum b' e smaoineanadh i gu robh Provanas a' dèanamh mòran do dh'obair anns an ghnothaich seo. Seo cothrom nach robh i dùil ris a bha math gu leòr gus an dìlleachdan neo-fhàilteach seo a thoirt air falbh bhoi, agus cha robh i fiù 's taingeil airson sin.

Bha i a' fios aig, a-mhàin le sealladh, gu robh Mrs Peter Blewett na boireannach beag, gruamach gun unnsa sam bith de fheòil air a cuid cnàimhean. Ach bha i air èisteachd ri a h-innse. "Obairiche agus tiomaidh uabhasach," thuirt daoine gun robh Mrs Peter; agus bha nigheanacha-seirbhis a' innse sgeulachdan uamhasach mu a geur-ghuthachd agus a sparanachd, agus a clann brosnachail, streapach. Bha Marilla a' faireachdainn ìomhaigh de chonscience aig smaoinichadh a' toirt Anne dhi a reir a tròcairean.

"Uill, theid mi a-steach agus bruidhneachaidh sinn mu dheidhinn a' chùis," thuirt i.

"Agus ma tha e ann, nach eil Mrs Peter a' tighinn suas an rathad aig an àm beannaichte seo!" Ghlaodh Mrs Spencer, a' brosnachadh a cuid aoighean tron hall dhan phàrlamaid, far an d'fhairich i rùsg fuar a bualadh orra, mar gu robh an adhar air a shìneadh cho fada tron dhoille dhonaidh, riaghailte gu dlùth gur dhìochuimhnich e gach pìos blàths a bha aige riamh. " 'S e sin fortanach gu dearbh, oir can sinn an cùis a rèiteachadh an-dràsta. Gabh an cathair uilinn, Miss Cuthbert. Anne, suidh an seo air an ottoman agus na sguab. Leig leam gabhail your hataichean. Flora Jane, falbh a-mach agus cuir an tìtean air. Feasgar math, Mrs Blewett. Bha sinn dìreach ag ràdh dè cho fortanach 's e gun do thachair thu. Leig leam do chur an aithne do dhà bhan-òglaich. Mrs Blewett, Miss Cuthbert. Gabh mo leisgeul orm airson greis. Dhìochuimhnich mi Flora Jane a thoirt briosgaidean à an amhainn."

Thug Mrs Spencer thall, an dèidh a togail suas na blinds. Anne suidhe mute air an ottoman, le a làmhan clasped gu teann anns a glùn, staraich aig Mrs Blewett mar aon fascinated. Am biodh i ri a thoirt a-steach ann an cumail aig an boireannach seo le aodann gheur, shuil gheur? Bha i a 'faireachdainn lump a 'tighinn suas anns a bhràghad agus do dh'fhàs a sùilean painfully. Bha i a 'tòiseachadh a bhith eagalach nach robh i ri a cumail air a dheòir nuair a thill Mrs Spencer, flushed agus beaming, gu math comasach air a ghabhail a h-uile agus gach duilgheadas, corpach, inntinn no spioradail, a-steach gu beachdachadh agus a rèiteachadh a-mach a làimh.

"Tha coltas gu bheil mearachd ann mun nighean bheag seo, Mrs Blewett," thuirt i. "Bha mi a' smaoineachadh gu robh Mr agus Miss Cuthbert ag iarraidh nighean bheag a ghabhail. Chaidh innse dhomh gu cinnteach mar sin. Ach tha coltas gu robh iad ag iarraidh balach. Mar sin ma tha thu fhathast den aon bheachd 's a bha thu an-de, tha mi a' smaoineachadh gum bi i dìreach na rud a th' annad."

Thug Mrs Blewett suil a-mach air Anne bho cheann gu bonn.

"Dè an aois a th' annad agus dè an t-ainm a th' ort?" dh'iarr i.

"Anne Shirley," stammer an leanabh dìth air fhèin, gun dòigh-seachad sam bith a thaobh litreachadh, "agus tha mi aon bhliadhna deug a dh'aois."

"Humph! Chan eil coltas ort mar gun robh mòran dhut, ach tha thu teann, chan eil fhios agam ach 's dòcha gur e na teannain las motha a tha as fheàrr sa deireadh thall. Uill, ma ghlac mise thu, bidh feum agad a bhith na cailin mhath, tha thu fhios agad math agus tapaidh agus spèisialta. Bidh mi a 'sùileachadh gum bi thu a' cosnadh do chumail, agus gun dearmad mu sin. Yes, tha mi a 'smaoineachadh gur e as fheàrr dhomh a gabhail dhìot, Miss Cuthbert. Tha am pàipear uabhasach mi-fhèin, agus tha mi sgìth gu leòr a 'freagairt dha. Ma tha thu ag iarraidh, 's urrainn dhomh a thoirt dachaigh an-dràsta"

Thug Marilla sùil air Anne agus dh'èibhlich i a' faicinn aodann ghlèach geal an leanabhois chòmhla ri an t-sealladh gun chòmhradh de dhìtheisteachd; am fulangas a thaighean air ainmhidh beag nach urrainn dèanamh sam bith nuair a thathar air a ghlacadh a-rithist anns an t-sabhal bho nach robh i air teicheadh. Fhuair Marilla a-mach, gu neo-chompordach, nach urrainn dhi an t-sealladh sin a dhiùltadh agus nach ith dhì gun ionndrainn i e gu là a bàis. A bharrachd air sin, cha robh i toilichte le Mrs Blewett. A thoirt seachad leanabh mothaich, "àrd-strang" gu leithid boireannach! Cha robh, cha ghabhadh i an dleastanas a ghabhail a dheanamh sin!

"Uill, chan eil fhios agam," thuirt i gu mall. "Cha do thuirt mi gun robh Màrtainn agus mise air cinnteachadh gu tur nach cumadh sinn i. Gu dearbh, 's dòcha gun abair mi gu bheil Màrtainn airson i a chumail. Thàinig mi a-mach a-mhàin gus faighinn a-mach ciamar a thachair am mearachd. Tha mi a 'smaoineachadh gu bheil e nas fheàrr dhomh a'bhruidhinn rithe agus a'bruidhinn rithe a-rithist. Tha mi a 'faireachdainn nach bu chòir dhomh rud sam bith a shocrachadh gun a' comhairleachadh leis. Mura dèan sinn ar n-inntinn nach cum sinn i, toiridh sinn no cuiridh sinn thugad a-màireach a-nochd. Mura dèan sinn sin, 's urrainn dhut a fhaicinn gu bheil i a' fuireach còmhla rinn. A bheil sin freagarrach dhut, Mrs Blewett?"

"'S docha gu bheil feum aige a dhèanamh," thuirt Mrs Blewett gun chairdeas.

Durante òraid Marilla, bha foillsicheadh méthair ag èirigh air aodann Anne. An toiseach, ghlac look de dhìthneas; an uairsin thàinig beagan dòchais beag; dh'fhàs a sùilean domhainn agus soilleir mar rionnagan-madainn. Bha an leanabh air atharrachadh gu tur; agus, aon mionaid an dèidh sin, nuair a shiubhail Mrs Spencer agus Mrs Blewett a-mach ann an tòir air reasabaidh a bha an dèidh tighinn a ghoid i, dh'eirich i suas agus dh'itealaich i tarsainn na seòmair gu Marilla.

"Ò, a Mhiss Cuthbert, an do ràinig sibh gu dearbh gun do dh'fhaodadh sibh leigeil dhomh fuireach aig Green Gables?" thuirt i, le cabadaich gun anail, mar gum brisgeadh guth àrd an cothrom glòrmhor. "An do ràinig sibh gu dearbh e? No an robh mi dìreach a' smaoineachadh gun do ràinig sibh?"

"Tha mi a 'smaoineachadh gum bu chòir dhut ionnsachadh mar a smachdas tu an t-imagination agad, Anne, ma chaill thu eadar-dhealachadh eadar dè tha fìor agus dè nach eil," thuirt Marilla gu corruich. "Tha, chuala thu mi ag ràdh dìreach sin agus chan eil tuilleadh, Chan eil e air a chinnteachadh fhathast agus 's dòcha gun ruige sinn gu crìoch a leigeil le Mrs Blewett gad ghabhail an dèidh a h-uile càil. Tha i gu cinnteach feumach ort mòran nas motha na tha mi "

"Bu toil leam tilleadh dhan iar-asileam na a dhol a dhiùltadh leatha," thuirt Anne le paisean. "Tha i coltach gu dìreach ri gimlet."

Dhùisg Marilla gàire fo'n conviction gum feumadh Anna a dhearg airson a leithid de chainnt.

"Bu chòir do nighean beag mar thusa a bhith nàireach mu bhith a' bruidhinn mar sin mu bhean agus mu neach nach eòlach," thuirt i gu cruaidh. "Thig air ais agus suidh sìos gu sàmhach agus cum do theanga agus bi mar bu chòir do nighean mhath a bhith."

"Nì mi feuchainn ri a bhith agus a dhèanamh rud sam bith a tha thu ag iarraidh orm, ma bhios tu ga chumail orm," thuirt Anna, a' tilleadh gu sèimh gu a h-ottoman.

Nuair a thàinig iad air ais aig Green Gables a-nochd, choinnich Màrtainn riutha anns an rathad. Bho chèile, bha Mairi sàmhach air a mhothachadh a' crònan mun cuairt agus a' tomhas a dhealbh. Bha i deiseil airson an fàsachadh a leugh i anns a ghnùis nuair a chunnaic e gun robh i aig a' char as ùire air an tilleadh Ainn thug leatha. Ach cha do thuirt i dad dha mun ghnothach, gus an robh iad an dàrna duine timcheall-taighe a' bainneachadh nan crodh. An uairsin dh'innse i dha goirid mu eachdraidh Ainn agus toradh an agallaimh le M. Spencer.

"Cha bhiodh mi a' toirt cù a chòrdadh rium don bhoireannach Blewett sin," thuirt Matthew le dìoghras neo-àbhaisteach.

"Chan eil mi a' gabhail tlachd ann an dòigh aice fhèin," thuirt Marilla, "ach 's e sin no a cumail fhein againn, Matthew. Agus on a tha thu a' leigeil leam gu bheil thu airson a h-uile, tha mi a' smaoineachadh gu bheil mi deònach no feumach air a bhith. Tha mi air a bhith a' smaoineachadh air an ideadh gus an robh mi air a ghabhail leis aon chuideigin. Tha e coltach ris a' dhleastanas. Chan eil mi a-riamh air a bhith a' togail leanabh, gu h-àraidh nighean, agus tha mi a' smaoineachadh gu bheil mi a' dèanamh mess mòr dheth. Ach rachaidh mi air adhart a dhèanamh mo dhìcheall. Chom far a tha mi a' bùrachd, Matthew, 's urrainn dhi fuireach"

Bha aodann chùthach Matthew na deàrrsadh de thoil-inntinn.

"Uill, a-nis, bha mi a 'smaoineachadh gum faigheadh tu a bhith a' coimhead air mar sin, Marilla," thuirt e. "Tha i cho inntinneach, an rud beag."

"Bhiodh e nas freagarraiche nam biodh tu ag ràdh gun robh i na rud beag feumail," fhreagair Marilla, "ach cuiridh mi romham a bhith a' faighinn a foirm gu bhith na sin. Agus cuimhnich, Aonghais, nach eil thu dol a bhith a' cur bacadh air mo mhodhan. 'S dòcha nach eil fios mòr aig sean-bhaintighearna mu dheidhinn a' togail leanabh, ach tha mi a' smaoineachadh gun eil i a' fios aice nas motha na baintighearna sean. Mar sin, fàg dhomhsa a bhith a' riaghladh i. Nuair a bhiodh mi a 'teip, bidh e ùine gu leòr a' cur do ràmh a-steach"

"An sin, an sin, Marilla, 's urrainn dhut do shlighe fhèin a bhith agad," thuirt Màthaidh gu soothasach. "A-mhàin bi cho math 's cho càirdeil ris a tha comasach dhut gun a milleadh. Tha mi a' smaoineachadh gu bheil i dìreach mar an seòrsa a gheibh thu a dhèanamh rud sam bith leis ma gheibh thu a gràdh"

Marilla bha e a' sradagadh, gus a sealltainn dhi fhèin a beag-mheas air beachdan Mhathais mu rud sam bith boireanta, agus shiubhail i dhan dhairy leis na bailtean.

"Chan innis mi dhi a-nochd gun urrainn dhi fuireach," smaoinich i, fhad 's a bha i a' sìoladh an uachdar bho'n bhlàth-bhainne. "Bhiodh i cho toilichte 's nach fhaigheadh i suain sùil. Marilla Cuthbert, tha thu gu dearbh ann an trioblaid. An robh thu riamh a' smaoineachadh gun chunnaic thu an latha nuair a bhiodh thu a' gabhail nighean dìlleachd? 'S ann iongantach a tha sin; ach chan eil e cho iongantach 's a tha e gum biodh Matthew aig bonn na cùise, esan a bha an-còmhnaidh a' faireachdainn eagail uamhasach ro nighnean beaga. Co-dhiù, tha sinn airson an deuchainn a dhèanamh agus Dia a-mhàin aig an fios dè thig às"

Chapter 7

NUAIR a thog Marilla Anne suas dhan leabaidh oidhche sin, thuirt i gu cruaidh:

"A-nis, Anne, thug mi fa-near an-raoir gun do chuir thu do chuid aodaich air feadh na h-urlair nuair a thug thu iad dheth. 'S e cleachdadh glan neo-chruinn a tha sin, agus chan urrainn dhomh a leigeil seachad idir. Cho luath 's a thig thu an cionn pioc sam bith de dh'èideadh, cuir e gu cneasta agus cuir e air an stòl. Chan eil feum agam idir air nighean beag nach eil sgioblach"

"Bha mi cho cràdaichte am mo smuain an-raoir nach do smaoinich mi air mo chuid aodaich idir," thuirt Anne. "Bìdheadh mi ga fhalbh gu snog a-nochd, B' àbhaist dhaibh dèanamh sin dhuinn aig an àsanam. Leth an àm, ge-tà, bhiodh mi a' dìochuimhneachadh, bhiodh mi ann an deifir mòr airson tighinn a-staigh don leabaidh snog agus sàmhach agus a' smaoineachadh air cùisean"

"Feumaidh tu cuimhneachadh beagan nas fheàrr ma thèid thu an seo," ghlaodh Marilla. "Sin, tha sin coltach ri rudigin, Can do ùrnaighean a-nis agus falbh a-steach don leabaidh"

"Chan eil mi riamh ag ràdh aon ùrnaigh," fhogair Anne.

Thug Marilla sùil air-iongantachd uabhasach.

"Carson, Anne, dè tha thu a' ciallachadh? Nach do theagaisg duine dhut gu can thu do ùrnaighean? Tha Dia a' dèanamh fiach am bi nighean beaga a' can a' ùrnaighean. Nach eil thu a' tuigsinn cò tha Dia, Anne?"

"'Tha Dia na spiorad, neo-chrìochnach, shìorraidh agus gun atharrachadh, ann a bheatha, glic, cumhachd, naomhachd, ceartas, math, agus fìrinn,'" fhreagair Anne gu tapaidh agus gu furasta.

Choimhead Marilla gu beagan faochadh.

"Mar sin tha thu fhios agad rudeigin, buidheachas le Dia! Chan eil thu gu tur mar fheitheamh. Càit an do dh'ionnsaich thu sin?"

"O, aig an sgoil Didseata na h-asrama, Rinn iad dèanamh sinn ionnsachadh an catechism uile. Chòrd e gu math dhomh. Tha rud àlainn mu dheidhinn cuid de na faclan. 'Infinite, eternal and unchangeable.' Nach eil e grand? Tha a leithid de roll dha mar tha organ mòr a 'cluich. Cha bhiodh tu dìreach ga gairm mar bàrdachd, tha mi a 'smaoineachadh, ach tha e a' faireachdainn mòran mar, nach eil?"

"Chan eil sinn a' bruidhinn mu dhàn, Anne tha sinn a' bruidhinn mu d'ùrnaighean a ràdh. Nach eil fios agad gu bheil e na rud uabhasach dona nach eil ùrnaighean agad gach oidhche? Tha eagal orm gu bheil thu na cailin beag uabhasach dona"

"Bhiodh e nas fhasa dhut a bhith dona na math nam biodh falt ruadh agad," thuirt Anne gu gearanach. "Chan eil fios aig daoine nach eil falt ruadh aca dè an trioblaid a th' ann. Thuirt Mrs Thomas rium gun do rinn Dia mo chuid fuilt ruadh a-rèir adhbhar, agus cha do chùm mi dragh air as dèidh sin. Agus co-dhiù bhithinn ro sgìth aig an oidhche gus am bi mi ag ràdh ùrnaighean. Chan urrainn dhan fheadhainn a tha a' cuideachadh le clann-meangach freagairt air ùrnaighean a ràdh. A-nis, a bheil thu dìreach a' smaoineachadh gun urrainn dhaibh?"

Chinn Marilla gum bu choir tòiseachadh air trèanadh cràbhaidh Anne gun dàil. Gu follaiseach, cha robh ùine sam bith ri chall.

"Feumaidh tu do ùrnaighean a ràdh fhad 's a tha thu fon m' ùrlar, Anne"

"Ciamar, gu cinnteach, ma tha thu ag iarraidh orm," aontaich Anne gu sona. "Bhithinn a 'dèanamh rud sam bith gus do thoil a dhèanamh. Ach bidh tu aig iarraidh orm ag ràdh dè bu chòir dhomh a ràdh airson aon turas seo. An dèidh dhomh a dhol a-steach a dh'fho-chreis, bidh mi ag bruadarachadh ùrnaigh glè mhath a ràdh gu buan. Tha mi a 'creidsinn gu bheil e a' tighinn gu bhith glè inntinneach, a-nis nach bi mi a 'smuaineachadh air."

"Feumaidh tu glùine a chur sìos," thuirt Marilla le nàire.

Gluais Anna aig glùn Mhàiri agus coimhead suas gu dòchasach.

"Carson feum daoine glùn a chur sìos airson ùrnaigh? Ma bhiodh mi gu dìreach ag iarraidh ùrnaigh, innsidh mi dhut dè a dhèanainn. Dh'fhalbhainn a-mach gu achadh mòr mòr uile gu mo leòr no a-steach don choill domhainn, domhain, agus bhithinn a' coimhead suas dhan speur suas suas suas dhan speur gorm bhreágha sin a tha coltach mar nach robh deireadh dha a ghormachd. Agus an uairsin bhiodh mi dìreach a' faireachdainn ùrnaigh. Uill, tha mi deiseil. Dè tha mi ri ràdh?"

Bha Marilla a' faireachdainn nas teannsaiche na riamh. Bha i airson teagasg dhan Anne an t-seann chlàsaigeach pàistidh, "Nise, tha mi a' leagadh mi fhìn sìos gus cadal" Ach mar a dh'inns mi dhut, bha furan de mheasgachadh grèineil aice, a tha dìreach eile ainm airson faicsinneachd còrnagain na nithean; agus thachair gu h-obann dhi gun robh an ùrnaigh bheag shìmplidh sin, naomhachd gu paidhrichean bàn a' Sgoil aig glùin motha, gu tur freagarrach don nighean bhalbh seo a bha eòlach agus a bha a' cur taic nach robh dèidh air gràdh Dhè, a tha i air a bhith a 'eòlach air a h-uile càil mu dheidhinn tron mheadhan gràdha duine.

"Tha thu gu leòr aosta gus ùrnaigh airson do fhèin, Anne," thuirt i mu dheireadh thall. "Dìreach taing le Dia airson do bheannachdan agus iarr air le h-umhal airson na rudan a tha thu ag iarraidh"

"Uill, ni mi m' fheàrr," gheall Anne, a' cladhachadh a h-aodann ann an glùin Marilla. "A Athair flathail sgrìobhaidh, sin mar a chanas na ministearan e ann an eaglais, mar sin tha mi a 'smaoineachadh gu bheil e ceart ann an ùrnaigh phrìobhaideach, nach eil?" dh'fhoighnich i, a 'togail a ceann airson mionaid. "A Athair flathail sgrìobhaidh, tha mi a' toirt taing dhut airson an Slighe Bàn de Dhèlight agus Loch nam Uisgeachan Soilleir agus Bonny agus an Bhan-righ Sneachda. Tha mi dha-rìribh glè thaingeil dhut orra. Agus sin na beannachdan uile a tha mi a 'smaoineachadh air an-dràsta a tha mi a' toirt taing dhut airson. O thaing do na rudan a tha mi ag iarraidh, tha iad cho iomadhach nach robh ach òraid mhòr de dh' ùine a dhìth airson iad uile a ainmeachadh mar sin chan eil mi ach a 'toirt iomradh air an dà rud as cudromaiche. Thoir leat mi fuireach aig Green Gables; agus thoir leat mi a bhith snog nuair a thig mi suas. Tha mi a 'fànadh,

"Le meas, Anne Shirley."

"An sin, an do rinn mi a h-uile càil ceart?" dh'fhaighnich i gu dian, a 'èirigh suas. "Dh'fhéadfainn a dhéanamh gu mòran nas flùraiche mura b' e gun robh beagan a bharrachd ùine agam airson smaoineachadh air"

Bochd Marilla, cha do dhìon i fhèin ach le bhith a' cuimhneachadh nach robh e na mì-spèis, ach amadanachd spioradail bho thaobh Anne a bh' air cùl an iarrtais iongantaich seo. Chuir i an leanabh na leabaidh, a' gealltainn gu inntinneach gum freagradh i airson ùrnaigh an latha làn-ùine as dèidh, agus bha i a' fàgail an t-seòmair leis an solas nuair a ghairm Anne i air ais.

"Tha mi dìreach air smaoineachadh air a-nis, bu chòir dhomh a ràdh, 'Amen' àite 'le meas,' nach bu chòir? mar a nì na ministearan. Bha mi air a dhìochuimhneachadh, ach bha mi a' faireachdainn gum bu chòir ùrnaigh a chrìochnachadh ann an dòigh èigin, mar sin chuir mi a-steach an cèile. A bheil thu a' smaoineachadh gum bi eadar-dhealachadh sam bith ann?"

"Chan eil mi a' smaoineachadh gum bi," thuirt Marilla. "Thoir cadal dha na h-uile agus tha thu mar leanabh math. Oidhche mhath"

"Chan urrainn dhomh ach oidhche mhath a ràdh an-nochd le coinnearachd ghlàn," thuirt Anna, a' cuileanadh gu suiteil a-nuas am measg a piollaidhean.

Thill Marilla air ais don chidsin, chuir i an coinneal gu daingeann air a' bhòrd, agus dh'fhàg i sùil ghèar air Mhathaidh.

"Matthew Cuthbert, tha e mun àm gun robh cuideigin a' gabhail an nighean sin 's a' teagasg dhith rudeigin. Tha i ri taobh na h-eathraig fìor. An creidear leat nach do thuirt i ùrnaigh ann an beatha gu ruige an nochd? Cuiridh mi a dh'àiteachas a-màireach 's iasadaidh mi sreath Peep of the Day, sin a rinn mi. Agus theid i don sgoil-dìomhair a h-uile duigh a tha mi a' faotainn èideadh freagarrach airson a dèanamh dhith. Chi mi ro làimh gun robh làmhan làn agam. Uill, uill, chan urrainn dhuinn tighinn tro sealladh an t-saoghail gun chuid de dh'aiseagan. Bha mi a' faotainn beatha gu math furasta gu ruige an seo, ach tha m'àm air tighinn aig deireadh thall agus tha mi a 'smaoineachadh gum feum mi dìreach a dhèanamh a' mhòr-chuid dheth"

Chapter 8

AIRSON adhbharan as fheàrr aithneachadh leatha fhèin, cha do innis Marilla do Anne gu robh i ri fuireach aig Green Gables gus an ath feasgar. Rè am madainn, chum i an leanabh trang le diofar spèisean agus mhothaich i oirre le sùil gheur fhad 's a bha i gan dèanamh. Ro mheadhan-là, bha i air co-dhùnadh gun robh Anne tapaidh is umhal, deònach air obair agus luath air ionnsachadh; chòrd a goireas teannachadh as motha nach robh i a' coimhead air smuainean-làitheil a-measg obair agus a dhol às a comas gu lèir mu dheidhinn gus an àm a bha i air a cuir gu cruaidh air ais gu talamh le càineadh no tuil.

Nuair a bha Anne air a' chriathradh suas às dèidh an dìnneir, thug i a h-aghaidh gu h-obann air Marilla le faireachdainn is ùrlar duine a bha gu dìon-easonta a' dèanamh cinnteach gun ionnsaich i an donas as motha. Bha a corp beag tana a' crith bho cheann gu bonn; bha a h-aghaidh dearg agus a sùilean air leudachadh gus an robh iad dubh gu ìre; dhùin i a làmhan gu teann agus thuirt i ann an guth ìochdrach:

"Ò, mas e do thoil e, Miss Cuthbert, nach innis thu dhomh ma tha thu a' dol a chur dhìom no nach eil? Tha mi air feuchainn ri a bhith foighidinneach fad a' mhadainn, ach tha mi dha-rìribh a' faireachdainn nach urrainn dhomh a bhith gun fhios a' tuilleadh. 'S e mothachadh uamhasach a th' ann. Innis dhomh mas e do thoil e."

"Chan eil thu air an duilleag-nigheadaireachd a losgadh ann an uisge teth glan mar a dh'inns mi dhut a dhèanamh," thuirt Marilla gun ghluasad. "Dìreach falbh agus dèan e mus faigh thu ceistean eile a chur, Anne"

Chaidh Anne agus thug i aire don chlùthair. An uairsin, thill i gu Marilla agus chaidh i a chàradh a sùilean iarraidh air aodann na h-òigear. "Ma tha," thuirt Marilla, gun urrainn dhi leisgeul sam bith a lorg airson an mìneachadh aice a chur dheth tuilleadh, "tha mi a 'smaoineachadh gun dèan mi innse dhut. Tha Matthew agus mi fhìn airson a' co-dhùnadh gu bheil sinn a 'dol a chumail ort, aon uair 's gum feuch thu a bhith na nighean beag mhath agus a' sealltainn do ghràsan. Carson, a phàisde, dè tha cearr?"

"Tha mi a' caoineadh," thuirt Anna le guth de naoidheachd. "Chan urrainn dhomh am beachdachadh carson, tha mi toilichte cho toilichte 's a ghabhas. O, cha robh toilichte a' còrdadh mar fhacal idir. Bha mi toilichte mu dheidhinn An Slighe Bhàn agus na cainntean-silis ach seo! O, tha e a' ciallachadh barrachd na toilichte. Tha mi cho sona. Feuchaidh mi a bhith cho math. Bidh e ag obair soirbheachail, tha mi a' smaoineachadh, oir thug Mrs Thomas orm gu tric gun robh mi a' dèanamh peaca gu iom-fhillte. Ge-tà, ni mi mo dhìcheall. Ach am fiosrachadh tu dhomh carson a tha mi a' caoineadh?"

"Tha mi a' smaoineachadh gur e oir tha sibh uile air bhioran agus air bhioran," thuirt Marilla le masladh. "Suidh sìos air an stòl sin agus feuch ris a bhith sàmhach, tha mi eagalach gu bheil sibh a' caoineadh agus a' gàireachdainn cus furachail. Tha, 's urrainn dhut a dhol an seo agus ni sinn ar dìcheall an deagh rud a dhèanamh dhut. Feumaidh tu dol dhan sgoile;

ach tha e a-mhàin còig latha deug gu saor-laithean mar sin chan eil e fiach a dèanamh ort a dhìreachadh mus tòisich e a-rithist anns an t-Sultain"

"Dè bu chòir dhomh a ghairm ort?" dh'fhaighnich Anne. "An canaidh mi Miss Cuthbert an-còmhnaidh? An urrainn dhomh Aunt Marilla a ràdh?"

"Chan eil; gairm dhomh Marilla gu sìmplidh, chan eil mi cleachdte a bhith ga gairm Ms Cuthbert agus bhiodh e a' cur orm eagal"

"Sgaoileadh e gu math neo-uabhasach dìreach a ràdh Marilla," gearan Anne.

"Tha mi a 'measgachadh nach bi rudeigin neo-ùidhir ann ma bhios tu cùramach gus bruidhinn gu urramach. Tha a h-uile duine, òg is aosta, ann an Avonlea a' gairm orm Marilla a bharrachd air an ministear. Tha e ag ràdh Miss Cuthbert nuair a smaoinicheas e air."

"Bhiodh mi airson gairm ort Modhail Mhairi," thuirt Anna le cradh na h-ùidhle. "Cha robh a-riamh modhail no sam bith eile de dhàimh agam, fiù 's aon-seanmhair. Bhiodh e a' cur orm an t-eòlas gu bheil mi a' freagairt dha-rìribh dhut. Nach urrainn dhomh gairm ort Modhail Mhairi?"

"Chan eil, chan eil mi na mhothairch agad agus chan eil mi a' creidsinn ann a bhith a' gairm daoine ainmean nach eil buill dhaibh"

"Ach bhiodh sinn a' smaoineachadh gum biodh thu mo mhaighdean-mhathair"

"Cha b' urrainn dhomh," thuirt Marilla gu grim.

"An do bheil thu a-riamh a' dealbhadh rudan eadar-dhealaichte bhon a tha iad gu dearbh?" dh'fhaighnich Anne le suilean leathan.

"Chan eil"

"Ò!" Tharraing Anne anail fad. "Ò, Miss Marilla, cò mhòr a tha thu a' caillteachadh!"

"Chan eil mi a 'creidsinn ann an dèanamh rudan eadar-dhealaichte bho na tha iad gu dearbh," fhreagair Marilla. "Nuair a chuireas an Tighearna sinn ann an suidheachadh sònraichte, chan eil e a' ciallachadh dhuinn an dèanamh air falbh le bhith a' smaoineachadh. Agus tha sin ag radh rium. Tèid a-steach don seòmar suite, a Anna, dèan cinnteach gu bheil do chasan glan agus na leig a-steach aon fhluaichean agus thoir dhomh am postair mhaoilichte a tha air an mantelpiece. Tha Ùrnaigh an Tighearna air agus bidh thu ag iomairt do ùine fhàgail feasgar seo gus ionnsachadh air a chridhe. Chan eil a bhith ann tuilleadh ùrnaigh mar a chuala mi an-raoir"

"Tha mi a 'smaoineachadh gun robh mi gu math clumsy," thuirt Anna le duilichas, "ach an uairsin, chì thu, cha robh mi riamh air cleachdadh sam bith a ghabhail. Cha bhiodh tu dha-rìribh a 'sùileachadh duine gu ùrnaigh gu math an chiad turas a dh'fheuch i, nach bhiodh tu? Smaoinich mi air ùrnaigh sgoinneil an dèidh dhomh a dhol a chadal, dìreach mar a gheall mi dhomh a bhiodh mi. Bha e faisg air cho fada ri ministear agus cho bàrdail. Ach an creideadh tu e? Cha b'urrainn dhomh aon fhacal a chuimhneachadh nuair a dhùisg mi madainn an-diugh. Agus tha eagal orm nach bi mi riamh comasach air smaoin a chur air ùrnaigh eile cho math.

Air dòigh sam bith, chan eil cùisean riamh cho math nuair a thathar a 'smaoineachadh air an darna turas. An do thuig thu sin riamh?"

"Seo rud dhut a thaomadh, Anne, Nuair a their mi dhut rud sam bith a dhèanamh, tha mi ag iarraidh ort a dhol ann an làithreach agus chan eil mi ag iarraidh gun stad thu mar stoc agus a bruidhinn mu dheidhinn. Dìreach a dhol agus a dhèanamh mar a dh'òrdaich mi dhut"

Dh'fhalbh Anne gu luath airson an t-seòmar-suidhe air an taobh eile den halla; cha do thill i; an dèidh dà dheich mionaid a chur seachad, chuir Marilla sìos a cniotadh is shiubhail i as deidh Anne le coltas gruamach. Lorg i Anne a' seasamh gun gluasad ro eadar-dhealachadh a' crochadh air a' bhalla eadar an dà uinneag, le a sùilean mar rionnag leis na bruadar. Shònrach an solas bàn is uaine a' streapadh tro chrainn ùbhlan agus fidheall a-muigh thairis air an ìomhaigh bheag shìor-bhruidhinn le gealadh leth-os cionn.

"Anne, dè tha thu a' smaoineachadh air?" dh'iarr Marilla gu gearr.

Thill Anne air ais dhan t-saoghal le geàrr-chunntas.

"Sin," thuirt i, a' pointeireachd air an dealbh, chromo soilleir gu leòr air a bheil, "Iosa a' Beannachadh na Clann Beaga" "agus bhiodh mi dìreach a' smaoineachadh gu robh mi nam aon dhiubh, gu robh mi nam an nighean bheag anns an gúna gorm, a' seasamh air falbh leatha fhèin ann an cùil mar nach robh i a' freagairt do dhuine sam bith, mar mise. Tha i a' coimhead uaigneach agus brònach, a bheil thu a' smaoineachadh? Tha mi a' smaoineachadh nach robh athair no màthair aice fhèin. Ach bha i ag iarraidh a bhith a' freagairt, cuideachd, mar sin rinn i cobhair gu còmhraidh suas air an taobh a-muigh den chruinneachadh, an dòchas nach biodh duine a' faicinn i ach E. Tha mi cinnteach gu bheil fios agam dìreach mar a bhiodh i a' faireachdainn. Bhiodh a cridhe a' bualadh agus bhiodh a làmhan a' fàs fuar, mar a rinn mo chridhe nuair a dh'fhaighnich mi dhut an gabhainn mi fuireach. Bha i eagalach nach biodh E a' faicinn i. Ach 's e a' co-dhùnadh a tha ann, a bheil thu a' smaoineachadh? Tha mi air a bhith a' feuchainn ris an uile càil a smaoineachadh a-mach a' tighinn beagan nas fhaisge fad na h-ùine gus an robh i gu math dlùth dha; agus an uair sin bhiodh E a' coimhead air a gruaidh agus leigeadh E a làmh air a gruaidh agus ò, mar a rachadh spiorad-làithean de thoileachas thairis oirre! Ach tha mi ag iarraidh nach biodh an dealbhadoir air E a phèinteadh cho mì-thoilichte. Tha a h-uile dealbh aige mar sin, ma tha thu a' faicinn. Ach chan eil mi a' creidsinn gu robh E a' coimhead cho brònach no bhiodh na clann eagalach air."

"Anne," thuirt Marilla, a' wonder leatha fhèin carson nach do bhris i a-steach don òraid seo fad ùine, "cha bu chòir dhut bruidhinn mar sin, 'S e rud neo-thuigseach a th' ann gun teagamh sam bith."

Rinn sùile Aingeal iongantas.

"Carson, bha mi a' faireachdainn cho dìreach 's a ghabhas, tha mi cinnteach nach robh mi a' ciallachadh a bhith neo-thuigseach"

"Uill, chan eil mi a 'smaoineachadh gu robh thu, ach chan eil e a' fuaimneachadh ceart bruidhinn cho còir mun cànan sin. Agus rud eile, Anna, nuair a chuireas mi thu an deidh rud, tha thu a 'toirt dhachaigh e an saoghal agus chan eil thu a' tuiteam a-steach do dhealbh agus a 'smaoineachadh ro dhealbhan. Cuimhnich sin. Gab an cairt sin agus tighinn dìreach don chidsin. A-nis, suidh sìos anns an oisean agus ionnsaich an ùrnaigh sin a-mach à do chridhe. "

Chuir Anne an cairt suas an aghaidh an jug làn de bhlossoms ùbhlan a thug i a-staigh gus an bòrd-dìnnear a mhaiseachadh Marilla a bha a' coimhead gu dubhach air an sgeadachadh sin, ach cha do dh'fhreagair i dad, a chuir a h-uile an aghaidh a làmhan, agus thuit i a' sgrùdadh e gu dùrachdach airson mòran mhionaid sàmhach.

"Is toil leam seo," thuirt i aig deireadh thall. "Tha e àlainn, chuala mi e ro làimh chuala mi an t-uachdaran sgoil Sabaid an dàimh gur eil e a-rithist. Ach cha robh mi toilichte leis an uair sin. Bha a ghuth cho sgìth agus bha e a' guidhe gu brònach. Bha mi gu dearbh cinnteach gu bheil e a' smaointinn gu bheil guidhe na dhleasdanas mì-thaitneach. Chan e bàrdachd a th' ann seo, ach tha e a' cur orm an aon dòigh a tha bàrdachd a 'dèanamh. 'Ar n-Athair a tha ann an nèamh, bi do ainm naomhaichte.' Tha sin dìreach mar loidhne ciùil. Ò, tha mi cho toilichte gun do smaoinich sibh orm na ionnsaigh seo, Miss Marilla"

"Uill, ionnsaich e agus cum do theanga," thuirt Marilla goirid.

Chaidh Anne a sgoltadh an t-seisin de bhlàthan ùbhlan gu leòr faisg airson pòg mhìn a thoirt seachad air bùtadh pinc bulb, agus an uair sin rannsachadh gu dìcheallach airson greis eile nas fhaide.

"Marilla," dh'iarr i às deidh beagan, "a bheil thu a' smaointinn gun tig cara dòmhsa riamh an Avonlea?"

"Dè seòrsa cara a tha sin?"

"Caraide còire, caraide dùinte, tha fios agad, spiorad dìreach coltach ris nach urrainn dhomh mo anam as dùinte a thoirt dha. Tha mi air aisling mu coinneachadh rithe fad mo bheatha. Cha robh mi a-bràth a' smaoineachadh gun rachadh mi, ach tha cho mòr de mo bhruadar as bòidhche siud air tighinn gu buil gu bheil an dòchas gu bheil an fèin, cuideachd. A bheil thu a' smaoineachadh gu bheil e comasach?"

"Tha Diana Barry a' fuireach os cionn aig Orchard Slope agus tha i mu d' aois fhèin, Tha i na nighean glè mhath, agus 's dòcha gum bi i na com-bhalach cluiche dhut nuair a thilleas i dhachaigh. Tha i a' tadhal air a' piuthar aice aig Carmody an-dràsta. Bidh feum agad a bhith faiceallach mar a tha thu a' giùlan do fhèin, ge-tà. 'S bean fìor shònraichte a th' ann an Mrs Barry. Cha leig i le Diana cluiche le nighean beag sam bith nach eil snog agus math."

Choimhead Anne air Marilla tro na blàthan ubhal, a sùilean a' lasadh le ùidh.

"Dè mar a tha Diana? Chan eil a falt dearg, nach eil? Ò, tha mi an dòchas nach eil, Tha e gu leòr dona gu bheil falt dearg agam fhìn, ach cha bhithinn comasach air a sheasamh ann an cara pòsda."

"'S e nighean beag bòidheach a th' ann an Diana, tha sùilean dubha aice agus gruag 's a cheekan ròsach. Agus 's e nighean mhath agus tapaidh a th' innte, 's e sin nas fheàrr na a bhith bòidheach."

Bha Marilla cho measail air morals mar an Duchess ann an Wonderland, agus bha i cinnteach gu bàite gum bu chòir aon a bhith air a cheangal ri gach beachd a bha ga thabhann do phàiste a bha ga thogail.

Ach chaidh Anne a' sguabadh air falbh an moral inconsequently agus gabh iad a-mhàin air na cothroman toilichte ro làimh.

"Ò, tha mi cho toilichte gu bheil i brèagha, An dèidh a bhith brèagha fhèin agus tha sin do-dhèanta ann an cùis, bhiodh e as fheàrr a bhith ag obair le cara bruinneachd brèagha. Nuair a bha mi a 'fuireach còmhla ri Mrs Thomas, bha cas nan leabhraichean aice ann an seòmar-suidhe le doras glainne. Cha robh leabhraichen sam bith ann; bha Mrs Thomas a 'cumail a china as fheàrr aice agus a taigh-sealainn ann an sin nuair a bha taigh-sealainn sam bith aice air a chumail. Bha an doras aon a 'briste. Dh'fhan Mr Thomas e aon oidhche nuair a bha e beagan air meisg. Ach bha an dorus eile slàn agus bha mi a 'branndadh gu robh mo dhealbh fhèin ann mar nighean bhochd eile a bha a' fuireach ann. Ghairm mi i Katie Maurice, agus bha sinn glè dhlùth. Bhiodh mi a 'bruidhinn rithe airson uairean, gu h-àraidh air Didòmhnaich, agus innse dhi gach rud. Bha Katie na sòlas agus na comhairle dòighbeatha dhomh. Bhiodh sinn a 'branndadh gu robh an cas leabhraichean air a gheasadh agus gu robh an draoidheachd agam a dh'fhaodadh mi an doras a fosgladh agus a chèum asteach don t-seòmar far an robh Katie Maurice a 'fuireach, seach far na taigeis de chna agus de shealainn aig Mrs Thomas. Agus an uairsin bhiodh Katie Maurice air mo ghabhail le lamh agus air mo threòradh a-mach gu àite iongantach, gach flùr agus grian agus sìthichean, agus bhiodh sinn air a dhèanamh gu sona gu sìorraidh. Nuair a chaidh mi a dh'fhuireach còmhla ri Mrs Hammond, dh'fhosgail e mo chridhe gu bràth an leabhar-chas Katie Maurice. Bha mi a 'faireachdainn gu h-uabhasach, too, tha fios agam gun robh i, oir bha i a' caoineadh nuair a phòg i mi slàn tro doras an leabhar-chas. Cha robh leabhar-cas aig Mrs Hammond. Ach suas an abhainn beagan àite bho 'n taigh bha glinn uaine fada, agus bha an mac-talla as boidhche a' fuireach ann. Thug e a h-uile facal a thuirt thu air ais, fiù 's ged nach robh thu a' bruidhinn gu math àrd. Mar sin, smaoinich mi gu robh i mar nighean beag a bha air a ghairm Violetta agus bha sinn na càirdean mòra agus gràdhaich mi i cho math ri a 'ghràdh a thug mi do Katie Maurice, cha mhòr, ach cha mhòr, a thuigeas tu. An oidhche mus deach mi dhan dìonad, dh'fhàg mi slàn le Violetta, agus ò, thàinig a slàn leam air ais ann an tònaichean brònach, brònach. Bha mi air a bhith cho dlùth rithe nach robh mi aig cridhe a bhith a 'smaoineachadh air cara bruinneachd aig an dìonad, fiù ma bhiodh àite sam bith airson smuainachadh ann "

"Tha mi a 'smaoineachadh gu bheil e cho math nach robh," thuirt Marilla gu tioram. "Chan eil mi a' toirt cead air dèidhinn droch iomairtean mar sin. Tha coltas ort gun creid thu leth anns na samhlaidhean agad fhèin. Bidh e math dhut cara beò fhìor a bhith agad gus am bi seòrsa neo-chiallachd mar sin às do cheann. Ach na leig le Mrs. Barry cluinntinn thu a 'bruidhinn mu do Katie Mauricess agus do Violetas no bidh i a' smaoineachadh gu bheil thu a 'bruidhinn sgeulachdan"

"O, cha nì mi sin, cha b' urrainn dhomh bruidhinn mun cuimhne airsan dhan a h-uile duine, tha iad ro naomh airson sin. Ach smaoinich mi gun robh mi ag iarraidh gun bitheadh fios agad mun cuimhne airsan. O, coimhead, seo seillean mòr dìreach air tuiteam à blàth an ùbhlan. Smaoinich dè àite àlainn a bhiodh ann airson a bhith a' fuireach ann an blàth an ùbhlan! Smaoinich air a bhith a' dol a chadal ann nuair a bhiodh an gaoth ga chrathadh. Mur robh mi na nighean duine, smaoinich mi gun robh mi ag iarraidh a bhith na seillean agus a' fuireach am measg nam flùraichean"

"An-dè bha thu ag iarraidh a bhith na farspag mhara," ghlaodh Marilla. "Tha mi a' smaoineachadh gu bheil thu gu math mi-shocair. Dh'iarr mi ort an ùrnaigh sin ionnsachadh is nach bruidhinn. Ach tha e coltach nach urrainn dhut stad a bhith a' bruidhinn ma tha duine sam bith a tha toilichte èisteachd riut. Mar sin thoir ort suas dhan do sheòmar agus ionnsaich e"

"Ò, tha fhios agam e a-nis gu leth beagnach uile ach an loidhne mu dheireadh a-mhàin"

"Uill, na gabh dragh, dèan mar a tha mi ag innse dhut, Falbh gu do sheòmar agus crìochnaich ionnsachadh e gu math, agus fuirich ann gus am bi mi a' gairm ort sìos gus cuideachadh leam biadh-fion a ghabhail."

"An urrainn dhomh na blàthan-ùbhlan a ghabhail leam airson cuideachd?" dh'iarr Anne.

"Chan eil; chan eil thu ag iarraidh do sheòmar a bhith làn le blàthan, Bu chòir dhut an leigeadh air an craoibh san toiseach."

"Rinn mi faireachdainn beagan mar sin cuideachd," thuirt Anna. "Bha mi a' faireachdainn gu bheil mi cha bu chòir domh beatha breagha aca a ghoirteachadh le bhith a' toirt orra nach bu mhotha mi a' toirt orra nam biodh mi mar cheus an ubhal. Ach bha an t-annas ro neònach. Dè na nì thu nuair a tha thu a' coinneachadh le annas neònach?"

"Anne, an cuala thu mi ag ràdh riut gu falbh gu do sheòmar?"

Anne sigh, chaidh i air ais gu gable an ear, agus shuidh i sìos ann an cathair ri taobh na h-uinneige.

"Tha mi a 'fios an ùrnaigh seo, dh'ionnsaich mi an abairt mu dheireadh a' tighinn suas an staidhre. A-nis tha mi a 'bhith a' bhreathnachadh rudan a-steach don t-seòmar seo ionas gum fanaic iad an-còmhnaidh air an bhreathnachadh. Tha an làr air a chumail le càrpet bèilteach bàn le ròsan pinc air feadh i, agus tha perdaichean sioda pinc aig na h-uinneagan. Tha na ballachan air an crochadh le tapestry brocade òir agus airgid. Tha an dreuchd làrach. Cha do chunnaic mi làrach sam bith, ach tha e a 'fuaim gu bòidheach. Seo leaba-puirt air a thoirt còmhla le cusanna sìoda àlainn, pinc agus gorm agus ruadh-dearg agus òr, agus tha mi a 'laighe air mar a bhios e. Faodaidh mi mo dhealbh fhèin fhaicinn anns an sgàth mòr àlainn a tha a 'crochadh air a' bhalla. Tha mi àrd agus rìoghalach, a 'caitheamh gùna de lèine bàn a' sìor tharraing, le crois pèarla air mo bhràiste agus pèarlaichean anns mo chuid falt. Tha mo chuid falt de dorchadas meadhan-oidhche agus tha mo chraiceann pailteair ìbheir shoilleir. Is e m'ainm a tha anns a 'Bhan-làimh Cordelia Fitzgerald. Chan eil, chan eil mi a 'faodadh a dhèanamh sin a' comasachadh "

Dhannsa i suas gu an gathann beag soilleir agus sheall i a-steach ann. Bha a h-aghaidh bheag bhreac-shùileach agus a sùilean liath solemanta a' coimhead air ais oirre.

"Tha thu dìreach Anne of Green Gables," thuirt i gu dàirire, "agus chi mi thu, dìreach mar a tha thu a coimhead an-dràsta, a h-uile uair a tha mi a' feuchainn ri bhith a' smaoineachadh gu bheil mi na Banaltrum Cordelia. Ach tha e na mìle turas nas fheàrr a bhith na Anne of Green Gables na Anne à àite sam bith gu sònraichte, nach eil?"

Lùb iad air adhart, pòg iad a h-ìomhaigh le gràdh, agus thug iad i fhèin gu uinneag fosgailte.

"A Mhaighdean-sneachda, feasgar math dhut, Agus feasgar math dhutse, a gheagan bhallach anns an lag. Agus feasgar math, a thaigh liath suas air an cnoc. Tha mi a' wonder ma bhios Diana na cara dìcheallach dhomh. Tha mi an dòchas gun tèid, agus gràidh mi i gu mòr. Ach feumaidh mi nach cuimhnich mi idir air Katie Maurice agus Violetta. Bhiodh iad cho buarach nan rachainn agus bu bhrònach mi duine sam bith a ghoireas, fiù 's nighean leabharlann beag no nighean mac-talla beag. Feumaidh mi a bhith cùramach gus iad a chuimhneachadh agus pòg a chuir thugam gach là"

Phòg Anne grùda de phògan slaodach bho mullaichean a h-òrdan seachad na blàthan cerasus agus an uairsin, le a gruaidh anns a làmhan, sgioblachadh gu soirbheachail a-mach air muir de aislingean-latha.

Chapter 9

Bha ANNE air a bhith air fortnight aig Green Gables mus do thàinig Mrs Lynde a-steach gus a sgrùdadh. Chan eil Mrs Rachel, a' coileanadh a cuid còraichean, a' freagairt airson seo. Bha ionnsaigh trom agus neo-thìdsearach de ghripe air a cumail dhan bhean mhath sin aig a taigh on uair a thadhail i air Green Gables mu dheireadh. Cha robh Mrs Rachel gu tric tinn agus bha direach beag de mhì-mheas aice do dhaoine a bh' ann; ach bha grippe, a thuirt i, mar cha robh tinneas eile air an t-saoghail agus gun dèanadh e a-mhàin mar aon de na tadhalan sònraichte aig Providence. Cho luath 's a leig a dotair leatha a cas a chur a-mach an doras, sheòl i suas gu Green Gables, a' bòrdadh le foisidhneachd gus am faic i orphan Matthew agus Marilla, tha an uiread de sgeulachdan agus de thomhasan air falbh ann an Avonlea.

Bha Anna air feum math a dhèanamh de gach mionaid dhùsgadh den dà sheachdain sin. Mu thràth, bha i eoòlach air gach craobh agus preas mun àite. Bha i air lorg a dhèanamh gu robh rathad beag a' fosgladh a-mach fo shìos na h-ùbhlan agus a' ruith suas tro shreath choille; agus bha i air a rannsachadh gu crìch a bharrachd anns gach feumalachd aoibhinn de allt agus drochaid, copais giuthais agus bogha fhiann-fhiodha, cearnan làn le raineach, agus ionadan meadhanach de mhathair agus craobh-ùisige.

Bha i air caraidean a dhèanamh leis an t-earrach sìos anns an toll, an t-earrach domhainn, soilleir, reòthte fuar sin; chaidh a shuidheachadh le clachan-gainmhich dearg rèidh agus chaidh a chur ann le grùpaichean mòra coltach ri pàlm de rùsg uisge; agus thairis air bha drochaid ghèide sna làraich thairis air an allt.

Thug an drochaid sin suas thairis air cnoc coilleach a bha aig Anne, far an robh fàileadh sìorraidh fo na giuthasan agus sprusadan dìreach, tana; na flùraichean a-mhàin an sin b' e na mìltean de "Clocan an t-Samhraidh," na flùraichean coille as caoine agus as milse, agus beagan flùraichean rionnagach, bàn, mar spioradan flùraichean an uiridh. Bha fòthan a' dealradh mar shnàthan de airgead eadar na craobhan agus thòisich na geugan giuthais agus na tasalan air bruidhinn gu càirdeil.

Bha na seòlaidhean aoibhneis uile seo aice le linn na h-ùine eadar-dhealaichte a bhiodh i le peairt a chluiche, agus bhruidhinn Anna Matthew agus Marilla leth-bhodhar mu na h-ionnsachaidhean aice. Chan e nach robh Matthew a' gearan, gu cinnteach; èisteadh e ri a h-uile càil le ùrachadh balbh sona air a aghaidh; bheireadh Marilla cead don "spèilearachd" gus an do lorg i fhèin a' dol ro mhòr ann, an sin, mar bu trice, smiorachadh i Anna le h-aithne freagarrach gun clabhair i a beul.

Bha Anne a-muigh anns an òr-fhraoich nuair a thàinig Mrs Rachel, a' stràidheil aig a toil fhèin tro na feòir taise, crith-ghobhlach a chaidh a spòrsadh le grèin feasgar ruadhach; mar sin bha cothrom sgoinneil aig a' bhean mhath sin gus am bochdainn aic a bruidhinn gu h-iomlan, ag innse mu gach goil agus bualadh cridhe le aoibhneas soilleir gu bheil Marilla a' smaoineachadh gur e fiabhras a thug na sochairean aige.

Nuair a chaidh na mìneachaidhean a sgaoileadh, thug Mrs Rachel an t-adhbhar fìor a call a-steach.

"Tha mi air a bhith a' cluinntinn cuid de rudan iongantach mu dheidhinn thu agus Matthew"

"Chan eil mi a' smaoineachadh gu bheil thu nas annasach na mise fhèin," thuirt Marilla. "Tha mi a' dol thairis air mo iongantas a-nis"

"B' olc an rud e gu robh mearachd cho mòr ann," thuirt Mrs Rachel le truas. "An robh e comasach dhut a cur air ais?"

"Tha mi a 'smaoineachadh gun gabhadh sinn, ach cho-dhùin sinn nach gabhadh, ghab Matthew suim inti, Agus feumaidh mi a ràdh is toil leam fhèin i ged a tha mi a' aithneachadh gu bheil a goireasan aice. Tha an taigh coltach ri àite eadar-dhealaichte mu thràth. Tha i na nighean beag soilleir dha-rìribh."

Thuirt Marilla barrachd na bha i air beartachadh a ràdh nuair a thòisich i, oir dh'fhairich i di-shealladh ann an aodach Mrs Rachel.

"'S e uallach mòr a thug thu ort fhèin," thuirt a' bhan-sa gu dubhach, "gu h-àraidh nuair nach eil aon eòlas aig a tha thu air clann. Chan eil fios agad mòran mu a dèanamh nuair a tha i no a cruth-bhinn fhìor, tha mi cinnteach, agus chan eil dòigh sam bith air tomhas ciamar a thèid le leanabh mar sin. Ach chan eil mi ag iarraidh do chur às do dheòin, tha mi cinnteach, Marilla"

"Chan eil mi a' faireachdainn duilich," bha freagairt thioram aig Marilla, "nuair a nì mi suas m'inntinn gus rudeigin a dhèanamh, tha e a' fuireach suas. Tha mi a' smaoineachadh gum bu toil leat Anne fhaicinn. Gairm mi a-staigh i"

Thàinig Anne a-steach a' ruith an-dràsta, a' grèim a' tuiteam às a gnùis le deagh thoil aice a bhith a' ròmhadh sa gharadh ùbhlan; ach, air a bhroilleachadh le fàiteachd a' faireachdainn deagh thoil aice fhèin ann an làthair neo-dhùbhlantaideach duine eile, stad i gu trang air an taobh a-staigh den doras. Bha i cinnteach na ainmhidh beag aom a coimhead anns an dreasa goirt, dùinte a b' àbhaist dhi a chur orra on asram, fo a bheil a casan caol a' coimhead ro fhada gun ghùnan. Bha barrachd freumnachan air a grèim na bha iad roimhe; chuir an gaoth mì-chiadail air a falt gun ad a bha a' sealltainn nas deirge na bha riamh.

"Uill, cha do thagh iad thu airson do chuma, sin cinnteach," bha beachd ghoirt Mhgr Rachel Lynd. B' e Mhgr Rachel aon de na daoine aoibhinn agus iom-fhillte a tha moiteil ann an bruidhinn nan inntinn gun eagail no gun freagairt. "Tha i cho caol agus doilleir, Marilla, Thig an seo, a leanabh, agus leig dhomh sùil a thoirt ort. Crìdh laghach, an do chunnaic duine riamh freungan mar sin? Agus falt cho dearg ris na meacain! Thig an seo, a leanabh, can mi"

Thàinig Anne "an sin," ach chan eil dìreach mar a bha Mrs Rachel ag sùil. Le aon leum, thèid i tarsainn ùrlar na cidsin agus sheas i ro Mrs Rachel, a h-aodann dearg le fearg, a cuid bilean a' crith, agus a h-uile cruth caol aice a' crith bho cheann gu bonn.

"Tha gaol agam ort," ghlaodh i ann an guth a bha air a thachtadh, a' bualadh a cas air an làr. "Tha gaol agam ort, tha gaol agam ort, tha gaol agam ort," bu mòr buille le gach gealladh de ghràdh. "Ciamar a tha thu gam gairm caol is grànnda? Ciamar a tha thu ag ràdh gu bheil mi le sputan is le cinn-ruadh? Tha thu na bean rude, mì-mhoiteil, gun fhulangas!"

"Anne!" ghlaodh Marilla le gìog!

Ach lean Anna air adhart a' strì ri Mrs Rachel gun eaglais, ceann suas, sùilean a' loisgeadh, làmhan dùinte, fearg phaiseanta a 'tighinn a-mach aice mar àrainneachd.

"Ciamar a tha thu deònach rudan mar sin a ràdh orm?" dh'atharraich i le fiughair. "Ciamar a bhiodh tu air do shonas na rudan sin a chaidh a ràdh ort? Ciamar a bhiodh tu a' smaoineachadh gu bheil thu troma agus clumsy agus gun robh do smaoineachadh annad? Cha toil leam ma tha mi a 'bualadh do mhothachadh le bhith ag ràdh sin! Tha mi an dòchas gu bheil mi a 'bualadh an cuid mothachadh. Tha thu air mo mhothachadh a bualadh nas miosa na a-riamh le duine òglaich Mr Thomas. Agus cha mhothaich mi thu airson sin, cha do, cha do!"

Stampaich! Stampaich!

"An do chunnaic duine sam bith riamh teampall mar sin!" ghabh Mrs Rachel uabhasach.

"Anne, rach gu do sheòmar agus fuirich an sin gus an tig mi suas," thuirt Marilla, a' togail a comas labhairt le duilgheadas.

Thàinig Anne, a' sileadh deòir, a-steach gu doras an fhuinneig, a' bualadh e gus an robh na cannaichean air balla an fhuinneig a-muigh a' crith le truas, agus theich iad troimhe an fhuinneig agus suas an staidhre mar ghaoth. Dh'inns iomall bualadh gu bheil doras an taobh an ear a' dùnadh le diofarachadh co-ionann.

"Uill, cha dèan mi far-chliù ort leis an obair sin a thogail suas, Marilla," thuirt Mrs Rachel le solemnity gun ainm.

Dh'fhosgail Marilla a beul gus rudeigin a ràdh nach robh i fhèin a' tuigsinn mu dhearbhachd no aois. An rud a thuirt i, b' iongnadh dhi fhèin aig an àm agus gu bràth às dèidh sin.

"Cha bu chòir dhut a bhith a' creicheadh aice mu a coltas, Rachel"

"Marilla Cuthbert, nach eil thu ag ràdh gu bheil thu a' cumail suas ro làimh a leithid de thaisbeanadh uabhasach de chuibhle mar a chunnaic sinn dìreach?", dh'iarr Mrs Rachel le mì-thoil.

"Chan eil," thuirt Marilla gu mall, "Chan eil mi a' feuchainn ri a maith-eachadh, Tha i air a bhith gu math dona, agus bidh orm bruidhinn rithe mu dheidhinn. Ach feumaidh sinn a bhith a' toirt maòirseachadh dhi. Cha deach a teagasg dhi dè tha ceart. Agus bha thu ro chruaidh oirre, Rachel"

Cha bhiodh Marilla comasach air seachnadh ris an abairt mu dheireadh sin a chur air, ged a bha iongantas a-rithist oirre fhèin gun robh i ga dhèanamh. Dh'èirich Bn Rachel le gaoir de dhìoghras air a bheucadh.

"Uill, tha mi a' faicinn gum feum mi a bhith glè chùramach dè tha mi ag ràdh an uairsa seo, Marilla, on a tha currachdan àlainn dhamhan-ùislean, a thugadh bho càite a bheil fios, a dh'fheum an toirt san àireamh mus tèid càil eile a dhèanamh. Oh, chan eil, chan eil mi fiachain, na biodh dragh ort. Tha mi ro dhuilich dhut gus àite sam bith a dh'fhàgail airson fearg anns mo smuain. Bidh do chuid draghan ri làimh leis an leanabh sin. Ach ma gheibh thu mo chomhairle, a tha mi a' smaoineachadh nach toir thu air adhart, ged a thug mi suas deich clann agus chuir mi dà sìos, bidh thu a 'dèanamh an' còmhradh sin 'a thu mention le birch meudach. Bu chòir dhomh smaoineachadh gum biodh sin na chànan as èifeachdaiche airson an leithid de leanabh. Mathaid gu bheil a nàdar mar a mheòrach, tha mi a 'smaoineachadh. Uill, feasgar math, Marilla. Tha mi an dòchas gun tig thu sìos gus mi fhaicinn cho tric 's às àbhaist. Ach chan urrainn dhut feitheamh gum bi mi a 'tadhail an seo a-rithist gu luath, ma tha mi air a bhith air mo sgaoileadh agus a bheachdachadh ann an dòigh mar sin. 'S e rudeigin ùr ann am mo fhiosrachadh."

Far an deach Màiri Rachel a-mach agus air falbh ma dh'fhaodas duine reamhar a bha a ghnàth a tòin a-rithist a ràdh gu robh i a' sguabadh air falbh agus Marilla le aodann glè shònraichte agus i a 'dol don ghabhal an ear.

Air an t-slighe suas dhan staighre, bha i a' beachdachadh gu neo-shocair dè bu chòir dhith a dhèanamh. Dh'fhairich i neo-chànain beag de dhìomhaireachd mu na thachair dìreach. Ciamar a bhiodh e dona gun robh Anne air a leithid de ìomhaigh a shealltainn ro Mhiss Rachel Lynde, de na daoine uile! An uairsin, dh'fhairich Marilla gu tuigseach tlachdmhor agus a' diùltadh gu robh barrachd diùghailt aice mu seo na bròn mu an lorg a bhios dìreach air a lorg ann an duilgheadas mòr Anne. Agus ciamar a bhiodh i a' peanasachadh i? Cha robh moladh còir aig a' bheithir-aodaich air a h-uile duine de chlann fhèin Miss Rachel a bhios air fianais ghoirt a thoirt seachad a' freagairt do Mharilla. Cha robh i a' creidsinn gur urrainn dhi pàiste a bhuail. Cha robh, feumaidh dòigh eile de pheanais a lorg gus Anne a thoirt gu tuigse chòir air mì-thuigs agus mì-chleachdadh aice.

Lorg Marilla Anne a' caoineadh goirt, a h-aodann sìos air a leabaidh, gan aire sam bith do bhotainn salach air peatair glan.

"Anne," thuirt i, chan eil gu cruaidh.

Gun fhreagairt.

"Anne," le mòrachd nas truime, "falbh às an leabaidh a-nis agus èist ri na tha agam ri ràdh riut"

Chaidh Anne a sgioblachadh dheth an leabaidh agus shuidh i go teann air cathair ri taobh, a h-aghaidh air a fàsachadh agus sàite le deòraichean agus a sùilean air an làr ann an dòigh stubhanta.

"Seo dòigh mhath dhut a bhith a' giùlan, Anne! Nach eil thu nàireach dhet fhèin?"

"Cha robh ceart sam bith aice a dhol a ràdh gu robh mi grànnda agus ruadh-mhòr," fhreagair Anna, a' seachnadh agus a' dìon.

"Cha robh còir sam bith agad a dhol ann an grìogair mar sin agus bruidhinn mar a rinn thu ris, Anne. Bha mi fo nàire ort gu tur fo nàire ort. Bha mi ag iarraidh ort a bhith snog do Mrs Lynde, agus seach sin tha thu air mo nàireachadh. Chan eil mi cinnteach carson a bu chòir dhut do chàile dhol mar sin ach a-mhàin oir thuirt Mrs Lynde gu robh do chuid falt dearg agus gu robh thu coltach. Thuirt thu e fhèin gu tric gu leòr"

"Och, ach tha diofar mòr eadar rud a ràdh leat fhèin agus a chluinntinn bho dhaoine eile," chaol-aoidh Anne. "Faodaidh tu a bhith fios aig rud mar sin, ach chan urrainn dhut an dòchas nach eil daoine eile a' smaoineachadh gu bheil. Tha mi a' smaoineachadh gu bheil thu a' smaoineachadh gu bheil cridhe uabhasach agam, ach cha b' urrainn dhomh a sheachnadh. Nuair a thuirt i na rudan sin dìreach èirich suas annam agus choke me. B' eigin dhomh a bhith a' sgiathadh a-mach aig a piuthar."

"Uill, rinn thu taisbeanadh math dhìot fhèin, feumaidh mi ràdh, bidh sgeulachd mhath aig a' Bhean Lynde ri innse mu dheidhinn thu gach àite agus innseidh i e, cuideachd. B' e rud uabhasach dhaibh thu do chrochadh mar sin, Anne"

"Dìreach samhlaich ciamar a bhiodh tu a 'faireachdainn ma dh' innseadh duine ri do aodann gun robh thu caol is grànnda," iarr Anne le deòran.

Thog cuimhne seanainn air ais go tobann ro Marilla. Bha i na leanabh glè bheag nuair a chuala i aon aunt a' canadh rithe aig aon eile, "Nach truagh gu bheil i mar ghnìomhaire dorcha, beag beag" Bha Marilla gach latha dìog dèug mìle sular thàinig a' bhuille as a' chuimhne sin.

"Chan eil mi ag ràdh gu bheil mi a 'smaoineachadh gu robh Bean Lynde ceart gu tur a' ràdh na rinn i dhut, Anne," thuirt i le guth nas bòidhche. "Tha Rachel ro làidir. Ach chan eil sin na leisgeul airson a leithid de ghiùlan air do chuid. Bha i na coimhearsnachd agus neach aois agus mo choimhearsnachd a h-uile triùir adhbharan math carson a bu chòir dhut a bhith spèisialach rithe. Bha thu rudeil agus gaolach agus "bha iarrtasan sàbhailte Marilla" feumaidh tu a dhol rithe agus innse dhith gu bheil duilich mhòr airson do droch ghniomh agus iarraidh oirre maith a dheanamh dhut "

"Chan urrainn dhomh sin a dhèanamh idir," thuirt Anna gu dion, gu dorcha. "'S urrainn dhut mi pheanasachadh mar a thogras tu, Marilla. 'S urrainn dhut mi a dhùnadh ann am prìosan dorcha, fliuch far a bheil nathraichean agus lòbhaichean agus biadhachadh orm le aran is uisge a-mhàin agus chan ith mi gearan. Ach chan urrainn dhomh iarraidh air a' Bh. Lynde maitheanas a thoirt dhomh"

"Chan eil sinn ann an cleachdadh duine a dhrùidheadh ann an dungeanan dorcha fliuch," thuirt Marilla gu tioram, "gu h-àraidh o nach eil iad buileach iom-fhillte ann an Avonlea, Ach feumaidh tu duilich a ràdh ri Mrs Lynde agus bidh tu ga dhèanamh agus bidh tu a' fuireach an seo ann an do sheòmar gus am bi thu deònach dhomh a ràdh gur deònach thu a dhèanamh"

"Feumaidh mi a dhol an seo gu bràth an uairsin," thuirt Anne gu brònach, "o chionn 's nach urrainn dhomh a ràdh ri Mrs Lynde gu bheil mi duilich gun do dh'innis mi na rudan sin dhi. Ciamar as urrainn dhomh? Chan eil mi duilich. Tha mi duilich gun do rinn mi cron ort; ach tha mi toilichte gun do dh'innis mi dhi dìreach na dh'innis mi. Bha e na thoileachas mòr. Nach urrainn dhomh a ràdh gu bheil mi duilich nuair nach eil, nach urrainn? Chan urrainn dhomh fiù 's a bhith a' samhlachadh gu bheil mi duilich"

"Is docha gum bi do mhac-meanma ann an suidheachadh obrachadh nas fheàrr a-màireach," thuirt Marilla, ag èirigh a' fhàgail. "Bidh an oidhche agad gus smaoineachadh air do ghiùlan agus ruig suidheachadh inntinn nas fheàrr. Thuirt thu gum feuchadh tu a bhith na caileag glè mhath ma chuireadh sinn thu aig Green Gables, ach feumaidh mi a ràdh, cha robh coltas gu bheil e mar sin a-nochd"

'Gad fhàgail an t-saighead Parthian seo a dhèanamh cràiteanach ann an cleas-stuama Anne, shiubhail Marilla a-nuas dhan chidsin, gu dona buaireadh ann an inntinn is truailleadh ann an anam. Bha i cho feargach leis a fhèin 's a bha i le Anne, oir, cuairt sam bith a bha i a' cuimhneachadh mu aodann Mrs Rachel gun fhacal, bha a h-uile cosaich aig a beul le spoirt agus bha i a' faireachdainn miann a thog buileach gun dìon air gàire.

Chapter 10

CHA do thuirt MARILLA freagairt dha Matthew mu an tachartas an oidhche sin; ach nuair a bha Anne fhathast doirbh an ath-mhadainn, b' fheudar mìneachadh a dhèanamh airson a h-às-làthair bhon bhòrd-breakfast. Thuirt Marilla an sgeulachd shlàn do Matthew, a' dèanamh gàirdeachais gus tuigse cheart air uabhas giùlan Anne a thoirt dha.

"'S e rud math a th' ann gu bheil Rachel Lynde air a calladh a-nuas; 's e sgìthseach seann bhacaire a th' innte," bha freagairt sòlais Matthew.

"Matthew Cuthbert, tha mi iongantach ort, Tha fios agad gu robh giùlan Anne uabhasach, agus fhathast tha thu a' gabhail an taoibh aice! Tha mi a' smaoineachadh gu bheil thu ag ràdh an ath rud nach bu chòir di a bhith air a peanasachadh idir!"

"Uill, a-nis chan eil gu dìreach," thuirt Màrtainn gu neo-easgantaich. "Tha mi a 'smaoineachadh gu feumadh i a bhith air a peanasachadh beagan. Ach na bi ro chruaidh oirre, Marilla. Cuimhnich nach robh duine sam bith aig a bheil a teagasg dhi ceart. Tha thu tha thu a 'dol a thoirt dhi rudeigin a dh'ithe, nach eil thu?"

"Càite an cuala tu riamh mi a' toirmeasg daoine gu burraideachd mhath?" dh'iarr Marilla gu dìomasach. "Bidh a biadh aice air ùine, agus bidh mi fhèin a' toirt suas dha i. Ach bidh i aig a bhrèist an sin gus am bi i deònach gus iomradh a dhèanamh airson a h-uile rud a rinn i do Mhàthair Lynde, agus sin ceart, Matthew."

Bha bracaist, dìnnear, agus suipear na biadh-stamaidh glè sàmhach dha Anne fhathast stàidich. An dèidh gach biadh, thug Marilla trèan làn mhath gu gaibhle an ear agus thug i e sìos an uair sin gun mhì-èigneachadh deimhnichte. Bha sùil thrioblaideach aig Màrtainn air a dheireadh a dhìreadh. An robh Anne air rudeigin ithe idir?

Nuair a chaidh Marilla a-mach an oidhche sin gus na baich a thoirt bho ghrèin na h-àirde, shneachd Matthew, a bha air a bhith ri lèirsinn timcheall na bhothan agus a' coimhead, a-steach don taigh le gaoth na geòlaiche agus dreuchd suas an staidhir. Mar as trice, bha Matthew a' dol eadar an cidsin agus an seòmar cadal beag ri taobh an halla far an robh e a' cadal; uaireannan dh'fheuch e a dhul dhan phàrlamaid no dhan t-seòmar-suidhe gu neo-fhèin-mhìnichte nuair a thàinig an ministear a dh'òl tì. Ach cha robh e suas an staidhir ann an taigh fhèin on earraich a chuideachadh Marilla a phàipearadh an seòmar cadal leigear, agus sin ceithir bliadhna air ais.

Thòisich e air a bhith a' tiptoe eadar-dhealaichte tro na h-àiteachan is sheas airson mòran mionaidean a-muigh an doras an gàiblidh an ear mus do ghlaodh e suas misneachd gus bualadh air leis a mhèara is an uairsin fosgladh an doras gus sùil a thoirt a-steach.

Bha Anne a' suidhe air an stòl buidhe ri taobh an uinneig, ag amharc gu brònach a-mach dhan ghàrradh. Cho beag agus brònach 's a bha i, agus bha cridhe Mhathaidh a' bualadh air. Dhùin e an doras gu sàmhach agus rinn e a shlighe gu ciùin thairis oirre.

"Anne," thuirt e gu sàmhach, mar gun robh e eagalach gun cluinneadh duine e, "ciamar a tha thu a' dol, Anne?"

Dh'fheumail Anne gu sàmhach.

"Gu math gu leòr, smaoinich mi gu mòr, agus sin a' cuideachadh an ùine a dhol seachad, Tha mi a' tuigsinn, tha e beagan uaigneach. Ach an uairsin, is dòcha gum bu chòir dhomh cleachdadh a ghabhail air sin"

Dh'fhoirich Anna a-rithist, a' srònadh gu h-ardail ro na bliadhnaichean fada de dh'fhaoiseachd fhèin roimpe.

Cuimhnich Matthew gum bu chòir dha a ràdh na bha e air tighinn a ràdh gun call ùine, ma thilleas Marilla ro luath. "Uill a-nis, Anne, nach eil thu a' smaoineachadh gum bu chòir dhut a dhèanamh agus a bhith thairis leis?" thuirt e le sìtheann. "Bidh feum air a dhèanamh tràth no anmoch, tha thu a' fios, oir 's e bean uabhasach ceangailte a th' ann an Marilla uabhasach ceangailte, Anne. Dèan e sa bhad, tha mi a' radh, agus a bhith thairis"

"A bheil thu a' ciallachadh duilich a ràdh ri Mrs Lynde?"

"'Seadh, gabh mo leisgeul, sin an facal glan," thuirt Màthaidh gu dùrachdach. "Dìreach suathachadh thairis, mar bu choir. Sin an rud a bha mi a' feuchainn ri ruigsinn"

"Tha mi a' smaoineachadh gum faodainn a dhèanamh gus do thoil a dhèanamh," thuirt Anna gu smaoineachail. "Bhiodh e fìor gu leòr ri ràdh gu bheil mi duilich, oir tha mi duilich a-nis. Cha robh mi duilich idir a-raoir. Bha mi craiceáilte gu tur, agus dh'fhan mi craiceáilte fad an oidhche. Tha fios agam gun robh mi oir dhùisg mi trì tursan agus bha mi dìreach fuathasach gach tur. Ach a-màireach bha e thairis. Cha robh mi ann am buaireadh tuilleadh agus dh'fhàg e seòrsa uabhasach de dhìth cuideachd. Bha mi a' faireachdainn cho nàireach dhomh fhèin. Ach cha b' urrainn dhomh smaoineachadh air a dhol agus ag innse do Mrs Lynde mar sin. Bhiodh e cho humhlachdach. Dhèanainn cinnteach gum fhanainn dùinte an seo gu bràth na breith seach a dhèanamh sin. Ach fhathast dhèanainn gach rud dhut ma tha thu ga iarraidh orm gu dìreach"

"Uill, a-nis, tha mi gu dearbh, tha e uabhasach aonranach aig bonn an staighre gun thusa. Dìreach falbh agus sìneadh cùisean, sin nighean mhath."

"Gu math," thuirt Anna gu foighidinneach. "Innsidh mi do Mharilla a cho luath 's a thig i a-steach gu bheil mi air mo ro-inntinn atharrachadh"

"Sin ceart, sin ceart, Anne, Ach na innis do Mharilla gun do thuirt mi rud sam bith mu dheidhinn. Dh'fhaodadh i a smaoineachadh gun robh mi a' cur mo ràmh a-staigh agus gheall mi nach rachainn a dhèanamh sin"

"Cha toir eachraidh allaidh am facal rùin bhuam," gheall Anna gu dìreach. "Ciamar a bhiodh eachraidh allaidh a' tarraing rùin bho duine co-dhiù?"

Ach bha Matthew air falbh, eagailichte aig a shoirbheachadh fhèin. Shearg e gu h-èigneachd gu cùl baile prèidh an t-each gus nach bi Marilla a' suspectadh na bha e air a bhith ris. Marilla fhèin, air a tillt gu taigh, bha gu h-èibhinn iongantach a chluinntinn guth tursach a' tighinn, "Marilla" thairis air na banistearan.

"Ma-thà?" thuirt i, a' dol dhan hall.

Tha mi duilich gun do chaill mi mo chuid smididh agus gun do dh'innse mi rudan mì-mhodhail, agus tha mi deònach a dol agus innse a' Bhean Lynde mar sin

"Gle mhath" Cha robh comharra sam bith de ùrlarachd Marilla ann am beum giorra aice. Bha i air a bhith a' cur an cèill dè fo na speuran a bhiodh i a 'dèanamh nam biodh Anne gun ghabh i a-steach. "Bheir mi thu sìos an dèidh a' bhainne a bhruich"

Mar sin, an dèidh a' bainne a thoirt as na boin, seall air Marilla agus Anne a' coiseachd sìos an rathad beag, an fheadhainn a' chiad a' seasamh dìreach agus buaidheil, an dàrna fear a' tuiteam agus a' faireachdainn duilich. Ach meadhan an rathad beag, chaidh bròn Anna a dhìth mar draoidheachd. Thog i a ceann agus ghluais i gu èibhinn, a sùilean dìreach air an iarmailt agus faireachdainn de shunas sìos. Chòrd an atharrachadh do Mharilla gu di-chàirdeach. Cha robh seo na pòitean sèimh a bu chòir dha a thoirt a-steach gu làthair a' bhean a bha offend Mrs Lynde.

"Dè tha thu a' smaoineachadh air, Anne?" dh'iarr i gu geur.

"Tha mi a' dèanamh eadar-dhealachadh dè bu chòir dhomh a ràdh ri Mrs Lynde," fhreagair Anne ann an doimhneachd.

Bha seo sàsachail no bu chòir a bhith mar sin. Ach cha b' urrainn do Mhàiriula a bhith às a comhair an tuairim gur robh rudeigin a' dol ceàrr ann an dòigh i peanas a thoirt seachad. Cha robh cùis sam bith ag Anna a bhith a' coimhead cho toilichte is dealrach.

Le dealras agus dealradh, lean Anne air adhart gus an robh iad ann an làthair dìreach Mrs Lynde, a bha a' peanasgadh ri taobh uinneag a cidsin. An uairsin, dh'fhalbh an dealradh.

Nochd iomallachd duilich air gach gnè. Mus deach facal a ràdh, chaidh Anne gu h-obann air a glùinean mu choinneamh Mrs Rachel a bha air a h-iongnadh, agus shìn i a làmhan a-mach gu eilidh.

"O, Mrs Lynde, tha mi uabhasach duilich," thuirt i le crith ann an a guth. "Cha b' urrainn dhomh gach bròn agam a chur an cèill, na, chan eil ged a b' e am faclair gu lèir a bhiodh nam làimh. Feumaidh tu dìreach a bhith a' samhlachadh e. Rinn mi ro mhath dhut agus rinn mi nàire air mo càirdean dileas, Matthew agus Marilla, a thug cead dhomh fuireach aig Green Gables ged nach eil mi nam balach. Tha mi air a bhith na nighean droch-bheusanach agus gun buidheachas, agus tha mi airidh air pèineadh agus a bhith air an tilligeadh seachad le daoine urramach gu suthain. 'S e obair droch-chàileach a bh' ann dhomh tèir a chall oir thuirt thu an fhìrinn dhomh. 'S e an fhìrinn a bh' ann; bha gach facal a duirt thu fìor. Tha mo chuid falt dearg agus tha mi freagarrach is caol agus ainidh. Bha na rudan a thuirt mi riut fìor cuideachd, ach cha bu chòir dhomh iad a ràdh. O, Mrs Lynde, ma 'se do thoil e, ma 'se do thoil e, thoir maitheanas dhomh. Ma tha thu a' diùltadh, bidh e na mhilleadh sorg air nighean dìomhair beag, an robh thu, ged a bh' aige teumadair uabhasach? O, tha mi cinnteach nach robh tu. Abair gu bheil thu a' maitheanas dhomh, Mrs Lynde"

Chaidh Anne a glacadh a làmhan còmhla, chuir i a ceann sìos, agus fhuair i ri feitheamh airson an fhacail a bhreith.

Cha robh mearachd ann a thaobh a dìlseachd, bha i beò anns gach gleus de a guth. Dh'aithnich Marilla agus Mrs Lynde am fuaim gun mhealladh aice. Ach thuig an ceann roimhe le èiginn gun robh Anne dha-rìribh a' gabhail tlachd ann an gleann a diùltadh, agus bha i a' siorbhaigh ann an lànachd a nìos-làraich. Càite an robh an pìonadh fallain anns an robh i, Marilla, air a pròiseactadh fhèin? Tha Anne air atharrachadh gu seòrsa de dhòigh-beatha toilichte.

Maith Mrs Lynde, nach robh iad air a làn tuigse, cha do dh'fhaic i seo. Chunnaic i a-mhàin gu robh Anne air leisgeul glan a dhèanamh agus dh'fhalbh gach teinnse bho a cridhe càirdeil, ged a bhiodh e beagan trosg.

"An sin, an sin, èirich, a leanabh," thuirt i gu h-èibhinn. "Gu dearbh, tha mi a' gabhail do leisgeul. 'S docha gun robh mi beagan cus air a bhith cruaidh ort, co-dhiù. Ach 's e duine follaiseach a th' annam. Chan fheum thu dìreach dragh rium, sin dè. Chan urrainn a shhealltainn nach eil do chuid falt ro dhearg; ach bha mi eoil air nighean aon uair a chaidh a dhol dhan sgoil còmhla rithe, gu dearbh aig an am sin aice falt gach deagh rud cho dearg ri do chuid-sa nuair a bha i òg, ach nuair a dh'fhàs i suas, dh'fhàs e do dhearg dath freagarrach. Cha bhithinn ro iongantach nan rachadh do chuid-sa cuideachd - cha robh mi idir."

"Ò, Mrs Lynde!" Thog Anne anail fhada nuair a dh'èirich i a suas gu a casan. "Thug thu dòchas dhomh. Bidh mi an-còmhnaidh a' faireachdainn gu bheil thu na buntàta. Ò, bhithinn comasach air sam bith a thoirt seachad ma bha mi a' smaoineachadh gum biodh mo chuid falt gu bòidheach odhar nuair a thiginn suas. Bhiodh e cho iomadh nas fhasa a bhith math ma bhiodh an duine fhèin a' fàs suas falt odhar, nach b'e? Agus a-nis am faod mi a dhol a-mach don do gheàrradh agus suidhe air an bainc fon na crann-ubhlaichean fhad 's a tha thu agus Marilla a' bruidhinn? Tha iomadh nas mo nas spèis dhan ìomhaigheachd a-muigh an sin"

"Lagh, seadh, ruith air adhart, leanabh, Agus 's urrainn dhut bucaid de na lilean geal Ògmhìos a thogail anns a' chùinnean ma tha toil leat"

Nuair a dhruid an doras air cùl Anna, dh'èirich Mrs Lynde gu tapaidh gus lamp a' lasadh.

"Tha i na rud beag neònach gu dearbh, Gabh an cathair seo, Marilla; tha e nas fhasa na an fhear a th' agad; tha mi dìreach a' cumail sin airson an gille a thathar a' fastadh a shuidhe air. Tha, tha i gu cinnteach na leanabh neònach, ach tha rud sam bith seòrsach tarraingeach mu a dèidh uile. Chan eil mi a' faireachdainn cho iongantach agad agus Matthew a' cumail rithe mar a bha mi, agus cha robh mi cho duilich dhut, cuideachd. Faodaidh i a dhol a-mach gu ceart. Tha dòigh aice a chur i fhèin an cèill beagan cus, cus cuideachd, tha fhios agad; ach tha e coltach gum bi i a' dol thairis air sin a-nis gu bheil i air tighinn a dh'fhuireach am measg dhaoine sìobhalta. Agus an uairsin, tha a geur-ghuth gu math luath, tha mi a' tomhas; ach tha an t-àiteachadh aice, tha leanabh aig a bheil geur-ghuth luath, dìreach a 'lasadh suas agus fuarachadh, chan eil iad a-riamh coltach a bhith foillseach no meallta. Glèidh dhomh bho leanabh foillseach, sin de. Air a h-uile càil, Marilla, tha mi coltach ri mo còrdadh rithe"

Nuair a chaidh Marilla dhachaigh, thàinig Anne a-mach à sealladh teòmraich an làraich-leòmhainn le bàrr de narcisi geala ina làmhan.

"Ghabh mi leisgeul gu math freagarrach, nach do?" thuirt i gu moiteil fhad 's a bha iad a' dol sìos an làna. "Smaoinich mi o chionn 's gun robh agam ri a dhèanamh, bu choir dhomh a dhèanamh gu h-iomlan"

"Rinn thu e gu cùramach, gu ceart gu leòr," bha eadar-theangachadh Marilla. Bha Marilla air a sgàineadh leis an fhact gu robh i ag iarraidh gàire a dhèanamh air a' chuimhneachadh. Bha i cuideachd a' faireachdainn neo-shocair gu robh i a 'feumachd air Anne a chàineadh airson a leithscéal a dheanamh cho math; ach an uairsin, bha sin rìomhach! Dhèan i comhaontachadh le a cogais le bhith ag ràdh gu cruaidh:

"Tha mi an dòchas nach bi thu a' feumachadh a dhèanamh mòran tuilleadh de leithseis mar sin, tha mi an dòchas gum feuch thu ri smachd a chumail air do chuibhle, Anne"

"Chan biodh sin cho duilich nam biodh daoine nach beireadh ormsa mu mo choltas," thuirt Anna le osna. "Cha tèid mi air mo ghuaillean airson rudan eile; ach tha mi cho sgioblach de bhith ga tharraingeamh mu m'fhalt agus tha e dìreach a' cur orm a bhith gu math seachad. Am b' eil thu a' smaoineachadh gu bheil mo fhalt gu bhith dreach alainn ruadh-òir nuair a bhios mi nas sine?"

"Cha bu chòir dhut a bhith a' smaoineachadh cho mòr air do chòmhdach, Anne, tha eagal orm gu bheil thu na caileag fhèin-tlachdmhor glè."

"Ciamar a tha mi comasach air bhith làn de ghoireas nuair a tha fhios agam gu bheil mi àbhaisteach?" gearain Anne. "Tha gaol agam air rudan bòidheach; agus tha gràin agam air a bhith a' coimhead sa ghealach agus a' faicinn rud nach eil bòidheach. Tha e a' cur bròn orm dìreach mar a tha mi a' faireachdainn nuair a tha mi a' coimhead air rud sam bith grànnda. Tha truas agam air oir chan eil e àlainn "

"Tha àlainn cho àlainn 's a nì," thuirt Marilla. "Tha sin air a ràdh rium roimhe, ach tha mi amharasach mu dheidhinn," thuirt Anna, a tha amharasach, a' smaoineachadh air a h-anacuis. "Ò, nach eil na flùraichean seo milis! B' àlainn le Mrs Lynde iad a thoirt dhomh. Chan eil duilgheadasan sam bith agam an aghaidh Mrs Lynde a-nis. Tha e a' toirt dhut faireachdainn àlainn, cofhurtail ma dh'fhaodas tu a mhaitheas a dhèanamh agus a bhith air a leigeil seachad, nach eil? Nach eil na reultan mòra an diugh? Ma bhiodh tu a' fuireach ann an rionnag, cò ris a bhiodh tu ag iarraidh? Bu toil leam an fheàrna mhòr soilleir sin thall an sin os cionn a' chnuic dhorcha sin"

"Anne, cum do theanga," thuirt Marilla, gu tur sgìth a' feuchainn ri leantainn na cuairtean a bha smaointean Anne a' dèanamh.

Thuirt Anne nach eil tuilleadh gus an do thionndaidh iad a-steach dhan rathad aca fhèin. Thàinig gaoth beag gipsy sìos e gus coinneachadh riutha, làn den truail odhra spìosrach bhon ferns òg fliuch drùchda. Fada suas anns na sgàilean, ghlèidh solas sunndach mach tro na craobhan on cidsin aig Green Gables. Thàinig Anne gu bith dlùth gu Marilla agus dh'fhàg i a làmh ann an làimh dhorcha a' mhnaoi nas sine.

"'S e àite àlainn a th' ann a bhith a' dol dhachaigh agus a' fios gur e dhachaigh a th' ann," thuirt i. "Tha mi gaol aig Green Gables mar-thà, agus cha robh mi gaol aig àite sam bith roimhe seo. Cha robh àite sam bith riamh coltach ri dhachaigh. Ò, Marilla, tha mi cho sona. Could pray an-dràsta agus chan fhaighinn e doirbh idir"

Thàinig rud blàth is taitneach a-steach do chridhe Marilla le beagan bhuaithe sin a làimh tana ina làimh fhèin, bìog dhen mhàthaireachd a dh'fhalbh uaithe, is dòcha. Thug a neo-àbhaisteachd agus a milseachd dragh oirre. Dh'obraich i gu h-iongantach gus a faireachdainnean a thilleadh gu an càlm àbhaisteach le moral a chur a-steach.

"Ma bhios tu na cailin math bidh tu a-riamh sona, Anne, Agus cha bu chòir dhut a-riamh a bhith ga chunnart a ràdh do ùrnaighean"

"Chan eil ag ràdh ùrnaigh agad dìreach mar an aon rud ri ùrnaigh," thuirt Anne gu smaoineachail. "Ach tha mi a 'dol a dh' ionnsaigh gu bheil mi mar an gaoth a tha a 'seideadh suas an sin sna craobhan. Nuair a thèid mi sgìth air na craobhan, bidh mi a 'dèanamh deimhin gu bheil mi a' crathadh gu sèimh an seo sna raineach agus an uair sin bidh mi a 'sgèith thairis gu gàrradh Mrs Lynde agus a' cur na flùraichean a 'dannsa agus an uair sin bidh mi a' dol le aon bhuille mòr thairis air an achadh cloiche agus an uair sin bidh mi a 'seideadh thairis air Loch na Loìnn a' Shine agus a 'dèanamh dìth air uile gu tonnan beaga lonrach. Ò, tha cho iomadh scop airson dòigh-smuainte ann an gaoth! Mar sin, chan innse mi tuilleadh dìreach an-dràsta, Marilla"

"Buíochas leis an mhathas airson sin," thoilich Marilla le fuachas creideamhach.

Chapter 11

"UILL, ciamar a tha thu a' faireachdainn mun iad?" thuirt Marilla.

Bha Anne a' seasamh anns an seòmar gàiblidh, a' coimhead gu trom air trì dreasaichean ùra a bha sgapte air an leabaidh. B' e gin dhiubh de ghingham dearg snuffach a bha Marilla air a bhrosnachadh gu ceannach bho neach-reic an samhradh roimhe sin air sgàth 's a chumail cho feumail a bha e; b' e gin eile de sateen dubh is geal-patrúnach a bha i air a togail suas aig counter bargan sa gheamhradh; agus b' e an treas fear prionta stocaireach de dhubh-ghorm grànnda a bha i air a cheannach an t-seachdain sin aig bùth Carmody.

Rinn iad suas i fhèin, agus bha iad uile air an dèanamh mar an aon chàch - sgiartan plàigh air an togail gu tighinn na còran plàigh, le sleabhaichean cho plàigh ri còran agus sgiart agus tighinn cho teann 's a ghabhadh sleabhaichean a bhith.

"Tha mi a' smaoineachadh gum bi mi a' còrdadh riutha," thuirt Anne gu sòber.

"Chan eil mi ag iarraidh ort a bhith a' tomhas e," thuirt Marilla, a bha air a sgoileadh. "Oh, chi mi nach toir thu cùram air na gúnaichean! Dè tha cearr leotha? Nach eil iad snog agus glan agus ùr?"

"Seadh"

"Carson nach toil leat iad?"

"Tha iad, tha iad, chan eil iad breágha," thuirt Anne gu tuar.

"Breágha!" ghlaodh Marilla. "Cha do chuir mi mo cheann a' strì airson dreasaichean àlainn a ghabhail dhut. Cha chreid mi ann a bhith a' toirt aire do vanity, Anne, innsidh mi sin dhut an toiseach. Tha na dreasaichean sin math, ciallach, feumail, gun bhreabagan no susaid sam bith mun cuairt orra, agus tha iad a-mhàin a bhios agad an t-samhradh seo. Bidh an gingham donn agus an print gorm math dhut airson na sgoile nuair a thòisicheas tu a' dol ann. Tha an sáitean airson an eaglais agus sgoil an Latha na Sàbaid. Bidh mi a' dùil riut a bhith ga cumail rèidh, glan agus gun a bhith a' strìocadh iad. Bhiodh mi a' smaoineachadh gum biodh thu taingeil airson a bhith a' faighinn rud sam bith an dèidh na nithean bochd wincey a bhiodh tu a' caitheamh"

"Ò, tha mi buidheach," dh'argamaid Anne. "Ach bhiodh mi fada buidheach na sin ma rinn thu dìreach aon dhiubh le uillinn bhog. Tha uillinn bhoga cho faiseanta an-dràsta. Bhiodh e a' toirt dhomh tòrr de dhòigh-inntinn, Marilla, dìreach a bhith a' càradh gúna le uillinn bhoga."

"Uill, bidh agad ri dèanamh às aonais do dhòigh-thòiseachaidh, cha robh stuth sam bith agam airson a dhèanamh seachad air uchdan pùffta. Tha mi a 'smaoineachadh gu bheil iad a' coimhead cùis ris an t-seòrsa as àbhaist orra co-dhiù. Is fheàrr leam na fearannan simplidh, ciallach"

"Ach bu toil leam a bhith a' coimhead diùid nuair a tha a h-uile duine eile na 's àbhaist agus ciallach air m' aonaran," lean Anne gu brònach.

"Feuch gum freagras tu air sin! Ma-thà, crogaich na dathan sin gu cùramach sa chloset agad, agus an uairsin suidh sìos agus ionnsaich a' leasain sgoil Dòmhnach. Fhuair mi ràitheil bho Mhr Bell dhut agus thèid thu gu sgoil Dòmhnach a-màireach," thuirt Marilla, a' dol fodha na staidhre ann an droch chàil.

Dhùin Anne a làmhan agus sheall i air na gùnaichean.

"Bha mi an dòchas gum biodh aon geal le h-uileanan pufaichte ann," fluich i gu gruamach. "Dh'ùrnaich mi airson aon, ach cha robh mi a' sùileachadh ro mhòr air sin. Cha do smaoinich mi gum biodh ùine aig Dia a bhotheradh mu dheidhinn aodach nighean dìlleachd beag. Bha fhios agam gun robh orm a dhol air Marilla airson. Uill, gu fortanach is urrainn dhomh a bhith a' smaoineachadh gu bheil aon dhiubh de muslain geal sneachda le frills àlainn lèine agus trì uileanan pufaichte."

An ath-mhadainn, chuir rabhaidhean mu cheann tinneas Marilla air chùl bho dol dhan sgoil Didòmhnaich còmhla ri Anne.

"Feumaidh tu a dhol sìos agus a ghairm airson Mrs Lynde, Anne," thuirt i. "Thèid i a dhèanamh cinnteach gu bheil thu a' dol don chlas ceart, A-nis, cuimhnich gu bheil i ag iarraidh ort a bhith nas cuibheasaiche. Fuirich gu preachdadh às dèidh seo agus faigh Mrs Lynde gus an sèidsear againn a shealltainn dhut. Seo ceann-cèad gun tàladh. Na coimhead gu dlu gus daoine agus na fèid. Bidh mi a' dùil riut a thilleadh dhomh an teacsa nuair a thilleas tu dhachaigh"

Thòisich Anne gu neo-thramgach, cladhte anns an t-sateen dubh is geal daingeanaich, a bha, ged a bha e freagarrach a thaobh fad is gu cinnteach gun robh e fosgailte don chàs a bha gun lànachd, air a chomhairleachadh gach cearn is ceàrnag dhen chorp caol aice. Bha am bonaid aice beag, rèidh, soilleir, sailor ùr, bha iongantachd shochrach dhen fhear a bh' aige Anne, a bha an dùil ri feuchainn ri ribbon is blàthan. Chaidh an dàrna rud a sholarachadh mus do ruig Anne an rathad mòr, airson a dhol a thriall gu leth-slìghe sìos an rathad leis a' ghaoth a' brosnachadh butair-chùba òir agus glòir nan ròsan fhiadhaich, dhèan Anne gu luath is gu saoraidh garland a bonaid leis a' chuibhle mhòr aca. Dè an smaointinn a bh' aig daoine eile air an toradh, bha e toilichte le Anne, agus sheall i gu sòlasach sìos an rathad, a' cumail a ceann dearg leis an sgeadachadh de phinc is buidhe gu mòr moiteil.

Nuair a ràinig i taigh Màthair Lynde, fhuair i gun robh a 'bhean sin air falbh. Chan eil a 'bhean eagalach, lean Anna air adhart don eaglais leatha fhèin. Ann an porch, thachair i ri buidheann de nigheanan beaga, uile a 'coimhead nas fhasaiche no nas lugha ann an geala, gorm agus pinc, agus uile a' coimhead le sùilean ùrsgal dorcha air an coigrich seo ann an meadhan, leis an timcheallladh cinn eireachdail aice. Bha nigheanan beaga Avonlea air cloidheamh mu cheithir sgeulachdan mu Anna cheana. Thuirt Màthair Lynde gun robh grìan aice uamhasach; Thuirt Jerry Buote, an gille air màl aig Green Gables, gun do bhruidhinn i an-còmhnaidh riutha fhèin no ris na craobhan agus do na flùraichean mar a bhiodh cailin craiceáilte. Dh'fhéach iad air a 'bhruadar agus dh'fhalbh iad ri chèile air cùl an cairtealan aca. Cha do dh'fhàg duine sam bith ceum caraidil, an uairsin no nas fhaide a-muigh nuair a bha na h-exercises toiseachaidh thairis agus fhuair Anna i ann an clas Miss Rogerson.

Bha Miss Rogerson na bean meadhan-aoise a bha air clas sgoile Didòmhnaich a theagasg airson fichead bliadhna. Bha dòigh-teagaisg aice a' freagairt air na ceistean clò-bhuailte bho na ceathramhan agus a' coimhead gu doirbh thairis air a h-oiread air an nighean bheag sònraichte a bha i a' smaoineachadh gum bu chòir freagairt air a' cheist. Choimhead i gu tric air Anne, agus tha e a' freagairt gu luath do Anne, tha taing gu Marilla's drilling; ach faodaidh e a bhith air a cheisteachadh ma thuig i mòran mu na cheistean no an freagairt.

Cha robh i a' smaointeachadh gu robh i toilichte le Miss Rogerson, agus bha i a' faireachdainn gu math mì-thoilichte; bha uillinnichean puffed aig gach nighean eile sa chlas. Bha Anna a' faireachdainn nach robh beatha fiù 's a' beò gun uillinnichean puffed.

"Uill, ciamar a bha sgoil Dòmhnaich dhut?" bha Marilla ag iarraidh fiosrachadh nuair a thàinig Anne dhachaidh. Bha an coróin aice air falach, agus bha Anne air a thrusadh air faladh, mar sin cha robh fios aig Marilla mu sin airson ùine.

"Cha do chòrd e rium idir, Bha e uabhasach"

"Anne Shirley!" thuirt Marilla le feirg.

Shuidh Anne sìos air an rocadaire le osna fada, pòg aon de duilleagan Bonny, agus chuir i a làmh air chuairt gu fuchsia a' blàthachadh.

"Dh'fhaodadh iad a bhith nad aonar fhad 's a bha mi air falbh," mhinich i. "Agus a-nis mu dheidhinn an sgoil-dòmhnaich. Bha mi a' giùlan gu math, dìreach mar a dh'innse thu dhomh. Bha Mrs Lynde air falbh, ach chaidh mi air adhart fhèin. Chaidh mi a-steach don eaglais, le torr eile de nigheanan beaga, agus shuidh mi ann an cùinne de pew leis an uinneag fhad 's a bha na cleachdaidhean tòiseachaidh a' dol air adhart. Dhèan Mr Bell ùrnaigh fada gu uabhasach. Bhiodh mi sgìth gu h-aindeoin ro dhiheadhain gun robh e air crìochnachadh mur robh mi a' suidhe leis an uinneag sin. Ach bha e a' coimhead a-mach air Loch nan Uisgeachan Soilleire, mar sin dh'fheuch mi ris a' ghnothach sin agus smaoineachadh air tòrr rudan splèndid"

"Cha bu chòir dhut a dhèanamh càil den t-seòrsa sin, Bu chòir dhut èisteachd ri Mr Bell"

"Ach cha robh e a' bruidhinn ri mise," dh'aontaich Anne. "Bha e a' bruidhinn ri Dia agus cha robh coltas gu robh e ro dhoimhinne do, cuideachd. Tha mi a' smaoineachadh gun robh e a' smaoineachadh gun robh Dia ro fhada air falbh ged-thà. Bha sreath fhada de bheithe geala a' crochadh thar an loch agus thuit an grian sìos tronnte, fad, fad sìos, domhainn sna h-uiscidhean. Ò, Marilla, bha e coltach ri aisling àlainn! Thug e crith orm agus thuirt mi, 'Tapadh leat airson sin, Dia,' dà no thrì tursan."

"Chan ann gu h-àrd, tha mi an dòchas," thuirt Marilla gu dùrachdach.

"Och, cha robh, dìreach fo mo anail, Uill, rinn Mgr Bell a dh'fhàs aig an deireadh thall agus dh'iarr iad orm a dhol a-steach don seòmar-clas le clas a' Bhean-uasal Rogerson. Bha naoi nigheanan eile ann. Bha uile gu leòr aca le slinnean sèideadh. Dh'fheuch mi ri mo chasan a thoirt dhan inntinn mar a bhiodh iad air an sèideadh, ach cha b' urrainn dhomh. Carson nach b' urrainn dhomh? Bha e cho furasta 'sa b' urrainn a bhi a' toirt gu inntinn gu robh iad air an sèideadh nuair a bhiodh mi na m' aonar anns an t-seòmar-cearn deas, ach bha e gu math cruaidh an sin am measg an fheadhainn eile a bh' ann gu dearbh le puffs."

"Cha bu chòir dhut a bhith a' smaoineachadh air do chuileagan ann an sgoil Didòmhnaich. Bu chòir dhut a bhith a' toirt sùil air an leasanan. Tha mi an dòchas gu robh fios agad air."

"Ò, tha; agus fhreagair mi tòrr cheistean, dh'iarr Miss Rogerson iomadh fear. Chan eil mi a' smaoineachadh gu robh e cothromach dhith a h-uile ceist a chur. Bha tòrr agam a b' àill leam a chur oirre, ach cha robh mi airson sin a dhèanamh oir cha robh mi a' smaoineachadh gu robh i na spiorad co-sheòrsa. An uairsin dh'ath-rinn na cailinichean eile parafras. Dh'iarr i orm ma b' eòlach mi air gin. Thuirt mi nach robh, ach gun rachainn, 'An Cu aig uaigh a Mhaighstir' ma b' àill leatha. Sin anns an treas Reader Rìoghail. Chan e dàn gu dearbh cràbhach a th' ann, ach tha e cho brònach agus dubhach gus gun rachadh e air a thionndadh ni mar sin. Thuirt i nach rachadh sin agus thuirt i gum feumainn mi an naoidheamh parafras ionnsachadh airson an Ath-latha na Sàbaid. Leugh mi e a-rithist anns an eaglais an deaghaidh agus tha e sònraichte. Tha dà loidhne ann gu h-àraidh a chuireas mi air m' èigin."

"'Luath mar a thuit na buidhnean a chaidh a mharbhadh Ann an là olc Midian.'"

Chapter 12

"Chan eil fhios agam dè tha 'squadrons' a' ciallachadh no 'Midian,' cuideachd, ach tha e a' fuaimneachadh cho tradiseanta. Chan urrainn dhomh feitheamh gu an ath Dòmhnach gus a dhèanamh. Cleachdaidh mi e fad na seachdain. An dèidh sgoil an Dòmhnaich, dh'iarr mi air Miss Rogerson oir bha Mrs Lynde ro fhada air falbh gus do sheata dhomh a shealltainn. Shuidh mi cho sàmhach 's a ghabh mi agus bha an teacsa 's e Revelations, an treas

"ma bhithinn nam mhinistear, bhiodh mi a' taghadh na freagairtean goirid, snog. Bha an seirbheis gle fhada, cuideachd. Tha mi a' smaoineachadh gun do chuir an ministear freagairt don teacsa. Cha robh mi a' smaoineachadh gu robh e inntinneach idir. Tha a' chùis leis coltach gu bheil e dìth smaoineachadh. Cha robh mi a' èisteachd ris gu mòr. Dh'fhàg mi mo smuaintean a' ruith agus smaoinich mi air na rudan as iongantaiche"

Bhiodh Marilla a' faireachdainn gun robh e doirbh, gun robh fiach a chur air seachran, ach bha i fo chuing bhon fhìrinn gun d' thuirt Anne cuid de na rudan a bha i fhèin air smaoineachadh gu domhainn anns a cridhe airson bhliadhnaichean, gu h-àraidh mu shearmonan an ministear agus ùrnaighean Mr Bell, ach cha robh i riamh air an sealltainn. Cha robh e coltach dhi ach gu robh na smuaintean dìomhair, neo-innsichte, critigeach seo air tighinn beò gu hobrachail agus a' cur a-mach ann an cruth agus foirm na pèice beag labhairt seo dhen duine gun aire.

Chapter 13

Cha robh e gus an ath Dhihaoine a chuala Marilla sgeulachd an adais blàthach. Thàinig i dhachaigh bho Mrs Lynde agus ghairm i Anne chun cunntais.

"Anne, tha Mrs Rachel ag ràdh gun deach thu gu eaglais Didòmhnaich seo chaidh le d' adhbharan air do h-àd a tha gu neo-chumanta le rosan agus meacain. Dè rinn thu a leithid de naidheachd? Tha mi cinnteach gun robh thu a' coimhead gu ùr-èibhinn!"

"Ò, tha mi a' fiosrachadh nach eil dath bainne is meala freagarrach dhòmsa," thòisich Anna.

"A 'dèanamh fiddlesticks! Bha e a 'cur flùraichean air do h-aiteig aig a h-uile àm, chan eil duilgheadas dè an dath a bha iad, a bha car coltach. Tha thu na phàiste as buailtiche!"

"Chan eil mi a' tuigsinn carson a tha e a' còrdadh nas mì-thuigte le blàthan a bhith air do h-àd às na air do dhrèis," phroitisich Anna. "Bha bucaidean air a' chlò-bhuailte air na drèisean aig mòran nighean beaga ann. Dè an diofar?"

Cha robh Marilla ri tarraing on shlàn concreite gu slighean teagmhasach den t-abstract.

"Na freagair mi air ais mar sin, Anne, Bha e gu math neo-thoillteach agad a leithid de rud a dhèanamh. Na leig leam thu a' deanamh a leithid de gheama a-rithist. Tha bean Rachel ag ràdh gur do b' ann gun tuiteadh i tron làr nuair a chunnaic i thu a' tighinn a-staigh uile gharaichte mar sin. Cha bhiodh i gu leòr faisg dhut gus innse dhut iad a thoirt dheth gus an robh e ro fhada. Tha i ag ràdh gur de na h-uabhas a labhair daoine mu dheidhinn. Bidh iad air an do-chreidsinn gu bheil mi cho neo-thoilleil 's gun toireadh mi leat a dhol sìos mar sin"

"Ò, tha mi duilich gu mòr," thuirt Anna, deòra a' tighinn a-steach dha na sùilean aice. "Cha do smaoinich mi idir gum biodh dragh ort. Bha na ròsan agus na butair-fheòil cho milis agus àlainn, smaoinich mi gun coimhead iad breagha air mo h-ad. Bha flùraichean èiginn air adan mòran de na nigheanan beaga. Tha eagal orm gu bheil mi gu bhith na cuairt uabhasach dhut. 'S dòcha bu chòir dhut gam chur air ais dhan asrama. Bhiodh sin uabhasach; chan urrainn dhomh smaoineachadh gun clach mi leis; 's e deagh phrosbaig bhiodh ann dòchasach; tha mi cho tana mar a tha, chi thu. Ach bhiodh sin nas fheàrr na bhith na cuairt dhut."

"Craic," thuirt Marilla, air a cur às leis fhèin airson 's gu robh i air a' phàiste a chur gu na deòir. "Chan eil mi ag iarraidh do thilgeil air ais dhan taigh-osda, tha mi cinnteach, Is e an aon rud a tha mi ag iarraidh gu bheil thu a' giùlain mar chailin òga eile agus nach eil tu a' dèanamh tu fhèin gàireachdainn. Na caoineadh tuilleadh. Tha naidheachdan agam dhut. Thàinig Diana Barry dhachaigh feasgar an-diugh. Tha mi a' dol suas gus faicinn am faod mi patran sgiorta fhaighinn bhuaithe aig Mrs Barry, agus ma tha thu ag iarraidh, faodaidh tu tighinn còmhla rium agus Diana fhaighinn aithne."

Dh'èirich Anne gu crìochan aice, leis na làmhan clasgta, na deòir fhathast a' sole gorm air a gruaidhean; thuit an truailleadair a bha i air a bith a' freagairt gun aire gu urlar.

"Ò, Marilla, tha mi eagalach a-nis a thìde a dh'fhaighinn gu bheil mi gu dearbh eagalach. Dè nam nach robh i gam thòiseachadh! Bhiodh e na a dhi disappointment tragical ma bheatha"

"Nise, na bi ann an sguradh, agus tha mi gu dearbh ag iarraidh ort nach cleachd thu facalan cho fada. Bidh e a' fuaimneachadh cho èibhinn ann am nighean òg. Tha mi a' smaoineachadh gum bi Diana agad gu leòr. 'S e a màthair a tha agad ri dèanamh ri. Ma nach eil i agad, cha chùm e dè cho mòr 'sa tha Diana agad. Ma tha i air cluinntinn mu d' fharum gu Mrs Lynde agus a' dol dhan eaglais le cnotagan òir air do h-ad a chan eil fhios agam dè mar a bheir i ort. Feumaidh tu a bhith modhail agus math-bhehaved, agus na dèan neach sam bith den lèirsinn agad. Tha gu leòr leigheas, ma tha a' phàiste cha mhòr a' crith!"

Bha Anne a' crith. Bha a h-aghaidh pailt agus teann.

"O, Marilla, bhiodh tu cuideachd air do dhol glè thoilichte, nam b' e sin gu bheil thu a' dol coinneachadh ri nighean òg ris an dòchas gu bheil i gu bhith na caraid dìleas agad agus nach robh e cinnteach gun robh a màthair gad thoirt suil," thuirt i fhèin nuair a bha i a' brosnachadh gus am bonaid aice fhaighinn.

Chaidh iad thairis gu Orchard Slope leis an ro-ghoirid thairis air an allt agus suas an cnoc giuthais. Thàinig Mrs Barry a-mach an doras cidsinheil mar fhreagairt air bualadh Marilla. 'S e bean ard, dubh-shùileach, dubh-fhuilt a bh' innte, le beul glè chruaidh. Bha i aig a' chlach-mhìle mar a bhith a' cur gu doras le a clann.

"Ciamar a tha thu, Marilla?" thuirt i gu cordail. "Thig a-steach, Agus an e seo an nighean bheag a ghabh thu an urra ri, tha mi a 'tuigsinn?"

"Seadh, seo Anne Shirley," thuirt Marilla.

"Litrichte le E," thàinig gun ghuth bho Anne, a b' e dìreach cho brònach 's a b' e gleusta, agus a' daingneachadh nach robh tuigsinn ceàrr air an ìre cudromach sin.

Bha Bean Barry, gun cluinntinn no gun tuigsinn, a-mhàin a' crathadh làmhan agus ag ràdh gu càirdeil:

"Ciamar a tha thu?"

"Tha mi gu math ann am bodhaig ged a tha mi gu mòr air m' fhaltachadh ann an spiorad, tapadh leat, a bhean-uasal," thuirt Anna gu doimhne. An uairsin ri taobh Marilla ann an cogadh cluinnteanach, "Cha robh dad iongantach ann an sin, aig Marilla, nach robh?"

Bha Diana a' suidhe air an t-sofa, a' leughadh leabhair a dh'fhalbh i nuair a thàinig na cuairtearan a-steach. Bha i na nighean bhreagha glè, le sùilean dubha agus gruag a màthair, agus gruagan dearg, agus an deagh-dhàn a bh' aice bho a h-athair.

"Seo mo nighean beag Diana," thuirt Mrs Barry. "Diana, dh'fhaodadh tu Anne a thoirt a-mach dhan gàrradh agus a' sealltainn dha i na flùraichean agad. Bidh e na bu fheàrr dhuibh na d' shùilean a shìneadh thairis air an leabhar sin. Tha i a' leughadh cus gu tur" - seo gu Marilla mar a chaidh na nigheanan beaga a-null "agus chan urrainn dhomh a chur à bith, oir tha athair gu cunbhalach leatha. Tha i a' leughadh leabhar. Tha mi toilichte gu bheil cothrom aice air caraide cluiche - dh'fhaodadh gu tèid i a-mach a bhall."

A-muigh san gàrradh, a bha làn de sholas fàisneachd na grèine a' strì tro na giuthasan dorcha aig an iar dhi, sheas Anne agus Diana, a' coimhead gu nàireach air a chèile thar cròdh de lusan-tìghearna àlainn.

Bha gàrradh Barry na fhàsach bhoirionnach de bhlàthan a bhiodh air dileas a dheanamh air cridhe Anna aig àm sam bith nas lugha le dualchas. Chuir craobhan seanail mhòra agus giuthaisean àrda cuairt air, far an robh blàthan a ghràdh an sgàil a' fas. Bha slighean dreach ceàrr-ruigheach, goireasan a' faireachdainn le sliogan, a' siorrachadh tron àite mar ribeanan ruadh fliuch agus eadar na leabhraichean, bha blàthan sean-fhasanta a' siubhal gu mòr. Bha craobhan-cridhe dearg agus peonies breagha mòra dearg; blàthan draoidheil, blasda agus rosaidhean Albannach; calamanan dearg agus gorm agus geal agus Bouncing Bets lilac; cnapaichean de southernwood agus feur-ribean agus mint; Adam agus Eve purpaidh, daffodils, agus builg luchd-cloinne milis bàn leis a' spray delicate feitheil, fragrant; dealan-dè dearg a sheall ioma nan lannan teine aig blàthan musk geal; bha e na gàrradh far an robhadh a' ghrian a' fàire agus far an robh na beachan a' dordadh, agus gaothan, air an mealladh a dh'fhuireach, a' purr agus a' ruasgadh.

"Ò, Diana," thuirt Anne mu dheireadh, a' crathadh a làmhan agus a' bruidhinn dìreach ann an cabadaich, "ò, a bheil thu a 'smaoineachadh gur eil thu agam beagan gu leòr gus mo charaid cridhe a bhith?"

Dh'èigh Diana. Bha Diana a' gàireachdainn riamh mus labhradh i.

"Carson, tha mi a' smaoineachadh mar sin," thuirt i gu dìreach. "Tha mi uabhasach toilichte gu bheil thu air tighinn a dh'fhuireach aig Green Gables. Bidh e spòrsail a bhith agaibh duine eile airson cluich. Chan eil cailin eile sam bith a' fuireach gu leòr faisg airson cluich, agus chan eil peathraichean agam a tha gu leòr mòr"

"An mionnaich thu gu bith na mo charaid gu sìorraidh is gu sìorraidh?" dh'iarr Anne le iarrtas.

Choimhead Diana air a bhith ann an iongnadh.

"Carson a tha e gu h-uabhasach droch dhiùltadh swear," thuirt i gu aithriseach.

"Òch, chan eil, chan eil m' seòrsa de mhionnachadh, Tha dà sheòrsa ann, tha fios agad."

"Cha do chuala mi riamh ach aon sheòrsa," arsa Diana gu teagamhach.

"Tha fear eile ann gu dearbh, Ò, chan eil e olc idir, Tha e dìreach a' ciallachadh gealltainn agus gealladh gu dìcheallach"

"Uill, chan eil mi a' cur dragh sam bith air a dhèanamh," aontaich Diana, a' faireachdainn faochadh. "Ciamar a nì thu e?"

"Feumaidh sinn a bhith a' gabhail ar làmhan mar sin," thuirt Anne goirid. "Bu chòir dha seo a bhith os cionn uisge a' ruith. Dìreach smaoineachadh gum bi an slighe seo uisge a' ruith. Freagair mi an t-searmanach an toiseach. Tha mi a' mionnaich gu dìleas dhan charaid dhomhsa, Diana Barry, fad 's a mhaireas a' ghrian agus a' ghealach. A-nis abair thusa e agus cuir m' ainm ann."

Ath-dhùisg Diana an "mionn" le gàire ro agus às deidh. An uairsin thuirt i:

"Tha thu na caileag aibidheach, Anne, chuala mi roimhe seo gu robh thu aibidheach, Ach tha mi a 'creidsinn gu bheil mi a' dol a ghabhail gu math leat."

Nuair a chaidh Marilla agus Anne dhachaigh, chaidh Diana còmhla riutha cho fad 's a' drochaid lòin. Shiubhail an dà nighean òg leis an airm mun cuairt a chèile. Aig an allt, dh'fhalbh iad le mòran geallaidhean gus an ath feasgar a chaitheamh còmhla.

"Uill, an do lorg thu Diana na spiorad gaolach?" dh'fhaighnich Marilla nuair a chaidh iad suas tro ghàrradh Green Gables.

"O tha," osnaich Anne, gu sona gun fhios aice sam bith air sarcasm air taobh Marilla. "O Marilla, tha mi a 'gabhail tlachd as mo nighean aig an àm seo air Eilean Prionnsa Eideard. Tha mi a 'gealltainn gum bi mi ag ràdh mo ùrnaighean le gaoil mhòr an-diugh. Tha mi agus Diana a 'dèanamh taigh-cluiche a thogail ann an coille beithe Mhgr Uilleam Bell a-màireach. Am faod mi na pìosan china briste a tha a-muigh anns an shed fiodha a ghabhail? Tha co-là-breith Diana anns an Gearran agus tha agam anns am Màrt. Nach e co-dhùbhlachadh iongantach a th 'ann? Tha Diana a 'dol a thabhann leabhar dhomh a leughadh. Tha i ag ràdh gu bheil e gu tur inid ann agus gu tur inntinneach. Tha i a 'dol a thaisbeanadh dhomh àite air cùl na coille far a bheil lusan-Ìre a 'fàs. Nach eil sùilean anamach aig Diana? Tha mi airson sùilean anamach a bhith agam. Tha Diana a 'dol a dh' ionnsaigh dhomh òran a dh' ainm' Nelly in the Hazel Dell. ' Tha i a 'dol a thoirt dhomh dealbh a chur suas ann an mo sheòmar; tha e na dhealbh breagha fhèin, tha i ag ràdh bean àlainn ann an guna silc gorm pailt. Thug neach-sàlaidh faodail e dhi. Tha mi airson rudeigin a thoirt do Dhiana. Tha mi coltach nas àirde na Diana, ach tha i fada nas miosa; tha i ag ràdh gun toireadh i toil leatha a bhith tana oir tha e fada nas eireachdail, ach tha mi creidsinn gun do dh' inns i e gus mo dhòighinn a shìorachadh agam. Tha sinn a 'dol a thaobh na mara latha sam bith a thoirt oirnn do shells. Tha sinn air aonta a dhèanamh air gulag na faire, aig an drochaid-loidhne, a gairm an Bubble Dryad's. Nach e ainm eireachdail a th 'ann? Lèugh mi sgeulachd uair mu thìr a bha air an ainmeachadh mar sin. Tha tioraidh mar shìthiche fàs, tha mi a 'smaoineachadh"

"Uill, tha mi an dòchas nach bi thu a' bruidhinn Diana gu bàs," thuirt Marilla. "Ach cuimhnich seo anns na planaichean uile agad, Anne. Chan eil thu dol a bhith a' cluich fad an ùine no am fad a' mhòr-chuid dheth. Bidh obair agad ri dhèanamh agus feumaidh tu a dhèanamh an toiseach"

Bha cupa sonais Anne làn, agus rinn Matthew a dhol thairis. Bha e dìreach air tighinn dhachaigh bho turas gu an stòr aig Carmody, agus thug e pacaide beag gu nàireach a-mach à a phòcaid agus thug e dhi do Anne, le sealladh feumail air Marilla.

"Chuala mi thu ag ràdh gun robh thu toilichte le milseagan teoclaid, mar sin thug mi cuid dhut," thuirt e.

"Humph," fhùgh Marilla. "Thèid a fiaclan agus a stamag a mhilleadh. Tha, tha, leanabh, na coimhead cho dubhach. 'S urrainn dhut sinnean a ith, on a tha Matthew air falbh agus ga faighinn. B' fheàrr leis gun tugadh e peppermints dhut. Tha iad nas fheàrr. Na cuir thu fhèin tinn leis an uile sin a' ithe aig an aon àm a-nis."

"Ochan, chan eil idir, chan eil," thuirt Anna gu dìoghrasach. "Chan ith mi ach aon an-diugh, Marilla. Agus 's urrainn dhomh leth dhiubh a thoirt do Diana, nach urrainn? Bithidh an leth eile dìreach mar a bheireadh iad blàs dùbailte dhomh ma tha mi a' toirt cuid dhith. 'S e toileachas mòr a th' ann a bhith a' smaoineachadh gu bheil rudig airson a thoirt dhi"

"Thuirt mi e airson an leanabh," thuirt Marilla nuair a chaidh Anne gu a gable, "chan eil i trom-fheòil, tha mi toilichte, oir am measg a h-uile lochdan, is fuath leam trom-fheòil ann an leanabh. Mo Dhia, chan eil ach trì seachdainean on a thàinig i, agus tha coltas air mar gum biodh i an seo an-còmhnaidh. Chan urrainn dhomh an àite a shamhlachadh às a h-aonais. A-nis, na bi a' coimhead mar gun do dh'inns mi dhut, Matthew. Tha sin dona gu leòr ann an boireannach, ach chan eil e ri fhulang ann an duine. Tha mi gu tur deònach a dhearbhadh gu bheil mi toilichte gun do dh'aontaich mi a chumail an leanabh agus gu bheil mi a' fàs measail air, ach na bi a' freagairt dhomh, Matthew Cuthbert."

Chapter 14

"THA e ùine gu bheil Anne a-staigh gus a fuaigheal a dhèanamh," thuirt Marilla, a' coimhead air an cloc agus an uairsin a-muigh dhan tràthnóna Ògmhios buidhe far an robh a h-uile càil a' dèanamh sa chioch. "Chaidh i a fuireach a' cluich le Diana barrachd na leth-uair a bharrachd 's a bha mi a' toirt dhi cead a; agus a-nis tha i stèidhichte a-muigh air an stac fiodha a' bruidhinn ri Matthew, naoidhean air fhichead, nuair a tha i eòlach gu iomlan gu bu chòir dhi a bhith aig a càil de dh'obair. Agus a bharrachd air a sin, tha e a' èisteachd rithe mar amadan iomlan. Cha d' fhaca mi duine cho air an toc agus e. Tha e a' faighinn barrachd toileachas, a rèir coltais, a' bharrachd a sheinn i agus an eadar-dhealaichte a tha na rudan a tha i a' ràdh. Anne Shirley, thig a-steach an seo an-dràsta, an cluin thu mi!"

Thug sreath de bhuilleadan goirt air an uinneag an iar Anne a-steach bho'n gàrradh, a sùilean a' deàrrsadh, gruaidhean a' seallltainn beagan dearg, a cuid gruaige gun a bhreabhadh a' sruthadh a-staigh às a deidh ann an tuil de shoilleireachd.

"O, Marilla," ghlaodh i gun anail, "tha picnic sgoil-dè a' tighinn an ath-sheachdain ann an achadh Mhr Harmon Andrews, dìreach faisg air loch na h-Uisgeachan Soilleire. Agus tha Mrs Superintendent Bell agus Mrs Rachel Lynde a' dol a dhèanamh reoiteag – smaoinich air sin, Marilla, reoiteag! Agus, o, Marilla, an urrainn dhomh a dhol dha?"

"Dìreach coimhead air an uaireadair, ma tha thu toilichte, Anne, Dè an àm a dh'inns mi dhut tighinn a-steach?"

"Dà uair ach nach eil e àlainn mu dheidhinn a' picnic, Marilla? Am faod mi a dhol? Oh, cha robh mi aig picnic a-riamh, tha mi air bruidhinn mu phicnics, ach cha robh mi riamh "

"Seadh, thuirt mi riut tighinn aig dà uair, Agus tha e ceithir air fhichead gu trì, Bhiodh mi airson fios a bhith agam carson nach do gheall thu dhomh, Anne"

"Carson, bha mi a' ciallachadh ri, Marilla, cho mòr 's a ghabhas, ach chan eil beachd sam bith agad air ciamar a tha Idlewild cho tarraingeach. Agus an uairsin, gu cinnteach, bha feum agam innse do Mhathaidh mu dheidhinn a' picnic. Tha Matthew na èisteir cho tuigseach. An gabh mi dol, mas e do thoil e?"

"Bidh agad ri ionnsachadh gus freagairt air mì-ghnìomhachd Idle ge b' e dè a chanas tu ris. Nuair a thèid mi a-steach aig àm sònraichte, tha mi a ciallachadh an àm sin agus chan e leth uair a thìde an dèidh. Agus chan fheum thu stad aig èisteachdan co-fhaireachdainneach air do shlighe, cuideachd. A thaobh a' picnic, 's cinnteach gun urrainn dhut a bhith a' dol. Tha thu na sgoilear Sgoil na Sàbaid, agus chan eil e coltach gun diùltainn leat a dhol nuair a tha na h-uile cailin eile a' dol "

"Ach ach," deireadh Anne, "tha Diana ag ràdh gum feum a h-uile duine bocsa de rudan a bhith aige ri ithe. Chan urrainn dhomh còcaireachd, mar a tha fios agad, Marilla, agus agus chan eil mi a' cur an aonais picnic gun uimeanan sgaoilte cho mòr, ach bhiodh mi a' faireachdainn gu math nàireach mur robh e agam a dhol às aonais bocsa. Tha e air a bhith a' faireachdainn orm bhon a thuirt Diana dhomh"

"Uill, cha leig mi leis an t-seilg a bhith a' seilg tuilleadh, bidh mi a' bàcadh bascaid dhut"

"Och, a bhriagha math Marilla, Och, tha thu cho caoimhneil rium, Och, tha mi cho mòran faochadh dhut"

A' faighinn troimhe leis a "ohs" aice, chuir Anne i fhèin ann am bhàrr Marilla agus pòg i a grèim-shàmhach gu deònach. 'Se seo an chiad uair ann an beatha gu lèir aice a bha bileanan òigich a' buntàinachadh gu deònach ri aodann Marilla. A-rithist, an tuigseadachadh sin de mhiannachadh tàmailteach a bha a' cur iongnadh oirre. Bha i dìomhair gu mòr toilichte aig pògadhair spionnaidh Anne, a bu luaithe an t-adhbhar carson a thuirt i gu garbh:

"An sin, an sin, na bi a' smaoineachadh air d' amadan a' pògadh, bhiodh mi na bu toilichte gad fhaicinn a' dèanamh gu dìreach mar a tha thu air ordughadh. A thaobh a' chòcaireachd, tha mi a' ciallachadh toiseach a' toirt dhut leasanan ann an sin feadhainn de na làithean. Ach tha thu cho eòlach, Anne, tha mi air a bhith a' feitheamh gus faicinn ma bheireas tu sìos beagan agus ionnsaich a bhith seasmhach mus tòisich mi. Feumaidh tu d' inntinn a chumail mu do choinneamh ann an còcaireachd agus na stad anns a' mheadhan nan rudan gus leig thu leas d' inntinnean sìos tro mhìneachadh uile. A-nis, faigh amach do phatchwork agus bi air do chearnag a dhèanamh ro am tì"

"Chan eil mi ag iarraidh breabadh," thuirt Anna le sugradh, a' lorg a bascaid obrach is a' suidhe sìos ro chàrn beag de dhìomainean dearg is geal le osna. "Tha mi a'

smaointeachadh gum biodh seòrsaichean eile fhuaigheal
math; ach chan eil ruim ann an breabadh airson dòigh
smaointe. Tha e dìreach seam beag air dèidh a chèile, is chan
leig thu gun tig thu gu àite sam bith. Ach, tha e cinnteach gun
robh mi na bu toilichte a bhith na Anna de Green Gables a'
fuagheal breabadh na Anna à àite sam bith eile le coisa sam
bith ri dhèanamh ach cluich. Gabri mi nam dh'fhalbh an ùine
cho luath a' fuagheal breabadh 's a bhitheas e nuair a tha mi
a' cluich le Diana. Ach, tha uainnean cho snog againn, a
Mharilla. Feumaidh mi fantain a dhèanamh dhan chòrr den t-
samhla, ach tha mi gu math comasach air sin a dhèanamh.
Tha Diana dìreach foirfe anns gach dòigh eile. Tha fios agad
an cnap beag talmhainn thall na h-allt a tha a' ruith eadar ar
feirm is fear Mr. Barry. 'S e fear Mr. William Bell a th' ann,
agus aig an oighreachd tha roinn beag de dhearbhadhan geala
– an àite as romansaiche, a Mharilla. Tha Diana is mise le
taigh-cluich againn ann. Tha sinn a' gabhail ris na Scartan.
Nach e ainm bàrdail a tha ann! Thuirt mi dhut gun robh mi
beagan uairean a thiotaig a' smaointeachadh air. Bha mi
duilich a' chiad oidhche mus do dhealbhaich mi e. An
uairsin, dìreach nuair a bha mi a' dol a chadal, thàinig e orm
mar bhrosnachadh. Bha Diana fo gheasan nuair a chualas e.
Tha taigh againn air a chur air dòigh gu snog. Feumaidh tu
tighinn is faicinn e, a Mharilla, nach tig thu? Tha clachan
mòra againn, uile fo chàile, airson suidhe agus bùird eadar
craobh is craobh airson sgeilp. Agus tha ar n-ionnstranasan
air an sgeilp. Gu cinnteach tha iad uile briste, ach 's e an rud
as fhasa san t-saoghal a tha ann an dèanamh samhla gu bheil
iad slàn. Tha pìos de phlàta le sprèidh de ivy dearg is buidhe
air a tha gu h-àraidh bòidheach. Tha sinn a' cumail anns an t-
seòmar-suidhe agus tha an sgeulachd aig an t-sìolaidh againn

cuideachd. Tha an t-sìolaidh cho bòidheach ri aisling. Anna a lorg e anns na coilltean air cùl an taighe-circe aca. Tha e làn aorain de dhathan – dathan òg a tha mi a' smaoineachadh nach eil fhathast air fàs mòr– is thuirt màthair Diana ris gun deach a bhrist bho làmpa a bhiodh aca. Ach 's e rud snog a tha ann an samhla gun do chaill na sìthichean e oidhche nuair a bhiodh ball aca, mar sin tha sinn a' gabhail ris na sìolaidh sìthich. Tha Maitiu a' dol a dhèanamh bòrd dhuinn. Tha sinn air ainm a chur air an lòn beag cruinn thall ann an raon Mr. Barry – a' ghleann-sailich. Fuair mi an t-ainm sin bhon leabhar a thug Diana dhomh. Bha an leabhar sin spòrsail, a Mharilla. Bha còig duine aice a bha ga gràdhachadh. Bhiodh mi sàsaichte le fear, nach biodh thu? Bha i gu math àlainn is bha i a' dol tro chruadal mòr. B' urrainn dhi falbh a h-uile uair a bha i airson. Tha mi airson falbh, nach eil thu, a Mharilla? Tha e cho romansaiche. Ach tha mi gu math fallain, an dà chuid airson 's gu bheil mi cho tana. Tha mi a' creidsinn gu bheil mi a' dol a bhith nas reamhaire. Nach eil thu a' creidsinn gu bheil mi? Tha mi a' coimhead air mo uilnean gach madainn nuair a dh'èireas mi gus faicinn a bheil mi a' dol a bhith falach. Tha Diana a' faighinn gúna ùr le uilnean. Tha i a' dol a chaitheamh e aig a' picnic. Tha mi an dòchas gu bheil e math an ath Diciadain. Chan eil mi a' smaointeachadh gun cumainn mi seachad air an dì disappointment ma thachras rud sam bith a chuireas stad orm bhon picnic. Tha mi cinnteach gun bitheadh e mar mhirean fad-beatha. Chan eil e cudromach ma thiginn air a' picnic ceud latha; cha dheanadh iad suas airson am picnics seo a chailleadh. Tha iad a' dol a bhith air bàtaichean air an Loch de Shining Waters agus reòiteagan, mar a thuirt mi dhut. Cha do char mi reòiteag riamh. Dh'fheuch Diana mi a mhìneachadh dè mar a tha e, ach tha mi a' smaoineachadh gu bheil reòiteagan na nì aig nach urrainn dhaibh a bhith air an t-samhlachadh.

"Anne, tha thu air bruidhinn an-dràsta airson deich mionaidean leis a' chloich," thuirt Marilla. "A-nis, dìreach air sgàth curiosachd, faic ma ghabhas tu do theanga airson an aon ùine a th' ann."

Chum Anne a teanga mar a dh'iarraidh iad. Ach airson còrr na seachdain, bhruidhinn i mu phicnic agus smaoinich i mu phicnic agus aislingich i mu phicnic. Air Disathairne, chuir an t-uisge agus dh'obraich i e fhèin suas gu staid far na craic i leis an t-uisge a bhith a' dol air an tuilleadh gu Diciadain agus thug Marilla dhith bhrìogais uaine a fhaighinn a bharrachd airson a neirbheis a sheasamh.

Air Didòmhnaich, dh'inns Anne do Mharilla air an t-slighe dhachaigh bho an eaglais gu robh i a' fàs fuar gu dearbh leis an t-iongnadh nuair a mhothaich an ministear an picnic bhon pulpait.

"Mar seo de dhràsdadh a chaidh suas agus sìos mo dhruim, a Mharilla! Chan eil mi den bheachd gu robh mi a-riamh a' creidsinn gu h-ìreil gun robh picnic gu bhith ann gu fìor. Cha b' urrainn dhomh an eagal a sheachnadh gun d' fhantainn dìreach e. Ach nuair a tha ministear ag ràdh rud anns an pulpit, tha thu dìreach a' dol a chreidsinn e"

"Tha thu a' cur ro mhòr de d' chridhe air nithean, Anne," thuirt Marilla, le osna. "Tha mi eagalach gum bi mòran dithis ann dhut tron bheatha."

"O, Marilla, a coimhead air adhart ri nithean 's e leth tlachd dhiubh sin," ghlaodh Anne. "Cha b' eil e cinnteach gum faigh thu na nithean fhèin; ach cha bhi càil a' toirt ort nach bi tlachd agad a coimhead air adhart riutha. Tha Mrs Lynde ag ràdh, 'Is beannaichte iad nach dùil ri gin oir cha tèid iad dheth.' Ach tha mi a' smaoineachadh gum biodh e na bu miosa nach dùil ri gin na bhi dheth."

Dh'fhasgadh Marilla a brot amadain-ruaidh aice dhan eaglais an latha sin mar is àbhaist. Bha Marilla an-còmhnaidh a' caitheamh a brot amadain-ruaidh aice dhan eaglais. Bhiodh i a' smaoineachadh gu robh e gu math beairteach a fhàgail dheth cho dona ris an Bibull aice no a boinne co-chruinneachaidh a dhìochuimhneachadh. Am brot amadain-ruaidh sin b' e an seilbh as luachmhoire aig Marilla. Bha uncail mairnéalach a thug e dhan mhàthair aice a thug e mar dìleib do Marilla. B' e cruth seann-fhasanta òbail e, a' gabhail a-steach snàthaid gruaig a màthar, le cuairt de amadain-ruaidhean gu math fìne air a cheàrnag. Bha Marilla ro neo-eòlach air clachan luachmhoire gus tuigsinn ciamar a bha na amadain-ruaidhean cho fìne; ach bha i a' smaoineachadh gun robh iad gu math àlainn agus bha i an-còmhnaidh mothachail gu deas air an strì-dhealrach dorch-lilac aig a muineal, os cionn a gùna sàtain donn math, fiù 's ged nach robh i ga fhaicinn.

Bha Anna air a bualadh le adhartachadh toilichte nuair a chunnaic i an brooch sin airson a' chiad uair.

"O, Marilla, tha e brooch cho elegant gu dìreach, chan eil fhios agam mar a tha thu comasach a bhith ag adhbharachd air an seirbhis no air na ùrnaighean nuair a th'ort e. Cha deachaidh leam, tha fhios agam. Tha mi a' smaoineachadh gu bheil amethysts dìreach milis. Seo a-rèir a bha mi a' smaoineachadh gun robh diamonds mar. Fada roimhe sin, mu dheireadh thall, mus robh mi air diamond a chunntadh riamh, bha mi a 'leughadh mu dheidhinn agus dh'fheuch mi ri smaoineachadh dè bhiodh iad mar. Bha mi a 'smaoineachadh gun còrdadh clachan sèimh glimmering purpaidh riutha. Nuair a chunnaic mi diamond fìor ann an fàinne lèine duine latha, bha mi beagan duilich gu leòr chuir mi gu ìre mhòr. Tha e co-dhùna, cuideachd e coinneachadh, ach cha robh e airson air mo dòigh diamond. An toir thu dhomh an brooch a chumail airson aon mionaid, Marilla? A bheil thu a 'smaoineachadh gun urrainn amethysts a bhith na h-anamann de na violets math?"

Chapter 15

AIR feasgar Diluain mus do dh'fhalbh iad airson a' phicnic, thàinig Màiri Ella sìos bho a seòmar le aodann draghail.

"Anne," thuirt i ri an duine beag sin, a bha a' sgioladh peas aig a' bhord gun smal agus a' seinn, "Nelly of the Hazel Dell" le fuinneamh agus ìomhaigh a rinn urram do theagaisg Diana, "an do chunnaic thu m' bhrosnach amethyst riamh? Shaoil mi gun do chuir mi e anns mo pincushion nuair a thàinig mi dhachaigh bho an eaglais an-raoir, ach chan urrainn dhomh a lorg a h-aon àite"

"Chunnaic mi e feasgar an-diugh nuair a bha thu air falbh aig Comann an Cobhair," thuirt Anna, beagan gu mall. "Bha mi a' dol seachad air d' doras nuair a chunnaic mi e air an cuspa, mar sin chaidh mi a-steach gus a coimhead air."

"An do bhuail thu ris?" thuirt Marilla gu cruaidh.

"Y e e s," dh'aontaich Anne, "Thog mi suas e agus cheangail mi e air mo bhroilleach dìreach gus faicinn ciamar a bhiodh e a' coimhead"

"Cha bu chòir dhut a dhèanamh càil den t-seòrsa sin, Tha e gu math ceàrr ann an nighean òg a bhith a' bualadh a-steach. Cha bu chòir dhut a dhol a-steach do mo sheòmar sa chiad àite agus cha bu chòir dhut brooch a phàigheadh nach robh agad sa dara àite. Càite an do chuir thu e?"

"O, chuir mi e air ais air a' bhòrd-sgrìobhaidh, cha robh e orm ach mionaid, Gu dearbh, cha robh mi a' ciallachadh a bhith a' bùrachdachadh, Marilla. Cha do smaoinich mi mu dheidhinn a bhith ceàrr a dhol a-staigh agus a' feuchainn air an dealas; ach tha mi a-nis a' faicinn gu robh e agus cha nì mi e a-rithist. Sin aon rud math mu dheidhinn mi. Cha nì mi an aon rud dona a-rithist."

"Cha do chuir thu air ais e," thuirt Marilla. "Chan eil an brooch sin ann an àite sam bith air a' bhùth. Tha thu air a thoirt a-mach no rud eile, Anne"

"Chuir mi e air ais," thuirt Anne go luath go snasail, a-rèir smuaineachadh Marilla. "Chan eil cuimhne agam an dèanamh beag agam air an t-sop leapaichean no a chur e anns a' trèana seochnaidh. Ach tha mi gu tur cinnteach gun do chuir mi e air ais"

"Thèid mi agus cuiridh mi sùil eile air," thuirt Marilla, a' dèanamh cinnteach gu robh i dligheach. "Ma chuir thu an brooch sin air ais tha e ann fhathast, ma chan eil bidh mi a' fiosrachadh nach do chuir thu, sin e uile!"

Chaidh Marilla gu a seòmar agus rinn i lorg trang, chan ann a-mhàin air a' bhòrd ach anns gach àite eile sa bha i a' smaoineachadh gur dòcha gun robh an dealbh-bròig. Cha robh e ri lorg agus thill i dhan chidsin.

"Anne, tha an brooch air falbh, Le do aithne fhèin bha thu an duine mu dheireadh a bha a' làimhseachadh e. A-nis, dè a rinn thu leis? Inns dhomh an fhìrinn aig an àm. An robh thu a-mach agus a' chall e?"

"Chan eil, cha do rin mi," thuirt Anne gu dìreach, a' coimhead gu dìreach air sùil chruaidh Marilla. "Cha do thoirt mi a-mach am brooch bhon t-seòmar agad agus sin an fìrinn, ged a bhiodh mi ri ardan a dhùnadh airson e ged nach eil mi cinnteach dè tha ann an ardan. Mar sin, Marilla"

Bha "so there" Anne dìreach airson teannachadh a h-aithris, ach ghabh Marilla e mar taisbeanadh de dhiùltadh.

"Tha mi a' creidsinn gu bheil thu a' innse dhomh breug, Anne," thuirt i gu geur. "Tha fios agam gu bheil thu. Seo a-nis, na abair dad a bharrachd mura h-eil thu deiseil an fhìrinn slàn a innse. Falbh gu do sheòmar agus fuirich an sin gus am bi thu deiseil aithreachas a dhèanamh"

"An toir mi na peasan còmhla rium?" thuirt Anne gu sàmhach.

"Chan eil, cuiridh mi crìoch air a dhol-sgaoileadh leam fhìn, dèan mar a dh'iarr mi ort"

Nuair a dh'fhalbh Anne, chaidh Marilla mu choinneamh nan cuspairean feasgair aice ann an staid a-mach àbhaisteach. Bha i gu bhith draghail mu a brooch luachmhor. Dè a thachradh ged a bhiodh Anne air a chall? Agus ciamar a b' urrainn don leanabh a shèanadh gun do ghabh e, nuair a b' urrainn do dhuine sam bith fhaicinn gun robh i air a dhèanamh! Le aodann cho fìreanta, cuideachd!

"Chan eil fhios agam dè nach bu toil leam tachairt roimhe," smaoinich Marilla, fhad 's a bha i gu neo-thèarainte ga dèanamh air na peas. "Air an dòigh, chan eil mi a' smaoineachadh gu robh i a' feuchainn ri a ghoid no rud sam bith mar sin. Tha i dìreach air a thoirt air falbh airson cluich leis no cuideachadh leis an t-samhladh aice. Feumaidh i a thoirt air falbh, tha sin soilleir, oir chan eil duine ann an sin an-seo bho thàinig i a-steach idir, leis an sgeulachd aice fhèin, gus an deach mi suas a-nochd. Agus tha an brooch air falbh, chan eil rud nas cinntiche. Tha mi a' smaoineachadh gu bheil e air chall aice agus gu bheil i eagal do dhearbh gu bheil eagal air a tòrrachd. 'S e rud uabhasach a smaoineachadh gu bheil i a' bruidhinn breugan. 'S e rud mòran miosa na a freagairt de ghnìomh. 'S e uallach sgriosach a bhith le leanabh sgoinneil anns a' taigh nach urrainn dhut a mhothachadh. An dìomhaireachd agus an neò-iomraidheachd sin a tha i air a' sealltainn. Tha mi a' gealladh gu bheil mi a' faireachdainn na bu mhotha mu sin na mu dheidhinn an brooch. Dìreach na b' fheàrr dhomh a dhol a rithist ma b' e gur i an fhìrinn a dh' innseadh i mun deidhinn cha bhiodh mi a 'smaoineachadh cho motha "

Chaidh Marilla gu seòmar aice aig ùinean tron oidhche agus rannsachadh airson an brooch, gun lorg e. Cha do shoirbhich cuairt aig àm cadal gu gable an ear. Sheas Anne a' searmonachadh nach robh fios aice mu dheidhinn an brooch ach bha Marilla dìreach nas cinntiche gun robh.

Innsich i do Mhathaidh an sgeulachd a-màireach. Bha Mathaidh air a cheangladh is air a mhealladh; cha b' urrainn dha creideamh ann an Anna a chall cho goirt ach bha e ri aideachadh gum b'e suidheachadh na cùise.

"'S cinnte gu bheil thu nach eil e air tuiteam aig cùlaibh an amharc-fearann?" b' e an aon mholadh a bha e comasach a thairgsinn.

"Tha mi air an stòr-àma moveadh agus tha mi air na sùirichean a thoirt a-mach agus dh'fhairich mi anns gach creag agus creag" b' e freagairt chinnteach Marilla. "Tha an dealbhnaidh air falbh agus tha an leanabh sin air a ghabhail agus breugan mu dheidhinn. Sin an fhìrinn mhì-bhòidheach, Matthew Cuthbert, agus dh'fhaodte sinn a bhith a' coimhead di anns an aghaidh"

"Uill, dè tha thu a 'dol a dhèanamh mu dheidhinn?" dh'fhoighnich Matthew gu mì-chàirdeil, a 'faireachdainn gu dìomhair taingeil gun robh Marilla agus chan e a bh' air a dhol a dhèanamh ris an suidheachadh. Cha robh miann sam bith aige a stoth a chur a-staigh an turas seo.

"Fuirichidh i anns an seòmar aice gus an innse i," thuirt Marilla gu cruaidh, a' cuimhneachadh air soirbheachas na dòighe seo anns an cùis roimhe. "An uairsin, chi sinn. Is dòcha gun lorg sinn an brosnaich ma nì i ach innse càite an do ghabh i e; ach anns a h-uile cùis, feumaidh i pìonadh gu trom, Matthew"

"Uill, a-nis, bidh agad gus peanas a chur oirre," thuirt Màrtainn, a' streap airson a hata. "Chan eil dad agam ri dhèanamh leis a seo, cuimhnich, Rinn thu fèin dhomh rabhadh"

Bha Marilla a' faireachdainn gu robh i air a trèigsinn le gach duine. Cha b' urrainn dhi fiù 's a dhol gu Mrs Lynde airson comhairle. Chaidh i suas gu gabhal an ear le aodann glè dhàirireach agus dh'fhàg i le aodann nas dàirire fhathast. Dhiùlt Anne goirt aithreachas a dhèanamh. Dh'fhan i daingeann gur e nach do ghabh i an brooch. Bha an leanabh follaiseach air a bhith a' caoineadh agus bha carbad truime aig Marilla nach d' fhàg i leig seachad. Ro oidhche bha i, mar a dh'innis i, "air a sgìth".

"An dèidh thu fuireachd anns an t-seòmar seo gus am faigh thu aithne, Anne, 'S urrainn dhut dèanamh suas do inntinn gu sin," thuirt i gu dìreach.

"Ach tha an picnic a-màireach, Marilla," ghlaodh Anne. "Cha do chum thu orm a dhol dha sin, nach do? Dìreach leig thu dhomh a-mach airson an feasgar, nach eil? An uairsin fuirichidh mi an seo cho fada 's a tha thu ag iarraidh an deidh sin gu sòlasach. Ach feumaidh mi a dhol dhan picnic"

"Chan fhalbh thu gu picnics no àite sam bith eile gus an do dh'aithnich thu, Anne"

"O, Marilla," ghabh Anne anail.

Ach bha Marilla air falbh agus dùin i an doras.

Dh'éirich madainn DiCiadaoin cho soilleir agus cho breágha mar gum biodh i air a dhèanamh gu sònraichte airson a' phicnic. Bha eòin a' seinn mu timcheall Green Gables; chuir na lilean Madonna sa gheàrradh mach boladh a ghabh a-steach leis na gaothan gun lèir-seall aig gach doras agus uinneag, agus a shiubhail seachad tro hòlan agus seòmraichean mar spioraid de bheannachd. Bha na beitheachan san lag a' crathadh nan làmhan gu aoibhneil mar gum biodh iad a' coimhead airson beannachd làitheil leisg Àine bho deas a' phearsain. Ach cha robh Àine aig a h-uinneag. Nuair a thug Marilla a bracaist suas dhi, fhuair i an leanabh a' suidhe gu snasail air a leabaidh, pàl agus cinnteach, le bilean dùinte agus le sùilean a' gleusadh.

"Marilla, tha mi deiseil ri aithreachas"

"Ah!" Dh'fhàg Marilla a trèan sìos. A-rithist, bha an dòigh aice air soirbheachadh; ach bha an soirbheachadh aice gu math searbh dhi. "Leig leam cluinntinn dè tha agad ri ràdh an uairsin, Anne"

"Thog mi an brooch amathist," arsa Anne, mar gu robh i a' ath-nuadhachadh leasanan a bha i air ionnsachadh. "Thog mi e dìreach mar a thuirt thu, cha robh mi a' ciallachadh a thogail nuair a chaidh mi a-steach. Ach bha e coltach cho àlainn, Marilla, nuair a cheangail mi e air mo bhruach gu robh mi air a chur às le miann nach gabhadh diùltadh. Smuainich mi air cho spòrsail 's a bhiodh e a thogail gu Idlewild agus a' cluich gun robh mi na Banaltrum Cordelia Fitzgerald. Bhiodh e iomadh nas fhasa a bhith a' smaoineachadh gu robh mi na Banaltrum Cordelia ma bhiodh brooch amathist fìor orm. Tha Diana agus mise a' dèanamh muincean de chnòthan-ruisg, ach dè tha cnòthan-ruisg comparraichte ri amathistan? 'S mar sin thog mi an brooch. Smaoinich mi gun cùm mi e air ais mus tàinig thu dhachaigh. Chaidh mi air feadh-dùthaich a' mhòr-dhuilleig a' fadaichetteadh an ùine. Nuair a bha mi a' dol thairis air a' drochaid thar an Loch na h-Uisgean Dealanaich, thog mi an brooch dheth gus faicinn e a-rithist. Ò, ciamar a shin e anns a' ghrian! Agus an uairsin, nuair a bha mi a' cròiseadh thairis air an drochaid, leig e dhìom tro m' òrdaighean mar sin agus chaidh e sìos sìos sìos, a' dealradh dath purpaidh, agus shìol e gu sìorraidh fo Loch na h-Uisgean Dealanaich. Agus sin an t-àrd a tha mi comasach a dhèanamh aig aithreachas, Marilla"

Mhothaich Marilla fearg te a' deònadh suas a-steach gu a cridhe a-rithist. Bha an leanabh seo air a brooch àimeistist luachmhor aice a ghlacadh agus a chall agus a-nis sheas e an sin gu sàmhach a' reciteadh na mionaidean aige gun aon compunction no aithreachas a tha coltach ri a h-uile duine.

"Anne, tha seo uabhasach," thuirt i, a' feuchainn ri bruidhinn gu sàmhach. "Tha thu na caillich as miosa a chuala mi riamh"

"Seadh, their mi gu bheil mi," aontaich Anne gu sàmhach. "Agus tha fhios agam gum feum mi a bhith air m' adhbharachadh. Bidh e na d' dhleasdanas gus mo pheanasachadh, Marilla. Nach fhaigh thu e thairis aig an toiseach oir bu mhaith leam dol dhan picnic gun rud sam bith air m' inntinn"

"Picnic, gu dearbh! Chan fhaic thu picnic an-diugh idir, Anne Shirley, Sin do pheanas. Agus chan eil e leth cho dona 'sa bu chòir airson na rinn thu!"

"Chan eil a 'dol dhan picnic!" Leum Anne gu a casan agus rug i air làmh Mharilla. "Ach gheall thu orm gun robh cead agam! Ò, Marilla, feumaidh mi dol dhan picnic. Sin an adhbhar a dh'aithris mi. Pàigh mi dè an dòigh sam bith a th 'agad ach sin. Ò, Marilla, mas e do thoil e, mas e do thoil e, leig leam dol dhan picnic. Smaoinich air an reòiteag! Airson a h-uile rud a b' urrainn dhut a thuigsinn is dòcha nach bi cothrom agam a-riamh blàs a chur air reòiteag a-rithist "

Thug Marilla suas làmhan Anne a bha a' gabhail rithe le fuarachd.

"Chan fheum thu impidh, Anne, Chan eil thu a 'dol dhan picnic agus sin buan. Chan eil, chan eil facal"

Thuig Anne nach robh Marilla airson gluasad. Dh'fheuch i a làmhan còmhla, thug i sgreuch geur, agus an uair sin chuir i i fhèin a-null air a h-aghaidh air an leabaidh, a' caoineadh agus a' snàmh ann an truaslan tronachail de dìomhaireachd agus èiginneachd.

"Airson gràdh na tìre!" ghlaodh Marilla, a' ruith às a' seòmar. "Tha mi a 'smaoineachadh gu bheil a' chlann-nighean air a h-uile ciall a dh'fhàgail. Cha bhith clann-nighean ann an ciallan aice a' giùlan mar a tha i. Mur eil i, tha i gu tur droch. Ò mo chreach, tha mi eagalach gu robh Rachel ceart bhon toiseach. Ach tha mo làmh air an trèana agus cha doirich mi air ais"

Bha sin na mhadainn duilich. Rinn Marilla obair ghiùlanach agus sguab i ùrlar an pòirs agus sgealpan an t-siùcair nuair nach robh aice rud sam bith eile ri dhèanamh. Cha robh feum sam bith air na sgealpan no air an pòrs a sguabadh, ach bha feum aig Marilla. An uairsin, chaidh i a-mach agus ràc i an lùib.

Nuair a bhathar deiseil leis an dìnner, chaidh i gu na staighrean agus ghairm i Anne. Nochd aodann le deòraichean, a' coimhead gu tragail thairis air na bannistearan.

"Trobhad gu do dhìnnear, Anne"

"Chan eil mi ag iarraidh biadh sam bith, Marilla," thuirt Anne, a' caoineadh. "Chan urrainn dhomh dad ithe. Tha m' cridhe briste. Bidh duilgheadas coinnimh ort latha no dhà, tha mi dèanamh cinnteach, airson a bhrist, Marilla, ach tha mi a' gabhail do mhaitheas. Cuimhnich nuair a thig an t-àm gu bheil mi a' gabhail do mhaitheas. Ach nach fiosraich dhomh dad ithe, gu h-àraidh muice biolte agus glasraich. Tha muice bholta agus glasraich cho neo-romantach nuair a tha duine fo phian"

Fo iomadaich, thill Marilla dhan chidsin agus dòrt i a sgeulachd de charthannas gu Matthew, a, eadar a dhòigh air ceartas agus a thròcaire neo-dhligheach le Anne, b' e duine mì-fhortanach a bh' ann.

"Uill, a-nis, cha bu chòir dhi am brooch a ghabhail, Marilla, no sgeulachdan a innse mu dheidhinn," thuirt e, a' coimhead gu brònach air a phlatan de mhuice-mhòr neo-romansach agus glasraich mar gum biodh e, mar Anne, a 'smaoineachadh gu b'e biadh neo-chòir a bh' ann airson crìonadh nam mothachadh, "ach tha i cho beag a leithid rud inntinneach beag. Nach eil thu a 'smaoineachadh gu bheil e gu math garbh gun leig thu leatha a dhol don picnic nuair a tha i cho deasach air a leithid?"

"Matthew Cuthbert, tha mi ann an iongantachadh agad, tha mi a 'smaoineachadh gu bheil mi air a leigeil dhith gu h-iomlan ro furasta. Agus chan eil coltas gu bheil i a 'tuigsinn cho dona sa bha i idir sin a' cuir dragh orm a 'mhòr-chuid. Mur robh i gu dìreach air a bhith duilich chanadh e cho dona. Agus chan eil thu a 'faicinn e, cha do dhèan; tha thu a 'dèanamh leisgeulan airson a h-uile àm duit fhèin chi mi sin"

"Uill, a-nis, tha i cho beag," ath-dhùblachadh Matthew gu lag. "Agus bu chòir gun robh iomallachdan ann, Marilla. Tha fios agad nach eil i riamh air a thoirt suas"

"Uill, tha i a' faighinn a-nis," fhreagair Marilla.

Chuir an freagairt Matthew gu sàmhach mura robh i a' toirt beachd dhà. Bha an dìnnear sin gu math dubhach. An aon rud sona a bh' ann bha Jerry Buote, an gille air fhastadh, agus bha Marilla a' smaointinn air a chàirdeas mar ionsaigh pearsanta.

Nuair a bha a cuid soithichean air an nigh agus a sponge arain air a chur an làrach agus a cuid cearcan air an biadhachadh, cuimhnich Marilla gun robh i air gearradh beag fhaicinn ann an a shàl duilleog duibh as fheàrr nuair a thug i dhith e Dìluain feasgar an dèidh tilleadh bho Chuideachadh nam Ban.

Bhiodh i a' dol agus ga dheisi. Bha an siol agaibh ann am bocsa anns a' bhocras aice. Nuair a dh'èirich Marilla e a-mach, bhuail an grian, a' tuiteam tro na fìonaichean a bhiodh a' tionndadh gu tiugh mun uinneag, air rud a chaidh a ghlacadh anns an t-siol - rud a bhiodh a' dealradh agus a' spàirneachadh ann an facadan de sholais bainneach. Rug Marilla air le osna. B' e brooch an amethyst a bh' ann, a' crochadh ri snàthaid den lèine leis a' ghlac!

"Beatha dhaor agus cridhe," thuirt Marilla gu bòidheach, "dè tha seo a ciallachadh? Seo mo bhròig slàn agus sàbhailte a smaoinich mi a bhith aig bonn loch Barry. Dè b' abhaist dhan nighean sin ciall a bhith ag ràdh gun do ghlac i e agus gun do chaill i e? Tha mi a' dearbhadh gu bheil mi a' creidsinn gu bheil Green Gables air a gheasadh. Cuimhnichidh mi a-nis nuair a thug mi dheth mo shabhal Dìluain feasgar, chuir mi e air a' bhùird aon mionaid. Tha mi a 'smaoineachadh gu bheil an t-sanas air a ghabhail ann ro-eigin. Uill!"

Ghabh Marilla a dh'ionnsaigh an gaible an ear, brooch ann an làimh. Bha Anne air a crìochnachadh le bhith a' caoineadh agus bha i a' suidhe gu duilich ri taobh na h-uinneig.

"Anne Shirley," thuirt Marilla gu dùrachdach, "Tha mi dìreach air mo brooch a lorg a' crochadh ri mo shawl lace dubh. A-nis tha mi ag iarraidh fios a bhith agam dè bha a' cabadaich a dh'inns thu dhomh madainn an-diugh a ciallachadh"

"Carson, thuirt thu gun cumadh tu mi an seo gus an do dh'aithnich mi," thill Anne gu sgìth, "agus mar sin, rinn mi co-dhùnadh ri aithneachadh a dhèanamh oir bha mi ceangailte ri dol dhan pic-nic. Smaoinich mi air aithneachadh an-raoir an dèidh dhomh falbh gu leaba agus dhèan mi e cho inntinneach 'sa b' urrainn dhomh. Agus thuirt mi e a-rithist is a-rithist 's nach dìochuimhnicheadh mi e. Ach cha do leig thu leam dol dhan pic-nic aig deireadh thall, mar sin, cha robh feum air mo shaothair uile"

Bha Marilla ri gàire a dhèanamh ged a bhith a' freagairt dhi fhèin. Ach bha a cogais a' piasadh i.

"Anne, tha thu a' buannachadh air a h-uile càil! Ach bha mi ceàrr tha mi a' faicinn sin a-nis, cha bu chòir dhomh an teagamh a bhith agam air do fhacal nuair nach do chuala mi thu a-riamh ag innse sgeulachd. Gu cinnteach, cha robh e ceart dhut aithris a dhèanamh air rud nach robh thu air a dhèanamh bha e glè cheàrr a dhèanamh. Ach bha mi a' stiùireadh ort e a dhèanamh. Mar sin, ma gheibh thu mo mhaitheas, Anne, gheibh mi do mhaitheas agus toisicheamaid air ais bho làimh òir. Agus a-nis, dèan deiseil dhut fhèin airson a' phicnic."

Dh'èirich Anne suas mar racaid.

"O, Marilla, nach eil e ro fhada?"

"Chan eil, tha i a-mhàin dà uair a thìde, Cha bhith iad ach a' cruinneachadh a-nis agus bidh uair a thìde ann mus bi tì aca. Nigh do aghaidh agus cìos do chuid fhalt agus cuir ort do ghingham. Lìonaidh mi bascaid dhut. Tha gu leòr bùrn a bhacsta anns an taigh. Agus gheibh mi Jerry gus an t-sorrel a cheangal agus gus do dhìreadh sìos gu talmhainn a' picnic."

"O, Marilla," ghlaodh Anne, a' ruith don stàla nigheadaireachd. "Còig mionaidean air ais bha mi cho mì-sona 's gun robh mi a' dùrachd nach robh mi riamh air a bhreth agus a-nis cha bhiodh mi a' malairt àite le aingeal!"

An oidhch' sin, thill Anna gu Green Gables, toilichte gu tur, sgìth gu leòr, ann an staid de bheatachadh nach urrainn sealladh a thoirt air.

"Ò, Marilla, bha mi a' coimhead air uair thar a bheil sàsaidh, 'Scrumptious' 's e facal ùr a dh'ionnsaich mi an-diugh. Chuala mi Mary Alice Bell a' cleachdadh. Nach eil e glan inntinneach? Bha gach rud àlainn. Bha tì air leth againn agus an uairsin thug Mr Harmon Andrews sinn uile airson ròid air an Loch de Uisgeachan Soilleireachd, sian againn aig an aon àm. Agus bha Jane Andrews beagan ri tuiteam thairis bòrd. Bha i a 'leanmhainn a-mach gus lileagan uisge a thoirt agus mur robh Mr Andrews air a glacadh air a sash dìreach ann an tràth, bhiodh i air tuiteam a-steach agus 's docha gun robh i air a bàthadh. Tha mi airson a bhith mise. Bhiodh e mar eòlas ròmantach a bhith air a bàthadh beagan. Bhiodh e mar sgeulachd iongantach ri aithris. Agus bhiodh sinn a 'coimhead air an reòiteag. Tha mi a 'gearradh air na faclan gus an reòiteag sin a mhìneachadh. Marilla, tha mi a' gealltainn dhut, bha e na shublime"

An oidhche sin, dh'innis Marilla an sgeulachd gu lèir do Matthew thar a bascaid stocainnean.

"Tha mi deònach aithneachadh gu bheil mearachd rinn mi," thuirt i gu soilleir, "ach dh'ionnsaich mi leasan, feumaidh mi gàire a dhèanamh nuair a smaoinich mi air 'aithris' Anne, ged a bu chòir dhomh nach bu chòir oir bha i dìreach mar fhalbh. Ach chan eil e coltach a bhith cho dona 's a bhiodh am fear eile, air dòigh, agus co-dhiù, tha mi freagarrach airson. Tha an leanabh sin duilich a thuigsinn ann an dòighean. Ach tha mi a 'creidsinn gu bheil i ceart fhathast. Agus tha rud aon rud cinnteach, cha bhi taigh sam bith sàmhach nuair a tha i ann"

Chapter 16

"DE TH'AIG là splèndaid!" thuirt Anne, ag èirigh gus anail fhada. "Nach eil e math dìreach a bhith beò air latha mar seo? Tha truas agam air na daoine nach eil air an breith fhathast airson a chailleadh. Faodaidh iad làithean math a bhith acasan, gu cinnteach, ach cha bhi an tè seo acasan gu bràth. Agus tha e nas splèndaire fathast a bhith le dòigh cho àlainn a dh'fhalbh gu sgoil leis, nach eil?"

"'S e sin nas fheàrr na bhith a' dol timcheall leis an rathad; tha sin cho làn de dheann agus teothach," thuirt Diana gu pràtach, a' peep anns a bhascaid dhinnear agus a' obraicheachadh a-mach ann an inntinn nach robh e gu leòr ma bhite an trì tarts subh-ghlais, blasta a-roinn sna deich nigheanan, dè cho mòr 's a bhiodh gach nighean a' faighinn.

Bha na nigheanan beaga aig sgoil Avonlea a' co-chruinneachadh an lòn aca an-còmhnaidh, agus bhiodh ithe tri tartaichean subh-ruis fhèin no fiù 's roinn iad le do charaid as fheàrr a' comharraichadh gu bràth mar "uabhasach mean" an nighean a rinn e. Agus fhathast, nuair a roinneadh na tartaichean eadar deich nigheanan, fhaigheadh tu dìreach gu leòr gus do shamhlaicheadh.

Bha an dòigh anns an deach Anna agus Diana a dh'fhaighinn chun na sgoil àlainn. Shaoil Anna nach gabhadh na coiseachdan gu sgoil is bhon sgoil còmhla ri Diana a dh'fheabhsachadh le bhith a' smaoineachadh air. Bhiodh a' dol mun cuairt leis an rathad mòr cho neo-romansach; ach a dhol tro Raon nan Luchd-seilbh agus Willowmere agus Gleann nam Fitheach agus Slighe na Beithe, ma robh rud sam bith romansach a-riamh, bha sin.

Dh'fhosgail Làn t-Sealgair gu h-ìosal fon ubhal-ghàrradh aig Green Gables agus staoineadh i fada suas sna coilltean gu ceann fheirm Cuthbert. B' e an rathad anns an robhar na ba bac gu faiche an fhàisg agus gu robhar a' toirt an fiodha dhachaigh anns a' gheamhradh. Chuir Anne ainm Làn t-Sealgair air mus robh i mìos aig Green Gables.

"Chan eil sin gu bheil luchd-gaol a-riamh a' coiseachd an sin," mhìnich i do Mharilla, "ach tha Diana agus mise a' leughadh leabhar glè àlainn agus tha Ràidh nan Luchd-gaol ann. Mar sin, tha sinn ag iarraidh a bhith againn, cuideachd. Agus 's e ainm breagha, nach eil thu a' smaoineachadh? Cho romansach! Cha ghabh sinn a' dealbhadh na luchd-gaol a-steach ann, tha fios agad. Tha mi 'gairdeachadh an rathad sin oir tha thu comasach a bhith a' smaoineachadh gu h-ard ann gun duine sam bith a' gairm thu craicte"

Anne, a' tòiseachadh a-mach leatha fhèin sa mhadainn, chaidh sìos Sràid nan Lùchairt cho fad 's a bha an allt. An seo, choinnich Diana rithe, agus chaidh an dà nighean òg air adhart suas an rathad fo achrann de mhèipleanan "tha mèipleanan mar choille shòisealta," thuirt Anne; "tha iad an-còmhnaidh a' crùthachadh agus a' cogadh riut" gus an do thàinig iad gu drochaid dùthchasach. An uair sin dh'fhàg iad an rathad agus shiubhail iad tro achadh cùil Mr Barry agus seachad air Willowmere. Tha Violet Vale a' tighinn an deidh Willowmere, prog baisteach uaine sa sgàil de coille mhòr M Andrew Bell. "A-rèir coltais chan eil neòinean ann an-dràsta," thuirt Anne ri Marilla, "ach tha Diana ag ràdh gu bheil milleanan dhiubh anns a' ghearran, Oh, Marilla, nach fheuch thu an sealladh ort fhèin iad? Tha e a' toirt anail bhonamh dhomh. Chuir mi Violet Vale air. Tha Diana ag ràdh nach fhaca i riamh car a choisinn orm airson ainmean breagha a lorg airson àiteachan. Tha e math a bhith tapaidh aig rud, nach eil? Ach chuir Diana an t-ainm an Rathad Beithe. Bha i airson, mar sin leig mi dhith; ach tha mi cinnteach gun cuirinn mi ainm a bharrachd bàrdachail air seach air an fhear sìmplidh Rathad Beithe. 'S urrainn dha duine sam bith smaoineachadh air ainm mar sin. Ach tha an Rathad Beithe na aon de na h-àiteachan as breagha anns an t-saoghal, Marilla."

Bha e. Bha daoine eile a' smaoineachadh mar sin cuideachd nuair a thuit iad air. Bha e mar slighe beag, cùng, a' snìomh sìos air aghaidh cnuic fhada dìreach tro choill Mr Bell, far an robh an solas a' tuiteam sìos tro iomadh sgiath emerald 's gun robh e cho foirfe ris a' chridhe aig diamond. Bha e air a fhringealachadh fad a fhaid le beithe òga caol, le stoc geal agus geugan sùbhlach; bha raointean agus reultan-lus agus lusan-fiadhaich lile an gleann agus craobhan-coinneach dearg a' fàs gu tiugh timcheall air; agus bha blas beathaichean-cogaidh snasail anns an adhar aig gach àm agus ceòl ghlaodhaich eòin agus crònan agus gàire ghaothan-coille anns na craobhan os cionn. A-nis agus a-rithist dh'fhaodadh tu coney a' leum tarsainn an rathad nam biodh tu sàmhach, a bha, le Anne agus Diana, a' tachairt mu aon uair ann an gealach gorm. Sìos anns an gleann thàinig an slighe a-mach gu prìomh rathad agus an uairsin bha e dìreach suas cnoc na sprùis chun na sgoile.

B' e togalach geal-aoilichte a bh' ann an sgoil Avonlea, ìosal sna heugan agus leathan sna uinneagan, stòrtaichte a-staigh le deasgaidhean sean-fhàisinn còmhlaichte a bha comhfhurtail agus daingeann a dh'fhosgladh agus a dhùnadh, agus a bh' air an snaidheadh gu lèir thar an clìathaidean le na h-ìrean agus na hìorghlìfeachd aig trì ginealaichean de chloinn-sgoile. Chaidh an taigh-sgoile a chur air chùl bhon rathad agus air a chùlaibh bha coille giuthais dhorcha agus allt far an cuireadh na clann uile an lìonraichean bainne aca sa mhadainn gus an cumadh iad fionnar agus milis gus an uair-dhòmhnaill.

Bha Marilla air fhaicinn Anne a' dol dhan sgoil air a' chiad latha dhen t-Sultain le iomadh dragh di-fhaicsinneach. Bha Anne na caileag cho ait. Ciamar a bhiodh i a' dol còmhla ri na cloinn eile? Agus ciamar a bhios i riamh a' cumail a teanga aig àm na sgoil?

Chaidh cùisean na b' fheàrr na bha Marilla a' dèanamh ro-aithris, ge-tà. Thàinig Anne dhachaigh an oidhche sin ann an spiorad àrd.

"Tha mi a' smaointeachadh gum bi mi a' còrdadh ris an sgoil an seo," thuirt i. "Chan eil mi a' smaointinn mòran air a' mhàighstir, ged-thà. Tha e an-còmhnaidh a' cruinneachadh a ghruag-mheige agus a' dèanamh nan suilean aig Prissy Andrews. Tha Prissy innte fhathast, thu fhios. Tha i sia bliadhna deug agus tha i a' sgrùdadh airson a' bhuidhean a-steach do Acadamaidh a' Bhana-phrionnsa aig Charlottetown an ath-bhliadhna. Thuirt Tillie Boulter gu bheil a' mhàighstir air a chèile leatha. Tha aice aodann bhòidheach agus gruag dhonn calma agus tha i a' dèanamh suas gu snog. Tha i a' suidhe anns an suidhe fada aig an cùl agus tha e a' suidhe an sin, cuideachd, a' mhòr-chuid den àm gus a leasanan a mhìneachadh, mar a tha e ag ràdh. Ach thuirt Ruby Gillis gu bheil i air a bhith a' faicinn e a' sgrìobhadh rudigin air a slata agus nuair a bha Prissy a' leughadh e chrònaich i cho dearg ris an biatas agus ghàire; agus thuirt Ruby Gillis nach eil i a' creidsinn gu robh e co-cheangailte ris an leasan."

"Anne Shirley, na leig leam thu cluinntinn a' bruidhinn mu d' thidsear san dòigh sin a-rithist," thuirt Marilla gu geur. "Chan eil thu a' dol dhan sgoil gus an maighstir a criticise. Tha mi a' smaoineachadh gur urrainn dha rudeigin a theagasg dhut, agus 's e do ghnòthach a tha e ionnsachadh. Agus tha mi ag iarraidh ort a thuigsinn aig an toiseach nach eil thu gad thilleadh dhachaigh ag innse sgeulachdan mu dheidhinn. Sin rudeigin nach bi mi a' brosnachadh. Tha mi an dòchas gun robh thu na cailin mhaith"

"Gu dearbh, bha," thuirt Anna gu socair. "Cha robh e cho duilich sa bhiodh tu dhen bheachd, cuideachd. Tha mi a' suidhe còmhla ri Diana. Tha ar suidheachadh dìreach ri taobh an uinneig agus faodaidh sinn sùil a thoirt sìos air Loch nam Uisgeachan Soilleire. Tha mòran nigheanan snog anns an sgoil agus bha spòrs blasta againn a' cluich aig àm-dìnnear. Tha e cho snog a bhith le mòran nigheanan beaga ri cluich còmhla riut. Ach gu cinnteach, 's e Diana as fheàrr leam agus bidh gu bràth. Adhraich mi Diana. Tha mi fada air chùl na daoine eile. Tha iad uile anns an leabhar còigeamh agus tha mi fhìn a-mhàin anns a' cheathramh. Tha mi a' faireachdainn gu bheil e beagan na nàire. Ach chan eil aig aon dhiubh a leithid de dhaonnachd agus tha agamsa agus lorg mi sin a-mach gu luath. Bha sinn a' leughadh agus a' faighinn a-mach mu dheidhinn eachdraidh agus dictation an Canada an-diugh. Thuirt Mr Phillips gu robh mo litreachadh uabhasach agus dh'èirich e mo leabhran-leacainn gus am faic gach duine e, air a chomharrachadh gu lèir. Bha mi cho diùid, a Mharilla; dh'fhaodadh e bhith nas còire do neach ùr, tha mi a' smaoineachadh. Thug Ruby Gillis ubhal dhomh agus iasg Sophia Sloane càrtadh breagha pinc rium le 'An urrainn dhomh do thighinn dhachaigh?' air. Tha mi a 'toirt air ais dha i a-màireach. Agus leig Tillie Boulter mi a' cur fàinne de pheairlean aice orm fad an feasgair. An urrainn dhomh cuid de na peairlean sin a ghabhail dheth an t-sean pincushion anns an t-àrd-ùrlair gus fàinne a dhèanamh dhomh fhìn? Agus ò, a Mharilla, thuirt Jane Andrews rium gun do innis Minnie MacPherson dhi gu robh i air cluinntinn bho Prissy Andrews gun do innis i dha Sara Gillis gu robh m' sròn gu math breagha. A Mharilla, sin an chiad moladh a bh' agam riamh ann an m' bheatha agus chan urrainn dhut samhlachadh dè an t-ìomhaigh a thug e dhomh. A Mharilla, an e sròn breagha a th' agam gu dearbh? Tha mi a' fiosrachadh gu innseadh tu dhomh an fhìrinn."

"Tha do shrùn gu leòr," thuirt Marilla goirid. Gu dìomhair, smaoinich i gun robh sròn Anna gu math àlainn; ach cha robh i ag amas innse dhi sin.

Bha sin trì seachdainean air ais agus bha a h-uile rud air a dhol gu freagarrach gu ruige seo. Agus a-nis, madainn Sultain gheur seo, bha Anne agus Diana a' ceumnaichd gu subhach sìos Rathad an Beith, dithis de na nigheanan as sona ann an Avonlea.

"Tha mi a' meòrachadh gum bi Gilbert Blythe anns an sgoil an-diugh," thuirt Diana. "Bha e a' tadhal air a chàirdean thairis ann an New Brunswick fad an t-samhraidh agus cha do thàinig e dhachaigh ach oidhche Shathairne. Tha e gu math dreachmhor, Anne. Agus tha e a' piocadh air na nigheanan gu uabhasach. Tha e dìreach a' cur nar beathaich à seachad."

Bha guth Diana a' sealltainn gu robh i a' daoradh gu math a bhith a' fulang a beatha na a bhith gun teagamh.

"Gilbert Blythe?" thuirt Anne. "Nach e an t-ainm a tha sgrìobhte suas air balla a' phortach còmhla ri Julia Bell agus mòr 'Take Notice' os cionn iad?"

"Seadh," thuirt Diana, a' toirt tilg air a ceann, "ach tha mi cinnteach nach eil e cho toilichte le Julia Bell. Chuala mi e ag ràdh gun robh e ag ionnsachadh a' bhòrd iomadachaidh le a freckalain."

"Ò, na bruidhinn mu bhreacan dhomh," dh'iarr Anna. "Chan eil e soilleir nuair a th' agam iomadh. Ach tha mi a' smaoineachadh gu bheil sgrìobhadh brathan suas air a' bhalla mu na gillean is na caileagan as goitiche a-riamh. Bu toil leam fhaicinn duine sam bith a' dèanamh miaghail mo ainm suas le ainm gille. Chan eil, gu cinnteach," sheas i airson cur ris, "gun dèanadh duine sam bith e."

Anndraich Anne. Cha robh i ag iarraidh a h-ainm a bhith sgrìobhte suas. Ach bha e beagan maslach a bhith a' fios gu robh duilgheadas sam bith ann.

"Rubbish," thuirt Diana, aig an robh sùilean dubha agus falt snasach a bhuineadh a leithid de sgoth air cridhean na balaich-sgoile ann an Avonlea gun robh a h-ainm air an sgrìobhadh air ballaichean an porch ann an leth-cheud fògradh. "Tha e dìreach airson spòrs a bhith ann. Agus na bhi ro chinnteach nach sgriobhar do ainm suas a-riamh. Tha Charlie Sloane gu tur smior ort. Thuirt e ri a mhàthair, a mhàthair, cuimhnich ort, thu b' eo na cailin as glèidhear anns an sgoil. 'S fheàrr sin na a bhith math a coimhead."

"Chan eil, chan eil," thuirt Anne, boireannach gu cridhe. "Bu toil leam a bhith breagha na cleasachd. Agus tha fuath agam air Charlie Sloane, chan urrainn dhomh bhith ag ionnsachadh gille le sùilean mòra. Nam sgrìobhadh duine sam bith m' ainm suas còmhla ris cha tigeadh mi às a chàraigeachd, Diana Barry. Ach tha e deagh rud a bhith a' cumail ceann air do chlas"

"Bidh Gilbert anns a' chlas agad an dèidh seo," thuirt Diana, "agus tha e cleachdte a bhith ceann na chlas aige, 's urrainn dhomh a ràdh. Tha e a-mhàin anns an ceathramh leabhar ged a tha e beagnach ceithear-bliadhna-deug. Ceithir bliadhna air ais, bha athair aige tinn agus b' fheudar dha dol a-mach gu Alberta airson a shlàinte agus chaidh Gilbert còmhla ris. Bha iad an sin trì bliadhna agus cha deach Gil gu sgoil gu nau air choreigin gus an tàinig iad air ais. Chan fhaigh thu a leigeil cho furasta gu ceann an dèidh na h-ìre seo, Anne"

"Tha mi toilichte," thuirt Anne gu h-aithghearr. "Cha b' urrainn dhomh a bhith moiteil gu dearbh a' cumail ceann air balaich is nigheanan òga dìreach naoi no deich. Dh'èirich mi an-dè a' litreachadh 'ebullition.' Bha Josie Pye aig an ceann agus, cuimhnich, bha i a' coimhead anns an leabhar aice. Cha do chunnaic Mr Phillips i, bha e a' coimhead air Prissy Andrews ach chunnaic mi. Dìreach thug mi sùil reothte fuar rithe agus dh'fhàs i cho dearg ri biatas agus litrich i e gu cearr an dèidh uile"

"Tha na nigheanan Pye sin na fhuadadairean gu tur," thuirt Diana le fearg, fhad 's a bha iad a' dreuchdadh an geata air an rathad mòr. "Chaidh Gertie Pye gu dearbh agus chuir i a botul bainne ann an àite sa ghlinne an-de. An robh thu riamh? Chan eil mi a' bruidhinn rithe a-nis"

Nuair a bha Mr Phillips anns a' chùlaibh a' chlas a' cluinntinn Laidinn aig Prissy Andrews, dh'fhaoghaich Diana ri Anne, "Sin Gilbert Blythe a' suidhe dìreach air trasna an rathaid bho thu, Anne. Dìreach coimhead air agus faic ma tha thu a' smaoineachadh gu bheil e àlainn"

Thug Anne sùil mar sin. Bha cothrom math aice sin a dhèanamh, oir bha am Gilbert Blythe ainmeil sin gu lèir toirt dhaibh fèin thug e pìos fada buidhe màl Ruby Gillis, a sheas roimhe, gu cùl a suidheachaidh. B' e balach àrd a bh' ann, le falt donn, sùilean cnap-starraich donn, agus beul snìomhach gus faochadh gàire. An-dràsta thòisich Ruby Gillis a bhith a' toirt sum gu'n mhaighstir; thuit i air ais dhan a suidheachadh le uamhas beag, a' creidsinn gu robh a falt a' tighinn a-mach leis na freumhaichean. Thug a h-uile duine sùil air agus sheallas Mr Phillips cho garbh 's gun toisich Ruby a' caoineadh. Bha Gilbert air a' bhior a dhìth agus bha e a' rannsachadh a eachdraidh le aodann a bu mhotha sa t-saoghal; ach nuair a shochair am freagairt, thug e sùil air Anne agus bhris e mach gàire gun chiall le sprion.

"Tha mi a' smaoineachadh gu bheil do Gilbert Blythe breágh," dh'innis Anne dha Diana, "ach tha mi a' smaoineachadh gu bheil e glan fhreagarrach, Chan eil e na manners math a' wink aig nighean coimheach"

Ach cha robh e gus an feasgar a thòisich rudan gu dèidheil a tachairt.

Bha Mr Phillips air ais anns a' chùil a' mhìnichadh duilgheadas ann an algebra do Prissy Andrews agus bha na h-oileanaich eile uile a' dèanamh chan eil e duilich a ràdh dè bu toil leotha - a' ithe ùbhlan uaine, a' cochall, a' peantadh dealbhan air an clàran-chloiche aca, agus a' stiùireadh crìochan a bh' air an ceangal ri sreanga, suas agus sìos na h-aisle. Bha Gilbert Blythe a' feuchainn ri Anne Shirley a dhèanamh coimhead air agus cha robh e soirbheachail idir, oir aig an àm sin cha robh Anne eo eòlasach mu bheatha idir nach eil Gilbert Blythe ann, ach mu gach oileanach eile ann an sgoil Avonlea fhèin. Le a gruaidh air a taiceadh air a làmhan agus a sùilean dìreach air an t-sealladh gorm de Loch nan Uisgeachan Soluis a bha an uinneag an iar a' toirt dhi, bha i fad às ann am brèagha-tìr na h-aislingean, ag èisteachd agus a' faicinn ach a h-aislingean iongantach fhèin.

Cha robh Gilbert Blythe cleachdte ri a chur fhèin a-mach airson dèanamh gun coimhead nighean air agus a' coinneachadh le dìth. Bu chòir dhi a dhol seachad air, an nighean Shirley ruadh-fhuiltich sin leis an sgeir bheag bheumach agus na suilean mòra nach robh coltach ri sùilean cail nighean eile ann an sgoil Avonlea.

Ràinig Gilbert tarsainn an aislean, thog e ceann braid fada ruadh Anne, chum e a-mach aig fad a ghèige agus thuirt e ann an sguabadh beag:

"Carrots! Carrots!"

An sin, sheall Anne air le dìoghaltas!

Rinn i tuilleadh na coimhead. Leum i gu a casan, a fantaisian soilleir tuiteam gu ruine nach gabhadh leigheas. Chaill i aon shùil thòisicheil air Gilbert bho shùilean a deren brèagha a bha goirt gu luath ann an deòir a co-ionnannach bodhar.

"Ciallachd thu, buachaill gràineil!" ghlaodh i le passion. "Ciamar a tha thu a' dèanamh sin!"

Agus an uairsin, thwack! Bha Anne air a slata a thoirt sìos air ceann Gilbert agus e briste - an slata, chan eil an ceann - gu lèir tarsainn.

B' e ìomhaigh a bha iad a' ghabhail an-còmhnaidh air sgoil Avonlea. Bha seo gu h-àraidh taitneach. Thuirt a h-uile duine "Oh" le glè mhathas uamhasach. Dh'osdaich Diana. Thòisich Ruby Gillis, a bha dlan-deòidh a' crìonadh. Dh'fhàg Tommy Sloane a sgioba de chrìonagan a' teicheadh gu lèir bho while e a' stadh mar a bhiodh beul fosgailte aig an t-sealladh.

Thaing Mr Phillips sìos an sliabh agus chuir e a làmh gu trom air guaille Anne.

"Anne Shirley, dè tha seo a ciallachadh?" thuirt e gu feargach. Cha do fhreagair Anne. Bha e a' faighinn cus bho choltais is fala gus dùil a chur ann gun innseadh i roimh an sgoil gu lèir gu robh i air a ghairmeanadh "carrots" B'e Gilbert a bha a' bruidhinn gu daingneach.

"Bha e na m' mhearachd, Mr Phillips, rinn mi tàirneanaich oirre."

Cha do thug Mr Phillips suim sam bith do Gilbert.

"Tha mi duilich fhaicinn sgoilear agam a' sealltainn car gnè den droch-ìde agus sprèidh cho dian," thuirt e ann an tonna sòlasach, mar gum biodh an fhirinn a-mhàin a bhith na sgoilear aige airson an t-saoil gun robh a h-uile òrdugh gràineil air am fuadach bho chridhean beaga neo-iomlan.

"Anne, rach agus seas air an àrd-ùrlar mu choinneamh na clàr duibh airson còrr na feasgar."

Bhiodh Anne air a buileachadh cruaidh le feartanachadh na seo, far an robh a spiorad so-mhìn a' crith mar o luingear chimney. Le aodann gheal, thug i gealltainn. Thog Mr Phillips greim air crann-chailk agus sgrìobh e air an clàr-dubh os cionn a cinn.

"Tha droch chuibhle air Ann Shirley, feumaidh Ann Shirley ionnsachadh mar a smachdan i a cuibhle," agus an uairsin leugh e am mach cho ard 's gum faodadh fiù 's an clas toiseachaidh, aig nach robh comas sgrìobhaidh a leughadh, a thuigsinn.

Sheas Anne an sin air fad feasgar leis an t-seanachas sin os a cionn. Cha robh i a' caoineadh no a' crochadh a ceann. Bha an t-amharas fhathast ro theth ann am cridhe airson sin agus chum e suas i am measg a h-uile pian de dhìthseachadh. Le sùilean dìoghrasach agus gruaidhean dearg le deagh ghruaim, bha i a' sracadh Diana aireachasachd agus nodan Charlie Sloane agus gàireachdainn Josie Pye. O thaobh Gilbert Blythe, cha bhiodh i fiù 's a' coimhead air. Cha bhiodh i a' coimhead air tuilleadh! Cha bhiodh i a' bruidhinn ris tuilleadh!!

Nuair a chaidh an sgoil a sgaoileadh, sheas Anne a-mach le a ceann ruadh sus air aird. Dh'fheuch Gilbert Blythe ri a stad aig doras an poirch.

"Tha mi uabhasach duilich gun robh mi a' magadh mu do chuid falt, Anne," thuirt e gu duilich. "Tha mi gu dìreach, Na bi feargach gu bràth a-nis"

Chaidh Anne seachad le masladh, gun sùil no comharra cluinntinn. "O, ciamar a rinn thu sin, Anne?" anail Diana leotha air an rathad leis a 'cheathramh 'toinnteachadh, leis a' cheathramh admhaich. Bha Diana a 'mìneachadh nach urrainn dhi freagairt iarrtas Gilbert.

"Cha mhothaich mi riamh ma forgiveness Gilbert Blythe," thuirt Anne gu daingeann. "Agus chuir Mr Phillips mo ainm às aon e, cuideachd. Tha an iarainn air a dhol a-steach do m' anam, Diana."

Cha robh aon smuain aig Diana dè bu chiall le Anne ach thuig i gur rud uamhasach a bh' ann.

"Cha bu chòir dhut a bhith dragh ort mu Gilbert a' magadh air do chuid falt," thuirt i gu sàmhach. "Carson, tha e a' magadh air na nigheanan uile, tha e a' gàireachdainn air mo choigreach oir tha e cho dubh. Tha e air mo gairm 'na chàrn dubh dà cheud uair; agus cha do chuala mi aige a' leigeil seachad leisgeul as aonais riamh, cuideachd"

"Tha cuspair mòr eadar a bhith air ainmeachadh mar chàrach agus air ainmeachadh mar gairdin," thuirt Anne le urram. "Tha Gilbert Blythe air mo chuisleachan a ghoirt gu h-eilginn, Diana"

'S e an comas gum biodh an cursa air falbh gun tuilleadh agus tuilleadh ma bhiodh dad eile nach robh ann. Ach nuair a thòisicheas rudan a tachairt, tha iad ag amas air a bhith a' cumail a dol.

Bha oileanaich Àibhonlea a' treigsinn gu tric uair a' mhèinn a' pìocadh gunna ann an coille sprus Mhr Bell thairis air a' chnoc agus tarsainn a mhòr-fhàirge aige. Bho sin, dh'fhaodadh iad sùil a chumail air taigh Eben Wright, far an robh an maighstir a' fuireach. Nuair a chunnaic iad Mr Phillips a' tighinn a-mach à sin, rinn iad ruith airson an taighe-sgoile; ach bha an t-astar mu thrì uairean na 's fhaide na rathad aig Mhr Wright agus mar sin, bha iad gu math freagarrach a ruigsinn an sin, anail agus às an deò, mu thrì mionaidean ro fhada.

Air an latha a lean, b' e a ghabh Mr Phillips leis aon de dh'fheumain aige spasmodach de dh'ath-leasachadh agus dh'ainmich e mus deach dhan dachaigh airson dìnnear, gum bu dùil leis gum faighinn a h-uile sgoilear ann an àite nan suidhe nuair a thilleadh e. Bidh pìonadh air duine sam bith a thig a-staigh gu mall.

Chaidh a h-uile ghille agus cuid de na cailleanan gu coille chraobhan spruis Mhr Bell mar as àbhaist, leis an duil a bhith ann dìreach fad ùine gu leòr gus "piocadh sùgh-cnuais". Ach tha coilltean spruis tarraingeach agus tha cnuas-buidheach gun cheangal; rug iad agus rinn iad fiachainn agus rinn iad stràic; agus mar as àbhaist, an rud a chuir an ceill dhaibh tuilleadh mu ùine a' fògarraich, bha Jimmy Glover a' sgrìobhadh bho mhullach spruis sheanair "Tha an Maighstir a 'tighinn".

Thòisich na nigheanan a bha air an talamh an toiseach agus bha iad comasach ruigsinn an taigh-sgoile ann an ùine ach gun mhionaid sam bith air fhàgail. Bha na gillean, a bu gheàrr leotha a dhol sìos bho na craobhan, nas ùaire; agus bha Anne, a bha nach do bhuain goma idir ach a bha a' siubhal gu sona aig ceann fada a 'choille, gleannach gu meadhan anns na feadagan, a' seinn gu sàmhach dhi fhèin, le fainne de lilean-ruisg air a cìochan mar gun robh i mar bhan-dè fiadhaich nan àiteachan dorcha, bha i nas ùaire na gach duine eile. B'urrainn dha Anne ruith mar fhìor-ghobhar, ge-tà; rinn i ruith leis an toradh meanmnach gur do shaoil i na gillean aig an doras agus chuir i a-steach an taigh-sgoile am measg iad dìreach nuair a bha Mr Phillips anns an gnìomh a' crochadh suas a hata.

Bha fuinn na h-ath-leasachaidh goirid aig Mgr Phillips deiseil; cha robh e ag iarraidh buaidh air a thabhairt air dòsan de dh'òigridh; ach bha e riatanach rudeigin a dhèanamh gus a fhacal a shàbhaladh, mar sin, thòisich e a' coimhead mun cuairt airson caora, agus lorg e i ann an Anne, a bha tuiteam sìos ann am suidheachadh, a' strì ri anail, le cuarag lile a bh' air a dìochuimhnachadh a' crochadh a-mach thairis air aon cluas agus a' toirt dreach gu h-àraidh dhi de chaoraich agus neo-chùramach dhi.

"Anne Shirley, a chionn 's gu bheil thu cho measail air cuideachd nam balach, bidh sinn a' toirt do do bhlas airson an diugh feasgar," thuirt e gu sarcastach. "Thoir na flùraichean às d' fhalt agus suidh còmhla ri Gilbert Blythe"

Ghàire na balaich eile gu cruadalach. Dh'ionnsaich Diana, a' tuiteam bàn le truas, am preas bho cheann Anne agus dh'fheuch i a làmh. Sheall Anne air a' mhàighstir mar gum biodh i air tional gu clach.

"An cuala thu dè thuirt mi, Anne?" dh'fhaighnich Mgr Phillips gu cruaidh.

"Seadh, a bhuidheann," thuirt Anne gu mall "ach cha robh mi a 'smaoineachadh gu dearbh gun robh thu a' ciallachadh e"

"Tha mi a' gealltainn dhut a rinn mi" fhathast leis an ton sarcasach a bha uile aig na clann, agus aig Anna gu h-àraid, a dh'fhuath. Tha e a' bualadh air an ro-mhithe. "Obey me an-dràsta"

Airson mionaid, bha coltas air Anne mar gum faodadh i a dhiùltadh. An uairsin, a' tuigsinn nach robh cuideachadh sam bith ann airson, dh'èirich i gu h-àrdanach, cheum air tras na h-aisle, shuidh i ri taobh Gilbert Blythe, agus dh'adhlac i a gruaidh anns a geasan aice air a' bhòrd. Chaidh Ruby Gillis, a fhuair sealladh air mar a chaidh sìos, a thuigsinn dha na h-eileanan a' dol dhachaigh bho sgoil gu robh i "dìreach gun a riamh a' faicinn dad mar an ceudna cho geal, le bacadh beagan dearg ann".

Dha Anne, bha seo mar deireadh a h-uile càil. Bha e gu leòr a bhith air a thaghadh airson peanas bho am measg dàrna dùscoreadh chiontach; bha e na bu mhiosa fhathast a bhith air a chur gus suidhe le balach, ach gu robh an balach sin Gilbert Blythe a' cur maslachd air lot gu ìre gu tur neo-fhulangach. Dhòigh le Anne nach b' urrainn dhi a leantainn agus nach biodh e feumail geamhradh. Bha a beatha gu lèir a' boilgadh le nàire agus fearg agus humiliation.

Aig an toiseach, thoilichte an luchd-sgoile eile agus sgòthlagh agus gàireachdainn agus brus. Ach mar nach eil Anne a' togail a ceann agus mar a tha Gilbert ag obair air fractions mar gu bheil a h-uile anam aige staigh annainn agus iad a-mhàin, thill iad gu luath ris an obair fhèin agus chaidh Anne a dhìochuimhnich. Nuair a ghairm Mr Phillips a-mach a' chlas eachdraidh, bu choir do Anne a dhol, ach cha do ghabh Anne gluasad, agus Mr Phillips, a bha a' sgrìobhadh beagan de dh'òrain "Do Priscilla" mus d' fhuair e an clas, bha esan a' smaoineachadh mu rim faoin fhathast agus cha do dh' ionnsaich e i. Aon uair, nuair nach robh duine sam bith a' coimhead, thoig Gilbert o bhord aige cridhe beag milis pinc le òraid òir air, "Tha thu milis," agus shaoil e e fo luachair uillinn Anne. Far an dòrainn Anne, thoig i a' chridhe pinc gu cùramach eadar mullaichean a h-òirlich, thoilich e air an làr, mhill i e gu mèil fo bonn a cas, agus thoisich i a h-àite gun a bhith a' cur sùil co-thathail air Gilbert.

Nuair a chaidh an sgoil a-mach, shiubhail Anne gu a deasg, ghabh i a-mach a h-uile rud ann, leabhraichean agus clàr-sgrìobhaidh, peann agus dùch, tiomnadh agus àireamhachd, agus chuir iad gu cneasta air a slat-cheàrnach.

"Dè tha thu a' toirt dhachaigh gu lèir na nithean sin airson, Anne?" bha Diana ag iarraidh fiosrachadh, a dh'aithghearr 's iad a-muigh air an rathad. Cha robh i air ùidh a chall a 'faighneachd a' cheist seo roimhe.

"Chan eil mi a' tilleadh dhan sgoil tuilleadh," thuirt Anne. Dh'osgladh Diana a beul agus stàirich i air Anne gus faicinn mura robh i a' ciallachadh.

"An leig Marilla leat fuireach aig an taigh?" dh'fhaighnich i.

"Feumaidh i," thuirt Anna. "Cha tèid mi a-rithist dhan sgoil aig an duine sin"

"Ò, Anne!" Thug Diana coltas mar gum biodh i deònach a caoineadh. "Tha mi a' smaoineachadh gu bheil thu gràineil. Dè bu chòir dhomh a dhèanamh? Bidh Mr Phillips a' cur orm suidhe còmhla ris an nighean uabhasach sin, Gertie Pye, tha fhios agam gu bheil e oir tha i suidhe leatha fhèin. Thig air ais, Anne"

"Dèanainn cha mhòr gach rud anns an t-saoghal dhut, Diana," thuirt Anne le bròn. "Leiginn dhaibh mo dhearrsadh bho cheile ma bhiodh e na bhuannachd dhut, ach chan urrainn dhomh seo a dhèanamh, mar sin na iarr e orm. Tha thu a' sàrachadh mo anam gu làr."

"Dìreach smaoinich air a h-uile rud spòrsail a bhios thu a' call," thuirt Diana deòrail. "Tha sinn a 'dèanamh an taigh ùr as àlainne aig bun na h-ainneamh; agus bidh sinn a 'cluich ball an ath-sheachdain agus chan eil thu air ball a chluich a-riamh, Anne. Tha e glè inntinneach. Agus tha sinn a 'dol a ionnsachadh òran ùr tha Jane Andrews a' cleachdadh a-nis; agus tha Alice Andrews a 'dol a thoirt leabhar Pansy ùr an ath-sheachdain agus tha sinn uile a' dol a leughadh suas gu h-àrd, caibideal mu dhèidh, aig bun na h-ainneamh. Agus tha fios agad gu bheil thu cho measail air leughadh suas gu h-àrd, Anne"

Cha do ghluais dad Anna idir. Bha a cuid smaointean air an dèanamh suas. Cha tèid i gu sgoil gu Mr Phillips a-rithist; dh'innis i do Marilla sin nuair a thàinig i dhachaigh.

"Rubbish," thuirt Marilla.

"Chan e amaidan a th 'ann idir," thuirt Anne, a' sealltainn air Marilla le sùilean solemn, caoineadh. "Nach eil thu a' tuigsinn, Marilla? Chaidh mi a mhasladh"

"Masladh fìdlearan! Bidh thu a' dol dhan sgoil a-màireach mar as àbhaist"

"Ò, chan eil" chrith Anna a ceann gu sàmhach. "Chan eil mi a 'dol air ais, Marilla, bidh mi ag ionnsachadh mo leasan aig an taigh agus bidh mi cho math 'sa ghabhas mi a bhith agus cumaidh mi mo theanga an-còmhnaidh ma tha sin comasach idir. Ach chan eil mi a 'dol air ais dhan sgoil, tha mi a 'gealltainn dhut"

Chunnaic Marilla rudeigin a bha gu mòr coltach ri ciontas gun luaidhe a' coimhead a-mach à aodann beag Anne. Thuig i gum biodh trioblaid aice a' dol thairis air; ach rinn i co-dhùnadh glic gun canadh i barrachd an sin. "Thèid mi sìos agus chi mi Rachel mu dheidhinn seo a-nochd," smaoinich i. "Chan eil ciall sam bith a' còmhradh ri Anne a-nis, Tha i ro chruaidh agus tha beachd agam gur eigin i a bhith uabhasach ciontach ma ghabhas i an tuairmse. Cho fad 's a dh'fhàsas mi a-mach bhon sgeulachd aice, tha Mr Phillips air a bhith a' giùlan cùisean le làmh làidir gu leòr. Ach cha bhiodh e ceart a ràdh sin rithe. Dìreach bruidhinn air le Rachel. Tha i air deich leanabh a chuir dhan sgoil agus bu chòir dhi rudeigin aig fios mu dheidhinn. Bidh i air an sgeulachd gu lèir a chluinntinn freisin, aig an àm seo "

Lorg Marilla Mrs Lynde a' snìomh goilleanan cho gnìomhach agus sòlasach 's a bha i mar as àbhaist.

"Tha mi a' smaoineachadh gu bheil fios agad dè tha mi air tighinn mun cuairt," thuirt i, beagan air a diùltadh.

Bha Bean-uasal Rachel a' cinnireachadh.

"Mu bhrosnachadh Anna anns an sgoil, tha mi a 'smaoineachadh," thuirt i. "Bha Tillie Boulter a-staigh air an t-slighe dhachaigh aon de na sgoilearan agus dh'inns i dhomh mu dheidhinn."

"Chan eil fhios agam dè a dhèanamh leatha," thuirt Marilla. "Tha i a' dearbhadh nach tèid i air ais dhan sgoil. Cha d' fhuair mi an-còmhnaidh leanabh cho stressaichte. Bha mi a' feitheamh air cùisean a bhith a' tighinn o chionn 's a tha i a' freastal air an sgoil. Bha fhios agam gu robh cùisean a' dol ro stèidheach gus an cumadh iad. Tha i cho teann-chunnte. Dè a mholadh tu, Rachel?"

"Uill, on dh'fhaighnich thu mo chomhairle, Marilla," thuirt Mrs Lynde gu càirdeil. Bhiodh Mrs Lynde dha-rìreabh toilichte nam biodh duine ag iarraidh comhairle uaithe. "Bhithinn dìreach a' freagairt a beagan an toiseach, sin na bhiodh mi a' dèanamh. 'S e mo chreideamh gu robh Mr Phillips ceàrr. Gu dearbh, chan eil e ceart an rud sin a ràdh ri na clann, tha fios agad. Agus gu dearbh, rinn e rud ceart le bhith a' peanasachadh i an-dè airson èigheachd. Ach an-diugh, bha e eadar-dhealaichte. Ba chòir do na daoine eile a bha dìreach chomharrachadh mar a bha Anne, sin e. Agus chan eil mi a' creidsinn ann a bhith a' dèanamh nam nigheanan suidhe leis na buachaillí airson peanas. Chan eil e neònach. Bha Tillie Boulter troimhe-cheart mi-fhàgail. Ghabh i taobh Anne a-mach agus thuirt i gu robh a h-uile sgoilear a' dèanamh sin cuideachd. Bidh Anne gu math freagarrach am measg iad, air chuideigin. Cha do smaoinich mi gu bràth gun toireadh iad gu math oirre mar sin."

"Ma ta, tha thu gu dearbh a' smaoineachadh gum bu chòir dhomh leigeil leatha fuireach aig an taigh," thuirt Marilla le iongnadh.

"Seadh, sin e agam nach innisinn sgoil dhi a-rithist gus am biodh i fhèin ag innse. Cuiridh tu feum air, a Mharilla, fàsaidh i fhèin ann an seachdain no dhà agus bidh i deiseil gu leòr gus tilleadh air a h-ainm fhèin, sin e, agus, nam biodh sibhse a' toirt dhith tilleadh a-null gu dìreach, dè an t-annas no an t-àmhghar a bhiodh i a' toirt an làrach an ath uair agus a' toirt barrachd trioblaid na riamh. Is lugha aighear a nì, is fhearr, a rèir mo bheachd. Chan fhaic i mòran a' chall le bhith a' dol a dh'fhàgail na sgoile, a thaobh sin a dol. Chan eil Mr Phillips math idir mar thidsear. Tha an òrdugh a tha e a' cumail na nàire, sin e, agus tha e a' leigeil seachad na h-òrain òga agus a' cur a h-uile ùine aige aig na sgoilearan mòra a tha e a' deasachadh airson na Banrigh. Cha do bhiodh e air an sgoil fhaighinn airson bliadhna eile mur biodh a bhràthair-màthair na threasairè agus e dìreach a' stiùireadh na dhà eile mu chuairt leis an sròn, sin e. Tha mi a' dearbhadh, cha do thuig mi guth foghlaim san Eilean a' tighinn gu seo "

Chuir Mrs Rachel a ceann an crathadh, cho mòr 's a dh'fhaodadh i ràdh gun robh cùisean air a bhith a 'riaghladh gu mòr nas fheàrr ma bhios i aig ceann an siostaim foghlaim na Dùthcha.

Ghabh Marilla comhairle Bhna. Rachel agus cha deach facal eile a ràdh ri Anne mu dhol air ais dhan sgoil. Dh'ionnsaich i a leasanan aig an taigh, rinn i an obair-dachaigh aice, agus chluich i le Diana anns na seallaidhean-fogharach purpaidh fuar; ach nuair a choinnich i ri Gilbert Blythe air an rathad no coinneachadh ris anns an sgoil-dòmhnaich, chaidh i seachad air le fuarachas riaghailteach nach robh air a dheigh théamh leis an àmhghar follaiseach aige airson a sàsamh. Cha robh fiach sam bith ann an oidhirpean Diana mar sheòmar-sìth. Chuir Anne coltas air gu robh i air a rùn a dhèanamh ghràin air Gilbert Blythe gu crìch na beatha.

Cho mòr 's a gràineadh i Gilbert, ge-tà, an robh i ga gràdhachadh Diana, le gach gràdh aig a cridhe beag paiseanta, co-ionnan san inntinn gus a gràdhaichean is a gràinean. Oidhche, lorg Marilla Anne a' suidhe leatha fhèin ri uinneag an ear anns an dubh-sholas, a' caoineadh gu geur.

"Dè tha ceàrr a-nis, Anne?" dh'iarr i.

"Tha e mu Dhiàna," ghlaodh Anna gu h-urrainm. "Tha mi 'ga gràdhachadh Diàna cho mòr, a Mhàirill, chan urrainn dhomh a-riamh beò a bhith às a h-aonais. Ach tha fhios agam gu math nuair a thig sinn suas gum pòs Dhiàna agus falbh agus fàg mi. Agus ò, dè an robh mi a 'dèanamh? Tha mise a 'fuathachadh a duine-ceile, tha mi dìreach ag fuathachadh gu fìorach. Tha mi air a h-uile rud a bhith a 'dèanamh dha-rìribh - an posadh agus a h-uile càil, Diana a' còiseachd ann an èideadh sneachda, le fàile, agus a 'coimhead cho bòidheach agus rìoghail ri banrigh; agus mise na banais-bhrìde, le dreasa breagha cuideachd, agus sligean sgaoilte, ach le cridhe briste fo mo aghaidh gàireachdainn. Agus an uairsin ag ràdh slàn le Dhiàna ... " An seo, thuit Anna gu tur agus bha i a' caoineadh le searbhas a 'méadachadh.

Thionndaidh Marilla gu luath air falbh gus a gnog fhad 's a bha i a' tuiteam; ach cha robh e feumail; thuit i air an stòl as dlùth agus thug i sgàthan de gàire cho làidir agus neo-àbhaisteach 's gun do stad Matthew, a' dol tarsainn an gàrraidh a-muigh, ann an iongnadh. Cuin a chuala e Marilla a' gàire mar sin roimhe?

"Uill, Anne Shirley," thuirt Marilla a cho luath 's a b' urrainn dhi bruidhinn, "ma dh'fheumas tu trioblaid a thoglachd, airson truas, thog e nas fhaisge air dachaigh. Bu chòir dhomh smaoineachadh gu robh ùrlar sam bith agad, gun teagamh"

Chapter 17

Bha AN DÀMHAIR na mhìos àlainn aig Green Gables, nuair a thionndaidh na beithe anns an uaimh cho òrach ri grian agus bha na crann-seirce aig cùl an teaghlach rìoghail dearg agus chuir na crann-silin fhiadhain air an rathad iad fhèin ann an dathan as àille de dhearg dorcha agus uaine pronaidh, fhad 's a bha na raointean a' grèineachadh iad fhèin ann an toraidhean an fhoghair.

Bha Anna a' gabhail tlachd san t-saoghal dath mun cuairt oirre.

"Ò, Marilla," dh'èigh i aon madainn Dìsathairne, a' tighinn a-steach a' dannsadh leis na geugaichean àlainn aice, "Tha mi cho toilichte a bhith a' fuireach ann an saoghal far a bheil Dàmhair. Bhiodh e uabhasach nam biodh sinn dìreach a' leumadh bho Sultain gu Samhain, nach biodh? Coimhead air na sgiathaichean maiple seo. Nach eil iad a' toirt ort cron còmhla ri iomadh cron. Tha mi a' dol a mhaisigh mo sheòmar leotha."

"Cuspairean mì-chruinn," thuirt Marilla, nach robh an tuigse ealain aice air a leasachadh gu follaiseach. "Tha thu a' sgapadh do sheòmair gu iomlan cus le bhith a' toirt rudan bhon taobh a-muigh a-staigh, Anne. Chaidh leapan a dhèanamh airson cadal ann"

"O, agus bruadar ann cuideachd, Marilla, Agus tha fios agad gu bheil duine a' bruadaradh gu fheàrr ann an seòmar far a bheil nìthean bòidheach. Tha mi a' dol a chur na geugan seo anns an t-seann chruach gorm agus a' cur orr' air mo bhòrd"

"Thoir an aire nach tuitear duilleagan air feadh na h-àrd-ìre sin, tha mi a 'dol air coinneamh den Chomann Cuideachaidh aig Carmody feasgar an-diugh, Anne, agus chan eil coltas gu bheil mi a' tighinn dhachaigh mus tig an dorchadas. Feumaidh tu biadh-feasgair a ghlanadh do Mhathew agus Jerry, mar sin thoir an aire nach dìochuimhnich thu tì a chur ri dhol gus na suidheig sibh aig a' bhòrd mar a rinn thu an turas mu dheireadh "

"Tha e ainneamh deamhainn dhomh a dhìochuimhneachadh," thuirt Anne le doilgheas, "ach 's e an t-seachdain sin a bh' agam a' feuchainn ri ainm a lorg airson Glan da Ghealaich agus bhruidhinn e rudan eile a-mach. B' àlainn Matthew. Cha dhol e riamh a riasgladh. Chuir e a' tì sìos fhèin agus thuirt e gun bhiodh sinn a farraileachadh fhèin cho fad 's nach biodh. Agus dh'inns mi dha sgeulachd àlainn fairy fhad 's a bha sinn ag feitheamh, mar sin cha robh e a 'lorg an ùine fada idir. B' e sgeulachd fairy àlainn a bh' ann, Marilla. Rinn mi dearmad air deireadh e, mar sin rinn mi crìoch airson e fhèin agus thuirt Matthew nach b' urrainn dha innse càite an robh an t-òlom a 'tighinn a-steach"

"Bhiodh Matthew a' smaoin' gur ceart gu leòr e, Anne, nam b' fheud leat bruidhinn ri d' aodach 's biadh a ghabhail a-measg na h-oidhche. Ach cum do chiall ort fhèin an turas seo. Agus chan eil fios' agam gu dearbh ma tha mi a 'dèanamh ceart e dh'fhaodadh gu bheil tu nas miosa na bha thu riamh ach faodaidh tu iarraidh air Diana tighinn seachad agus a 'coimhead feasgar leat agus bi tì an seo"

"Ò, Marilla!" dhùin Anne a làmhan. "Tha e cho breàgha gu tur! Tha thu comasach air rudan a bhrosnachadh an dèidh a h-uile càil no cha bhiodh thu air tuigsinn idir mar a dh'aindeoin mi air an rud sin fhèin. Bidh e coltach cho snog agus inbhich. Chan eil eagal orm an tì a dhìochuimhnachadh nuair a th' agam cuideachd. Ò, Marilla, am faod mi an t-set tì spreig rosa a chleachdadh?"

"Chan eil, idir! An seata tì rosebud! Uill, dè an ath rud? Tha fios agad nach cleachd mi sin ach airson an ministear no na Aides. Cuiridh tu sìos an seata tì donn aosta. Ach 's urrainn dhut fosgladh an crock buidhe beag de ghlèidhean sìl. 'S e an tìm a th' ann a bhith ga chleachdadh co-dhiù tha mi a 'creidsinn gu bheil e a' toiseachadh obrachadh. Agus 's urrainn dhut gearradh beagan cèic meas agus a bhith ag iarraidh beagan de na cookies agus snaps"

"'S urrainn dhomh a dìreach samhlachadh mi fhìn a' suidhe aig ceann a' bhùird agus a' dòrtadh am tì," thuirt Anna, a' dùnadh a sùilean extatically. "Agus a' faighneachd do Diana mura gabh i siùcar! Tha fhios agam nach gabh i ach, gu cinnteach, cuiridh mi ceist oirre mar nach robh fhios agam. Agus an uairsin a' brùthadh oirre gus pìos eile den chèic measan a ghabhail agus cuideachd tuilleadh dheth na glasraich. Ò, Marilla, 's e mothachadh iomraiteach a th' ann dìreach a bhith a' smaoineachadh air. An urrainn dhomh a thogail don t-seòmar falamh gus am bànrigh a chuir nuair a thig i? Agus an uairsin a-steach don t-seòmar-cuiridh a dhol a shuidhe?"

"Chan eil, bidh an seòmar-suidhe gu leòr dhut agus do chuideachd, ach tha botul leath làn de chordeal subh-laruinn a fhuair sinn air fhàgail bho shòisealtaidh an eaglais oidhche no dhà air ais. Tha e air an dara sgeilf de chloset an t-seòmar-suith. agus thoir dhuibhse 's do Dhiana e ma tha sibh airson e, agus cooky gus ithe leis mu mheadhoin feasgar, air sgàth gu bheil mi cinnteach gun tig Màthaidh gu h-òg dhan tì o chionn 's gu bheil e a' toirt buntàtaich don t-soitheach."

Dh'èirich Anna gu h-iosal, seachad air Bubble na Dryad agus suas an rathad sprùis gu cnoc Orchard Slope, gus Diana a dh'iarradh gu tì. Mar thoradh air sin, dìreach às dèidh dha Marilla a dhìreadh gu Carmody, thàinig Diana thairis, a' caidseachadh ann an a dàrna dreasa as fheàrr agus a' coimhead dìreach mar a bu chòir a bhith a' coimhead nuair a thathar air a dh'iarradh a-mach gu tì. Aig amannan eile, bha i abhaist a ruith a-steach don chidsin gun a' bualadh; ach a-nis bhuail i goireasach aig an doras tosaigh. Agus nuair a dh'fhosgail Anna e, a' caidseachadh ann an a dàrna dreasa as fheàrr, goireasach mar an cèanna, chrath na nighean beaga làmhan cho trom 'sa ged nach robhar iad air a bhith a' coinneachadh roimhe. Mhair an solemnity neo-nàdarrach seo gus an deach Diana a thoirt don gàblan an ear gus a h-àd a leagan dheth agus an uairsin bha i suidhe airson deich mionaid ann an seòmar suidhe, casan ann an àite.

"Ciamar a tha do mhàthair?" fhaighnich Anna gu politeach, dìreach mar nach robh i air Mrs Barry a' pìocadh ùbhlan a-mach madainn an là sin ann an slàinte agus spiorad sàr-mhath.

"Tha i gu math fada, tapadh leat, tha mi a 'smaoineachadh gu bheil Urr. Cuthbert a' tarraing buntàtaichean gu gainmheachan na lile an-diugh, nach eil e?" thuirt Diana, a bha air a sìdeadh sìos gu Urr. Harmon Andrews an latha sin ann an càrt Matthew.

"Seadh, tha ar càr-bhuntaighean anabarrach math am-bliadhna, tha mi an dòchas gu bheil càr-bhuntaighean do athar math cuideachd."

"Tha e gu math math, tapadh leat, A bheil thu air mòran de do ubhalan a thogail fhathast?"

"Ò, gu math iomadh," thuirt Anne a' dìochuimhneachadh a bhith dìreach agus a' leum suas gu luath. "Thig còmhla rium a-mach dhan èillean agus faigh sinn cuid de na Red Sweetings, Diana. Thuirt Mairiolla gum faod sinn a bhith leis a h-uile càil a tha fhathast air a' chraoibh. 'S e boireannach glè thoilichte a th' ann an Mairiolla. Thuirt i gun còireachadh sinn ar cèic measan is ar preasaran sgiobalta airson tì. Ach chan eil e na mhanners math innse dha do chuideachadh dè tha thu a' dol a thoirt dhaibh ri ithe, mar sin cha innis mi dhuibh dè thuirt i gun còireachadh sinn ri òl. Ach tha e a' tòiseachadh le R agus C agus tha e na dath dearg soilleir. 'S toil leam deochan dearg soilleir, nach toil leat? Bidh iad a' blasadh dà uair na b' fheàrr na dath sam bith eile"

Bha an t-orcadh, leis na geugan mòra a bheireadh air a' talamh le toradh, cho aoibheil 's gun do chuir na nigheanan beaga a' mhòr-chuid den feasgar ann, a' suidhe ann an cearn feurach far an robh an reothadh air falbh leis a' ghlas agus far an robh teas dìreach samhraidh fhogharach ag amas gu furasda, ag ithe uibhean agus a' bruidhinn cho teann 's a ghabhadh iad. Bha mòran aig Diana ri innse do Anne mu dheidhinn na thachair anns an sgoil. Bha i air a bhith suidhe le Gertie Pye agus cha robh i toilichte; bha Gertie a' puilseadh a peansail an comhnaidh agus bha seo ga dhèanamh fuar fuil Diana; bha Ruby Gillis air a h-uile mòrt a' searrachadh a-mach, gu dearbh, le cloich-draoidheachd a thug sean Mary Joe o'n Crì aice. Bhiodh tu a' srùbadh na mòrtan leis a' chloich agus a' toirt dhi thairis thar do ghualainn chlì aig àm a' ghealach ùir agus bhiodh na mòrtan uile a' dol. Bha ainm Charlie Sloane sgrìobhte suas còmhla ri Em White air balla a' phorch agus bha Em White uabhasach duilich mu dheidhinn; bha Sam Boulter air "sass" a dhèanamh ri Mr Phillips anns a' chlas agus bhuail Mr Phillips e agus thàinig athair Sam sìos dhan sgoil agus ghairm Mr Phillips nach leigeadh e làmh air aon de na clann aige a-rithist; agus bha breacan ùr dearg aig Mattie Andrews agus crossover gorm le tassels air agus bha an t-air aice mu dheidhinn a' cur an car dubhairt aice; agus cha robh Lizzie Wright bruidhinn ri Mamie Wilson oir bha peathraichean Maimie Wilson a' bruidhinn ri peathraichean Lizzie Wright le a buachaile; agus bha a h-uile duine ga ionndrainn cho mòr agus bha iad a' dùil gun tèid i chun an sgoil a-rithist; agus Gilbert Blythe.

Ach cha robh Anna ag iarraidh cluinntinn mu Gilbert Blythe. Leum i suas gu h-èirichte agus thuirt i gun smaoinich iad a dhol a-staigh agus cordial subh-làir a ghabhail.

Bha Anne a' coimhead air an dara sgeilp den t-seòmar pantrì ach cha robh botul de cordial raspbaireil an sin. Nochd an lorg e air ais air an sgeilp as àirde. Chuir Anne e air trèanais agus chuir i e air a' bhòrd le tumbler.

"A-nis, cuir duit fhèin, Diana," thuirt i gu cneasta. "Chan eil mi'n dùil gum bi agam sam bith an-drasda. Chan eil mi a' faireachdainn mar a bhiodh mi ag iarraidh sam bith an dèidh na h-uile sin ùbhlan."

Dòirt Diana magaidh làn dhi fhèin, coimhead air a dath dearg soilleir le spèis, agus an uairsin sgugail i e gu beag-chuidach.

"Tha sin glè mhath de deoch-geal-coille raspaidh, Anne," thuirt i. "Cha robh fhios agam gum biodh deoch-geal-coille raspaidh cho breágha"

"Tha mi gu dà-rìribh toilichte gu bheil sibhse toilichte leis, Gabh cho mòr 's a thòisicheas sibh, Tha mi a' dol a ruith a-mach agus a' meigeachadh an teine suas. Tha an uiread de dh'fhreagairtean air inntinn duine nuair a tha iad a' cumail taighe, nach eil e?"

Nuair a thill Anne bho an cidsin, bha Diana a 'òl an dara glainne de cordial; agus, air a bhith air a brosnachadh le Anne, cha do chuir i cus dragh air a 'òl an treas fear. Bha na glainnean gu bheil iad farsaing agus bha an cordial raspberry gu cinnteach glè mhath.

"'S e an fheàrr a dh'òl mi riamh," thuirt Diana. "Tha e iomadach fois nas fheàrr na Mrs Lynde's, ged a tha i a' moladh a h-uile càil aice cho mòr. Chan eil e coltach ri blas aice idir"

"Bu chòir dhomh a bhith ag smaoineachadh gum biodh cordial subh-làir Marilla nas breàgha na cordial Mrs Lynde," thuirt Anne gu dìleas. "Tha Marilla na còcaire ainmeil, Tha i a' feuchainn teagasg dhomh còcaireachd ach gealaim dhut, Diana, 's e obair àrd-chnoc a th' ann. Tha an uiread beag shùilibh ann airson ìomhaigh ann an còcaireachd. Feumaidh tu dìreach a dhol leis na riaghailtean. An turas mu dheireadh a dhèan mi cèic dhìochuimhnich mi a chur an flùr ann. Bha mi a' smaoineachadh an sgeulachd as àille mu dheidhinn thusa agus mise, Diana. Bha mi a' smaoineachadh gum b' ann gun robh thu gu direach tinn le boplaX agus dh'fhàg a h-uile duine thu, ach chaidh mi gu tapaidh gu leabaidean agad agus chòisirich mi thu air ais gu beatha; agus an uairsin ghabh mi poileas beag agus bhàsaich mi agus chaidh mi a thàladh fon na craobhan poplar san uaigh agus chuir thu bùth-ròis le taobh mo uaigh agus dh'uisgeadh tu e le do dheòir; agus cha do dhìochuimhnich tu a-riamh, a bhàillidh òigridh a shàbhail a beatha dhut. Ho, bha e na sgeulachd cho duilich, Diana. Dh'uisg na deòir dìreach suas thar mo gruaidhean fhad 's a bha mi a' measgachadh a' chèice. Ach dhìochuimhnich mi an flùr agus bha an cèic na dìobhail. Tha flùr cho riatanach do chèic, tha fhios agad. Bha Marilla gu math crosta agus chan iongnadh. Tha mi gu mòr a choireachan oirre. Bha i gu math mortified mu dheidhinn an t-seachdainn an uiridh an t-seachdain. Bha againn fuarag pluma airson dìnnear air Dimàirt agus bha leth an fuarag agus cuachan de sheachdain air fhàgail. Thuirt Marilla gun robh gu leòr airson dìnnear eile agus dh'inns i dhomh a chur air shelf an pantry agus a chumail. Bha mi a' ciallachadh a chrùnadh cho mòr 's a b' urrainn dhomh, Diana, ach nuair a thug mi a-steach bha mi a' leasachadh gu robh mi ban-nighean mara gu dearbh tha mi na Protestant ach bha mi a' smaoineachadh gu robh mi na Catolach a' gabhail am bàrr a' chlòchadh a chridhe briste ann an cùlachadh nun; agus dhìochuimhnich mi a h-uile càil mu chumail an t-seachdainn pùidinn. Bha mi a' smaoineachadh air e madainn an ath-latha agus thòisich mi gu panty. Diana, beachd air-seall ma thilgear mo chois-fhìor uamach le luch bàite anns a 'sheachdainn pùidinn! Thog mi am luch a-mach le spàin agus cha do chuir mi a-mach an garadh agus an uairsin nigh mi an spàin ann an trì uisgean. Bha Marilla a-muigh a 'bleoghainn agus bha mi gu tur airson a' faighneachd rithe nuair a thàinig i a-staigh ma chuireadh mi an t-seachdain gu mucan; ach nuair a thàinig i a-steach bha mi a' leasachadh gu robh mi na nighinn reothair agad a' dol tro na coilltean a 'tòiseachadh na craobhan dearg agus buidhe, co-dhiù bu mhiann leo a bhith, mar sin cha do smaoinich mi mu dheidhinn an t-seachdainn pùidinn a-rithist agus chuir Marilla mi a-mach gu am bàrr. Uill, thàinig Mr agus Mrs Chester Ross à Spencervale an seo madainn sin. Tha fhios agad gu bheil iad na daoine mòr-stoidhle, gu h-àraidh Mrs Chester Ross. Nuair a ghairm Marilla mi a-staigh bha dìnnear uile deiseil agus bha a h-uile duine aig a 'bhòrd. Dh'fheuch mi a bhith cho pòlite agus uasal 's a b' urrainn dhomh a bhith, oir bha mi ag iarraidh Mrs Chester Ross smaoineachadh gu robh mi na nighean bheag le dòigheil ma dh'fheum mi a bhith breaghan. Chaidh a h-uile càil ceart gu sàmhail gu bheil mi a 'faicinn Marilla a' tighinn leis an pùdan plum ann an aon làimh agus an cuachan de sheachdainn pùidinn a 'teòthachadh suas, san other. Diana, bha sin na mhionaid uabhasach. Bha mi a 'cuimhneachadh a h-uile càil agus cha do chuir mi suas ann an àite agam agus sgiamhail a-mach' Marilla, cha ghabh thu an seachdainn pùidinn sin a chleachdadh. Bha luch bàite ann. Dhìochuimhnich mi thu innse dhut ro làimh. 'Oh, Diana, cha dìochuimhnich mi na mionaidean uabhasach sin ma tha mi beò gu ceud. Bha Mrs Chester Ross a-mhàin a 'coimhead orm agus bha mi a' smaoineachadh gu tilleadh mi traidh le mortification. Is e tiaghana-bàta i agus beachd air-seall dè bu choimheach i air sinn. Chaidh Marilla dearg mar teine ach cha do thuirt i facal an uairsin. Bha i dìreach a 'bogadh an t-seachdainn sin agus pùidinn a-mach agus thug i a-steach cuid de phreassets strawberry. Chuir i fiù 's dhomh cuid, ach cha b' urrainn dhomh a bhith a 'swallowing beul-stòp. Bha e mar a bhith sheaping gualan de theine air mo cheann. An deagh Mrs Chester Ross air falbh, thug Marilla a 'diallaid mi. Carson, Diana, dè tha a' dol?"

Dh'èirich Diana gu mì-stadail; an uairsin shuidh i sìos a-rithist, a' cur a làmhan ris a ceann.

"Tha mi tha mi gu dona tinn," thuirt i, beagan trom. "Feumaidh mi mi dol dhachaigh saor-làithean"

"Ò, cha bu chòir dhut bruidhinn mu dhol dhachaidh às aonais do sheirbheis tì," ghlaodh Anne gu foirneart. "Gheibh mi e an-dràsta tha mi a 'dol agus a' cur an tì sìos aig an aon mionaid seo"

"Feumaidh mi dhol dhachaigh," ath-dhèan Diana, aimleach ach cinnteach.

"Leig leam dìnnear beag a thoirt dhut co-dhiù," dh'iarr Anna. "Leig leam tuilleadh den chèic measan agus cuid de na glasraich chèir. Laig sìos air an t-sofa airson greis beag agus bidh thu nas fheàrr. Càit a bheil thu a' faireachdainn dona?"

"Feumaidh mi dol dhachaigh," thuirt Diana, agus sin a h-uile rud a bhiodh i ag ràdh. Thug Anne iarrtas gun toradh.

"Cha do chuala mi riamh mu chuideachd a' dol dhachaigh gun tì," thuirt i le bròn. "Oh, Diana, am b' eil thu a' smaoineachadh gur e 'n dobhar-chùbach a tha thu a' glacadh dha-rìribh? Ma tha, thèid mi a-nuas agus tha mi a' dèanamh do bhanaltram, is urrainn dhut a bhith cinnteach air sin. Cha fhàg mi thu riamh. Ach tha mi a' guidhe gum fàgadh tu an seo gus an dèidh tì. Càit a bheil thu a' faireachdainn dona?"

"Tha mi uabhasach duilich," thuirt Diana.

Agus gu dearbh, shiubhail i gu mòran deurach. Bha Anne, le deòir de eilthireachd anns a sùilean, a' faighinn ad shìoda Diana agus a' dol còmhla rithe a-mach chun fèith Barry. An uairsin, chaoidh i air a h-uile slighe air ais chun an Taigh Glèire, far an do chuir i fuil an cordial subhach air ais am broinn a' chistidh agus a' deiseil an tì airson Matthew agus Jerry, leis a h-uile spionadh air falbh às an taisbeanadh.

Latha na h-ath-là, bha e Didòmhnaich agus leis an uisge a' tuiteam an sìos ann an tuiltean bho làn-latha gu dubhar, cha do ghluais Anna a-mach à Green Gables idir. Tràth feasgar Diluain, chuir Màiri a h-uile a-null gu Taigh a' Bhna. Lynde airson cùis-obrach. Ann an ùine glè ghoirid, thàinig Anna a' ruith air ais suas an rathad le deòir a' tuiteam bho a gruaidhean. A-steach do chidsin, thilg i i fhèin a h-aon sgàinean air an t-sofa ann an cràdh.

"Dè tha ceàrr a-nis, Anne?" dh'fhaighnich Marilla le teagamh is uamhas. "Tha mi an dòchas nach eil thu air a bhith rudeigin spreagail ri Mrs Lynde a-rithist"

Chan eil freagairt bho Anna ach tuilleadh de dheòir agus caoineadh nas làidire!

"Anne Shirley, nuair a tha mi a 'faighneachd ceist dhut, tha mi ag iarraidh freagairt, Suidh suas an dràsta fhèin agus innis dhomh carson a tha thu a' caoineadh"

Shuidh Anne suas, tragaidh pearsantaichte.

"Bha Mrs Lynde suas a' faicinn Mrs Barry an-diugh agus bha Mrs Barry ann an staid uabhasach," ghlaodh i. "Tha i ag ràdh gun do chuir mi Diana air meisg Disathairne agus gun do chuir mi dhachaigh i ann an staid nàireil. Agus tha i ag ràdh gu feum mi a bhith na nighean beag uabhasach, droch agus gu bràth, gu bràth chan eil i a' dol a leigeil le Diana cluich leam a-rithist. Ò, Marilla, tha mi dìreach fo smachd le bròn"

Stad Marilla ann an iongantas làn.

"Thug Diana air àirde!" thuirt i nuair a lorg i a guth. "Anne a bheil sibhse no Bean Barry craobh? Dè sa t-saoghal a thug thu dhi?"

"Chan eil rud sam bith ach deoch mheòrachan," chaoidh Anne. "Cha robh mi a-riamh a' smaoineachadh gun cuireadh deoch mheòrachan daoine air an deoch, Marilla fiù 's ged a òl iad trì làn-tumail mòra mar a rinn Diana. Ò, tha e a 'fuaimneach cho cho coltach ri fear-pòsta Mrs Thomas! Ach cha robh mi a 'ciallachadh a cur air an deoch"

"Deoch fiodail!" thuirt Marilla, a' dol dhan seòmar-suidhe pantry. An sin air an shelf bha botal a bha i a' aithneachadh sa bhaile mar fear a bha a' toirt seachad cuid de a deoch fìon currant trì bliadhna aice fhèin airson a bheil i ainmeil ann an Avonlea, ged a bha cuid de na daoine as cruaidhe, am measg Mrs Barry, a' cur às gu làidir dhi. Agus aig an aon àm, bha Marilla a' cuimhneachadh gu bheil i air an botal de cordial subh-làir a chur sìos anns an taigh-fìona seach anns a' phantry mar a thuirt i do Anne.

Chaidh i air ais dhan chidsin leis a' bhotal-fìona ann an làimh. Bha a gruaidh a' snìomh, ged a bha i a' feuchainn riumhna a chumail air.

"Anne, tha cinnteachadh agad airson a dhol a-steach do dhùbhlan, Chaidh thu agus thug thu fìon currant do Dhiana seach cordial raspberry. Nach robh fios agad air an diofar fhèin?"

"Cha do bhlais mi riamh e," thuirt Anna. "Smaoinich mi gur e an cordial a bh' ann, bha mi airson a bhith cho aoigheil. Thàinig Diana gu bhith dona gu uabhasach agus dh'fheum i dol dhachaigh. Thuirt Mrs. Barry ri Mrs. Lynde gu robh i gu dìreach air falbh leis an deoch. Dh'èigh i gu aotrom nuair a dh'fhaighnich a màthair dhi dè bha ceàrr agus chaidh i a chadal agus chaidil i fad uairean. Mhothaich a màthair an anail aice agus thuig i gu robh i air a bhi air deoch. Bha ceann goirt uabhasach aice fad an latha an-dè. Tha Mrs. Barry cho mi-chàilearach. Cha creid i idir ach gu robh e a-rèir mo rùin"

"Bu chòir dhomh a bhith a' smaoineachadh gun cuireadh i Diana air a peanasachadh airson a bhith cho stàiteach 's gun itheadh i trì glainnean de rud sam bith," thuirt Marilla goirt. "O, dhèanadh trì de na glainnean mòra sin a bhith tinn fiù 's ged a bhiodh e a-mhàin cordial. Uill, bidh an sgeulachd seo na làimh mhath airson na daoine seo a tha an-còmhnaidh a' gearan orm airson fion reultan-dearg a dhèanamh, ged nach eil mi air fion sam bith a dhèanamh fad trì bliadhna on a lorg mi a-mach nach robh an ministear toilichte leis. Dh'fhuirich mi am botul sin do eagal tinnis. Tha, tha, leanabh, na caoineadh. Chan urrainn dhomh faicinn gu robh càil agad ris a chionn, ged a tha mi duilich gu thachair e mar sin"

"Feumaidh mi caoineadh," thuirt Anne. "Tha m' cridhe briste, Tha na rionnagan anns na cruinneagan a' sabaid an aghaidh mi, Marilla. Tha Diana agus mise air ar dealachadh gu bràth. Ò, Marilla, cha robh mi a' bruadar mu seo nuair a thug sinn ar mionn gaol airson a' chiad uair."

"Na bi bodach, Anne, bidh Mrs Barry a 'smaoineachadh na fheàrr air nuair a lorgas i nach eil thu air a dhìoladh. Tha mi a 'smaoineachadh gu bheil i a' smaoineachadh gu bheil thu air a dhèanamh airson tomhas math no rudeigin den t-seòrsa sin. Bu chòir dhut a dhol suas an t-seachdainn seo agus innse dhi mar a bha e."

"Tha mo mhisneachd a' fàgail mi aig smaoin air a' màthair a tha air a gortachadh le Diana," osnaich Anne. "Bu toil leam gun rachadh tu, Marilla, Tha thu fada nas urramach na mi. 'S dócha gum faic i thu nas luaithe na dhomhsa"

"Ma-thà, nì mi," thuirt Marilla, a' smaoineachadh gun robh e coltach gu robh e na chùrsa nas glice. "Na caoineadh tu tuilleadh, Anne, Bidh a h-uile càil ceart"

Bha Marilla air a beachd atharrachadh mu dheidhinn a bhith ceart aig an àm a thill i bho Orchard Slope. Bha Anne a' coimhead airson a teachd agus dh'itheadh i dhan doras poirche airson coinneachadh rithe.

"Ò, Marilla, tha mi a' tuigsinn bhon d' aodann nach eil e air obair sam bith," thuirt i le bròn. "Nach maigh Mrs Barry dhomh?"

"Mrs Barry gu dearbh!" sgìth Marilla. "De na mnathan neo-rèadail a chunnaic mi riamh, tha i nas miosa. Thuirt mi rithe gur e mearachd a bha ann agus nach robh cion agad, ach cha do chreid i gu dìreach mi. Agus shìn i a-mach e gu math mu mo fhìon-chorruis agus mar a bhiodh mi a' dol gu bràth nach robh a' bhuaidh as lugha air duine sam bith. Thuirt mi rithe gu soilleir nach robh am fion-currant airson a òl trì cupaidhean aig an aon àm agus nan robh leanabh agam a bhiodh cho sainteach, dhëanainn i sgèith le dòrnadh math"

Marilla thionndaidh gu h-obann a-steach don chidsin, mì-thaitneach gu dòruinn, 'fàgail anam beag a bha gu math air a cur às a ciall san raon air a cùlaibh. Dreach às dèidh sin, chaidh Anne a-mach gun mhaidean-cinn a-steach don fhuachd fogharach; gu socair agus gu daingeann, shiubhail i sìos tron ghaorainn tìr-mhòinte, thar an drochaid fiodha agus suas tron choille sprùis, air a soillseachadh le gealach bheag pàlach a' crochadh ìosal os cionn na coilltean siar. Fhuair a' Bh. Barry, a' dol a-mach an doras a-rèir bualadh àicheil, duine a bha geur-shùilach le beul geal a' iarraidh deasbad aig an doras.

Thug a gruaidhean dion. B'e boireannach le beachdan làidir agus gràinean a bh' ann an Mistress Barry, agus b' e fear fuar, gruamach a bh' anns an fheàrg aice, an seòrsa a tha an-còmhnaidh duilich a shàrachadh. Gu cothromach, bha i cinnteach gu robh Anne air Diana a dhèanamh deochta le droch-bheairt ro-àmhairichte, agus bha i dìreach ag iarraidh an nighean beag aice a ghleidheadh bhon truailleadh a bhith nas dlùithe le leithid de leanabh.

"Dè tha thu ag iarraidh?" thuirt i gu cruaidh.

Dhùin Anna a làmhan.

"O, a Bhean Bharaigh, gabh mo leisgeul, cha do bheachd mi air Diana a dheochadh. Ciamar a bhiodh sin comasach dhomh? Samhlaich gum biodh thusa na nighean dhan fhalaichte beag bhochd aig nach robh ach aon charaid dhlùth anns an tsaoghal. An do smaoineachadh tu gum b' urrainn dhut a dheochadh air a' ghealladh? Shaoil mi gur e seòrsa sùgh smeura a bh' ann. Bha mi gu math cinnteach gun robh e na sheòrsa sùgh smeura. O, nach innis thu nach can thu le

Diana a cluich leam a-rithist. Ma nì thu, bidh tu a' cuir sgàil dorcha na broin air mo bheatha."

Tha an òraid seo a bhiodh air cridhe math a' Bhna Lynde a shònrachadh ann an lasair, cha robh buaidh sam bith aig a 'Bhna Barry ach a cur gu builgiche. Bha i a' cur an teagamh air faclan mòra Anne agus a' reic sam bith aice agus a' smaoineachadh gu robh an leanabh a' dèanamh spòrs aice. Mar sin, thuirt i, fuar agus cruaidh:

"Chan eil mi a' smaoineachadh gu bheil thu na nighean beag iomchaidh airson Diana a bhith a' co-obrachadh leat, Bu chòir dhut dol dhachaidh agus a bhith ag giùlan do chuid fhèin"

Chuir bilean Ainne ri crith.

"Nach leig thu dhomh Diana fhaicinn dìreach aon uair gus slàn leat a ràdh?" dh'iarr i.

"Tha Diana air falbh a dh'ionnsaigh Carmody còmhla ri a h-athair," thuirt Mrs Barry, a' dol a-staigh agus a' dùnadh an dorais.

Chaidh Anne air ais gu Green Gables sàmhach le èigin-fhulang.

"Tha m' ùrachd mu dheireadh air falbh," thuirt i ri Marilla. "Dh'èirich mi suas agus chunnaic Mrs Barry mi fhìn agus dh'iomhair i gu mòr dhìom. Marilla, chan eil mi a 'smaoineachadh gu bheil i na mnà uasal. Chan eil ann ach gu ùrnuigh agus chan eil mòran dòchais agam gu nì sin mòran mathachdair oir, Marilla, chan eil mi a 'creidsinn gu bheil Dia fhèin air a dhèanamh mòran le duine cho stuama ri Mrs Barry"

"Anne, cha bu chòir dhut a leithid a ràdh" thugaich Marilla, a' feuchainn ri an inclination às naomhaiche gu gàire a thugas àrd, a bhris le a bhròn a lorg a' fàs air. Agus gu dearbh, nuair a dh'inns i an sgeulachd gu lèir do Mhathghaibh an oidhche sin, dhean i gàire goirid air strìthean Anne.

Ach nuair a shlig i a-steach don gheata thoir mus dol a chadal agus fhuair i a-mach gun robh Anne air a caoineadh fhèin a chadal, thàinig bogachd neo-àbhaisteach a-steach don aodann aice.

"Anam beag bochd," thuirt i, a' togail curlaichean sgaoilteach bho aghaidh a' phàiste staine le deòir. An uairsin dh'ìochdar i sìos agus phòg i an gruaidh dhearg air an t-seanag.

Chapter 18

AN ath feasgar, Anne, ag aodach a patchwork aig uinneag an chidsin, thachair gu robh i a' sealltainn a-mach 's chunnaic i Diana aig Bubble a' Dryad a' comharrachadh gu dìomhair. Ann an sàith, bha Anne a-mach à taigh 's a' ruith sìos don lon, le iongnadh 's dòchas a' conaltradh ann an sùilean luaidh. Ach dh'fhalbh am dòchas nuair a chunnaic i sgrìob Diana.

"Nach eil do mhàthair air atharrachadh?" ghlaodh i.

Diana a chuir a ceann gu brònach.

"Chan eil; agus oh, Anne, tha i ag ràdh nach cluich mi tuilleadh leat a-rithist, tha mi air caoineadh agus caoineadh agus dh'inns mi dhi nach robh e na mhearachd agad, ach cha robh e fèin sam bith feumail. Bha ùine fhada agam a' brosnachadh gu leigeadh i dhomh tighinn sìos agus ag ràdh beannachd leat. Thuirt i gum faodainn a-mhàin fuireach deich mionaid agus tha i a' coimhead an uaireadair orm"

"Chan eil deich mionaidean ro fhada gus slàn leat sìorraidh a ràdh ann," thuirt Anna le deòraidhean. "Oh, Diana, a bheil thu ag gealltainn gu dìleas gun dìochuimhnich thu riamh orm, cara na h-òige agad, no co-dhùnadh càirdean nas motha a ghabhail ort?"

"'S cinnteach a nì mi," ghlaodh Diana, "agus cha bhi caraid-chridhe eile agam a tha mi a' dùnadh. Cha bhiodh mi comasach air gràdh a thoirt do dhuine sam bith mar a tha mi a' gràidheadh thusa"

"O, Diana," ghlaodh Anne, a' clìpeachadh a làmhan, "an do ghràdh thu mi?"

"Carson, gu dearbh, tha mi, Nach do dh'fheuch thu sin?"

"Chan eil" thug Anne anail fada. "Bha mi a' smaoineachadh gun robh thu toilichte rium gu cinnteach ach cha robh mi riamh a' dòchas gun robh gradh agad orm. Carson, Diana, cha robh mi a' smaoineachadh gun robh cuideigin ann a bhiodh gaol orm. Cha robh duine sam bith gaol orm o chionn bhòidheach. Ò, tha seo iongantach! Tha e mar bheum solais a mairidh gu bràth air goidsear a tha air a ghearradh bhuat, Diana. Ò, can e a-rithist"

"Tha gaol agam ort go dìonach, Anne," thuirt Diana go daingean, "agus bidh gu bràth, faodaidh tu a bhith cinnteach air sin"

"Agus bidh mi gus an-còmhnaidh gaol agam ort, Diana," thuirt Anne, a' sìneadh a làimhe gu h-ùrnasail. "Ann an na bliadhnaichean ri teachd, bidh do chuimhne a' soilleireachadh mar rionnag thairis air mo bheatha uaigneach, mar a thuirt an sgeulachd mu dheireadh a leugh sinn còmhla. Diana, an toir thu domh gealaidh de do bhòthar dubh-dorcha mar taing airson a bhith agam ri taighinn?"

"An eil agad rudeigin airson a ghearradh leis?" dh'fhaighnich Diana, a' sguabadh air falbh na deòir a bha fianais Anne air cur an crann ùr, agus a' tilleadh gu pràtaigeachd.

"Seadh, tha mo siosarain pìosachd agam ann an pòcaid mo apron a thàinig a-mach," thuirt Anna. Ghearr i goirid eòrna Diana gu solemanta. "Slàn leat, mo charaid ionmholta. O seo a-mach, feumaidh sinn a bhith mar choimhearsnacha ged a tha sinn a' fuireach taobh ri taobh. Ach bidh mo chridhe a-riamh dìleas dhut"

Sheas Anne agus dh'fhaic i Diana gu bheil iad air falbh, a 'cuideachadh gu duilich a làmh ris an diugh nuair a thionndaidh i air ais gus amhairc air ais. An uair sin thill i don taigh, nach beag a thòisich ior thaobh an t-àm seo leis an deachaidh ròmantach seo.

"'S e sin a h-uile càil," thuirt i do Mharilla. "Cha bhi caraid eile agam a-riamh. Tha mi nas miosa na riamh a-nis, oir chan eil Katie Maurice agus Violetta agam a-nis. Agus fiù 's ged a bhiodh, cha bhiodh e mar an aon rud. Mar eigin, chan eil nigheanan brèagha a' sàsachadh às dèidh caraid fìor. Bha fàilte bhrònach aig Diana agus mise aig an fhuarainn. Bidh e naomhach ann am cuimhne gu bràth. Chleachd mi an cànan as truime 's a b' urrainn dhomh a smaoineachadh agus thuirt mi 'thou' agus 'thee.' Tha 'thou' agus 'thee' a 'faireachdainn nas romaistigeach na' you.' Thug Diana falt dhomh agus tha mi a' dol a choisrigeadh ann an poca beag agus a chur mu mo mhuineal fad mo bheatha. Feuch gum faic thu gu bheil e air a thiodhlacadh còmhla rium, oir chan eil mi a 'creidsinn gun mair mi fada. 'S dòcha nuair a chi i mi marbh agus fuar roimpe gum bi duilich air Mrs Barry airson na rinn i agus gun leig i le Diana a dhol gu mo thiodhlacadh "

"Chan eil mi a' smaoineachadh gu bheil iomadh eagal ort a bhith a' bàsachadh le bròn fad 's a tha thu comasach air bruidhinn, Anne," thuirt Marilla gun truas.

Air Diluath a lean, dh'ionnsaich Anna Marilla le tighinn a-nuas à seòmar le a bascaid leabhraichean air a gàirdean agus a h-iuchair agus a beul ceangailte suas ann an loidhne de dhearbhadh.

"Tha mi a' dol air ais dhan sgoil," ghlaodh i. "Sin a h-uile rud a tha fhathast ann am beatha dhomh, a-nis 's gun deach mo charaid a ghlacadh gu cruaidh bhuam. Ann an sgoil, faodaidh mi coimhead air a beulaibh is smaoineachadh air na làithean a dh'fhalbh"

"Bu chòir dhut smaoineachadh air do leasanan agus do shuidheachaidhean," thuirt Marilla, a' falaichte a toileachas aig an leasachadh seo den staid. "Ma tha thu dol air ais dhan sgoil, tha mi an dòchas nach cluinneadh sinn tuilleadh mu bhristeadh sglàtaichean air cinn dhaoine agus a leithid de chùisean dol an sàs. Bidh na deagh dhaoine agus dèan dìreach na tha do thidsear ag ràdh riut"

"Feuchaidh mi a bhith na deagh dhealbhadh-sgoilear," aontaich Anne le deòin. "Chan eil mi a' sùileachadh gum bi mòran spoirt ann, tha mi a' smaoineachadh. Thuirt Mr Phillips gu robh Minnie Andrews na deagh dheadhadh-sgoilear agus chan eil iongnadh no beatha sam bith innte. Tha i dìreach tùrsach agus leisg agus cha toir i an còir airson spòrs riamh. Ach tha mi cho mì-chòrdteach 's dòcha gun tighinn e gu furasta dhomh a-nis. Tha mi a' dol mun cuairt leis an rathad. Cha bhiodh mi comasach a dhol seachad air Slighe Beithe leam fhìn. Bhithinn a' caoineadh deòraichean searbh nam biodh"

Chaidh Anne a chur fàilte air ais gu sgoil le geur-ghrèim. Bha iomadh duine air a dùil cho tric anns na geamaichean, a guth anns a' seinn agus a comas dràma anns a' leughadh os cionn de leabhraichean aig uair an dìnnear. Thug Ruby Gillis tri plumaichean gorm thairis oirre le linn a' leughadh tiomnaidh; Thug Ella May MacPherson pansy mòr buidhe dhi air a ghearradh bhon còmhdach de chatalag flùraichean, seòrsa de sgeadachadh deasg gle mhor ann an sgoil Avonlea. Thairg Sophia Sloane a d' ionnsaich i pàtran ùr breagha de lace bhruidhinn, cho snog airson aprons a sgeadachadh. Thug Katie Boulter iomaire fàileas dhi gus uisge slate a chumail ann, agus dh'ath-chòp Julia Bell cùramach air pìos pàipeir pinc pailt air na h-oirean an dàn a leanas:

"GU ANNE

"Nuair a tha an t-oidhche a' tuiteam a-nuas agus a' stobadh le rionnag, cuimhnich gu bheil caraid agad, ged a dh'fhaodadh i siubhal fad as"

"'S e deagh rud a bhith air do luachadh," osnaich Anne gu toilichte do Marilla an oidhche sin.

Cha robh na nigheanan a-mhàin na h-oileanaich a "tuigse" i. Nuair a chaidh Anna dhan a suidheachadh an dèidh uair lòin, chaidh i fhèin innse le Mgr Phillips gu bith a' suidhe còmhla ris a' mhodail Minnie Andrews fhuair i air a deasg ubhal mòr "sùbh-làir" Anndra air a thogail suas dìreach deònach gus beagan a ghabhail nuair a chuir i seachad gur e a-mhàin àite ann an Avonlea far an robh ubhlan sùbh-làir a 'fàs bha anns a' sheann ùbhlanach Blythe air an taobh eile den Loch nan Uisgeachan Soilleireach. Thilg Anndra an t-ubhal leatha mar gum biodh e an gual dearg theth agus sguab i na meuran gu follaiseach air a h-ainleainnean. Bha an t-ubhal gun bheachd air a deasg gus an ath mhadainn, nuair a ghlac Timothy Andrews beag, a shaothraich an sgoil agus a thòisich an teine, e mar aon de na sochairean aige. Pìos-tuairisg slèite Charlie

Sloane, gu h-àlainn comharrichte le pàipear sreapach dearg agus buidhe, a' cosg dà sgeulachd far an robh peansail nochdteach a 'cosg aon sgeulachd a-mhàin, a chuir e suas rithe an dèidh uair lòin, fhuair e glacadh nas fheàrr. Bha Aindreabas toilichte gnàthach a ghabhail dheth agus thug i an neach tionnlaich le gàire a thog an òigean ghallda sin gu dreach ceud gu seachdaman nèamh na b'àiteachd agus dh'fhàg e gu robh e a 'dèanamh fiadhain mearachdannan ann an a dheasachadh gu bheil Mgr Phillips a' cur aosta dheth an dèidh na sgoile gus a scriobhadh a-rithist.

Ach mar,

Thug parèid Chæsar gun stàtùa Brutus dìreach cuimhne dha Rome air a mac as fheàrr.

Mar sin, choireigin, bha an easbhaidh soilleir airson sam bith a thug Diana Barry, a bha a 'suì còmhla ri Gertie Pye, a' sàthadh buaidh bheag Anna.

"Dh'fhaodadh Diana dìreach air a bhith ag òl orm aon turas, tha mi a 'smaoineachadh," thug i bron air Marilla an oidhche sin. Ach madainn an ath latha, chaidh nòta a bha eagalach agus iongantach air a thionndadh agus a phasgadh, agus pòcaid bheag a thoirt seachad do Anna.

"Ann a ghaoil, thòisich an tiotal, "Tha Màthair ag ràdh nach eil mi ri cluich leat no bruidhinn riut fiù 's anns an sgoil. Chan e mo chionta, agus na bi crosta orm, oir tha gaol agam ort a bharrachd na riamh. Tha mi gad ionndrainn gu mòr gus na dìomhairean uile agam innse dhut agus chan eil mi measail air Gertie Pye idir. Rinn mi comharra-leabhair ùr dhut às papair-de tissue dearg. Tha iad gu math fasanta a-nis agus chan eil ach tri nigheanan san sgoil aig a bheil fhios ciamar a nì iad. Nuair a tha thu a' coimhead air cuimhnich

Do charaid dìleas, Diana Barry.

Leugh Anne an nota, phòg i an comharra-leabhair, agus chuir i freagairt luath air ais gu taobh eile na sgoile.

Mo ghràdh fhèin, Diana:

Tha mi, gu cinnteach, chan eil mi crosg air do shon oir feumaidh tu do mhàthair a dhol. Faodaidh ar spioradan conaltradh. Cumaidh mi do thiodhlac àlainn gu bràth. 'S e nighean bheag glè mhath a th' ann an Minnie Andrews ged nach eil ùidh sam bith aice ach an dèidh a bhith na cara dìomhair aig Diana, chan urrainn dhomh a bhith ann an Minnie. Gabh mo leisgeul airson mearachdan oir chan eil mo litreachadh fhathast gu math math, ged a tha iad air feabhas gu mòr.

Agad gus am farpais an bàs sinn.

Anne no Cordelia Shirley.

P.S. Cadailidh mi le do litir fon mo chluasag an nochd. A. no C.S.

Dh'fhaireachdainn Marilla gu pèssaidearach gum faigheadh i tuilleadh trioblaid o chionn 's gu robh Anne air a dhol dhan sgoil a-rithist. Ach cha deach dad a leasachadh. 'S dòcha gun do ghlac Anne rudeigin den spiorad "eisimpleir" bho Minnie Andrews; co-dhiù, chaidh i glè mhath le Mr Phillips às a seo. Thilg i fhèin a-steach dha na sgrùdaidhean le cridhe is anam, ag amas nach biodh i air a thilleadh anns aon chlas le Gilbert Blythe. Bha an iomaireachd eadarra gu cinnteach, bha i gu tur math-bhriathrach air taobh Gilbert; ach tha e gu mòr ri dh'èiginn nach gabhadh an aon rud a ràdh mu Anne, aig an robh brosnachadh nach robh freagarrach airson grudais a ghlèidheadh. Bha i cho priomhach anns a gràin aice 's anns a gràdh. Cha thàinig i an aghaidh a-rithist gu robh i a 'dèanamh iomairt ri Gilbert ann an obair-sgoile, oir bhiodh sin mar aithne dha chuid-se a dh'oil 's nach fhreagair seo a dh'aithris; ach bha an iomaireachd an sin agus bha na buaidhean a' tilleadh eadar iad. A-nis thàinig Gilbert gu mullach na clais-spèilear; a-nis Anne, le tilgadh am braidean fad ruadh, a 'dèanamh seachad air. Aon mhadainn bha gach aon uidheam aige ceart agus bha a ainm air a sgrìobhadh air a' bòrd dubh air a' ghearras-còmhla; a-màireach bhiodh Anne a 'chiad. Ro aodach uabhasach bha iad ties agus bha an dà ainm signichte suas còmhla. Bha e cho dona ri faicsinn innse agus bha nàire Anne cho soilleir ris a 'toil-inntinn a bha aige. Nuair a bha na scrùdadh sgrìobhte aig deireadh gach mìos cumhang, bha an siubhal uabhasach. A chiad mhìos thàinig Gilbert a-mach trì comharran air thoiseach. A 'dara troimhse, bhuannaich Anne dheth le pìosan. Ach chaidh buaidh aice a 'milleadh leis a' fact gun do dh'abair Gilbert gu mòr ro eòlaichean na sgoile. Bhiodh i nas milse aice mura bhiodh e a 'faireachdainn sting an caillteanais.

Dh'fhaodadh nach e tidsear glè mhath a bh' ann an Mr Phillips; ach cha robh e furasta do dh' oileanach cho diongmhalta ris an robh Anne aig ionnsachadh nach eil adhartas a dhèanamh fo rèir an tidseir sam bith. Aig deireadh an teirm, chaidh Anne agus Gilbert a chur suas gu an còigeamh clas agus an cead a thoirt dhaibh tòiseachadh air ionnsachadh nan "geàrr-chunntais", leis a bheil am mean air Latin, geoimiteireachd, Frangais, agus algebra. Ann an geoimiteireachd, thachair Anne ri a Waterloo.

"Tha e gu tur uabhasach, Marilla," ghèill i. "Tha mi cinnteach nach bi mi air a cholileadh idir. Chan eil àite sam bith ann dha bhith a' smaoineachadh innte idir. Tha Mr Phillips ag ràdh gu bheil mi na amadan as miosa a chunnaic e riamh innte. Agus tha Gil, bidh mi a ciallachadh cuid de na daoine eile cho tapaidh innte. Tha e gu ìre mhòr maslach, Marilla.

"Fiù 's Diana a' dol na bu fheàrr na mise, ach chan eil e duilich dhomh a bhith air a builleachadh le Diana. Fiù 's ged a tha sinn a' coinneachadh mar strangers a-nis tha mi fhathast ga gràdhadh le gaol nach doireadh. Tha e gam cur gu mòr aig amannan a smaoineachadh oirre. Ach gu dearbh, Marilla, chan urrainn duine a bhith brònach fad ùine ann an saoghal cho inntinneach, nach urrainn?"

Chapter 19

Tha a h-uile rud mòr ceangailte ri a h-uile rud beag. Aig an toiseach, faodaidh nach bi coltach gu bheil co-dhùnadh Premier Cànadaidh àraid a' gabhail a-steach Eilean Prionnsa Iomhair ann an cuairt pholitigeach a' buileachadh mòran no sam bith air fortan beag Anne Shirley aig Green Gables. Ach bha e.

Bha e ann an am Faoilleach a thàinig a' Phrìomhaire, gus an òraid aige a thoirt seachad do na luchd-taic dìleas aige agus do na h-uile a bh' airson a bhith làthair aig a' choinneamh mòr monstrach a chaidh a chumail ann an Charlottetown. Bha a' mhòr-chuid de dhaoine Avonlea air taobh a' Phrìomhaire anns na poileataigs; mar sin air oidhche a' choinneimh, bha a h-uile duine beòil agus a' mhòr-chuid de na mnathan air falbh dhan bhaile trì deug mìle air falbh. Bha Mrs Rachel Lynde air falbh cuideachd. Bha Mrs Rachel Lynde na poileataigeach teine ruadh agus cha b' urrainn dhi a chreidsinn gun urrainn don cruinneachadh poileataigeach a bhith air a lìbhrigeadh às a h-àite, ged a bha i air an taobh eile de na poileataigs. Mar sin chaidh i dhan bhaile agus thug i a fear-cèile Thomas a bha feumail ann an clàradh an t-each agus Marilla Cuthbert còmhla rithe. Bha ùidh beag anns na poileataigs aig Marilla fhèin, agus oir bha i dhen bheachd gur e an aon chothrom a bhiodh aice ri Prìomhaire beò fhaicinn, ghabh i e gun dàil, fàgail Anne agus Matthew a' cumail an taighe gus an tilleadh i latha na màireach.

Uime sin, fhad 's a bha Marilla agus Mrs Rachel a' coimhead gu mòr aig an coinneamh mòr, bha Anne agus Matthew leis na h-àrainn beòthail aca fhèin aig Green Gables. Bha teine soilleir a' deàrrsadh sa stòbha sean-nòs Waterloo agus bha froisteanan geal-gorm a' deàrrsadh air uinneagan. Bha Matthew a' cinnireadh air Farmers' Advocate air an t-sofa agus bha Anne aig a' bhòrd a' sgrùdadh a leasanan le dùrachd, a dh'aindeoin suil thrangachadh aig seilf an uaireadaire, far an robh leabhar ùr a bha Jane Andrews air a thogail dhith an latha sin. Bha Jane air a dhearbhadh dhi gun robh e deimhinnte gu roinn e àireamh de thrills, no faclan a dh'fheuch leithid, agus bha meur a' creuchdadh Anne a-mach airson e. Ach bhiodh sin a' ciallachadh buaidh Gilbert Blythe am màireach. Thionndaidh Anne a druim air seilf an uaireadaire agus dh'fheuch i dha-fhèin a shamhlachadh nach robh e ann.

"Matthew, an do rinn thu riamh eòlas-cruinneachaidh nuair a chaidh thu dhan sgoil?"

"Uill, a-nis, cha do rinn mi," thuirt Màtà, a' tighinn a-mach à a chadal le geàrr-chunntas.

"Tha mi ag iarraidh gun robh thu," osnaich Anne, "o chionn sin bhiodh tu comasach air mo thoirt-se mo chuideachadh. Chan urrainn dhut mo thoirt-se mo chuideachadh gu h-iomchaidh mura h-eil thu air a bhith ag ionnsachadh. Tha e a' cur sgòth air mo bheatha uile. Tha mi cho tubaisteach aig e, Matthew "

"Uill, a-nis, chan eil mi cinnteach," thuirt Màtà suairceasach. "Tha mi a' smaoineachadh gu bheil thu ceart gu leòr aig rud sam bith. Dh'inns Mr Phillips dhomh an t-seachdain sa chaidh ann an stòr Blair aig Carmody gu robh thu na sgoilear as tapaidhe anns an sgoil agus a' dèanamh adhartas luath. 'Adhartas luath' bha na bhriathran fhèin aige. Tha daoine ann a tha a' càineadh Teddy Phillips agus ag ràdh nach eil iomadh duine e, ach tha mi a' smaoineachadh gu bheil e ceart gu leòr."

Bhiodh Matthew air smaoineachadh gu robh duine sam bith a moladh Anne na "ceart gu leòr"

"Tha mi cinnteach gun dèanainn nas fheàrr le cìchidean nam biodh esan dìreach a' sùgradh nah litrichean," gearain Anna. "Tha mi ag ionnsachadh an tairisgeil gu cridheil agus an uairsin tha e ga tharraing air a' bhòrd-dubh agus a' cur litrichean eile bho na tha anns an leabhar agus tha mi a' tighinn air falbh a h-uile duil agam. Chan eil mi a 'smaoineachadh bu chòir do thighinnear a ghabhail mar bhuannachd. A bheil thu? Tha sinn a 'dèanamh iomairt a-nis agus tha mi air faighinn a-mach aig deireadh thall dè a tha a' dèanamh nan rathad dearg. Tha e na chuideachadh mòr. Tha mi a 'miracleadh ciamar a tha Marilla agus Mrs Lynde a' cur. Tha Mrs Lynde ag ràdh gun tèid Canada gu coin cù ciamar a tha cuisean air an ruith aig Ottawa agus gun e feart uamhasach a tha e do na taghadaichean. Tha i ag ràdh nan robh boireannaich a' ceadachadh bhòt, chì sinn atharrachadh beannaichte a dh 'aithghearr. Dè mar a bhòtaich thu, Matthew?"

"Coimeasgach," thuirt Mhathaidh gu luath. Bha bhòtadh Coimeasgach mar phàirt dh'adhradh Mhathaidh.

"Ma tha, tha mi cuideachd na Toraidh," thuirt Anna gu cinnteach. "Tha mi toilichte oir tha Gil oir tha cuid de na gillean anns an sgoil na Grits. Tha mi a 'smaoineachadh gu bheil Mr Phillips na Grit cuideachd oir tha athair Prissy Andrews na aon, agus tha Ruby Gillis ag ràdh nuair a tha duine a' cùirteis, feumaidh e aonta a thoirt don mhàthair aig an nighean ann an creideamh agus do dh'athair aig an nighean ann an politigs. An e sin fìor, Matthew?"

"Uill, a-nis, chan eil mi a' tuigsinn," thuirt Màrtainn.

"An do rach thu riamh a' dhùsgadh, Matthew?"

"Uill, a-nis, chan eil, chan eil fhios agam an do rinn mi riamh," thuirt Màrtainn, nach robh airson smaoineachadh air rud mar sin fad a bheatha.

Bha Anna a' beachdachadh le a gualainn anns a làmhan.

"Feumadh e a bhith gu math inntinneach, nach eil thu a' smaoineachadh, Matthew? Tha Ruby Gillis ag ràdh nuair a tha i a 'fàs suas gu bheil i an dùil a bhith le mòran bhoireannaich air an teud agus iad uile air am beò glic mu a dheidhinn; ach tha mi a 'smaoineachadh gum biodh sin ro shùrdail. Bu toil leam a-mhàin fear ann an ciall aige fhèin. Ach tha Ruby Gillis a 'tuigsinn mòran mu leithid de chùisean oir tha i le mòran peathraichean mòra, agus tha Mrs Lynde ag ràdh gu bheil na caillich Gilleasbaig a 'dol dhachaidh mar a bhiodh bonnach teine. Tha Mr Phillips a 'dol suas gus Prissy Andrews fhaicinn gach madainn. Tha e ag ràdh gu bheil e a 'cuideachadh leis na leasanan aice ach tha Miranda Sloane a' foghlaim airson Banrighinn cuideachd, agus bhiodh mi a 'smaoineachadh gum feumadh i cuidicheachd mòran a bharrachd na Prissy oir tha i mòran nas stòlda, ach cha tèid e gu brath gus cuideachadh leatha san oifis idir. Tha mòran rudan san t-saoghal seo nach urrainn dhomh tuigsinn gu math, Matthew"

"Uill, a-nis, chan eil mi cinnteach gu bheil mi a 'tuigsinn iad uile fhèin," dh'aithris Matthew.

"Uill, tha mi a 'smaoineachadh gu feum mi mo leasanan a chrìochnachadh, cha toir mi cead dhomh fhèin an leabhar ùr a fhuair mi bho Jane a fhosgladh gus am bi mi air crìochnachadh. Ach 's e buaireadh uabhasach a th' ann, Matthew. Fiù 's nuair a tha mi mo dhruim a' tionndadh air, tha mi a 'faicinn e an sin cho soilleir. Thuirt Jane gun do chaolig i i fhèin tinn air. Tha gaol agam air leabhar a nì mi a 'caoineadh. Ach tha mi a 'smaoineachadh gu bheil mi a' toirt an leabhair sin a-steach don t-seòmar-suì agus a 'glèidheadh ann an ciste a' jaime agus a 'toirt dhut an iuchair. Agus cha bu chòir dhut a thoirt dhomh, Matthew, gus am bi mo leasanan deiseil, fiù ma bheireadh mi ort air mo ghlùinean. Tha e gu math ceart a ràdh freagairt buaireadh, ach 's fada nas fhasa e a sheachnadh ma cha ghabh thu an iuchair. Agus an uairsin, a bheil mi a 'ruith sìos a' craisg agus a 'faighinn russets, Matthew? Nach toireadh tu toil le russets?"

"Uill, a-nis, chan eil fhios agam ach gun dèanainn," thuirt Màrtainn, a nach ith raointean ach a bha eòlach air an lagachd aice Anne airson iad.

Dìreach mar a thàinig Anne gu buannachdach às an t-seòmar falaichte le a h-uinneagan làn rùsgan, thàinig fuaim chas sgòthach air an rathad-iosa muigh agus an ath mhionaid bha doras an cuisneachd fosgailte agus stob Diana Barry a-steach, aodann bàn agus gun anail, le cèilidh ceangailte gu h-èiginn mu a ceann. Leig Anne às le a càndal agus a h-uinneag ann an iongnadh, agus thuit an uinneag, an càndal, agus na h-ùbhlan còmhla sìos an staidhre falaichte agus chaidh iad a lorg aig bonn an lá làn grìosach, an latha às dèidh, le Marilla, a chruinnich iad suas agus thug taing do tròcaire nach robh an taigh air a chur air teine.

"De tha ceàrr, Diana?" ghlaodh Anne. "A bheil do mhàthair air a sìneadh aig an deireadh thall?"

"O, Anne, thig gu luath," dh'iarr Diana gu eagalach. "Tha Minnie May tinn gu dona, tha croup aice. Tha Young Mary Joe ag ràdh agus tha Athair is Màthair air falbh gu baile agus chan eil duine sam bith ann gus an dotair a lorg. Tha Minnie May gu math dona agus chan eil fios aig Young Mary Joe dè ri dhèanamh agus o, Anne, tha mi cho eagalach!"

Matthew, gun facal, shìn e a-mach airson cap is còta, roghainn seachad Diana agus dh'fhalbh ann an dorchadas an làraich.

"Tha e air falbh gus an t-earball donn a chuir ri teannadh gus dol gu Carmody airson an dotair," thuirt Anne, a bha a' brosnachadh air a cudaig 's a giùlan. "Tha fios agam mar gum biodh e air innse dhomh e. Tha mise 's Matthew cho freagarrach sin 's gum urrainn dhomh a smuaintean a leughadh gun focal sam bith idir"

"Chan eil mi a' creidsinn gu bheil e a' dol a lorg an dotair aig Carmody," bhoilich Diana. "Tha mi a' fiosrachadh gu bheil Dr. Blair air falbh dhan bhaile agus tha mi a' smaoineachadh gu bheil Dr. Spencer air falbh cuideachd. Cha deach duine sam bith le croup fhaicinn le Mary Joe òg agus tha Mrs Lynde air falbh. Oh, Anne!"

"Na caoineadh, Di," thuirt Anne gu sòlasach. "Tha fhios agam dìreach dè a dhèanam airson an croop. Tha thu a 'dìochuimhneachadh gu robh teinean aig Mrs Hammond trì tursan. Nuair a tha thu a 'dèanamh freagairt air trì cùpla teinne, faighidh tu go leòr eòlas gu nàdarra. Bha croop aca uile gu cunbhalach. Feitheamh gus an tig mi ris an stiall ipecac, cha b' urrainn dhut a bhith agad ann an do thaigh. Thig a-nis "

An dithis nighean bheag siubhal a-mach dàimh a làimh agus a' deànamh gu luath tro Lovers' Lane agus tarsainn an achadh cruaidh an làrach , oir bha an t-sneachd ro dhòmhaill gus an t-slighe goirid treabhadh. Anne, ged a bha gu dìreach duilich airson Minnie May, bha i fada bhon a bhith neo-mhothachail do ròmains na suidheachaidh agus do mhilseachd a bhith a-rithist a' comhroinn an ròmains sin le spiorad coltach.

Bha an oidhche soilleir agus reòthte, uile eaban de sgal agus airgead de leathadach sneachda; bha rionnagan mòra a' deàrrsadh thar na raointean sàmhach; an seo 's an sin sheasadh na giuthasan dorcha suas le sneachda a' pùdhradh nan geugan agus a' ghaoth a' feadaireachd tronnta. Measail le Anna gu robh e gu dearbh aoibhinn a dhol sgìth tron uile dìomhaireachd agus àilleachd seo le do charaid dhlùth a bha air a bhith cho fada air falbh.

Bha Minnie May, aig aois trì, gu dearbh glè tinn. Bha i a' laighe air an t-sofa cidsin, teothach agus mi-chinnteach, le a h-anail garbh air a cluinntinn air feadh an taighe uile. Bha Mary Joe òg, nighean Frangach le sgàilean leathan bho'n ghlinn, aig a bheil a' Bhan-phrionnsa Barry air a fastadh airson fuireach leis na clann fhad 's a bha i às, beò, air chall, agus gu tur neo-chomasach air smaoineachadh air dè a dhèanadh, no a dhèanamh e ma smaoinich i air.

Chaidh Anne a dh'obair le sgil agus luaths.

"Tha croup aig Minnie May gu cinnteach; tha i gu math dona, ach tha mi air fhaicinn nas miosa. Chiad, feumaidh sinn mòran uisge teth. Tha mi ag aithris, Diana, nach eil tuilleadh na chuach sa chitil! Seo, tha mi air a lìonadh suas, agus, Mary Joe, 's urrainn dhut feamainn fiodha a chuir anns an stòbh. Chan eil mi ag iarraidh do chuideachd a leònadh ach tha e coltach rium gun robh e comasach dhut smaoineachadh air seo roimhe ma bh' aig agad sam bith ìomhaigh. A-nis, bidh mi a' bhrògan Minnie May agus a 'cur gu leabaidh i agus feuch ri cuid de chlòthan flannal bòidheach a lorg, Diana. Tha mi a 'dol a thoirt dhi dosa de ipecac an toiseach air tòrr."

Cha do ghabh Minnie May gu math leis an ipecac ach cha robh Anne air a dùsgadh suas trì cùplaichean de dhà-ghrein gun adhbhar sam bith. Chaidh an ipecac sin sìos, chan aon uair a-mhàin, ach iomadh turas fad an oidhche fhada, imcheisteach nuair a bha an dà nighean òg ag obair gu foighidinneach air Minnie May a' fulang, agus Young Mary Joe, gu dìreach dèidheil air a h-uile càil a dhèanamh a b' urrainn, a' cumail teine mòr a' dol agus a' teasachadh tuilleadh uisge na bhiodh a dhìth air ospadal de naoidhean le croup.

Bha e trì uairean nuair a thàinig Matthew le doctair, oir bha e air a bhith riatanach a dhol gu Spencervale airson fear. Ach bha an feum as motha airson cuideachaidh seachad. Bha Minnie May mòran nas fheàrr agus bha i a' cadal gu sàmhach.

"Bha mi gu math faisg air a' gealltainn ann an èiginneachd," mìnich Anna. "Dh'fhalbh iad nas miosa agus nas miosa gus am b' e nas tinn a-riamh na bha iad eadar na Hammond twins, fiù 's am pàir mu dheireadh. Smuainich mi gu dearbh gu robh i a 'dol a thàthadh gu bàs. Thug mi gach splach de ipecac anns a' bhotal sin dhi agus nuair a chaidh an dothar mu dheireadh sìos thubhairt mi ri m' fhèin nach e Diana no Young Mary Joe, oir cha robh mi airson an draghadh tuilleadh na bha iad, ach b' fheudar dhomh a ràdh ri m' fhèin dìreach gus mo bhuaidhean a leasachadh 'Seo an dòchas mu dheireadh agus tha mi a 'cuideachadh, tha e in aisling e.' Ach aig mu thìde tri mionaidean bhuail i a-mach an t-phlegm agus thòisich i a 'dèanamh nas fheàrr sa bhad aig once. Feumaidh tu dìreach mo leasnachadh a bhith a 'smaoineachadh, dotair, oir chan urrainn dhomh e a chur an cèill ann an faclan. Tha thu a 'fios gum bi cuid de rudan nach urrainn a chur an cèill ann an faclan"

"Seadh, tha fios agam," thuirt an dotair, 's e a' cur a-mach oirre mar gu robh e a' smaoineachadh mu rudan mu Anne nach gabhadh iad a chur an cèill le faclan. An uair sin, ge-tà, chuir e iad an cèill do Mgr agus Mrs Barry.

"Tha an nighean bheag ruadh a th' aca aig Cuthbert cho tapaidh 's a dh'fhaodas iad a dhèanamh. Tha mi ag innse dhut, shàbhail i beatha an leanaibh sin, oir bhiodh e ro fhadail leis an àm a ruigeinn ann. Tha coltas air gu bheil sgil agus làn-inntinn aice air leth iongantach ann an leanabh den aois aice. Cha chunnaic mi riamh càil mar a shùilean aice nuair a bh' i a' mìneachadh an cùise dhomh."

Bha Anne air dol dhachaigh anns a' mhadainn gheamhraidh àlainn, geal, riabhach, le sùilean trom on easbhaidh cadail, ach a' bruidhinn fhathast gun sgìth le Matthew nuair a bhac iad an achadh fada geal agus a' coiseachd fo achrann sìtheil lonrach mheas nan Acer-Lover's Lane.

"O, Mhathù, nach e madainn àlainn a th' ann? Tha an saoghal coltach ri rudeigin a bh' aig Dia dìreach air a bhith a' smaoineachadh airson spòrs fèin, nach eil? Tha na craobhan coltach ri rudeigin a bh' agam a' faodadh mi a bhith a' sguradh le sealladh pouf! Tha mi cho toilichte a bhith a' fuireach ann an saoghal far a bheil reothadh bàn, nach eil thu? Agus tha mi cho toilichte a bh' aig Mrs Hammond trì càraidhean de dheuchainnean an dèidh a h-uile càil. Mur robh i, faodaidh nach biodh mi fhìn a' tuigsinn dè a bhiodh ri dhèanamh airson Minnie May. Tha mi gu dìreach duilich a bh' a-riamh crosta le Mrs Hammond airson a' bhith a' faighinn deuchainnean. Ach, o, Mhathù, tha mi cho sgìth. Chan urrainn dhomh a dhol a dh'fhìos. Chan eil mi dìreach a' tuigsinn nach robh mi a' cumail mo shùilean fosgailte agus bhiodh mi cho stupid. Ach tha mi a' fuath a bhith a' fuireach aig an taigh, airson Gil cuid de na daoine eile a bh' a' faighinn ceann an clas, agus 's e cho duilich a' fhaighinn suas a-rithist ged a bhith gu cinnteach 's e na bu chruaidh a th' e 's e barrachd thoileachais a th' agad nuair a tha thu a' faighinn suas, nach eil thu?"

"Uill, a-nis, tha mi a 'smaoineachadh gu bheil thu a' dol a bhith ceart gu leòr," thuirt Màthaidh, a 'coimhead air aodann bheag gheal Anne agus na sgalain dorch fon a sùilean. "Falbh dìreach dhan leabaidh agus faigh cadal math. Thèid mi a dhèanamh a h-uile rud."

Mar sin, chaidh Anne a leaba agus chaidh i a chadal cho fada agus gu socair gus am b' e feasgar geal agus rosach a' gheamhraidh a bha e nuair a dhùisg i agus shìos i a chidsin far an robh Marilla, a bha air tighinn dhachaigh anns an eadar-ama, a' suidhe a' bhruidhinn.

"Ò, an do chunnaic thu am Prìomhaire?" ghlaodh Anne lèirsinn. "Dè an coltas a bh' air Marilla?"

"Uill, cha do rainig e gu Prìomhair air sgeul a dhreuchdan," thuirt Màiri. "De leithid a shròin a bh' aig an duine sin! Ach tha e comasach air bruidhinn, bha mi moiteil a bhith na Toraidh. Rachel Lynde, gu cinnteach, a bhith na Libearal, cha robh feum aice air. Tha do dhìnnear san amhann, Anne, agus faodaidh tu fèin feòil lom-chlachain gorm a thoirt dhiot àm pantrì. Tha mi a' smaoineachadh gu bheil thu acrasach. Tha Màrtainn air a bhith ag innse dhomh mu oidhche an-raoir. Feumaidh mi ràdh gun robh e fortanach gu robh fios agad dè a dhèanamh. Cha bhiodh beachd agam fhìn, oir cha do chunnaic mi càs de chroup riamh. Tha sin ann an-dràsta, na bi a' bruidhinn gus am bi do dhìnnear agad. Tha mi a' faicinn le coltas ort gu bheil thu làn de òraidichean, ach cumaidh iad"

Bha rudeigin aig Marilla ri innse do Anne, ach cha do dh'innis i e an sin airson 's gu robh i a' fiosrachadh nam biodh i a' dèanamh sin, bhiodh sgaoilteachd Anne adhartach a' togail o as na roinnean a leithid giùlan no dìnnear. Chan eil e gus an robh Anne crìochnaich air a soirbheachas de phlumanan gorm a thubhairt Marilla:

"Bu Mhiss Barry an seo feasgar, Anne, Bha i ag iarraidh gad fhaicinn, ach cha do dhuìsich mi thu. Tha i ag ràdh gun do shàbhal thu beatha Minnie May, agus tha i gu mòr duilich mun dòigh a b' i a bha anns an affan seo leis a' fhìon currant.

Tha i ag ràdh gu bheil i a-nis eo eòlach nach robh thu a' feuchainn ris Diana a chur air meisg, agus tha i an dòchas gun mhaor thu i agus gu bheil thu a NOchadh aig Diana a-rithist. Tha thu dol thairis feasgar fad 's a tha thu ag iarraidh oir chan urrainn do Diana a dhol a-muigh agus fuachd dona air a ghlacadh a-nochd. A-nis, Anne Shirley, airson tròcaire Dè, na bi ag eitil suas air do shocair"

Bha an rabhadh a' coimhead coltach nach robh e a dhìth, cho àrd agus adhartach 'sa robh cruth agus suidheachadh Anna nuair a sgàinig i gu casan, a h-aghaidh a' glò-radh le lasair an spioraid aice.

"Ò, a Mharilla, an gabh mi dìreach a-nis gun nighe mi mo dhìosga? Nighidh mi iad nuair a thilleas mi, ach chan urrainn dhomh m' fhèin a cheangal ri rud sam bith cho neo-romansach ris a' nighean dhìosgaig aig an robh seo a' sparradh."

"Tha, tha, ruith air adhart," thuirt Marilla le doigh. "Anne Shirley a bheil thu air do chiall a chall? Tìr an ais an-dràsta agus cuir rudeigin ort. Dh'fhaodainn cho math ri gaoithe a ghairm. Tha i air falbh gun mhat no gun dìon. Coimhead air a' sgìthadh tro na h-ùbhlan le a cuid fhalt a' sruthadh. Bidh e na thruaighe mur bi i a' glacadh baisteachd fuar"

Thàinig Anne dhachaigh a' dannsa anns an tràth-nochd geamhraidh purpaidh tarsainn na h-àiteachan sneachda. I fas an iar-dheas, bha lonradh mòr, sìodaich, mar rionnag feasgar ann an speur a bha òr-ghile agus ròs ainrealach os cionn àiteachan geala agus glinn dorcha sprùis. Thàinig seinn chloch seirm am measg nan cnocan sneachda mar chim-chiogaich elfainn tro an adhar reòite, ach cha robh an ceòl aca nas milse na an òran ann an cridhe Anne agus air a bilean.

"Chi thu romhad duine gu tur toilichte, Marilla," thuirt i. "Tha mi gu tur toilichte, ge ta, a dh'aindeoin mo ghruaige ruadh, Dìreach aig an àm seo tha m'anam os cionn gruag ruadh. Pòg Mrs Barry mi agus dh'èigh i agus thuirt i gu robh i cho duilich agus nach urrainn dhi mi a phàigheadh air ais idir. Bha eagal orm gu dona, Marilla, ach thuirt mi dìreach cho cuideachail 's a ghabhas, 'Chan eil duilgheadasan sam bith agamsa dhuibh, Mrs Barry. Tha mi a 'cur geall dhut aon tur as aon nach robh mi a' ciallachadh Diana a dh'òl agus às seo air adhart bidh mi a 'toirt sùil air an t-seannachas le brat dìcheallachd.' B' e dòigh bhriathrach smachdail a bh' ann nach robh e, Marilla?"

"Bha mi a' faireachdainn gu robh mi a' còmhladh gualan de theine air ceann Mrs Barry, Agus bha feasgar brèagha aig Diana agus mise. Sheall Diana dhuibh stitch crochet ùr snog a th' aig a peatharach aig Carmody. Chan eil anam ann an Avonlea a tha eòlach air ach sinne, agus thug sinn gealladh sòlaimte nach inns sinn e do duine sam bith eile. Thug Diana cairt àlainn dhomh le cuairt de ròsan air agus òran de bhàrdachd:"

"Ma tha thu gaol orm mar a tha gaol agam ort, Chan eil ach bàs a dh'fhaodas sinn a dheadhachadh"

"Agus tha sin fìor, Marilla, Tha sinn a 'dol a dh' iarraidh air Mr Phillips leig dhuinn suidhe còmhla ann an sgoil a-rithist, agus faodaidh Gertie Pye a dhol còmhla ri Minnie Andrews. Bha tì againn snog. Bha an t-seata china as fheàrr aig Mrs Barry air an cur a-mach, Marilla, dìreach mar gun robh mi na cuideachd fìor. Chan urrainn dhomh innse dhut dè an t-spliong a thug e dhomh. Cha do chleachd duine sam bith aca an t-seata china as fheàrr aca air mo shon roimhe. Agus bha againn cèic measan agus cèic poind agus scones agus dà sheòrsa de phreserves, Marilla. Agus dh' fhaighnich Mrs Barry dhomh ma bha mi a 'gabhail tì agus thuirt 'Pa, carson nach eil thu a' pasadh na biscuits gu Anne?' Feumaidh e a bhith breàgha a bhith suas, Marilla, nuair a tha dìreach a bhith air a làimhseachadh mar gum biodh thu cho math"

"Chan eil mi a' fiosrachadh mu sin," thuirt Marilla, le osna goirid.

"Uill, co-dhiù, nuair a tha mi air fàs suas," thuirt Anne gu cinnteach, "tha mi a' dol a bruidhinn ri nigheanan beaga mar as gun robh iad cuideachd, agus cha bhi mi a' gàireachdainn nuair a tha iad a' cleachdadh faclan mòra. Tha mi a' fiosrachadh bhon eòlas broinig a tha seo a' bualadh aon tiompan. An deidh an tì Diana agus mise a' dèanamh taffy. Cha robh an taffy glè mhath, tha mi a' smaoineachadh air sgàth 's nach robh Diana no mise air a dhèanamh sam bith roimhe. Dh'fhàg Diana mi a' measgachadh e fhad 's a bha i a' greiseadh na plàtan agus dhìochuimhnich mi agus dh'fhàg mi e a' deargadh; agus an uairsin nuair a chuir sinn a-mach e air an àrd-ùrlair gus fuarachadh coisich an cat thar aon phlàta agus bha sin a 'feumachadh a bhith ga chaitheamh às. Ach bha a' dèanamh aige a 'cur taing mhòr. An uairsin nuair a thàinig mi dhachaidh dh'iarr Mrs Barry orm tighinn thairis cho tric 's a b' urrainn dhomh agus sheas Diana aig an uinneag agus a' tilgeil pògan dhomh fad an t-slighe sìos gu Lover's Lane. Tha mi a' gealltainn dhut, Marilla, gun robh mi mar a bhiodh mi a 'guidhe an-diugh agus tha mi a' dol a smaoineachadh air ùrnaigh ùr sònraichte a chionn an tachartais"

Chapter 20

"MARILLA, am faod mi a dhol thairis gus Diana fhaicinn dìreach airson mionaid?" dh'fhaighnich Anne, a' ruith gu analach sìos bho ghàbhlan an ear aon oidhche an Gearran.

"Chan eil mi a' faicinn carson a tha thu ag iarraidh siubhal mun cuairt às dèidh dorchadas," thuirt Marilla goirt. "Dh'fhalbh tu agus Diana dhachaigh bho sgoil còmhla agus an uairsin sheas sibh sìos an sin anns an t-sneachd airson leth uair a thìde tuilleadh, bhur cànanan a' dol an t-ìre gu lèir, clickety clack. Mar sin chan eil mi a' smaoineachadh gu bheil thu ro mhath dheth gus an coinnich thu rithe a-rithist"

"Ach tha i ag iarraidh orm fhaicinn," dh'iarr Anna. "Tha rudeigin glè chudromach aice ri innse dhomh."

"Ciamar a tha fios agad gu bheil i?"

"Oir dh'adhairm i dìreach dhòmhsa bhon uinneag aice, Tha sinn air dòigh a chomhaontachadh airson adhairmeachadh leis ar cainntearan agus càrd-bhòrd. Tha sinn a' suidheachadh an cainntear sa uinneag agus a' dèanamh flashan le bhith a' dol a-mach is a-staigh leis a' chàrd-bhòrd. Ciallaicheas moran de flashan rud àraidh. 'S e mo smaoineachadh a bh' ann, Marilla"

"'S e cuir i leis a bha e," thuirt Marilla gu cinnteach. "Agus an ath rud, bidh tu a' cuir teine ris na pìosan le do sheòladaireachd gun chiall"

"Ò, tha sinn glè cùramach, Marilla, Agus tha e cho inntinneach, Ciallaicheas dà lasair, 'A bheil thu an sin?' Trì ciallaicheas 'sea' agus ceithir 'cha neil'. Ciallaicheas còig, 'Thig thairis cho luath 's a ghabhas tu, oir tha rud cudromach agam ri nochdadh.' Tha Diana dìreach air còig lasair a shealltainn, agus tha mi gu dìreach a' fulang gus fhios agam dè tha e"

"Uill, chan fheum thu fulang tuilleadh," thuirt Marilla gu meanbh-mhealltach. "Faodaidh tu falbh, ach feumaidh tu tilleadh an seo dìreach deich mionaidean, cuimhnich sin"

Bha cuimhne aig Anne air agus bha i air ais anns an ùine a chaidh a stipulate, ged nach eil e coltach gu bheil duine beò a-riamh a 'fios dè an cosgais a bh' aice a chumail na deasbad mu choinneamh cudromach Diana taobh a-staigh nan crìochan deich mionaidean. Ach co-dhiù, bha i air an cleachdadh gu math.

"Ò, Marilla, dè tha thu a' smaointeachadh? Tha fios agad gu bheil là-breith Diana a-màireach, uill, thuirt a màthair rithe gun robh cead aice iarraidh orm tighinn dhachaigh còmhla rithe bhon sgoil agus fuireach còmhla rithe fad an oidhche. Agus tha a bràithrean-cèile a' tighinn thar bho Newbridge ann an sleigh mòr pung gus a dhol chun an cèilidh Chlub Deasbaireachd aig an talla a-màireach oidhche. Agus tha iad a' dol a thoirt Diana agus mise chun an cèilidh ma bheir thu cead dhomh a dhol, ma thèid sin. Nì thu, nach eil, Marilla? Ò, tha mi a' faireachdainn cho brosnachail."

"Faodaidh tu a dhol sìos an-dràsta, air sgàth nach eil thu a' dol, Tha thu nas fheàrr aig an taigh ann an do leabaidh fhèin, agus a thaobh an còisir chlub sin, tha e uile gu dìochuimhnich, agus cha bu chòir do nigheanan beaga a bhith ceadaichte a dhol a-mach gu àiteachan mar sin idir"

"'S e docha gu bheil am Club Deasbaid a' cùis uasal gu leòr," bheireadh Anne dhìth.

"Chan eil mi ag ràdh nach eil, ach chan eil thu a' dol a tòiseachadh air a bhith a' dol timcheall air cuirmean-ciùil agus a' fuireach mach gu uairean sam bith den oidhche. Gnìomhan breága airson clann. Tha mi air iongnadh aig Mrs Barry a' leigeil le Diana falbh."

"Ach tha e cho sònraichte a thaobh," duilich Anne, air crìoch na deòir. "Tha Diana a-màin airson co-là-breith aig an aon àm anns a 'bhliadhna, Chan eil mar gu robh co-là-breith mar rudan cumanta, Marilla. Tha Prissy Andrews a 'dol a dhèanamh' Curfew Must Not Ring Tonight. ' Tha sin mar phìos mòralach math, Marilla, tha mi cinnteach gum bu mhòr an cothrom dha mi èisteachd ris. Agus tha an coisir a 'dol a sheinn ceithir òrain truime brèagha a tha faisg air cho math ri h-òrain. Agus ò, Marilla, tha an ministear a 'dol a ghabhail pàirt; tha gu dearbh, tha e; tha e a 'dol a thoirt seachad òraid. Bidh sin dìreach mar an aon rud ri seirmon. Tha mi a 'smaoineachadh, nach eil mi a 'dol, Marilla?"

"Chuala thu dè thubhairt mi, Anne, nach do? Thoir dhiot do bhrògan a-nis agus falbh a dh'fhalbh a leaba. Tha e seachad ochd a-nis."

"Tha a-mhàin aon rud eile, Marilla," thuirt Anne, le àir de a' toirt a-mach an t-saighead mu dheireadh ann an a cabhsair. "Thuirt Mrs Barry ri Diana gun cheadadh sinn cadal anns an leabaidh saoil. Smuainich air an urram a bhith ann do do Anne beag a bhith ga cur anns an leabaidh saoil"

'S e urram a th' agad gun feum a bhith agad air, Thoir a mach a leabaidh, Anne, agus na leig leam facal eile a chluinntinn uait.

Nuair a chaidh Anne, le deòir a' tuiteam air a gruaidhean, gu brònach suas an staighre, dhùisg Matthew, a bha coltach gu robh e cadal gu dìomhair air an lounge fad an còmhraidh, a shùilean agus thuirt e gu cinnteach:

"Uill, a-nis, Marilla, tha mi a 'smaoineachadh gur bu chòir dhut Anne a leigeil a dh'fhalbh"

"Chan eil mi, an sin," freagair Marilla. "Cò tha a' togail an leanabh seo suas, Matthew, thusa no mise?"

"Uill, a-nis, thusa," ghabh Matthew a-steach.

"Na cuir bacadh an sin"

"Uill, a-nis, chan eil mi a' cur bacadh, Chan eil e a' cur bacadh gu bheil beachd agad fhèin. Agus mo bheachd-sa, bu chòir dhut leigeil le Anne falbh."

"Bhiodh tu a 'smaoineachadh gun bu chòir dhomh leigeil le Anna a dhol dhan ghealach ma thogadh i an smuain, chan eil amhras agam," mar freagairt àlainn Marilla. "Dh' fhaodadh mi an leigeil a chaitheamh an oidhche le Diana, ma bhiodh sin uile ann. Ach chan eil mi a 'còrdadh leis a' phlana co-chiùil seo. Dh' fhaodadh i an sin a dhol agus a bhith fuar mar as trice, agus a ceann làn de sheòrsa de chuspairean agus àrd-ghnìomhachd. Tha mi a 'tuigsinn dìreach mar a tha a' phàiste sin agus dè tha math dhi na b' fheàrr na thusa, Matthew."

"Tha mi a' smaoineachadh gur bu chòir dhut Anne a leigeil a dh'fhalbh," thuirt Màthaidh gu daingeann a-rithist. Cha robh argamaid aige gu làidir, ach a bhith a' cumail gu làidir ri a bheachd, gu cinnteach. Thug Marilla osna de neart gan cuideachadh is ghabh i fasdadh anns an t-sàmhchair. A-màireach, nuair a bha Anne a' nighe na soithichean bracaiste anns an pantry, stad Màthaidh air a shlighe a-mach gu am bothan gus a ràdh ri Marilla a-rithist:

"Tha mi a' smaoineachadh gum bu chòir dhut leigeil le Anne falbh, Marilla"

Airson mionaid, choimhead Marilla air nithean nach robh ceadachadh a bhith air an innse. An uair sin, ghabh i ris an neo-éiginn agus thuirt i gu teannta:

"Gu math, faodaidh i falbh, o chionn 's nach eil sìon eile 'ga do thoil leat"

Dh'èirich Anne a-mach às an sruthlann, le cloich-nighe fliuch ann an làimh.

"Ó, Marilla, Marilla, abair na faclan beannaichte sin a-rithist"

"Tha mi a' smaoineachadh gu bheil aon turas gu leòr gus iad a ràdh, seo obair Mhata, agus tha mi a' nigh mo làmhan dheth. Ma gheibh thu pneumonia a' cadal ann an leabaidh coimheach no a' tighinn a-mach à an talla teth sin aig meadhan na h-oidhche, na milleadh orm, milleadh air Mata. Anne Shirley, tha thu a' stealladh uisge greasach air feadh an làir. Cha do chunnaic mi a-riamh pàiste cho neo-chùramach."

"O, tha mi a' tuigsinn gu bheil mi na trioblaid mhòr dhut, Marilla," thubhairt Anne le mulad. "Tha mi a' dèanamh mearachdan cho tric, ach an uairsin smaoinich air na mearachdan uile nach dèan mi, ged gur urrainn dhomh. Gheibh mi gainmheach agus nighidh mi na ballachan mus tèid mi dhan sgoil. O, Marilla, bha mo chridhe dìreach air a shuidheachadh air a bhith a' dol dhan a' chonsairt sin. Cha robh mi aig consairt riamh ann an mo bheatha, agus nuair a bhios na caillich eile a' bruidhinn orra sa sgoil tha mi a' faireachdainn cho seachd taobh a-steach. Cha robh fios agad dìreach mar a bha mi a' faireachdainn mu dheidhinn, ach tha thu a' faicinn gur e a bha Matthew. Tha Matthew a' tuigsinn orm, agus 's e gun àm breagha a tha e a bhith air a thuigsinn, Marilla"

Bha Anne ro thoilichte gus a cuid iarratais fèin a chòrdadh san sgoil mar a b' fheàrr leatha a-mach. Sgrìobh Gilbert Blythe i sìos sa chlas aice agus fàg e i às a comhair gu tur ann an cunntas-inntinn. Bha aibhneas air leanmhainn Anne nas lugha na b' urrainn dha a bhith, ge-tà, a' toirt sùil air a' chuirmean agus an leabaidh anns an t-seòmar. Bhruidhinn i agus Diana cho cunntantach mu dheidhinn fad an latha gun dèanadh mùinteoir nas cruaidh na Mr Phillips dioghlum buaidheach aca gun teagamh.

Chaidh beagan duil a thogail le Anne gu robh iad air a bhith ag ràdh gun robh i a 'dol dhan chòrsan, oir cha robh aon rud eile air an deasbad an latha sin san sgoil. Chruinnich Club Deasbaideach Avonlea gach dà sheachdain fad an geamhraidh, agus bha iad air grinn-seinn ùr a bhith aca; ach bha seo ri a bhith gu mòr, a 'cunntadh deich sgillinn, gus leabharlann a chuideachadh. Bha daoine òga Avonlea air a bhith a 'cleachdadh airson seachdainean, agus bha na sgoilearan gu sònraichte air an tomhas seo le adhartas bràthairean agus peathraichean a bhios a' gabhail pàirt. Bha a h-uile duine san sgoil thar naoi bliadhna dhen aois a 'dùil ri a dhol, ach Carrie Sloane, far an robh athair a 'roinn beachdan Marilla mu nighnean òga a' dol a-mach gu còrsaichean oidhche. Dh'èigh Carrie Sloane a-steach gu gràmar a h-uile feasgar agus bha am beatha a-muigh dhi.

Airson Anna, thòisich an spionnadh fìor le fosgladh an sgoil agus mheudaich e à sin ann an crescendo gus an do ruig e gu crash de ecstasy positiv anns a' chonsairt fhèin. Bha iad a' coimhead tì "go h-eagarra sàmhach;" agus an uairsin thàinig an gnìomhachas fèin-taitneach de ghèilleadh ann am seòmar beag Diana shuas an staidhre. Rinn Diana màl Anna ann an stoidhle ùr pompadour agus cheangail Anna buitean Diana leis an talent sònraichte a bha aice; agus dh'fheuch iad ri co-dhùnadh air dòigh sam bith eile de dh'arrangadh an fhalt aca. Mu dheireadh, bha iad deiseil, le gruaidhean dearg agus sùilean a' losgadh leis an spionnadh.

'Ceart, cha b' urrainn do Anna ach goirt bheag a bhith nuair a bha i a' coimeas a tam dubh sìmplidh agus a còta clò grèige, gun ghruaim, le slìobhaichean dùinte, le càp furasta, glic Diana agus a còta beag reusanta. Ach cuimhnich i ann an ùine gu robh i ag amharc agus gun robh urrainn dhi a cleachdadh.

An uairsin thàinig co-oghaichean Diana, na Murrays à Newbridge; chruinnich iad uile a-steach don sleigh mòr pung, am measg tuathan agus aodaich blàr. Bha Anna a' gabhail tlachd às an t-siubhal chun an talla, a' sgrìobadh seachad thar na rathaidean satin mìn leis an t-sneachd a' crispeadh fo na reathaich. Bha fàileadh grèine mìorbhaileach, agus chuir na beanntan sneachda agus uisge domhainn gorm a' Ghalaf St. Lawrence gu bheil iad a' ciorram na splèndeir mar bhois mòr de pheairl agus safireight làn de fìon agus teine. Chuala iad fuaim chlagain sleigh agus gàire cèin, a chòrd ri làn-tìse fiodha, à gach ceàrna.

"Ò, Diana," dh'anal Anne, a' strìochdadh làimh Diana fo'n chòta seòc, "nach eil e coltach ri aisling àlainn? An eil mi fhìn a' coimhead mar as àbhaist? Tha mi a' faireachdainn cho diofraichte 's gum biodh e a' nochdadh anns mo chòmhdachadh"

"Tha thu a' coimhead gu math snog," thuirt Diana, a bha dìreach air moladh fhaighinn bho aon de na co-oghaichean aice, agus a dh'airich nach robh i ag iarraidh a chumail dìomhair. "Tha dath as àille ort"

B' e an prògram an oidhche sin sreath de "thrills" air a leastadh air co-dhiù aon èisteir anns an luchd-èisteachd, agus, mar a dh'fhèinich Anne dha Diana, bha gach thrill a leanas nas thrillsiche na an fhear mu dheireadh. Nuair a chaidh Prissy Andrews, a' ghlèidheadh waist silk ùr dearg le sreath de pheairlean ri a h-amhaich mhìn gheal agus carnations fìor ann an a gruag rùmair a' chogadh gu robh a' mhaighstir air an uile dòigh a chuir don bhaile orra airson, "lean e air a' staidhre nimheach, dorcha gun aon solus de ghealadh", chuir Anne a cridhe a-steach anns an fhianais chairdeil; nuair a sheinn an cóisir "Far Above the Gentle Daisies" dh'fhag Anne a sùil air an t-sìlim mar gum biodh e air fhresgadh leis na h-ainglean; nuair a thòisich Sam Sloane a' mìneachadh agus a' sealltainn "How Sockery Set a Hen", dh'èigh Anne gus an robh daoine a' suidhe faisg air a' gàireachdainn cuideachd, barrachd air fhuasgladh air a beulaibh na air aoibhneas aig taghadh a bha car fuar fiù 's ann an Avonlea; agus nuair a thug Mr Phillips òraid Mark Antony thairis air corp Cæsar anns na guthan as cridheil a' coimhead air Prissy Andrews aig deireadh gach abairt, dh'fh-feel Anne gun càil iad agus gu bheilearach air an àite ma mheadhainn cuirp Riochdaireach Romaine a' stiùireadh an t-slighe.

Cha robh àireamh sam bith air a' phrògram a' dèanamh ùidh aice. Nuair a bhruidhinn Gilbert Blythe "Bingen on the Rhine", thog Anna leabhar leabharlainn Rhoda Murray agus leugh i e gus an robh e crìochnaichte, nuair a shuidh i gu cruaidh agus gun ghluasad fhad 's a bha Diana a' bualadh a làmhan gus an robh iad a' tingling.

Bha e aon deug nuair a thàinig iad dhachaigh, làn leis an ro-eas-aonta, ach leis an deagh thoil mhilis còmhradh mu dheidhinn a h-uile càil fhathast ri thighinn. Chòrd dha-rìribh don chàch a bhith na chadal agus bha an taigh dorcha agus sàmhach. Rinn Anna agus Diana ceum gu ciùin a-steach don pharlamaid, seòmar fada cumhang as an robh an seòmar spare a' fosgladh. Bha e blàth gu math agus air a shoilleireachadh gu h-àluinn leis na smùidichean de theine san gràt.

"Leig sinn a dhìthigeadh an seo," thuirt Diana. "Tha e cho breagha agus blàth"

"Nach eil e air a bhith na àm alainn?" osnaich Anne gu h-àraidh. "Feumaidh e a bhith àlainn èirigh agus ath-leughadh an sin. An do you suppose we will ever be asked to do it, Diana?"

'Seadh, gu cinnteach, latha sam bith, Tha iad a-riamh airson na h-oileanaich mòra a bhith a' leughadh às. Bidh Gilbert Blythe a' dèanamh sin gu tric agus chan eil e ach dà bhliadhna nas sine na sinn. Ò, Anne, ciamar a b' urrainn dhut a sheòrsachadh nach robh thu ag èisteachd ris? Nuair a thàinig e chun an loidhne,

Tha Aon eile ann, chan eil i piuthar,

"bha e a' coimhead sìos dìreach ort"

"Diana," thuirt Anne le urram, "tha thu na charaid dhomh, ach chan urrainn dhomh a leigeil dhut bruidhinn rium mu dheidhinn an duine sin. A bheil thu deiseil airson cadal? Theid sinn air ràs agus chi sinn cò a ruigeas an leabaidh an toiseach"

Bha am moladh a' còrdadh ri Diana. Rinn an dà fìgheadair bàn beag sgèith air falbh tron t-seòmar fada, tro dorus an t-seòmar spèis, agus leum iad air an leabaidh aig an aon àm. Agus an uair sin, ghluais rudeigin fo iad, bha osna agus sgal, agus thuirt cuideigin le guth bacach:

"'Tròcair na mathanas!"

Cha b' urrainn do Anna agus Diana a thuigsinn dìreach ciamar a fhuair iad às an leabaidh sin agus às an t-seòmar. 'S e a-mhàin an rud a bha iad a' fios na dèidh na ruith aon eagalach, lorg iad iad fhèin a' sneachdadh le cuibhle gu àrd aig an staighre.

"Ò, cò b' e a bh' ann dè b' e a bh' ann?" fluister Anne, a fiacla a' sguabachadh le fuachd is eagal.

"'S e Màthair-Peathra Josephine a bh' ann," thuirt Diana, a' pèilearadh le gàire. "Ò, Anne, 's e Màthair-Peathra Josephine a bh' ann, ge b' e mar a thàinig i a bhith an sin. Ò, agus tha fhios agam gun tèid i àrd ràsaidh. Tha e uabhasach, tha e gu dìreach uabhasach ach an do dh'fhàs tu a-riamh eòlach air càil cho èibhinn, Anne?"

"Cò tha do Mhodran Seòsaidh?"

"'S e aintear athar a th' innte agus tha i a' fuireach ann an Charlottetown, Tha i fìor aosta, seachdadan co-dhiù agus chan eil mi a' creidsinn gu robh i riamh mar nighean òg. Bhìomaid a' sùil ri a tighinn airson tadhal, ach chan ann cho luath sa. Tha i fìor phroifeiseanta agus briathrach agus their i nurran gòrach mu seo, tha mi a' fios. Uill, bidh againn ri cadal còmhla ri Minnie May agus chan urrainn dhut smaoineachadh ciamar a bhitheas i a' cur buille."

Cha do nochd Miss Josephine Barry aig bracaist tràth sa mhadainn an ath latha. Dh'fheuch Mrs Barry gu càirdeil air an dà nighean bheag.

"An robh ùine mhath agad a-raoir? Dh'fheuch mi ri dùsgadh gus am thigeadh tu dhachaigh, oir bha mi ag iarraidh innse dhut gun robh Aint Josephine air tighinn agus gum biodh agad ri dol suas an staidhre an dèidh sin uile, ach bha mi cho sgìth chaidh mi a chadal. Tha mi an dòchas nach do chuir thu do mhothair, Diana."

Diana a' cumail sàmhchair, ach i agus Anne a' malairt ùghdarain muinidheach de dh'ìomhaigh a' strìochdadh thar a' bhòrd. Bha Anne a' ruith dachaigh às dèidh na maidne-mhòir agus mar sin a' fànadh ann an ùidh gun fhiosrachadh mu na troiblais a thachair ann an teaghlach Barry gus an tràth feasgar, nuair a chaidh i sìos gu Mrs Lynde air sgàth Marilla.

"Mar sin tha thu agus Diana beagnach gam bhàsaich leis an eagail a bha aig a 'shean Mhiss Barry oidhche an-raoir?" thuirt Mrs Lynde goirid, ach le solas sòlasachd ann am suil. "Bha Mrs Barry an seo grunn mhionaidean air ais air an t-slighe aice do Carmody. Tha i a 'faireachdainn gu math draghail mu dheidhinn. Bha a 'shean Mhiss Barry ann an droch aoibh nuair a dh'èirich i a-muigh madainn seo agus chan e gàire a th 'ann an aoibh Josephine Barry, faodaidh mi ag radh sin dhuibh. Cha robh i a' bruidhinn ri Diana idir "

"Cha robh e na mhearachd aig Diana," thuirt Anne le cràdh. "Bha e na mo mhearachd, mhol mi ràs gus faicinn cò bhiodh a' dol a-steach a dh'fhuireach aig an leabaidh a 'chiad."

"'S fhios agam e!" thuirt Mrs Lynde, le bara sonas bho theoram ceart. "'S fhios agam gun do thàinig an smaoineachd sin à do cheann, Uill, tha i air cràdh mòr a cruthachadh, sin a tha ann. Thàinig Miss Barry aosta mach gus fuireach airson mìos, ach tha i a' gearradh nach fàg i latha eile agus gu bheil i a' dol air ais dhan bhaile a-màireach, Didòmhnaich 's a tha ann. Bhiodh i air falbh an-diugh nam biodh iad air a ghabhail. Bhiodh i air gealltainn gu pàigh i airson leasanan ciùil airson cairteal do Dhiana, ach a-nis tha i cinnteach nach nì i dad idir airson leithid de thomboy. Ò, tha mi a' smaoineachadh gun robh ùine beothail aca ann an sin a-maduinn. Feumaidh na Barrys a bhith fo chùram. Tha Miss Barry aosta beairteach agus bu toil leotha a bhith air an taobh math aice. Obh obh, cha do thuirt Mrs Barry dìreach sin dhomh, ach tha mi gu math math aig breithneachadh dùthcha duine, sin a tha ann."

"Tha mi cho mì-fhortanach," duilich Anne. "Tha mi a' faighinn fhèin ann an trioblaid a h-uile uair agus a' faighinn mo charaidean as fheàrr daoine a bhiodh mi a' sileadh fala mo chridhe airson an cuideachadh ann an iad cuideachd. Am faod thu innse dhomh carson a tha e mar seo, Mrs Lynde?"

'S e air sgàth gu bheil thu ro dhìomhair agus ro bhuileach, a phàiste, sin a tha, Cha stad thu a-riamh gus smaoineachadh air gach rud a thig a-steach do chloigeann ri ràdh no ri dhèanamh, tha thu ag ràdh no ag dèanamh e gun mhì-thomhais.

"Och, ach sin as fheàrr leis," protest Anne. "Bidh rudeigin a' tilleadh dhan inntinn agad, cho brosnachail, agus feumaidh tu a bhith a' toirt a-mach e. Ma thèid thu a dhèanamh smaoineachadh air, tha thu a' mill a h-uile càil. Nach eil thu fhèin air a bhith a' faireachdainn mar sin idir, Mrs Lynde?"

Chan eil, cha robh aig Mrs Lynde. Chrith i a ceann gu h-èiginnach.

"Feumaidh tu ionnsachadh a smaoineachadh beagan, Anne, sin dè, Tha an seanfhacal a dh'fheumas tu a leantainn 'Coimhead mus leum' gu h-àraidh a-steach gu leapannan seòmar spare."

Ghàir Mrs Lynde gu so-èibhinn air a geur fhealla-dhà fhèin, ach dh'fhan Anne dùmhlachd. Cha robh i a' faicinn dad ri gàire aig an t-suidheachadh, a nochd gu sònraichte dòrnach dhi. Nuair a dh'fhàg i taigh Mrs Lynde, dh'fhalbh i tro na raointean cruithichte gu Orchard Slope. Coinnich Diana rithe aig doras an t-seòmair-chòcaireachd.

"Bha do Mhodran Josephine gu math crosta mu dheidhinn, nach robh i?" cochlaich Anne.

"Seadh," fhreagair Diana, a' cur smog air gàire le sealladh faighteach air ais thairis air an doras seòmar-suidhe dùinte. "Bha i gu deimhinneach a' dannsa le fearg, Anne. Och, mar a dh'arg i. Thuirt i gun robh mise an nighean a bha a' co comportadh as miosa a chunnaic i riamh agus gun bu chòir do m' phàrantan a bhith nàireach mu mar a thog iad mi suas.

Thuirt i nach fhan i agus tha mi cinnteach nach saoileam. Ach tha athair agus màthair agam"

"Ciamar nach do dh'inns thu dhaibh gun robh e na m' chionn?" dh'iarr Anna.

"'S dòcha gun dèanainn a leithid de rud, nach eil?" thuirt Diana le magadh dìreach. "Chan eil mi na cuthag, Anne Shirley, agus co-dhiù bha mi cho mòr 'na coireach ris a' chùis agad"

"Uill, tha mi a' dol a-staigh gus innse dhi fhèin," thuirt Anna gu daingneach.

Dh'fhàg Diana.

"Anne Shirley, cha do rinn thu riamh! carson, bheir i dhìot beò!"

"Na biodh uabhas orm a bharrachd air an uabhas a tha orm," dh'iarr Anna. "Bu toil leam coiseachd suas gu beul a' chinn. Ach feumaidh mi a dhèanamh, Diana. B'e m'fhault agus feumaidh mi aideachadh. Bha cleachdadh agam ann an aideachadh, fortunately"

"Uill, tha i sa seòmar," thuirt Diana. "Faodaidh tu a dhol a-steach ma tha thu ag iarraidh, chan urrainn dhomh. Agus chan eil mi a' creidsinn gum bi thu a' dèanamh mòran math."

Leis an brosnachadh seo, thug Anne dùbhlan don leòmhann ann an uamhasan, is e sin, choisich i gu daingeann suas gu doras an t-seòmair-suidhe agus bhuail i go slaodach. Lean "Thig a-steach" geur.

Bha Miss Josephine Barry, tana, ceart, agus rigid, a' bruidhinn gu dian aig an teine, a còrneach gu tur gun sìth agus a sùilean a' sganradh tro na speuclaidean òir aice. Chuir i iompaireachd ann an a cathair, ag sùil ri fhaicinn Diana, agus chunnaic i nighean le aodann gheal a bha na sùilean mòra aice làn le measgachadh de dhùrachd èiginneach agus uamhas shrinking.

"Cò tha thu?" dh'iarr Miss Josephine Barry, gun teaghlachadh sam bith.

"Tha mi Anna de Green Gables," thuirt an tadhail bheag le crathadh, a' clasaich a làmhan le a dòigh aice fhèin, "agus tha mi air tighinn a dh'aithneachadh, mas e do thoil e"

"Admitear dè?"

"Gur e m'fhault a bh' ann mu dheidhinn a' leum gu leabaidh ort an-raoir, mhol mi e. Cha b' fhada le Diana a leithid de rud a smaoineachadh, tha mi cinnteach. 'S e nighean gu math bhanal a th' ann an Diana, Miss Barry. Mar sin feumaidh tu fhaicinn ciamar a tha e neo-chòir a bhith a' cuireadh a' chàis oirre."

"O, feumaidh mi, nach eil? Meas mi gu bheil Diana air a còrr de na leumadairean a dhèanamh co-dhiù. Leithid de dhìth aig taigh urramach!"

"Ach bha sinn dìreach a' spòrsachadh," lean Anne. "Tha mi a' smaoinichadh gum bu chòir dhut sinn a mhaitheadh, a Mhiss Barry, a-nis a tha sinn air iarraidh maitheas. Agus co-dhiù, maitheadh Diana agus leig leatha a ceòl sgrùdadh. Tha cridhe Diana air a sheasadh air a ceòl, a Mhiss Barry, agus tha fhios agam fìor mhath dè tha e mar a bhitheas do chridhe air rud no nach fhaigh thu e. Ma bhios tu ri bhith crosta ri duine sam bith, bi crosta riumsa. Bha mi cho cleachdte anns na làithean tràthach a bhith ag obair daoine crosta orm gun urrainn dhomh fhulang e nas fheàrr na Diana."

Bha mòran de na snap air falbh à sùilean an t-sean bhean aig an àm seo agus bha e air a chur às le steradh de dhiùltadh spòrsail. Ach thuirt i fhathast gu dion:

"Chan eil mi a' smaoineachadh gu bheil e na leithsceal dhut gu robh thu dìreach a' spòrsachadh, Cha robh nigheanan beaga riamh a' gabhail pàirt anns a' sheòrsa spòrs sin nuair a bha mi òg. Chan eil fios agad dè tha e mar a dhùisgeas tu às dèidh cadal domhainn, às dèidh turas fada is cràiteach, le dà nighean mòr a' tuiteam sìos ort le buille."

"Chan eil fhios agam, ach 's urrainn dhomh a bhith ag ìomhaigh," thuirt Anne gu dian. "Tha mi cinnteach gu b' fheàrr leat e. Ach an uairsin, tha an dàrna taobh againne cuideachd. A bheil ìomhaigh agad, A Bhàird? Mas eil, cuir thu fhèin nar n-àite. Cha robh fios againne gun robh duine sam bith anns an leabaidh sin agus cha b' iongnadh dhut gun do bhiodh eagal ornn. Bha e uamhasach mar a bha sinn a' faireachdainn. Agus an uairsin, cha b' urrainn dhuinn cadal anns an seòmar air falbh as dèidh a bhith air gealltainn. Tha mi a' smaoineachadh gu bheil thu cleachdte ri cadal ann an seòmraichean air falbh. Ach dìreach samhlaichidh dè mar a bhiodh thu a' faireachdainn ma bhiodh thu na nighean dìlleas beag nach robh a-riamh air a leithid de onair a bhith aice."

Bha a h-uile snap air falbh aig an àm seo. Dh'fhaodadh Miss Barry gu dearbh gàire, fuaim a chur Diana, a' feitheamh ann an iomagain gun fhacal sa chidsin a-muigh, gus toileachas mòr fàs.

"Tha eagal orm gu bheil mo chuis-chèillidh beagan làidir, tha e cho fada on a chleachd mi e," thuirt i. "Tha mi cinnteach gu bheil d' iarrtas air trua cho làidir ri leamsa. Tha e uile a' dol air dòigh a tha sinn a' coimhead air. Suidh an seo agus innis dhomh mu d' fhein."

"Tha mi duilich gu mòr nach urrainn dhomh," thuirt Anna gu daingeann. "Bu mhath leam a dhèanamh, oir tha thu coltach ri boireannach inntinneach, agus dh'fhaodadh tu fiù 's a bhith na spiorad càirdeil ged nach eil tu coltach ris gu mòr. Ach 's e mo dhleasdanas a dhol dhachaigh gu Miss Marilla Cuthbert. Tha Miss Marilla Cuthbert na bhan-phàirc uabhasach snog a tha gam thoirt suas gu freagarrach. Tha i a' dèanamh a dìcheall, ach 's e obair uabhasach misneachail a th' ann. Chan fhaod thu a milleadh oir a chaidh mi a' leum air an leabaidh. Ach mus falbh mi, bu mhath leam a bhios tu ag innse dhomh an maith thu Diana agus fuirich dìreach cho fad 'sa bha thu dol a Avonlea"

"Tha mi a' smaoineachadh 's dòcha gun dèan mi mura tig thu thairis agus bruidhinn rium a-nis agus a-rithist," thuirt Miss Barry.

An oidhche sin, thug Miss Barry bangl airgid do Diana agus dh'inns i do na buill as sine den teaghlach gun robh i air a valise a dhùnadh.

"Tha mi air mo bheachd a dheanamh suas ri fuireach gu sìmplidh airson a bhith a' faighinn eòlas nas fheàrr air a' nighean Anna sin," thuirt i gu h-oscailte. "Bidh i a' cur spòrs dhomh, agus aig mo aois tha duine spòrsail nad neo-àbhaisteachd."

An aon beachd a bh' aig Marilla nuair a chuala i an sgeulachd, "Thuirt mi riut sin" Bha seo airson sochair Matthew.

Fhàn Miss Barry a mach a' mhìos aice agus thairis. B' e aoigh nas fèin-fhàiltinn na th' ann, oir bha Anne ga cumail ann an deagh dùil. Thàinig iad na càirdean cruaidh.

Nuair a dh'fhalbh Miss Barry, thuirt i:

"Cuimhnich, thu Anna nighean, nuair a thig thu dhan bhaile tha thu air a dhol a thighinn thugam agus cuiridh mi thu anns an leabaidh as sàraichte a tha agam ri cadal"

"B' e spiorad gaolmhor a bh' ann an Miss Barry, mu dheireadh thall," thuirt Anne ri Marilla. "Cha bhiodh tu a' smaointinn sin a' coimhead rithe, ach tha i, Cha lorg thu e a-mach aig an toiseach, mar ann an cùis Mhathaidh, ach às dèidh ùine tha thu a' tighinn gus fhaicinn e. Chan eil spioradan gaolmhor cho gann 's a bha mi a' smaointinn roimhe. Tha e sgoinneil a dh'fhaighinn a-mach gu bheil an uiread dhìobh anns an saoghal"

Chapter 21

Thàinig an EARARRAICH a-rithist gu Cnocan Uaine, an earraich Alba Nuaidh bhòidheach, capricious, mi-fhìor, a' falbh fad an Giblean agus a' Mhàigh le sreath de lathaichean fionnar, ùr, milis, le dol fon ghrian dheirg agus iongnadh de ath-bheòthachadh agus fàs. Bha na craoibhean-mapail ann an Sràid an Luibear dearg-chraobhteach agus bha ravean beaga gyrach a' sìneadh suas timcheall an Bubble na Driadh. Suas anns na fàsach, air cùlaibh àite Mr Silas Sloane, dh'fhàs na Caillich-Bheithe a-mach, reul dhearg agus geal de mìlseachd fo na duilleagan donn aca. B' e fàth òir a bh' ann dhan a h-uile dìlleach airson nam buidhean-sgoile aon tràthnnona gus an togail, a' tilleadh dhachaigh anns an tràthnnona soilleir, freagairteach le gèagan agus baskets làn de spoil blàthach.

"Tha mi cho duilich airson dhaoine a tha a' fuireach ann an dùthchannan far nach eil Maighdeanan a' Mhòin," thuirt Anna. "Tha Diana ag ràdh is dòcha gu bheil rudeigin nas fheàrr aca, ach chan urrainn a bhith rudeigin nas fheàrr na Maighdeanan a' Mhòin, an urrainn, Marilla? Agus tha Diana ag ràdh mura h-eil iad a' fios ciamar a tha iad chan ionndrainn iad. Ach tha mi a' smaoineachadh gu bheil sin as miosa de gach rud. Tha mi a' smaoineachadh gum biodh e uabhasach, Marilla, nach eil fios agad dè tha coltach ri Maighdeanan a' Mhòin agus nach ionndrainn thu iad. An eil fios agad dè tha mi a' smaoineachadh gu bheil Maighdeanan a' Mhòin, Marilla? Tha mi a' smaoineachadh gu bheil iad na anaman nan flùraichean a bhàsaich an urrainn seo agus seo an nèamh. Ach bha am feur againn an-diugh, Marilla. Rinn sinn ar biadh-sheachdain ann an uaimh mhòr còinneach aig tobar sean - àite mìorbhaileach. Dh'iarr Charlie Sloane air Arty Gillis leum tairis air, agus rinn Arty e oir chan gabhadh e dùbhlan. Chan gabhadh duine sam bith anns an sgoil. Tha e gu math modaileach dùbhlan. Thug M Phillips na Maighdeanan a' Mhòin uile a lorg e do Prissy Andrews agus chuala mi e ag ràdh 'milsean don mhilis.' Fhuair e sin à leabhar, tha mi a' fios; ach tha e a' sealltainn gu bheil beagan ùidh aige. Chaidh Maighdeanan a' Mhòin a thairgsinn dhomh cuideachd, ach dhiùltaich mi dhaibh le nàire. Chan urrainn dhomh ainm an duine a innse dhut oir tha mi air mionn a ghealladh nach leig mi e tarsainn mo bhilean. Rinn sinn fainean de na Maighdeanan a' Mhòin agus chuir sinn iad air ar cuid adan; agus nuair a thàinig an t-àm dol dhachaigh rinn sinn marsail sìos an rathad, dà air dà, le ar cuid bùcaidean agus ar fainean, a' seinn 'My Home on the Hill.' O, bha e cho inntinneach, Marilla. Chaidh teaghlach uile Mhgr Silas Sloane a-mach gus ar faicinn agus stad a h-uile duine a choinnich sinn air an rathad agus stòldaich orainn. Rinn sinn buaidh fior."

"Chan eil ioghnadh mòr! Gniomhan caran! " b' e freagairt Marilla.

An dèidh nam Mayflowers thàinig na violets, agus Violet Vale air a phurpleadh leotha. Sheas Anne troimhe air an t-slighe gu sgoil le ceum gu ùrnaigh agus sùilean adhradh, mar gum biodh i a' coiseachd air talamh naomh.

"Air dòigh no dàrna còmhnaidh," thuirt i ri Diana, "nuair a tha mi a' dol tro seo chan eil mi a' cur mòran dragh cò bheir barr orm ann an clas no nach eil. Ach nuair a tha mi suas ann an sgoil tha e gu tur eadar-dhealaichte agus tha mi fhathast cho draghail. Tha a leithid de mhilltean de Annaichean annam. Uaireannan tha mi a' smaoineachadh gur e sin as coireach gu bheil mi duine cho trioblaid. Nam biodh mi dìreach mar an Anna aonaranach bhiodh e fada nas cofhurtail, ach an uairsin cha bhiodh e leath cho inntinneach."

Oidhche an t-Sultain, nuair a bha na garradh air ais le blàthan dearg, nuair a bha na losgannan a' seinn gu h-àlainn anns na mòintich mu cheann Loch nan Uisgeachan Soilleireach, agus an adhar làn de bhlàs phàircean cloichean agus coilltean giuthais, bha Anna suidhe ri uinneag a cinn-bhòrd. Bha i air a dèanamh a ceachtairean, ach bha e air tighinn ro dorch gus an leabhar a fhaicinn, mar sin sheas i ann an slaodaireachd aice, a' coimhead a-mach taobh thall na craoibhe de'n Bhanrigh Sneachda, a-rithist air a rionnagach le a blàthan.

Anns a h-uile suidheachaidh deatamach, cha robh atharrachadh sam bith air an òirleach beag. Bha na ballachan cho geal, an pinne-cushion cho cruaidh, na cathraichean cho dorcha agus buidhe mar a bha iad a-riamh. Ach, bha caractar iomlan an t-seòmair air atharrachadh. Bha e làn de neach-beò ùr, a' beò-bhreith a bha coltach ri a' leantainn a-mach agus a bhith gu tur neo-eisimeileach air leabhraichean scolàirean agus dreasaichean agus ribbons, agus fiù 's air an jug craiceann gorm làn de blossoms apple air a' bhòrd. Bha e mar gum biodh a h-uile aisling, a 'cadal agus a' dhùsgadh, aig a 'fhoillsichear beòthail air a ghabhail ann am form shìnte ged nach robh e prostaig agus a bhith air an òrdaich an seòmar lom le suasachan àlainn de rainbow agus moonshine. An-dràsta thàinig Marilla a-steach gu beothail le cuid de aprons scoil Anne's air an iarraidh ùr. Chuir i iad thairis air cathair agus shuidh i sìos le sigh goirid. Bha ceann aon di a 'bhlàran sin feasgar, agus ged a bha an t-àite air falbh bha i a' faireachdainn lag agus "tuckered out," mar a chuir i e. Thug Anne sùil air le sùilean truagh le trua.

"Tha mi gu dearbh ag iarraidh gun robh an tinneas-ceann agam ann an do àite, Marilla, bhiodh mi air a sheasamh gu sunndach air do shon"

"Tha mi a' smaoineachadh gu bheil thu air do phàirt a dhèanamh a' freagairt air an obair agus a' leigeil dhomh fois," thuirt Marilla. "Tha coltas ort gu bheil thu air falbh gu math freagarrach agus nach eil thu air a bhith a' dèanamh mearachdan cho tric 's a bhiodh. Gu follaiseach cha robh e dìreach riatanach stàirceadh a chur air na neapain ag Matthew! Agus nuair a tha daoine eile a' cur pìos anns an àmhainn gus èirigh blàth airson dìnnear, tha iad a' toirt a-mach e agus a' ithe e nuair a thèid blàth seach a' leigeil leis a bhith air a losgadh gu làn-chrisp. Ach cha robh coltas gu bheil sinne mar sin a-reir coltais"

Bha tinneas cinn a' fàgail Marilla beagan sarcasdach an-còmhnaidh.

"Ò, tha mi cho duilich," thuirt Anne le duilich. "Cha do smaoinich mi air an t-piog sin on a chuir mi a-steach don amhainn gus an-dràsta, ged a bha faireachdainn gu dìreach gu robh rudeigin a dhìth air bòrd an dìnnear. Bha mi daingeann air, nuair dh'fhàg thu mi a chur an cèill a-muigh madainn, nach biodh mi a 'smaoineachadh air rud sam bith, ach a' cumail mo smuaintean air fìrinn. Dh'obraich mi gu math gus an do chuir mi an piog a-steach, agus an uairsin chaidh mealladh do-riosal orm-sa gus smaoineachadh gu robh mi mar bhan-phrionnsa draoidheil a ghabhail a-steach ann an tùr uaigneach le ridire àlainn a 'siubhal gu mo shaoradh air each dubh guail. Sin mar a dh'fhàg mi an t-piog. Cha robh fhios agam gun robh mi a 'stadh na làimhseaca. Fad an ùine a bha mi a 'iarraidh smaoineachadh air ainm airson eilean ùr an Diana agus mi fhèin air lorg suas an abhainn. 'S e an àite as bòidheche mar as e, Marilla. Tha dà chrann maipil air agus tha an abhainn a 'sruthadh ceart timcheall air. Mu dheireadh smaoinich mi gu robh e air leth gur e Victoria Island an t-ainm air a chur air oir lorg sinn e air là-breith a 'Bhan-rìgh. Tha an Diana agus mise an-còmhnaidh dìleas. Ach tha mi duilich mun phiog agus na làimhseaca. Bha mi a 'feuchainn ri bhith na b' fheàrr an-diugh oir 's e oidhche an-uiridh a th' ann. A bheil cuimhne agad dè thachair an latha seo an-uiridh, Marilla?"

"Chan urrainn dhomh smaoineachadh air rud sam bith sònraichte."

"O, a Mharilla, b' e an latha a thàinig mi a Green Gables, cha ghabh mi a-riamh air dìochuimhneachadh. B' e sin an t-àm a chaidh mo shaoghal a thionndadh. Gu cinnteach cha b' ann cho cudromach dhuibhse. Tha mi an seo airson bliadhna agus tha mi air a bhith cho sona. Gu cinnteach, tha trioblaid agam, ach 's urrainn do dhuine trioblaid a sheachnadh. A bheil sibh duilich gun d' fhàg sibh mi, a Mharilla?"

"Chan eil, chan urrainn dhomh ràdh gu bheil mi duilich," thuirt Marilla, a bhiodh uaireannan a' wonder gu bheil i beò mus do thàinig Anne gu Green Gables, "chan eil, chan eil duilich gu dìreach. Ma tha thu air do leasanan a chrìochnachadh, Anne, tha mi ag iarraidh ort ruith thar agus faighnich do Mhiss Barry am bi i deònach a patter apron Diana a thabhann dhomh"

"Ò, tha e ro dhorcha," ghlaodh Anna.

"Rò-dhorcha? Carson, tha e a-mhàin feasgar, Agus tha fios gu leòr agad gun deach thu tarsainn gu tric às dorchadas"

"Thèid mi thairis tràth sa mhadainn," thuirt Anne le spiorad iocshasta. "Èiridh mi aig èirigh na grèine agus thèid mi thairis, Marilla."

"Dè tha air tighinn a-steach don cheann agad a-nis, Anne Shirley? Tha mi ag iarraidh an patrùn sin gus do apron ùr a ghearradh a-mach an-nochd. Falbh latha sam bith agus bi tapaidh cuideachd"

"Feumaidh mi a dhol mun cuairt leis an rathad, an uairsin," thuirt Anne, a' togail suas a h-uachdar le droch-toil.

"Gabh air an rathad agus caill leth uair a thìde! Bu toil leam thu a ghlacadh!"

"Chan urrainn dhomh dol tro Fhiodh na Bùthantan, Marilla," ghlèidh Anne gu èiginneach.

Stad Marilla a' coimhead.

"Am Bòidhchead Trom! A bheil thu craobhach? Dè fon criosail a th'anns a' Bòidhchead Trom?"

"Am fiodh sprùis thar an allt," thuirt Anna gu sàmhach.

"Fiddlesticks! Chan eil rud sam bith mar choille taibhseil sam bith, Cò tha air a bhith ag innse dhut rudan mar sin?"

"Chan eil duine sam bith," dh'aithris Anne. "Dìreach bha Diana agus mi fhìn a' smaoineachadh gu robh an coille uamhasach. Tha na h-àiteachan uile mun cuairt so co-fhillte. Fhuair sinn seo suas airson ar toileachas fhèin. Thòisich sinn ann an Giblean. Tha coille uamhasach cho rèidheil, Marilla. Dh'fhalbh sinn leis a' choille sprus oir tha e cho dubhach. Ò, tha sinn air smaoineachadh air na nithean as uabhasaiche. Tha banaltrach gheal a' coiseachd ri taobh na h-uisgeachan dìreach mu an àm seo den oidhche agus a' brosnachadh a lèirsinn agus a' toirt beusan fulangach. Tha i a' nochdadh nuair a tha bàs a dh'fhalbh anns a' teaghlach. Agus tha taibhse leanabh beag a chaidh a mharbhadh a' fuireach anns an oisean suas le Idlewild; tha e a' tighinn suas air do chùlaibh agus a' cur a dhòrn fuar air do làmh mar sin. Ò, Marilla, tha e a' toirt crith orm a smaoineachadh air. Agus tha duine gun cheann a' coiseachd suas agus sìos an rathad agus cnàmhan a' dèanamh sùil ort eadar na geugan. Ò, Marilla, cha deanainn troimh an Coille Uamhasach às dèidh dorchadas a-nis airson rud sam bith. Bhithinn cinnteach gu robh nithean geala a' tabhann a-mach bho chùl na craobhan agus a' toirt greip orm "

"An do chuala duine sam bith riamh a leithid!" eaculadaidh Marilla, a bha air èisteachd ann an iongnadh balbh. "Anne Shirley, a bheil thu a' ciallachadh innse dhòmhsa gu bheil thu a' creidsinn na h-uile h-amadainn olc sin bho do chiall fhèin?"

"Chan eil mi a' creidsinn gu dìreach," thuirt Anna gu hesg. "Co-dhiù, chan eil mi a' creidsinn ann an solas an latha. Ach às dorchadas, Marilla, tha iad eadar-dhealaichte. Sin nuair a bhios taibhsean a' coiseachd "

"Chan eil rudan mar thaibhsean ann, Anne"

"O, ach tha iad, a Marilla," ghlaodh Anne gu dìreach. "Tha mi a 'fiosrachadh mu dhaoine a tha air an fhaicinn. Agus tha iad na daoine urramach. Tha Charlie Sloane ag ràdh gu bheil a sheanmhair air a sheanair a fhaicinn a 'toirt dhachaigh na ba aon oidhche an dèidh dha a bhith air a adhlacadh airson bliadhna. Tha fios agad nach innseadh seanmhair Charlie Sloane sgeulachd airson rud sam bith. Tha ise na boireannach cràbhach. Agus tha athair Bhanaich a 'gabhail air a dhachaigh aon oidhche le uan teine le a cheann air a ghearradh a-mach a' crochadh le ribean craicinn. Thuirt e gu robh e a 'fios gur e spiorad a bhràthair a bh' ann agus gur e rabhadh a bh' ann gun bhàsaich e taobh a-staigh naoidh latha. Cha do rinn e, ach bàsaich e dà bhliadhna an dèidh sin, mar sin tha thu a 'faicinn gur e fìor a bh' ann. Agus tha Ruby Gillis ag ràdh"

"Anne Shirley," chuir Marilla stad leis gu daingeann, "Cha toil leam a chluinntinn thu a' bruidhinn mar seo tuilleadh. Bha amharas agam mu dheidhinn an t-ìomhaigh a th'agad fad an ùine, agus ma tha seo mar a thig an cèill dhen a h-uile càil, cha ghèill mi dha. Bidh thu a' dol dìreach thar a' bharraichean Barry, agus bidh thu a' dol tro a' choille sprùis, dìreach airson leasan agus rabhadh dhut fhèin. Agus na leig leam cluinntinn facal sam bith as do cheann mu choilleachan taibhseil a-rithist"

Dh'fhaodadh Anne gearan is caoineadh cho fada 's a b' ann agus mar a rinn i, oir bha a h-eagal glè fhìor. Bha a dàimh-sealladh air teicheadh leatha agus bha i a' cumail uabhas do chraobh na sprùis an dèidh dorchadas. Ach bha Marilla neo-chùlach. Sheòl i an taibhse-fhaicire crith-eagalach sìos chun an tobar agus thug i orduigheadh dhi dol dìreach thairis air an drochaid agus a-steach dhan àite dorcha le boirichean agus taibhsichean gun cheann air an dàrna taobh.

"Ò, Marilla, ciamar a tha thu cho cruaidh?" chaoidh Anne. "Dè chuireadh faire ort ma gheibheadh rud geal mi 's a bhuaineadh leis iad mi?"

"Cuiridh mi a' chunnart air," thuirt Marilla gun truas. "Tha fios agad gu bheil mi a' ciallachadh a bhith a' ciallachadh. Cuiridh mi leigheas ort a' bhith a' dealbhadh taibhsean ann an àiteachan. Siubhail, a-nis"

Ghluais Anna. Sin a ràdh, thuit i tarsainn a' drochaid agus dh'fhalbh i gu cràgach suas a' chonaltradh dorcha uamhasach air a cùlaibh. Cha do dhìochuimhnich Anna an coiseachd sin idir. Dh'iadhaich i goirt gun do thug i cead dhan ùirsgeul aice. Bha na goblinan bho bhàrdachd Anna a' fuireach anns gach sgal anns a' choille mun cuairt rithe, a' sìneadh a-mach an làmhan fuar gun fheòil gus an nighean bheag eagalach a rugadh gu beò a ghabhail. Rinn ribean geal de bharc beithe ag èirigh suasàs an toll thairis air ùrlar donn a' chnoic a h-àite a stad gu tur. Thug gaol fada dhe dà shean gheug a' gnìomhachadh a' chèile a-mach an t-sùgh ann am bonaich air a stìrn. Bha cruinneachadh na batan anns a' dorchadas thairis uirthi mar sgiathan de dh'ainmhidhean àrsaidh. Nuair a ruigh i ghort Mr William Bell, ruith i tarsainn mar gun robh arm de rudan geala a' toirt seilbh air, agus ràinig i doras a' chidsin Barry a leithid de dhìth anail 's gun robh i dìreach comasach air iarrtas air a h-àite de dh'phatrùn an apron a ghluasad. Bha Diana air falbh mar sin cha robh leisgeul aice fuireach. Bha an turas uamhasach ail na dachaigh ri dhol a-rèir a cheartais. Chaidh Anna air ais tarsainn le a sùilean dùinte, ga togail mar chunnart a h-inntinn a bhriseadh am measg a' gheagan seach a bhith a' faicinn rudeigin geal. Nuair a thuit i mu dheireadh thall tarsainn a' drochaid, thàinig i air rèiteachadh kraobh-shith fada faisg.

"Uill, mar sin cha do ghlac dad thu?" thuirt Marilla gun truas.

"Ò, Mo Marilla," spadadh Anna, "Thèid mi a bheith s s sàsaichte le àiteachan c c coitcheann às seo"

Chapter 22

"MO MHÒRACHD, chan eil anns an t-saoghal seo ach coinneamhan agus sgaoilidhean, mar a tha Mrs Lynde ag ràdh," thuirt Anne gu pìosach, a' cur a slate agus a leabhraichean sìos air bòrd a' chidsin air an latha mu dheireadh de an t-Ògmhios agus a' dìdean a sùilean dearg le breabaid fliuch uabhasach. "Nach robh e fortanach, Marilla, gun do thug mi breabadh a bharrachd dhan sgoil an-diugh? Bha ro-aithris agam gun robh feum air"

"Cha do smaoinich mi riamh gu robh thu cho measail air Mr Phillips gun robh dhith ort dà sgòth lèine gus do dheòir a thriobhadh dìreach air sgàth 's gu robh e a' falbh," thuirt Marilla.

"Chan eil mi a 'smaoineachadh gun robh mi a' caoineadh oir bha mi gu math measail air," smaoinich Anne. "Dìreach chaoidh mi oir bha na daoine eile uile a 'caoineadh, Ruby Gillis a thòisich air. Tha Ruby Gillis air a bhith a 'dèanamh cinnteach gun robh i a' cur fuath air Mr Phillips, ach dìreach sa mhadainn a dh'èirich e gus an òraid farraidh aige a dhèanamh thòisich i air caoineadh. An uair sin thòisich na caileagan uile air caoineadh, fear às dèidh a chèile. Dh'fheuch mi ri cumail suas, Marilla. Dh'fheuch mi ri cuimhneachadh air an àm a bha Mr Phillips agam a 'suìdh còmhla ri Gil le balach; agus an uair a chain e m' ainm gun an 'e' air an clàr-dubh; agus mar a thuirt e gun robh mi am maslad as miosa a chunnaic e riamh aig geometry agus ghàire e air m' litreachadh; agus na h-àiteachan uile anns an robh e uamhasach freagarrach; ach cha do dh'fhàs an càil, Marilla, agus cha do b' urrainn dhomh ach caoineadh cuideachd. Tha Jane Andrews air a bhith a 'bruidhinn airson mìos mu mar a bhiodh i toilichte nuair a bhiodh Mr Phillips air falbh agus thuirt i gun robh i a-riamh a' caoineadh. Gu dearbh, bha i nas miosa na duine sam bith againn agus bha i a 'feumachadh air nèipean a thachairt bhon a bhàrd gu robh na gillean air caoineadh oir cha robh i a' toirt aon dhiubh fhèin, nach dùil ris a bheil feum air. Ò, Marilla, bha e uamhasach. Rinn Mr Phillips òraid farraidh bhòidheach a 'tòiseachadh,' Tha an àm air tighinn dhuinn gus a bhith air ar sgaradh. 'Bha e gu math buanachdach. Agus bha deòran anns a shùilean cuideachd, Marilla. Ò, bha mi an-còmhnaidh duilich agus mi fhèin a 'dol tro na h-uairean uile a dh'fhalbh mi air an sgoil agus tharraing mi dealbhan dheth air mo ghloine agus dhèan mi fealla-dhà air agus Prissy. Can cuimhne gu robh mi a 'mì-ghnàthadh a bhith na sgoilear samhail mar Minnie Andrews. Cha robh a h-aon rud air a cogais. Chaoidh na caileagan uile air an slighe dhachaigh bhon sgoil. Bidh Carrie Sloane a 'dèanamh cinnteach gach beagan mionaidean,' Tha an àm air tighinn dhùinn gus a bhith air ar sgaradh, 'agus sin a' toirt toiseach oirnn a-rithist a h-uile uair a bhiodh sinn ann an cunnart sam bith a fhàgail suas. Tha mi a 'faireachdainn gu math muladach, Marilla. Ach chan urrainn do dhuine a bhith glè fhada ann am fàsach an èiginneis le dà mhìos' saor-làithean romhpa, an urrainn dhaibh, Marilla? Agus thairis air sin, choinnich sinn ris an t-seirbhiseach ùr agus a bhean a 'tighinn bhon stèisean. Airson a h-uile rud a bha mi a 'faireachdainn mu Mr Phillips a' dol falbh cha b' urrainn dhomh ach beagan suim a chur ann an ministeir ùr, nach b' urrainn dhomh? Tha a bhean gu math brèagha. Cha b' e àlainn dìreach deònach, gu dearbh chan urrainn dha ministeir bean pòsta a bheidh gu math dìreach, oir dh'fhàodadh e droch eisimpleir a chur ann. Thuirt Mrs Lynde gu bheil bean a 'mhinitreach thall aig Newbridge a' cur droch eisimpleir air oir tha i a 'cur seachad gu h-àlainn. Bha bean a 'mhinitreach ùir againn a' cur a h-aon rud air muslin gorm le slèibhte puffed àlainn agus ad a trimmte le ròsan. Thuirt Jane Andrews gun robh i a 'smaoineachadh gun robh slèibhte puffed ro shaoghail airson bean a' mhinitreach, ach cha do rinn mi a leithid de rud nach freagarrach, Marilla, oir tha fhios agam dè tha aige gus an ad a dhealbhadh. A bharrachd air sin, cha robh i ach bean phòsta ministearail airson beagan ùine, mar sin bu chòir do dhuine aigeantas a dhèanamh, nach bu chòir dhaibh? Tha iad a 'dol a dhèanamh bordail còmhla ri Mrs Lynde gus am bi an manse deiseil"

Ma bha Marilla, a' dol sìos gu Mrs Lynde an oidhche sin, air a brosnachadh le prògram sam bith ach a h-aon fear a bh' aice, gus na deilbhigeachan quilting a bh' i air iasaid o chionn gheamhraidh, b' e lagachd toinisgeil a roinn a' mhòr-chuid de dhaoine Avonlea. Thill mòran rudan a bha Mrs Lynde air iasaid, aig amannan gun dùil sam bith gum faiceadh iad a-rithist, dhachaigh an oidhche sin fo stiùir an luchd-iasaid. B' e ministear ùr, agus a bharrachd air sin ministear le bean, amas dligheach air freagaireachd ann an t-suidheachadh dùthchail sàmhach far nach robh iomadach ioma-fhaireachdainn.

Seann Mr Bentley, an ministear a bha Anne air a lorg a' falbh air falbh ann an iomradh, bha e na phastair de Avonlea airson ochd bliadhna deug. Bha e na bhantrach nuair a thàinig e, agus cha robh e ach na bhantrach, a dh'aindeoin an fhaicinn gu regular gu robh a' bhruidhinn air pòsadh aig seo, an sin, neo an fhear eile, gach bliadhna de a thighinn. Anns an Gearran roimhe sin, chuir e sìos a dhleasdanas agus dh'fhàg e am measg duilgheadasan a mhuintir, a' mhòr-chuid dhiubh ag obair le gràdh a tha air a bhreth le conaltradh fada airson an ministear seann math aca, a dh'aindeoin a dhìth air gnìomh mar òraidiche. Bho sin, bha eaglais Avonlea a' faireachdainn iomadachd ann an lòidhneachd reiligeach ga èisteachd ri iomadh agus do dh'iarrtasan eadar-dhealaichte agus "solaraichean" a thàinig Didòmhnaich an dèidh Didòmhnaich a phreasantachadh air feuchainn. Sheas iad neo thuit iad le breith nan athraichean agus nan màthraichean ann an Israel; ach bha nighean bheag ruadh, a bha an-còmhnaidh suidhe gu umhal ann an cùinne pew-èiginn Cuthbert, cuideachd aice beachdan mu dheidhinn agus a' deasbad an aon rud gu làn le Matthew, Marilla a' diùltadh gu prionnsapail a bhith a 'mholadh ministearan ann an cruth sam bith neo cruth.

"Chan eil mi a' smaoineachadh gun robh Mr Smith air a dhèanamh, Matthew," bha seo aig Anne aig an deireadh. "Tha Mrs Lynde ag ràdh gu robh a sheachdainnean cho dona, ach tha mi a' smaoineachadh gur e a mhì-fhortan a bh' ann dìreach mar a bh' aig Mr Bentley's, cha robh dàimh aige. Agus bha ro mhòran aig Mr Terry; leig e leis a dhol a-mach leis mar a rinn mi fhìn nuair a chùis mi na Coilltean Taibhseil. Cuideachd, tha Mrs Lynde ag ràdh nach robh a theagaisg ceart. B' e duine gu math math a bh' ann an Mr Gresham agus duine gu math cràbhach, ach dh'innis e ro iomadh sgeulachd èibhinn agus dhèanadh e daoine a gàireachadh anns an eaglais; bha e gun urram, agus feumaidh tu urram a bhith agad mu ministear, nach eil, Matthew?

Shaoil mi gu robh Mr Marshall gu math tarraingeach; ach tha Mrs Lynde ag ràdh nach eil e pòsta, no fiù 's geallta, oir rinn i sgrùdadh sònraichte air, agus tha i ag ràdh nach robh e freagarrach ministear òg neo-phearsanta a bhith ann an Avonlea, oir dh'fhaodadh e pòsadh anns a' chongregation agus bhiodh sin a' cruthachadh trioblaid. Tha Mrs Lynde na boireannach glè fhaicinneach, nach eil, Matthew? Tha mi gu math toilichte gun do ghairm iad Mr Allan. Tha mi ga mhaith oir bha a shearmon inntinneach agus bha e ag ùrnaigh mar gun robh e a' ciallachadh agus chan ann dìreach mar gum biodh e ga dhèanamh oir bha e na chleachdadh. Tha Mrs Lynde ag ràdh nach eil e foirfe, ach tha i ag ràdh gu bheil i a' smaoineachadh nach eil sinn a' feitheamh ministear foirfe airson ceithir cheud agus dà fhichead dòlar gach bliadhna, agus co-dhiù tha a theagaisg ceart oir cheistich i e go mionaideach air na prìomh-phuingean teagaisg. Agus tha i eòlach air na daoine aig a bhean agus tha iad uile gu math urramach agus tha na mnathan uile nan deagh thaigheadairean. Tha Mrs Lynde ag ràdh gu bheil teagaisg ceart anns an duine agus deagh thaighinn sna mnathan a' cruthachadh meòrachadh freagarrach airson teaghlach ministear."

Bha an ministear ùr agus a bhean a' cuideachadh, càirdeil, òg, fhathast air an gealach meala, agus làn de dh'iomradh mhath agus brèagha airson an obair-a-beatha a thagh iad. Dhuail Avonlea a chridhe dhaibh bho thùs. Bha am fear òg blàth-aoibhinn aig an robh iomairtean àrda mar dh'ore, agus an duine beag andail, soilleir a ghabh mar bhean-tighe na manse. Le Mrs Allan, thuit Anne gu èirigh agus gu làn-chridhe ann an gaol. Bha i air spiorad co-cheangailte eile a lorg.

"Tha Mrs Allan gu tur alainn," ghlaodh i aon feasgar DiDòmhnaich. "Tha i air clas a ghabhail agus tha i na tidsear sgoinneil, Thuirt i sa bhad nach robh i a' smaoineachadh gu robh e cothromach airson an tidsear a h-uile ceist a chur, agus tha fhios agad, Marilla, gu bheil sin dìreach na smaoineachadh a bh' agam an-còmhnaidh. Thuirt i gun urrainn dhuinn a ceist sam bith a tha sinn ag iarraidh a chur oirre agus dh'fhaighnich mi iomadh ceist. Tha mi math aig ceistean a chur, Marilla"

"Creid mi thu," bha beachd laidir Marilla.

"Cha do dh'fhaigh duine sam bith eile ceist sam bith ach Ruby Gillis, agus dh'fhaigh i a bheil pic-nic Sgoil Sabhaid a' dol a bhith ann am bliadhna. Cha robh mi a' smaoineachadh gur e ceist freagarrach a bha sin airson fhaighinn air sgàth 's nach robh ceangal sam bith eadar i agus an leasan leasan mu Dhaibhidh ann an uamh nan leòmhann ach ghàire Mrs Allan dìreach agus thuirt i gum b' ann a bhiodh. Tha gàire bòidheach aig Mrs Allan; tha cliseagan cho bòidheach aice ann an a gruaidhean. Bu toil leam cliseagan a bhith ann an mo gruaidhean, Marilla. Chan eil mi leath cho caol 's a bha mi nuair a thàinig mi an seo, ach chan eil cliseagan agam fhathast. Nam biodh, 's dòcha gum biodh mi comasach daoine a bhoillsgeadh airson math. Thuirt Mrs Allan gur coir dhuinn an-còmhnaidh feuchainn daoine eile a bhoillsgeadh airson math. Bhruidhinn i cho snog mu gach rud. Cha do dh'fhios agam roimhe sin gu robh creideamh cho sunndach. Bha mi an-còmhnaidh dhen bheachd gu robh e beagan duur, ach chan eil creideamh Mrs Allan, agus bu toil leam a bhith na Crìostaidh nam biodh mi comasach a bhith na fear mar i.

Cha bhiodh mi ag iarraidh a bhith na fear mar Mr Superintendent Bell"

"Tha e gu math mi-thograch dhut bruidhinn mar sin mu Mhr Bell," thuirt Marilla gu cruaidh. " 'S e duine math dha-rìribh a th' ann an Mhr Bell"

"O, 's eil fhios gu bheil e math," thuirt Anna, "ach chan eil coltas gu bheil e a' faighinn sàsachadh sam bith às. Ma bhiodh mi math bhithinn a' dannsa 's a' seinn fad an latha oir bhiodh mi toilichte air. 'S dòcha gu bheil Mrs Allan ro shean gus dannsa 's seinn agus 's eil fhios gu bheil e iomchaidh ann an bean ministear. Ach faod mi a-mhàin faireachdainn gu bheil i toilichte gu bheil i na Criostaidh agus gu bheil i na h-aon, fiù 's ged a bhiodh i comasach air dol gu flathinnas às aonais."

"Tha mi a' smaoineachadh gu feum sinn Mgr agus a Mhgr Allan a thoirt suas airson tì gu luath," thuirt Marilla gu meabhrachaidh. "Tha iad air a bhith aig a 'mhòr-chuid dha-rìribh, ach an seo, Leig gun amharas. Bhiodh an Ceadaoin an ath-sheachdainn na àm math gus a bhith aca. Ach na innis facal do Mhatthew mu dheidhinn, oir nam b 'fhios aige gun robh iad a' tighinn, lorgadh e leithid de leisgeul gus a bhith às a dhèidh air an latha sin. Bha e air a bhith cho cleachdte ri Mgr Bentley nach robh e a 'cur dragh air, ach tha e a' dol a lorg eacarsaich gus aithne a chur air ministear ùr, agus tha bean a 'mhinistear ùr a' dol a chur eagal air gu bàs. "

"Bithear mi cho dìomhair ri na marbh," dh'fhreagair Anna. "Ach, a Mharilla, an leig thu dhomh cèic a dhèanamh airson an tachartais? Bhiodh mi toilichte rud a dhèanamh airson

Mhiss Allan, agus thu a 'fios gum faod mi cèic gle mhath a dhèanamh aig an àm seo"

"'S urrainn dhut cèic ìrean a dhèanamh," gheall Marilla.

Diluain agus Dimàirt, chaidh ullachaidhean mòra a dhèanamh aig Green Gables. Bha a' toirt tì don mhinistear agus a bhean a dhol gu doirbh agus gu cudromach, agus bha Marilla ag amas nach biodh i air a dhubhadh le gin de na còcairean Avonlea. Bha Anne air a beò-ghlacadh le spionnadh agus toilichte. Bhruidhinn i mu dheidhinn gu lèir le Diana oidhche Dimàirt san dusladh, nuair a bha iad a' suidhe air na clachan mòra dearg ri taobh Bubble an Dryad agus a' dèanamh boghannan-uisge san uisge le meangan beaga a bha air an tumadh ann am balgam fir.

"Tha a h-uile càil deiseil, Diana, ach mo chèic a tha mi ri dhèanamh sa mhadainn, agus am briosgaidean pùdar-bhèicearaidh a dhèanamh Marilla dìreach ro àm teatha. Tha mi a' gealltainn dhut, Diana, gu bheil Marilla agus mise air a bhith trang fad dà là dhiubh. 'S e uallach a th' ann a bhith a' freastal teatha teaghlaich ministear. Cha robh mi riamh tro phrosbaig den t-seòrsa roimhe. Bu chòir dhut a bhith a 'coimhead air ar pàntair. 'S e sealladh iongantach a th' ann. Tha sinn a 'dol a bhith ag ithe cearc jeiliedh agus teanga fuar. Tha sinn gu bhith a 'faighinn dà sheòrsa de jellie, dearg agus buidhe, agus uachdar bhuailte agus pìog leamoine, agus pìog sìl, agus trì seòrsaichean de cookies, agus cèic measan, agus glasraich buidhe ainmeil Marilla a tha i a' cumail gu sònraichte do mhinistearan, agus cèic punnd agus cèic ìre, biscuits mar a thuirt mi roimhe seo; agus aran ùr agus seann air an dàrna taobh, sa chàs gu bheil an ministear dyspeptic agus nach urrainn dha ùr ithe. Tha Mrs Lynde ag ràdh gu bheil ministearan dyspeptic, ach chan eil mi a 'smaoineachadh gu bheil Mr Allan air a bhith na mhinistear gu leòr fad a th' ann air daoine buaireadh dhona a thoirt air. Tha mi dìreach a 'fàs fuar nuair a smaoinich mi air mo chèic ìre. O, Diana, dè an rud a bhiodh ann mur robh e math! Bhruidhinn mi an-raoir gu robh mi air am geàrradh timcheall le goblainn uamhasach le mòr-chèic ìre airson ceann"

"Bidh e math, gu cinnteach," thuirt Diana a bha na cara glè chomfortach. "Tha mi cinnteach gu robh an pìos den fhear a rinn thu a bh' againn airson lùnastail ann an Idlewild dà seachdain air ais gu tur eireachdail"

"Seadh; ach tha cèicean le cleachdadh uabhasach a' dol dona dìreach nuair a tha thu gu h-àraidh ag iarraidh a bhith math," osnaich Anne, a' cur geug gu sònraichte math balasmach air bhog. "Ge-tà, tha mi a' smaoineachadh gum bi mi dìreach a 'cur mo dhòchas ann an Diùcachd agus a' coimhead an dèidh an fhliùir a chur a-staigh. Oh, coimhead, Diana, dè a' bhogha-frois àlainn! An do dh'fhaodas tu gu bheil a' dhrìodach a 'dol a-mach às dèidh dhuinn falbh agus a' gabhail airson sgèarfa?"

"Tha fios agad nach eil rud sam bith mar dryad ann," thuirt Diana. Lorg màthair Diana a-mach mu Choille Uamhasach agus bha i gu cinnteach air a cur à bòid. Mar thoradh air sin, cha do lean Diana air adhart le freagairtean sam bith eile a bh' aig an t-samhlaichean agus cha do smaoinich i gum bu chòir dhi spiorad an creidsinn a chultachadh fiù 's ann am dryads do-chorrach.

"Ach tha e cho furasta dèanamh iomradh gu bheil," thuirt Anne. "Gach oidhche mus tèid mi dhan a' leabaidh, coimhead mi a-mach air mo uinneag agus iongnadh a bhios agam ma tha an dryad gu dìreach a' suidhe an seo, a' snìomh a fasgan leis an t-earrach airson sgàthan. Uaireannan, coimhead mi airson a cuid coiseachdan anns an drùcht sa mhadainn. Oh, Diana, na trèig do chreideamh anns an dryad!"

Thàinig madainn Diciadain. Dh'èirich Anne aig èirigh na grèine oir bha i ro mhòr-chòrdte le spionnadh gus cadal. Bha fuachd cas dorcha air a ghlacadh air adhbhar gun robh i air a bhith a' cluich anns an t-sruth air an oidhche roimhe; ach cha b' urrainn do dhuine sam bith ach pneumonia iomlan a dìmeas air an ùidh aige ann an cùrsan còcaireachd a-muigh air a' mhadainn sin. An dèidh an bracaist, chaidh i air adhart gus a cèic a dhèanamh. Nuair a dhùin i doras an àmhainn air a dheireadh, thug i anail mhor.

"Tha mi cinnteach nach eil mi air rudeigin a dhìochuimhneachadh an turas seo, Marilla, Ach a bheil thu a' smaoineachadh gum èirich e? Sam bith dè ma tha an fual-phronnadh nach eil math? Chleachd mi e à am can ùr. Agus tha Mrs Lynde ag ràdh nach urrainn dhut a bhith cinnteach gum faigh thu fual-phronnadh math an-diugh nuair a tha a h-uile càil cho truaillichte. Tha Mrs Lynde ag ràdh gum bu chòir don Riaghaltas an cùis a ghabhail os làimh, ach tha i ag ràdh nach fhaic sinn an latha nuair a nì Riaghaltas a' Phàrtaidh Toraidhe e. Marilla, dè a thachras ma nach èirich am cèic sin?"

"Bidh gu leòr againn às aonais" b' e dòigh Marilla gun strì sam bith a coimhead air a' chuspair.

Dh'èirich an cèic, ge-tà, agus thàinig i a-mach à an àmhainn cho èibhinn agus cho èadharach ri foam alainn. Anne, le a gruaidhean dearg le toileachas, thug i còmhla le iomairtean de jelly deargain agus, ann an dòigh smaointinn, chunnaic i Mrs Allan ag ithe agus 's dòcha a' iarraidh pìos eile!

"Bidh thu a' cleachdadh an seata tì as fheàrr, gu cinnteach, Marilla," thuirt i. "Am faod mi an bòrd a sgeadachadh le raineach is ròsan fhiadhaich?"

"Tha mi a' smaoineachadh gu bheil sin uile craiceann," mhuch Marilla. "Na mo bheachd-sa tha na biadh a tha cudromach agus chan e na maisean gun chiall sam bith"

"Bha bòrd Màiread Barry air a mhaiseachadh," thuirt Anna, a bha beagan a dhìth air gliceas an nathair, "agus thug an ministear moladh caoimheil dhi. Thuirt e gur e feasd a bha ann don shùil mar aon ris an teanga."

"Uill, dèan mar a tha thu airson," thuirt Marilla, a bha gu tur cinnteach nach robh i a 'dol a bhith air a sàrachadh le Mrs Barry no duine sam bith eile. "A-mhàin cuimhnich gum fàg thu gu leòr àite airson na hiasgaich agus an biadh"

Chuir Anne i ghnìomh i fhèin gus sgeadachadh ann an dòigh agus an dèidh craobh a dh'fhàgadh Mrs Barry's far a bheil. Le flùrachadh mòr de ròsan agus raointean agus blas ealainn fìor fhèin aice, rinn i am bòrd tì sin rud àlainn mar sin nuair a shuidh am ministear agus a bhean aige sìos air a bheil, dh'èigh iad ann an còisir thairis air a bhreagha.

" 'S e obair Anna a tha ann," thuirt Marilla, gu cruadalach ceart; agus bha Anna a' faireachdainn gu robh gàire aontaich Mhr. Allan beagan cus sona dhan t-saoghal seo.

Bha Matthew an sin, air a ghabhail a-steach don phàrtaidh le a-mhàin mathas agus Anne a' tuigsinn ciamar. Bha e ann an leithid staid de nàdar a bhith cùramach agus neirbheisach gun do thug Marilla suas air le èigin-fhulang, ach thug Anne cùram dha cho soirbheachail gum bheil e a-nis a' suidhe aig a' bhòrd ann an aodach aige as fheàrr agus coilear bàn agus a' bruidhinn riis a' mhinistear gun a bhith neo-inntinneach. Cha do rinn e aon fhacal ri Mrs Allan, ach 's dòcha nach robh sin ri dùil.

Chaidh a h-uile càil gu sòlasach mar clag pòsaidh gus an do chuirtear cèic cruinn Anne seachad. Thug Mrs Allan suas air, a' faighinn ro iomadh cinealach a chuir teagamh air. Ach chunnaic Marilla an dìomhaireachd air aodann Anne, agus thuirt i le gàire:

"Ò, feumaidh tu pìos den seo a ghabhail, Mrs Allan, rinn Anne e gu sònraichte dhut"

"Ma tha sin fìor, feumaidh mi blas a thoirt air," ghàire Mrs Allan, a' cuideachadh i fhèin gu triantan reamhar, mar a rinn am ministear agus Marilla cuideachd.

Ghabh Mrs Allan beagan dhen a h-uile càil agus thàinig srùbag air leth air a h-aodann; chan innis i facal sam bith, ge-tà, ach dh'ith i air adhart gu seasmhach. Chunnaic Marilla an srùbag agus sheall i gu luath air blas a' chèic.

"Anne Shirley!" ghlaodh i, "dè air talamh a chuir thu anns a' chèic sin?"

"Chan eil ach na tha an reasabaidh ag ràdh, Marilla," ghlaodh Anne le sealladh de phian. "Oh, nach eil e ceart gu leòr?"

"Ceart gu leòr! Tha e uabhasach, Mr Allan, na feuch ri ithe, Anne, blais e fhèin. Dè an t-àbhar-blastaidh a chleachd thu?"

"Vanilla," thuirt Anne, a gruaidhean dearg le nàire an dèidh dhi an cèic a fhionnadh. "A-mhàin vanilla, Ò, Marilla, feumaidh gu robh e an fhuine pùdair. Bha amharas agam air an bak."

"Puithar-bhèicearaid fiddlesticks! Falbh agus thoir dhomh an botail de vanilla a chleachd thu"

Rinn Anne teicheadh gu an seòmar bìdh agus thill i le botul beag air a lànachadh gu ìre mhòr le lìog leathan agus air a chomharraichte buidheach, "Best Vanilla"

Ghabh Marilla e, dhìosg i, sheòl i.

"Tròcair oirnn, Anne, tha thu air blas a chur air an cèic seo le Liniment Anodyne, bhris mi an stàilinn liniment an t-seachdain sa chaidh agus dhòirt mi a bh' air fhàgail ann an stàilinn vanilla falamh. Tha mi a' smaoineachadh gu bheil e beagan mo chiontach fhèin, bu chòir dhomh thu a chur an rabhadh ach airson gràis Dé carson nach do mhus thu e?"

Leugh Anne ann am deòir fo an dìteadh dùbailte seo.

"Cha b' urrainn dhomh, bha fuachd cho dona orm!" agus le sin, sheòl i gu seòmar an gigail gu h-ìosal, far an do thilg i i fhèin air an leabaidh agus chaill i na deòir mar neach a dhìcheannaich a bhith ga sàbhaladh.

An-dràsta tha ceum soilleir a' fuaimneachadh air an staidhrean agus tha duine a' tighinn a-steach don t-seòmar.

"Ò, Marilla," ghlaodh Anna, gun sùil a thoirt suas, "Tha mi air mo nàireachadh gu sìorraidh, cha bhi mi riamh comasach air an leigeil seachad seo. Fasaidh e a-mach chan eil rud sam bith nach fàs a-mach ann an Avonlea. Iarraidh Diana orm ciamar a chaidh am cèic agam agus feumaidh mi innse dhi an fhìrinn. Bheir iad an comharra orm mar an nighean a chuir blas puinnsein an liniment anodyne ann an cèic. Cha toir Gil agus na gillean san sgoil seachad gu brath air èibhinn air. Ò, Marilla, ma tha sprèidh de thruacantas Crìosdail agad na innis dhomh gun feum mi sìos is nigh na h-araidean an dèidh seo. Nighidh mi iad nuair a bhios an ministear agus a bhean a-mach, ach chan urrainn dhomh a-riamh coimhead ann an aghaidh Mrs Allan a-rithist. 'S dòcha gun smaoinich i gur e oidhirp a bh' ann air a puinnseanadh. Tha Mrs Lynde ag ràdh gun aithnicheas i nighean dìlleachd a dh'fheuch puinnseanadh a buannachdair. Ach chan eil an liniment puinnseinneach. Tha e airson a ghabhail a-steach ged nach eil ann an cèicean. Nach innis thu sin do Mrs Allan, Marilla?"

"Ma dh'fhagas tu a' leum suas agus innse dhi fhèin," thuirt guth sona.

Dh'èirich Anne, gus am faic i Màthair Allan a' seasamh ri taobh a leaba, a' coimhead oirre le sùilean a' gàire.

"A mo nighean bhig ghràideil, chan fhaod thu a' caoineadh mar seo," thuirt i, gu dìreach cràdhaichte le aodann thràigheil Anne. "Carson, 's e mearachd èibhinn a dh'fhaodadh duine sam bith a dhèanamh a tha seo"

"Ò, cha neil, feumaidh mi a leithid de mhearachd a dhèanamh," thuirt Anne le bròn. "Agus bha mi ag iarraidh am cèic sin a bhith cho breàga dhut, Mrs Allan"

"'S e, tha fhios agam, a leannain, Agus tha mi a'cur luach mhòr air do chàirdeas agus do smuainteachadh dìreach mar a bhiodh nam biodh an rud uile air a shealltainn gu socair. A-nis, chan fheum thu a bhith a'caoidh tuilleadh, ach thig còmhla rium agus seall domh do gheàrradh flùraichean. Tha Miss Cuthbert ag innse dhomh gun eil stadag beag agad fhèin. Tha mi ag iarraidh a' ràdh e, oir tha ùidh mhòr agam ann an flùraichean"

Thug Anne cead dhi fhèin a bhith air a stiùireadh sìos agus a bhith air a cumail suas, a' beachdachadh gun robh e gu dearbh fo smachd gu robh Mrs Allan na spiorad co-ionann. Cha deach ni barrachd a ràdh mun chèic liniment, agus nuair a dh'fhalbh na h-aoighean, lorg Anne gun robh i air an oidhche a ghabhail tlachdmhor na b' urrainn dhi an dùil, a' toirt cunntas air an tachartas uamhasach sin. Ge-tà, dh'osgail i gu domhainn.

"Marilla, nach eil e math a smaoineachadh gu bheil a-màireach 'na latha ùr gun mhearachdan ann fhathast?"

"Bheir mi aonta dhut gu nì thu gu leòr ann," thuirt Marilla. "Cha do chunnaic mi do sheòrsa riamh son mearachdan a dhèanamh, Anne"

"Sea, agus tha mi a' tuigsinn gu math e," dh'aithnich Anne le bròn. "Ach an robh thu riamh air aon rud brosnachail mu dheidhinn mi a sgeulachd, Marilla? Chan eil mi a-riamh a' dèanamh an aon mhearachd dà uair"

"Chan eil fhios agam ma tha sin na mòran sochair nuair a tha thu a' dèanamh ùraichean ùra an-còmhnaidh."

"O, nach eil thu a' faicinn, Marilla? Feumaidh gu bheil crìoch air na mearachdan aig duine, agus nuair a ruig mi deireadh dhiubh, an uairsin bidh mi deiseil leotha. Sin smuain glè chomhartaich"

"Uill, bu chòir dhut a dhol agus am cèic sin a thoirt do na mucaichean," thuirt Marilla. "Chan eil e freagarrach airson duine sam bith ithe, fiù 's Jerry Boute."

Chapter 23

"AGUS dè tha do shùilean a' tighinn a-mach à do cheann? A-nis?" dh'fhaighnich Marilla, nuair a thàinig Anne a-steach às dèidh ruith gu oifis a' phuist. "An do lorg thu spiorad co-cheangailte eile?" Bha spiorad làidir timcheall Anne mar aodach, a' deàrrsadh anns a sùilean, a' lasadh anns gach gnè dhi. Thàinig i a' dannsadh suas an rathad, mar spiorad a chaidh a chumail suas leis a' ghaoth, tro ghrian chiùin agus sgalan leisg de fheasgar an Lùnastail.

"Chan eil, Marilla, ach ò, dè tha thu a 'smaoineachadh? Tha cuireadh ann dhomh tì a ghabhail aig an manse a-màireach feasgar! Dh'fhàg Mrs Allan an litir dhomh aig an oifis a' phuist. Dìreach coimhead air, Marilla. 'Miss Anne Shirley, Green Gables.' 'S e sin a' chiad uair a chaidh 'Miss' a ghairm orm. 'S e spionnadh a thug e dhomh! Bidh mi a' gleidheadh gu bràth e am measg mo thaisbeanadh luachmhoir."

"Thuirt Mrs Allan rium gu robh i airson a h-uile ball de clas-sgoil na Sàbaid aice a thoirt gu tì aig uairean," thuirt Marilla, a' coimhead air an tachartas iongantach gu fuar. "Chan fheum thu a bhith ann an cron chàich mar sin, Ionnsaich gus rudan a ghabhail gu sàmhach, a phàisde"

Nam biodh Anne a' gabhail rudan gu sòmachta bhiodh sin mar a' brosnachadh atharrachadh ann an dòigh-beatha. Bha i uile "spiorad agus teine agus drùcht," mar a b' àbhaist di, tha toileachas agus pein na beatha a' tighinn chuile gnothach fada nas treasa. Mhothaich Marilla seo agus bha i a' faireachdainn dragh do-chrìochnach mun sin, a' tuigsinn gu robh na cian-iasadan den bheatha coltach ri bhith a' cur cus dragh air an anam fuath-cruaidh seo agus nach robh i a' tuigsinn gu leòr gu robh an comas a b' fhèarr airson toileachas a bhith a' freagairt gu leòr. Mar sin bhruidhinn Marilla mu bhith a' peanasachadh Anne gu dòigh-beatha sòmachta aon-dhealrach cho neo-choltach agus neo-fhreagarrach dhith fhèin ris a bhith na grèine strìochdachadh ann an aon de na h-ullachan allt. Cha do chuir i iomadh adhartas, mar a dh'aithnich i gu brònach dha fhèin. Bha tuiteam dòchais no plana prìseil a' toirt Anne gu "doimhneachdan galair" Comhlìonadh seo a' toirt i gu àrd-thìrean de dhìth. Bha Marilla air tòiseachadh air an dòchas a chall gu robh a-riamh a' cruthachadh an laoigh seo den t-saoghal gu a nighean beag samhlaichte de mhodhan cùise agus giùlan uasal. Chanainn iad nach biodh i 'a' creidsinn gu robh i a 'coileanadh Anne fada nas fheàrr mar a b' àbhaist di.

Chaidh Anne a leaba an oidhche sin gun fhacal leis an t-urrainn oir bha Matthew air ràdh gu robh an gaoth timcheall air a' tuath-aear agus bha eagal air gum biodh latha fliuch a-màireach. Bha fuaim nan duilleagan boats anns an taigh a' cur dragh oirre, bha e coltach ri fuaim bhrisg a' tuiteam, agus torann làn agus fad-às dhen ghainmheach, far an robh i a' èisteachd ri le dìoghras aig àmanna eile, ga ghaoth àlainn, sonorous, haunting rhythm, a-nis bha e coltach ri tàirngireachd de stoirme agus mì-rath do chaileag bheag a bha ag iarraidh latha math gu h-àraidh. Bha sgeulachd Anna gun tigeadh an màireach a-riamh.

Ach tha deireadh aig gach rud, fiù 's oidhchean ro là air am bidh thu air iarraidh tì a ghabhail aig an manse. Bha an madainn, a dh'aindeoin ro-sheallaidhean Mhathaidh, breagha agus dh'èirich spioraid Anne gu an àirde as àirde. "Ò, Mhàiri, tha rud annam an-diugh a thug am miann dhomh gach duine a chi mi a ghràdhachadh," ghlaodh i a-mach fhad 's a bha i a' nigheadh soithichean an breacaist. "Chan eil fhios agad cho math 's a tha mi a' faireachdainn! Nach biodh e deagh rud nam biodh e a' mairteachadh? Tha mi cinnteach gun urrainn dhomh a bhith na phàiste samplach nam biodh mi air iarraidh a-mach gu tì gach latha. Ach ò, Mhàiri, tha e na thachartas làidir cuideachd. Tha mi cho draghail. Dè ma bhios mi a' gìmhleagachadh mo bhidhe? Tha fios agad nach robh mi riamh aig tì aig manse roimhe, agus chan eil mi cinnteach gu bheil eòlas agam air gach riaghaltas de sheanachas, ged a tha mi air a bhith a' sgrùdadh na riaghaltasan a bha air an toirt anns an Roinn Bhreagha aig am Family Herald bho thàinig mi an-seo. Tha mi cho eagalach gun dèan mi rud nochdta no gun di-chuimhnich mi rud a bu chòir dhomh a dhèanamh. An robh e na mhodh deagh mhodh a bhith a' gabhail an dàrna freagairt de rud sam bith nam bu mhiann leat gu mòr?"

"Tha duilgheadas agad, Anne, 's e sin gu bheil thu a' smaoineachadh ro mhòr mu dheidhinn fhèin. Bu chòir dhut dìreach a bhith a' smaoineachadh mu Mrs Allan agus dè bhiodh as fheàrr agus as còire dhi," thuirt Marilla, a' bualadh air pioc comhairle glan agus beothail airson aon uair ann an a beatha. Thuig Anne seo làithreach.

"Tha thu ceart, Marilla, feuchaidh mi nach smaoineachadh air m' fhèin idir"

Chaidh Anne a dh'aithghearr tro a cuairt gun mor-bhrisg do "eiticate," oir thàinig i dhachaigh tro na faireachdainnean, fo speur mòr, àrd, le slighean seud-ròisiche agus brèagha os a chionn, ann an staid beannaichte inntinne, agus dh'innis i dha Marilla a h-uile dad mu dheidhinn gu sona, a' suidhe air an slab mòr cloiche gainmhich dèarg aig doras an cidsin le a ceann sgaoilte sgìth ann an gluasad gingham Marilla.

Bha gaoth fhuar a' seideadh sìos thar na raointean fàsaich fhada bho bheulaibh nan cnocan conasgach an iar agus a' feadadh tro na poplars. Bha aon reul soilleir a' crochadh os cionn na h-ùirne agus bha na creagan-teine a' fliuchadh thar i Lover's Lane, a-staigh agus a-mach eadar na raineach agus na geugan rùsgach. Choinnich Anne iad fhad 's a bha i a' bruidhinn agus aon doigh no dha, bha i a' faireachdainn gu robh gaoth agus reultan agus creagan-teine uile a' tangled suas còmhla gu rudan nach gabhadh iad a inns ann an dòigh àlainn agus draoidheil.

"O, Marilla, tha mi air a bhith aig àm air leth tarraingeach, tha mi a' faireachdainn gu bheil mi air beò a bhith ann an vain agus bidh mi a-riamh a' faireachdainn mar sin fiù 's mur bhithinn a-riamh air a bhith air iarraidh gu tì air manse a-rithist. Nuair a ràinig mi an sin choinnich Màthair Allan rium aig an doras. Bha i ann an aodach milis aige de organdy bàn-bhuidhe, le farsaingeachd de fhrills agus uillinn sleèves, agus bha i a' coimhead dìreach mar seraph. Tha mi a' smaoineachadh gu dearbh gum biodh mi ag iarraidh a bhith na bhean-ministear nuair a thèid mi suas, Marilla. Dh'fhaodadh ministear mo chuid falt ruadh a bheanachadh oir cha bhiodh e a' smaoineachadh air nithean den t-saoghal mar sin. Ach an uairsin bu chòir gu robh duine gu nàdarra math agam agus cha bhith mi a-riamh sin, mar sin tha mi a' smaoineachadh nach eil feum sam bith ann a bhith a'

smaoineachadh air. Tha daoine aig a bheil daoine gu
nàdarrach math, tha fios agad, agus chan eil cuideigin eile.
Tha mi nam aonan. Tha Màthair Lynde ag ràdh gu bheil mi
làn de pheacadh tùsail. Chan eil cùis ciamar a tha mi a'
feuchainn ri a bhith na math, cha b' urrainn dhomh a bhith
cho soirbheachail ris na daoine a tha gu nàdarra math. Tha e
gu mòr coltach ri geometry, tha mi a' dùil. Ach nach eil thu a'
smaoineachadh gu bheil an gealladh cho cruaidh ri cunntadh
airson rud sam bith? Tha Màthair Allan na aon de na daoine
gu nàdarra math. Tha mi ga gràdhadh gu paiseanta. Tha fios
agad gu bheil cuid de dhaoine, mar a tha Matthew agus
Màthair Allan, gu bheil thu a' gràdhadh dìreach gun
duilgheadas. Agus tha daoine eile ann, mar a tha Màthair
Lynde, a bhios agad ri feuchainn gu cruaidh ri gràdh. Tha
fios agad gu bheil thu a' dol a ghràdhadh iad oir tha iad a'
fios cho mòr agus tha iad na obrachairean cudromach anns
an eaglais, ach feumaidh tu a bhith a' cuimhneachadh air seo
fad na h-ùine no a-rithist bidh tu a' dìochuimhneachadh. Bha
nighean eile beag aig an manse gu tì, bho Sgoil na Sàbaid
White Sands. Bha a h-ainm Laurette Bradley, agus bha i na
nighean beag glè mhath. Chan eil i dìreach na spiorad
coltach, tha fios agad, ach fhathast glè mhath. Bha tì uasal
againn, agus tha mi 'smaoineachadh gu bheil mi air na
riaghailtean biadh na h-eaglais a chumail gu math. An dèidh
tì, chluich Màthair Allan agus sheinn i agus fhuair i Lauretta
agus mise a sheinn cuideachd. Tha Màthair Allan ag ràdh gu
bheil guth math agam agus tha i ag ràdh gu feum mi a sheinn
ann an còisir sgoil na sàbaid às dèidh seo. Chan urrainn dhut
a smaoineachadh ciamar a tha mi air a shònrachadh aig a'
smaoineachadh air a-mhàin. Tha mi air a bhith airson a
sheinn ann an còisir na sgoile Sabaid, mar a tha Diana a'

dèanamh, ach bhithinn eagalach gun robh e na urram nach robh mi a 'feuchainn ri sin. Bha Lauretta a 'feumachd a dhol dhachaigh tràth oir tha cuirm mòr ann an Taigh-òsta White Sands a-nochd agus tha a piuthar a' togail aig a h-uile càil. Tha Lauretta ag ràdh gu bheil Aimeireaganaich aig an taigh-òsta a 'toirt cuirm gach còigearan airson ospadal Charlottetown, agus iad a' faighinn ùidh aig mòran de dhaoine White Sands a chluich. Thuirt Lauretta gu bheil i a 'sùil ri a bhith air a h-iarradh fhèin latha sam bith. Dìreach a 'coimhead air i le iongnadh. An dèidh dhi falbh, bha Màthair Allan agus mise a 'bruidhinn cridhe ri chridhe. Dh'innis mi dhi a h-uile càil mu Mhàthair Thomas agus na tùisein agus Katy Maurice agus Violetta agus a 'tighinn gu Green Gables agus mo dhìth air geometry. Agus a bheil thu a 'creidsinn, Marilla? Dh'innis Màthair Allan dhomh gun robh i na dunce aig geometry cuideachd. Chan eil thu a 'tuigsinn ciamar a mhothaich mi a' brosnachadh. Thàinig Màthair Lynde a chum an manse dìreach mus d' fhalbh mi, agus dè tha thu a 'smaoineachadh, Marilla? Tha uachdaranan air tidsear ùr a chosnadh agus tha i na mnà. Is e a h-ainm Miss Muriel Stacy. Nach e sin ainm ròmantach? Tha Màthair Lynde ag ràdh nach eil iad a-riamh air tidsear boireannach a bhith ann an Avonlea roimhe seo agus tha i a 'smaoineachadh gu bheil e na ùrachadh cunnartach. Ach tha mi a 'smaoineachadh gu bheil e a' ciallachadh a bhith na tidsear boireannach, agus chan eil mi a 'faicinn mar a bhios mi a' dol tro na seachdainn a dhà mus tòisich an sgoil. Tha mi cho neo-fharpaiseach a' faicinn i "

Chapter 24

BHITH aig ANNE ri maireachadh troimh barrachd air dà sheachdain, mar a thachair. Beagnach mìos air a dhol seachad on tachartas cèic na liniment, bha e ùine mhòr dhi a dhol a-steach do dhroch chùis ùr de sheòrsa sam bith, chan eil mearachdan beaga, leithid a bhith a' falamhachadh pan de bhlàthach sgimar gu mi-fhileanta a-steach do bhaidsear de bhallan snìomhachaidh san stòr seach a-steach do bhuidheann nan muc, agus a' coiseachd thar iomall drochaid a' bhàthach a-steach don allt fhad 's a bha i tuiteam a-steach do mhion-chunntas beachdail, a' cunntadh gu dearbh.

Seachdain an dèidh an tì aig an taigh-cleirich, thug Diana Barry pàirtidh.

"Beag agus taghte," thuirt Anne ri Marilla. "Dìreach na cailleanach anns ar clas fhèin"

Bha àm an uabhasach math aca agus cha do thachair dad a dh'fhaodadh a bhith do dhroch rud gus an dèidh tì, nuair a lorg iad iad fhèin ann an gàrradh Barry, beagan sgìth de na geamannan uile agus deiseil airson gach cruth de dhroch-iomairt a dh'fhaodadh a nochdadh. Chaidh seo gu luath a dhèanamh ann an cruth de "dùbhlan".

Bha miannachd na spòrs fhasanta am measg an Avonlea beag criomagan an sin. Thòisich e am measg a 'bhalaich, ach leath gu luath gu na cailin, agus bhiodh a h-uile stòidhleadaireachd a rinneadh ann an Avonlea an samhradh sin air sgàth gun robh na gnìomhairean air "dìreach" dhiubh a dhèanamh a 'lìonadh leabhar leotha fhèin.

An toiseach, dhiùlt Carrie Sloane do Ruby Gillis ris an dreuchd sònraichte anns a' chraobh shean mhòr saileach ro an doras a-staigh; a bheil Ruby Gillis, ged a bha eagal mòr air na cearcanan uaine reamhar leis an robh an craobh sin làn, agus eagal a màthair ro a sùilean nam biodh i a' sgaradh a' gúna músail ùr aice, rinn gu tapaidh, chun nach eil e comasach air a' Carrie Sloane a dhèanamh. An uairsin dh'fheuch Josie Pye ri Jane Andrews a' leum air a cas clì timcheall na gàrraidhe gun stad no a' cur a cas deis air an talamh; a bheil Jane Andrews gamely dh'fheuch ri a dhèanamh, ach dh'fhalbh aig an trìomad cearn agus bha ri aithne a bhith air a chall.

Bha buaidh Josie a' tighinn gu barrachd nas soilleire na chòir a leigeadh, dh'ùrdaich Anne Shirley dhi a bhith a' coiseachd air mullach a' gheata fiodha a bha a' crìochnachadh a' ghèarraidh gu ear. A-nis, feumaidh "coiseachd" air gheataichean fiodha barrachd sgil agus cinn làidir air a' chas is a' cheann na bhiodh duine a' smaoineachadh a nach robh air feuchainn ris fhathast. Ach bha Josie Pye, ma bha i tioram ann an roinnt bheartan a bhrosnaicheas iomadachd, co-dhiù ealanta nàdurrach agus iongantach, a chaidh a chultachadh, airson a bhith a' coiseachd air gheataichean fiodha. Choiseachd Josie air geata na Barry le neo-chùram aoibhneach a thug tuiginn gun robh rud beag mar sin a' ciallachadh gu bheil "dùbhlan" a 'coinneachadh ri seo. Thàinig meas leisg air an cleasa aice, oir bha a'mhòr-chuid de na nigheanan eile a' tuigsinn, a' fulang iomadh rud dhaibh fhèin ann an oidhirp aca gheataichean a choiseachd. Tuit

Josie a-mach às a suidhe, le dath buaidh air a gruaidhean, agus tilg i sùil dùbhlain ann an Anne.

Thilg Anne a cuid bioran dearg.

"Chan eil mi a 'smaoineachadh gu bheil e na rud iongantach gu mòr a bhith a' coiseachd air feansa bìodach, ìosal," thuirt i. "Bha mi eòlach air nighean ann am Marysville a b' urrainn dhi coiseachd air mullaich an t-slat-ùrlair."

"Chan eil mi a' creidsinn e," thuirt Josie gu dìreach. "Chan eil mi a' creidsinn gur urrainn do dhuine sam bith coiseachd air mullach-slat. Cha bhiodh thu comasach air, co-dhiù."

"Nach b' urrainn dhomh?" ghlaodh Anne gu fuathach.

"Ma tha, tha mi a 'cur dùbhlan ort a dhèanamh," thuirt Josie gu dùbhlanaiche. "Tha mi a' cur dùbhlan ort a dhol suas an sin agus a 'coiseachd air mullach an rioghalachaidh aig cùisinn Mhr Barry"

Chaidh Anna a dhathachadh, ach bha soilleir gu bheil aon rud a-mhàin ri dhèanamh. Shiubhail i a dh'ionnsaigh an taighe, far an robh araid a' seasamh an aghaidh mullach a' chidsin. Thuirt na nigheanan anns a' chòigeamh clas, "Ò!" air neo fhiosrachadh, agus air neo eagalach.

"Na dèan e, Anne," dh'iarr Diana. "Thèid thu tuiteam a-mach agus mairbh. Na cuimhnich Josie Pye. Chan eil e cothromach duine sam bith a dhràibheadh gu dèanamh rud cho cunnartach."

"Feumaidh mi a dhèanamh, tha m' urram ann an cunnart," thuirt Anne goirid. "Cuiridh mi coiseachd air an riaghaltach sin, Diana, no gabhaidh mi bàs anns an oidhirp. Ma thèid mi a mharbhadh, tha thu ri mo fhaighinn fàinne pèarla pèile."

Dh'èirich Anne am bun an àirde, ann an tostachd anail, fhuair i mullach an dìnn, thug i cothrom dhi fhèin gu dìreach air a' chaol-cheum sin, agus thòisich i a' coiseachd air, cunntachd goil air a' bhòidhchead gun robh i gu neo-chòmhfhurtail àrd anns an t-saoghal agus nach robh coiseachd air mullaichean a' cuideachadh idir le d' fhantasaidh. Ge-tà, b' urrainn dhi beagan ceum a ghabhail mus tàinig an tubaist. An uairsin, chrith i, chaill i a cothrom, stumble, stot agus tuit, a' sìor-sheòlaidh sìos thairis air an taigh grèine agus a' bualadh dheth tro chùrsa Virginia creeper fo uile mus robh an cuairt uamhasach gu h-ìosal a' toirt screuch ghabhaidh aig an aon àm.

Mur robh Anne air tuiteam às an taigh air an taobh a dh'èirich i, 's docha gun do thachair Diana air an fàinne peairl an sin agus an sin. Fortunately she fell on the other side, alas luck gu robh i air tuiteam air an taobh eile, far an robh an taigh a' sìneadh a-nuas thairis air an poirt cho faisg air a' talamh gun robh tuiteam bhoige na rud mòran nas lugha dànaidh. Ge-tà, nuair a rinn Diana agus na cailleanan eile ruith mun cuairt air an taigh, a-mhàin Ruby Gillis, a dh'fhan mar a bhitheadh freumhaichte ris a' talamh is chaidh a-steach ann an iongantas, lorg iad Anne a' luaitheach gu geal agus briste am measg an sgrios agus ruine an Virginia creeper.

"Anne, a bheil thu air a mharbhadh?" ghlaodh Diana, a' tilgeadh i fhèin air a glùinean ri taobh a caraid. "Och, Anne, Anne mo ghaoil, abair facal dìreach dhomh is innis dhomh ma tha thu air a mharbhadh"

Gu h-iomlan fògarraichte do na nigheanan uile, agus gu h-àraidh do Josie Pye, a bha, a dh'aindeoin gun robh iomadh dhi, air a ghabhail le seallaidhean uamhasach de dh'àm ri teachd far an robh i air a comharrachadh mar an nighean a bh' ann an adhbhar bàis tràigheach agus luath Anne Shirley, shuidh Anne suas gu mi-chinnteach agus freagair:

[In Scottish Gaelic, sometimes the phrase structuring would not directly match English language sentences due to the nature of Gaelic syntax and grammar. The translation provided above is the closest translation retaining the essence of the original sentence.]

"Chan eil, Diana, chan eil mi marbh, ach tha mi a 'smaoineachadh gu bheil mi air a dhèanamh neo-eisimeileach."

"Càite?" gul Carrie Sloane. "Oh, càite, Anne?" Mu dheireadh thall, nochd Bean Barry air an àrd-ùrlar. Nuair a chunnaic i Anne, dh'fheuch Anne ri iriosal gu a casan, ach thuit i air ais a-rithist le sgreuch beag geur leis an t-acras.

"Dè tha ceàrr? Càite an do leòn thu thu fhèin?" dh'iarr Mrs Barry.

"Mo ghluin," thàinig a-mach à Anna. "Oh, Diana, mas e do thoil e, lorg do athair agus iarr air gam thoirt dhachaigh. Tha fhios agam nach urrainn dhomh siubhal an sin idir. Agus tha mi cinnteach nach urrainn dhomh leum air aon chois cho fada nuair nach urrainn do Jane fiù 's leum mun cuairt air an gàrradh"

Bha Marilla a-muigh anns an òrchard a' togail pàna de ubhalan samhraidh nuair a chunnaic i Mr Barry a' tighinn thairis air an drochaid loga agus suas an leathad, le Mrs Barry ri a thaobh agus greis mhor de nigheanan beaga a' leantainn an dèidh. Ann an a ghàirdeanan, bha e a' giùlan Anne, aig an robh a ceann a' tuiteam goirt air a ghualainn.

Aig an àm sin, fhuair Marilla taisbeanadh. Ann an deuchainn eagail a shàth iad gu h-ìosal, thuig i dè bha Anne a ciallachadh dhi. Bhiodh i air aideachadh gur robh i toilichte le Anne, tha, gur robh i gu math measail air Anne. Ach a-nis, thuig i 'nuair a bha i a' ruith gu fìor luath sìos an leathad gur e Anne a bha nas fheàrr leatha na rud sam bith eile air an t-saoghal.

"A Mhgr Barry, dè thachair rithe?" ghàirlic i, nas geala 's crithte na Marilla stèidhichte, ciallach air a bhith airson mòran bhliadhnaichean.

Fhreagair Anne fhèin, a' togail a ceann.

"Na biodh eagal mòr ort, Marilla, bha mi a' coiseachd air an taobh-beinne agus thuit mi dheth. Tha mi an dùil gun do strìoch mi mo gog. Ach, Marilla, dh'fhaodainn gun do bhris mi m' uchd. Bi sinn a' coimhead air taobh soilleir nan rudan"

"B' urrainn dhomh a bhith air aithneachadh gu bheil thu a 'dol agus a' dèanamh rudeigin den t-seòrsa nuair a leigeas mi leat a dhol dhan phàrtaidh sin," thuirt Marilla, geur agus gràineil ann an saorsa fhèin. "Thoir a-steach an seo, Mr Barry, agus cuir i air an t-sofa, Mo thruaghan, tha an leanabh air tuiteam 's i gun aithne!"

Bha e gu tur fìor. Tuiteam fo cruaidh na pian bho a gort, fhuair Anne aon deireadhnaich aice a coileanadh dhi. Bha i air a dhol às a ciall gu tur.

Matthew, air a ghairm gu h-èigneachd bho raon an fhoghair, chaidh a chur air a shlighe gu tur gu an dotair, a thàinig ann an ùine riaghailteach, gus faighinn a-mach gun robh an gort nas mòtha na bha iad dhen bheachd. Bha cas-bhig Anne briste.

An oidhche sin, nuair a chaidh Marilla suas dhan ghàbhal an ear, far an robh nighean le aodann gheal a' laighe, chuir guth truagh fhàilte oirre bho'n leabaidh.

"Nach eil thu duilich gu mòr dhomh, Marilla?"

" 'S e do chuid fhein a bh' ann," thuirt Marilla, a' tarraing sìos an calltainn agus a' lasadh lamp.

"Agus sin dìreach carson a bu chòir dhut truas a thoirt dhomh," thuirt Anne, "air sgàth 's gu bheil a' smaoineachadh gur e m'fhèin a th' ann an culaidh a' cumail suil air cho cruaidh. Nam b' urrainn dhomh a chur air cuideigin eile, bhiodh mi a' faireachdainn na bu mhath. Ach dè bhiodh tu air a dhèanamh, Marilla, nam biodh tu air d' dhùsgadh gu coiseachd air mullach slat?"

"Bu mhath leam fuireach air talamh math daingeann agus leigeadh leotha dìreach, A leithid de sheasamh gun chiall!" thuirt Marilla.

Anne dh'osgail.

"Ach tha neart inntinn agad, Marilla, chan eil agamsa, bha mi dìreach a' faireachdainn nach b' urrainn dhomh fulang scorn Josie Pye. Bhiodh i air mo chrònan fad mo bheatha. Agus tha mi a' smaoineachadh gu bheil mi air a phèanasadh cho mòr nach feum thu a bhith ro chrosta rium, Marilla. Chan eil e deagh bheachd sam bith tuiteam, an deireadh thall. Agus chuir an dotair iongantach orm nuair a bha e a' suidheachadh mo ghlùin. Chan urrainn dhomh a bhith a' dol mun cuairt airson sia no seachd seachdainean agus bruidhinn mi air a' mhàighstir ùr. Cha bhith i ùr tuilleadh nuair a bhios mi comasach air a dhol dhan sgoil. Agus Gil gheib gach duine orm sa chlas. Oh, tha mi na dheaghaidh cron. Ach feuchaidh mi gliocas a dheanamh air a h-uile càil ma nì thu amhainn nach bi thu crosta rium, Marilla"

"An sin, an sin, chan eil mi crosta," thuirt Marilla. "Tha thu na phàiste mi-fhortanach, chan eil teagamh sam bith mu sin; ach mar a thuirt thu, bidh tu a' fulang leis. An seo a-nis, feuch agus ith beagan dìnnear"

"Nach eil e fortanach gu bheil imaginadh cho mòr agam?" thuirt Anna. "Cuideachaidh e mi gu h-àlainn, tha mi a' sùileachadh. Dè na nì daoine aig nach eil imaginadh sam bith nuair a bhriseas iad am freumhan, a bheil thu a' creidsinn, Marilla?"

Bha adhbhar math aig Anne a beannachd a dòigh-smuaineachaidh gu tric fad na seachd seachdainn fhada a lean. Ach cha robh i an urra ri sin a-mhàin. Bha iomadh neach-tadhail aice agus cha robh latha a dh'fhalbh gun aon no barrachd de na nigheanan-sgoile a' tighinn a-steach gus flùraichean agus leabhraichean a thoirt dhi agus innse dhi mu na thachair ann an saoghal òg Avonlea.

"Tha a h-uile duine air a bhith cho math agus còir, Marilla," osnaich Anne gu sona, air an latha nuair a b' urrainn dhi a casrachadh tarsainn an làir. "Chan eil e ro thoilichte a bhith air a chur suas; ach tha taobh soilleir aige, Marilla. Tha thu a 'faighinn a-mach dè cho mòr 's a tha cairdean agad. Carson, thàinig an t-Uachdaran Bell gus fhaicinn mi, agus gu dearbh tha e na dhuine math dha-rìribh. Cha robh spiorad gaolach, gu dearbh; ach tha mi fhathast toilichte leis agus tha mi gu mòr duilich gun do mhol mi a guidheachan. Tha mi a 'creidsinn a-nis gu bheil e dha-rìribh a' ciallachadh iad, ach tha e air a bhith ann an cleachdadh ag ràdh orra mar nach

robh. D' fhaodadh e sin a sheachnadh ma bhiodh beagan
dìcheall aige. Thug mi comhairle mhath agus leathan dha.
Thuirt mi dha dè cho cruaidh 's a bha mi a' feuchainn ri mo
thuilleadh ùrnaighidhean priobhaideach a dhèanamh
inntinneach. Thuirt e dhomh mun uair a bhrisd e a ghlùin
nuair a bha e na bhalach. Tha e coltach cho aithris
smaoineachadh gu bheil an t-Uachdaran Bell a-riamh na
bhalach. Tha mo mhothachadh fhìn air crìochnachadh, oir
cha b' urrainn dhomh sin a mhothachadh. Nuair a thòisich
mi a 'smaoineachadh air mar bhalach, chi mi e le feusag liath
agus speuclairean, dìreach mar a tha e looks in Sunday
school, ach beag. A-nis, tha e cho furasta a smaoineachadh
gu bheil Mrs Allan mar nighean òg. Tha Mrs Allan air a bhith
a 'faicinn mi ceithir deug turas. Nach eil sin rudeigin a bhi
moiteil as, Marilla? Nuair a th' aig bean a 'mhinistear cho
mòran iarrtasan air an ùine aice! Tha i mar dhuine cho
toilichte a thadhail ort, cuideachd. Cha inns i riamh dhut gu
bheil e mar a tha thu fhèin agus tha i an dòchas gum bi thu
na nighean nas fheàrr air a shon. Thuirt Mrs Lynde riamh
dhomh sin nuair a thàinig i a 'faicinn mi; agus thuirt i e ann
an seòrsa dòigh a dh 'fhagadh mi a' faireachdainn gu bheil i
an dòchas gum bi mi na nighean nas fheàrr ach cha do chreid
i gu dearbh gun robh. Thàinig Josie Pye fiù 's a' fhaicinn mi.
Bha mi a 'faighinn aiste mar a dh' fhaodainn, oir tha mi a
'smaoineachadh gun robh i duilich gun do dh' ìghnich i
dhomh ri coisrigeadh a ghabhail. Ma bhiodh mi air a
mharbhadh, bhiodh i air uallach dorcha de nearachd a chur
orm fad a beatha. Tha Diana air a bhith na charaid dìleas.
Tha i air a bhith thairis gach latha gus mo shamhla ùrnan a
chur an àite. Ach ò, bidh mi cho toilichte nuair as urrainn
dhomh a dhol dhan sgoil oir tha mi air cluinntinn càil cho

spèisialta mu dheidhinn an tidsear ùr. Tha na nigheanan uile a 'smaoineachadh gu bheil i cho far. Thuirt Diana gu bheil a gruag alainn geal curlach aice agus sùilean cho tarraingeach. Tha i a 'còrdadh gu bòidheach, agus tha a puffan uillinn na b' mhotha na duine sam bith eile ann an Avonlea. Gach Dihaoine eile feasgar tha i a 'dèanamh rudeigin agus feumaidh gach duine pìos a ràdh no pàirt a ghabhail ann an còmhradh. Ò, tha e dìreach iomraiteach a smaoineachadh air. Thuirt Josie Pye gu bheil i a 'fuathachadh e ach 's e sin dìreach oir tha Josie cho beag smaoineachadh. Tha Diana agus Ruby Gillis agus Jane Andrews a 'cur còmhradh ri chèile,' Seo chaidh, 'airson an ath Dhihaoine. Agus air na feasgaran Dhihaoine nach eil iad a 'dèanamh aithris tha Miss Stacy gan toirt uile dhan choille airson latha 'achadaich' agus tha iad a 'studyadh raointean agus flùraichean agus eòin. Agus tha iad a 'dèanamh cleachdaidhean cultar corporra gach madainn agus feasgar. Thuirt Mrs Lynde nach robh i a-riamh air cluinntinn mu leithid de dhòighean agus tha e uile a 'tighinn de bhean tidsear a bhith againn. Ach tha mi a 'smaoineachadh gum feum e a bhith àlainn agus tha mi an dòchas gum bi a' faighinn a-mach gu bheil Miss Stacy na spiorad gaolach "

"Tha aon rud soilleir ri fhaicinn, Anne," thuirt Marilla, "agus sin gu bheil do thuiteam à sgrìob Barry air do theanga idir"

Chapter 25

Bha e an Dàmhair a-rithist nuair a bha Anne deiseil airson tilleadh dhan sgoil, Dàmhair iomallach, uile dearg agus òr, le maidnean blàth nuair a bha na glinn làn de cheòthan caomh mar gum biodh spiorad an fhoghair air an doirt a-steach airson a' ghrian a shuathadh amathist, pearl, airgead, ròs, agus deargaidh gorm. Bha an drùcht cho trom 's gum biodh na raointean a' sgleòradh mar a bhiodh cloimh airgid agus bha còrr is còrr de dhuilleagan rustling sna holagan de choilltean iomadh-stocach airson ruith le fuaim truime. Bha Slighe a' Beithe fo sgeadachadh de dh'òr agus bha na raointean tioram agus donn fad na slighe. Bha blàs anns an adhar fhèin a bha a' brosnachadh cridhean nigheanan beaga a' tripping, eadar-dhealaichte bhon shnaig, gu math luath agus gu deònach dhan sgoil; agus bha e math a bhith air ais a-rithist aig an deasg bheag dhonn ri taobh Diana, le Ruby Gillis a' nodadh tarsainn an rathad-meadhan agus Carrie Sloane a' cur suas notaichean agus Julia Bell a' seòladh "roimh" de gom sìos bhon shuidheachadh cùl. Tharraing Anne anail fhada de shònraichteas nuair a bha i a' geàrradh a peansail agus a' sònrachadh a càirtean-dealbhan anns a desk. Bha beatha gu cinnteach glè inntinneach.

Ann an tidsear ùr, lorg i cara eile fìor is cuideachail. Bha Miss Stacy na bean òg soilleir, comhbhach leis an comas sona sin a bhith a' buannachadh agus a' cumail gràidh na sgoilearan aice agus a' tàladh a-mach an fheàrr a bha ann annta gu inntinneach agus gu moiraleil. Leudich Anne mar bhlàth fo an t-sealladh fallain seo agus thug dhachaigh dha Mhathew adhartachail is dha Mharrila critigeach sgeulachdan beothail mu obair sgoil agus amasan.

"Tha mi ga gràdhadh Miss Stacy le mo chridhe uile, Marilla, Tha i cho boireanta agus tha guth milis aice. Nuair a tha i a' pronnseasadh m'ainm tha mi a' faireachdainn gu nàdarra gun tèid i a litreachadh le E. Bha recitations againn feasgar. Dh'aindeoin mi gun robh thu ann gus cluinntinn dhomh a 'recite' Mary, Queen of Scots. ' Chuir mi m'anam uile ann. Dh'inns Ruby Gillis dhomh a' tighinn dhachaigh gun deach an dòigh a thuirt mi an loidhne, 'A-nis airson gèill do m' athair,' thuirt i, 'mo chridhe boireann slàn leat,' dìreach a dhèanamh fuil aice ruith fuar "

"Uill, a-nis, dh'fhaodadh tu a radh dhomh latha sam bith, a-muigh anns an t-sabhail," mhol Màthadh.

"Cuiridh mi gu cinnteach," thuirt Anne gu smuaineachail, "ach chan urrainn dhomh a dhèanamh cho math, tha fhios agam. Chan eil e a' dol a bhith cho inntinneach 's a tha e nuair a th' agad sgoil làn mu do choinneamh a' crochadh anail air do fhacal. Tha fhios agam nach urrainn dhomh do fhuil a dhèanamh fuar"

"Tha Bean Lynde ag ràdh gun do dh'fhàg e fuil a' rith fuar ga faicinn na balaich a' dreapadh chun mhullaich nan craobh mòra sin air Cnoc Bell an dèidh nead nan feannagan Dihaoine seo tighinn," thuirt Marilla. "Tha mi a' mìorbhaileachadh air Miss Stacy airson a bhith a' brosnachadh e."

"Ach bha sinn ag iarraidh nead na fitheach airson sgrùdadh nàdair," mhìnich Anne. "Bha sin air an feasgar a-muigh againn. Tha feasgair a-muigh sgoinneil, Marilla. Agus mìnicheas Miss Stacy gach rud gu bòidheach. Feumaidh sinn sgrìobhadh sgeulachdan air ar feasgair a-muigh agus tha mi a' sgrìobhadh na fhearr"

"'S e glè dhùrachdail dhut a ràdh sin an uairsin, 'S fheàrr dhut leigeadh le do thidsear a ràdh e"

"Ach thubhairt i e, Marilla, Agus gu dearbh chan eil mi mi-thlachdmhor mu dheidhinn, Ciamar a dh'fhaodas mi a bhith, nuair a tha mi cho droch oileanach aig geometry? Ge-tà, tha mi ga thuigsinn beagan an-dràsta. Tha Miss Stacy ga dhèanamh cho soilleir. A dh'aindeoin sin, cha bhith mi a-riamh math air agus geallaim dhut gu bheil sin ag adhartachadh umhlachd. Ach tha mi ga ghràdh a sgriobhadh compòstan. Gu tric, leigeas Miss Stacy dhuinn ar cuspairean fhèin a thaghadh; ach an ath-sheachdain, tha sinn a 'sgriobhadh compòstan air duine sònraichte. Tha e doirbh taghadh am measg an uiread de dhaoine sònraichte a tha beò. Nach robh e splèndid a bhith na duine sònraichte agus compòstan air a sgriobhadh mu dheidhinn an dèidh do bhàs? Ò, bu toil leam gu mòr a bhith na duine sònraichte. Tha mi a 'smaoineachadh nuair a thèid mi suas, bidh mi na banaltram air a trèanadh agus a' dol leis na Croisean Dearg dhan raon blàr mar teachdaire den tròcair. Sin, ma nach eil mi a 'dol a-mach mar mhisneachd thar lear. Bhiodh sin romansail gu leòr, ach bhiodh aon duine a dhìth a bhith math airson a bhith na mhiseanaraidh, agus bhiodh sin na chnap-starra. Tha againn cleasaichean cultar corporra gach latha, cuideachd. Tha iad a 'dèanamh gràsanach agus a' brosnachadh digestion."

"Thoir adhart fidhil-staic!" thuirt Marilla, a bha gu dìleas a' smaoineachadh gur e searranas a bh' ann.

Ach chaidh na feuchainnean air an achadh uile agus Diardaoin an t-seachdain agus balgadan cultar corporra a phàl sìos ro phròiseact a thug Maighstreas Stacy air adhart ann an Samhain. Bha seo gun cuireadh luchd-ionnsachaidh sgoil Avonlea suas cuirm-ciùil agus a chumail anns an talla Oidhche Nollaig, airson an adhbhar pròiseil a' cuideachadh ri pàigheadh airson bratach na sgoile. Ghab na sgoilearan a h-uile cuid ri an plaoidh seo gu còir, thòisich ullachadh airson prògram an làrach. Agus de na cleasaichean toilichte uile, cha robh duine cho toilichte ri Anne Shirley, a chaidh a-steach don iomairt le a h-uile cridhe agus anam, a' strì am fràma a bh' aig Marilla. Bha Marilla den bheachd gun robh seo uile na amaideachd shuntasach.

"'S e dìreach a' lìonadh nan cinn agaibh le cacamas agus a' gabhail ùine a bu chòir a chur air na leasanan agaibh," chuir i an cèill a' gearan. "Chan eil mi a' cur cead air clann a' cur suidheachain ciùil agus a' ruith mun cuairt airson cleachdaidhean. Tha e a' dèanamh iad uabhasach agus air adhart agus toilichte a' siubhal"

"Ach smaoinich air an ùidh tharraingeach," dh'iarr Anna. "Bidh bratach a' brosnachadh spiorad de dh'ìomhaigheachd nàiseanta, Marilla"

"Fudge! Chan eil mòran dìoghras dùthchail anns na smuaintean aig aon agaibh. 'S e an aon rud a tha sibh ag iarraidh, 's e àm math a th' ann."

"Uill, nuair a ghabhas tu dìlseachd dùthcha agus spòrs a chòmharrachadh, nach eil sin ceart gu leòr? Tha e gu dearbh snog a bhith a' cur còisir air dòigh. Bidh sinn a' gabhail sian còrsaichean agus tha Diana a' dèanamh aonarach. Tha mi ann an dà chòmhradh 'The Society for the Suppression of Gossip' agus 'The Fairy Queen.' Bidh na gillean a' dèanamh còmhradh cuideachd. Agus bidh dhà learachadh agam, Marilla. Crithidh mi just nuair a smaoinichim air, ach 's e crith thlachdmhor a th' ann. Agus tha sinn a' dol a chuir air bhog ri dheireadh 'Faith, Hope and Charity.' Tha Diana agus Ruby agus mise a' dol a bhith ann, uile sinn fo uchdach geal le ar falt a' falach. Tha mi a' dol a bhith na Dòchas, le mo làmhan crathadh mar seo agus mo shùilean air àrd. Bidh mi a' cleachdadh mo leasachaidhean anns an làrach. Na biodh dragh ort ma chluinneas tu mi a' gàireachdainn. Feumaidh mi gàireachdainn gu sàmhach ann an aon dhiubh, agus 's e obair dhoirbh a th' ann a' toirt suas gàireachdainn ealanta, Marilla. Tha Josie Pye fo nàire oir cha do fhuair i an pàirt a b' àill leis anns a' chòmhradh. Bha i ag iarraidh a bhith na banrigh na sìthichean. Bhiodh sin a' cèil fhèin, oir cò a chuala tu riamh mu bhanrigh sìthiche a bha cho reamhar ri Josie? Feumaidh banrigh sìthiche a bhith caol. Jane Andrews a' dol a bhith na banrigh agus tha mi a' dol a bhith na maighdeann urrama aice. Tha Josie ag ràdh gu bheil sìthiche le falt ruadh cho dona ri sìthiche reamhar, ach chan eil mi a' ceadadh dhomh fhein a bhith fada leis a' bhun-thaobh a th' aig Josie. Bidh mi a' dol a chuir fàinne de ròsan geala air mo chloigeann agus tha Ruby Gillis a' dol a thoir orm na sliosan aice oir chan eil gin agamsa fhèin. Tha feum aig sìthichean air sliosan, tha fhios agad. Chan urrainn dhut sìthiche a bhith a' caitheamh bòtan, nach urrainn? Gu h-àraidh le barran copar? Tha sinn a' dol a mhàlleachadh an talla le sprus a' sreapadh agus fir mottoes le ròs pàipeir tissue pinc ann annta. Agus tha sinn uile a' dol a bhith a' marchadh a-steach mar sin fhèin dà dà an dèidh dhon luchd-èisteachd a bhith air an suidheachadh, fhad 's a tha Emma White a' cluich òran-iarraidh air an òrgan. Oh, Marilla, tha fhios agam nach eil thu cho làn dìoghras mu dheidhinn mar a tha mi fhìn, ach nach eil thu a' dùil gu mìnichidh do bheag Anne fhèin i?"

"'S e an dòchas a th' agam gu bheil thu a' giùlain do chùis, bidh mi gu cinnteach toilichte nuair a thèid an iomadh fìor gad eagrachadh. Chan eil thu ach math airson dad an-dràsta le do cheann làn de dhìalogan is òrnaigh is bòrdachdan. A thaobh do theanga, 's e ìonadh nach eil i gu tur air a sgrìobadh a-mach"

Osnaich Anne agus chaidh i gu cùl a' ghàrraidh, far an robh gealach òg ùr a' soilleireachadh tro gheugan poplar gun duilleagan bho iarmailt uaine an iar, agus far an robh Matthew a' sgaradh fiodha. Thèich Anne i fhèin air bloic agus bhruidhinn i mu chuirm cheòl còmhla ris, cinnteach gu robh èisteachd tuigseach agus co-obrachaidh aice san eisimpleir seo co-dhiù.

"Uill, a-nis, tha mi a 'smaoineachadh gu bheil e a' dol a bhith na choirm cheòlmhor mhath gu leòr, Agus tha mi a 'sùileachadh gum bi thu a' dèanamh do phàirt gu math," thuirt e, a 'gàireachdainn gu h-ìosal air a h-aghaidh beag, beòthail. Ghaire Anne air ais dha. Bha sin dithis as fheàrr le caraidean agus bha Màrtainn a 'taing do na rionnagan aige triantan is triantan gu robh e gun dàil sam bith ris a' cur suas leatha. Bha sin uile gu lèir air Marilla; nam biodh seo air a bhith dha, bhiodh e air a bhith buaireadh le trobaidhean trice eadar tuigse agus an dleastanas sin. Mar a bha e, bha e saor gu, "spoilt Anne" Marilla a 'freagairt cho mòr 'sa bu toil leis.

Ach cha robh e na chàradh dona an dèidh seo; o chionn 's gu bheil beagan "tuigse" uaireannan a' dèanamh cho math gu leòr mar a h-uile dleastanas "throsgadh suas" den t-saoghail.

Chapter 26

Bha MATTHEW a' dol tro dheich mionaidean dona. Thàinig e a-steach don chidsin, ann an dubharachd fhuar, liath feasgar an Dùbhlachd, agus shuidh e sìos ann an cùinne a' bhogsa-fiodha gus a bhrogaichean trom a thoirt dheth, gun fhios aige gu robh Anne agus buidheann de sgoilearan aice a' cleachdadh "An Banrigh Sìthiche" san seòmar-suidhe. An-dràsta thàinig iad a-mach a' sruthadh tro na hallaichean agus a-mach don chidsin, a' gàireachdainn agus a' cabadaich gu sona. Cha do chunnaic iad Matthew, a sheilg gu nàireach air ais don dorchadas air cùl a' bhogsa-fiodha le brog ann an aon làmh agus bootjack anns an làimh eile, agus bha e a' coimhead orra gu doigheil airson na mionaidean sin mar a chuir iad air cappan agus mhiasan agus bhruidhinn mu dheidhinn an còmhraidh agus a' chuirme-air-chèil. Sheas Anne am measg, sùilean soilleir agus beò-thoilleach mar iadsan; ach dh'èirich Matthew tuigseach gu robh rudeigin mu Anne eadar-dhealaichte bho chàirdean aice. Agus a' rud a bha a' cur dragh air Matthew gun robh an eadar-dhealachadh seo a' faigheamh ris mar rudeigin nach bu chòir a bhith ann. B' e buidhe a' gnuis ag Anne, agus sùilean mòra, stàrraiche, agus gnèithean nas caomhaiche na aig an taobh eile; fiù 's Matthew eagalach, gun aire, bha e air ionnsachadh a bhith a' faighinn faclan air na nithean sin; ach cha robh an eadar-dhealachadh a bha a' cur dragh air ann an gin de na bithibh sin. An uair sin ann dè a bha e?

Bha Matthew air a bhiodh bhochdan leis an cheist seo fad ùine mhòr an dèidh dhan nigheanachan a bhith air falbh, arm ann an arm, sìos an t-sràid fhada, reòite crua agus gun do ghluais Anna gu leabhraichean. Cha b' urrainn dha a thoirt suas do Mharilla, a bha e a 'faireachdainn, bhiodh gu cinnteach a' cur maslach le snogadh beul agus beachdachadh gun robh an aon-fharsaingeadh a chunnaic i eadar Ànna agus na nigheanachan eile gun do thug iad uaireannan suaimhneas dha cànain aca fhad 's nach robh Anna riamh. Bha seo, mar a bha Matthew a 'smaoineachadh, cha bhiodh taic mhòr idir.

Bha e a' cleachdadh a phiob an oidhche sin gus cuideachadh leis a' sgrùdadh, a-mhàin do dhìomhaireachd Marilla. Às dèidh dhà uair a thioghtas de smocadh agus beachdachadh cruaidh, ràinig Màrtainn freagairt air a' cheist aige. Cha robh Anna a' còrdadh mar a bh' aig na cailleanan eile!

'S ann ìosal a tha smaoin Matthew mu dheidhinn a' chùis, 's ann aigheantaiche a bha e gu robh Anne a-riamh air a cur an àite mar a bha na cailleanan eile a-riamh on a thàinig i gu Green Gables. Bha Marilla ga cumail ann an dreasaichean dorcha, sìmplidh, uile dèanta a-rèir an aon phatrùin gun atharrachadh. Ma bha Matthew fios aig gu robh cosaig mu dheidhinn fàsan ann an aodaich, bha sin cho fad 's a bha e; ach bha e gu tur cinnteach nach robh uillinn Anne coltach idir ris na h-uillinn a bha na cailleanan eile a' cuir an dà chluais. Bha e a 'cuimhneachadh air an tòrr cailleanan beaga a chunnaic e mun cuairt oirre an oidhche sin uile soilleir ann an stoidhlichean dearg agus gorm agus pinc agus geal agus bha e a' fàsgadh carson a bha Marilla a 'cumail i cho sìmplidh agus gu sòbair ann an dreasaichean i.

Tha fhios gu bheil e gu cinnteach ceart. Bha fios aig Marilla as fheàrr agus bha Marilla ga togail suas. Bu chòir gum biodh adhbhar ùidh neach-gnìomh, neo-innseanta ri chur an gnìomh leis. Ach gu cinnteach cha bhiodh e do chron sam bith a leigeil don leanabh a bhith ag obair aon ghown snog mar a bha Diana Barry a-riamh a 'caitheamh. Chuir Matthew roimhe gun tiodhlacadh e aon dhìth; cha b' urrainn dha sin a bhith air a chàineadh mar an ceannsachadh neo-iomchaidh aig a ràmh. Cha robh ach còig seachdainean air falbh gu Nollaig. Bhiodh gown ùr snog na rud freagarr airson tiodhlac. Le osna de shàthachd, chuir Matthew às do a phìob agus chaidh e a dh'fhalbh a leigeil leis, fhad 's a bha Marilla a' fosgladh gach doras agus a 'fàs an taigh.

An oidhche fhèin an dèidh sin, chaidh Màrtainn gu Carmody gus an dreasaig a cheannach, a' dionnsaichadh a bhith a' fàgail an rud dona as miosa agus a bhith deiseil leis. Bhiodh e, bha e cinnteach, cha robh oidhirp beag. Bha rudan ann a dh'fhaodadh Màrtainn a cheannach agus a thaisbeanadh nach robh mòran mionalaireachd ann; ach bha e a' fiosrachadh gu robh e aig trocaire nam bùthairean nuair a thigeadh e gu ceannach dreasaig airson nighean.

Às dèidh mòran smaointeachaidh, dh'fheuch Matthew ri dol gu stòr Samuel Lawson seach gu stòr William Blair. Gu cinnteach, bha na Cuthberts a' dol gu William Blair an-còmhnaidh; bha e cho mòr ri cùis coinnimh leotha fhèin ri a bhith a' freastal air an eaglais Preasbaideireach agus a bhòtadh airson an Toraidheachd. Ach, bha dithis nighean William Blair gu tric a' freagairt luchd-ceannachd an sin agus bha Matthew a' cumail ro-eagal orra. B' urrainn dha dealbh a dhealbhadh leotha nuair a bhitheadh e a' fiosrachadh dìreach dè a bha uallach air agus a b' urrainn dha a chomharrachadh; ach ann an cusp air a leithid seo, a' feumachadh mìneachadh is co-chomhairleachadh, bha Matthew a' faireachdainn gun robh e air a bhith cinnteach air duine air cùl an counter. Mar sin, bhiodh e a' dol gu Lawson's, far am biodh Samuel no a mhac a' freagairt air.

Och mo! Cha robh fios aig Màthu gu robh Samhail, anns an leudachadh ùr air a ghnìomhachas, air aon bhana-chleireach a chur an dreuchd cuideachd; b' i nighean-pheathar a bha innte a chailleach agus duine òg gu dearbh spreagail, le pompadour mòr, loma-lànach, suilean donn mòra, agus gàire cho leathan agus cho fasgadhach. Bha i air a gèilleadh le smarachd a bharrachd agus bha i a' caitheamh grèidean-cruaidh ioma-fhillte a bha a' dearbhadh agus a' cromaich agus a' tintinn le gach gluasad a làmhan. Bha Màthu air a chlachadh le nàire aig a bhith a' faighinn i an sin idir; agus dhìobair na grèidean sin a chiall gu tur aig aon bhuille thuitte.

"Dè tha mi a' faodadh a dhèanamh dhut a-nochd, Mr Cuthbert?" dh'fhaighnich Miss Lucilla Harris, gu beòthail agus toilichte, a' bualadh an counter leis an dà làimh.

"An eil agad, agad, agad freagairt a-nis, thuirt agad ràcan gàrraidh?" stammered Matthew.

Chaidh iongantas a thoirt do Bhaintighearna Harris, mar a dh'fhaodadh i, a chluinntinn duine a' faighneachd airson racan gàrraidh meadhan an Dùbhlachd.

"Tha mi a' creidsinn gu bheil aon no dhà air fhàgail againn," thuirt i, "ach tha iad thuas anns an seòmar airgid. Thèid mi a dh'fhaicinn"

Duradh a bhuil i dhìth, chruinnich Màrtainn na faireachdainnean aige airson trod eile.

Nuair a thill Miss Harris leis an ràcaidh agus dh'fhoighneachd gu sòlasach: "An eil rudeigin eile an nochd, Mr Cuthbert?" ghabh Matthew a chridhe ann an dà làimh agus fhreagair: "Uill a-nis, on a tha thu a 'moladh e, faodaidh mi a dhol a thoirt sùil air ceannach beagan sìol féir"

Bha Miss Harris air cluinntinn gun robh Matthew Cuthbert air a gairm na aonran. Dh'aindeoin i a-nis gun robh e gu tur craicte.

"Cha bhi sinn a' cumail sìol na fèileathan ach am Earraich," mhìnich i gu àrdanach. "Chan eil gin againn an-dràsta"

"Ò, gu cinnteach gu cinnteach dìreach mar a tha thu ag ràdh," thàinig Ràibeart, a bha mi-fhortanach, a-steach air an ràca agus a 'dèanamh airson an dorais. Aig an t-sràid, thug e an aire nach robh e air pàigheadh airson agus thill e air ais gu mì-sona. Fhad 's a bha Miss Harris a' coimhead a-mach air an atharrachadh, chruinnich e a chumhachdan airson oidhirp dheireannach èiginneach.

"Uill ma-thà, mur eil e ro dhoirbh dhanamh, dh'fhaodainn cuideachd sin a ràdh is gu b'fheàrr leam coimhead air cuid de shiùcar"

"Geal no donn?" dh'fhaighnich Miss Harris gu foighidinneach.

"Och, tha math a-nis, donn," thuirt Màthaidh le neo-chomas.

"Tha bairile deth thall an sin," thuirt Miss Harris, a' crathadh a bangles aig e. " 'S e an aon seòrsa a th' againn"

"Gabhaidh mi fichead punnd dhi," thuirt Màrtainn, le bonnan-allais ri taobh a èireann.

Bha Màtair air a dhraibheadh leth dhachaigh mus robh e a-rithist mar a bha e fhèin. Bha e na dhrochaidhmh, ach bha e na chòir dha, smaoinich e, airson na hereise a dhèanamh a dol gu stòr iongantach. Nuair a ràinig e dhachaigh, chuir e an t-sgailp anns an taigh-innleachd, ach thug e an siùcar a-steach do Mharilla.

"Siùcar donn!" ghlaodh Marilla. "Dè a thoirt ort a cheannach cho mòr? Tha fios agad nach cleachd mi e ach airson brochan an duine air màl no cèic measan dubha. Tha Jerry air falbh agus rinn mi mo chèic fad o chionn. Chan eil e na shiùcar math, tha e garbh agus dorcha. Tha e neoàbhaisteach do William Blair siùcar mar seo a chumail."

"Smaoinich mi gun d'fhàgadh e fèin feumail aig àm," thuirt Màrtainn, a' dèanamh a theichean gu math.

Nuair a thàinig Matthew gu beachdadh air a' chùis, shaoil e gu robh boireannach a dhìth airson dèiligeadh ris an suidheachadh. Bha Marilla a-muigh às an roghainn. Bha Matthew cinnteach gum b' e fuaran fhuar a bhiodh aice air a phròiseact sa bhad. Cha robh ann ach Mrs Lynde; cha robh boireannach eile sam bith ann an Avonlea far an robh Matthew deònach comhairle a dh'iarraidh. Thug e aig Mrs Lynde mar sin, agus thog an tè math sin a' chùis as làmhan an duine a bha fo chruaidh strì.

"Tagh a-mach dreas airson do thoirt do Anna? Gu dearbh, nì mi sin, tha mi a' dol a Chàrmodaidh a-màireach agus bidh mi a' gabhail os làimh e. A bheil rudeigin sònraichte san amharc agaibh? Chan eil? Uill, nì mi dìreach le m' bhreitheanas fhìn an uairsin. Creid mi gun robh donn beairteach fìor mhath freagarrach do Anna, agus tha rudan ùra gloria aig Uilliam Blair a tha fìor àlainn. 'S dòcha gun còrdadh leat gun dèanainn suas dhi cuideachd, a' faicinn gur ann ma bhiodh Marilla a' dèanamh, bidh Anna a' faicinn ro làimh an uairsin agus a' spoileadh an t-iongnadh? Uill, nì mi e. Chan eil, chan eil duilgheadas sam bith ann. Is toil leam a bhith a' fuidheall. Nì mi e freagarrach do m' nighean-bhràthair, Jenny Gillis, oir tha i agus Anna cho coltach ris na dà phìosan adhair ris a cheile a thaobh cruth an duine."

"Uill, a-nis, tha mi fìor thoilichte," thuirt Màrtainn, "agus chan eil mi a' tuigsinn ach 's dòcha gu bheil iad a' dèanamh na sleevan eadar-dhealaichte an-diugh bhon a bha iad aon uair. Mura robh e ro iomallach bh'ann miannachd leam gun robh iad air an dèanamh anns an dòigh ùr."

"Puffs? Gu dearbha, Cha leig thu d'aodann dragh m' fhacal eile mu dheidhinn, a Mhathaidh, Nì mi e suas ann an stoidhle as ùire," thuirt Mrs Lynde. Ri a h-èigin fhèin, thuirt i nuair a dh'fhalbh Matthew:

"Bidh e na dha-rìribh na thoileachas a bhith a' faicinn an leanabh bochd sin a' cur a-mach rud sam bith freagarr airson aon uair. Tha an dòigh air a bheil Marilla ga ghlèidheadh gu tur àicheil, sin a tha ann, agus tha mi air a bhith miannach gus an innse dhi sin gu follaiseach dusan uairean. Tha mi air mo theanga a chumail gus an urrainn dhomh fhaicinn nach eil Marilla ag iarraidh comhairle agus tha i a' smaoineachadh gu bheil i a' tuigsinn nas motha mu dheidhinn clann a thogail na tha agamsa ged a tha i na seann mhaighdean. Ach sin an dòigh a tha i gach àm. Tha daoine a th' air clann a thogail a' tuigsinn nach eil modh cruaidh agus seasmhach sam bith anns an t-saoghal a bhios freagarrach do gach leanabh. Ach tha iad sin nach eil a-riamh a' creidsinn gu bheil e uile cho soilleir agus furasta mar Riaghailt a Trì feuch an sàbhail thu do thrì tearmainn ann an dòigh seo, agus bidh an sum freagarrach. Ach chan eil feòil is fuil a' tighinn fon cheann aige aritmeataig, agus sin far a bheil Marilla Cuthbert a' dèanamh mearachd. Tha mi a' smaoineachadh gu bheil i a' feuchainn spiorad humalas a thogail ann an Anne le bhith ga glèidheadh mar a nì i; ach 's ann bu treasa a bhios i a' tòiseachadh farmad agus mi-chomhairle. Tha mi cinnteach gu bheil an leanabh a' faireachdainn eadar-dhealachadh eadar a cuid aodaichean agus an cuid aig na cailinichean eile. Ach gun smaoineachadh air Matthew a' gabhail sùil air! Tha an duine sin a' dùsgadh an dèidh dha bhi na chadal airson còrr is seasgad bliadhna"

Bha Marilla a' fiosrachadh fad an dàrna còig latha a leanas gum robh rudigin air inntinn Mhathaidh, ach dè bh' ann cha bhiodh fios aice, gus Oidhche Nollaig, nuair a thug Mrs Lynde an dreach ùr a suas. Dhaingnich Marilla gu math gu leòr san fharsaingeachd, ged a bh' e gu math cinnteach gun robh i a' cur an grèim air mìneachadh dìoplomasach Mrs Lynde gun do dhealbh i am breacan oir bha eagal aig Mhathaidh gun lorgadh Anna mach mu dheidhinn ro luath nam biodh Marilla a' dèanamh.

"Mar sin a tha seo, an rud a bha Màrtainn a' coimhead cho dìomhair air agus a' gàireachdainn ris fhèin airson dà sheachdain, a bheil?" thuirt i beagan cruaidh ach foighideach. "Bha fios agam gu robh e suas ri rudeigin amadanach, Uill, feumaidh mi ràdh nach eil mi a 'smaoineachadh gur h-eil Anna a' feumachadh barrachd dreasaichean. Dhèan mi trì dhiubh math, blàth, freagarrach dhi sa fhoghar, agus tha a h-uile càil eile na h-àiteachas. Tha gu leòr de stuth anns na h-uileagan sin a-mhàin gus waist a dhèanamh, tha mi a 'gealltainn gu bheil. Bidh thu dìreach a 'pamper vanity Anna, Màrtainn, agus tha i cho vain ri peacock a-nis. Uill, tha mi an dòchas gun tèid i a shàthachadh mu dheireadh, oir tha fios agam gu bheil i air a bhith a 'seiceadh an dèidh na h-uileagan amaideach sin bhon a thàinig iad a-steach, ged nach do thuirt i facal às dèidh an toiseach. Tha na puffs air a bhith a 'fàs nas mò agus nas ainmealach as dèidh gach aon; tha iad cho mòr ri balloons a-nis. An ath-bhliadhna bidh duine sam bith a tha ga chur orra feumach air dol tro dhoras gu taobh "

Thàinig madainn na Nollaig air t-saoghal geal àlainn. Bha an Dùbhlachd glè shocair agus bha daoine air a bhith a' coimhead air adhart ri Nollaig uaine; ach thuit sneachda gu leòr sa chadal gus Avonlea atharrachadh. Dh'fhàgadh Anne a' coimhead a-mach à uinneag a gheata reòite le sùilean toilichte. Bha na giuthas anns a' Choille Taibhseil uile feathery agus àlainn; bha na beithe agus na craobhan fhiadhain air an aithris ann an pèarla; bha na goireasan de a shneachda dimples; agus bha tang crispeach san adhar a bha glòrmhor. Rinn Anne a' ruith sìos an staidhre a' seinn gus an do luinneag a guth tro Green Gables.

"Nollaig Chridheil, Marilla! Nollaig Chridheil, Matthew! Nach eil e na Nollaig àlainn? Tha mi cho toilichte gu bheil e geal. Cha toil leam Nollaigeachan uaine. Chan eil iad uaine, tha iad dìreach donn fàsaidh agus liath. Carson a tha daoine ga ghairm uaine? Carson carson Matthew, an e sin dhomhsa? Ò, Matthew!"

Bha Matthew air an dreasg a sgaoileadh gu nàireach bhon a chumhdach pàipeir agus a chumail a-mach le suil a' gabhadh seachad air Marilla, a bha a' feigneadh gu robh i a' lìonadh an tì-phota le masladh, ach dìreach a' coimhead air an sealladh às an oisean dèadach aig a suil le ùidh eadhon ùidh.

Ghabh Anne am fheileadh agus sheall i air ann an tostachd ùrnaigh. Ach, dè cho breàgha 's a bha e, glòria donn bòidheach maoth leis an aon ghlanadh ri sìoda; sgiart le frilltean agus shirrings snoga; cumhan anns an dòigh as fhasaiche, goirt leis an aon rud beag de fhuaigh lèirsgriosach aig an mhuineal. Ach na h-uillinn - iad a bha na gaisgeachd mhòr! Cuffealan uillinn fada, agus os cionn aca dà puff àlainn air an roinn le ràidhean de shirring agus boghaichean de ribean sìoda donn.

"Se seòrsa bronntanas Nollaig a tha sin dhut, Anne," thuirt Màthair le glèuchd. "Carson carson Anne, nach toil leat e? Uill uill nise nise"

Oir bha suilean Anna air a dhol làn de dheòraichean gu h-obann.

"'S toil leat e! Ò, Mhathaidh!" Dh'fhoighneachd Anne an dèideadh thar cathair agus do chruinnich i a làmhan. "Mhathaidh, tha e cho àlainn 's a ghabhas, Ò, cha ghabh mi gu bràth do ghràdharc gu leòr. Coimhead air na uinneagan sin! Ò, tha e coltach riumsa gum feum seo a bhith na bruadar sona"

"Uill, uill, leig leinn a bhith a' gabhail bracaist," thug Marilla eadar-dhealachadh. "Feumaidh mi ràdh, Anne, chan eil mi a' smaoineachadh gun robh feum agad air an dreach; ach on a thug Matthew dha thu, bi cinnteach gun tug thu aire mhath dha. Tha ribean gruaig ann a dh'fhàg Mrs Lynde dhut. Tha e donn, gus freagairt ris an dreach. Tighinn a-nis, suidh a-staigh"

"Chan eil mi a' faicinn ciamar a tha mi a' dol a ithe bracaist," thuirt Anne le aoibhneas. "Tha an bracaist a' faicinn cho coitcheann aig àm cho spèisialta, bu toil leam mo shùilean a shaodadh air an dreas seo. Tha mi cho toilichte gu bheil uinneagan aotrom fhathast ann am fàs. Bha e coltach riumsa gu bheil mi a-riamh a' dol thairis air ma chaidh iad a-mach mus robh dreas agam orra. Cha b' eil mi a-riamh air faireachdainn gu leòr, tha thu a' faicinn. B' àlainn le Mrs Lynde a thabhann dhomh an ribin cuideachd. Tha mi a' faireachdainn gum bu chòir dhomh a bhith na cailin math gu dearbh. Tha e aig àm mar seo tha mi duilich nach eil mi na cailin eiseimpleir; agus tha mi a-riamh a' dol a bhith anns an àm ri teachd. Ach air dòigh sam bith, tha e doirbh do do dhleasdanasan a chur an gnìomh nuair a thig cathachadh neo-fheumach. Tha mi a dh'aithghearr, cuiridh mi iarrtas sònraichte an dèidh seo"

Nuair a bhiodh am bracaist àbhaisteach deiseil, nochd Diana, a' tarsainn an drochaid lòg geal anns an toll, cruth beag aoibheil ann an ulster dearg. Rinn Anne ruit gu luath sìos an leathad gus coinneachadh rithe.

"Nollaig Chridheil, Diana! Agus ò, tha e na Nollaig àlainn, tha rud àlainn agam ri sealltainn dhut. Thug Matthew dres àlainn dhomh, le uinneanan mar sin. Cha b' urrainn dhomh fiadhnaidh sam bith nas breàgha a dhèanamh."

"Tha rudeigin eile agam dhut," thuirt Diana anail. "Seo an bogsa seo. Chuir Mòr Josephine bogsa mòr thugainn le iomadh rud ann agus seo dhut e. Bhiodh mi air a thoirt thairis an-raoir, ach cha do thàinig e gus an dorchadas, agus cha toil leam a dhol tro Choille nan Taibhs anns an dorchadas a-nis"

Dh'fhosgail Anne an bogsa agus thug i sùil a-staigh. An toiseach, cairt le "Airson an nighean Anne agus Nollaig chridheil," sgrìobhte air; agus an uairsin, pàir den t-slighe bheaga as àille, le bèarran beadaichte agus buitean satin agus casanan lonrach.

"O," thuirt Anna, "Diana, tha seo ro mhòr, feumaidh mi a bhith a' bruadaradh"

"Tha mi a' gabhail a tha seo mar àm riaghlach," thuirt Diana. "Chan fheum thu breacainn de Ruby a thogail a-nis, agus 's e beannachd a th' ann, oir tha iad dà mhèud ro mhòr dhut, agus bhiodh e uabhasach cluas tuigse sgeulachd phìobaire. Bhiodh Josie Pye air a' dol le dìreach. Cuimhnich, chaidh Rob Wright dhachaigh le Gertie Pye bhon oidhche cleachdaidh a-raoir roimhe seo. An cuala thu riamh càil co-ionnan ris sin?"

Bha na h-oileanaich uile Avonlea ann an craobh de dheaghaidh an latha sin, oir bha e riatanach don hall a bhith air a mhaisigh agus an ath-chleachdadh mòr mu dheireadh a chumail.

Thàinig a' choirm gu buil san fheasgar agus bha i na soirbheachadh mòr. Bha an t-seòmar beag làn; dh'obraich na cleasaichean uile gu h-ionraic, ach bha Anne na rionnag soilleir sònraichte air an oidhche, mar nach fhàg eòlas, ann an cruth Josie Pye, a shéanadh.

"Oi, nach robh e oidhche air leth?" osnaich Anne, nuair a bha iad uile seachad agus i agus Diana a' coiseachd dhachaigh còmhla fon iarmailt dorch, làn rionnagan.

"Chaidh a h-uile càil a-mach gu math," thuirt Diana gu praitigeach. "Tha mi a 'smaoineachadh gun robh sinn dìreach airson deich dòlara a dhèanamh. Cuimhnich, tha Mr Allan a 'dol gu cur cunntas air a chur gu na pàipearan Charlottetown"

"O, Diana, an fhaic sinn ar n-ainmean ann an clò gu dearbh? Tha e a' cur an sgaoil air mo chridhe a smaoineachadh air. Bha do cheòl a-mhàin gu tur ealanta, Diana. Bha mi nas moiteil na bha thu fhèin nuair a fhuair e barrachd cluiche. Thuirt mi rium fhèin, 'Se mo charaid dhìleas a tha a' faotainn an urram seo.'"

"Uill, thug do sheanchas dìreach an taigh a-nuas, Anne, Bha an fhear brònach dìreach sònraichte."

"Och, bha mi cho neònach, Diana, Nuair a ghairm Mgr Allan am ainm agam cha b' urrainn dhomh innse ciamar a thàinig mi suas air an ùrlar sin idir. Bha e coltach gun robh millean de shùilean a' coimhead orm agus troim, agus airson aon mhionaid uabhasach bha mi cinnteach nach b' urrainn dhomh toiseachadh idir. An uair sin smaoinich mi air mo shlèibhtean àlainn puffed agus thog mi misneachd. Bha fhios agam gur eòlach a bha mi ris na slèibhte sin, Diana. Mar sin thòisich mi ann, agus bha coltach gum b' àite fada àlainn a bha mo ghuth a' tighinn. Bha mi dìreach coltach ri parrot. 'S e rud tighinn gu diofar gum bheil mi air na aithrisean sin a chleachdadh cho tric suas anns an t-àrd-ùrlar, no cha b' urrainn dhomh tighinn troimhe idir. An robh mi a' groaning ceart?"

"'S eadh, gu dearbh, rinn thu moanadh àlainn," thuirt Diana.

"Chunnaic mi an t-sean bhean Mrs Sloane a' sguabadh às na deòir nuair a shuidh mi sìos, B' àlainn smaoineachadh gun robh mi air bualadh air cridhe duine. 'S e rud air leth romantic a bhith a' gabhail pàirt ann an cuirm-chiùil, nach eil? Ò, 's e tachartas air leth cuimhneachail a tha ann gu dearbh"

"Nach robh còmhradh nan gillean math?" thuirt Diana. "Bha Gilbert Blythe dìreach àlainn. Anne, tha mi a' smaoineachadh gu bheil e uabhasach dona mar a tha thu a' dèiligeadh le Gil. Fuirich gus a innis mi dhut. Nuair a dh'fhalbh thu bho àrd-ùrlar an dèidh còmhradh na sìthichean, thuit aon de do ròsan às do chuid falt. Chunnaic mi Gil ga thoirt suas agus ga chur ann am pòca a bhroillein. Seo an dràsda. Tha thu cho ròmantach gur ann ort a bu chòir a bhith toilichte mu sin"

"Chan eil e gu diofar dhomh dè a nì an duine sin," thuirt Anne gu àrd. "Chan fhasaich mi dad air a shon, Diana."

An oidhche sin, chuir Marilla agus Matthew, a bha air a bhith a-muigh gu còisir ciùil airson a' chiad uair ann fichead bliadhna, suidhe airson greis ri taobh teine na cidsin às dèidh dha Anne dol a leabaidh.

"Uill, a-nis, tha mi a 'smaoineachadh gun do rinn ar Anne cho math ris a h-uile acasan," thuirt Màthaidh le moiteil.

"Seadh, rinn i," dh'aontaich Marilla. "Tha i na leanabh soilleir, Matthew, Agus bha i a' coimhead gu math snog cuideachd. Tha mi air a bhith beagan an aghaidh an sgeama seo aig an consairt, ach tha mi a 'smaoineachadh nach eil cron sam bith ann an deireadh thall. Co-dhiù, bha mi moiteil as Anne an-diugh, ged nach eil mi a 'dol innse dhi sin."

"Uill, a-nis, bha mi moiteil aste agus dh'innis mi dhi sin mus deach i suas an staidhre," thuirt Màrtainn. "Feumaidh sinn fhaicinn dè is urrainn dhuinn a dhèanamh dhi aig àm no dhà, Marilla. Tha mi a' smaoineachadh gum feum i rudeigin a bharrachd na sgoil Avonlea tràth no dhà"

"Tha gu leòr ùine ann a smaoineachadh air sin," thuirt Marilla. "Tha i dìreach trì-deug aig a' Mhàrt. Ged a bhuail e orm a-nochd gu robh i a' fàs gu math mòr. Rinn Mrs. Lynde am fionadh sin beagan ro fhada, agus tha e a' cur coltas air Anne gu bheil i cho àrd. Tha i tapaidh air ionnsachadh agus tha mi a' smaoineachadh gur e an rud as fheàrr a th' anns a rinn sinn dhi a cur gu Rìoghachd an dèidh ùine. Ach cha leig sinn dhi bhith còmhradh mu sin airson bliadhna no dhà fhathast"

"Uill, nach dèan e cron sam bith a bhith a' smaoineachadh air a-rithist is a-rithist," thuirt Màrtainn. "Tha rudan mar sin nas fheàrr le mòran smaoineachaidh air."

Chapter 27

Lorg JUNIOR Avonlea e doirbh a bhith a' suidhe a-rithist air beatha làitheil. Gu h-àraidh do Anna, bha rudan a' faireachdainn sgìth, seann, agus gun phrofit às dèidh an cupa de neart a bh' aice air a bhith a' òl fad seachdainean. An robh i comasach air tilleadh gu tlachdan sàmhach aig na làithean cèin a dh'fhalbh roimhe am cuirm? Aig an toiseach, mar a dh'inns i do Diana, cha robh i a' smaoineachadh gu dìreach gum b' urrainn dhi.

"Tha mi gu tur cinnteach, Diana, nach urrainn don bheatha a bhith dìreach mar a bha iad anns na seann làithean sin," thuirt i le bròn, mar as e cuairt air ais co-dhiù dà fhichead bliadhna a bhiodh i a' ciallachadh. "Dòchasach an dèidh greis gheibh mi cleachdadh ris, ach tha mi eagalach nach cuir cuirmean mì-thuigsinn air daoine airson an dèidh an latha. 'S dòcha gur e sin as coire gu bheil Marilla a' diùltadh. Tha Marilla mar bhean cho ciallach. Feumaidh a bhith na b' fheàrr a bhith ciallach; ach fhathast, chan eil mi a' creidsinn gu robh mi ag iarraidh a bhith na neach ciallach, oir tha iad cho neo-romansach. Tha Mrs Lynde ag ràdh nach eil cunnart sam bith gum bi mi riamh aon, ach cha bhi thu a' tuigsinn riamh. Tha mi a' faireachdainn dìreach a-nis gur urrainn dhomh a bhith a' fàs suas gu bhith ciallach fhathast. Ach 's dòcha gur e sin a-mhàin oir tha mi sgìth. Chan urrainn dhomh cadal an-raoir airson ùine fhada. Dimàirt mi dhìreach suidhe agus mi a' bhian-liosta an cuirm thairis agus thairis a-rithist. Sin rud iongantach mu leithid de chùisean, tha e cho bòidheach a bhith a' coimhead air ais orra."

Mu dheireadh thall, ge-tà, thill sgoil Avonlea gu slighe a seann dhòighs agus ghabh suas na h-uimhir a bha aice. Gu cinnteach, dh'fhàg an cuirm lorgaichean. Cha robh Ruby Gillis agus Emma White, a bha air strì mu phrìomhachd nan suidheachan òirleach, a-nis a' suidhe aig an aon bhòrd, agus bha càirdeas soirbheachail a bh' ann fad trì bliadhna air crìochnachadh. Cha robh Josie Pye agus Julia Bell a' "bruidhinn" airson trì mìosan, oir thuirt Josie Pye ri Bessie Wright gum b' e an bogha a bh' aig Julia Bell nuair a dh'èirich i gus a h-ainm a thogail suas gun robh i a' smaoineachadh air cearc a' breabadh a ceann, agus thuirt Bessie ri Julia. Cha robh duine sam bith de na Sloanes a' gabhail riuthasan aig na Bells, oir bha na Bells air innse gun robh ro mhòran air a bhith aig na Sloanes anns a' phrògram, agus bha na Sloanes air freagairt gun robh na Bells nach robh comasach air a dhèanamh mar bu chòir an beagan a bh' ac' ri dhèanamh. Mu dheireadh, thog Charlie Sloane strì le Moody Spurgeon MacPherson, oir thuirt Moody Spurgeon gun robh Anne Shirley a' cur suas an aire mu na h-ainmean aice, agus bha Moody Spurgeon air a "bhualadh"; mar thoradh air sin, cha robh Ella May, piuthar Moody Spurgeon, a' "bruidhinn" ri Anne Shirley fad a' gheamhraidh. Leis an eisgeachaidh sin de shìneadh beaga, chaidh an obair ann an riaghaltas beag Miss Stacy air adhart le seasmhachd agus mìneachd.

Chaidh seachad na seachdainn geamraidh. B' e geamhradh neònach blàth a bh' ann, le cho beag sneachda 's gun robh Anne agus Diana comasach dol dhan sgoil gach latha, a' dol tro Shlighe nan Beithe. Air là-breith Anne, bha iad a' leum gu aotrom sìos, a' cumail an sùil agus an cluas fosgailte am measg a h-uile cainnt, oir dh'inns Miss Stacy dhaibh gum feumadh iad sgrìobhadh dealbh-inntinn air "Coiseachd Geamhraidh anns na Coilltean," agus bha e freagarrach dhaibh a bhith toilichte.

"Dìreach smaoinich, Diana, tha mi trì bliadhna deug a dh'aois an-diugh," thuirt Anne le guth uabhasach. "Chan urrainn dhomh a thuigsinn gu bheil mi anns na miadhaichean agam, Nuair a dhùisg mi madainn an-diugh, shaoil mi gu bheil a h-uile càil aig a bheil feum air a bhith eadar-dhealaichte. Tha thu fhèin air a bhith trì bliadhna deug a dh'aois airson mìos, mar sin tha mi a 'smaoineachadh nach eil e cho ùr dhut 'sa tha e dhomhsa. Tha e a 'cur coltas nas inntinneach air beatha. Ann an dà bhliadhna eile, bidh mi gu tur inbhich. 'S e comhfhurtachd mòr a smaoineachadh gum bi mi comasach air facail mòra a chleachdadh an uairsin gun a bhith ga gàire."

"Tha Ruby Gillis ag ràdh gu bheil i ag iarraidh beau a bhith aice a dh'aithghearr 's i còig bliadhna deug a dh'aois," thuirt Diana.

"Smaoineachadh Ruby Gillis air smuain air luchd-lèirsinn a-mhàin," thuirt Anna le mì-thlachd. "Tha i gu dearbh toilichte nuair a sgrìobhas duine sam bith an ainm aice suas ann an sàr-sanais airson a h-uile rud a-nis a tha i a' feigneachd gu bheil i cho crosta. Ach tha eagal orm gu bheil sin na chainnt dhroch-bhiadhail. Tha Mrs Allan ag ràdh nach bu chòir dhuinn chainnt droch-bhiadhail a dhèanamh; ach tha iad a 'tighinn a-mach cho tric mus smaoinich thu, nach eil iad? Chan urrainn dhomh bruidhinn mu Josie Pye gun a bhith a 'dèanamh chainnt droch-bhiadhail, mar sin cha chuir mi iomradh oirre idir. Faodaidh tu a bhith air faiceall sin. Tha mi a 'feuchainn ri bhith cho coltach ri Mrs Allan 's a ghabhas mi, oir tha mi a' smaoineachadh gu bheil i foirfe. Tha Mr Allan a 'smaoineachadh mar sin cuideachd. Tha Mrs Lynde ag ràdh gu bheil e dìreach a 'dèanamh adhradh air an talamh a tha i a' coiseachd air agus chan eil i a 'smaoineachadh gu bheil e ceart do sheirbheisiche a ghràdh a chur air neach bàsmhor cho mòr. Ach an uairsin, Diana, tha ministearan daonna cuideachd agus tha peacadhan pearsanta aca dìreach mar a h-uile duine eile. Bha còmhradh cho inntinneach agam le Mrs Allan mu pheacadhan pearsanta Disathairne. Tha dìreach beagan rudan a tha freagarrach bruidhinn air Làithean na Sàbaid agus sin fear dhiubh. 'S e m' pheacadh pearsanta a bhith a 'smaoineachadh ro mhòr agus a' dìochuimhneachadh air mo chleachdaidhean. Tha mi a 'strì gu cruaidh gus a shàbhaladh agus a-nis gu bheil mi gu dearbh trì-deug b' fheàrr dhomh."

"Ann an ceithir bliadhna a bharrachd, bidh sinn comasach air ar falt a chur suas," thuirt Diana. "Chan eil Alice Bell ach sia bliadhna deug a dh'aois agus tha i a' cur a falt suas, ach tha mi a' smaoineachadh gu bheil sin do-riochdach. Bidh mi a' feitheamh gus am bi mi seachd bliadhna deug"

"Nam biodh sròn cam Alice Bell agam," thuirt Anne go daingean, "cha bhiodh mi ach an sin! Cha nì mi innse dè bha mi a 'dol a ràdh air sgàth gur eibhinn a bh' ann gu mòr. A bharrachd air sin, bha mi a 'comharrachadh e ris an sròn agam fhèin agus tha sin uabhasach. Tha eagal orm gu bheil mi a 'smaoineachadh cus air mo shròn bhon a chuala mi a 'mholadh sin mu dheidhinn o chionn fhada. Tha e gu dearbh na cofhurtachd mhoir dhomh. O, Diana, coimhead, tha coineanach ann. Sin rud air a mhothachadh airson ar sgrìobhadh coille. Tha mi a 'smaoineachadh gu bheil na coilltean cho breagha san geamhradh agus a tha iad sa t-samhradh. Tha iad cho geal agus sàmhach, mar gu robh iad a 'cadal agus a' bruadar mìlsean"

"Cha bhi mi a' cur dragh sam bith mu sgrìobhadh a' chomhairle sin nuair a thig an t-ìde," osnaich Diana. "Tha mi comasach air sgrìobhadh mu na coilltean, ach 's uabhasach an fhear a tha sinn a' toirt a-steach Diluain. Beachd Mhiss Stacy a' dèanamh fiosrachadh oirnn sgrìobhadh sgeulachd às ar cinn fhèin!"

"Carson, tha e cho furasta ri suil," thuirt Anne.

"Tha e furasta dhut oir tha d' iomain-a-mach agad," fhreagair Diana, "ach dè bhiodh tu a' dèanamh nam biodh tu air a bhreth gun fear? Tha mi a' smaoineachadh gu bheil do chompòsadh uile deiseil?"

Dh'aontaich Anna, a' feuchainn gu cruaidh nach toirt suil deònach complacent agus a' teipeadh gu èiginneach.

"Sgrìobh mi e oidhche Luain mu dheireadh, 's e 'An t-Eileachd Ealasaidh; no Ann an Bàs Chan Eil Sgaradh.' Thug mi leughadh air do Mharilla agus thuirt i gur e breug agus rànsachadh a bh' ann. An uair sin thug mi leughadh air do Mhatha agus thuirt e gur e breughachd a bh' ann. Sin an seòrsa luchd-critigeach a tha mi ag iarraidh. 'S e sgeulachd brònach, milis a th' ann. Dh'fhalbh mi a' caoineadh mar phàiste fhad 's a bha mi ga sgrìobhadh. Tha e mu dithis nigheanan àlainn a bha air an ainmeachadh Cordelia Montmorency agus Geraldine Seymour a bha a' fuireach anns an aon bhaile agus a bha dìleas dà chèile. Bha Cordelia na banrigh donn le cùrsa de ghruag dhubh mar oidhche agus sùilean a' lasadh anns an dorchadas. Bha Geraldine na banrigh bhàn le gruag mar òr snàgta agus sùilean puirphe goirt."

"Cha d'fhaca mi riamh duine le suilean purpaidh," thuirt Diana gu teagamhach.

"Cha do rinn mi cuideachd, dìreach samhlach, bha mi ag iarraidh rudeigin a-mach àbhaisteach. Bha adhbhar alabaster aig Geraldine cuideachd. Tha mi air fhaighinn a-mach dè tha adhbhar alabaster. Sin aon de na buannachdan a bhith trì-deug. Tha fios agad tuilleadh na bha agad nuair a bha thu dìreach dhà-dheug."

"Uill, dè thachair do Chordelia agus Geraldine?" dh'fhaighnich Diana, a bha a' tòiseachadh a bhith a' faireachdainn ùidh ann an dàn an duine.

"Dh'fhàs iad ann an bòidhchead ri taobh a chèile gu robh iad seachd bliadhna deug, An uairsin thàinig Bertram DeVere gu an ceann dùthaich dhùchais agus dh'èirich gaol aige air an àlainn Geraldine. Shàbhail e a beatha nuair a ruith a each air falbh leatha ann an càraige, agus bhuail i leisg ann an a gheàrradh agus ghluais e dachaigh i trì mìle; oir, tuigidh sibh, bha an càraige uile sgriosail. Fhuair mi e doirbh dha-rìribh a bhith a' beachdachadh air an iarrtas oir bha eagal orm nach robh eòlas agam. Dh'iarr mi air Ruby Gillis mura h-eilbheadh eòlas aice air dòigh anns a bheil fir a' moladh oir a chuid bha mi den bheachd gum biodh i na ùghdarras air a' chuspair, anns a bheil coireigin de a bràithrean-pòsta pòsta. Dh'innis Ruby dhomh gu robh i fodhaichte ann am preabaidh a h-uinneige nuair a thug Malcolm Andres iarrtas do a piuthar

Susan. Thuirt i gu robh Malcolm ag ràdh gu robh a athair air a' bhàile aige a thoirt dha ann am ainm fhèin agus an uairsin thuirt e, 'Dè thuirt thu, geal uasail, ma ghabhas sinn pòsadh am foghar seo?' Agus thuirt Susan, 'Seadh chan eil fhios agam feuch am faic mi seo' agus bha iad sin, geallta cho luath 's sin. Ach cha robh mi a' smaoineachadh gu robh an seòrs' sin de iarrtas ro ròmanach, mar sin mu dheireadh thall bha air mi a bhith a' smaoineachadh air a-mach cho math 's a b' urrainn dhomh. Rinn mi e gu h-àlainn is bardail agus chaidh Bertram air a ghlùinean, ged a bhios Ruby Gillis ag ràdh nach eil sin a' tachairt an-diugh. Ghabh Geraldine e le òraid a bha duilleag a dh'fhaid. 'S ann dhomh an riarachadh a bha cìis a thoirt ormsa leis an òraid sin. Sgrìobh mi e a-rithist còig tursan agus tha mi a' coimhead air mar m' obair mhotha. Thug Bertram fàinne deimhinnt agus dealgh-ruibeach dhith agus dh'innse e dhi gun tèid iad dhan Eòrpa air turas pòsaidh, oir bha e fìor shaibhir. Ach ansin, och, thòisich sgàilean a' dorchaich' thar an slighe. Bha Cordelia dìomhair ann an gaol le Bertram fhèin agus nuair a dh'innse Geraldine dhi mu dheidhinn an gealltanas, bha i dìreach gun ghuth, gu h-àraidh nuair a chunnaic i an dealgh-ruibeach agus an fàinne deimhinnt. Thug i uile gràdh aice do Geraldine gu gràin nimheil agus mhol i gu bheil iad a-riamh a pòsadh Bertram. Ach bha i a' cur a h-aghaidh mar cara do Geraldine mar a bha i an-còmhnaidh. Oidhche am fear, bha iad a' seasamh air drochaid thar sruth gu turbaideach, gus an d'ullaich Cordelia, a' smaoineachadh gu robh iad a-mhàin, an t-sruth le galan gàireàn, 'Ha, ha, ha.' Ach chunnaic Bertram uile agus tuiteach e anns' an fhìor-uisge làithreach, 'S e ag èigheach, ' 'S e seo an gaol t-anam Geraldine.' Ach och, bha e air a dhol às a chuideachadh gu robh e comas samhal, agus bha iad a dàrna cuid bàite, a-comhdhail. Chaidh an cuid cueran a nigh na h-uiseig gu luath. Tha iad air an adhlacadh ann an uaig aon agus bha an taisbeanadh sìde mòran imponach, Diana. 'S e deireadh sgeulachd le taisbeanadh side na pòsadh a tha nas romance. O tha Cordelia, chaidh i a dhol le bròn is a' bruidhinn sna gràdaichean. Smaoinich mise gum biodh sin na cìs àlainn air a h-eachdraidh.

"Ciamar a tha sin àlainn gu tur!" osnaich Diana, a bha a' buntainn ri sgoil na criticearan aig Maitiu. "Chan eil mi a' tuigsinn ciamar a bheir thu a-mach rudan cho spòrsail à do cheann fhèin, Anne. Tha mi ag iarraidh gum biodh mo mhac-meanma cho math ri do theagamh."

"Bhiodh e, nam b' urrainn dhut a chultachadh," thuirt Anna gu sòlasach. "Tha plana air tighinn orm a-nis, Diana. Leig leatsa agus mise a bhith le club-sgeulachdan againn fhìn agus sgeulachdan a sgrìobhadh airson cleachdaidh. Bidh mi cuideachadh dhut gus an urrainn dhut an dèanamh leat fhèin. Bu chòir dhut do bhriathrachas a chultachadh, tha fhios agad. Tha Miss Stacy ag ràdh sin. Ach feumaidh sinn an t-slighe cheart a ghabhail. Thuirt mi riutha mu Choille a' Bhòidhchead, ach thuirt i gun deach sinn an t-slighe ceàrr mu dheidhinn."

Seo mar a thàinig club na sgeulachd gu bith. Bha e criomhte gu Diana agus Anne aig an toiseach, ach dh'fhàs e gu luath gus a' gabhail a-steach Jane Andrews agus Ruby Gillis agus aon no dhà eile a bha a 'faireachdainn gu robh an lèirsinn air a dhìth. Cha robh balaich ceadaichte ann ged a bha Ruby Gillis a 'moladh gun toireadh a' faighinn-a-steach aca tiughad a dhèanamh agus bha a h-uile ball ri sgeulachd aon no dhà gach seachdain a thoirt a-steach.

"'S e pròiseact inntinneach a th' ann gu dearbh," thuirt Anna ri Marilla. "Feumaidh gach nighean a sgeulachd a leughadh gu h-àrd agus an uairsin tha sinn a' bruidhinn mu dheidhinn. Tha sinn a' dol a chumail iad uile gu naomhach agus am bi aca a leughadh do ar sliochdan. Sgrìobhaidh sinn uile fo ainm sgrìobhaidh. 'S e Rosamond Montmorency an t-ainm agamsa. Tha a' mhòrchuid de na nigheanan a' dèanamh glè mhath. Tha Ruby Gillis beagan sentimental. Cuireas i ro iomadach de ghràdh anns a sgeulachdan agus tha fios agad gu bheil ro iomadach nas miosa na ro bheag. Cha cuir Jane gin ann oir tha i a' smaoineachadh gu bheil i a' faireachdainn cho dona nuair a tha i a' leughadh a-mach e. Tha sgeulachdan Jane gu math freagarrach. An uairsin, cuireas Diana ro iomadach de murt anns a h-uile sgeulachd aice. Thuirt i mòran den àm nach eil fior chùisean aice ri dèanamh leis na daoine agus mar sin tha i a' marbhachadh iad gus deiligeadh orra. 'S e mi a bhios a' fàgail fios dhaibh dè bu chòir dhaibh a sgrìobhadh, ach chan eil sin doirbh oir tha milleanan de beachdan agam."

"Tha mi a' smaoineachadh gu bheil an gnìomhachas sgrìobhaidh sgeulachdan as gofaiche fathast," spèisich Marilla. "Gheibh thu mòr-chuid de neo-chiall anns do cheann agus cuiridh tu ùine air chall a bu chòir a chuir air do leasanan. Tha a' leughadh sgeulachdan gu leòr gu leòr ach tha sgrìobhadh orra na bu miosa"

"Ach tha sinn cho cùramach gus moral a chur anns gach aon dhiubh, Marilla," mìnich Anne. "Tha mi a 'dearbhadh air sin. Tha na daoine math uile air an duaisneachadh agus tha a h-uile duine dona air an peanasadh freagarrach. Tha mi cinnteach gu bu chòir a bhith na buaidh shlànachdach. Tha am moral a 'cùis mhòr. Tha M. Allan ag ràdh mar sin. Leugh mi aon de mo sgeulachdan dha agus do M.A. Allan agus dh'aontaich iad a dhà gun robh am moral sgoinneil. Ach dh'fhaoidte iad aig na h-àiteachan ceàrr. 'S toil leam an barrachd nuair a tha daoine a' caoineadh. Tha Jane agus Ruby a 'caoineadh a' bhoilich nuair a thig mi aig na pàirtean truasach. Sgrìobh Diana gu a Aunt Josephine mu ar club agus sgrìobh a Aunt Josephine air ais gun robh sinn a 'cur cuid de na sgeulachdan againn dhi. Mar sin dhìchòrd sinn ceithir de na fear as fheàrr againn agus chuir sinn iad. Sgrìobh Miss Josephine Barry air ais gun robh i a-riamh air rud sam bith cho inntinneach a leughadh sna beatha aice. Bha sin beagan air a thogail oir bha na sgeulachdan uile gu math truasach agus bha a h-uile duine cha mhòr air a bhàs. Ach tha mi toilichte gun do chòrd Miss Barry riutha. Tha e a 'sealltainn gu bheil ar club a' dèanamh rudeigin math san t-saoghal. Tha M.A. Allan ag ràdh gum bu chòir a bhith na amasan againn ann an a h-uile rud. Tha mi dha-rìribh a 'feuchainn ri a dhèanamh na amas agam ach bidh mi a' dìochuimhneachadh gu tric nuair a tha mi a 'faighinn spoirt. Tha mi an dòchas gum bi mi beagan mar M.A. Allan nuair a tha mi a 'fàs suas. A bheil thu a 'smaoineachadh gu bheil sealladh sam bith air, Marilla?"

"Cha bu chòir dhomh a ràdh gun robh mòran ann" b' e freagairt misneachail Marilla. "Tha mi cinnteach gun robh Mrs Allan riamh mar a' nighean ghoofy, di-chuimhneach beag mar a tha thu"

"Cha robh; ach cha robh i an-còmhnaidh cho math 's a tha i a-nis cuideachd," thuirt Anna gu dàirire. "Thuirt i rium fhèin mar sin, is e sin, thuirt i gun robh i na droch duais nuair a bha i na caileag agus gu robh i an-còmhnaidh a 'tuiteam a-steach do shàr-thaibhsean. Bha mi a 'faireachdainn cho misneachail nuair a chuala mi sin. A bheil e glè olc dhomh, Marilla, a bhith a 'faireachdainn misneachail nuair a chluinn mi gu bheil daoine eile air a bhith dona agus mi-fhortanach? Tha Mrs Lynde ag ràdh gu bheil e. Tha Mrs Lynde ag ràdh gu bheil i a 'faireachdainn glaiste gach uair a chluinneas i gun do bhris duine sam bith riamh na dleastanasan, ge beag a bha iad. Thuirt Mrs Lynde gun do chuala i ministear a 'gealltainn aon uair gun do ghoideadh e tart sùbh-ull à pantry a 'pherita aige agus nach robh aon urram aice airson a' mhionisteir sin a-rithist. An-dràsta, cha bhiodh mi air faireachdainn mar sin. Bhithinn a 'smaoineachadh gu robh e glè uasal dhà a dhearbhadh, agus bhithinn a' smaoineachadh dè an rud misneachail a bhiodh e do bhalachan beaga an-diugh a dhèanann rudan dona agus tha duilich orra fios gu bheil cothrom aca a 'fàs suas gu bhith na ministearan a dh'aindeoin e. Sin mar a bhiodh mi a 'faireachdainn, Marilla"

"An dòigh a tha mi a' faireachdainn an-dràsta, Anne," thuirt Marilla, "gu bheil e in-àm gun nigh thu na truislean sin. Tha thu air leth uair a thìde a ghabhail nas fada na bu chòir leis a h-uile cainnt agad. Ionnsaich obair an toiseach agus cainnt an dèidh sin"

Chapter 28

MARILLA, a' coiseachd dhachaigh fad oidhche mu dheireadh an Giblean bho coinneamh na Cuideachaidh, thuig i gum b' e deireadh a bh' air an geamhradh agus gun robh e air falbh leis an dòchas beòthail a thig leis an Earraich gun teip don t-sean agus don bhrònach cho math ri don òg agus don sona. Cha robh Marilla eòlach air meòrachadh iomchaidh air a smuaintean agus a faireachdainnean. 'S docha gun robh i dhen bheachd gu robh i a' smaoineachadh air na Cuideachean agus am bogsa missionara aca agus an càrpet ùr airson seòmar an freastail, ach fo na beachdan sin bha faireachdainn chothromach de raointean dearg a' toirt ceò ann an ceòthan purpaidh leisg leis a' ghrian a' dol fodha, de sgothan sgiathanach, geur fir a' tuiteam thairis air an fhèill an latha aig an allt, de mhapailean solas-dearg a' sgaoileadh timcheall lochan-ciùil na coille, de dhùisg anns an t-saoghal agus brosnachadh a' pulsadh fo'n fhraoich liath. Bha an t-Earrach a-muigh anns an dùthaich agus bha ceum Marilla, a bha staoidh, meadhan-aois, nas aoibhniche agus nas luaithe air sàilleibh a dhòchasan domhainn, pùranaich.

Bha a sùilean a' fuireach ga gràdhaich air Green Gables, a' coimhead tro eadar-lìon de chrannan agus a' tar-aisig an grian bho na h-uinneagan aige ann an grunn coruscations beaga de ghlòir. Marilla, nuair a thog i a ceumhan tro an slighe fliuch, smaoinich i gun robh e gu dearbh na thoileachas a fiosrachadh gun robh i a' dol dhachaigh gu teine fiodha a' snogadh gu beò agus bord snasail air a spreidheadh airson tì, seach gu fuarasan seann oidhchean Aid a' coinneachadh mus do thàinig Anne gu Green Gables.

Mar sin, nuair a thàinig Mairi a-steach don chidsin agus an teine dhubh a-mach, gun sgeul de Anne idir, bha i glè thraochta agus buailteach. Bha i air innse do Anne gu robh i cinnteach a bhith deiseil airson tì aig a còig a chlog, ach a-nis feumaidh i a bhith air i h-eagal a dhol dhìth air a dreach as fheàrr agus a bhith a' deasachadh a biadh fèin ro dhaingneachadh Matthew bho a' cladh.

"Cuiridh mi sìos air Mìosachd Anna nuair a thig i dhachaigh," thuirt Mairi agus grìos air a gruaidh, is i a' gearradh air stuthlach le sgeian sgioblach agus barrachd smididh na b' fhiach. Thàinig Maithios a-steach agus bha e a' feitheamh gu foighidinneach air a thiormachadh anns a' chùinne. "Tha i a' dol a-mach càit an àite le Diana, a' sgrìobhadh sgeulachdan no ag obair air dialogues no rud sam bith sam bith eile, agus chan eil i a' smaoineachadh aon uair mu na h-àm no na dleastanasan aice. Feumaidh i stad gu h-obann agus gu direach air an seòrsa seo de rud. Chan eil mi a' cuimhneachadh ma tha bean-ùrlair Allan ag ràdh gu b' e an leanabh as soilleire agus as milse a bha riamh aice. 'S dòcha gu bheil i solasach agus milis gu leòr, ach tha a ceann làn de sheòrsa de rud sam bith agus chan eil fios dè cho math 's a tha e a' briseadh a-mach an ath thuras. Dìreach cho luath 's a tha i a' fàs a-mach à freak aice tha i a' gabhail suas le fear eile. Ach sin! Seo mi a' càineadh Iseabail Lynde airson rud a rinn mi aig an Aid an-diugh. Bha mi gu dearbh toilichte nuair a thug bean-Urchair Allan taic do Anna, oir mura robh i cha mhairinn mi rudeigin ro gheur d'Iseabail ro na h-uile duine. Tha mòran lochdan aig Anna, tha fios aig Dia, agus tha e fad bhonam a bhith a' diùltadh e. Ach tha mi a' togail suas i agus chan e Iseabail Lynde, a bhiodh a' gearradh lochdan air a' Mhaighstir Gabrièl fhèin nan robh e a' fuireach ann an Avonlea. Dìreach mar an aon rud, cha robh còir aig Anna an taigh a fhàgail mar seo nuair a dh'innis mi dhi gum feumadh i fuireach aig an taigh feasgar seo agus a' coimhead às dèidh rudan. Tha mi a' dol a ràdh, leis a h-uile lochd aice, cha robh mi a' lorg a beòil tursach no neo-iomain aice roimhe agus tha mi gu dearbh duilich a lorg mar sin an-dràsta."

"Uill, a-nis, chan eil mi a' tuigsinn," thuirt Matthew, a bha foighidinneach agus glic agus, os cionn a h-uile, acrach, a mheas gum b' fheàrr leigeil le Marilla a bhrònachd a-mach gun bhacadh, a' faighinn a-mach le eòlas gu robh i a' dèanamh air obair a bha làimh gu math nas luaithe mur robh i air a cumail air ais le cainnt inntinneach. "Mars e bith an toir thu breith ort i ro luath, Marilla, na gabh i cho neo-dhìonach gus am bi thu cinnteach gun do mheòraich i thu. Ma tha, 's docha gur urrainn dhuinn uile a mhìneachadh. Tha Anne gu math maith air a mhìneachadh. "

"Chan eil i an seo nuair a dh'innse mi dhith an tèid a bhith," fhreagair Marilla. "Smaoinich mi gum bi e doirbh dhi sin a mhìneachadh gu mo sàsachd. Tha mi a 'tuigsinn gu bheil thu a' toirt taic dhi, Matthew. Ach tha mise a 'togail suas i, chan e thusa"

Bha e dorcha nuair a bha an suipear deiseil, agus fhathast gun samhla de Anne, a' tighinn gu h-obann thar an drochaid-geadaidh no suas Rathad na Luchd-leannan, anail agus sàillinn le faireachdainn de dhleastanasan neònach. Nigh Marilla agus chuir i na soithichean air falbh le gruaim. An uairsin, ag iarraidh coinneal gus an t-slighe aice sìos an tseillear a soilleireachadh, chaidh i suas gu gàilear an earson an fhir a bha gu tric a' seasamh air bòrd Anne. Ag a' lasadh, thionndaidh i timcheall gus Anne fhèin fhaicinn a' luighe air an leabaidh, aodann sìos am measg na peilearan.

"Tròcair oirnn," thuirt Marilla ann an iongantas, "an robh thu a' cadal, Anne?"

"Chan eil," b' e an freagairt bhog.

"A bheil thu tinn an uairsin?" dh'iarr Marilla gu draghail, a' dol thairis chun an leabaidh.

Anne a' giùlain a h-anail nas doimhne anns a' phudairean aice mar nam biodh i ag iarraidh a cheann fhèin a chur am falach gu mòr bho shùilean miortalach.

"Chan eil, ach mas e do thoil e, Marilla, falbh agus na coimhead orm, tha mi ann an doimhneachd an èighmhor agus chan eil mi a' cùram cò tha a' faighinn ceann sa chlas no a' sgrìobhadh am pìos sgrìobhaidh as fheàrr no a' seinn ann an coisir sgoil na Sabaid tuilleadh. Chan eil rudan beaga mar sin a' ciallachadh mòran a-nis oir chan eil mi a' smaoineachadh gum bi mi comasach air a dhol àite sam bith tuilleadh. Tha mo ghairm dùinte. Mas e do thoil e, Marilla, falbh agus na coimhead orm."

"An cuala duine sam bith riamh mar sin?" bha Marilla eòlach air a dhol air chall. "Anne Shirley, dè an t-ìmpireachd a th' ort? Dè a rinn thu? Èirich dìreach a-nis agus innis dhomh. An-dràsta, tha mi ag ràdh. Well na, dè tha e?"

Bha Anne air sleamhnachadh gu làr ann an dìlseachd làn eòlais.

"Coimhead air mo ghruag, Marilla," thuirt i gu sàmhach.

Mar sin, thog Marilla a coinneal agus sheall i gu mionaideach air falt Anne, a' sruthadh ann an cuid mòr aig a cùl. Gu cinnteach, bha coltas glè iongantach air.

"Anne Shirley, dè tha thu air a dhèanamh do d'fhalt? Carson, tha e uaine!"

Dh'fhaodadh tu a ghairm 'uaine', mas e dath sam bith talmhaidh a bh' ann, uaine ait, dubh, cronanach, le strìochdan an seo 's an sin den dath dearg bun-roghainn airson èifeachd na gruamachd a mhèadachadh. Cha do chunnaic Marilla riamh ann an dòigh sam bith anns an t-saoghal rudeigin cho grànnda mar falt Anne aig an àm sin.

"Seadh, tha e uaine," osnaich Anna. "Smaoinich mi nach robh rud sam bith cho dona ri falt ruadh. Ach a-nis tha mi a' tuigsinn gu bheil e deich uair nas miosa gum bi falt uaine agad. Ò, Marilla, chan eil thu a' tuigsinn idir ciamar a tha mi gu tur mì-àghmhor."

"Chan eil fhios agam ciamar a thàinig thu a-steach don t-suidheachadh seo, ach tha mi dol a lorg a-mach," thuirt Marilla. "Thig a-nuas dhan chidsin a-nis - tha e ro fhuar an seo suas - agus innis dhomh dìreach na rinn thu. Bha mi a' feitheamh rudan àraidh fad ùine. Cha deach thu a-steach do chuideam sam bith airson còrr air dà mhìos, agus bha mi cinnteach gun robh fear eile ri thighinn. A-nis, dè nì thu do d' fhalt?"

"Dhòirt mi e."

"Dhath e! Dhath do ghruag! Anne Shirley, nach robh fios agad gur rud olc a bh' ann sin a dhèanamh?"

"Seadh, bha fhios agam gu robh e beagan peacaideach," dh'aithris Anne. "Ach smaoinich mi gu robh e fiach beagan peacaideach a bhith airson faighinn dheth an falt ruadh. Dhearbhaich mi an cosgais, Marilla. A bharrachd air sin, bha mi a' ciallachadh a bhith nas fheàrr ann an dòighean eile gus a dhèanamh suas airson e"

"Uill," thuirt Marilla gu sarcasach, "mura robh mi airson gur fiach e mo chuid fuilt a dhathachadh, bhiodh mi air dath nas freagarrach a chur air aig a' char as lugha. Cha bhiodh mi air dath uaine a chur air."

"Ach cha do bheachd mi ach an dathadh uaine e, Marilla," dh'iarr Anne gu bèagach. "Ma bh' orm a bhith dona, bha mi airson a bhith dona airson adhbhar, Thuirt e gum biodh mo chuid falt na falt dubh alainn. Thug e barantas dhomh gu dearbh gun rachadh e mar sin. Ciamar a bhithinn a' teagamh a fhacal, Marilla? Tha fios agam dè tha e mar nuair a bheil duine a' teagamh do fhacal. Agus tha Mrs Allan ag ràdh nach bu chòir dhuinn smaoineachadh nach eil duine sam bith a' toirt dhuinn an fhìrinn mura bi prova againn nach eil iad ann. Tha prova agam a-nis 'se am falt uaine a tha mar phròf gu leòr do dhuine sam bith. Ach cha robh e agam an uair sin agus chreid mi gach facal a thuirt e gan dabht sam bith."

"Cò thuirt? Cò ris a tha thu a' bruidhinn?"

"An neach-reic a bha an seo feasgar, cheannaich mi an dath bho."

"Anne Shirley, cò mheud uair a dh'iarr mi ort gun leig thu a-steach dàimh dhiubh na h-Eadailtich aig an taigh! Chan eil mi a' creidsinn ann a' brosnachadh iad a thighinn mun cuairt idir"

"Ò, cha do leig mi a-steach don taigh e, thug mi iomradh air na thuirt thu rium, agus chaidh mi a-muigh, dhùin mi an doras gu cùramach, agus choimhead mi air na rudan aige air a' cheumann. A bharrachd air sin, cha robh e na Eadailteach, 's e Giùdach Gearmailteach a bh' ann. Bha bocsa mòr aige làn rudan gle inntinneach agus dh'innis e dhomh gu robh e a' strì gu cruaidh airson gu leòr airgead a chosnadh gus a bhean agus a chlann a thoirt a-mach à Gearmailt. Bhruidhinn e cho faireachdainneil mu dheidhinn an sin gun do bhuail e mo chridhe. Bha mi airson rudigin a cheannach bhuaithe airson cuideachadh leis an amas cho prìseil. An uairsin dh'fhaic mi am botul de dhuilleag folt. Thuirt a' peddler gu robh e barantaichte gus gach folt a dhathadh a dhubh gu àlainn raven agus cha toireadh e dhi. An robh mi fhìn le folt dubh àlainn raven a' faicinn dìreach agam agus cha bhiodh an teagamh ri cumail suas. Ach bha prìs a 'bhotail seachdad agus còig sgillinn agus cha robh ach dà fhichead sgillinn fhàgail às mo airgead cearc. Tha mi a 'smaoineachadh gun robh cridhe gle mhath aig a' peddler, oir thuirt e gu robh e, a' faicinn gu robh e mise, gu reic e airson dà fhichead sgillinn agus 's e sin a-mhàin a bha e a' toirt dhi. Mar sin cheannaich mi e, agus a luaithe 's a dh'fhàg e thàinig mi suas an seo agus chuir mi ris le seann bhrus folt mar a thuirt na stiùiridhean. Chleachd mi a 'choileanadh a' bhotail, agus ò, Marilla, nuair a chunnaic mi an dath uamhasach a thionndadh mo fholt airson a bheil mi air mo phàirt, is urrainn dhomh innse dhut. Agus tha mi air a bhith a 'dèanamh aithreachais o chionn sin "

"Uill, tha mi an dòchas gu bheil thu dol a dhèanamh aithreachas gu feumail," thuirt Marilla gu doirbh, "agus gu bheil do shùilean fosgailte a-nis air far a tha do vanity air do thoirt, Anne. Chan eil fios aig mathas dè tha ri dhèanamh.

Tha mi a 'smaoineachadh gur e an rud a' chiad a tha ann an do chabhag a nighe agus fhaicinn ma nì sin math sam bith"

Mar sin, nigh Anne a falt, a' sùradh gu cudromach e le siabann is uisge, ach airson a h-uile diofar a rinn e, dh'fhaodte gun robh i a' sùradh a dath ruadh tùsail. Bha an neach-reic gu cinnteach air an fhìrinn a ràdh nuair a dh'ainmich e nach fhaodadh an dath a bhith air a nighe, ge b'e dè cho fìor a bhiodh e ann an doighean eile.

"Ó, Marilla, dè am bi mi a' dhèanamh?" dh'fhaighnich Anne ann an deòradean. "Cha bhi mi comasach seo a dhìochuimhneachadh. Tha daoine air m' mhearachdan eile a dhìochuimhneachadh gu ìre mòr an cèic liniment agus a' cur Diana air a h-eòlas agus a' sìor bhrosnachadh le Mrs Lynde. Ach cha mhothaich iad seo gu bràth. Bidh iad a' smaoineachadh nach eil mi urramach. Ó, Marilla, 'dè an t-snìomh eangach a th' againn nuair a thòisicheas sinn air falach.' Se bardachd a th' ann, ach tha e fìor. Agus ò, ciamar a tha Josie Pye a' gàire! Marilla, chan urrainn dhomh Josie Pye a sheasamh. Tha mi a' gèilleadh don nighean is miosa ann an Eilean Prionnsa Èideard."

Lean mairg Ainn an t-seachdain. Durraidh an àm sin, cha deach i air falbh agus dh'fhan i aig an taigh agus nigh i a falt gach latha. Diana a-mhàin am measg na daoine eile a bha eòlach air a' gheheim mhillteach, ach gheall i gu solaraichte gun innis i do dhuine, agus faodar a ràdh an seo agus a-nis gu bheil i air a gealladh a chumail. Aig deireadh na seachdain thuirt Marilla gu cinnteach:

"Chan eil e feumach, Anne, 'S e dath luath a tha sin ma bhios riamh, Feumaidh do ghruag a bhith air a ghearradh; chan eil dòigh eile ann. Chan urrainn dhut dol a-mach leis a' coimhead mar sin"

Chradh bilean Anna, ach tuig i fìrinn ghoirt beachdan Marilla. Le osna brònach, chaidh i airson na siosairean.

"Thoir air falbh e an-dràsta, Marilla, agus thoir gu crìch e, Ò, tha mi a 'faireachdainn gu bheil mo chridhe briste. Chan eil seo mar galar romansail. Caill na caileagan anns na leabhraichean an falt ann an fiabhrasan no reic e gus airgead a chosnadh airson gnìomh math, agus tha mi cinnteach nach bi mi a 'beachdachadh cuideam a chailleadh le mo fhalt ann an dòigh mar sin leath cho mòr. Ach chan eil dad a 'cumail suas an spiorad ann a bhith a' gearradh do chuid falt air falbh oir tha thu air a dhathadh dath eagalach, nach eil? Tha mi a 'dol a gholaidh fad na h-ùine a tha thu a' gearradh dheth, mura bi eagal orm. Tha e coltach ri rud uabhasach truagh."

Dh'èigh Anna an sin, ach nas fhaide air adhart, nuair a chaidh i suas an staidhrean agus shùil i anns a' ghloine, bha i sàmhach le eubh. Bha Marilla air an obair aice a dhèanamh gu cunbhalach agus bha e riatanach am falt a bharrachdadh cho dlùth 's a ghabhadh. Cha robh an toradh a' coimhead ro mhath, gus an cùis a shealltainn cho lag 's a ghabhas. Chuir Anna gu freagarr a' ghloine ri taobh a' bhalla.

"Cha choimhead mi gu bràth, gu bràth orm fhèin a-rithist gus am fas mo ghruag," ghairm i gu paiseanta.

An sin, gu h-obann thug i ceartas dhan ghloine.

"Seadh, dèanaidh mi, cuideachd, dèanainn pèanais airson a bhith olc san dòigh sin, coimheadaidh mi orm fhèin gach turas a thèid mi dhan mo sheòmar agus chi mi ciamar a tha mi grànnda. Agus chan fheuch mi ri a dhiùltadh, cuideachd.

Cha robh mi a' smaoineachadh gu robh mi uaibhreach mu m' fhalt, aig a h-uile càil, ach a-nis tha mi a' fios gu robh mi, a dh'aindeoin a bhith dearg, oir bha e cho fada agus tiugh agus cas. Tha mi a' sùileachadh gu tachraidh rudeigin ris mo shròn an ath thuras"

Bha ceann gearr Anne a' cruthachadh mothachadh anns an sgoil air Diluain a tha a' tighinn, ach gu sona dhith, cha do dh'adhlaic duine sam bith an adhbhar fhìor airson sin, chan eil eadhon Josie Pye, a dh'aindeoin sin, cha do dh'fhàg e Anne gun fhoillseachadh gun robh coltas scarecrow foirfe oirre.

"Cha do thuirt mi dad nuair a thuirt Josie sin dhomh," dh'inns Anne sin feasgar do Mharilla, a bha a' laighe air an t-sofa an dèidh aon de a ceannan, "air sgàth 's gun robh mi a' smaoineachadh gur e pàirt de mo pheanas a bh' ann agus bu chòir dhomh a ghabhail gu foighidneach. 'S e cràdh mòr a bhith air innse dhut gu bheil coltas an scarecrow ort agus bha mi ag iarraidh rudeigin a ràdh air ais. Ach cha do rinn mi. Chuir mi a-mach dha a-mach dhi aon shùil tarcuiseach agus an uairsin mhothaich mi i. Tha e a' cur coltas an oirnn gu bheil sinn gu math nuair a tha sinn a' maitheasadh dhaoine, nach e? Tha mi a' ciallachadh a dhìreadh na h-uile gnìomhachd agam ri a bhith na charaid an dèidh seo agus cha bhi mi a' feuchainn ri a bhith àlainn a-rithist. Tha mi a' fiosrachadh gur e a tha e na fheàrr a bhith na caraid. Tha mi a' fiosrachadh, ach tha e uaireannan cho doirbh a chreidsinn rud fiù 's nuair a tha thu a' fiosrachadh e. Tha mi a' dèanamh fiù 's a dèanamh na caraid, Marilla, mar thusa agus Mrs Allan agus Miss Stacy, agus a 'fàs suas gun a bhith na urram dhut. Tha Diana ag ràdh nuair a thòisicheas mo chuid falt ri fàs gur e ribean velvete du a cheangal mun mo cheann le bogha air aon taobh. Tha i ag ràdh gu bheil i a' smaoineachadh gum bi e gu math freagarrach. Bheir mi air a dhèanamh snood a tha a 'fàs cho romantic. Ach a bheil mi a' bruidhinn ro mhor, Marilla? A bheil e a 'peanasadh do cheann?"

"Tha mo cheann nas fheàrr a-nis, Bha e uabhasach dona feasgar, ge-tà, Tha am cinn-luaidhe aigam a' dèanamh nas miosa is nas miosa. Bidh feum agam dotair a dh'fhaicinn mu dheidhinn. A thaobh do chòmhradh, chan eil fhios agam gu bheil mi a' cur dragh air, Tha mi air cleachdadh ris a-nis"

A b' e seo dòigh Marilla air ràdh gun robh i toilichte èisteachd ris.

Chapter 29

"Co-dhùnadh, feumaidh tu a bhith na Elaine, Anne," thuirt Diana. "Cha b' urrainn dhomh a-riamh a bhith ag ùr-chaibhleadh sìos an sin"

"Chan eil mi cuideachd," thuirt Ruby Gillis, le crith-eagal. "Chan eil dragh sam bith orm a' tuiteam sìos nuair a tha dà no trì againn sa bhliadhna agus is urrainn dhuinn suidhe suas. Tha e spòrs an uairsin. Ach a' luighe sìos agus a' fingeachadh gun robh mi marbh cha b' urrainn dhomh idir. Bhithinn a' bàsachadh gu dearbh de n-eagal"

"Co-dhiubh bhiodh e romantic," thuirt Jane Andrews, "ach 's fhios gur nach urrainn dhomh fuireach sàmhach. Bhiodh mi a' seasamh suas a h-uile mionaid no mar sin gus faicinn càit an robh mi agus nam b' eil mi a' seòladh ro fhada a-mach. Agus tha fios agad, Anne, gum milleadh sin an t-èifeachd."

"Ach tha e cho àraid a bhith aig Elaine le falt dearg," tha Anna a' caoineadh. "Chan eil mi eagalach air snàmh sìos agus bhiodh e àlainn a bhith na h-Alainn. Ach tha e àraid dìreach mar an ceudna. Bu chòir do Ruby a bhith na h-Alainn oir tha i cho bàn agus tha falt òr fada àlainn aice. Tha aig Elaine a 'falt gleanshach uile a' sruthadh sios,' tha fhios agad. Agus b' i Alann a maighdean neille. Now, cha tèid duine le falt dearg a bhith mar a maighdean neille"

"Tha do chraiceann dìreach cho bàn ri Ruby," thuirt Diana gu dòchasach, "agus tha do ghruag fada nas dorcha na b' àbhaist a bhith o chionn gur do ghearr thu e."

"O, a bheil thu a' smaoineachadh gu dearbh?" ghlaodh Anne, a' deargadh gu moiteil le toileachas. "Bha mi uaireannan a' smaoineachadh gu robh e mar sin fhèin ach cha do dh'ùrdaich mi riamh do dhuine sam bith eagal gun innis i dhomh nach robh e. A bheil thu a' smaoineachadh gun gabhadh e a ghairm 'auburn' a-nis, Diana?"

"'S eil, agus tha mi a' smaoineachadh gu bheil e gu math àlainn," thuirt Diana, a' coimhead le meas air na curlaichean goirid, sìoda a bha a' freagairt cinn Anne agus a chaidh a chumail ann an àite le ribean agus bogha veilbhid du a bu toil leis a smaoineachadh gu math.

Bha iad a' seasamh air bruach a' locha, gu ìosal Slope Orchard, far an robh crìoch bheag air a frèamhadh le beithean a' dol a-mach bho'n bruach; aig a mullach bha ùrlar beag fiodha a chaidh a thogail a-mach don uisge airson goireasan iasgairean agus sealgair lachan. Bha Ruby agus Jane a' cuideachadh le Diana tràth feasgar meadhan samhraidh, agus thàinig Anne thairis gus cluich còmhla riutha.

Bha Anna agus Diana air a' mhòrchuid de an ùine cluiche aca a chur seachad air feadh na linne air an t-samhradh sin. Bha Idlewild mar rud a chaidh seachad a-nis, le Mr Bell air gu neo-thròcaireil ghearradh sìos an ciorcal beag de chraobhan anns an raon cùla aige san earrann. Bha Anna air suidhe eadar na stocainn is roinn deuragan, chan eil gun sùil air an romans aige; ach chaidh i a sòlasadh gu luath, oir, an dèidh a h-uile càil, mar a thuirt i agus Diana, bha cailinich mòra trì-deug, a' dol air ceithir-deug, ro shean airson amusements leanabail mar thaighean-cluiche, agus bha spòrsan nas tarraingiche ri lorg mu cuairt na linne. B' àlainn e iasgach airson bricinn thar an drochaidh agus dh'ionnsaich an dà chailin mar a bu chòir dhaibh iomairt mun cuairt anns an dòrach beag leis an robh Mr Barry a' glèidheadh airson sèilg lach.

B' e beachd Anna a bh' ann gun dràmaich iad Elaine. Bha iad air dàn Tennyson a sgrùdadh sna sgoiltean roimhe geamhradh, leis a' Stiùiriche Foghlam a' cur a-mach e anns a' chùrsa Beurla airson sgoiltean Eilean Phrionnsa Eideard. Bha iad air a mhion-sgrùdadh agus a pharase a thogail a-mach gu coitcheann gus am biodh e na iongnadh gun robh ciall sam bith fhathast ann dhaibh, ach co-dhiù, b' e daoine fìor dhaibh a bh' ann an caileag bhan ùr-bhòidheach agus Lancelot agus Guinevere agus Rìgh Artair, agus bha Anna air a ithe le duilich dhìomhair gun deach i fhèin a bhreth ann an Camelot. Bha na làithean sin, thuirt i, iomadh fois nas romaigeanta na an latha an-diugh.

Bha plean Anne air a ghabhail le dùrachd. Bha na nigheanan air fhaighinn a-mach gun robh e a' tuiteam aig a' phlàta mura biodh e air a dhìreadh bho'n àite tuiteam, bhiodh e a' sruthadh sìos fo an drochaid agus a' fàs air a' cheann aig ceann eile aig a' chrìoch eile a bha a' dol a-mach aig luas san loch. Bha iad air a dhol sìos mar seo gu tric agus cha b' urrainn dad a bhith nas freagarraiche airson cluich Elaine.

"Uill, bidh mi Elaine," thuirt Anne, a' géilleadh gu neònach, oir, ged a bhiodh i toilichte a bhith a' cluich an prìomh charactar, dh'fheumadh a tuigse ealain a bhith freagarrach airson agus seo, mhothaich i, nach robh e comasach leis an tsrian. "Ruby, feumaidh tu a bhith na Rìgh Artair agus Jane bidh na Ginevra agus feumaidh Diana a bhith na Lancelot. Ach chiad, feumaidh sibh a bhith na bràithrean agus an athair. Chan urrainn dhuinn am bodach balbh a bhith oir chan eil àite airson dà anns an àrainn nuair a tha fear a' laighe sìos. Feumaidh sinn an t-sròn uile a phaladh ann an samite as duibhe. Bidh an seana shall dubh aig do mhàthair dìreach na tha e, Diana"

An dèidh don t-sealla dubh a bhith air a cheannach, sgaoil Anna e thar an làr agus an uairsin laigh i sìos air a' bhonn, le sùilean dùinte agus làmhan farspach thairis air a cliabhradh.

"O, tha i a' coimhead gu dearbh marbh," thuirt Ruby Gillis gu beòil-bheumach, a' coimhead air an aghaidh bheag, gheal, shàmhach fo sgalan a' bhruthaich a' faoghlum. "Tha e a' cur an eag orm, a chaileagan, A bheil sibhse a' smaoineachadh gur e a tha ceart a bhith a' deanamh mar seo? Tha Mrs Lynde ag ràdh gu bheil gach aon rudan-cleasachaidh uabhasach droch."

"Ruby, cha bu chòir dhut bruidhinn mu Mhris Lynde," thuirt Anne gu doirbh. "Tha e a' millteachadh an èifeachd oir bha seo na ceudan bliadhna ro Mhris Lynde a bhreith. Jane, cuir seo ri cheile. Tha e dona gun a bhith Elaine a' bruidhinn nuair a tha i marbh"

Dh'èirich Jane gu deas don chothrom. Cha robh aodach òir airson còmhdach ann idir, ach bha scarf piano sean de crepe Seapanach buidhe na substitiud sàr-mhath. Cha robh lile bàn ri fhaighinn aig an àm, ach bha buaidh iris gorm àrd a chuir ann an aon de làmhan Anne a bha air a falach a dhìth.

"Nise, tha i uile deiseil," thuirt Jane. "Feumaidh sinn pòg a thoirt air a bruachan sàmhach agus, Diana, thuirt thu, 'Peathraiche, slàn leat gu bràth,' agus Ruby, thuirt thu, 'Slàn leat, peathraiche bhinne,' gach aon duine agaibh cho brònach 's a ghabhas sibh. Anne, airson gràisde, dèan gàire beagan. Tha fios agad gu robh Elaine 'nam luaidh mar gum biodh i a' dèanamh gàire.' Sin nas fheàrr. A-nise, ùthaich an t-àirde."

Chaidh an àite a bhrùthadh gu freagarrach a-mach, a' sgiobadh gu garbh thairis air stob sean a chaidh a leabachadh anns a' phròiseas. Cha do dh'fhuirich Diana agus Jane agus Ruby ach an ùine a dhìth gus faicinn gu robh e air a ghlacadh anns an sruth agus a' dol airson an drochaid màinlich mus do ruith iad suas tro na coilltean, tarsainn an rathad, agus sìos gu ceann a' bhaile far an robh, mar Lancelot agus Guinevere agus an Rìgh, iad gu bhith deiseil gus an nighean lily a ghabhail.

Airson greis bhig, bha Anne, a' seòladh gu slaodach sìos, a' gabhail tlachd à romans a staid gu h-ìre. An uairsin thachair rudeigin nach robh romansach idir. Thòisich am bàta leathann air fulang. An dèidh dìreach beagan mhionaidean, bha e riatanach do Elaine èirigh gu bonn, togail a coibhre bho or agus palla de samite as dùbhe agus dèan cur-sùil gun smuaintean air crack mòr ann an bonn a bàta leathain far an robh an t-uisge a' sruthadh trìd, gu buileach. Thug an staca gèur aig an t-àite tàladh an stiall de batting a bha bualadh air am bàta leathann. Cha robh fios aig Anne air seo, ach cha do ghabh e ìre mhòrail dhi a thuigsinn gu robh i ann an cunnart mhòr. Aig an ìre seo, lìonadh am bàta leathann agus chùm e bogaidh fada ro ùine mus ruigeadh e an cinn-ìochdar. Càite an robhan na ràmhaichean? Dh'fhàg iad air falbh aig an àite tàladh!

Thug Anne aon sgreuch bheag a dh'fhosgladh nach chuala duine sam bith a-riamh; bha i geal gu na bilean, ach cha do chall i a seilbhean. Bha aon cothrom ann dìreach aon.

"Bha mi uabhasach eagalach," thuirt i ri Mrs Allan latha às dèidh sin, "agus bha e coltach ri bliadhnaichean fhad 's a bha am flat a' dol a-nuas chun a' bhridge agus an t-uisge a' dìreadh ann an-dràsta. Dh'urnaich mi, Mrs Allan, gu dìreach trang, ach cha do dhùin mi mo shùilean gus ùrnaigh, airson 's gun robh fhios agam gur e an aon dòigh a d'fhaodadh Dia mi a shàbhaladh bha leigeil leis a' bhflat snàmh gu leòr faisg air aon de na pillean a bhridge gus an robh mi comasach air a dhradh suas air. Tha fios agaibh gu bheil na pillean dìreach mar stocainn crainn aosta agus tha mòran de knots agus de stobs sgioba aosta orra. Bha e freagarrach ùrnaigh a dhèanamh, ach bha orm mo phàirt a dhèanamh le bhith a' cumail sùil a-mach agus bha mi gu math fhiosrachail air. Thuirt mi dìreach, 'A Dhe, mas e do thoil e, thoir an flat faisg air pile agus nì mi an còrr,' a-rithist agus a-rithist. Fo na cùisean sin chan eil thu a 'smaoineachadh mòran air ùrnaigh blàth. Ach chaidh freagairt a thoirt air leamsa, oir bhuail an flat an aghaidh pile airson mionaid agus thilg mi an scarf agus an shawl thairis air m' ghualainn agus rinn mi mo dhìcheall suas air stob mòr a thachair. Agus an sin bha mi, Mrs Allan, a' gabhail ris an pile slippery a' sheann duine agus gun dòigh idir a dhol suas no sìos. Cha robh e na phost faisg air, ach cha robh mi a 'smaoineachadh air sin aig an àm. Chan eil thu a 'smaoineachadh mòran air romance nuair a tha thu air dìreach teicheadh bho uaigh uisge. Thuirt mi ùrnaigh taingeil lathaith agus an uair sin thug mi a h-uile aire agam gu cumail greim daingeann, airson 's gun robh fhios agam gur dòcha gum biodh mi a 'feumachdainn air cobhair duine gus tilleadh a dh'fhearann tioram"

Chaidh an àiridh a dol fodha an drochaid agus bha e bogadh gu luath anns an àite meadhonach. Chunnaic Ruby, Jane, agus Diana, a' feitheamh air mar-thà air an ceann a' meadhain ìosal, dh'fhalbh e mus d' fhaca iad agus cha robh teagamh sam bith aca ach gun robh Anne air a dhol à sealladh còmhla ris. Airson mionaid, sheas iad, geal mar duilleagan, stàite le uabhas aig an tursachd; an uair sin, a' screadaich aig mullach an gutha, thòisich iad air ruith gu dìoghrasach suas tro na coilltean, gun stad nuair a chaidh iad tarsainn an prìomh rathad gus faic an drochaid. Chaidh Anne, a' cumail gu èigneachadh ri a suidheachadh teàrnadh, a faicinn na cruthan a' tuiteam agus a chluinntinn na h-èigheachdan. Thigeadh cuideachadh a dh'aithghearr, ach a dh'aindeoin sin bha a suidheachadh glè mhì-chòmodhail.

Chaidh na mionaid a dhèanamh seachad, gach aon dhiubh a' coimhead mar uair a thìde don lileag mì-fhortanach. Carson nach do thàinig duine sam bith? Càit an deach na nigheanan? Is dòcha gu robh iad air tuiteam, a h-uile aon dhiubh! Is dòcha nach tàinig duine sam bith a-riamh! Is dòcha gu bheil i cho sgìth agus crampach nach urrainn dhi a chumail air a h-uile dìon! Thug Anne sùil air doimhneachdan uaine olc fo i, a' crathadh le sgrìobain fada, oily, agus a' crith. Thòisich a dòigh-beatha a' moladh gach seòrsa de chothroman uamhasach dhi.

An uair sin, dìreach mar a bha i a' smaoineachadh nach robh i comasach an t-acras ann an a gàirneanan agus a h-uileannan a fhulang aon mhionaid eile, thàinig Gilbert Blythe a' ràmh fo an drochaid ann an dory Harmon Andrews!

Thug Gilbert sùil suas agus, gu mòr ri a iongnadh, chunnaic e aghaidh bheag gheal mhaslach a' coimhead sìos air le sùilean mòra, eagalach ach cuideachd mhaslach liath.

"Anne Shirley! Ciamar a tha thu air tighinn gu sin?" sgèad e.

Gun feitheamh air freagairt, tharraing e dlùth ri carraig agus shìn e a làmh a-mach. Cha robh cùnamh sam bith ann airson; Anne, a' giùlain làimh Gilbert Blythe, thuit sìos don bàta-iasgaich, far an robh i a' suidhe, sàite agus fìor-bhroilleach, anns an stiùir le a gàirdeanan làn de shaileach fhliuch agus cré mòinteach. Bha e gu cinnteach do-dhèanta gu leòr a bhith soirbheachail fon àiteachan!

"Dè tha tachairt, Anne?" dh'fhiafraich Gilbert, a' togail suas a ràmh.

"Bha sinn a' cluich Elaine," mhìnich Anne gu reòite, gun amharc fiù 's air a' fhear a shàbhail i, "agus bha orm a' seòladh sìos gu Camelot anns a' bhàta agamsa, a' creidsinn gu robh e na àirigh. Thòisich am flata ag èirigh le uisge agus dhruid mi a-mach air a' chàrn. Chaidh a' chailleanachd airson cuideachadh. An cuir thu dòigh orm a bhith ag ràmh dhomh gu t-àite-tuiteam?"

Ròdaich Gilbert gu deònach gu tìr agus Anne, a' diùltadh cuideachaidh, leum gu luath air an cladach.

"Tha mi gu mòr nan comain ort," thuirt i gu àrdanach is i a' tionndadh air falbh. Ach bha Gilbert cuideachd air leumadh bhon bàta agus a-nis a' cur a làimhe air a geàrradh gus a cumail.

"Anne," thuirt e gu h-iongantach, "coimhead an seo, Nach urrainn dhuinn a bhith na càirdean math? 'S fìor duilich mi gun do rinn mi fiamh-ghàire den d'falt an uair sin. Cha robh mi a' ciallachan do chur à bòth ort agus bha mi a 'ciallachan dha an-àmhaich. Agus tha e uile cho fad' air falbh a-nis. Tha mi a 'smaoineachadh gu bheil do chuid falt uabhasach bòidheach a-nis, gu cinnteach, tha mi. Biodh sinn na càirdean"

Airson mionaid, bha Anna àicheil. Bha faoisginn eadar-dhealaichte, nach robh air a dhùsgadh ach a-nis fo a h-uile brosnachadh aice, gu robh an leòr sgìth, leòr shaoraidh ann am shùilean cnoideach Gilbert rud a bh' ann gu math math ri fhaicinn. Thug a cridhe buille beag, corr agus aigeal. Ach chuir searbhachd na seann gheur-chàs aice a dion-làidir smachd a-rithist gu dlùth. Thàinig an t-sealladh dà bhliadhna roimhe air ais don chuimhne aice cho soilleir ri mur a bh' ann an-dè. Ghairm Gilbert "càirtean" rithe agus thug e mu choinneamh a nàire air beulaibh na sgoile uile. Cha robh a fearg, a dh'fhaodadh a bhith cho èibhinn ri a cùis do dhaoine eile agus nas sine, air a mhaolachadh no air a bhogadh le ùine mar a chòrdadh. Bha gràin aice air Gilbert Blythe! Cha b' fhèidir leatha a mhaitheas a thoirt seachad!

"Chan eil," thuirt i gu fuar, "Cha bhi mi gu bràth nan caraidean dhut, Gilbert Blythe; agus chan eil mi ag iarraidh a bhith!"

"Ceart gu leòr!" leum Gilbert a-steach dhan sgìth aige le dath feargach air a ghruthain. "Cha n-iarr mi a-riamh ort a bhith na càirdean a-rithist, Anne Shirley, Agus chan eil mi a 'cùram a bhith ann idir!"

Thug e air falbh le beumaidhean luath agus dio-fhulang, agus chaidh Anne suas an rathad beag crìonach, feurach fo na mapallan. Bha i a' cumail a ceann gu h-àrd, ach bha i mothachail air faireachdainn searbh a bh' ann. Bha i beag air bheil ag iarraidh gun robh i freagairt do Gilbert gu diofraiche. Gu cinnteach, bha e air a masladh gu trom, ach fhathast! Gu h-iomlan, smaoinich Anne gun robh e beagan de leigheas suidhe sìos agus a bhith a' caoineadh gu làidir. Bha i gu dearbh gu math neo-cheangailte, oir bha an freagairt bhon sgiamh agus a gràdh casaid a' nochdadh fhèin.

Aig leth-dòigh air an t-slighe, bhuail i ri Jane agus Diana a' ruith air ais dhan lochan ann an staid gu math faisg air an fhriondas. Cha do lorg iad duine sam bith aig Orchard Slope, a' mhòr-chuid Mr agus Mrs Barry a-mach. An seo, thug Ruby Gillis a-steach gu hysterics, agus fàgadh i gus fàs nas fheàrr às an dèidh sin mar a dh'fhaodadh i, le Jane agus Diana a' sgioblachadh tro na Coilleachd Spògach agus thar an allt gu Green Gables. Cha do lorg iad duine sam bith an sin cuideachd, oir bha Marilla air falbh gu Carmody agus bha Matthew a' dèanamh fàd san achadh cùl.

"O, Anne," osnaich Diana, a' tuiteam gu buil air muineal a' chiad duine agus a' caoineadh le faochadh agus toilichteas, "o, Anne bha sinn a' smaoineachadh gu robh thu air a bhàthadh agus bha sinn a' faireachdainn mar mharbhairean oir rinn sinn thu a bhith na Elaine. Agus tha Ruby ann an hysterics o, Anne, ciamar a bha thu air teicheadh?"

"Dh'èirich mi suas air aon de na carn," mhìnich Anne gu tursach, "agus thàinig Gilbert Blythe seachad ann an dory Mr Andrews agus thug e mi dhan tìr"

"O, Anne, ciamar a tha e àlainn dheth! O, tha e cho romansail!" tha Jane ag ràdh, a' lorg anail gu leòr airson bruidhinn mu dheireadh thall. "Bu chòir dhut bruidhinn ris an dèidh seo, cinnteach"

"Gu dearbh, cha nì mi," sgèith Anne, le tilleadh mòrach air a seann spiorad. "Agus chan eil mi ag iarraidh an fhacal 'ròmantach' a chluinntinn a-rithist, Jane Andrews. Tha mi duilich gu mòr a bha thu cho eagalach, nigheanan. Tha e uile 'nam mheur-sa. Tha mi cinnteach gun deach mi a bhreth fon rionnag mi-àghaidh. Tha gach rud a nì mi a' cur orm fhìn no air mo charaidean as dlùth a-steach gu grèim. Tha sinn air falbh agus air chall bhàta làn athair, Diana, agus tha mi air ro-aithris gun ceadachadh againn a bhith a 'ramhad air an lochan tuilleadh."

Thàinig ro-aithris Anne na bu fhireanta na tha ro-aithrisn a 'tendail a dhèanamh. Mòr bha an toileachas anns na taighean Barry agus Cuthbert nuair a dh'fhosgail na tachartasan den fhèasgar.

"An cuir thu riamh ciall sam bith, Anne?" stòn Marilla.

"O, tha, tha mi a 'smaoineachadh gum bi mi, Marilla," thill Anne le dòchas. Bha caoineadh math, a chaidh a leigeil seachad ann an uaigneas taingeil an t-seòmar-taobh an ear, air a cuid smuaintean a shàbhaladh agus i a thilleadh gu beatha. "Tha mi a 'smaoineachadh gu bheil mo sheallaidhean air a bhith a' tighinn na b' fheàrr a-nis na bha iad a-riamh"

"Chan eil mi a' faicinn ciamar," thuirt Marilla.

"Uill," mhìnich Anne, "tha mi air ceachd ùr is luachmhor ionnsachadh an-diugh. Bho thàinig mi a Green Gables, tha mi air mearachdan a dhèanamh, agus tha gach mearachd air cuideachadh dhomh gabhail air ais bho ghoireas mòr. Ghleidh cùis an brooch amethyst dhomh bho bhith a' meadhradh cùisean nach eil blongadh dhomh. Ghleidh mearachd an Coille Taibhseil dhomh bhith a' leigeil le m' iomhaigh rith air falbh leam. Ghleidh mearachd an cèic liniment dhomh bhith ro èasgaidh a' còcaireachd. Ghleidh dubhadh mo chuid gruaidhean mi bhith ro iomadhantasach. Cha smaoinich mi air mo chuid gruaidhean is mo shron a-nis co-dhiù, gu math ainneamh. Agus mearachd an-diugh tha dol a ghleidh dhomh bhith ro romansach. Tha mi air crìochnachadh gun eil feum sam bith a bhith ag iarraidh a bhith romansach ann an Avonlea. Bha e do-dhèanta gu leòr ann an Camelot le tùirichean ceudan bliadhnaichean air ais, ach chan eil romans air a thoirt luach agad a-nis. Tha mi cinnteach gum bi thu a' faicinn mòran feabhas orm san sgìre seo a dh'aithghearr, Marilla."

"Tha mi cinnteach, tha mi an dòchas," thuirt Marilla le teagamh.

Ach Matthew, a bha na shuidhe gu samhlachdach na chùirne, chuir e làmh air guaille Anne nuair a dh'fhalbh Marilla a-mach.

"Na bi a' toirt suas do gach graighneag do ghaoil, Anne," thuirt esan gu còmhlaich, "tha beagan dhiubh na rud math, chan eil ro mhòran, gun teagamh ach cum beagan dhiubh, Anne, cum beagan dhiubh."

Chapter 30

Bha ANNE a' toirt na ba dhachaigh bhon phàirc cùlachd le Lover's Lane. B' e oidhche an t-Sultainn a bh' ann agus bha na bearnaichean uile agus na coilltean làn le solas fìor-dearg na grèine. Bha rud beag dheth air Lover's Lane an seo is an sin, ach aig a' mhòr-chuid bha e cheana air a bhith glas-dorcha fon mhaiseil, agus bha na falamhan fo na giuthasachan làn le dorchadas fiolatach soilleir mar fìon adhair. Bha na gaoithe a-muigh anns na barrachan, agus chan eil ceòl nas milse air an t-saoghal na sin a dhèanann an gaoth anns na giuthasachan feasgar.

Lùbadh na ba cothromach sìos an rathad, agus lean Anna iad gu aislingeach, ag atharrachadh aloud an cànain blàir bho Marmion a bh' ann cuideachd mar phàirt de chùrsa Beurla an geamhraidh roimhe sin is a bha Miss Stacy air iarraidh orra ionnsachadh a-mach às a chridhe agus a' glòradh ann an loidhnean a' ruith agus an tuiteam nan speirean anns an ìomhaigh. Nuair a thàinig i chun nan loidhnean

Rinn na spearsmen càiteach fhathast math

A' choille dhorcha nach gabhadh briseadh,

Stad i ann an éisg chun a sùilean a dhùnadh gus gun robh i a 'feuchainn as fheàrr gum biodh i na h-aon de an cuairt ghaisgeil. Nuair a dh'fhosgail iad a-rithist, bha e gus am faic i Diana a' tighinn tro na geata a bha a 'stigh sa ghoireasan Barry agus a' coimhead cho cudromach 's gun do bhuin i gu bòidheach gun robh naidheachd ri innse. Ach cha do sheall i ro sgianach earbsa, cha robh i.

"Nach eil an oidhche seo dìreach mar aisling phurpaidh, Diana? Tha e a' cur glè mhath orm a bhith beò. Sa mhadainn, bidh mi a' smaoineachadh gur e na maidinnean a tha as fheàrr; ach nuair a thig an t-oidhche, smaoinich mi gur e an t-oidhche a tha nas àille fhathast."

"'S e feasgar glè mhath a th' ann," thuirt Diana, "ach o, tha naidheachd agam, Anne, Tomhais. Faodaidh tu tri dheidhinn a ghabhail."

"Tha Charlotte Gillis a' dol a bhith pòsda anns an eaglais mu dheireadh thall agus tha Mrs Allan ag iarraidh oirnn e àlainneachadh," ghlaodh Anne.

"Chan eil, cha ghabh casan Charlotte ris sin, air sgàth 's gun do phòs duine sam bith anns an eaglais fhathast, agus tha e a' smaoineachadh gum biodh e coltach ri adhlacadh ro mhor. 'S e olc a tha ann, air sgàth 's gun robh e cho spòrsail. Tomhais a-rithist."

"A bheil màthair Jane ag ràdh gun toir i pàrtaidh co-là-breith dhith?"

Diana a' crathadh a ceann, a sùilean dubha a' dannsa le aoibhneas.

"Chan urrainn dhomh smaoineachadh dè a dh'fhaodadh a bhith ann," thuirt Anne le eagal, "ach ma tha e Moody Spurgeon MacPherson a chunnaic thu dhachaigh bhon choinneamh ùrnaigh a-raoir. An robh e?"

"Bu chòir domh a smaoineachadh nach eil," ghlaodh Diana le mì-thoileachas. "Chan eil mi cinnteach gu b' eòlach mi air sin nam biodh e, am biast gràineach! Bha fios agam nach urrainn dhut a dhol. Bha litir bho Aunty Josephine aig Màthair an-diugh, agus tha Aunt Josephine ag iarraidh ortsa agus orm fhìn a dhol a chèilidh air an bhaile an ath Dimàirt agus fàgail còmhla rithe airson an t-Sealladh. Sin thu fhèin!"

"O, Diana," thuirt Anne gu sàmhach, a' faireachdainn gu robh i feumach air taic bho chraobh mheipil, "a bheil thu a' ciallachadh gu dìreach e? Ach tha eagal orm nach leig Marilla dhomh a dhol. Thèid i a ràdh nach urrainn dhi brosnachadh a dhol timcheall. Sin a bha i a' ràdh an t-seachdain seo chaidh nuair a dh'iarr Jane orm a dhol còmhla riutha anns an dà-shuidhiche buggy gu cuirm-cheòl Aimeireaganach aig an Taigh Òsta White Sands. Bha mi airson a dhol, ach thuirt Marilla gun robh e nas fheàrr dhomh a bhith aig an taigh ag ionnsachadh mo leasanan agus bha Jane mar an ceudna. Bha mi gu dubhach duilich, Diana. Bha mi cho briste 's nach robh mi ag iarraidh mo ùrnaighean a ràdh nuair a chaidh mi a leaba. Ach rinn mi aithreachas air sin agus dh'èirich mi anns a' mheadhan na h-oidhche agus thubhairt iad."

"Tha mi ag innse dhut," thuirt Diana, "faighidh sinn Màthair a dh'fhaighneachd do Mharilla, 'S e is dualtaiche leat a bhith a' leigeil dhut falbh an uairsin; agus ma nì i sin, bidh ùine ar beatha againn, Anna. Cha deach mi gu Taisbeanadh a-riamh, agus 's ann cho frustrach a tha e a' cluinntinn na nigheanan eile a' bruidhinn mu na cuairtean aca. Tha Jane agus Ruby air a bhith ann dà uair, agus tha iad a' dol a-rithist am bliadhna seo"

"Chan eil mi a' dol a smaoineachadh mu dheidhinn idir gus am bi mi a' fiosrachadh a bheil mi a' dol no nach eil," thuirt Anne gu daingeann. "Nam biodh mi 's an uairsin a bhith air a dhiùltadh, bhiodh e nas motha na bh'urrainn dhomh a sheasamh. Ach nam biodh mi a' dol, tha mi toilichte gu bheil mo chòta ùr a' dol a bhith deiseil ro na àm sin. Cha robh Marilla a' smaoineachadh gu feumainn còta ùr. Thuirt i gu bhiodh an seann fhèin gu math freagarrach airson geamhradh eile 's gun coireadh mi a bhith sàsaichte le a bhith a' faighinn dreasa ùr. Tha an dreasa glè àlainn, gruaig-mara aig Diana is air a dhèanamh cho snoga. Tha Marilla a' dèanamh mo dresanan snoga a-nis, oir tha i ag ràdh nach iarr i a bhith a' cur Matthew gu Mrs Lynde airson a dhèanamh. Tha mi cho toilichte. 'S e an t-eas-fhèin a bhith math ma tha do chlòthan snoga. Co-dhiù, 's e an t-eas-fhèin a tha e dhòmh-sa. Tha mi a' smaoineachadh nach dèan e cus diofaran do dhaoine a tha gu nàdarrach math. Ach thuirt Matthew gun robh feum agam air còta ùr, mar sin cheannaich Marilla pìos àlainn de phlòda gorm, agus tha e air a dhèanamh le fìor ghnìomhaiche aig Carmody. Tha e a' dol a bhith deiseil oidhche Dhi-Sathairne, agus tha mi a' feuchainn nach bi mi a' dreuchd-mire ort a' coiseachd suas rathad na h-eaglais Dis-aoine am mo chuid clòthan ùr agus m'adhartan, oir tha mi eagalach nach eil e ceart a bhith ag aithris rudan mar sin. Ach bidh e a' slìdeadh a-steach don inntinn agam a dh'aindeoin. Tha m'adhbhar cho àlainn. Cheannaich Matthew e dhomh latha a bha sinn aig Carmody. 'S e iad sin de na beagan as motha a tha air an reic, le sreang òr is tasail. Tha do hata ùr soilleir, Diana, agus cho freagarrach. Nuair a chunnaic mi thu a' tighinn a-steach a h-eaglais an latha Dòmhnaich chuir mo chridhe ceithir airson moit a bhith agad mar a' charaid as dìcheallach agam. An smaoin thu gu bheil e ceàrr dhuinn a bhith a' smaoineachadh cho mòr mu ar n-eadar-clòthan? Tha Marilla ag ràdh gu bheil e glè peacaideach. Ach 's e cuspair cho inntinneach a th' ann, nach eil?"

Aontaich Marilla gun tèid Anne dhan bhaile, agus chaidh a chòrdadh gu bheil M. Barry ga toirt dhan nigheanan air Dimàirt a tha ri thighinn. On a bha Charlottetown trì deug mhìle air falbh agus bha M. Barry ag iarraidh falbh agus tilleadh an aon latha, bha e riatanach tòiseachadh gu h-ìosal. Ach bha Anne ga chunntadh uile mar sonas, agus bha i suas ro èirigh a' ghrian air madainn Dimàirt. Sguair bhon uinneag aice a' dearbhadh dhi gun robh an latha math, oir bha an speur an ear air cùl nam firichean aig Coille na Taibhseachd uile airgeadach agus gun sgothan. Tro bheàrn nam craobh, bha solas ga sheallltainn anns an taobh siar de Thobar an Ubhail, comharra gu robh Diana suas cuideachd.

Bha Anne deiseil nuair a bh' an teine air a' ghàradair aig Matthew agus bha an breacaist deiseil nuair a thàinig Marilla sìos, ach air a son fhèin, bha i ro chruaidh le spionadh gus ithe. An dèidh an breacaist, chaidh an clob seòmbar ùr a chur orm, agus rinn Anne cabhaig thairis air an allt agus suas tro na giuthasan gu Leathad an Ubhail. Bha Mr Barry agus Diana a' feitheamh air, agus bha iad air an rathad gu luath.

Bha e na dhraibh fhada, ach chòrd gach mionaid dheth ri Anna agus Diana. Bha e taitneach a bhith a' casgairt tro na rathaidean fliuch anns an solas dearg tràth sa mhadainn a bh' a' sneachdadh thar na raointean-buana a chaidh a ghearradh. Bha an t-àile reòthach agus geur, agus bha ceòthan beaga deatach gorm a' siùbhladh tron glinn agus a' sèideadh às na cnocan. Uaireannan chaidh an rathad tro choilltean far an robh na craoibhean maise a' toiseachadh a chrochadh a-mach brataichean dearg; uaireannan thròd e aibhnichean air dhrochaidichean a bha a' cur crith-leisg air craiceann Anna leis an eagal sean, leth-thaitneach; uaireannan chaidh e eadar abhainn agus cladach agus seachad air crò mòr àluinn de bhothan iasgaich liath le droch shìde; a-rithist eile, dh'èirich e gu monaidhean far am faodadh leud farsaing de chrìochan cromail air adhart no neamh gorm ceòthach a bhith air an fhaicinn; ach càite a bha e a' dol, bha mòran inntinneach ri conaltradh. Bha e dìreach beagan toiseach meadhon an latha nuair a ràinig iad a' bhaile agus an rathad aca gu "Beechwood". Bha e na shean laigh mòr fine, air a chur air falbh bhon t-sràid ann an diomhaireachd de leamhainn uaine agus craoibhean beithe casta. Choinnich Miss Barry riutha aig an doras le solas beag anns a sùilean dubha geura.

"Mar sin tha thu air tighinn a dh'fhaicinn mi mu dheireadh thall, a nighean Anne," thuirt i. "Truagh leat, a leanabh, mar a tha thu air fàs! Tha thu nas àirde na mi, tha mi a' dearbhadh. Agus tha thu iomadh uair nas breagha na bha thu a-riamh, cuideachd. Ach tha mi cinnteach gu bheil thu a' fiosrachadh sin gun innse dha thu"

"Gu dearbh, cha do rinn," arsa Anne gu soilleir. "Tha fhios agam nach eil mi cho breac-frèamhaichte 's a bha mi, mar sin tha gu leòr agam ri bhith taingeil airson, ach cha robh mi 'deanamh dhèidinn ri dòchas gun robh mòran eile de leasachadh. Tha mi cho toilichte gu bheil thu a 'smaoineachadh gu bheil, Miss Barry" Bha taigh Miss Barry air a h-àrachadh le "mòr-bhrèigeachd," mar a dh'inns Anne do Marilla an dèidh do. Bha an dà nighean beag dùthchail gu math glè sgoilte le seabhag na seòmar-suite far an do dh'fhàg Miss Barry iad nuair a chaidh i a dhol a shealltainn air dìnnear.

"Nach eil e dìreach mar phàlais?" thilg Diana. "Cha robh mi a-riamh ann an taigh a' Bhant-Josephine roimhe, agus cha robh beachd sam bith agam gu robh e cho granda. Tha mi dìreach ag iarraidh gun faic Julia Bell seo, cuireas i seachad gaoth cho àrd mu sheòmar a màthar"

"Brat bogha-froise," osnaich Anne gu so-mhìnichte, "is cortain sìoda! Tha mi air aislinge a bhith agam mu dheidhinn nithe mar sin, Diana. Ach a bheil thu eòlach, chan eil mi a' creidsinn gu b' fhèarr leam iad uile aig deireadh thall. Tha an t-òran de nithe anns an t-seòmar seo agus iad uile cho breágha co dhiù nach eil mòran àite ann airson dha-rìribh a bhith ag smaoineachadh. Sin aon àite-tasgaidh nuair a tha thu bochd tha mòran barrachd nithe a th' agad ri smaoineachadh mu"

Bha an t-siubhal aca ann an baile rud a bha Anne agus Diana a' cunntadh bho airson bliadhnaichean. Bho chiad gu mu dheireadh, bha e làn de thoilteanasan.

Air Diciadain, thug Miss Barry iad gu Talamh an Taisbeanaidh agus chum iad an sin fad an latha.

"Bha e sgoinneil," innsidh Anne ri Marilla às dèidh sin. "Cha do dh'òmrais mi dad cho inntinneach. Chan eil mi cinnteach dè an roinnean a bu toil leam as motha. 'S dòcha gun robh mi a' còrdadh leis na h-eich agus na flùraichean agus an obair bhrèagha as motha. Ghabh Josie Pye duais ùr airson lace cniotach. Bha mi gu math toilichte gu robh i. Agus bha caradas agam gun robh mi toilichte, oir tha e a' sealltainn gu bheil mi a 'fàs nas fheàrr, nach eil thu a 'smaoineachadh, Marilla, nuair a bheil mi toilichte na soirbheachadh aig Josie? Ghabh Harmon Andrews an dàrna duais airson Gravenstein úll agus ghabh Mr Bell an duais airson muc. Thuirt Diane gu bheil i a 'smaoineachadh gu robh e amaideach airson superindendent na sgoile-dòmhnach duais a ghabhail airson mucan, ach cha do thuig mi carson. A bheil thu a 'tuigsinn? Thuirt i gum biodh i a' smaoineachadh air seo an àite seo nuair a bha e a 'guidhe gu doimhne. Ghabh Clara Louise MacPherson duais airson peantadh, agus fhuair Mrs. Lynde an duais airson ìm agus càise dhachaigh. Uime sin, bha Avonlea ri fhaicinn math, nach robh e? Bha Mrs. Lynde an sin an latha sin, agus cha do thuig mi cho toil leam i gus am faca mi a h-aodann aithnichte am measg gach coigrich. Bha mìltean de dhaoine an sin, Marilla. Dh'fhàg e mi a 'sealltainn gu tur ioma-la. Agus thug Miss Barry suas dhuinn gu an grandstand gus na ràisean eich fhaicinn. Cha do rinn Mrs. Lynde; thuirt i gun robh racing eich gu math dona agus, a' bhith na ball-eaglaise, smaoinich i gur dleasanas aice giùlan math a thaisbeanadh le falbh. Ach bha an uiread sin ann nach eil mi a 'creidsinn gun do mhothaich daoine sam bith gun robh Mrs Lynde às. Chan eil mi a 'creidsinn, ge-tà, gu bu chòir dhomh a dhol gu ràthan eich gu tric, oir tha iad cho soillireachd. Bha Diana cho beò nach do thairg i dhomh deich sgillinn gun còrdadh an t-each dearg rium. Cha do chreid mi gun còrdadh e rium, ach diùlt mi a 'gealladh, oir bha mi ag iarraidh a h-uile càil a innse dha Mrs Allan, agus bha mi cinnteach nach robh e ceart a innse dhi. 'S e mearachd a tha aig a h-uile càil nach urrainn dhut innse dha bean an ministear. 'S e comasachadh a th' ann a bhith ag aithneachadh bean ministear mar charaid. Agus bha mi cho toilichte nach deach mi a gealladh, oir bhuannaich an t-each dearg, agus bhiodh deich sgillinn air chall agam. Mar sin tha thu a 'faicinn gu robh beusan na dhuais fhèin. Chunnaic sinn duine a 'dol suas ann am balan. Bhiodh mi gu mòr toilichte a dhol suas ann am balan, Marilla; bhiodh e gu math inntinneach; agus chunnaic sinn duine a 'reic fortan. Tha thu a 'pàigheadh dhà sgillin dheth agus tha eòin beag a' toirt dhan charaid as fheàrr dhut. Thug Miss Barry dhà sgillinn dha Diana agus dhomh fhèin gus ar stòrasan a innse. Bha mo fhortan gu mòlachadh duine dubh, a bha gu math beairteach, agus bha mi a 'dol thairis air uisge airson a bhi a 'fuireach. Dh'fhéach mi gu cuimhneach air a h-uile duine dubh a chunnaic mi às dèidh sin, ach cha robh mi airson càil sam bith dhiubh, agus tha e gu math tràth ann am faicinn air rud sam bith fhathast. Nach robh e là nach do dìochuimhnich, Marilla. Cha robh mi cho fann nach robh mi a 'faodadh cadal aig an oidhche. Chuir Miss Barry sinn anns an t-seòmar mu fhagail, a réir gealltanas. B'e seòmar mìorbhaileach a bh' ann, Marilla, ach mar eadar-theangachadh cha robh cadal ann an seòmar mu fhagail mar a bha mi a 'smaoineachadh a bhiodh e. Seo an t-olc a tha aig a 'fàs suas, agus tha mi a' toiseachadh a thuigsinn. Chan eil na rudan a bha thu airson fhaighinn cho math nuair a bha thu òg a sealltainn cho iongantach dhut nuair a gheibh thu iad.

Diciadain, bha cuairt aig na nigheanan anns a' phàirc, agus feasgar, thog Miss Barry iad gu cuirm-ciùil ann an Acadamaidh a' Chiùil, far an robh prima donna ainmeil a' dol a sheinn. Dhan Anna, b' e sealladh dealrachaidh de thlachd a bh' anns an fheasgar.

"Ò, Marilla, thàinig e gu bhith nas àirde na tuairisgeul, bha mi cho beò beothaich nach robh comas còmhradh agam, agus mar sin bidh thu a 'tuigsinn dè bu dhoigh air. Gun dàil, shuidh mi ann an sàmhchair dochais. Bha Madame Selitsky gu tur àlainn, agus bha e a 'caitheamh saitinean geala agus diamonds. Ach nuair a thòisich i ri seinn cha do smaoinich mi air rud sam bith eile. Ò, cha b 'urrainn dhomh innse dhut ciamar a bha mi a' faireachdainn. Ach dh'fhaòsnicheamaid dhomh-sa nach robh e nas dòigheil gu bràth a bhith math tuilleadh. Mothaich mi mar a rinn mi nuair a chì mi suas ris na rionnagan. Thàinig deòrean a-steach dhà mo shùilean, ach, ò, bha iad mar dheòirean sona idir. Bha mi cho duilich nuair a bha iomlan dheth, agus dh 'innis mi dha Miss Barry nach fhaca mi ciamar a bhiodh mi a' tilleadh gu beatha àbhaisteach a-rithist. Thuirt i gun robh i a 'smaoineachadh ma chaidh sinn thairis don taigh-bìdhair a tha air an taobh eile den t-sràid agus gum faigheadh sinn uachdar-reòite gun dhèanadh e cuideachadh dhomh. Thug sin fuaim cho pròsaig; ach gu mo iongnadh, fhuair mi a-mach gur e fìrinn a bha ann. Bha an uachdar-reòite blasta, Marilla, agus bha e cho àlainn agus am falach a bhith a 'suigh ann a' dol aice leis aig aon uair deug aig an oidhche. Thuirt Diana gun robh i a 'creidsinn gur e beatha na cathrach a bh' aig a h-ùir. Dh'fhaighnich Miss Barry deamhainn dè bu bheachd dhomh, ach thuirt mi gum bu mhòr leam a bhith a 'smaoineachadh air gu dìreach mus urrainn dhomh innse dhith dè bu bheachd dhomh. Mar sin smaoinich mi air an dèidh dhomh dol a leaba. Sin an t-àm as fheàrr airson nithean a smaoineachadh. Agus thàinig mi gu co-dhùnadh, Marilla, nach e beatha na cathrach a bh' aig a chùl agam agus gun robh mi toilichte mu dheidhinn. Tha e snog a bhith a 'itheadh uachdar-reòite aig taighean-bìdhe soilleire aig aon uair deug aig an oidhche a-nis is a-rithist; ach mar rudeigin cumanta bu toil leam a bhith anns an eas-gabhail an ear aig aon uair deug, aig sàmh acrach alan, ach an t-seòrsa a bhios a 'fios aig an cadal gu bheil na rionnagan a' deàrrsadh a-mach agus gu bheil an gaoth a 'seideadh sna giuthas a tha tarsainn am broinn. Thuirt mi sin do Miss Barry aig bracaist madainn an latha às dèidh agus ghabh i gàire. Gu còmhradh, ghabh Miss Barry gàire aig rud sam bith a thuirt mi, fiù nuair a thuirt mi na rudan as solemn. Cha b' eil mi a 'smaoineachadh gun robh mi toilichte leis, Marilla, oir cha robh mi a 'feuchainn ris a bhith èibhinn. Ach tha i na bana-bhànrigh fuarachail dìreach agus chuir i dhuinn a h-àite."

Thug Dihaoine an t-àm a dhol dhachaigh, agus dh'iomhaigh Mr Barry a-steach airson na nigheanan.

"Uill, tha mi an dòchas gun robh sibh toilichte," thuirt Miss Barry, nuair a dh'fhuirich i slàn leotha.

"'S e sin a tha againn," thuirt Diana.

"Agus thusa, a nighean Anne?"

"Tha mi air a bhith a' coimhead air gach mionaid den ùine," thuirt Anna, a' toirt air a geasan gu neònach mun mhuilean aig a' bhean-sean is a' pògadh a gruaidh chrionach. Cha robh Diana riamh air a bhith deònach rud mar sin a dhèanamh agus bha i beagan sgìth de shaorsa Anna. Ach bha Miss Barry toilichte, agus sheas i air a veranda is coimhead i air an t-àradh a' dol às an t-sealladh. An uairsin thill i air ais dhan a tigh mòr le osna. Bha e coltach gu math aonranach, a' sìor fhàgail beatha ùr òig. Bhathar Miss Barry na bean sean fheinich, ma bhios an fhirinn ri innse, agus cha robh i riamh air a bhith a' spèis a chur ann ach na daoine a bha de dhìth air. Chan robh iad ach mar a bha iad de sheirbheis dhi no a' cur fòn dhi. Bha Anna a' cur spòrs dhi, agus mar thoradh air sin, sheas i àrd ann am fabhar a' bhean-sean. Ach lorg Miss

Barry i fhèin a' smaoineachadh nas lugha mun chainnt seann-fhasanta aig Anna na mun dian deiseil, an làn chàileachd, an dòighean bòidheach aice, agus milseachd a sùilean agus a bilean.

"Smaoinich mi gu robh Marilla Cuthbert na sean amadan nuair a chuala mi gun robh i air nighean a thoirt dhachaigh à taigh-dìth gun phàrantan," thuirt i ri a h-èigin fhèin, "ach tha mi a' smaoineachadh nach robh i ro mhearachdach às dèidh a h-uile càil. Ma bhiodh leanabh mar Anne san taigh agam an t-am uile bhithinn na boireannach nas fheàrr agus nas thoilichte."

Lorg Anne agus Diana an turas dhachaigh cho taitneach 'sa bha an turas a-steach, nas taitniche fiù 's, oir bha an comas toilichte de dhachaigh a' feitheamh aig deireadh. Bha e fàs dorcha nuair a chaidh iad seachad air White Sands agus chuir iad a-steach don rathad tràigh. A tuilleadh air falbh, thàinig cnuic Avonlea a-mach dorcha an aghaidh an adhar buidhe. Air cùlaibh, bha a' ghealach ag èirigh às a' mhuir a bha a' fàs uile taitneach agus ath-ghnàthachadh ann an solas i. Bha gach uaimh beag air an rathad cam mar iongantachd de ripplean dannsa. Bhris na tuinn le sùis maoth air na creagan fo iad, agus bha blas na mara anns an adhar làidir, ùr.

"O, ach 's e math a bhith beò agus a bhith a' dol dhachaigh," shaoil Anna.

Nuair a chaidh i thairis air an drochaid fiodha thairis air an allt, bha solas cidsin Ghreen Gables ga fàilteachadh gu càirdeil, agus thug teine an similear a-mach a dearg theth blàth air an oidhche fhoghair fhuar. Rinn Anne ruith gu sòlasach suas an cnoc agus a-steach don chidsin, far robh suipear teth a' feitheamh air a' bhòrd.

"Mar sin tha thu air tilleadh?" thuirt Marilla, a' pàganadh suas a cniotadh.

"Seadh, agus oh, tha e cho math a bhith air ais," thuirt Anne gu sòlasach. "Dh'fhaodainn pòg a thoirt air a h-uile rud, fiù 's don uair. Marilla, cearc bhròilte! Chan eil thu a' ciallachadh gu bheil thu air seo a phàiseanachadh dhomh!"

"Seadh, rinn mi," thuirt Marilla. "Bha mi a' smaoineachadh gun robh thu acrach às dèidh dàil a leithid agus feumaidh tu rudeigin glè bhlasta. Dean cabhag agus thoir dhiot do chùisean, agus bidh againn biadh-feasgair cho luath 'sa thig Matthew a-steach. Tha mi toilichte gu bheil thu air tilleadh, feumaidh mi ràdh. Bha e uabhasach aonranach an seo às aonais, agus chan eil mi air ceithir làithean nas fhaide a chur a-steach."

An dèidh dinnear, shuidh Anne roimh an teine eadar Matthew agus Marilla, agus thug i cunntas slàn dhaibh air a cuid tadhal.

"Tha mi air a bhith agam àm sgoinneil," thuirt i gu sona, "agus tha mi a 'faireachdainn gu bheil e a' comharrachadh òigridh ann mo bheatha. Ach 's e an rud as fheàrr a bh' ann an uile, bha tilleadh dhachaidh"

Chapter 31

Marilla chuir i sìos a bràistean air a glùinean agus shèid i air ais anns a' chathair. Bha a sùilean sgìth, agus bha i a' smaoineachadh gu neo-shoillear, gun robh i feumach air a dèanamh mu atharrachadh a sùilean an ath uair a thigeadh i chun a' bhaile, airson gun robh a sùilean air tighinn gu bhith sgìth gu tric o chionn ghoirid.

Bha e beagnach dorcha, oir bha an t-oidhche fhada Samhna air tuiteam mun cuairt air Green Gables, agus an aon solas a bha sa chidsin a' tighinn bho na lasair dearga a' dannsa sa stòbh.

Bha Anne air a crùnadh suas ann an stoidhle Turk air an rug teine, a' sealltainn don ghlòir sona sin far an robh grèin-shruth na ceud samhraidh a' tighinn a-mach à cordwood maple. Bha i air a bhith a' leughadh, ach bha a leabhar air tuiteam gu urlar, agus a-nis bha i a' bruidhinn, le gàire air a beòil fosgailte. Bha caistealan lonrach ann an Spain a' dèanamh iad fhèin a-mach às na ceò-bhuidheannan agus boghaichean-uisge a' smaointinn beòthail aice; thachair tachartasan iongantach agus innteall dhìth aice ann an tìr nan sgòthan - tachartasan a bha an-còmhnaidh soirbheil agus nach do chur i ann an trioblaid mar a thachras ann an beatha fhìor.

Bha Marilla a' coimhead air a leithid le caoimhneas nach robh iad eadhon airson foillseachadh ann an solas nas soilleire na suidheachadh bog de dhealrachadh teine is dorcha. Cha b' urrainn do Mharilla ionnsachadh ciamar a sealladh gaol a-mach gu furasta ann an facal labhairte agus sùil fhosgailte. Ach bha i air ionnsachadh gaol airson an nighean thana, sùilean liath seo le dùrachd a bha nas domhainne is nas làidire on a tha e cho neamh-soilleir. Bha an gaol aice a' cur eagal oirre gu robh i ro shealbhach, gu dearbh. Bha faireachdainn mi-chinnteach aice gun robh e beagan peacach a chur an cridhe cho tric air duine sam bith mar a bha i air a cridhe a chur air Anna, agus is dòcha gu robh i a' dèanamh peanas do seo le bhith a bhith nas cruaidhe agus nas critigeach na bhiodh i nam biodh an nighean nas lugha aice. Gu cinnteach cha robh Anna fhèin aig sam bith tuigse air ciamar a bha Marilla ga ghràdhadh. Uaireannan smaoinich i gu h-ìoghnadh gun robh Marilla glè chruaidh ri thoilinn agus gu bheil i a' falbh gu tur ann am tròcaire agus tuigse. Ach bha i a' dèanamh am smaoineachadh seo a' gearan, a' cuimhneachadh dè a tha i a' feitheamh gu Marilla.

"Anne," thuirt Marilla gu h-obann, "Bha Miss Stacy an seo feasgar nuair a bha thu a-muigh le Diana."

Thàinig Anne air ais bho a saoghal eile leis a' ghabhadh a-bèil agus osna.

"An robh i? Ò, tha mi cho duilich nach robh mi a-staigh, Carson nach do ghlaodhaich mi, Marilla? Bha Diana agus mise a-mhàin thall anns a' Choille Taibhseil. Tha e alainn anns a 'choille a-nis. Tha a h-uile rud beag coille - na raithneachan agus na duilleagan satin agus na crackerberries - aig cadal, dìreach mar gu robh cuideigin air am pàganach gus an t-earrach fo bhreacainn de dh'fhuileann. Tha mi a 'smaoineachadh gun robh e beagan grèine grèine le scarf ìris a' tighinn a 'brobhadh na h-oidhche gealaich mu dheireadh agus rinn e. Cha deach Diana a 'dèanamh mòran mu dheidhinn sin, ge-tà. Cha deach Diana a 'dìochuimhnicheadh a' cheist a thug a màthair dhith mu bhith a 'dèanamh taibhsean a-steach don Choille Taibhs. Bha buaidh glè dona air dòigh-smuaineachaidh Diana. Chuir e claon air. Tha Mrs Lynde ag ràdh gu bheil Myrtle Bell na bhith-sein blighted. Dh'fhaighnich mi dèon Ruby Gillis carson a bha Myrtle blighted, agus thuirt Ruby gu bheil i a 'smaoineachadh gum biodh e mar thoradh air a' gille òg aice a 'dol air ais air. Tha Ruby Gillis a 'smaoineachadh air gillean òga a-mhàin, agus tha i nas miosa na tha i a' fàs nas sine. Tha gillean òga gu math gu leòr ann an àite, ach nach eil e a 'dèanamh iomadh dragadh a-steach gu gach rud, nach eil? Tha Diana agus mise a 'smaoineachadh gu doimhne gun geall sinn air a chèile nach pòs sinn idir ach a bhith na seann-mhaighdeanan snog agus a' fuireach còmhla gu bràth. Cha deach Diana a 'dèanamh suas a-inntinn fhathast, ge-tà, oir tha i a 'smaoineachadh gun do dh'fheumadh e a bhith nas nobhail pòsadh gille òg fiadhaich, draoidh agus a-rèir sin a' dèanamh atharrachadh air. Tha Diana agus mise a 'bruidhinn mòran mu chuspairean sònraichte a-nis, tha fios agad. Tha sinn a 'faireachdainn gu bheil sinn a' fàs nas sine na mar a bha sinn roimhe sin nach eil e freagarrach bruidhinn mu nithean na cloinne. Tha e mar rud uasal a bhith beagnach ceathair bliadhna deug, Marilla. Thug Miss Stacy sinn uile, na caillich a tha anns ar deugan, sìos dhan allt Diardaoin is sheall i dhuinn. Thuirt i gum b' urrainn dhuinn a bhith ro gheur dè na h-abaidichean a rinn sinn agus dè na h-ìomhaighean a ghluais sinn anns ar deugan, oir rachadh ar caractaran a bhith forbarach agus stèidheachadh airson ar beatha gu lèir san àm ri teachd. Agus thuirt i ma bha an stèidheachadh a 'craobh-sgaoileadh cha b' urrainn dhuinn càil a dhèanamh fiù 's a bhios fiach. Bhruidhinn Diana agus mise mu dheidhinn an cùis air an t-slighe dhachaigh à sgoil. Bha sinn a 'faireachdainn gu sònraichte solemn, Marilla. Agus chaidh sinn a 'chòrdadh gum feuchainn sinn a bhith glè fhorsa agus a' cruthachadh abaidichean urramach agus ionnsachadh a h-uile rud a b 'urrainn dhuinn agus a bhith cho freagarrach sa b 'urrainn dhuinn, airson gum biodh ar caractaran air an leasachadh gu freagarrach leis an àm a bha sinn fichead. Tha e uabhasach sgriosail a bhith a 'smaoineachadh air a bhith fichead, Marilla. Tha e a 'fuaimneachadh cho seann a dh'fhaodas agus a' fàs suas. Ach carson a bha Miss Stacy an seo feasgar?"

"Sin an rud a tha mi ag iarraidh innse dhut, Anne, ma bheir thu cothrom dhomh facal a chur a-steach aig am sam bith. Bha i a' bruidhinn mu dheidhinn thu."

"Mu dhèidhinn mise?" Dh'fhaic Anne beagan eagalach. An uairsin, dh'fhàs i dearg agus ghairm i:

"O, tha mi a' tuigsinn na bha i ag ràdh, bha mi airson innse dhut, Marilla, gu dìreach mar a bu chòir, ach dhìochuimhnich mi. Rug Miss Stacy orm a' leughadh Ben Hur an sgoil an-dè feasgar nuair a bu chòir dhomh a bhith ag ionnsachadh mo Eachdraidh Canaidh. Fhuair Jane Andrews leasachadh dhomh. Bha mi a 'leughadh aig àm dinnear, agus bha mi dìreach air tighinn gu an ràs cairtean nuair a thòisich an sgoil. Bha mi dìreach allanach a bhith a 'faighinn a-mach mar a chaidh, ged a bha mi cinnteach gum buadhadh Ben Hur, oir cha bhiodh e ceart bàrdachd nam biodh, mar sin leag mi an eachdraidh fosgailte air làrach mo bhùird agus an uairsin chuir mi Ben Hur eadar am bòrd agus mo ghlùin. Dh'fhèach e dìreach mar gun robh mi a' gabhail ionnsachadh

Eachdraidh Canaidh, tuigidh, leis a h-uile ìre a bhith a 'faighinn tlachd à Ben Hur. Bha mi cho airidh air a bhith ann gun do iomairc mi Miss Stacy a' tighinn sìos na pailteas gus an robh mi dìreach a 'coimhead suas agus bha i ann a' coimhead sìos orm, cho coltach ri nàire. Cha ghabh mi innse dhut cho nàireach a bhiodh mi, Marilla, gu h-àraidh nuair a chuala mi Josie Pye a 'gàireachdainn. Thug Miss Stacy Ben Hur air falbh, ach cha do thuirt i facal an uairsin. Sheas mi a-staigh aig fois agus bhruidhinn i rium. Thuirt i gun robh mi air ceart mòr a dhèanamh ann an dà dhòigh. An toiseach, bha mi a 'cur àm agam air falbh a bu chòir dhomh a chur mu mo dhùthchas; agus an dàrna, bha mi a 'mealladh mo thidsear a' feuchainn ri a dhèanamh coltach gu robh mi a 'leughadh eachdraidh nuair a bha e mar leabhar-sgeulachd seach. Cha robh mi a-riamh air tuigsinn gus an àm sin, Marilla, gun robh an rud a bha mi a 'dèanamh miotail. Bha mi glè sgìth. Chaol mi gu trom, agus dh'iarr mi air Miss Stacy m' mhaithiúnas agus cha bhithinn a 'dèanamh rudeigin mar sin tuilleadh; agus dh'ofrais mi penance a dhèanamh le amharc idir aig Ben Hur airson seachdain shlàn, cha mhòr leughadh ciamar a bha an ràs charbad a 'faighinn a-mach. Ach Thuirt Miss Stacy nach robh i a 'feumachadh sin, agus mhaigh i mi gu saor. Mar sin tha mi a 'smaoineachadh nach robh i ro mhath dhà a thighinn suas an seo dhut mu dheidhinn uile "

"Cha do thuirt Miss Stacy riamh a leithid ri mi, Anne, agus tha e dìreach do choireachadh fhèin a tha a' gearain. Cha bu chòir duit a bhith a' toirt leabhraichean sgeulachdan dhan sgoil. Tha thu a' leughadh cus nobhailean co-dhiù. Nuair a bha mi na nighean, cha robh mi fiù 's cead aig a bhreithneachadh nobhail."

"O, ciamar a ghabhas tu Ben Hur 'na nobhail nuair a tha i gu dearbh mar leabhar cràbhadh?" ghairm Anne. "Gu cinnteach tha i beagan cus trang airson a bhith na leughadh iomchaidh airson an Di-domhnaich, agus cha leugh mi i ach air na làithean obrach. Agus cha leugh mi leabhar sam bith a-nis mura h-eil Miss Stacy no Mrs Allan a' creidsinn gu bheil e na leabhar iomchaidh airson nighean trì-deug is trì cairtealan a leughadh. Dh'fheuch Miss Stacy gum biodh mi a' gealltainn sin. Lorg i mi a' leughadh leabhar latha a bha air ainm, An Dìomhair Dhearg aig an Halla Uamhas. 'S e aon a bha Ruby Gillis air iasgadh dhomh, agus, o, Marilla, bha e cho tarraingeach agus scanalach. Dìreach, chuir e fuil nam veinnean. Ach thuirt Miss Stacy gur e leabhar gleusta, dona a bh' ann, agus dh'iarr i orm nach leughainn a leithid tuilleadh dhi no a leithid sam bith dhi. Cha do chuir dragh orm a ghealltainn nach leughainn a leithid tuilleadh dhi, ach bha e cruaidh leabhar a thilleadh gun a bhith a' fiosrachadh mar a dh'fhalbh i. Ach sheas mo ghràdh airson Miss Stacy an t-athachas agus rinn mi. 'S e a tha ann na mìorbhaileach, Marilla, na ghabhas tu a dhèanamh nuair a tha thu dìreach airson toil a thoirt do neach àraid"

"Uill, tha mi a 'smaoineachadh gun las mi an lampa agus tòisichidh mi air obair," thuirt Marilla. "Chi mi gu soilleir nach eil thu ag iarraidh èisteachd ris na bha aig Miss Stacy ri ràdh. Tha thu nas suimeile ann an fuaim do chànan fhèin na ann an rud sam bith eile"

"Ò, gu dearbh, Marilla, tha mi ag iarraidh èisteachd riut," ghlaodh Anne le bròn. "Cha nì mi aon fhacal eile, chan eil. Tha fios agam gu bheil mi a' bruidhinn ro mhòr, ach tha mi gu dearbh a' feuchainn ri mo shàrachadh, agus ged a tha mi a' ràdh cus, mas e a-mhàin a bhitheadh fios agad cò mheud rud a tha mi ag iarraidh a ràdh agus nach eil, bhiodh thu a' toirt clann-na creidsinn dhomh airson sin. Innis dhomh, Marilla"

"Uill, tha Miss Stacy ag iarraidh clas a chur air dòigh am measg a h-oileanaich adhartach a tha ag iarraidh ionnsachadh airson a' deuchainn inntrigidh a-steach do Queen's. Tha i ag amas air leasanan a bharrachd a thoirt dhaibh airson uair an dèidh na sgoile. Agus thàinig i a dh'fhaighneachd do Matthew agus dhomhsa ma b' e sin a bhiodh sinn ag iarraidh gun tigeadh tu a-steach dha. Dè tha thu a' smaointinn mu dheidhinn fhèin, Anne? Am bu toil leat a dhol a Queen's agus a dhol seachad airson a bhith na tidsear?"

"Ò, Marilla!" Dhìrigh Anne gu a glùinean agus dhùin i a làmhan. "Seo e bruidhinn m' aiseadh a tha, airson an trì mìosan mu dheireadh, on a thòisich Ruby agus Jane a' bruidhinn mu dheidhinn a' dèanamh ionnsachadh airson an Teisteanais. Ach cha d' thuirt mi rud sam bith mu dheidhinn, oir smaoinich mi gun robh e gu tur gun fheum. B' e mo mhian a bhith na tidsear. Ach nach eil e gu math daor? Tha Mr Andrews ag ràdh gun do chosg e ceud agus leth-cheud not a chur Prissy troimhe, agus cha robh Prissy na cùlach geòimetraidh"

"Tha mi a 'smaoineachadh nach feum thu dragh a bhith ort mu phàirt sin dheth, Nuair a thug Màrtainn agus mi thu gus togail, rinn sinn cinneadh gun dèanamaid an dìcheall againn dhut agus gun tugamaid foghlam math dhut. Tha mi a 'creidsinn ann an nighean a bhith ullamh airson an còmhdach aice fhèin a chosnadh ged a tha i riamh no nach eil. Bidh dachaigh agad aig Green Gables cho fada 's a tha Màrtainn agus mise an seo, ach chan eil fios aig duine sam bith dè tha dol a thachairt ann an an saoghal neo-chinnteach seo, agus tha e cho math a bhith ullamh. Mar sin, 's urrainn dhut a dhol a-steach do chlas a 'Bhanrigh ma tha thu toilichte, Anne"

"Ò, Marilla, tapadh leat" dh'fhuadaich Anne a geasan mu chomais Marilla agus dh'fhèach i gu dùrachdach a-staigh aodann. "Tha mi fìor thoilichte dhut agus do Mhathain. Agus bidh mi ag ionnsachadh cho cruaidh 's a ghabhas mi agus nithear mo dhiùir nach eil mi airson thu. Tha mi a' rabhadh nach bi mòran ri dùil ann an geòmetraidh, ach tha mi a' smaoineachadh gun gabh mi mo phàirt ann an càil eile ma bheir mi orm fhèin gu cruaidh"

"Tha mi 'g iarraidh ort a ràdh gu bheil thu dol a dhol gu leòr, tha Miss Stacy ag ràdh gu bheil thu soilleir agus dìcheallach" Chanadh Marilla gu bràth ri Anne dìreach dè thuirt Miss Stacy mu a h-eallach; bhiodh sin a' maoineachadh vanity. "Cha leig thu leat fhèin gu aon eisimeileachd a 'marbhadh thu fhèin ann an do leabhraichean, Chan eil prìomhachas ann. Cha bhi thu deiseil airson feuchainn a dhèanamh ri an Ionnsaigh airson bliadhna is leth fhathast. Ach tha e math a tòiseachadh ann an ùine agus a bhith gu tur bunait, tha Miss Stacy ag ràdh"

"Bheir mi tuilleadh ùidh na riamh anns na sgrùdaidhean agam a-nis," fhreagair Anna gu sona, "air sgàth 's gu bheil amas agam ann an beatha, tha Mr Allan ag ràdh gun bu chòir dha gach duine amas a bhith aca ann an beatha is a leantainn dìcheallach e. Ach tha e ag ràdh gum feum sinn dèanamh cinnteach an toiseach gu bheil e na amas fiachail. Bhiodh mi a' gabhail rithe gun robh e na amas fiachail a bhith ag iarraidh a bhith na tidsear mar a bhios Miss Stacy, nach robh?, Marilla? Tha mi a' smaoineachadh gu bheil e na dhreuchd uasal glè."

Bha clas a' Bhan-rìgh air a chur air dòigh ann an ùine iomchaidh. Ghàidh Gilbert Blythe, Anne Shirley, Ruby Gillis, Jane Andrews, Josie Pye, Charlie Sloane, agus Moody Spurgeon MacPherson còmhla ris. Cha deach Diana Barry, mar nach robh iomairt aig a pàrantan gus i chur gu clas a' Bhan-rìgh. Chòrd seo idir idir ri Anne. Bho oidhche anns an robh cùis aig Minnie May ge b' e dè cho fada 's a bhaobhan agus Diana air an dealachadh ann an rud sam bith. Air an fheasgar nuair a fhan clas a' Bhan-rìgh airson na leasanan a bharrachd an toiseach agus chunnaic Anne Diana a' falbh gu slaodach leis na daoine eile, gus dachaigh a dhèanamh a-mhàin air an Slighe Beithe agus Gleann Violet, b' e a h-uile rud a th' ann gun do dh'fheum Anne a suidheachadh a chumail agus gan casg bho a leantainn gu dochasach. Thàinig bloigh air a h-eanchainn, agus chaidh i air ais gu luath air cùl duilleagan a gràmar Laidinn a thogadh gus na deòir a chaidh aig a sùilean a cheilt. Cha robh Anne ag iarraidh gun fhacas na deòir sin le Gilbert Blythe no Josie Pye ann an saoghal.

"Ach, gu dearbh, Marilla, mhothaich mi gu dearbh gun do blàstaich mi searbh na bàis, mar a thuirt Mr Allan anns an seirbhis latha DiDòmhnaich, nuair a chunnaic mi Diana a' dol a-mach leatha fhéin," thuirt i le bròn an oidhche sin. "Smaoinich mi air cho splèndaid 's a bhiodh e nam biodh Diana dìreach a' dol a dh' ionnsachadh airson na h-Entrance, cuideachd. Ach chan urrainn dhuinn gach rud a bhith foirfe anns an t-saoghal seo nach eil foirfe, mar a tha Mrs Lynde a' canntainn. Chan eil Mrs Lynde aig amannan gu cinnteach na duine a tha a' toirt comhfhurtachd, ach tha i gu cinnteach a' canntainn iomadach ni fior. Agus tha mi a' smaoineachadh gum bi clas a' Bhanrigh uabhasach inntinneach. Tha Jane agus Ruby a' dìreach a' dol a dh'ionnsachadh a bhith nam thidsearan. Sin an spionnadh as àirde aca. Tha Ruby ag ràdh gun teid i a dh'ionnsachadh airson dà bhliadhna a-mhàin an dèidh dhi a bhith deiseil, agus an uairsin tha i a' dol a phòsadh. Tha Jane ag ràdh gun toir i a beatha uile seachad air teagasg, agus nach pòs i idir, idir, oir tha tu air an pàigheadh tuarastal airson teagasg, ach cha toir fear-pòsta dìot mòran, agus bi e a' gearan ma dh'iarras tu do roinn den airgead uighean agus ìm. Tha mi a' smaoineachadh gun tèid Jane a' bruidhinn bhon fhiosrachadh duilich, oir tha Mrs Lynde ag ràdh gun eil athair gu tur searbh, agus nas meana na an dàrna sgaoth. Tha Josie Pye ag ràdh gum bi i a' dol a dh'oilthigh airson foghlaim a-mhàin, oir cha bhith iad a' feumachadh air a beathachadh fhèin; tha i ag ràdh gu bheil e gu cinnteach eadar-dhealaichte le dìlleachdan a tha a' fuireach air trocaire – feumaidh iad brosnachadh. Tha Moody Spurgeon a' dol a bhith na mhinistear. Tha Mrs Lynde ag ràdh nach b' urrainn dhà rud sam bith eile a bhith ann le ainm mar sin air a làrach. Tha mi an dòchas nach eil mise a' peacachadh, Marilla, ach gu dearbh, tha an smuain air Moody Spurgeon a bhith na mhinistear a' cur gaire orm. Tha e na bhalach cho àraid leis an aghaidh mhòr fhàt aige, agus na shùilean gorma beaga aige, agus na chluasan a' coisrigeadh a-mach mar flapaidhean. Ach 's dòcha gun tèid e a bhith coltach nas fheallsanaiche nuair a dh'fhàsas e suas. Tha Charlie Sloane ag ràdh gun tèid e a-steach don phoileataics agus a bhith na bhall de Phàrlamaid, ach tha Mrs Lynde ag ràdh nach bi e soirbheachail ann an sin, oir tha na Sloanes uile na dhaoine onarach, agus tha e dìreach na h-easgaidich a tha a' soirbheachadh anns na poileataics an-diugh."

"Dè tha Gilbert Blythe a' dol a bhith?" dh'fhiafraich Marilla, a' faicinn gu robh Anne a' fosgladh a Cæsar.

"Chan eil fios agam dè tha amasan Gilbert Blythe ann an beatha ma tha iad sam bith aige," thuirt Anne le maslachd.

Bha iomallachd fhosgailte eadar Gilbert agus Anne a-nis. Roimhe sin, bha an t-iomallachd a' còrdadh gu bheil, ach cha robh teagamh sam bith a-nis gu robh Gilbert cho deònach a bhith a 'chiad ann an clas mar a bha Anne. Bha e na nàmhaid freagarr dha cruaidh-chàrn. Dh'aithnich na buill eile den chlas gun doigh an uachdaranachd, agus cha do bhruidhinn iad riamh de feuchainn ri iomaireachd riutha.

O chionn an latha aig an lochan nuair a dhiùlt i èisteachd ri a ghearain airson maithpheanas, cha robh Gilbert, a dh'fhaodadh gun robh an fharpais dhearbhte aige gu buil, a' toirt suilt sam bith dhan bhith-beò aig Anne Shirley. Bhruidhinn e agus dhèanadh e fealla-dhà leis na cailleanan eile, mhalairt e leabhraichean agus tomhaisean-cèilidh leotha, dheasbadadh e ceachdan agus planaichean, uaireanan a' coiseachd dhachaigh le fear no an dàrna fear dhiubh bho choinneamh ùrnaigh no Club Deasbaid. Ach bha Anne Shirley a-mhàin air a leigeil seachad, agus dh'fhosgail Anne a-mach nach eil e math a bhith air an leigeil seachad. Bha e gun fhèin gu falamh gun do dh'inns i dha fhèin le tilgadh air a ceann gun robh e cùiseachd. Ann an doimhne dha cridhe beag bhoireannach, dh'fhiosraich i gun robh i ga chùram, agus gun freagradh i gu diofar gu mòr nam biodh cothrom aice a-rithist air Loch nan Uisgean Solais. Gu h-obann, mar a chòrd, agus gu dìomhair dhìreach, dh'fhuirich i gun robh an sean naimhdeas a bh' aice air a chòrdadh air falbh air falbh dìreach nuair a bha i a' feumachadh a chumhachd a' cumail suas aice. Bha e gun fhèin gu falamh gun do ghiulain i gach tachartas agus mothachadh den chothrom cuimhneachaidh agus rinn i feuchainn ris an seann fhearg toilichte. Chòrd an latha aig an lochan leis an tarradh mu dheireadh. Thuig Anne gun robh i air maithpheanas agus an dìochuimhne a dhèanamh gun fhios. Ach bha e ro fhada.

Agus co-dhiù cha robh Gilbert no cuideigin eile, cho fiù 's Diana, a-riamh a' tuigsinn cho duilich 's a bha i agus cho mòr 'sa bha i ag iarraidh nach robh i cho pròiseil agus uabhasach! Dhèan i cinnteach gum "cuir i a faireachdainnean ann an di-imrich as doimhne," agus faodaidh a bhith air a ràdh an seo agus a-nis gu robh i a' deanamh sin, cho soirbheachail 's gum b' urrainn do Gilbert, a bha dìreach nach robh cho neo-fhèin-mheasail 's a chòrdadh leis, cha robh e comhfhurtail le h-uile creideamh gu robh Anne a 'faireachdainn an diùltadh aige. An cothrom beag euslainteach a bh' aige bha gun robh i a' cur Charlie Sloane às a rìochd, gun tròcair, gu cunbhalach, agus gun adhbhar.

Aig an aonamh, chaidh a' gheamhradh seachad ann an cuairt de dhleastanasan is ionnsachaidhean toilichte. Do Anna, shiùbhlaich na làithean seachad mar bheòdan òir air fèith an bhliadhna. Bha i sona, deònach, ùidhichte; bha ceumannan ri ionnsachadh agus urram ri choisinn; leabhraichean toilichte ri leughadh; pìosan ùra ri cleachdadh airson còisir sgoil Sabaid; feasgaran Sabaid toilichte aig an manse le Mrs Allan; agus an uairsin, beagan ro luath do Anna a ghabhail a-mach, thàinig an t-earrach a-rithist do Green Gables agus bha an saoghal gu lèir air blosgadh a-rithist.

Chrìochnaich na sgoilearan ach beagan an uairsin; sealladh an clas Rìghinn, fàgail air chùlaibh san sgoil fhad 's a sgaoil an còrr gu lànnaichean uaine agus slisean craoibhe duilleach agus slighean pràise, cianail a-mach na h-uinneagan agus lorg gu robh gnìomhairean Laidinn agus cleasanan Fraing ann an dòigh sam bith coltach ris an t-saorsa agus an tarraing a bh' aca anns na mìosan geur geamhraidh. Fiù 's Anne agus Gilbert a' faireachdainn sgìth agus neo-chùbhraidh. Bha an tidsear agus an teagaisg uile gu sònraichte toilichte nuair a chrìochnaich an teirm agus latha saora sona a' sìneadh ro làimh orra.

"Ach tha thu air obair mhath a dhèanamh am-bliadhna," thuirt Miss Stacy riutha air an oidhche mu dheireadh, "agus tha thu airidh air saor-làithean toilichte, blasta, Freagairidh amas as fheàrr a th' agad anns an saoghal a-muigh agus cuir stoc mhath de shlàinte agus fiughair agus miann a-steach dhut fhèin airson an ath-bhliadhna. Bidh e na strì mòr, tha thu a' fiosrachadh a' bhliadhna mu dheireadh ro Entrance."

"An toir thu air ais an ath-bhliadhna, Miss Stacy?" dh'fhaighnich Josie Pye.

Cha do smachd Josie Pye riamh air ceistean a chur; san àm seo, bha an còrr den chlas a' faireachdainn taingeil dhi; cha bhiodh duine sam bith dhiubh air ùidh a thogail le Miss Stacy, ach bha iad uile airson sin a dhèanamh, oir bha rumairean cunnartach a' dol mun cuairt tron sgoil fad ùine nach robh Miss Stacy a' tighinn air ais an ath-bhliadhna gun robh dreuchd air tairgsinn dhi anns an sgoil àrd-ìre anns a' roinn-dachaigh fhèin aice agus gun robh i an dùil a ghabhail. Dh'èist clas a' Bhanrigh ann an ciùin a' feitheamh air a freagairt.

"Seadh, tha mi a' smaoineachadh gum bi mi," thuirt Miss Stacy. "Bha mi a' smaoineachadh air sgoil eile a ghabhail, ach tha mi airson tilleadh dhan Avonlea. Aig deireadh an latha, tha mi air a bhith cho ùidh anns na sgoilearan agam an seo 's gun do lorg mi nach gabhadh mi fàgail. Mar sin bidh mi a' fuireach agus a' coimhead às dèidh thu."

"Hurrah!" thuirt Moody Spurgeon. Cha robh Moody Spurgeon riamh air a ghabhail leis na faireachdan aige mar sin roimhe, agus dhath Bruiseach e eagalach gach uair a smaoinich e air airson seachdain.

"Ò, tha mi cho toilichte," thuirt Anne, le sùilean a' soillseachadh. "A Stacy àlainn, bhiodh e gu tur uabhasach nam nach tigeadh tu air ais. Chan eil mi a' creidsinn gun robh mi agam an cridhe gus leantainn air adhart le mo sgrùdadh idir ma thigeadh tidsear eile an-seo"

Nuair a thaig Anne dhachaigh an oidhche sin, chuir i a h-uile leabhar-teagaisg aice air falbh ann an seann trunca san uachdar, dhìrich i e, agus chaith i an iuchair a-steach don bhogsa blaideit.

"Chan eil mi fiù 's a' coimhead air leabhar-sgoile anns na saor-làithean," thuirt i ri Marilla. "Tha mi air a bhith a' sgrùdadh cho cruaidh 's a ghabhas mi fad an teirm agus tha mi air a bhith a' leughadh an eòlas-geametraidh sin gus am bi mi eòlach air gach freagairt sna leabhraichean toiseach. Tha mi dìreach faireachdainn sgìth dhen a h-uile rud rèadail agus tha mi dol a leigeil le m' ùbhrachadh a bhith neo-chuingealach fad an t-samhraidh. Oh, cha leig thu le do thùs, Marilla. Cha leig mi leis a bhith neo-chuingealach ach taobh a-staigh crìochan rèasanach. Ach tha mi ag iarraidh a bhith a' coimhead air an t-samhradh seo, airson 's dòcha gu bheil e an ùine mu dheireadh a bhios mi na nighean òg. Tha Mrs Lynde ag ràdh gu bheil mi a 'leudachadh a' dol a-mach an ath-bhliadhna mar a rinn mi am bliadhna seo, bidh orm sgiortaichean nas fhaide a chur orm. Tha i ag ràdh gu bheil mi a 'ruith gu casan agus sùilean. Agus nuair a chuir mi sgiortaichean nas fhaide air, bidh mi a 'faireachdainn gu bheil orm a bhith a' comhlionadh dhaibh agus a bhith gu math uasal. Chan eil e fiù 's a' cumail suas ri a 'creidsinn ann an siùil-bhrògan an uairsin, tha mi eagalach; mar sin tha mi a 'dol a' creidsinn ann an siobhalain le mo chridhe air fad an t-samhradh seo. Tha mi a 'smaoineachadh gu bheil samhradh gay san amharc againn. Tha faighinn co-là-breith Ruby Gillis sònraichte a dh' aithghearr agus tha taighrick àrd-sgoil agus co-chòrdadh missionair an ath mhìos. Agus tha Mr Barry a 'ràdh gu bheil e a' dol a ghabhail Diana agus mise thairis don Ostaig White Sands agus a ghabhail dìnnear ann. Bidh iad a 'faighinn dìnnear ann san fheasgar, tha fios agad. Bha Jane Andrews thairis aon uair an samhradh mu dheireadh agus thuirt i gu robh e na shealladh ann a bhith a 'faicinn an solais dheataich agus na flùraichean agus a h-uile aoi ann am faltan àlainn. Tha Jane a 'ràdh gu robh e mar a' chiad shealladh aice air beatha àrd agus cha bhi i a 'dìochuimhneachadh e gu là a bàis.

Thàinig Bean Lynde suas feasgar an làrach gus faighinn a-mach carson nach robh Marilla aig coinneamh na Cuideachaidh air Diciadain. Nuair nach robh Marilla aig coinneamh na Cuideachaidh, bha daoine a' fiosrachadh gu robh rudeigin ceàrr aig Green Gables.

"Bha droch ghìomach air Matthaios leis a cholainn air Diardaoin," mìnich Marilla, "agus cha robh mi ag iarraidh fàgail e, o chan eil, tha e ceart gu leòr a-rithist a-nis, ach tha e faighinn na h-oidhirpean sin nas trice na bha e roimhe agus tha mi nerbhais mu dheidhinn. Tha an dotair ag ràdh gum feum e a bhith faiceallach gus neartachadh a sheachnadh. Tha sin gu leòr, on nach bi Matthaios a' dol mu thimcheall a' lorg neartachaidh air dòigh sam bith agus cha do rinn e riamh, ach chan eil e ri dèanamh obair chruaidh mhòr cuideachd agus faodaidh tu inneal a innse do Mhathaios gu bheil a chiad anail aige mar a bhith gun obair. Thig agus cuir dhiot do chuid rudan, Rachel. An dìochuimhnich thu a thighinn airson tì?"

"Uill, a' faicinn gu bheil thu cho ùrganta, 's dòcha gur eil mi cho math, fuirich" thuirt Mrs Rachel, aig nach robh an t-uamhas dùil sam bith a dhèanamh rud sam bith eile.

Bha Mrs Rachel agus Marilla a' suidhe gu cofhurtail sa phàrlamaid fhad 's a bha Anne a' faighinn an tì agus a' dèanamh briosgaidean teth a bha soilleir agus geal gu leòr gus fiachainn fiù 's critic Mrs Rachel.

"Feumaidh mi aideachadh, tha Anne air a dhol na cailin tapaidh dha-rìribh," thug Mrs Rachel leis, agus Marilla a' gabhail a comhla dh' iair deireadh an rathaid aig dol fodha na grèine. "Feumaidh gu bheil i na cuideachadh mòr dhut"

"Tha i," thuirt Marilla, "agus tha i gu dearbh seasmhach agus iontaofa a-nis, bhiodh eagal orm nach dèanadh i ceann a thoirt air a dòighean èisg cheann, ach tha i agus cha bhiodh eagal orm a gealltainn rithe ann an rud sam bith a-nis"

"Cha do bheachd mi riamh gun robh i air a dhol cho math às an chiad latha a bha mi an seo trì bliadhna air ais," thuirt Mrs Rachel. "Cràdh an lagha, an cuimhneach mi air an tantrum aice riamh! Nuair a chaidh mi dhachaigh an oidhche sin thuirt mi ri Thomas, thuirt mi, 'Cuir mo chuid faclan aig marc, Thomas, tha Marilla Cuthbert a' dol a mhaireasadh an ceum a tha i air a ghabhail.' Ach bha mi air m' mhealladh agus tha mi fìor thoilichte mu dheidhinn. Chan eil mi na dhuine dhen t-seòrsa sin, Marilla, a dh'fhaodas nach eil a' faighinn aca gu bheil iad air mearachd a dhèanamh. Cha robh sin a-riamh mo dòigh, buidheachas. Rinn mi mearachd a' breithneachadh Anne, ach cha robh e na iongnadh, airson a bhith na bana-phìobaire aiceanta, bana-phìobaire aiceanta gun robh iad riamh sa t-saoghal, sin e. Cha robh dòigh aice a-mach leis na riaghailtean a rinneadh le clann eile. Chan eil e ach àilleagan mar a tha i air a leasachadh na trì bliadhna sin, ach gu sònraichte ann an coltas. Tha i na nighean bòidheach gu leòr a-nis, ged nach urrainn dhomh a ràdh gu bheil mi gu mòr a' toirt suim dhan stoidhle bhalbh, mòrananach sin fhèin. Is toil leam barrachd sgoinneil agus dath, mar a tha Diana Barry aig Ruby Gillis. Tha coltas Ruby Gillis air leth. Ach air dòigh dhomh, chan eil fhios agam ciamar a tha e ach nuair a tha Anne agus iad còmhla, ged nach eil i cho snoga, tha i a' dèanamh iad coltach ri còmhradh freagarrach agus thairis air còrsa a leithid na lus seo an t-samhraidh a thug i narcissean ri taobh na peony mòra, dearg, sin e.

Chapter 32

Bha ANNE aig a h-"samhradh" math aice agus bha i a' gabhail tlachd a dhà-san gu h-iomlan. Bha i agus Diana a' fuireach gu dìreach a-muigh, ag aoigheachd anns na aoibhneas a bha Riaghladair Lane agus Bubble the Dryad's agus Willowmere agus Victoria Island a 'toirt seachad. Cha do chuir Marilla air chor sam bith freagairtean air gypsyings Anne. An dotair a Thaigh-oird Spencervale a thàinig oidhche a bha aig Minnie May an croup, choinnich Anne aig taigh aon duine a bha a 'fulaing feasgar tràth san làithean-saora, coimhead i thairis gu geur, shruig i a bheul, crath i a ceann, agus chuir i teachdaireachd gu Marilla Cuthbert le duine eile. Bha e:

"Cum an nighean ruadh agad san adhar fhosgailte fad an t-samhraidh agus na leig leatha leabhraichean a leughadh gus am bi barrachd spionnadh ann an ceum."

Bha an teachdaireachd seo a' cur eagail air Marilla gu iomlan. Leugh i cearradh bàis Anne le cuspair ann nach robh ach riadhail air dha-rìribh. Mar thoradh air seo, bha an samhradh òir aig Anne san deòrsa aice a thaobh saorsa agus cridhealas. Choisich i, ràinig i, bha i a' cruinneachadh measan-geamhraidh, agus a' bruidhinn gu toil a cridhe; agus nuair a thàinig an t-Sultain, bha i beò-ghreannach agus air faire, le ceum a bhiodh air a bhith toilichte leis an dotair aig Spencervale agus cridhe làn de dh' iarrtas agus de dh' ùrachd a-rithist.

"Tha mi a 'faireachdainn dìreach mar a b' fheàrr leam a bhith ag ionnsachadh le mo neart is mo chridhe," thuirt i nuair a thug i a leabhraichean sìos à na uachdaran. "Oh, thu càirdean sean, tha mi toilichte ur gnùisean freagarrach a fhaicinn a-rithist, gu dearbh thu, geoimiteireachd. Bha samhradh foirfe bhrèagha agam, Marilla, agus a-nis tha mi a 'gairm mar duine làidir gus ràis a ruith, mar a thuirt Mgr Allan an Là na Sàbaid seo chaidh. Nach eil Mgr Allan a 'faireachdainn searmonan àlainn? Tha Bean Lynde ag ràdh gu bheil e a 'fàs nas fheàrr gach latha agus an chiad rud a tha sinn a' fiosrachadh gum bi eaglais bhaile mòr a 'gabhail suas e agus an uairsin bidh sinn air fhàgail agus feumaidh sinn tòiseachadh agus ùrachadh ministear ùr. Ach chan eil mi a 'faicinn cleachdadh ann a bhith a' coinneachadh dùbhlan aig an deireadh thall, nach eil thu a 'creidsinn, Marilla? Tha mi a 'smaoineachadh gum biodh e nas fheàrr dìreach a bhith a' freagairt Mgr Allan fhad 's a tha sinn aige. Mur robh mi nam fhear, tha mi a 'smaoineachadh gun robh mi nam mhinistear. Tha iad comasach bhith ag obair airson math, ma tha an teolòigeachd aca ceart; agus feumaidh e a bhith inntinneach searmonoan àlainn a thogail agus do chridhean cluinntinn. Carson nach eil boireannaich nam ministearan, Marilla? Dh' fhiafraich mi seo de Bhean Lynde agus bha i air a ghabhail os làimh agus thuirt i gum biodh e na nì nàireil. Thuirt i gu robh dòchas gu robh ministearan boireannaich anns na Stàitean agus gu robh i a 'creidsinn gu robh, ach buidheachas leat nach robh sinn air ruigsinn an ìre sin ann an Canada fhathast agus dh' fhaodadh gu bheil sinn a-riamh. Ach chan eil mi a 'faicinn carson. Tha mi a 'smaoineachadh gum biodh boireannaich a' dèanamh ministearan àlainn. Nuair a tha cruinneachadh sòisealta a bhith ann no teatha eaglais no rud sam bith eile gus airgead a thoirt a-mach, feumaidh na boireannaich tòiseachadh agus obair a dhèanamh. Tha mi cinnteach gun urrainn do Bhean Lynde ùrnaigh a dhèanamh cho math ri Maighstir Bell agus tha mi gun teagamh gun urrainn i preachdadh cuideachd le beagan cleachdaidh "

"'S eadh, tha mi a 'creidsinn gun robh i comasach," thuirt Marilla gu òrdail. "Tha i a 'sealltainn go leòr searmonaidh neo-ùghdarrasach mar-thà. Chan eil cuingeachadh mòr aig duine sam bith a dhol air chearr ann an Avonlea le Rachel a cheann-sgrìobhadh iad."

"Marilla," thuirt Anne le buille mòr de fhein-mhisneachd, "Tha mi ag iarraidh innse rudeigin dhut is faighneachd de na tha thu a' smaoineachadh mu dheidhinn. Tha e air a bhith a' cur dragh orm gu mòr air feasgaran Didòmhnaich, is sin, nuair a tha mi a' smaoineachadh gu sònraichte mu leithid de chùisean. Tha mi gu dearbh ag iarraidh a bhith math; agus nuair a tha mi còmhla riut no Mrs Allan no Miss Stacy tha mi ag iarraidh sin a bharrachd na bha mi riamh agus tha mi ag iarraidh a dhèanamh dìreach na bhiodh a' toirt toileachas dhut agus na bhiodh thu a' gabhail ri. Ach a' mhòrchuid den ùine nuair a tha mi còmhla ri Mrs Lynde tha mi a' faireachdainn gu h-ainfheumail droch agus mar gun robh mi ag iarraidh a dhol agus a dhèanamh an rud a tha i ag ràdh nach bu chòir dhomh a dhèanamh. Tha mi a' faireachdainn gu làidir gun cuir iad orm a dhèanamh e. A-nis, dè na tha thu a' smaoineachadh am biadhail airson a bhith faireachdainn mar sin? A bheil thu a' smaoineachadh gu bheil e air sgàth 's gu bheil mi gu dìreach droch agus neo-ath-nuadhachadh?"

Choimhead Marilla amharasach airson mionaid. An uairsin dh'èigh i.

"Ma tha thusa, tha mi a 'smaoineachadh gu bheil mise cuideachd, Anne, oir bidh Rachel a' dèanamh an aon rud orm gu tric. Uaireannan smaoinich mi gun robh barrachd buaidh aice airson math, mar a tha thu fhèin ag ràdh, mur robh i a 'cuir giùlan air daoine a dhèanamh ceart. Bu chòir dhaibh òrdugh sònraichte a bhith an aghaidh a 'bhrùideadh. Ach sin agad, cha bu chòir dhomh bruidhinn mar sin. Tha Rachel na mnà cràbhach agus tha i a 'còrdadh leis a h-uile duine. Chan eil anam càirdeil ann an Avonlea agus cha dèan i idir a beathachadh air a cuid obrach."

"Tha mi gu math toilichte gu bheil thu a' faireachdainn mar an aon rud," thuirt Anne gu cinnteach. "Tha e cho misneachail. Chan fheuch mi cho tric air sin an dèidh seo. Ach tha mi cinnteach gu bithidh rudan eile a' cur dragh orm. Tha iad a' tighinn suas ùr a h-uile uair rudan a tha a' confoundadh dhut, tha fios agad. Tha thu a' socrachadh ceist aon agus tha aon eile ceart an dèidh. Tha uiread de rudan ri bhith smaointeachadh air agus ri dhearbhadh nuair a tha thu a' tòiseachadh a 'fàs suas. Tha e a' cumail orm trang a h-uile uair a' smaoineachadh orra agus cinnteachadh dè tha ceart. Tha e rud dà mhòr a dhol suas, nach eil, Marilla? Ach nuair a tha càirdean cho math agam mar thusa agus Matthew agus Mrs Allan agus Miss Stacy bu chòir dhomh a dh'fhàs suas gu soirbheachail, agus tha mi cinnteach gu bheil e mo chiont fhèin mura nì e. Tha mi a 'faireachdainn gu bheil e na dhleuchd mhòr oir chan eil ach an cothrom aon ud agam. Mura dh'fhàs mi suas ceart chan urrainn dhomh tilleadh agus tòiseachadh a-rithist. Tha mi air fhàs dà òirleach an samhradh seo, Marilla. Thòisich Mr Gillis orm aig pàrtaidh Ruby. Tha mi cho toilichte gu bheil thu air mo ghùn ùra a dhèanamh nas fhaide. Tha an fheòir dorch a h-aon uimhir àlainn agus bha e blasta dhut an flounce a chur air. Tha mi cinnteach, a course, nach robh e riatanach gu dearbh, ach tha flounces cho snog an t-samhradh seo agus tha Josie Pye flounces air a h-uile gùn aice. Tha mi a 'faireachdainn gu bheil mi comasach air ionnsachadh nas fheàrr air sgàth an fhor. Bidh tuilleadh faireachdainnean còmhdaichte orm mu dh'flounce sin "

"Tha e fiach rudeigin a bhith agad sin," thuirt Marilla.

Thàinig Miss Stacy air ais gu sgoil Avonlea agus lorg i a h-uile sgoilear aice deònach airson obair a-rithist. Gu h-àraidh, chruadhaich clas a' Bhanrigh iad fhèin airson an troid, oir aig deireadh na bliadhna a tha romhpa, a' tarraing an seòmar mòr dorch air an slighe aca, bha an rud uamhasach aithnichte mar "an T-Inntrigidh", aig smaointean air a bheil a h-uile duine a' faireachdainn gu bheil an cridhe a' dol sìos gu brogan. Tha iad a' smaoineachadh nach d' fhàg iad! Bha an smuain seo air a chur air Anne tron uair dhùisg a' gheamhradh, gabhail a-steach feasgaran Didòmhnaich, gu ruige an eadar-dhealachadh beagnach iomlan de cheistean moralach agus teòlaigeach. Nuair a bhiodh droch aislingean aig Anne, lorg i a fhèin a' stiùireadh gu mì-thoilteach air liostaichean deuchainnean an T-Inntrigidh, far robh ainm Gilbert Blythe air a shònrachadh aig a' mhullach agus anns a bheil i fhèin cha robh i idir.

Ach b' e geamhradh sprèidh, trang, toilichte, luath-sheilte a bh' ann. Bha obair-sgoile cho inntinneach, farpais clas cho tarraingeach, ris an àm a dh'fhalbh. Dh'fhaodadh gu robh saoghalan ùra smuaineachadh, faireachdainn, agus iomrair, raointean ùr-ghnàthach de eòlas gun fhiosrachadh a' fosgladh a-mach ro shùilean dèidheach Anne.

"Bha cnocan a' sealltainn thar cnocan agus bha Alpa air Alpa a' èirigh"

Bha mòran de gach seo air sgàth stiùireadh freagarrach, curamach, leathan-inntinneach a' Mhiss Stacy. Stiùir i a clas gu smaoineachadh agus rannsachadh agus lorg air an dòigh fhèin agus brosnachadh seachad air na seann shlìghean a bh' air an iteigeadh gu ìre a bha gu math shockeil air Mrs Lynde agus na maorainn-sgoil, a bha a' coimhead air gach ùrachadh air na dòighean stèidhichte gu dubhanta.

A-mach à a cuid sgoilearachd, leudaich Anne gu sòisealta, oir bha Marilla, a' cuimhneachadh air an ràdh aig an dotair aig Spencervale, a-nis a' cur àicheadh air cuairtean gu ìre mhath. Bha Club Deasbaid a' dèanamh gu math agus a' toirt seachad iomadh cuirm-chiùil; bha aon no dhà phartaidh ann a bha beagan dlùth ri tachartasan inbhich; bha tòrr de dh'fheuchainnean sleamhain agus spòrsan sgèitheachaidh.

Eadar amannan, dh'fhàs Anne, a' fàs cho luath 's gun do dh'iongnadh Marilla latha, nuair a bha iad a' seasamh taobh ri taobh, gus am fhaic i gun robh an nighean nas àirde na i fhèin.

"Carson, Anne, mar a tha thu air fàs!" thuirt i, gu ìre neo-chreidsinneach. Lean osna air na facail. Bha mothachadh iongantach de dhiùltadh aig Marilla mu dhàimh Aine. Bha an leanabh a bha i air ionnsachadh ga gràdhachadh air falbh ann an dòigh agus seo an nighean àrd, sùilean trom le beachdan, de còig bliadhna deug aice, le na sròinean beachdail agus am mullach beag moiteil, na h-àite. Gràdhaich Marilla an nighean cho mòr 's a gràdhaich i an leanabh, ach bha i mothachail air cùis-bròin iongantach de chall. Agus an oidhche sin, nuair a chaidh Anne gu coinneamh ùrnaigh còmhla ri Diana, shuidh Marilla leatha fhèin ann an co-fharpaiseach an geamhraidh agus ghabh i pàirt ann an laigse de ghul. Nuair a thàinig Màrtainn a-staigh le lantern, rug e oirre ga dhèanamh agus stèidhich e oirre le glèidheadh consternation gus nach robh air Marilla ach gàire tro na deòir aice.

"Bha mi a' smaoineachadh mu Anne," thuirt i. "Tha i air a dhol cho mòr agus bidh i mu dheireadh bhuainn an geamhradh a tha romhainn. Bidh mi ga ionndrainn gu uabhasach."

"Bidh i comasach tighinn dhachaigh gu tric," a bha Matthew a' comhfhurtachadh, dha am biodh Anne mar a robh iad fhathast agus a bhiodh an còmhnaidh mar an nighean beag, iarghalach a thug e dhachaigh bhon Bright River air an oidhche Ògmhios sin ceithir bliadhna roimhe sin. "Thèid an reile làraich a thogail gu Carmody aig an àm sin"

"Chan eil e a' dol a bhith mar an aon rud ri a bhith an seo an-còmhnaidh," osnaich Marilla trom-ghrànnda, airson taitneachadh ann an euslainteachd a broin gun sòlas. "Ach cha tuig na fir an leithid seo idir!"

Bha atharrachaidhean eile ann an Anne nach robh nas lugha fìor na an atharrachadh corporra. Airson aon rud, dh'èirich i nas sàmhach. 'S dòcha gun robh i a' smaoineachadh tuilleadh agus a' bruadar cho mòr 's a bhiodh i, ach gu cinnteach, bhruidhinn i nas lugha. Thug Marilla an aire seo agus thug i beachd air seo cuideachd.

"Chan eil thu a' seòladh leth cho mòr 's a bha thu, Anne, neo a' cleachdadh leth cho mòran facail mòra. Dè tha air tighinn thairis ort?"

Dhath Anne agus gàire beag aice, nuair a thug i sìos air a leabhar agus a coimhead gu brèagha a-mach an uinneig, far an robh buds mòra reamhar dearg a' fàs a-mach air an ruith-allt mar fhreagairt air tarraingeachd grian earraich.

"Chan eil fhios agam nach eil mi ag iarraidh bruidhinn cho mòr," thuirt i, a 'deònadh a sgiathan gu smuainteach le a mèar roinne. "Tha e nas fheàrr smuaintean dìreach, brèagha a smaoineachadh agus gan cumail ann am cridhe duine, mar ionmhas. Chan eil mi ag iarraidh gun tèid iad a gàireachdainn no a dh'iongnadh. Agus dè an doigh, chan eil mi ag iarraidh briathran mòra a chleachdadh tuilleadh. Tha e beagan na truas, nach eil, a-nis gu bheil mi dha-rìribh a 'fàs gu leòr gus iad a ràdh ma bha mi ag iarraidh. Tha e spòrs a bhith feasgar air fàs ann an dòighean, ach chan eil e an seòrsa spòrs a bha mi an dùil, Marilla. Tha cho mòr ri ionnsachadh agus ri dhèanamh agus ri smaoineachadh nach eil ùine airson briathran mòra. A bharrachd air sin, tha Miss Stacy ag ràdh gu bheil na fearan goirid nas làidir agus nas fheàrr. Tha i a 'cur oirnn na h-essays a sgrìobhadh cho simplidh 'sa ghabhas. Bha e duilich aig an toiseach. Bha mi cho cleachdte ris a h-uile focal mòr brèagha a bha mi a 'smaoineachadh agus smaoinich mi air grunn dhiubh. Ach tha mi air a chleachdadh a-nis agus chi mi gu bheil e nas fheàrr gu mòr "

"Dè tha air tachairt do d' chlub sgeulachdan? Cha robh mi a' cluinntinn thu a' bruidhinn mu dheidhinn fad ùine"

"Chan eil Club an Sgeulachd ann tuilleadh, Cha robh ùine againn airson, agus co-dhiù tha mi a 'smaoineachadh gun do sgìth sinn dheth. Bha e amadach a bhith a 'sgrìobhadh mu ghràdh agus murt agus teicheadh agus dìomhaireachdan. Uaireannan, bidh Miss Stacy a 'gar cuir sgrìobhadh sgeulachd airson trèanadh ann an sgrìobhadh, ach chan fhaod iad ach sgrìobhadh mu na dh'fhaodadh tachairt ann an Avonlea ann ar beatha fhèin, agus tha i a' moladh gu cruaidh agus a 'cur orm ar moladh fhèin cuideachd. Cha do smaoinich mi gu robh cho iomadh locht ann am mo sgrìobhaidhean gus na thòisich mi a' lorg orra fhèin. Bha mi cho nàireach is gun do dh'ìocas mi a ghiùlan gu tur, ach thuirt Miss Stacy gun còrdadh leam sgrìobhadh gu math ma bha mi dìreach a 'trèanadh fhèin gu bhith nam critic as cruaidhe dhomh fhèin. Agus mar sin tha mi a 'feuchainn ris."

"Chan eil agad ach dà mhìos eile mus tèid thu a-steach," thuirt Marilla. "A bheil thu a' smaoineachadh gum bi thu comasach air dol troimhe?"

Chruinnich Anne.

"Chan eil fhios agam, Uaireannan tha mi a 'smaoineachadh gu bheil mi ceart gu leòr agus an uairsin tha mi a' faireachdainn uabhasach eagalach. Tha sinn air sgioblachadh gu cruaidh agus tha Miss Stacy air a bhith a 'tograchadh sinn gu mionaideach, ach dh'fhaodadh nach fhaigh sinn troimhe air a shon sin. Tha duilgheadas le seachadainn againn. Is e geoimitearachd a tha agamsa, gu dearbh, agus Laidinn aig Jane, agus algrabh aig Ruby agus Charlie, agus àireamhachd aig Josie. Tha Moody Spurgeon ag ràdh gu bheil e a 'faireachdainn anns a' chnàimh gu bheil e a 'dol a dhìth ann an eachdraidh Beurla. Tha Miss Stacy a 'dol a thabhann dhuinn scrùdaidhean anns an Ògmhios cho cruaidh 'sa bhios againn aig an Steachd agus a' comharradh sinn cho cruaidh, mar sin bidh beachd againn. Bu toigh leam gu robh e uile seachad, Marilla. Tha e a 'fàgail orm. Uaireannan bidh mi a 'dùsgadh san oidhche agus a' faireachdainn na nì mi mura tèid mi tro."

"Carson nach gabh thu dhan sgoil an ath-bhliadhna is feuch ris a-rithist," thuirt Marilla gun dragh.

"Ò, chan eil mi a' creidsinn gun robh an cridhe agam airson, Bhiodh e cho mòr na nàire gu fàilligeadh, gu h-àraidh ma thèid Gil ma chaidh na daoine eile seachad. Agus tha mi cho nerbhach ann an scrùdadh gun tug mi buaidh air a dhèanamh. Tha mi a' guidhe gun robh cruth-atharrachadh coltach ri Jane Andrews agam. Chan eil rud sam bith a' bualadh i."

Anne a' seòladh agus, a' tarraing a sùilean o na draoidheachdan a' t-saoghail earraich, an latha a' brosnachadh le gaoith is gorm, agus na nithean uaine a' còrdadh san gairdinn, dh'fhuiling i gu diongmhor ann an leabhar. Bhiodh earraichean eile ann, ach mur robh i soirbheachail a' dol seachad air an Entrance, bha Anne air a dhearbhadh nach eil i riamh a' fulang gu leòr gus taitinn leotha.

Chapter 33

LEIS an deireadh an t-Sultain, thàinig an ceann na teirm agus crìoch ri riaghladh Miss Stacy ann an sgoil Avonlea. Choisich Anne agus Diana dhachaigh an oidhche sin a' faireachdainn gu math tromchùiseach. Thug sùilean dearg agus neapachain fhliuch fianais shoirbheachail air a' fhìrinn gur dòcha gun robh facal farraidh Miss Stacy cho muinichel 'sa bha Mr Phillips aig àm colta ri chèile trì bliadhna roimhe. Choimhead Diana air ais aig an taigh-sgoil bho bonn cnoc na sprùis agus osail i gu domhainn.

"Tha coltas ann mar gum biodh e mar deireadh gach càil, nach eil?" thuirt i gu dubhach.

"Cha bu chòir dhut a bhith a' faireachdainn leth cho dona 's a tha mi fhìn," thuirt Anne, a' sealg gun soirbheachadh airson àite tioram air a hankie. "Thig thu air ais a-rithist an geamhradh seo tighinn, ach tha mi a' smaoineachadh gur e an sgoil aosta ghràdhaich a dh'fhàg mi gu bràth ma bhios mi fortanach, sin e"

"Cha bhi e coltach idir, cha bhi Miss Stacy an sin, nach thusa nach Jane nach Ruby is dòcha. Feumaidh mi suidhe nam aonar, oir chan urrainn dhomh gabhail ris a bhith ag obair le duine eile às dèidh dhut. Ò, bha uairean an dòchas againn, nach robh, Anne? Tha e uabhasach a smaoineachadh gu bheil iad uile thairis"

Ròlaich dà dheòir mhòr sìos le sròn Diana.

"Ma bhiodh tu a' stadadh bho dheòraidh, dh'fhaodainn," thuirt Anna gu h-iarrthóireil. "Air cho luath 's a tha mi a' cur mo nèipean a-mach, chi mi thu lan de dheòraidh agus tha sin a' tòiseachadh orm a-rithist. Mar a tha Bean a' Lynde ag ràdh, 'Ma chan urrainn dhut a bhith sona, bi cho sona 's a ghabhas tu.' An dèidh na h-uile càil, tha mi a' gealltainn gum bi mi air ais an ath-bhliadhna. Tha seo na aon de na h-ùinean a tha mi a' fiosrachadh nach eil mi a' dèanamh pass. Tha iad a' fàs gu h-eagalach tric"

"Carson, thàinig thu a-mach gu h-àlainn anns na deuchainnean a thug Miss Stacy"

"Seadh, ach cha do rinn na deuchainnean sin mi nerbhais, Nuair a smaoinich mi air an rud fìor, chan urrainn dhut a bhith a' smaoineachadh dè a th' ann am fuachd fuar sgaoileach a thig mun cuairt air mo chridhe. Agus an uairsin tha mo àireamh trì-deug agus tha Josie Pye ag ràdh gu bheil e cho mi-fhortanach. Chan eil mi air a bhith mi-fhortanach agus tha fios agam nach urrainn e a bhith a' dèanamh diofar sam bith. Ach fhathast tha mi a' guidhe nach eil e trì-deug."

"Tha mi gu dìreach ag iarraidh a dhol a-staigh còmhla riut," thuirt Diana. "Nach biodh àm sònraichte brosnachail againn? Ach tha mi a' smaoineachadh gum bi agad ri stùidheadh anns na h-oidhchean"

"Chan eil; Tha Miss Stacy air againn gealladh a thoirt nach fosgail sinn leabhar idir, Tha i ag ràdh gum dìochuimhnich e sinn a-mhàin agus gum b' fheàrr dhuinn a dhol a-mach air cuairt agus nach smaoinich sinn air na deuchainnean idir agus a dhol gu leabaidh tràth. 'S e comhairle mhath a th' ann, ach tha mi a' smaoineachadh gum bi e doirbh a leantainn; mar as trice, tha comhairle mhath. Thuirt Prissy Andrews rium gun robh i suas leth an oidhche gach oidhche na seachdain a-steach aice agus gun robh i a' cramaidh cho fada 's a b' urrainn dhi; agus bha mi airson suidhe suas co-dhiù cho fada 's a bha i. B' àbhaist dhan Ainte Josephine agad dhomh a thairgsinn gun fhanainn aig Beechwood fhad 's a tha mi anns a' bhaile"

"Sgrìobhaidh thu thugam fhad 's a tha thu ann, nach eil?"

"Sgrìobhaidh mi oidhche Dimàirt agus innisidh mi dhut ciamar a chaidh an ciad latha," gheall Anna.

"Thèid mi a bhruidhinn air a' phostadh Diciadain," mhisneachd Diana.

Chaidh Anne gu baile an ath-Dhiluain agus air Di-ciadain, mar a fhreagair, chaidh Diana don oifis phuist, mar a bha iad air aontachadh, agus fhuair i a litir.

"Diana a ghràidh" [sgrìobh Anne],

"Seo e seo oidhche Dimàirt agus tha mi a' sgrìobhadh seo anns an leabharlann aig Beechwood. A-raoir, bha mi uabhasach aonranach a-mhàin anns an t-seòmar agam agus ro mhath leam gum biodh sibh còmhla rium. Cha b' urrainn dhomh 'cram' a dhèanamh oir bha mi air gealltainn do Miss Stacy nach rachainn, ach bha e cho duilich uiread a dhèanamh airson mo dhealbhachadh eachdraidh a fhosgladh 's a bhiodh e a' sìor dhèanamh airson sgeulachd a leughadh mus robh mo leasanan ionnsaichte.

"Madainn an-diugh thàinig Miss Stacy air mo shon agus chaidh sinn dhan Acadamaidh, a' toirt cuireadh do Jane agus Ruby agus Josie air ar rathad. Dh'iarr Ruby orm mothachadh air a làmhan agus bha iad cho fuar ris an deigh. Thuirt Josie gun robh coltas orm nach robh mi air cadal sùil agus cha robh i a' creidsinn gun robh mi gu leòr làidir gus an strì a shìneadh aig a' chùrsa thidsearachd fiù 's ged a bha mi a' dol troimhe. Tha ùinean agus ràithean ann fhathast nuair nach eil mi a' faireachdainn gu b' eil mi air mòran adhartais a dhèanamh ann a bhith ag ionnsachadh gu bheil mi a' còrdadh ri Josie Pye!"

"Nuair a ràinig sinn an Acadamaidh, bha na ceudan oileanaich an sin bho gach cearn den Eilean. An duine a chiad a chunnaic sinn, bha Moody Spurgeon a' suidhe air an staighre agus e a' murmurachadh ri a fhèin. Dh'fhaighnich Jane dha dè buileach a bha e a' dèanamh agus thuirt e gu robh e a' ath-narrachadh a' bhòrd-iomadachadh a-rithist is a-rithist gus a nèrthan a shàbhaladh agus airson tròcaire naomh, na cur bacadh air, oir ma stadadh e airson mìorbhail bhiodh eagal air agus bhiodh e a' dìochuimhneachadh a h-uile rud a bha e a-riamh eòlach air, ach bha a' bhòrd-iomadachadh a' cumail a h-uile fìorachdannsa gu daingean inntinnean iad!"

"Nuair a chaidh sinn a sgiobadh gu ar seòmraichean feumaidh Miss Stacy fàgail sinn, shuidh Jane agus mise còmhla agus bha Jane cho socair 's gun robh mi eudachail rithe. Cha robh feum air a' bhoird iomadachaidh airson Jane mhaith, seasmhach, ciallach! Tha mi air iongnadh an robh mi coltach ris mar a bha mi a' faireachdainn agus an robh iad comasach air mo chridhe a chluinntinn a' bualadh air feadh an t-seòmair. An uairsin thàinig duine a-steach agus thòisich e air sgaoileadh duilleagan scrùdaidh Beurla. Dh'fhàs mo làmhan fuar an uairsin agus dh'ionnsaich mo cheann gu tur nuair a thog mi e. Dìreach aon mionaid uamhasach, a Dhiana, bha mi a' faireachdainn dìreach mar a rinn mi ceithir bliadhna air ais nuair a dh'fhaighnich mi do Mhairi mur an robh mi comasach fuireach aig Green Gables agus an uairsin dh'fheuch gach rud suas ann am inntinn agus thòisich mo chridhe a' bualadh a-rithist cha do dh'innis mi gun robh e air stad gu tur! oir bha fhios agam gum b' urrainn dhomh rudeigin a dhèanamh leis a' phàipear co-dhiù.

"Aig meadhan-latha chaidh sinn dhachaidh airson dìnneir agus an uairsin air ais a-rithist airson eachdraidh sa feasgar. Bha an eachdraidh na phàipear gu math cruaidh agus thàinig mi gu tur trang sa mhìosan. A dh'aindeoin sin, tha mi a 'smaoineachadh gu robh mi gu math freagarrach an-diugh. Ach ò, Diana, tèid an deuchainn geometry a-mach a-màireach agus nuair a smaoinich mi air chan eil ach pìos beag beò air a bha agam gus nach fosgladh mo Euclid. Nam b' e mo bhrìgh gu cuideachadh an clàr iomadachadh mi, bhiodh mi a 'recite a-nis a-màireach a-mach."

"Chaidh mi sìos gus na nigheanan eile a fhaicinn a-nochd, air mo shlìgh, choinnich mi ri Moody Spurgeon a' cruinneachadh thall 's a-bhos gun fhiosd. Thuirt e gu robh fhios aige gu robh e air teip ann an eachdraidh agus gu robh e air a bhreth gus a bhith na dì disappointment dha phàrantan agus gu robh e a' dol dhachaigh air trèana madainn; agus bhiodh e nas fhasa a bhith na ghoiridheach na ministeir, co-dhiù. Bha mi a' cur misneachd ann agus a' persuadh gu robh e ri fuireach gu deireadh oir bhiodh e mì-chothromach do Miss Stacy nam biodh e a 'falbh. Uaireannan, tha mi air an t-urram a bhith na gillean, ach nuair a chì mi Moody Spurgeon tha mi a-riamh toilichte nach eil mi na gillean agus chan eil mi na phiuthar aige."

"Bha Ruby ann an hysterics nuair a ruig mi an taigh-òsta aca; dh'fhuasgladh i dìreach mearachd eagalach a rinn i ann an pàipear Beurla aice. Nuair a thill i air ais chaidh sinn suas baile agus ghabh sinn reòiteag. Dè thachair sinn gum biodh thu còmhla rinn.

"O, Diana, nam biodh an deuchainn geometraidh thairis! Ach sin agad, mar a bhiodh Mrs Lynde ag ràdh, theid a' ghrian air ùrnaigh is dol fodha co-dhiù an teòraich mi ann an geometraidh no nach teòraich. Tha sin fìor ach chan eil e sònraichte sàsachail. Tha mi'n dòchas gun robh e nas fheàrr nach dèanadh e sin ma bhiodh mi a' teòrachadh!

Le dìlseachd,

"Anne"

Bha an deuchainn geometraidh agus a h-uile càil eile deiseil ann an ùine is Anne air tilleadh dhachaigh air oidhche Dihaoine, beagan sgìth ach le faireachdainn de bhuaidh mhaolichte mu timcheall oirre. Bha Diana aig Na Garraidhean Uaine nuair a thàinig i agus choinnich iad mar gun robh iad air a bhith dealaichte fad bhliadhnaichean.

"Aoibhinn thu, a ghràdh, 's e sealladh àlainn a th' ann thu fhaicinn air ais a-rithist, Tha e coltach ri aois bho chaidh thu gu baile agus ò, Anne, ciamar a chaidh thu a dhèanamh?"

"Gu math gu leòr, tha mi a' smaoineachadh, anns a h-uile rud ach an cunnartachd, chan eil mi a' fios a dh'fhuair mi seachad ann no nach eil agus tha mi le ro-aithris creepy, crawly nach do rinn mi. Ò, ciamar a tha e math a bhith air ais! 'S e Green Gables an àite as àlainn, as bòidheach san t-saoghal."

"Ciamar a rinn na daoine eile?"

"Tha na nigheanan ag ràdh gu bheil iad a' fios gu bheil iad air a dhol seachad, ach tha mi a 'smaoineachadh gun do rinn iad gu math. Tha Josie ag ràdh gur e math a bha an geometry cho furasta 's gum biodh leanabh deich bliadhna a' dèanamh! Tha Moody Spurgeon fhathast a 'smaoineachadh gu bheil e air a dhol seachad ann an eachdraidh agus tha Charlie ag ràdh gu bheil e air a dhol seachad ann an algebra. Ach chan eil againn ach fios mu dheidhinn agus cha bhi gus am bi an liosta seachad a-mach. Cha bhith sin airson còig bliadhna. Samhlaich a' fuireach airson còig bliadhna ann an suspense mar sin! Tha mi airson dol a chadal agus a dholadh suas gus am bi e thairis"

Bha Diana a' fiosrachadh gun robh e gun feum iarraidh ciamar a chaidh do Gilbert Blythe, mar sin thuirt i a-mhàin:

"Ò, bidh thu a' dol seachad gu ceart, na bi draghail"

"'S fheàrr leam nach tèid seachad idir na nach tig a-mach gu math gu leòr air an liosta," las Anne, leis a bheil i a' ciallachadh agus fios aig Diana gu bheil i a' ciallachadh nach bi soirbheachadh iomlan agus milis mura tig i a-mach air thoiseach air Gilbert Blythe.

Leis an amas seo ann, bha Anna a' strì gach freagairt airson nan deuchainnean. Mar sin fhein, bha Gilbert. Choinnich iad agus chaidh iad seachad air a chèile air an t-sràid dusan turas gun sam bith de aithne, agus gach uair, bha Anna a' toirt a ceann suas beagan nas àirde agus a' guidhe beagan nas làidire gun robh i air càirdean a dhèanamh le Gilbert nuair a dh'iarr e oirre, agus a' gealltainn beagan nas cinntiche gun sàraicheadh i e anns a' deuchainn. Bha fios aice gu robh gach duine òg ann an Avonlea a' faighneachd cò bhiodh a' tighinn a-mach an toiseach; bha fhios aice fiù 's gun robh geall aig Jimmy Glover agus Ned Wright air a' cheist agus gun robh Josie Pye air ràdh nach robh teagamh sam bith anns a' t-saoghal gun robh Gilbert a' tighinn a-mach an toiseach; agus bha i a' faireachdainn gum biodh a h-àibheiseachd gun fhulang nam biodh i a' teip.

Ach bha adhbhar eile aice, adhbhar nas àirde, airson an dòchas gu nì i gu math. Bha i ag iarraidh "pasaidh gu àrd" airson Matthew agus Marill gu sònraichte, Matthew. Bha Matthew air innse dhi gu robh e cinnteach gun "bu bhuaidh i air an eilean gu lèir" Sin, mhothaich Anne, bha sin na rud gun robh eama aig duine a dòchas air a dh'òrdugh nan bruadar as fhiadhaiche. Ach bha i an dòchas gu dearg gun robh i am measg na ciad deich aig a' char as lugha, gus am faiceadh i suilean donn càirdeil Matthew a' dealradh le pròiseil ann an coileanadh. Sin, mhothaich i, bha sin na dhuaisean blàth a raibh gu cinnteach airson a h-uile obair chruaidh aice agus a' buain foighidneach am measg chothroman gun dòchas agus cò-chuireadh.

Aig deireadh an dà sheachdain, ghabh Anne gu "fuadach" oifis a' phost cuideachd, ann an cuideachd air neo-shocrach le Jane, Ruby, agus Josie, a' fosgladh nan làithean-saora Charlottetown le làmhan a' crith agus mothachaidhean fuar, èigheach mar a dh'fhaodadh a bhith aig àm sam bith eòlach air an t-seachdain Entrance. Charlie agus Gilbert cha robh iad os cionn a' dèanamh seo cuideachd, ach dh'fhan Moody Spurgeon gu diongmhor air falbh.

"Chan eil an cridhe agam a dhol an sin agus a coimhead air pàipear le fuil reòite," thuirt e ri Anna. "Tha mi dìreach a' feitheamh gus an tig cuideigin agus ag innse dhomh goirt ma tha mi air a dhol seachad no nach eil"

Nuair a chaidh trì seachdainn seachad gun a' liosta cead-a-steach a' nochdadh, thòisich Anna air faireachdainn nach urrainn dhi an t-sìtheachadh a sheasamh tuilleadh. Dh'fhàg i bhreith-seilbh aice agus dh'fhàg i ùidh ann an cùisean Avonlea. Bha boireannach Lynde ag iarraidh fios cò eile a bhiodh tu a' feitheamh le maor-oideachais Tory aig ceann a' chùis, agus Matthew, a' lorg palas Anna agus neo-shaorachd agus na ceum air cheum a bha a' toirt dhachaigh bho oifis a' phuist gach feasgar, thòisich e gu dàirireach air a bhith ag iongnadh ma bhiodh e nas fheàrr dha bhòtadh Grit aig an ath thaghadh.

Ach oidhche bha an naidheachd a' tighinn. Bha Anna a' suidhe aig a fuinneog fosgailte, airson an àm a' di-chuimhneachadh na h-uamhasan nan deuchainnean agus na duilgheadasan a' t-saoghail, fhad 's a bha i a 'òl a-staigh brèagha na feasgar samhraidh, àlainn le fasgadh flùr bho 'n gàrradh gu h-ìosal agus feadail agus rustling bho bhroinn chrann-poplar. An neamh an ear os cionn nan giuthas bha glòthach bheag bhog bho dhealrachadh an iar, agus bha Anna a ' faighneachd gu dreamy mas e seo a leithid spiorad datha, nuair a chunnaic i Diana a ' tighinn a-nuas tron na giuthas, thairis air an drochaid geàrr, agus suas an leathad, le nuaidheachd a' brosnachadh anns a lamh.

Thàinig Anne gu làimh, a' fiosrachadh lathaith làn dè bha anns a' phàipear sin. Bha liosta an trèanaiseachd a-mach! Bha a ceann a' cuairteachadh is a cridhe a' bualadh gus nach b' urrainn dhi gluasad aon cheum. Chòrd e oirre mar uair mus robh Diana a' ruith tro na h-àitean agus a' briseadh a-steach dhan t-seòmar gun bhuail a-mach, cho mòr a bha a h-èibhneas.

"Anne, tha thu air a dhol seachad," ghlaodh i, "dol seachad a' chiad turas saoilidh tu agus Gilbert cuideachd tha thu ceangailte ach tha do ainm an toiseach. Ò, tha mi cho moiteil!"

Rug Diana an pàipear air a' bhòrd agus i fhèin air leabaidh Anna, gu tur anail agus neo-chomasach air labhairt tuilleadh. Las Anna an lampa, a' toirt a-mach an teine agus a' cleachdadh suas leth-dùsanan de mheitrichean mus robh a làmhan a' crith comasach air an obair a choileanadh. An uairsin, rug i air an pàipear. Seadh, bha i air dol seachad - bha a h-ainm aig mullach liosta de dhà cheud! Bha an t-am seo fiach a bhith beò airson.

"Rinn thu glè mhath, Anne," arsa Diana, a' faighinn gu leòr anail gus suidhe a-rìs is bruidhinn, oir chan d' thuirt Anne, le sùilean làn rionnagan is a' calltainn ann an iongnadh, facal. "Thug athair na pàipeirean dhachaigh bho Bright River dìreach deich mionaidean air ais bha iad an sin air an treana feasgar, tuigidh, agus cha bhi iad an seo gus a-màireach le post nuair a chunnaic mi an clàr-passa dh'fhalbh mi tarsainn mar aon ba mòr. Tha sibh uile air tighinn tro, ach a h-uile duine agaibh, Moody Spurgeon agus uile, ged a tha e air corrachadh ann an eachdraidh. Rinn Jane agus Ruby gu math iad a-mhàin gu leth agus mar sin rinn Charlie. Dh'èirich Josie dìreach le trì marcachdan air fhàgail, ach chi thu gur cuir i suas cho mòr ri gaoir mar nach robh i air a stiùireadh. Nach bi Miss Stacy toilichte? Ò, Anne, ciamar a tha e a' faireachdainn dhut a bhith a 'faicinn d' ainm aig ceann claìr-passa mar sin? Mas mise a bhudh e, 's e m' inntinn gur fàsaichinn le aoibhneas. Tha mi a 'faireachdainn gu bheil mi gu math dlùth do fhasachadh an-dràsta, ach tha thu cho sàmhach agus fuar ris an fheasgar earrach"

"Tha mi dìreach air mo dholadh a-staigh," thuirt Anne. "Tha mi ag iarraidh còrr is ceud rud a ràdh, agus chan urrainn dhomh faclan a lorg airson iad a ràdh. Cha do bhruadar mi riamh air seo, aye, rin mi cuideachd, aon uair! Leog mi dhomh smaoineachadh aon turas, 'Dè nam b' e sin a thiginn a-mach air thoiseach?' a' crith le eagal, tha fios agad, oir bha e cho àrdanach agus presumptuous smaoineachadh gur urrainn dhomh an t-Eilean a stiùireadh. Gabh mo leisgeul mionaid, Diana. Feumaidh mi ruith a-mach dhan achadh airson innse do Mhathadh. An uair sin, is urrainn dhuinn dol suas an rathad agus an naidheachd mhath a innse dhan fheadhainn eile"

Rinn iad deifir gu raon na cloiche fo'n sabhal far an robh Màthair a' coilichinn cloiche, agus, mar gum biodh fortan agad, bha Mrs Lynde a' bruidhinn ri Marilla aig fàil na slighe.

"O, Matthew," ghlaodh Anne, "tha mi air a dhol seachad agus tha mi a' chiad neo am fear de na h-ochdnad! Chan eil mi iomallach, ach tha mi taingeil"

"Uill, a-nis, thuirt mi riamh e," thuirt Màrtainn, a' coimhead air an liosta-phàsaichean le toileachadh. "Bha fios agam gun cùraicheadh tu iad uile gu furasta."

"Tha thu air a dhèanamh gu math glè mhath, feumaidh mi ràdh, Anne," thuirt Marilla, a' feuchainn ri falach a pròis mòr ann an Anne bho shùil mheasail Mhiss Rachel. Ach thuirt an spiorad math sin gu làidir:

"Chan eil mi ach a 'meas gur e deagh obair a rinn i, agus tha e fad às orm a bhith air cùl ann a ràdh. Tha thu na moladh do do charaidean, Anne, sin a tha ann, agus tha sinn uile moiteil asad"

An oidhche sin, dh'ùrnaich Anne, a bha air an oidhche aoibhneach a thoirt gu crìch le còmhradh sònraichte beag le Mrs Allan aig an manse, gu milis ri taobh gu fuinneog fosgailte ann an solas mòr na gealaich agus tha fàilte, ùrnaigh taing agus ìmpidh a' tighinn dìreach bhon cridhe aice. Bha ann an sin taingeil airson an àm a chaidh seachad agus ìocshlaint phearsanta airson an àm ri teachd; agus nuair a chadal i air a pillow geal, bha a bruadar cho àlainn, soilleir agus breagh 's a dh'fhaodadh naoidhean a dhùrachadh.

Chapter 34

"Cuir ort do organdy geal, leis a h-uile ciall, Anne," mhìnich Diana gu cinnteach.

Bha iad còmhla ann an seòmar aig ceannaich an ear; a-muigh cha robh ach an t-earrach, fo dhubharachadh àlainn de argid, a' crochadh os cionn Coille na Spògan; bha an t-àile thràth an làn de fhuaim an t-samhraidh - eòin a' gabhail nan cadal, gaotha a' seinn, guthan agus gàire fada air falbh. Ach ann an seòmar Anne bha an dallta àrd agus an lamp air a lasadh, oir bha làimhseachadh cudromach ga dhèanamh.

Bha an gèadh a-rithist gu math eadar-dhealaichte bho na b' e air an oidhche sin ceithir bliadhna roimhe, nuair a bha Anne ag amhasadh a chnàimh-spiorad le fuachd aontaigeach. Bha atharrachaidhean air tighinn a-steach, le Marilla a' co-obrachadh riutha gu cianail, os cionn gus am biodh e cho milis agus snasail 's a dh'fhaodadh nighean òg iarraidh.

Bha an carpet velbhit leis na ròsan pinc agus na cortaineachan sìoda pinc de sheallaidhean mothaighidh Anne gu cinnteach cho freagarrach; ach bha a bruadar a 'co-fhàsadh cuide ri a fàs, agus cha robh e coltach gu robh i a' caoidh iad. Bha an làr clèitheach le matadh breagha, agus bha na cortaineachan a mhollach an uinneig àrd agus a 'crathadh anns na gaoth fhàileamach de muslin ealain glas pailt. Bha na ballachan, a chaidh a chrochadh le tapestry brocade òr agus airgid, ach le pàipear sùgh ubhalan breagha, air an adornadh le beagan dealbh math a bha do thabhairt do Anne le Mrs

Allan. Bha dealbh Miss Stacy's a 'gabhail an àite urramail, agus rinn Anne rud mothachail do chum flùraichean ùra a chumail air a 'bràicead fo e. An-diugh bha sgiùrs de lìleachan geala a 'faintly perfumed an seòmar mar aisling de shùgh. Cha robh "àirneis mahogany", ach bha leabharlann bhàn aige lìonadh le leabhraichean, cathair rocair bioraich cusions, bòrd toilette le muslin geal, sàileas, sgàthan gilt àrsaidh le Cupids pinc troma agus fion-ghorm air a phiobadh thairis air a mhullach àrcach, a bha a 'crochadh san seòmar spare, agus leabaidh bàn ìosal.

Bha Anne a' cur a gùna airson cuirm-ciùil aig an Taigh-òsda White Sands. Bha na aoighean air a chur air dòigh airson ospadal Charlottetown, agus air sealg airson gach talla làn a b' urrainn dhaibh a lorg sna sgìrean mun cuairt gus cuideachadh leis. Dh'iarradh air Bertha Sampson agus Pearl Clay bho chòisir Baistidh White Sands a bhith a' seinn duais; bha Milton Clark bho Newbridge a' dol a thoirt seachad solo fidheall; bha Winnie Adella Blair bho Carmody a' dol a sheinn òran Albannach; agus bha Laura Spencer bho Spencervale agus Anne Shirley bho Avonlea a' dol a radh.

Mar a bhiodh Anna ag ràdh aig àm, bha e "cusp air a beatha," agus bha i toinnte leis an spéis a bh' aice. Bha Màrtainn anns a seachdamh nèamh-sholais mu an urram a chaidh a thoirt dha a Anna agus cha robh Marilla fad air falbh, ged a bhiodh i air a bàsachadh seach adhbharail gu robh, agus thuirt i nach robh i a' smaoineachadh gu robh e gu math freagarrach do mòran dhaoine òga a bhith a' dol thairis don t-òstail gun duine freagarrach leo.

Bha Anna agus Diana a 'dol a tharraing còmhla ri Jane Andrews agus a bràthair Billy ann an seata dùbailte buggy aca; agus bha grunn ghillean is nigheanan eile Avonlea a 'dol cuideachd. Bha buidheann de luchd-tadhail an dùil a-mach às a 'bhaile, agus an dèidh a' chonsairt bhiodh dìnnear a 'nochdadh do na cleasaichean.

"A bheil thu dha-rìribh a' smaoineachadh gu bheil an òrgande as fheàrr?" dh'fhaighnich Anne gu h-eòlach. "Chan eil mi a' smaoineachadh gu bheil e cho breagha ris a' mhuslain blàthach gorm agam agus chan eil e cinnteach cho faiseanta"

"Ach tha e a' freagairt dhut gu math nas fheàrr," thuirt Diana. "Tha e cho bog agus tarraingeach agus ceangailte. Tha am muslin cruaidh, agus tha e a' cur coltas ort gu bheil thu air a bhith air do ghlèidheadh ro mhòr. Ach tha coltas ann mar gum biodh an organdy a' fàs ort"

Anne thug osna agus ghabh i gèille. Bha Diana a' toiseachadh air cliù fhaighinn airson a blas soilleir ann a bhith a' cur a h-aodach oirre, agus bha comhairle aice air cuspairean mar sin air a iarradh gu tric. Bha i fhèin a' coimhead glè bhreagha air an oidhche shònraichte seo ann am fasan de dath bòidheach na ròis fhéin-fhàs, far nach robh cead aig Anne idir; ach cha robh i gu bhith a' gabhail pàirt sam bith anns a' chòisir, mar sin bha coltas aice nas lugha cudromach. Chuir i a h-uile pìos obrach aice air Anne, a shealbh, gun robh i airson cliù Avonlea, a bhith air a curadh agus a snìomh agus a sgeadachadh a rèir blas na Banrigh.

"Tar amach an 'frill' sin beagan a bharrachd mar sin; an seo, leig leam ceangal do shash; a-nis airson do slipairean. Tha mi a' dol a' pleatadh do chlòsa ann an dà braid thiugh, agus ceangal iad aig an lethdòrainn le boisean mòra geala chan eil, na tar amach curl sam bith thairis air do bhroinn ach bi aig an t-earball bog. Chan eil dòigh sam bith a nì thu do chlòs a' freagairt dhut cho math, Anne, agus tha Mrs Allan ag ràdh gu bheil coltas Madonna ort nuair a nì thu e mar sin. Bidh mi a' fastadh an 'house rose' geal beag seo air cùl do chluais. Bha aon a-mhàin air mo preas, agus shàbhail mi e dhut"

"An cuir mi mo phèarlaichean air?" dh'fhaighnich Anne. "Thug Màthadh liùn dhomh à a' bhaile an t-seachdain seo chaidh, agus tha fios agam gun toireadh e toileachas dhaibh a bhith orm"

Diana chuir i suas a beul, chuir i a ceann dubh air taobh aon gu criticeil, agus aig deireadh thug i aonta do na beadagan, a chaidh an sin a cheangal mun cuairt coileach bàn bainneil Anne.

"Tha rudeigin cho snasail mun do dheidhinn, Anne," thuirt Diana, le adhartachadh gun eud. "Tha thu a' cumail do cheann le seòrsa de adhar, is do ghaol, is do dreach a' smaoineachadh gu bheil mi dìreach mar pudding. Bha mi a-riamh eagalach air, agus a-nis tha mi a' fiosraicheadh gu bheil sin mar sin. Uill, tha mi a' smaoineachadh gu bheil mi dìreach a' gabhail ris."

"Ach tha piob-mheal cho dorcha agad," thuirt Anna, a' gnàthadh le gràdh don aghaidh bhreàgh, beòthail cho faisg air a h-aon. "Piob-mheal àlainn, mar dhearcagan beaga ann an ùachdar. Tha mi air a bhith a' fàgail taic a h-uile dòchas de phiob-mheal. Cha tig mo aisling de phiob-mheal gu buil; ach tha mo chuid mhòr de m' aislingean air tighinn gu buil mar sin cha bu chòir dhomh gearan. A bheil mi uile gu bhith ullamh a-nis?"

"Uile gu deas," dhìgh Diana, nuair a nochd Marilla aig an doras, figear gòrach le falt nas liath na roimhe agus cearcan nach robh nas lugha, ach le aodann mòran nas bog. "Thig a-steach dìreach agus coimhead air ar cainntear, Marilla, Nach eil i a' coimhead àlainn?"

Thug Marilla fuaim a-mach eadar sniog agus gròn.

"Tha i a' coimhead sgiobalta agus freagarrach, tha mi a' còrdadh leis an dòigh sin a bhios i a' ceangal a falt, Ach tha mi a' sùileachadh gun milleadh i am fàinne seo a' draibheadh thall an sin anns an ùir is anns an drùchd leis, agus tha e coltach gu bheil e ro thèinne airson na h-oidhcheannan taise seo. Organdy's an stuth as miosa a tha aig an t-saoghal co-dhiù, agus dh'inns mi sin do Mhathaidh nuair a cheannaich e e. Ach chan eil feum ann càil a ràdh ri Mathaidh a nochd. Bha àm ann nuair a bhiodh e a' ghabhail mo chomhairle, ach a-nis tha e dìreach a' ceannach nithean do Anna gun duil, agus tha fios aig na clerks aig Carmody gun urrainn dhaibh rud sam bith a reic air. Leig dhaibh innse dha gu bheil rud àlainn agus faiseanta, agus tha Mathaidh a' cur a chuid airgid sìos airson e. Thoir an aire gun cuir thu do sgiart às an t-slighe, Anna, agus cuir an dèididh bhliadhnaiche agad air"

An uair sin shiubhail Marilla sìos an staidhrean, a' smaoineachadh gu moiteil ciamar a bha Anne a' coimhead, leis an

"Aon liath-luaineag bho an t-adharcrann gu an crùn"

's a' bronachadh nach fèin a b' urrainn dhith a dhol dhan chonsairt gus a cluinntinn a nighean a' leughadh.

"Tha mi a' wonder ma tha e ro fhliuch airson mo gúna," thuirt Anne le iomagain.

"Chan eil pioc deth," thuirt Diana, a' togail suas an dallraich uinneag. " 'S e oidhche fhèin-mhòr a th' ann, agus cha bhi ceò sam bith. Coimhead air an gealach"

"Tha mi uabhasach toilichte gun coimhead mo uinneag an ear a-steach don èirigh-grè," thuirt Anna, a' dol thairis gu Diana. "Tha e cho breagha fhaicinn a' mhadainn a' tighinn suas thar na beanntan fada sin agus a' deargadh tro mhullachan gèur na h-abhlach. Tha e ùr gach madainn, agus tha mi a' faireachdainn mar gu bheil mi a' nighe m'anam fhèin anns an fhuaran grè a tha a' nochdadh as tràth. Oh, Diana, tha gaol agam air an seòmar beag seo cho mòr. Chan eil fhios agam ciamar a bhios mi a' frithealadh às a h-uile càil nuair a thèid mi dhan bhaile an ath-mhìos"

"Na bruidhinn mu d' dhùnadh falbh an nochd," dh'iarr Diana. "Chan eil mi ag iarraidh smaoineachadh air, tha e a 'dèanamh mi cho mì-fhortanach, agus tha mi ag iarraidh spòrs a ghabhail an t-seachdain seo. Dè tha thu a' dol a nochdadh, Anne? Agus a bheil thu nerbhais?"

"Chan eil dad idir, tha mi air aithris cho tric ann an poball nach eil mi a' cùram aig a' h-uile a-nis, rinn mi co-dhùnadh a thoirt seachad 'Gealladh an Oigh'. Tha e cho brònach. Tha Laura Spencer a' dol a thabhann aithris èibhinn, ach 's fheàrr leam daoine a thoirt dhan deòir na gàire."

"Dè bhios tu a' bruidhinn ma bhios iad a' iarraidh barrachd ort?"

"Cha bhi iad a' bruadarachadh mu dheidhinn a' m' ath-chur," spòrsail Anne, a bha gun dòchas di-fhèin gun dèanadh iad, agus mu thràth a' faicinn i fhèin a' bruidhinn ri Màrtainn mu dheidhinn sin aig bòrd bracaist an ath-mhadainn. "Tha Billy agus Jane an seo a-nis, tha mi a' cluinntinn na h-obraichean. Thig còmhla rium"

Chuir Billy Andrews an dealbh gu bheil Anna a' feumachd a bhith a' suidhe air an suidheachadh tosaich còmhla ris, mar sin thàinig i suas gun toil. B' fheàrr leatha gu mòr a bhith a' suidhe air cùl leis na nigheanan, far an robh i comasach air gàireadh agus còmhradh a-rèir fois a cridhe. Cha robh mòran de gàire no còmhradh ann an Billy. Bha e na òigeach mòr, reamhar, do-ghluasadach aig fichead, le aghaidh cròn, gun èifeachd sam bith, agus le dìth air talla-cainnte. Ach bha e a' moladh Anna gu mòr, agus bha e làn de bhròganachas mu shealladh a bhith a' tiomnadh gu White Sands leis an figear caol, dìreach ri taobh.

Anne, le bhith a' bruidhinn thairis air a guailne gu na nigheanan agus uaireannan a' toirt sop de chùirt do Bhilly a rinn gàire us chuckle agus nach b' urrainn dha freagairt sam bith a smaoineachadh gus an robh e ro fhaide air falbh, chaidh e ceart a choileanadh gus an robh i a' toirt tlachd às an turas a dh'aindeoin a h-uile càil. Bha e na oidhche airson tlachd a thoirt dhut. Bha an rathad làn de bhuggies, uile a 'dol a dh' ionnsaigh an taighe-òsda, agus gàireachdainn, soilleir airgid, air a-mach agus air a-mach a-rithist air. Nuair a ràinig iad an taigh-òsda, bha e na lasair de sholas bhon mhullach gu bonn. Chaidh iad a choinneachadh leis na mnathan de chomataidh a 'chuir, far an tug fear dhiubh Anne gu seòmar dressing na performers a bha làn de bhuill Chlub Symphony Charlottetown, far an robh Anne ag èirigh gu h-obann naomhach agus eagalach agus countrified. An dreasa aice, a bha, san east gable, a bha air coltach cho bhrèagha agus àlainn, a-nis a bha coltach simplidh agus soilleir cus simplidh agus soilleir, smaoinich i, am measg na sìodaichean agus na laces a bha a 'gloirichean agus a rustled mun cuairt orra. Dè bha a pèarlaichean aice an coimeas ri diamonds na mnà mòra, àlainn faisg air a beulaibh? Agus ciamar a bha a h-aon ròs bàn beag a 'coimhead ri taobh na flùraichean teine a bha aig na daoine eile! Chuir Anne a h-uachdar agus a jēgairt air falbh, agus shrank miserably into a corner. Tha i ag iarraidh a bhith air ais anns an seòmar bàn aig Green Gables.

Bha e fhathast na bu mhiosa air ùrlar an talla-ciùil mòr aig an òstail, far an robh i a dh'aithghearr. Dh'fhosgail na solais dealain a sùilean, chuir an cumhran agus an torann i air chall. B' fheàrr leatha a bhith suidhte sìos am measg an luchd-èisteachd le Diana agus Jane, a bha coltach gu robh ùine mhìorbhaileach aca aig an cùlaibh. Bha i claichte eadar boireannach thruim ann an sìoda dearg agus nighean àrd a tha coltach gu robh i diùid ann an gúna de fhionnadh geal. Uaireannan thionndaidh a' bhoireannach thruim a ceann gu buille agus rinn i sùil thairis air Anne tron a speuclairean-gùn-dèanamh gus an robh Anne, a bha cho mothachail air a bhith air a sgrùdadh, a' faireachdainn gu feum i èigheachd gu h-àrd; agus bha an nighean lace geal a' bruidhinn gu follaiseach ri a comharsa làimh rium mu na "bòcanaich dùthchail" agus "caillean crìon dùthchail" am measg an luchd-èisteachd, a' feitheamh le faileas "craic mhòr" bho nochdadh an comas ionadail air an clàr. Bha Anne dhen bheachd gu bheil i a 'fuath a' nighean lace geal gu crìch an t-saoghail.

Unfortunately airson Anne, bha aisteoir proifeiseanta a' fuireach aig an taigh-òsta agus bha i ri toirt a mach. B' i boireannach ìog, dubh-shùileach a bha ann a' cur seachad gaown mìorbhaileach de stuth liath agus dathach mar bheàrnaibh a bh' air an figheadh, le seudan air a muineal agus anns a cuid falt dubh. Bha guth gu math sollasach aice agus comas mìorbhaileach airson ùrlarachadh; chaidh an luchd-èisteachd air a' chraobh mu dheidhinn a h-ùrlarachadh. Anne, a' dìochuimhneachadh air a h-uile càil mu dheidhinn i fhèin agus a brot airson ùine, thug i cluinntinn le sùilean a bha lan de dhùil; ach nuair a thàinig crìoch air an ùrlarachadh thilg i a làmhan thairis air a gruaidhean. Cha b' urrainn dhi a dhol suas agus ùrlarachadh às dèidh sin- cha b' urrainn idir. An robh i riamh air smaoineachadh gun urrainn dhi ùrlarachadh? Oh, nam biodh i air ais aig Green Gables a-rithist!

Aig an àm mì-thoilichte seo, chaidh an t-ainm aice a ghairm. Air neo dhòigh, cha do thug Anne fa-near an toiseach beag ciontaich a thug an nighean leis an fhionnadh-staile geal, agus cha b' e a thuig an moladh sofhisticichte a bha ann an sin ma bhiodh i air èirigh air a casan, agus gluasad gu do-dhealrach a-mach gu h-seula. Bha i cho pàlaidh gun do dhruid Diana agus Jane, aig bon a' chuirm, am làmhan a chèile ann an co-sheasamh nerach.

Bha Anne na ìobairt do ionnsaigh trom-ghnèitheach de eagal ùrlair. Ged a bhiodh i tric a' cur an cèill gu poblach, cha robh i riamh roimhe a' coinneachadh le luchd-èisteachd mar seo, agus bha sealladh air a' cur a h-ùghdarrasan fo smachd gu tur. Bha a h-uile cearc cho aon-ghnèitheach, cho soilleir, cho duilich - na sreathan de bhoireannaich ann an aodaich oidhche, na h-aodannan critigeach, an t-atmosphèar uile de bheairteas agus cultar mu a timcheall. Bha seo glè eadar-dhealaichte bhon bhaincìonaichean simplidh aig a' Choitcheann Roghainn, làn de shùilean coibhneil, aithnichteach de chairdean agus luchd-comhnaidh. Bha i a' smaoineachadh, bhiodh na daoine seo na luchd-critigeach gun truas. Ma dh'fhaodte, mar an nighean lace geal, bha iad a' dùil ri spòrs bhon a h-obair "dùthaich". Bha i a' faireachdainn gu h-èiginneach, gu tursachanach, gu h-ainpeach agus gu dona. Bha a glùn a' crith, bha a croí a' sniogadh, thàinig neònachd uabhasach oirre; an ùine dhàirire, chuireadh i an teicheadh bho'n ùrlar a dh'aindeoin an nàir nach b' urrainn dona a bhith aice ma rachadh i air adhart leis.

Ach gu h-obann, leis na sùilean aice farsaingichte le eagal, ag amharc a-mach thar an luchd-èisteachd, chunnaic i Gilbert Blythe aig cùl an t-seòmair, a' crùbadh air adhart le gàire air a aghaidh, gàire a leig seachad d'Anne aig an àm mar ghlòrachas agus tarraing. Ann an dà-rìribh, cha robh e mar sin idir. Bha Gilbert dìreach a' gàireachdainn le meas air an tachartas gu lèir gu coitcheann agus air an èifeachd a rinn cruth caol, geal Anne agus a h-aghaidh spioradail an aghaidh cùlra de phailmichean gu sònraichte. Bha Josie Pye, a bha e air a thriall thar, a' suidhe ri a thaobh, agus bha a h-aghaidh cinnteach a' nochdadh mar ghlòrachas agus tarraing. Ach cha do chunnaic Anne Josie, agus cha robh i idir spèis aice ged a bhiodh. Thug i anail fhada agus tilg i a ceann suas le pròiseil, le misneach agus beachd-dèanamh a' streapadh tarsainn oirre mar shock làimhseachaidh. Cha dheanadh i teip mu choinneamh Gilbert Blythe cha b' urrainn dha a-riamh gàire a thoirt aice, a-riamh, a-riamh! Thug i geall air a h-eagal agus a teann-nàdair; agus thòisich i air a rainnsachadh, leis a guth soilleir, milis a' ruigsinn gus an cearn as fhaide den t-seòmar gun chrith no briseadh. Bha fèin-smachd gu tur air ais aice, agus anns an ath-ghluasad bho an uair uabhasach sin de neart-làimhe, rainnsich i mar nach robh i a-riamh roimhe.

Nuair a chrìochnaich i, bha buaireadh de ghlòir onèst. Anne, a' ceumachadh air ais gu a suidhe, dearg le nàire agus toilichte, fhuair i a làmh air a glacadh gu làidir agus a crathadh leis a' bhoireannach reamhar ann an sìoda pinc.

"Mo mhuirnín, rinn thu gu h-iongantach," thuirt i a' ciùird. "Bha mi a' caoineadh mar leanabh, gu dìreach mar sin. Seo, tha iad a' guidhe ort a-rithist, tha iad cinnteach gum bi thu air ais!"

"Och, chan urrainn dhomh falbh," thuirt Anne gu mearachdail. "Ach feumaidh mi falbh, neo bidh Màthairneach air a dhiùltadh. Thuirt e gum biodh iad ag iarraidh tuilleadh orm"

"An sin na cuir dì disappointment air Màthaidh," thuirt a' bhean pinc, a' gàireachdainn.

A' gàireachdainn, a' deargadh, le sùilean soilleir, thill Anna air ais is thug i dhaoine gu bòidheach, èibhinn, a thug barrachd buaidh fhathast air a luchd-èisteachd. Bha a' chòrr den oidhche gu leòr mar bhuaidh bheag dhi.

Nuair a bhathar deiseil leis a' chonsart, ghab a' bhoireannach reamhar, bhan-bhuidhe a b' e bean dhuine milleanach Americach i gu dìleas fo a sgiath, agus thug i aithne air dha h-uile duine; agus bha h-uile duine uabhasach caoimhneil rithe. Thàinig an cleasa-chainnteach proifeiseanta, Mrs Evans, agus chòmhradh leatha, ag innse dhi gu robh guth àlainn aice agus gun do "mhinicheadh" i na taghaidhean aice gu bòidheach. Thug an nighean leis an feusag bhàn fiù 's moladh beag leisg dhi. Bha an t-sopar anns an t-seòmar-bìdh mòr, breac le maise; chaidh cuireadh a chur Dianai agus Jane gus pàirt a ghabhail ann cuideachd, o nach do thàinig iad còmhla ri

Anna, ach chan fhaca duine sam bith Billy, a bh' air teicheadh le uabhas eagail ro chuireadh dhen t-seòrsa. Bha e a' feitheamh orra, còmhla ris an sgioba, ge-tà, nuair a bhathar uile deiseil, agus nuair a thàinig na trì nigheanan a-mach gu subhach fon ghealach bàn, sèimh. Anailich Anna gu domhainn, agus sheall i dhan speur ghlain thall bho ghèig dorch na giuthasan.

O, bha e math a bhith a-mach a-rithist ann an glaine agus sàmhchair na h-oidhche! Dè cho mòr agus sàmhach agus àlainn a bha gach rud, le cronan na mara a' fuaimneachd troimhe agus na creagan dorcha air an taobh thall mar fhiantan gruamach a' dìon cladaichean draoidheil.

"Nach robh e na àm gu tur sàr-mhath?" osnaich Jane, fhad 's a bha iad a' siubhal air falbh. "Dìreach tha mi ag iarraidh a bhith na bean-tòraidhean beartach agus a bhith còmhla ri m' shamhradh aig hotel agus a' caitheamh seòda agus gùnaichean ìosal-chruachan agus a' faighinn reòiteag agus sailead cearc gach latha bheannaichte. Tha mi cinnteach gum biodh e nas spòrsail buileach seach a bhith a' teagasg sgoil. Anne, bha do bhàrdachd dìreach mòr, ged a bha mi a' smaointinn an toiseach nach robh tu a-riamh a' tòiseachadh. Tha mi a 'smaoineachadh gu bheil e nas fheàrr na Mrs Evans's"

"Ò, cha, na abair nithe mar sin, Jane," thuirt Anne gu luath, "air sgàth gu bheil e a' fuaimneachadh amaideach. Cha bhiodh e nas fheàrr na Mrs Evans's, tha fios agad, oir tha i na proifeiseanach, agus tha mise dìreach na sgoilear, le beagan de ghabhail air-ais. Tha mi gu h-èibhinn ma tha daoine dìreach ag toil leis an aon agam gu math tric"

"Tha moladh agam dhut, Anne," thuirt Diana. "Co-dhiù, tha mi a 'smaoineachadh gu bheil e mar mholadh air sgàth an ton a thuirt e ann. Bha pàirt dheth ann co-dhiù. Bha Americach a 'suì cùl ri Jane agus mise duine cho romansach, le falt dubh mar gual agus sùilean. Tha Josie Pye ag ràdh gu bheil e na ealainear ainmeil, agus gu bheil a màthair a 'bràthair-pòsda ann an Boston pòsta ri duine a bha a' dol dhan sgoil còmhla ris. Uill, chuala sinn e ag ràdh nach robh, Jane? 'Cò an nighean sin air an ùrlar leis an falt Titian àlainn? Tha aice gnuis a bu toil leam peantadh. ' Seo a-nis, Anne. Ach dè tha falt Titian a 'ciallachadh?"

"'S e am follais gu bheil e a' ciallachadh dearg shìmplidh, tha mi a' smaoineachadh," ghàire Anne. "Bha Titian na ealainneadair ainmeil glè ainmeil a dh'fhaodadh a bhith airson bhoireannaich ruadh a pheantadh"

"An fhaca sibh na diamaintean uile a bha air na mnathan sin a chur orra?" osnaich Jane. "Bha iad dìreach mìorbhaileach. Nach robh d'òrdugh agaibh a bhith beartach, nigheanan?"

"Tha sinn beartach," thuirt Anna gu daingeann. "Carson, tha sinn le sia bliadhna deug air ar cunntas, agus tha sinn sona mar bhanrighinn, agus tha dìon-imagination againn uile, barrachd no nas lugha. Coimhead air an muir sin, a nigheanan, airgid agus sgàil agus sealladh air nithean nach eil ri fhaicinn. Cha bhiodh sinn a' gabhail tlachd ann an àilleachd a bharrachd ged a bhiodh milleanan de dhòlaraichean agus ribean de dhiamaidean againn. Cha bhiodh tu ag atharrachadh gu gin de na mnathan sin ma bhiodh tu a' gabhail a dhòigh. An robh thu ag iarraidh a bhith na nighean-làir dur agus a' caitheamh coltas searbh air do bheatha gu lèir, mar gu robh thu air do bhreth a' piocadh suas do shròn ris an t-saoghal? No an t-sean-bhò dearg, cho cneasta agus ìdealach 's a tha i, cho trom agus goirid 's gun robh coltas sam bith agad idir? No fiù 's bean uasal Evans, leis an t-sealladh brònach, brònach sin na sùilean? Feumaidh i a bhith air a bhith gu math mì-shona aig àm gus an t-sealladh sin a bhith aice. Thu fhèin a tha e, Jane Andrews!"

"Chan eil mi a' tuigsinn gu dìreach," thuirt Jane gun a bhith cinnteach. "Smaoinich mi gum biodh diamonds a' toirt sàsachadh do dhuine airson mòran"

"Uill, chan eil mi ag iarraidh a bhith na duine sam bith ach mi fhìn, fiù 's ged nach fhaigh mi comford le diamonds fad mo bheatha," thuirt Anne. "Tha mi gu math toilichte a bhith na Anne of Green Gables, le m' sreath de phròisean pearl. Tha mi a' fiosrachadh gun do thug Matthew cho mòr gràdh dhomh leotha 's a chaidh a-riamh le seòda Madame the Pink Lady."

Chapter 35

Bha na trì seachdainean a leanas na ones trang air Green Gables, oir bha Anne deiseil a dhol a Queen's, agus bha mòran fuidheal ri dhèanamh, agus mòran rudan ri bruidhinn thairis agus a chur an gnìomh. Bha aodaich Anne gu leòr agus àlainn, oir bha Matthew a' coimhead às an dèidh sin, agus thug Marilla airson aon uair sam bith idir dìon sam bith idir a cheannaich e no a mhol e. Tuilleadh aon oidhche chaidh i suas gu gable an ear le freiceadan làn de stuth glas pàl.

"Anne, seo rudeigin airson dreasa soilleir bòidheach dhut, chan eil mi a 'smaoineachadh gu bheil feum agad air; tha gu leòr de chòltais bòidheach agad; ach smaoinich mi 's dòcha gum bu mhotha thu rudeigin gleòthachan ri a chur ort ma bhiodh thu air iarraidh a-mach cuideigin feasgar ann an baile, gu pàrtaidh no rudeigin mar sin. Cluinidh mi gu bheil 'dreasaichean feasgair,' mar a tha iad a 'gan gairm, aig Jane agus Ruby agus Josie agus chan eil mi a' ciallachadh gum bi thu air an cuil. Fhuair mi Mrs Allan gus cuideachadh leam a thaghadh e anns a 'bhaile an t-seachdain seo chaidh, agus gheibh sinn Emily Gillis gus a dhèanamh dhut. Tha blas aig Emily, agus chan eil fìor aice ri cheile."

"Ò, Marilla, tha e dìreach àlainn," thuirt Anne. "Mòran taing, chan eil mi a 'creidsinn bu chòir dhut a bhith cho còir orm, tha e a' dèanamh e nas doirbhe gach latha dhomh falbh"

Dèanta suas le cho mòran bhrèaghaichean agus frills agus shirrings 'sa b' urrainn do Emily, bha am maiseachd uaine. Chuir Anne e air oidhche do shochraid Matthew's agus Marilla, agus aithris "The Maiden's Vow" dhaibh anns a' chidsin. Nuair a bha Marilla a 'coimhead air an aghaidh soirbheachail, beòthail agus gluasadan gràsmhor, chaidh a smuaintean air ais gu an oidhche aig a bha Anne air tighinn aig Green Gables, agus cuimhnich mee air dealbh soilleir den leanabh eagalach, aotrom ann am maiseachd donn buidhe aice, a 'cuimhneachadh bristeadh a' coimhead a-mach à sùilean tearful. Thug rudeigin anns a 'chuimhne deòran do shùilean Marilla fhèin.

"Tha mi a' dearbhadh, tha mo theagasg agad a' caoineadh, Marilla," thuirt Anne gu sòlasach ag ùrachadh thar cathair Marilla gus pòg deò-èilidh a thilgeil air gruaidh a' bhan-uasal sin. "A-nis, tha mi a' gabhail sin mar buaidh mòr."

"Chan eil, cha robh mi a' caoineadh air do phìos," thuirt Mairi, a bhiodh air nàireadh a bhith air a foillseachadh gu leithid lagachd le stuth sam bith bàrdachd. "Cha b' urrainn dhomh ach smaoineachadh air an nighean òg a bh' annad, Anne. Agus bha mi a' dèanamh fiughair gun robh thu air fànail mar nighean òg, fiù 's le d' dòighean iomain. Tha thu air fàs suas a-nis agus tha thu a' falbh; agus tha thu a' coimhead cho àrd agus snog agus cho diofraichte gu tur anns an dreasa sin mar nach eil thu a' freagairt do Avonlea idir agus bha mi a' faighinn uaigneach a' smaoineachadh air a h-uile càil."

"Marilla!" Shuidh Anne sìos air glùine Marilla, ghabh i grùim air aodann shròineach Marilla eadar a làmhan, agus choimhead i gu tùrsach agus blàth-cridheachd sna sùilean aig

Marilla. "Chan eil mi air atharrachadh mòran idir, ge-tà, tha mi dìreach air a bhith air mo chruinneachadh a-nuas agus air mo leudachadh a-mach. Tha an dà-rìreabh dhomhsa air ais an seo dìreach mar a bha. Cha bhi e a' dèanamh diofar sam bith càite an rach mi no ciamar a tha mi a' atharrachadh a-muigh; aig cridhe, bidh mi a' coinneachadh ri do Anne beag fhèin a-riamh, a tha gràdhach ortsa agus Matthew agus Gables Uaine luachmhor nas motha agus nas fheàrr gach latha na beatha aice"

Chuir Anne a gruaidh òg, ùr ri gruaidh sean Marilla, agus shìn iad a làmh gus a gluasad gu h-èadail Matthew. Bhiodh Marilla airson mòran a thoirt seachad aig an àm sin airson comas Anne a bhith ag cur a cuid mothachaidhean ann an faclan; ach thug nàdar is cleachdadh i air adhart ann an dòigh eile, agus cha b' urrainn dhi ach a h-armachan a chur mun cuairt air a cailin agus a cumail gu gràdhach ri a cridhe, a' guidhe nach fheumadh i riamh a leigeil a dh'fhalbh.

Dh'èirich Màrtainn, le flùirseachd amharais anns an uillinn, agus chaidh e a-mach dhan doras. Eadar na rionnagan de oidhche samhraidh gorm, shiubhail e gu cuairteach tron chlàr gu geata fosgailte fo na poplars.

"Uill, a-nise, tha mi a 'measgachadh nach robh i air a milleadh mòran," thuirt e, leis a bhròn. "Tha mi a 'measgachadh nach do rinn mo chuideachadh gu ìre mhath mòran cron sam bith às deidh gach rud. Tha i glic agus boireannach, agus gràdhaich cuideachd, a 's fheàrr na a h-uile càil eile. Tha i air a bhith na beannachd dhuinn, agus cha robh mearachd nas fheàrr na a rinn Mrs Spencer ma bha i a 'feuchainn. Chan eil mi a 'creidsinn gu bheil e mar sin idir. Bha e na Thìr-eugmhais, oir chunnaic an Uile

Chumhachdach gun robh feum againn oirre, tha mi a 'measgachadh.

Thàinig an latha mu dheireadh nuair a bha agus nach bu dleitheil do Anna a dhol dhan bhaile. Chaidh i is Matha a dhraibheadh a-steach ann an madainn àlainn Sultain, às dèidh fàgail Diana le deòir sàilleanach agus fàgail pàirtichtealach aig Marilla aig taobh Marilla co-dhiù. Ach nuair a dhol Anna Diana dh'fhùirich iad deòir is chaidh dhan fhicnic tràigh ag White Sands le cuid de na Cairneadach aice, far an do dh'fhèin e i cho bòidheach is a b' urrainn dhi; fhad 's a bha Marilla a' dol a-steach gu furasta do obair nach eil a dìth agus a' cumail ris fad an là gu lèir le cridhe briste an cridhe a losgaicheas is a bheir agus nach urrainn dha fèin a nigh ann an deòir ullachaidh. Ach oidhche sin, nuair a chaidh Marilla dhan leabaidh, aithnichte is grànnda a-mach gu bheil an seòmar beag beul-aithris aig ceann an halla air falbh le beatha òg soilleir agus gun a bhith air a chuir orm le faoineas sam bith, chuir i a gruaidh anns a pheilear, is a chaoidh airson a cailin ann an suilibh de na sobs a chuir iomhaigh tiorram air a-nuas air nuair a dh'fhas i gu leòir a dh'èisteacht ciamar a bha e math a thighinn air cho dona mu chreutair peacaich.

Ràinig Anna agus na h-oileanaich eile à Avonlea a' bhaile dìreach ann an ùine airson ruith gu Acadamaidh. Chaidh an latha a chiad a dh'fhalbh gu taitneach gu leòr ann an cuairt de dh'ùineas, a' coinneachadh ri na h-oileanaich ùra, ag ionnsachadh mar a bha patrisean aithnichte le sealladh agus a bhith ga cheangal agus ga eagrachadh gu clasraichean. Bha Anna a' dol a ghabhail suas obair an Dàrna Bliadhna a' faireachdainn a dhèanamh le Miss Stacy; thagh Gilbert Blythe an aon rud a dhèanamh. Seo a' ciallachadh gum faigheadh iad cead teagaisg a' Chiad Chlas ann an bliadhna seach dà, nam biodh iad soirbheachail; ach ciallachadh e cuideachd barrachd agus obair nas duilghe. Jane, Ruby, Josie, Charlie, agus Moody Spurgeon, gun cur sam bith às le eòlasachadh, bha iad toilichte obair an Dàrna Clas a ghabhail suas. Bha Anna mothachail air priobadh leisgunnachd nuair a fhuair i fhèin ann an seòmar le caogad oileanach eile, nach robh fios aice air aon dhiubh, ach am balach donn fhaltach tarsainn an t-seòmair; agus a bhith ga aithneachadh mar a bha i, cha robh e a' cuideachadh i mòran, nuair a bha i a' beachdachadh gu h-òrdach. Ach bha i gun teagamh toilichte gun robh iad anns an aon chlas; cumadh an seann fharpais a-mach fhathast, agus cha robh Anna air a bhith cinnteach dè a bhiodh i a 'dèanamh mur a robh e air falbh.

"Cha bhiodh mi a' faireachdainn cofhurtail às aonais," smaoinich i. "Tha coltas gu bheil Gilbert glè shocair. Tha mi a' smaoineachadh gu bheil e a' dèanamh suas a inntinn, an seo agus a-nis, gu bheil e a' dol a bhuannachadh an bonn. Dè chin sgoinneil a th'aige! Cha do mhothaich mi e roimhe seo. Tha mi a' dèanamh fiughair gum biodh Jane agus Ruby air falbh a-steach airson Ciad Ìre, cuideachd. Tha mi a' smaoineachadh nach bi mi a' faireachdainn cho mar a bhiodh cat ann an garadh neo-aithnichte nuair a thèid mi eòlach, ged-thà. Tha mi a' cur iongnadh dè an nigheanan an seo a tha a' dol a bhith nam caraidean. Tha e gu tur inntinneach a bhith a' beachdachadh air. Gu cinnteach, thug mi gealltanas do Diana nach biodh càil aig nighean na Banrigh, cho mòr 's a chòrdadh i rium, cho prìseil rium 's a tha i; ach tha go leòr de dh'fhèin-ghràdhan air an dàrna làrach agam ri thoirt seachad. Tha coltas math orm air an nighean sin leis na sùilean donn agus an waist dearg. Tha i a' coimhead beòthail agus ruadh-rosach; tha an tè bàn, gheal eile a' coimhead a-mach tron uinneag. Tha gruag àlainn oirre, agus tha i a' coimhead mar gu robh i eòlach air rud no dhà mu aislingean. Bu toigh leam an dà dhiubh fiosrachadh fiosrachadh gu math gu leòr gus a bhith a' coiseachd le mo gheàrr air a waist, agus gan gairm le far-ainmean. Ach an-dràsta chan eil fhios agam orra agus chan eil fhios aca orm, agus chan eil iad a' dèanamh fiughair gu h-àraidh gu bheil fhios acam orra. Ò, tha e uaigneach!"

Bha e na bu aonaraiche fhathast nuair a lorg Anne i fhèin na aonar ann an seòmar aice fhèin aig an dubhar. Cha robh i gu bhith a' fuireach le na nigheanan eile, a bha uile gaol anns a' bhaile a thog truas orra. Bhiodh Miss Josephine Barry airson a thoirt a-steach, ach bha Beechwood cho fada bho na h-Acadamaidh 's nach robh e comasach; mar sin lorg Miss Barry taigh-òsda, a' cur a' comhair Matthew agus Marilla gun robh e na àite iomchaidh dha-rìribh airson Anne.

"Is bean ìosal a tha a' cumail an taigh," mìnich Miss Barry. "B' e oifigear Breatannach a bh' ann an duine a' bhean, agus tha i glè thaiceil mu dheidhinn cò a ghabhas i mar chlachair. Cha bhi Anne a' coinneachadh ri duine sam bith nach eil iadail fo a dìon. Tha an bord math, agus tha an taigh faisg air an Acadamaidh, ann an sgìre sàmhach."

Dh'fhaodadh gu robh seo uile gu math fìor, agus gu dearbh, tha e a' sealltainn gu robh e mar sin, ach cha robh e a' cuideachadh Anna mòran ann an ciad ghoil-chridhe a bha a' tòiseachadh air a' liuthad i. Choimhead i gu dubhach mun cuairt air a seòmar cumhang beag, le ballaichean papaireach dòrainneach gun dealbh, le a' leabaidh iarainn beag aice agus cas-gnìomhairean lom; agus thàinig tachairt uabhasach a-steach anns a' chorp aice nuair a smaoinich i air a seòmar geal fhèin aig Green Gables, far an robh i a' faireachdainn gu socair mu dheasachadh mòr uaine fhathast a-muigh, mu bheuchain a' fàs sa ghàrradh, agus gealach a' tuiteam air a' chlàr-ùllachd, mu allt fon cnoc agus crannan giuthas a' tilgeil ann an gaoith na h-oidhche air a cuil, mu speuran làn rionnagan, agus an solas bho uinneag Diana a' deàrrsadh a-mach tron bheàrn nam measan. An seo, cha robh gin de seo; bha fios aig Anna gu robh sràid chruaidh a-muigh air a' uinneag aice, le lìonra de dhràgaichean guthàn a' dùnadh a-mach an speòir, ceumannan coimhearsnach eagalach, agus mìle solas a' deàrrsadh air aghaidhean coimhearsnachd. Bha fios aig Anna gu robh i a' dol a' caoineadh, agus bha i a' sabaid an aghaidh.

"Chan fhaigh mi a' caoineadh, Tha e goideach is lag tha an treas deur a' bualadh sìos le mo shròn. Tha barrachd a' tighinn! Feumaidh mi smaoineachadh air rudeigin èibhinn gus an stad iad. Ach chan eil rud sam bith èibhinn ach na tha co-cheangailte ri Avonlea, agus sin a-mhàin a th' ag ath-dhèanamh nithe na bu miosa ceithir còig Tha mi a' dol dachaigh an ath Dhihaoine, ach tha sin coltach ri ceud bliadhna air falbh. Oh, tha Matthew dìreach dachaigh a-nis agus tha Marilla aig an geata, a' coimhead sìos an rathad airson. sia seachd ochd oh, chan eil feum ann an àireamh! Tha iad a' tighinn ann an tuil a dh'aithghearr. Chan urrainn dhomh a bhith sunndach Chan eil mi ag iarraidh a bhith sunndach. Tha e nas fheàrr a bhith mì-thoilichte!"

Bhiodh na deòir a' tighinn gun teagamh, gun teagamh, mur robh Josie Pye air nochdadh aig an àm sin. Ann an aoibhneas a' faicinn aodann aithnichte dhìochuimhnich Anne gun robh gràdh gu math beag eadar i agus Josie riamh. Mar phàirt de beatha Avonlea fiù 's roinneach Pye fàilte.

"Tha mi cho toilichte gu bheil thu air tighinn suas," thuirt Anne gu dìreach.

"Tha thu air a bhith a' caoineadh," thuirt Josie, le truas freagarrach. "Tha mi a 'smaoineachadh gu bheil thu ionndrainn dhachaigh; tha cuid de dhaoine cho beag air smachd aca fhèin a thaobh sin. Chan eil mi a 'ceanndach a bhith ionndrainn dhachaigh, tha mi ag ràdh ribh. Tha a 'bhaile ro sunndach an dèidh an Avonlea sean ☐ cuingeach sin. Tha mi a 'wonder mar a bhris mi an sin cho fada. Cha bu chòir dhut a bhith a 'caoineadh, Anne; chan eil e oirbh, airson gu bheil do shròn agus do shùilean a 'deargadh, agus an uairsin tha thu a' faicinn dath dearg uile. Bha ùine glè mhath agam san Acadamaidh an-diugh. Tha ar Ollamh Frangach dìreach mar dhuck. Bhiodh a moustache agad a 'toirt dhut kerwollowps don chridhe. A bheil rud sam bith ithighe agad mu cuairt, Anne? Tha mi literal gu teth. Ò, dh 'iarr mi gu robh Marilla 'cuir cèic ort. Sin an t-adhbhar a thug mi cuairt. Air neo bhithinn air a dhol dhan phàirc gus na pìobaichean a chluinntinn le Frank Stockley. Tha e a 'fuireach san aon àite 's a tha mi, agus tha e sport. Thug e fa-near dhut sa chlas an-diugh, agus dh 'fhaighnich e cò an nighean ruadh a bh 'annad. Thuirt mi ris gu robh thu na dìlleachdan a chuireadh na Cuthberts an gnìomh, agus nach robh fios aig duine sam bith gu mòr gu bheil thu air a bhith roimhe sin "

Bha Anne a' seallainn air ma, às a dheireadh thall, nach robh uaigneas agus deòir nas fheàrr na com-pàirt Josie Pye nuair a nochd Jane agus Ruby, gach aon aca le oirleach ribean dath banrigh purpaidh agus dearg ceangailte gu pròiseil ri a còta. O nach robh Josie a' bruidhinn ri Jane tard deireadh sin bha i gu feum a bhith nar neo-dhrochd.

"Uill," thuirt Jane le osna, "tha mi a 'faireachdainn mar gu robh mi beò iomadh ghealach on mhaidneachd. Bu chòir dhomh a bhith aig an taigh ag ionnsachadh mo Virgil a thug an t-seann òraidiche uamhasach dhuinn fichead loidhne gus toiseach a chuir air a-màireach. Ach cha b' urrainn dhomh a dhol sìos gu ionnsachadh an-diugh. Anna, tha mi a 'smaoineachadh gu bheil mi a' faicinn lorg de dèaran. Ma tha thu air a bhith a 'caoineadh, dean eòlas air. Thèid e aiseag air mo fhèin-spèis, oir bha mi a 'sgaoileadh deòran gu farsaing mus robh Ruby ann. Chan eil mi a 'cur dragh air a bhith na gèadh cho mòr ma tha cuideigin eile na gèadh, cuideachd. Cèic? An toir thu pioc beag dhomh? Tapadh leat. Tha blas fìor Avonlea air."

Ruadhaidh, a' faicinn mìosachan na Banrigh air a' bhòrd, ag iarraidh fios a bhith aige ma bha Anna a 'smaoineachadh airson bonn òir a thadhal.

Rug Anne air a gruaidhean agus ghabh i ri aice gu robh i a' smaoineachadh air.

"Ò, tha sin a' cuimhneachadh dhomh," thuirt Josie, "Tha Queen's a' faighinn duais Avery an dèidh uile gu dearbh. Thàinig am facal an-diugh. Thuirt Frank Stockley rium gu bheil a bhràthair-seanair na bhall de Bhòrd nan Goberneurs, tha fios agad. Bidh e air a ghoideadh anns an Acadamaid a-màireach"

Duais Avery! Chaidh cridhe Anne a bhuail gu bu luaithe, agus chaidh iomallan a h-iarrtas a thionndadh agus a leudachadh mar gum biodh draoidheachd. Mus robh Josie air an naidheachd a innse, bha meur a thaobh iarrtas as àirde aig Anne a bhith na tidsear le ceadachd pròbhinsial, Ciad Rang, aig deireadh na bliadhna, agus 's docha an bonn! Ach a-nis ann an aon mionaid, chunnaic Anne i fhèin a' buannachadh Duais Avery, a' gabhail cùrsa nan Ealain aig Colaiste Redmond, agus a' ceumnachadh ann an gown agus mortar board, mus robh mac-talla faclan Josie air falbh. Oir bha Duais Avery ann an Beurla, agus chaidh Anne a bhith faireachdainn gu robh a cas aig an taigh.

Bha neach-dèanamh beairteach às New Brunswick air bàsachadh agus pàirt de a fhortan air fhàgail gus àireamh mòr de sgoilearachdan a mhaoiniachadh a bhiodh air an sgaoileadh eadar na sgoiltean àrd agus acadamaidhean nan Roinn Mara, a rèir an seasmhachd freagarrach. Bha mòran teagamh a bha co-dhùnadh gu bheil aon aig Banrighinn, ach bha an cuspair air a shocrachadh mu dheireadh thall, agus aig deireadh na bliadhna, bhiodh an ceumnach a dhèanadh a' comharradh as àirde ann an Beurla agus Litreachas Beurla a 'buannachadh an sgoilearachd dà cheud agus leth-cheud dolar gach bliadhna airson ceithir bliadhna aig Colaiste Redmond. Chan iongantach gun deach Anna a 'chadal an oidhche sin le gruaidhean a' blathachadh!

"Buannaidh mi an sgoilearachd sin ma dh'fhaodas obair chruaidh a dhèanamh," stèidhich i. "Nach biodh Màrtainn moiteil nam biodh agam a bhith na B,A,? Ò, tha e cho tlachdmhor a bhith làn iomairtean. Tha mi cho toilichte gu bheil an t-uabhas agam. Agus cha bhi coltas sam bith gun tig crìoch orra sin an rud as fheàrr. Dìreach cho luath 's a ruigeas tu do iomairt aon, chì thu fear eile a' deàrrsadh nas àirde fhathast. Tha e a' dèanamh beatha cho inntinneach"

Chapter 36

Dh'fhalbh Cianalas ANNE, a' cuideachadh gu mòr anns a' chur suas leis an deireadh-seachdain a' tadhal air a dachaigh. Fhad 's a mhair an aimsir fhosgailte, chaidh na sgoilearan Avonlea a-mach gu Carmody air an rathad-iarainn ùr gach oidhche Dihaoine. Bha Diana agus grunn dhaoine òga eile à Avonlea a' bualadh ris an fheadhainn aca agus shiubhail iad uile thairis gu Avonlea ann an comhlan sona. Smaoinich Anne gu robh na seallaidhean gypsy Dihaoine feasgar thairis air na cnocan fogharach anns an adhar òir tioram, le solais dachaigh Avonlea a' bhlàthsachadh thairis, na uairean as fheàrr agus as ionmhaighe sa t-seachdain uile.

Coitchinneach, choisich Gilbert Blythe còmhla ri Ruby Gillis agus iomair an tasgaid aice dhi. B' i Ruby boireannach òg snog, a-nis a' smaoineachadh gu robh i cho inbhich 's a bha i gu dearbh; chaidh i a ghiùlain a h-eireagan cho fada 's a leig a màthair dhi agus chuir i suas a falt anns a' bhaile, ged a dh'fheumadh i a thoirt sìos nuair a rachadh i dhachaigh. Bha sùilean mòra, gorm soilleir aice, aodach soilleir, agus cruth meidh. Dh'èigh i gu tric, bha i sòlasach agus deagh-temper, agus cordadh ruithe na rudan taitneach na beatha gu furasda.

"Ach chanainn ged a bhiodh i na seòrsa caileig a bhiodh Gilbert ag iarraidh," thog Jane gu Anne. Cha robh Anne dèanamh mar sin cuideachd, ach cha do dh'innis i mar sin airson duais Avery. Cha bhiodh i air a chuideachadh ach a smaoineachadh, cuideachd, gum biodh e gu math toilichte a bhith le leithid charaid mar Gilbert gus beagan spòrs agus cabadaich leis agus beachdan a iomlaid mu leabhraichean agus ionnsachadh agus miannan. Bha miannan aig Gilbert, fheadhainn a bha i a 'faicinn, agus cha robh coltas gu robh Ruby Gillis mar a 'seòrsa duine leis a bheireadh iad a' bruidhinn gu proifeanta.

Cha robh mì-chiall na thlachd grèis ann an beachdan Anna mu Gilbert. B' e comaidean math a-mhàin a bha na balaich dhi, nuair a smaoinich i orra idir. Nam biodh ise agus Gilbert na càirdean, cha bhiodh e a 'cuideachadh dhi cò mheud caraile a bha aige no cò leis a bhiodh e a' coiseachd. Bha i air gèilleadh airson càirdeas; bha caraidhean nighean gu leòr aice; ach bha i air mothachadh soilleir gun robh càirdeas fireanta a 'cuideachadh cuideachd a bhith a' deisealadh an tuigse aice de chompanach agus a 'toirt seallaidhean nas farsainge de dhearbhadh agus coimeas. Chan e gun urrainn do Anna a beachdan air an cuspair a chur ann an mìneachadh cho soilleir. Ach smaoinich i gum biodh iad air a bhith a 'coiseachd dhachaigh còmhla rithe bhon trèana, thar na raointean crìochnaich agus seachad na slighean roinneach, gun urrainn dhaibh a bhith a' còmhradh spòrsail agus inntinneach mu dheidhinn an t-saoghail ùr a bha a 'fosgladh mun cuairt orra agus an dòchasan agus amasan ann. B' e Gilbert duine òg tapaidh, leis na beachdan fhèin aige air cùisean agus le beartas gus am fear as fheàrr fhaighinn às a 'bheatha agus an rud as fheàrr a chur a-steach. Dh'inns Ruby Gillis do Jane Andrews nach robh i a 'tuigsinn leth na nì a thuirt Gilbert Blythe; bhruidhinn e dìreach mar a rachadh Anne Shirley nuair a bhiodh i air a h-uile smuain aice air agus mar a bha i, cha robh i a 'smaoineachadh gur e spòrs a bh' ann a dhol dhan leabhar agus seòrsa cùisean mar sin nuair nach robh ùidh agat. Bha barrachd dualchas agus siubhal ag Frank Stockley, ach an uairsin cha robh e leth cho breagha ri Gilbert agus chan fhaca i gu dearbh dè an fhear as fheàrr leatha!

Aig an Acadamaid, thàinig caraidean beaga mun cuairt oirre a dh'aon ghnothaich, daoine smaoineachail, dòigheil, miannach mar i fhèin. Leis an nighean "ròs dhearg", Stella Maynard, agus an "nighean na h-aislinge", Priscilla Grant, dh'fhàs i dlùth gu luath, a' lorg gur e nighean spioradail pàl a bh' anns an nighean mu dheireadh, làn de mhisch, fealla-dhà agus spòrs, fhad 's a bh' aig an Stella dhubh-shùileach, cridhe làn de dh'aislingean agus tuigsean, cho neònach agus teanntach ri aislingean Anne fhèin.

Às dèidh na saor-làithean Nollaig, thug oileanaich Avonlea suas a' dol dhachaigh air Dihaoinean agus chuir iad an sàs ann an obair chruaidh. Aig an àm seo, bha na h-oileanaich a bha air a bhith aig a' Bhanrigh air gluasad gu àiteachan fhèin anns naràngan agus bha clasan eadar-dhealaichte air seòrsaichean soilleir agus sònraichte a ghabhail. Bha fìrinnichean àirithe air an gabhail ris gu coitcheann. Bha e air aontachadh gu robh iomairtean an duais air a chumail gu trì - Gilbert Blythe, Anne Shirley, agus Lewis Wilson; bha teagaisg an Avery nas teagamhach, agus b' urrainn do dhuine sam bith à sianar àirithe a bhith nan neach-buannachaidh. Bha e air a ghabhail ris gu robh a' bhonn umha airson matamataigs mar a bha e air a bhuannachadh le balach beag sgìth, èibhinn à sàr-dùthaich le stirn cuairteach agus còta patch.

B' e Ruby Gillis an nighean as fheàrr airson a' bhliadhna aig an Acadamaidh; san dàrna bliadhna dh'fhàg Stella Maynard an dàimh airson àilleachd, le mionlach beag ach critigeach a tha a' cur an còrsa ri Anne Shirley. Chaidh Ethel Marr a thoirt a-steach leis a h-uile luchd-breith iomchaidh gu robh i na modhan as snasail ann an cruthachadh gruaige, agus dh'fhàg Jane Andrews - Jane simplidh, dìcheallach, freagarrach - na urraich anns an cùrsa eòlas dachaigh. Fhads a bha Josie Pye a' faighinn barrachd uachdarras mar an nighean as geur-chànan ann am freastal aig a' Bhanrigh. Mar sin 's dòcha gun cunntar gu ceart gur e luchd-ionnsachaidh seann Miss Stacy a tha a' gabhail na h-àite aca fhèin ann an raon nas farsaing den chùrsa acadamail.

Rinn Anne obair cruaidh agus cunbhalach. Bha a co-fharpais le Gilbert cho làidir 's a bh' ann riamh ann an sgoil Avonlea, ged nach robh fios aig a' chlas gu leòr, ach air dòigh sam bith, bha an searbhais air falbh às. Cha robh Anna a-nis ag iarraidh bhuannachadh airson Gilbert a' chur às; àite sin, airson mothachadh pròiseil de bhuaidh air adhart bho nàmhaid fiachail. Bhiodh e feumail a bhuannachadh, ach cha robh i a-nis a' smaoineachadh gum biodh beatha neo-fhulangach mur robh i.

A dh'aindeoin na leasanan, lorg na h-oileanaich cothroman airson ùinean taitneanaich. Chuir Anna iomadh uair dhiubh aice seachad aig Beechwood agus gu tric dh'ithe i biadh-latha na Sàbaid an sin agus chaidh i dhan eaglais còmhla ri Miss Barry. Bha an fheadhainn mu dheireadh, mar a dh'aithnich i fhèin, a' fàs sean, ach cha robh a sùilean dubha dorcha agus cha robh neart a teanga sam bith nas lugha. Ach cha do gheàrr i an teanga air Anna a-riamh, a lean air a bhith na roghainn freagarrach leis a' bhean sean mhìneachail.

"Tha an nighean Anne sin a' fàs nas fheàrr fad na h-ùine," thuirt i. "Tha mi a' fàs sgìth de nigheanan eile a tha cho freagarrach agus buanachdach munca. Tha ceudan dathan aig Anne mar a bh' aig bogha-froisge, agus 's e an dath as bòidhche a th'aige fhad 's a mhaireas e. Chan eil fhios agam gu bheil i cho spòrsail 's a bha i nuair a bha i na leanabh, ach bidh i a' toirt air mi ga gràdhadh agus 's toil leam daoine a bhios a' toirt orm an gràdhadh. Tha e a' sàbhaladh orm cho mòr de chàramh ann an ga dheanamh gu bheil mi ga riochdachadh."

An sin, beagan mhionaidean mus do thuig duine sam bith, thàinig an t-earrach; a-muigh ann an Avonlea bha na fleòraichean a' piocadh gu pinc air an fhasach sàrach far an robh cisean sneachda fhathast; agus bha "ceò uaine" air na coilltean agus sna gleanntanan. Ach ann an Charlottetown, cha robh na h-oileanaich aig Queen's a' smaoineachadh no a' bruidhinn ach mu dheireadhnaidhean.

"Cha toil leis gun robh an teirmadair cho faisg air crìochnachadh," thuirt Anna. "Carson, an geamhradh seo chaidh, bha e coltach cho fada ri thighinn gu geamhradh slàn de dh' sgoilean agus clasagan. Agus seo sinn, leis na deuchainnean a' tighinn suas an ath-sheachdain. A nigheanan, uaireannan tha mi a' faireachdainn mar gu robh na deuchainnean sin a' ciallachadh gach rud, ach nuair a tha mi a 'coimhead air na mòr-bhogan a' fàs air na craoibhean castanais sin agus an adhar gorm ceòthach aig ceann na sràide, cha toil leotha leth cho cudromach "

Cha do ghabh Jane agus Ruby agus Josie, a bha air tuiteam a-steach, am beachd seo air. Dhaibhsan, bha na deuchainnean a tha a' tighinn gu math cudromach gu dearbh, iomadh ainneamh nas cudromaiche na geòidean cnò-chasta no ceòthan na Cèitein. Bha seo uile gu math freagarrach do Anne, a bha cinnteach gu leòr gun tèid seachad air a co-dhiù, a bhith aige amannan de bheagachadh orra, ach nuair a bha do thodharaidh slàn ri dhol seachad orra mar a smaoinich na caillean aca gu dearbh, cha b' urrainn dhut an coimhead gu feallsanach.

"Tha mi air seachd punnd a chall anns na seachdainean mu dheireadh," osnaich Jane. "Chan eil e feumail a ràdh nach bi dragh orm. Bidh mi a 'draghadh. Cuideachadh draghadh dhut beagan mar gur eil thu a 'dèanamh rudeigin nuair a tha thu a' draghadh. Bhiodh e uamhasach nam biodh mi a 'failigeadh gus mo chead a ghealltainn as dèidh a bhith aig Queen's fad a' gheamhraidh agus a 'caitheamh cho mòran airgid "

"Chan eil mi a' cur dragh," thuirt Josie Pye. "Ma nach dèan mi a' dlùthadh am-bliadhna, bidh mi a' tilleadh a-rithist an ath-bliadhna. Faodaidh m' athair mi a chur. Anne, tha Frank Stockley ag ràdh gun do thuirt an t-Ollamh Tremaine gu robh Gilbert Blythe cinnteach gun glacadh e an bonn agus gu robh e coltach gum biodh Emily Clay a' buannachadh an sgoilearachd Avery."

"Faodaidh sin dhomh a bhith a 'faireachdainn gu dona a-màireach, Josie," ghàire Anne, "ach an-dràsta tha mi gu dìreach a' faireachdainn gur eil e cuideam mòran co-dhiù an coir mi an AVL no nach eil, fad 's a bheil mi a' fiosrachadh gu bheil na fialaidhean a 'tighinn a-mach gu uileach gunna doimhne anns an t-seòmar gu h-ìosal aig Green Gables agus gu bheil beag de fhèarnan a' pùcaidh a 'cheannan suas ann an

Rathad na Luchd-gràidh, tha mi air mo dhìcheall a dhèanamh agus tha mi a 'toiseachadh a tuigsinn dè tha iomradh air le' toileachas an t-sabaid '. An dàrna rud as fheàrr airson feuchainn agus buannachd, tha an rud as fheàrr eile a' feuchainn agus a 'fàilligeadh. Nigheanan, na bruidhinn mu dheuchainnean! Coimhead air an arc sin de speuran uaine bàn thairis air na taighean sin agus dealbh dhut fèin dè bu chòir dha a bhith coltach thairis air na coilltean beithe dubha dorcha air cùl Avonlea "

"Dè tha thu a' dol a chur ort airson toiseach na sgoile, Jane?" dh'fhaighnich Ruby gu pragtaigeach.

Freagair Jane agus Josie aig an aon àm agus chaidh an cabadaich a-steach gu tuathanas de dh'fhasainean. Ach bha Anna, le a gluinean air sill an uinneig, a gruaidh bhog air a chur an aghaidh a làmhan claspaichte, agus a sùilean làn de sheallaidhean, a' coimhead a-mach gun aire thairis air mullachan agus spirean na cathrach gu an cuairt mhòr iongantach de speur an fàsaidh, agus a' figheadh a bruadar mu dheidhinn àm ri teachd a b' urrainn a bhith ann bho stuth òir optimism òigridh. Bha a h-uile càil roimpe, leis na cothroman a' feitheamh gu dearghachd anns na bliadhnaichean a tha romhainn gach bliadhna ròs de ghealladh airson a chur an lìonra gun bàs.

Chapter 37

AIR a' mhadainn nuair a bu chòir gu robh toraidhean deireannach a h-uile deuchainn air an cur suas air a' bhòrd-brath aig Banrigh, shiubhail Anna agus Seonag an t-sràid còmhla. Bha Seonag a' gàireachdainn agus sona; bha na deuchainnean thairis agus bha i cinnteach gu leòr gun robh i air a dhol seachad aig a' char as lugha; cha robh smuainean eile a' cur dragh air Seonag idir; cha robh i a' miannachadh barrachd agus mar sin cha robh i buailte leis an neo-thàmh a bhios a' tighinn mar thoradh air sin. Oir tha sinn a' pàigheadh prìs airson gach rud a gheibh sinn no a thogas sinn anns an t-saoghal seo; agus ged a tha miannan feumail gu leòr, cha tèid iad a bhuannachadh gu saor, ach tha iad a' dìreadh cìsean obrach agus àicheadh fèin, imcheist agus misneachd. Bha Anna gann is ciùin; ann an deich mionaidean eile bhiodh i a' fiosrachadh cò a bhiodh air a' bhonn a bhuannachadh agus cò a bhiodh air an Avery. Taobh thall na deich mionaidean sin, cha robh, dìreach an sin, coltas sam bith gum biodh rud sam bith eile a dh'fhaodadh a bhith air a gairm mar ùine.

"Co-dhiù, bidh thu a 'bhuannachadh aon dhiubh," thuirt Jane, nach robh a' tuigsinn ciamar a b' urrainn don fhacal a bhith cho mì-chothromach 's a bhith a' òrdachadh e mar sin.

"Chan eil mi'n dòchas gum faigh mi an duais Avery," thuirt Anna. "Tha a h-uile duine ag ràdh gum bi Emily Clay a' buannachadh. Agus chan eil mi a' dol a thogail suas gu am bòrd fògarachd sin agus a' coimhead air mus tòisich a h-uile duine. Chan eil an misneachd moralta agam. Tha mi a' dol dìreach gu seòmar-èideadh a' chaillich. Feumaidh tu a bhith a' leughadh na fògarachdan agus an uairsin tighinn agus innse dhomh, Jane. Agus tha mi a' guidhe ort ann an ainm ar càirdeas sean a dhèanamh cho luath 's a ghabhas. Ma tha mi air teip ciùil as, gun dèanamh feuchainn air a bhith ga briseadh sìos gu socair; agus dèan an gràdh de, na tòisich a bith a' co-sheirm leam. Geall dhomh seo, Jane"

Gheall Jane go solemnach; ach, mar a thachair, cha robh feum sam bith air gealladh mar sin. Nuair a chaidh iad suas ceumnaichean an t-uisge Bhàn, fhuair iad an talla làn de bhalachan a bha a' giùlain Gilbert Blythe mun cuairt air an dromaichean aca agus a' breabadh aig mullach an guthan, "Hurrah airson Blythe, Bonnair!"

Airson mionaid, bha Anndra a' faireachdainn deòin de bhuaidh agus dìomhaireachd. Mar sin, bha i air teip agus bha Gilbert air buannachd! Uill, bhiodh Matthew duilich gun robh e cho cinnteach gun coinnicheadh i ri buannachd.

Agus an uair sin!

Ghlaodh duine a-mach:

"Trì gàirdeanan airson Miss Shirley, buannaiche an Avery!"

"Ò, Anne," spìon Jane, is iad a' teicheadh gu seòmar-èideadh nan nighean am meadhan beò-chàirdean. "Ò, Anne tha mi cho pròiseil! Nach eil e breágha?"

Agus an uair sin bha na caileagan mun cuairt orra agus bha Anna aig meadhan buidheann a' gàire, a' cur mealadh nan comhghairdean. Bhuail iad a gualainn agus chruadhaich iad a làmhan gu làidir. Bha i air a stiùireadh agus a tarraing agus a chumail agus am measg an uile rud, bha i air a cumail a-mach ri Sìne:

"Ò, nach bi Matha agus Marilla toilichte! Feumaidh mi sgriobhadh an naidheachd dhachaigh a-nochd a-mach"

Bha Tòisich an ath thachartas cudromach. Chaidh na cleachdaidhean a chumail anns an talla mò-chruinneachaidh aig an Acadamaidh. Chaidh òraidean a thoirt seachad, sgrìobhainnean a leughadh, òrain a sheinn, agus duaisean, faraisean agus bonnachan a bhuileachadh gu poblach.

Bha Matthew agus Marilla an sin, le sùilean agus cluas ri aon oileanach a-mhàin air an ùrlar, nighean àrd ann an gorm liath, le gruaidhean beag dearg agus sùilean lèirsinneach, a leugh an deasbad as fheàrr agus a chaidh a nochdadh agus a chaidh a chomhradh mu dheidhinn mar buannaiche Avery.

"Smaoinich thu gu bheil sinn toilichte gun do chum sinn i, Marilla?" fluich Matthew, a' bruidhinn airson a' chiad uair on a thàinig e a-steach don halla, nuair a chrìochnaich Anne an t-èisteachd aice.

"Chan eil e a' chiad uair a tha mi air a bhith toilichte," freagair Marilla. "Tha thu ag iarraidh rudan a chur a-steach, Matthew Cuthbert"

Miss Barry, a bha a' suidhe air an cùlaibh dhiubh, dh'ionnsaich iad air adhart agus bhuail i Marilla anns a' chùlaibh le a parasol.

"Nach robh thu moiteil de an nighean Anne sin? Tha mi," thuirt i.

Chaidh Anne dhachaigh gu Avonlea còmhla ri Matthew is Marilla an oidhche sin. Cha robh i air a bhith aig an taigh onn

Aibrean agus bha i a' faireachdainn nach robh i comasach ri feitheamh latha eile. Bha blàthan nan ùbhlan a-mach agus bha an saoghal ùr agus òg. Bha Diana aig Green Gables gus coinneachadh rithe. Ann an seòmar geal fhèin, far an robh Marilla air ros an taigh a chur air an sill uinneig, thug Anne sùil timcheall oirre fhèin agus thug i anail fhada de shonas.

"O, Diana, tha e cho math a bhith air ais a-rithist, Tha e cho math fhaicinn na giuthasan beinneach sin a' tighinn a-mach an aghaidh an iarmailt bhinc agus an liòmhann geal agus an t-Seann Bhanrigh Sneachda. Nach e anail an mhinntis blasta? Agus an ròs tì, carson, tha e na òran agus dòchas agus ùrnaigh uile ann an aon. Agus tha e math fhaicinn thu a-rithist, Diana!"

"Smaoinich mi gu robh tu a' toirt barrachd suim do Stella Maynard na dhomhsa," thuirt Diana le suaicheantas. "Thuirt Josie Pye dhomh gu robh thu, dh'innse Josie gun robh tu craobh sgaoilte air a sàillibh."

Dh'èigh Anne agus chaill i Diana leis na "June lilies" fade de a bucaid.

"Tha Stella Maynard na cailin as àlainn sa t-saoghal ach aon is tha thusa sin aon, Diana," thuirt i. "Tha gaoil agam ort nas motha na riamh agus tha iomadh rud agam ri innse dhut. Ach an-dràsta tha mi a' faireachdainn mar gun robh e gu leòr a-mhàin a bhith a 'suigh an seo agus a' coimhead ort. Tha mi sgìth, tha mi a 'smaoineachadh sgìth a bhith dìcheallach agus uaillmhianach. Tha mi a 'beachdachadh air a chosg co-dhiù dà uair a thìde a-màireach a' laighe a-mach san òrd-ghàrradh, a' smaoineachadh air an dà rud ceudna"

"Tha thu air a dhèanamh gu h-iongantach, Anne, tha mi a' smaoineachadh nach bi thu a' teagasg a-nis a chionn 's gu bheil thu air Duais Avery a bhuannachadh?"

"Chan eil, tha mi a 'dol a Redmond anns an t-Sultain, Nach eil e uamhasach? Bidh stoc ùr de dh'iomadachd agam aig an àm sin an dèidh trì mìosan aoibhneil, òir de lùghdachadh. Tha Jane agus Ruby a 'teagasg. Nach eil e àlainn smaoineachadh gu bheil sinn uile air tighinn tro fiù 's gu Moody Spurgeon agus Josie Pye?"

"Tha luchd-stiùiridh Drochaid Ùr air an sgoil a thairgsinn do Sheonaidh mu thràth," thuirt Diana. "Tha Gilbert Blythe a' dol a theagasg cuideachd, Feumaidh e, Cha ghabh athair aige ri làimh an colàiste am bliadhna tighinn, uile gu léir, mar sin tha e airson airgead a shealbhachadh le dòigh fhèin. Tha mi a' sùil gum faigh e an sgoil an seo ma tha Miss Ames a' co-dhùnadh falbh."

Bhris Anne mothachadh beag annasach de dìomhaireachd iongnadh. Cha robh i air fiosrachadh seo; bha i dùil gum biodh Gilbert a' dol gu Redmond cuideachd. Dè bhiodh i a 'dèanamh às aonais an fharpaisean brosnachail aca? Nach biodh obair, fiù 's aig colàiste co-fhoghlamaidh le ìre fìor ann an sealladh, gu ìre lùghdachadh às aonais a caraid an namhaid?

A-màireach madainn aig bracaist, bha e coltach gu bheil Mhathaidh cha mhath. 'S docha gu robh e nas liath na bha e bliadhna roimhe.

"Marilla," thuirt i go cùranta nuair a chaidh e a-mach, "a bheil Matthew gu tur math?"

"Chan eil, chan eil e," thuirt Mairi ann an ton a bha duilich. "Bha buaireadh mòr aige le a chridhe an earraich seo agus chan fhèin-sgàin e fhèin rud sam bith. Bha dragh mòr orm mu dheidhinn, ach tha e nas fheàrr a-seo o chionn ghoirid agus tha duine air a fastadh a tha math againn, mar sin tha mi an dòchas gum bi e a' gabhail fois agus a' togail suas. Mura biidh e, a-nis gu bheil thu air tilleadh dhachaigh. Bidh thu an-còmhnaidh a 'toirt soirbheachadh dha."

Lean Anne tarsainn a' bhùird agus ghabh i aodann Marilla ann an làmhan.

"Chan eil thu a' coimhead cho math 's a bu toil leam fhaicinn thu, Marilla, Tha thu a' coimhead sgìth. Tha eagal orm gu bheil thu air a bhith ag obair ro chruaidh. Feumaidh tu tòir air fois, a-nis a tha mi aig an taigh. Tha mi dìreach a' dol a ghabhail an latha seo dheth gus tadhal air na h-àiteachan sean-dhìleas agus lorg mo bhruidhinn sean-taigh, agus an uairsin bidh e turas agad a bhith leisg fhad 's a tha mi a 'dèanamh an obair."

Dh'fhaoidh Marilla gu gràdhaichte air a cailin.

"Chan e an obair a th' ann, 's e mo cheann, tha mi a' faighinn pian cho tric a-nis air cùl mo shùilean. Tha Doctor Spencer air a bhith strì ris na glèidheadairean, ach cha toir iad feum sam bith dhomh. Tha sùil-eòlaiche ainmeil tighinn gu Eilean aig deireadh an t-Sultain agus tha an dotair ag ràdh gun feum mi a dhèanamh freagarrach dhà. Tha mi a' smaoineachadh gun feum mi. Chan urrainn dhomh leughadh no figheadh le comford sam bith an-dràsta. Uill, Anna, rinn thu gu math dha-rìribh aig Banrighinn, feumaidh mi ràdh. Ghabh cead aig ìre h-àrd ann an bliadhna agus buannaich an sgoilearachd

Avery uill, uill, tha Mrs Lynde ag ràdh gu bheil moiteil a' tighinn ro thuiteam agus chan eil i a' creidsinn ann an foghlam àrd do mhna àighean idir; tha i ag ràdh gu bheil e a' cur an ceàrr airson sgiopan na mnà. Cha chreid mi am facal dheth. A' bruidhinn mu Rachel cuimhnichidh mi nach eil sibh air cluinntinn dad mu Bhanc an Abaid o chionn ghoirid, Anna?"

"Chuala mi gu robh e sgìth," fhreagair Anne. "Carson?"

"Sin e a thuirt Rachel, Bha i suas an seo latha sam bith an t-seachdain seo chaidh agus thuirt i gu robh beagan cabadaich mu dheidhinn. Bha dragh mhòr air Matthew. A h-uile sgillinn a th' againn air a shàbhaladh tha anns a' bhanc sin. Bha mi ag iarraidh Matthew a chur anns a' Bhanc Sàbhalaidhean bho thùs, ach bha Mgr Abbey sean cara mòr de dh'athair agus bha e a-riamh a' bancaireachd leis. Thuirt Matthew gu robh banca sam bith leis aig ceann aige gu leòr math dhan a h-uile duine"

"Tha mi a' smaoineachadh gu bheil e air a bhith na cheann ainmeil airson mòran bhliadhnaichean," thuirt Anne. "Tha e na sheann duine glè; Tha a nìthean a-mhàin gu dearbh aig ceann an stèidheachd."

"Uill, nuair a dh'innis Rachel sin dhuinn, bha mi ag iarraidh Matthew air an t-airgead againn a tharraing a-mach sa bhad agus thuirt e gun smaoinich e air. Ach thuirt Mr Russell ris an-dè gun robh an banca gu math "

Bha latha math aig Anna ann an comann an t-saoghail a-muigh. Cha do dhìochuimhnich i an latha sin idir; bha e cho soilleir agus òranach agus breagh, cho saor bho sgal agus cho farsaing de bhlàth. Chaith Anna cuid de na h-uairean pailte aige san àirneid; chaidh i gu Bubble an Dryad agus Willowmere agus Còinneach Bàn; ghabh i sos ag an manse agus bha còmhradh riaraichte aice le Bean Ughdair Allan; agus mu dheireadh thall san fheasgar, chaidh i còmhla ri Mathaidh airson na bà, tro Raon na Luchd-togail gu am féidh cùil. Bha na coilltean uile air an ghlòradh le dol-fhàgail an latha agus bha splannadh te aige a' sruthadh sìos tro na bealaichean cnoc san iar. Shiubhail Màtair go mall le ceann crom; tha Anna, àrd agus dìreach, a' freagairt a ceum coiseachd ri aige.

"Bha thu ag obair cus an-diugh, Matthew," thuirt i le bron. "Carson nach gabh thu nithe nas fhasa?"

"Uill, a-nis, chan urrainn dhomh a dheanamh," thuirt Màrtainn, agus e a' fosgladh geata a' chùirte gus na ba mucaideach tron. "Chan eil ann ach gun do dh'aoisich mi, Anne, agus tha mi a' dìochuimhneachadh e. Uill, uill, bha mi an-còmhnaidh ag obair gu cruaidh agus bu toil leam tuiteam 's mo chròthan treabhaich."

"Ma bhithinn na gille a chuir thu airson," thuirt Anne le bròn, "bhithinn comasach cuideachadh dhut an-dràsta agus a' sàbhaladh dhut ann an ceud dòighean. Gheibhinn e am broinn mo chridhe gu d'ainmich mi, dìreach son sin"

"Uill, a-nis, bu toil leam thu seach dà dheug gille, Anne," thuirt Màrtainn a' sàthadh a làimh. "'S e toil leam gu bheil thu seach dà dheug gille, Uill, a-nis, tha mi a' smaoineachadh nach eil e gille a ghabh an sgoilearachd Avery, a bheil e? 'S e nighean mo nighean mo nighean a tha mi moiteil as"

Dh'fhoighneachd e a ghàire fìor-chùr ort fhad 's a chaidh e a-steach don ghàradh. Thug Anne cuimhne dha seo leatha nuair a chaidh i gu seòmar ihese an oidhche sin agus shuidh i fada gu leòr aig a caidseal fosgailte, a' smaoineachadh air an am a chaidh seachad agus a' bruadar air na tha ri thighinn. Amuigh, bha an Bhanrigh Sneachda a' dealradh gheal bàn anns an gealach; bha na leapairean a' seinn anns an lon dubh air cùlaibh Convach Orchard. Cha do dhìochuimhnich Anne riamh bòidhchas airgid, sìtheil agus sìth mhaiseach an oidhche sin. B'e seo an oidhche mu dheireadh mus do bhuaileadh bròn a beatha; agus chan eil beatha sam bith cho coltach ris a-rithist nuair a tha an dot-aon, beannachd fhuar sin air a chur air.

Chapter 38

"MATTHEW Matthew dè tha ceàrr? Matthew, a bheil thu tinn?"

B' e Marilla a bhruidhinn, cùram ann an gach facal neo-chèin. Thàinig Anne tro na halleway, a làmhan loma de narciseach geal, bha e fada ro mhòr mus robh e comasach do Anne gaol a bhith air sealladh no boladh nan narciseach geal a-rithist, ann an ùine gus a cluinntinn agus a bhith a' faicinn Matthew a 'seasamh ann an doras an porch, pàipear air a fhilleadh ann a lamh, agus aodann annasach tarrainn agus glas. Leig Anne a flùraichean agus leum i trasna an cidsin dha aig an aon àm mar Marilla. Bha iad an dà dìreach ro dheireannach; mus robh iad comasach a ruigsinn, bha Matthew air tuiteam trasna an tairseach.

"Tha e air tuiteam gu talamh," ghlaodh Marilla. "Anne, ruith airson Martin gu luath, gu luath! Tha e aig an sàbhal"

Martin, an duine air a chosnadh, a bha dìreach air tighinn dhachaigh on oifis a' phuist, thòisich gun dàil airson an dotair, a' gairm aig Slope Orchard air an t-slighe aige gus an cuireadh e thar Mr agus Mrs Barry. Thàinig Mrs Lynde, a bha an sin air sgèith, cuideachd. Fhuair iad Anne agus Marilla gu brònach a' feuchainn ri Matthew a thoirt air ais chun mothachaidh.

Bhrùichd Bean Lynde iad gu sèimh air falbh, dh'fheuch i a chuisle, agus an uair sin chuir i a cluas os cionn a chridhe.

Choimhead i air an aghaidhean anxanta le bròn agus thàinig na deòir a-steach do na sùilean aice.

"O, Marilla," thuirt i gu doimhneach. "Chan eil mi a' smaoineachadh gum b' urrainn dhuinn dad a dhèanamh air a shon."

"A Bhean Lynde, nach eil thu a 'smaoineachadh nach urrainn dhut smaoineachadh gu bheil Matthew na na..." Cha b'urrainn do Anne am facal uamhasach a ràdh; thionndaidh i tinn agus pàl.

"Leanabh, aye, tha eagal orm roimhe, Coimhead air a aghaidh, Nuair a chì thu an sealladh sin cho tric 's a chunnaic mi, bidh thu a' tuigsinn dè tha e a' ciallachadh"

Thug Anne sùil air an aghaidh fhoillsichte agus chunnaic i an-seo an t-seala an Làraich Mhóir.

Nuair a thàinig an dotair, thuirt e gun robh bàs tachart air an toirt agus gu bheil am follais gun robh e gun phian, adhbharraichte le buaidh obann dìreach. Fhuair iad a-mach gur anns a' phàipear a bh' aig Matthew agus a thug Martin àis oifis a bha am fìorachadh. Bha e a' toirt an cunntas air an Abbey Bank a dhìth.

Sgaoil an naidheachd gu luath tro Avonlea, agus fad an latha bha caraid agus comharsain a' tighinn agus a' dol o Green Gables air cuisean carthanais airson an marbh agus an beò. Airson a' chiad uair, bha Matthew Cuthbert, duine cùthail, sàmhach, na dhuine de phrìomhachas; thàinig grandachd gheal a' bhàis air agus sheòl e air falbh mar duine a chaidh a chur ann an crùn.

Nuair a thàinig an oidhche ciùin gu sìtheil sìos air Green Gables, bha an t-seann taigh sàmhach agus sìtheil. Ann an seòmar-suidhe, bha Matthew Cuthbert ann an a chofaidh, a fhalt liath fhada a' freagairt aodann shàmhach air an robh òran beag càirdeil, mar gun robh e ach a' cadal, a' bruidhinn aislingean tòrr. Bha flùraichean mun cuairt air, seann fhùraichean sean-fhasanta a chur a mhàthair ann an gàrradh an dachaigh nuair a bha i na h-oighre a bhanais agus airson an robh Matthew air a bhith a' gràdhachadh gu dìomhair, gun fhacal. Bha Anne air an cruinneachadh agus thug iad dha, a sùilean cràite, gun dheòir a' dòrtadh ann an a gruaidh gheal. B' e an rud mu dheireadh a bh' ann an comas aice a dheanamh dha.

Dh'fhan na Barrys agus Mrs Lynde còmhla riutha an oidhche sin. Thuirt Diana, a' dol gu taobh an ear an t-seòmar, far an robh Anne a' seasamh aig an uinneag, gu socair:

"Anne a ghaoil, am bu toil leat gum cadail mi còmhla riut a-nochd?"

"Tapadh leat, Diana" Choimhead Anne gu dìreach a-steach aodann a caraid. "Tha mi a' smaoineachadh nach gabh thu mi air cearr nuair a thuirt mi gu b' fhearr leam a bhith na m'aonar. Chan eil mi eagalach. Chan eil mi air a bhith na m'aonar mionaid sam bith on a thachair e agus tha mi ag iarraidh a bhith. Tha mi ag iarraidh a bhith gu tur sàmhach agus socair agus feuchainn ri a thuigsinn. Chan urrainn dhomh tuigsinn. Leath an àm, tha e coltach rium nach urrainn do Mhathew a bhith marbh; agus an leath eile tha coltach gu b' fhearr leam gun robh e marbh fad ùine mhòr agus tha mi air a bhith ann an cràdh uamhasach sàmhach on uair sin."

Cha do thuig Diana gu tur. B' fhasa dhi bròn phearsanta Marilla a thuigsinn, a' briseadh na crìochan nàdarra agus cleachdaidh beatha gu lèir ann an ruith stoirm, na agonia gun dheòir aig Anne. Ach dh'fhàg i le gu càirdeil, a' leigeadh Anne aonarach gus an chiad faire aice a chumail le bròn.

Dhòisg Anne gun tigeadh na deòir ann an iomlaid. Chòrd e rithe uabhasach nach robh i comas deòir a dhùsgadh airson Mhathaidh, a bha i cho measail air agus a bha cho snog rithe, Mhathaidh a bha air coiseachd còmhla rithe feasgar an-dè aig àm an fhalbh na grèine agus a-nis a' laighe na sheòmar dorcha gu h-ìosal leis an sìth uabhasach sin air a ghruaidh. Ach cha tàinig deòir an toiseach, fiù 's nuair a ghluais i ri taobh a h-uinneig anns an dorchadas agus a' guidhe, a' coimhead suas dhan na rionnagan thar nam beanntan, cha deòir, ach an aon cràdh uabhasach troma a bha a' leanailt air adhart a' cràdhaich gu lusan le lànachd an latha agus an t-eòlas.

Ann an oidhche, dhùisg i, leis an t-sàmhchair agus an dorchadas mu timpeall oirre, agus thàinig cuimhneachadh air an latha thairis oirre mar thuinn de dhol. B' urrainn dhi aodann Mhathaidh fhaicinn a' dèanamh gàire rithe mar a dh'èigh e nuair a dh'fhalbh iad aig an gheata an oidhche mu dheireadh sin, b' urrainn dhi a ghuth a chluinntinn ag ràdh, "Mo nighean mo nighean tha mi moiteil as." An uairsin, thàinig na deòir agus chaoidh Àine a cridhe a-mach. Chualas i le Marilla agus rinn i a dìreadh a-steach gus i a chur an àite samhach.

"Tha tha, na caoineadh gu leòr, a chaoirich, Cha ghabh e a thoirt air ais, Cha robh e ceart a bhi caoineadh mar sin. Bha fhios agam sin an-diugh, ach cha b'urrainn dhomh a chuideachadh an uair sin. Bha e riamh na bhràthair math, càirdeil dhomh ach tha fios aig Dia a 's fheàrr."

"Ò, dìreach leig leam caoineadh, Marilla," gràdh Anne. "Chan eil na deòrachan a' cur pian orm mar a rinn an cùram ud. Fuirich an seo beagan ùine còmhla rium agus cum do gheàrradh orm mar sin. Cha b' urrainn dhomh Diana fhaighinn a dh'fhanadh, tha i math agus càirdeil agus milis ach chan eil i a-staigh anns an dochas, tha i a-muigh aige agus cha b' urrainn dhith tighinn gu leòr faisg air mo chridhe a chuideachadh mi. 'S e an t-ocras againn - leatsa agus leamsa. Ò, Marilla, dè nì sinn as aonais?"

"Tha sinnne agad a chèile, Anne, chan eil fhios agam dè bhiodh mi a 'dèanamh mur robh tu an seo mur robh tu a-riamh air tighinn. Ò, Anne, tha fhios agam gun robh mi beagan cruaidh agus garbh riut a dh'aithghearr ach cha bu chòir dhut a smaoineachadh nach robh mi a 'gràdhadh thu cho math ri Matthew, airson a h-uile sin. Tha mi ag iarraidh innse dhut a-nis nuair a tha mi a 'gabhail. Cha robh e riamh furasta dhomh rudan a ràdh às mo chridhe, ach aig amannan mar seo tha e nas fhasa. Tha gràdh agam ort cho mòr ri mur robh tu mo fheòil agus m'fhuil fhèin agus tha thu air a bhith mar mo chrìoch agus mo tròcair bhon a thàinig tu gu Green Gables."

Dà là an dèidh sin, thug iad Matthew Cuthbert tarsainn tairseach a fhearainn dachaidh agus air falbh bho na raointean a bha e air iarraidh agus na h-uinnseanan a bha e air gràdhachadh agus na craobhan a bha e air a chur; agus an uair sin chuir Avonlea air ais gu sàmhachd mar is àbhaist agus fiù 's aig Green Gables, shèil na cùisean a-steach don t-slighe sean agus bha obair air a dhèanamh agus dleastanasan air a choileanadh le regularity mar roimhe, ged a bha an còmhnaidh leis an mothachadh "caill air rudan eòlach" Anne, ùr dhan tursachd, bha e a' smaoineachadh gur duilich e gun robh e mar sin gun robh iad air dol air adhart anns an t-sean dòigh gun Matthew. Thainig mothachadh mar nàire agus remorse air nuair a lorg i gun robh na grèine a' èirigh air cùl na con-giuthachan agus na cnòthan pailte gorm a' fosgladh san gàrradh a' toirt dhi an t-séis sean leis an furtachd nuair a chunnaic i iad gun robh tadhailean Diana toilichte dhi agus gun robh briathran agus dòighean aig Diana a' glaodhaich air a gàire agus a bhriathran gun, gu goirid, cha robh an saoghal àlainn de bhogsa agus gaol agus càirdeas air chall sam bith de thiomchioll a ghabhail air fancy agus a cridhe a dhèanamh, gum bheil beatha fhathast a' glaodhaich oirre le mòran guthan iomairt.

"Tha e coltach gu bheil mi a' dol an aghaidh Matthew, ann an dòigh, airson toileachas fhaighinn às na nithean seo a-nis 's e air falbh," thuirt i le suaimhneas do Mrs Allan aon oidhche nuair a bha iad còmhla ann an gàrradh a' mhanse. "Tha mi ga ionndrainn cho mòr fad an ùine agus a dh'aindeoin sin, Mrs Allan, tha an saoghal agus an beatha coltach gu math àlainn agus inntinneach dhomh airson a h-uile càil. An-diugh thuirt Diana rudeigin èibhinn agus lorg mi fhìn ga gàire. Smaoinich mi nuair a thachair e nach gabhainn gàire a dhèanamh a-rithist. Agus tha e coltach mar gum bu chòir dhomh nach gabhainn e a dhèanamh."

"Nuair a bhiodh Màrtainn an seo, b' e toil leis do gaire a chluinntinn agus b' e toil leis fios a bhith aige gun robh aoibhneas agad anns na rudan taitneach mu cuairt ort," thuirt Mrs Allan gu sèimh. "Tha e dìreach air falbh a-nis; agus 's e toil leis fios a bhith aige dìreach mar a tha. Tha mi cinnteach nach bu chòir dhuinn ar cridhean a dhùnadh an aghaidh na buadhachan leigheasach a th' aig an nàdur a' toirt dhuinn. Ach tha mi a' tuigsinn na h-èiginneachd agad. Tha mi a' smaoineachadh gun trèisinn sinn uile an rud céanna. Tha sinn a' faireachdainn bodhar mun smuain gun urrainn rud sam bith a bhith toil linn nuair nach eil an neach a ghràdh sinn a-nis an seo gus an aoibhneas a rannsachadh còmhla rinn, agus tha sinn a' faireachdainn mar gu robh sinn a' brath ar brosnachadh nuair a tha am ùidh againn ann an beatha a' tilleadh thugainn."

"Bha mi sìos aig an cladh a' cur buidheann ròis air uaigh Mhathaidh an-diugh," thuirt Anna le aoibhneas. "Thug mi sgiathag den bhus ròis beag bhàn Albannach a thug a mhàthair dhachaigh às Alba fad ò chionn fhada; bhiodh Mathaidh a' cur an caraid ris na ròisean sin as fheàrr, b' e so beag agus milis iad air an stalkan deargach. Rinn e mi faireachdainn sunndach gun robh mi a' cur a seo aig a ùaigh mar gum biodh mi a' dèanamh rudeigin a bhiodh dèanamh toil leis bho bha mi a' dol a seo a bhi dlùth dha. Tha mi an dòchas gu bheil ròisean mar iad ann an neamh. 'S dòcha gu robh anam nan ròisean beaga bàn sin gu leòr a rinn e ìoc airson iad an t-samhradh ann an neamh a bhi a' coinneachadh ris. Feumaidh mi dol dhachaigh a-nis. Tha Mairead a h-uile gin a h-aonar agus bidh i uaigneach aig an tràthnòin"

"Thèid i a bhith nas aonranach fhathast, tha mi eagalach, nuair a thèid thu air falbh a-rithist gu colàiste," thuirt Mrs Allan.

Cha do fhreagair Anna; thuirt i oidhche mhath agus chaidh i gu mall air ais gu Green Gables. Bha Marilla a' suidhe air ceumannan an dorais a-staigh agus shuidh Anna ri taobh a. Bha an doras fosgailte air an culthaobh aca, air a chumail air ais le sliogag mòr dearg-ghorm le tomhaisean de ghrèin-mhara ann an cruinneachadh mìn a.

Chruinnich Anne cuid de sgreuchan de honeysuckle buidhe bàn agus chuir iad ann an a gruag. Chòrd am boladh beothail blasda rithe, mar bheannachd eadar-dhealaichte, os a cionn gach uair a ghluais i.

"Bha an Dotair Spencer an seo fhad 's a bha thu air falbh," thuirt Marilla. "Tha e ag ràdh gum bi an sàr-shealladhaire anns a' bhaile a-màireach agus tha e a' dol gum feum mi a dhol a-steach agus mo shùilean a dhèanamh sgrùdadh. Tha mi a' smaoineachadh gum feum mi a dhol agus a bhith thairis. Bidh mi nas motha na taingeil ma thèid dhan duine na glasan ceart a thoirt dhomh a oireas do m' shùilean. Cha toir thu iongnadh a bhith an seo aonarach fhad 's a tha mi air falbh, nach toir thu? Bidh Martin ag obair air mo thiomáint a-steach agus tha iarainn agus bèiceireachd ri dhèanamh"

"Bithear gu math leam, thig Diana thairis airson mo chuideachadh, bithear agam air an iarrainn agus an bèicearachd gu àlainn chan eil feum agad an dragh nach mì-chuir mi an starch sa làimheachan no am blas a chur air an cèic le liniment"

Ghàire Marilla.

"Dè an nighean a bh' annad airson mearachdan a dhèanamh sna làithean sin, Anne, Bha thu an-còmhnaidh a' tighinn a-steach gu sgrìobaidhean. Bha mi dèidheil a smaoineachadh gur robh thu air do ghabhail seilbhe. An cuimhnich thu an uair a dh'oideas tu do chuid falt?"

"Seadh, gu dearbh, cha mholainn e a-riamh," ghàidh Anne, a' buntainn ri an duilleag throma a bha air a cuairteachadh mun a ceann alainn. "Tha mi a' gàireachdainn beagan a-nis uaireannan nuair a smaoinich mi dè cho mòr a b' e cùram a bh' ann mo chuid falt aig an àm, ach chan eil mi a' gàireachdainn mòran, oir b' e duilgheadas dha-rìribh a bh' ann. Bha mi a' fulang gu h-uabhas mun mo chuid falt agus mo freiceadan. Tha mo freiceadan a' falbh gu dearbh; agus tha daoine gu leòr deagh fhreagairt a' innse dhomh gun deach mo chuid falt a dhathadh gu ruadh-donn a-nis ach Josie Pye. Dh'inis i dhomh an-dè gun robh i dhen bheachd gun robh e nas deirge na riamh, no co-dhiù gun robh mo ghùna dubh a' coimhead e nas deirge, agus dh'fhaighnich i dhomh ma bh' annasach do dhaoine aig an robh falt ruadh a chleachdadh. Marilla, tha mi beartach airson smaoineachadh air a' tòiseachadh a' leigeail seachad feuchainn ri Josie Pye a thoileachadh. Tha mi air naireachadh a dhèanamh a chur gu feum aon uair a bha mi airson a chur an cèill mar iomairt threun ach cha toil le Josie Pye a bhith toilichte."

"Josie is a Pye," thuirt Marilla gu geur, "mu dheidhinn sin, chan urrainn dhi nach bi iad do-chòrdach. Tha mi a 'tuigsinn gu bheil daoine den t-seòrsa sin a 'freagairt feum air cuid de ghnìomhachas, ach feumaidh mi ràdh nach eil fhios agam dè tha e na b' àirde na a bheil fhios agam feum de chnocan. An teagaisg Josie?"

"Chan eil, tha i a' dol air ais gu Queen's an ath-bhliadhna, Mar a tha Moody Spurgeon agus Charlie Sloane. Tha Jane agus Ruby a' dol a theagasc agus tha sgoiltean aca uile - Jane aig Newbridge agus Ruby aig àiteigin suas an iar."

"A bheil Gilbert Blythe a' dol a theagasg cuideachd, nach eil?"

"'S e" goirid.

"Dè cho snog 's a tha esan," thuirt Marilla gu mi-fhiorghlan. "Chunnaic mi e san eaglais Didòmhnaich seo chaidh agus bha e cho àrd agus coileanta. Tha coltas mòr air mar a bh' aig a athair aig an aon aois. Bha John Blythe na bhalach snog. Bhiodh sinn na càirdean mòra, esan agus mise. Bhiodh daoine ga gairm mo leannan"

Thug Anne sùil suas le ùidh luath.

"O, Marilla agus dè thachair? carson nach do rinn thu "

"Bha strì againn, cha do ghabh mi maith leis nuair a dh'fhaighnich e dhomh, bha mi a' ciallachadh, an dèidh ùine ach bha mi cuideigin agus cuirp agus bha mi ag iarraidh peanas a chur air an toiseach. Cha do thill e a-riamh na Blythes uile gu math neo-eisimeilach. Ach bha mi a-riamh cuideigin duilich. Tha mi a-riamh airson gu bheil mi air a mhaith leis nuair a bha cothrom agam"

"Mar sin tha thu air beagan de ròmàns a bhith anns an beatha agad, cuideachd," thuirt Anne gu sàmhach.

"Seadh, 's dòcha gum faodadh tu a ghairm mar sin, Cha bhiodh tu a' smaoineachadh mar sin a coimhead orm, nach bhiodh tu? Ach cha b' urrainn dhut a riamh a dhèanamh mu dheidhinn dhaoine bho an taobh a-muigh. Tha a h-uile duine air dìochuimhneachadh orm agus air John. Bha mi air dìochuimhneachadh orm fhìn. Ach thàinig a h-uile càil air ais thugam nuair a chunnaic mi Gilbert Didòmhnaich seo tighinn."

Chapter 39

Chaidh MARILLA dhan bhaile an latha na dheigh sin agus thill i sa mhadainn. Bha Anne air a dhol thar Cnoc na h-Ubhlaich còmhla ri Diana agus thill i gus Marilla fhaicinn na cuspair, a' suidhe ri taobh a' bhùird le a ceann air a làimh. Bha rud éigin ann an giùlan foighidinneach Marilla a' cur fuachd ann an cridhe Anne. Cha robh i a-riamh air Marilla fhaicinn cho sàmhach agus lethgheal leis mar sin.

"A bheil thu glè sgìth, Marilla?"

"Seadh, chan eil, chan eil fhios agam," thuirt Marilla gu trom, a' coimhead suas. "Tha mi a 'smaoineachadh gu bheil mi sgìth ach cha do smaoinich mi air. Chan e sin a th' ann"

"An fhaca tu an sùileach? Dè thuirt e?" dh'fhaighnich Anne gu cùramach.

"Seadh, chunnaic mi e, Rinn e sgrùdadh air mo shùilean, Tha e ag ràdh nach eil leughadh agus fuaigheal sam bith agus gach seòrsa obair a tha a' streachail an sùil, agus ma tha mi cùramach nach caoin, agus ma tha mi a' caitheamh na speuclairean a tha e air a thoirt dhomh, tha e a' smaoineachadh nach tèid mo shùilean a dhol na bu mheasa agus goirid mo cheann-latha. Ach mur eil, tha e ag ràdh gum bi mi dall gu cinnteach ann an sia mìosan. Dall! Anne, smaoinich air!"

Airson mionaid, bha Anna, às dèidh a h-ùrnaigh ghoirt toirt iongnadh, sàmhach. Chuir e air a ceann nach fhaodadh i bruidhinn. An uairsin thuirt i gu treun, ach le bac ann an guth:

"Marilla, na smaoinich air, Tha fios agad gu bheil e air dòchas a thoirt dhut, Ma bhios tu cùramach cha caill thu do lholadh gu tur; agus ma nì a ghlaicheadan leigheas air do cheann goirt, 's e rud mòr a bhios ann"

"Chan eil mi a' gabhail ris mar mòran dòchais," thuirt Marilla gu searbh. "Dè tha mi a' fuireach airson ma chan urrainn dhomh leughadh no fuidheall no rud sam bith mar sin a dhèanamh? Dh'fhaodainn a bhith dall no marbh cho math. Agus a thaobh caoineadh, chan urrainn dhomh sin a sheachnadh nuair a tha mi uaigneach. Ach tha sin mar a tha e, chan eil e math bruidhinn mu dheidhinn. Ma gheibh thu cupa tì dhomh, bidh mi taingeil. Tha mi beagan sgìth. Na innis duine sam bith mu seo airson greis fhathast, co-dhiù. Chan urrainn dhomh gluasad gum faigh daoine a dhol an seo gus ceist a chur agus smuain a thoirt agus bruidhinn mu dheidhinn."

Nuair a bha Marilla air biadh-làithean a ith, bhruidhinn Anna rithe gus a dhol a leabaidh. An uairsin chaidh Anna fhèin gu ceann an ear agus shuidh mu choinneamh a h-uinneig anns an dorchadas le a deòir is an truas aice. O, mar a bha cùisean air atharrachadh bhon a bha i a' suidhe an sin oidhche às dèidh tilleadh dhachaigh! An uairsin bha i làn dòchais agus sonas agus bha an todhar ag amharc soilleir le gealltanas. Dh'airich Anna mar gun robh i air bliadhnaichte a bhith beò bhon a sin, ach mus deach i a leabaidh bha gàire air a beulaibh agus sìth ann an cridhe. Bha i air sùil a toirt air a dleastanas gu treunach agus lorg i caraid ann mar a tha an dleastanas a-riamh nuair a tha sinn a' coinneachadh ris gu fosgailte.

Feasgar aon latha beagan làithean an dèidh sin, thàinig Marilla a-steach gu mall bhon chlàr tosaigh far an robh i a' bruidhinn ri cuairtear, duine a bha Anne eòlach air le sealladh mar Sadler à Carmody. Bha Anna a' wonderadh dè bha e air a bhith ag ràdh gus an sealladh sin a thoirt d'aodann Marilla.

"Dè bha Mr Sadler ag iarraidh, Marilla?"

Shuidh Marilla ri taobh na h-uinneig agus coimhead i air Anne. Bha deòir ann an a sùilean a' diùltadh casg bho an oculist agus bris a guth nuair a thuirt i:

"Chuala e gu robh mi a' dol ri reic Green Gables agus tha e ag iarraidh a cheannach e."

"Ceannaich e! Ceannaich Green Gables?" Bhiodh Anne ag iongnadh ma chuala i gu ceart. "O, Marilla, chan eil thu a' ciallachadh a reic Green Gables!"

"Anne, chan eil fhios agam dè eile a dh'fhaodas a dhèanamh, tha mi air smaoineachadh air a h-uile càil, Ma bhiodh mo shùilean làidir, dh'fhaodainn fuireach an seo agus dèanamh air obair air nithean agus riaghladh, le fear-obrach math air fàgail. Ach mar a tha, chan urrainn dhomh. Dh'fhaodainn caill mo shùilean gu tur; agus ge bith dè chan eil mi freagarrach airson nithean a ruith. Oh, cha robh mi a' smaoineachadh gun rachadh mi a' beò gu faicinn an latha nuair bhiodh mi a 'feumach air dhachaigh fhèin a dhìol. Ach bhiodh nithean a 'dol ceart nas miosa fad na h-ùine, gus nach bu toil le duine ar bith a cheannach. Chaidh gach ceal den airgead againn don bhanc; agus tha beagan notaichean a thug Matthew an-uiridh airson pàigheadh. Tha Mrs Lynde a' moladh dhomh an tuathanas a dhìol agus taigh-òsta a shìneadh càite a bhios i, thathar a 'creidsinn. Cha toir i mòran a dh'èirigh, tha i beag agus tha na togalaichean aosta. Ach bidh e gu leòr dhomh a bhith a 'beò air, smaoinich mi. Tha mi taingeil gu bheil thu air do sholarachadh, Anne. Tha mi duilich nach bi dachaigh agad airson falbh dhut ann am brisean agad, sin uile, ach tha mi a 'creidsinn gum bi thu a' dèiligeadh leis somehow."

Bris Marilla sìos agus chaoidh i gu dian.

"Chan fheum thu Green Gables a reic," thuirt Anne gu daingeann.

"Ò, Anne, tha mi ag iarraidh nach robh mi a 'feumachd, Ach faodaidh tu fhaicinn dhut fhèin, chan urrainn dhomh fuireach an seo leam fhìn. Bhithinn a 'dol air chall le trioblaid agus leis an uaignes. Agus bhiodh mo shealladh a 'dol tha mi a 'fiosrachadh gun rachadh e"

"Chan fheum thu fuireach an seo leat fhèin, Marilla, bidh mi còmhla riut, chan eil mi a' dol gu Redmond"

"Chan eil a' dol gu Redmond!" Thog Marilla a h-aodann sgìth bho a làmhan agus coimhead i air Anne. "Carson, dè tha thu a ciallachadh?"

"Dìreach mar a tha mi ag ràdh, chan eil mi a 'dol a ghabhail an sgoilearachd, thug mi co-dhùnadh air an oidhche as dèidh dhut tighinn dhachaigh à baile. Chan eil thu cinnteach a 'smaoineachadh gun fàgadh mi thu leat fhèin anns do dhùil, Marilla, a dhearbhas a h-uile sian a rinne thu dhomhsa. Bha mi a 'smaoineachadh agus a' planadh. Leig dhomh innse dhut deireadh mo phleanan. Tha Mr Barry ag iarraidh am fearann a mhaolach airson an ath-bhliadhna. Mar sin cha bhi dragh sam bith ort mu sin. Agus tha mi a 'dol a theagaisg. Tha mi air iarraidh airson an sgoil an seo ach chan eil mi a 'sùileachadh gun faigh mi e oir tha mi a' tuigsinn gu bheil gealladh aig na maorach gu bheil e air a ghealltainn do Gilbert Blythe. Ach faodaidh mi sgoil Carmody a bhith agam thuirt Mgr Blair rium sin didòmhnaich aig a' bhùth. Gu nàdarra, cha bhi sin cho snog no cho furasta mar as biodh mur biodh an sgoil Avonlea agam. Ach faodaidh mi cadal sa bhaile agus mi fhèin a stiùireadh thairis gu Carmody agus air ais, aig an àm blàth co-dhorcha. Agus fiù mun gheamhradh, faodaidh mi tilleadh dhachaigh Dhihaoine. Cumaidh sinn each airson sin. Oh, tha gach càil air a phlanadh leam, Marilla. Agus leughidh mi thugad agus cumaidh mi thu soirbheachail. Cha bhi thu dorch no leònach. Agus bidh sinn gu dearbh cofhurtail agus sòlasach an seo còmhla, thusa agus mise"

Bha Marilla air èisteachd mar bhean ann an aisling.

"Ò, Anne, bhiodh mi a' dol air adhart gu math ma bhiodh thu an seo, tha fhios agam, Ach chan urrainn dhomh leigeil leat ìobairt a thoirt seachad air mo shon. Bhiodh e uabhasach"

"Rubbaidheachd!" ghàir Anne gu h-àthasach. "Chan eil iomaireachd ann, Cha bhiodh dad nas miosa na Green Gables a thoirt suas, cha bhiodh dad a bhiodh bu mhò gormachadh dhomh. Feumaidh sinn an àit aoidheil aonaichte a chumail. Tha mo chridhe gu tur socair, Marilla. Chan eil mi a 'dol a Redmond; agus tha mi a 'dol a dh' fhan an seo agus a' teagasg. Na bi draghail orm idir"

"Ach tha d' iarrtasan agus"

"Tha mi fhathast cho iomraiteach 's a bh' annam riamh, Ach tha mi air atharrachadh na tha mi a' miannachadh. Tha mi a' dol a bhith na tidsear math agus tha mi a' dol a shàbhaladh do lèirsinn. A bharrachd air sin, tha mi a' dol a dhèanamh staidhèar aig an taigh an-seo agus a ghabhail cùrsa colaisde beag leam fhìn. Ò, tha mi air an dàrna plana às dèidh a' chèile agam, Marilla. Tha mi air a bhith a' smaoineachadh orra fad seachdain. Tha mi a' dol a thoirt mo chuid as fheàrr an-seo, agus tha mi a' creidsinn gum bi e a' toirt a chuid as fheàrr dhomh. Nuair a dh'fhàg mi an Rìghinn, chòrd mo thodhchaì rium mar rathad dìreach. Shaoil mi gun fhacas mi air adhart airson ìre mhòr. A-nis tha beàrn ann. Chan eil fhios agam dè tha mun cuairt air a' bheàrn, ach tha mi a' dol a chreidsinn gun tèid a' chuid as fheàrr dhomh. Tha e a' tarraing orm fhèin, a' bheàrn sin, Marilla. Tha mi a' faighneachd ciamar a tha an rathad às dèidh a' dol ciamar a tha e de ghloir uaine agus solas breac, faileasagan ciamar a tha cruth-tìrean ùra, bòidhchead ùr dè na cromagan agus na beanntan-agus na gleanntan a tha air adhart"

"Chan eil mi a' faireachdainn mar gum bu chòir dhomh leigheas a thoirt dhut a thoirt suas," thuirt Marilla, a' toirt iomradh air an sgoilearachd.

"Ach chan urrainn dhut gam chasg, tha mi sia bliadhna deug agus leth, 'stubhaireach mar asal,' mar a thuirt Bean Lynde orm aon uair," ghàire Anne. "Ò, a Mharilla, na bi truasach orm. Chan eil mi toilichte a bhith a' faighinn truas, agus chan eil feum air. Tha mi toilichte a-staigh air a' smuain a bhith a' fuireach aig Green Gables anns an robh mi cho mòr riut. Chan urrainn duine sam bith ga ghràdhadh cho mòr 's a tha sinn, mar sin feumaidh sinn ga chumail."

"Tha thu air do bheannachadh, nighean!" thuirt Marilla, a' gèill. "Tha mi a' faireachdainn mar gun robh thu air beatha ùr a thoirt dhomh. Tha mi a' smaoineachadh gun bu chòir dhomh a bhith làidir agus cuir thu gu colàiste ach tha fhios agam nach urrainn dhomh, mar sin chan eil mi a' dol a dh'fheuchainn. Ach cuiridh mi suas thu, Anne"

Nuair a dh'fhairich luchd Avonlea gu robh Anne Shirley air an smaoineachadh a thilgeil air falbh a dhol a dh'oilthigh agus a' dol a dh'fhuireach aig an taigh agus teagasg, bha moladh mòr air. Ged a bha a' mhòr-chuid de na daoine math, gun fhios aca mu shùilean Marilla, smaoinich iad gur e amadan a bh' ann. Cha do smaoin Mrs Allan mar sin. Thuirt i ri Anne le faclan aontaichte a sheòl deòrsa sona sìos leigheas na caillich. Cha robh Mrs Lynde math cuideachd. Thàinig i suas aon fheasgar agus lorg i Anne agus Marilla a' suidhe aig doras an taighe anns a' mhadainn samhraidh, blàth, foisneach. B' fhearr leotha suidhe an sin nuair a bhiodh an t-oidhche a' tighinn agus na dealanaich geala a' snaigheachd mun ghàrradh agus boladh na minnte a' lànachadh an adhair drùchdaich.

Chuir Mrs Rachel a corp mòr sìos air an bhainc chlach aig an doras, far an robh sreath de hollyhocks pinc agus buidhe àrd a' fàs, le analach fada de sgìth agus fuaireachadh a' measgachadh.

"Tha mi a' dearbhadh gu bheil mi a' tòiseachadh air toileachadh a bhith a' suidhe sìos, tha mi air bhith air mo chasan fad an latha, agus tha dà cheud punnd math gu leòr airson dà chas a ghiùlain mun cuairt. 'S e beannachd mhòr a tha ann nach eil mi reamhar, a Mharilla. Tha mi an dòchas gu bheil thu a' tuigsinn e. Uill, Ainnir, tha mi a' cluinntinn gu bheil thu air do bheachd mu dhol dhan cholaiste a leigeil dheth. Bha mi glè thoilichte nuair a chuala mi e. Tha cho mòr fhathast agad an-drasda 's a dh'fhaodas boireannach a bhith comhfhurtail leis. Chan eil mi a' creidsinn ann an nigheanan a' dol dhan cholaiste còmhla ris na fir agus a' stùfhadh nan cinn le Laidinn agus Greugais agus a h-uile seòrsa rud mar sin"

"Ach tha mi a' dol a dhèanamh sgrùdadh air Laidinn agus Greugais dìreach mar a tha, Mrs Lynde," thuirt Anne a' gàireachdainn. "Tha mi a' dol a ghabhail mo chùrsa Ealain an seo aig Green Gables, agus a' sgrùdadh a h-uile rud a bhiodh mi aig colàiste"

Thog Mrs Lynde a làmhan ann an uamhas naomh.

"Anne Shirley, bidh thu a' mharbhadh do dhèidh fhèin"

"Chan eil dìon sam bith air, bidh mi a' fàs làidir air, Ò, chan eil mi a' dol a mhì-riarachadh. Mar a tha 'bean Josiah Allen', a' canntainn, bidh mi a 'mejum'. Ach bidh mòran àm spàir agam anns na h-oidhchean geamhraidh fhada, agus chan eil m' eòlas air obair sgiobalta. Tha mi a' dol a theagasg aig Carmody, tha fhios agad"

"Chan eil fhios agam e, tha mi a' smaoineachadh gu bheil thu a' dol a theagasg an seo fhèin ann an Avonlea, Tha na maoranaich airson a' roghnachadh gun toir iad an sgoil dhut"

"Mrs Lynde!" ghlaodh Anna, a' leum suas nam bonn ina iongnadh. "Carson, bha mi a' smaoineachadh gum b' e Gilbert Blythe a bhiodh iad airgead a thoirt dha!"

"Sin mar a rinn iad, Ach a dh'aindeoin sin, aig a' chiad ghidhear airson a bhith a' cluinntinn gum faodadh tu a bhith a' dèanamh, dh'fhalbh e orra agus bha coinneamh gnìomhachais aca aig an sgoil an-raoir, tha fhios agad agus dh'innis e dhaibh gu bheil e a' toirt air falbh a chur a-steach, agus mhol e gun gabhadh e do chur a-steach. Thuirt e gu robh e a 'teagasg aig White Sands. Gu follaiseach bha fios aige cho mòr sa bha thu airson fuireach còmhla ri Marilla, agus feumaidh mi ràdh gu bheil mi a 'smaoineachadh gun robh e cho còir agus cuimhneachail, sin dè. Gu dìreach fèin-ìobairteach, cuideachd, oir bidh a bhòrd ri pàigheadh aig White Sands, agus tha fios aig a h-uile duine gu feum e airgead a shireadh air a shlighe fhèin tro cholaiste. Mar sin, rinn na maorsainn cinneadh gus gabhail ort. Bha mi gle mhath nuair a thàinig Thomas dhachaigh agus dh'innis e dhomh"

"Chan eil mi a' faireachdainn gum bu chòir dhomh a ghabhail," mhisneachaich Anna. "Tha mi a' ciallachadh nach eil mi a' smaoineachadh gum bu chòir dhomh leigeil le Gilbert ìobairt a dhèanamh orm"

"Tha mi a 'smaoineachadh nach urrainn dhut a chumail às a-nis, Tha e air pàipearan a shoidhnigeadh le ughdarrasan White Sands. Mar sin cha bhiodh e na fheum dha a-nis ma bhiodh tu a 'diùltadh. Tha mi cinnteach gum bi sibh a 'gabhail na sgoile. Gheibh sibh a-mach gu math, a-nis nach eil na Pyes a 'dol a dh' aon àite. Josie b' e an fheadhainn mu dheireadh dhiubh, agus rud math a bha i, sin e. Tha Pye eile no eile air a bhith a 'dol gu sgoil Avonlea airson an fhichead bliadhna mu dheireadh, agus tha mi a' smaoineachadh gun robh an dleastanas aca ann an beatha a chumail air cuimhne do luchd-teagaisg sgoile nach e seo an dachaigh. Mo chridhe! Dè tha a 'chosg is a' blinking aig gable Barry a ciallachadh?"

"Tha Diana a' signaladh dhomh tighinn thairis," ghàire Anne. "Tha fios agad gu bheil sinn a' cumail suas an seann cleachdadh. Gabh mo leisgeul fhad 's a tha mi a' ruith thairis agus a' faicinn dè tha i ag iarraidh"

Rinn Anne a ruith sìos an leathad cloichreach mar a bhiodh aon eilid, agus chaidh a ceilt ann am faileasan na Coille Bhòidheach. Dh'fhèach Mrs Lynde aice rithe le aoibhneas.

"Tha gu leòr den leanabh mu dheidhinn fhathast ann an dòigh sam bith"

"Tha barrachd de bhean mun cuairt oirre ann an daoine eile," fhreagair Marilla, le tillidh mu dheireadh feasgar air a seann ghaothachd.

Ach chan eadhon bu tréitheantachaidh aig Marilla a bhios geurachd tuilleadh. Mar a dh'innis Mrs Lynde do a Thomas iad oidhche sin.

"Tha Marilla Cuthbert air a dhol bog, Sin dè"

Chaidh Anne gu cladh beag Avonlea an ath oidhche gus flùraichean ùra a chur air uaigh Mhathaidh agus gus an drochaid Albannach a uisgeachadh. Sheal i an sin gus an robh iad dorcha, a 'toirt spèis agus sìth don àite beag, leis na poplair a bha mar chòmhradh càirdeil agus fèur a' cochalladh aig a thoil eadar na h-uaighean. Nuair a dh'fhàg i mu dheireadh thall agus a shiubhail i sìos an cnoc fada a slocha gu Loch nan Uisgean Lonrach, bha iad air falbh às a' ghrian agus Avonlea uile roimpe mar àite fuasgladh "a haunt of ancient peace" Bha ùrachd san adhar mar gaoth a bha air a sèideadh thairis air raointean mìl a 'cloiche. Thòisich solais taighean a' deàrrsadh a-mach an seo agus an siud eadar na craobhan taighean. Os cionn bha a 'mhuir, ceòthach agus purpaidh, le a coileanadh gun chrìch. Bha an iar làn de dhathannan bog, agus bha a 'loch a 'toirt dhachaigh dhaibh uile ann an dathan nas bog. Bha àilleachd a h-uile càil a' cumail grèim air cridhe Anne, agus dh'fhosgail i gu buidheach geataichean a h-anama dha.

"A' shean t-saoghal dhìleas," thuirt i gu sèimh, "tha thu glè àlainn, agus tha mi toilichte a bhith beò annad"

Aig an lethdorus den cnoc, thàinig gille àrd a' feadadh a-mach à geata roimh dachaigh Blythe. 'S e Gilbert a bh' ann, agus shàbhail an feadadh air a bheul nuair a dh'aithnich e Anne. Dh'èirich e a bhaideag gu cneasta, ach bhiodh e air dol seachad ann an sàmhchair, mur robh Anne air stad agus a làmh a shìneadh a-mach.

"Gilbert," thuirt i, le gruaidhean dearg, "tha mi ag iarraidh do ghràdhaich airson an sgoil a ghealltainn dhomh. Bha e glè mhath dhut agus tha mi ag iarraidh ort a bhith fiosrach gu bheil mi a' tuigsinn e."

Ghabh Gilbert an làmh a chaidh a thairgsinn le dìogras.

"Cha robh e gu sònraichte math dhomh idir, Anne, bha mi toilichte a bhith comasach air seirbheis bheag a dhèanamh dhut. A bheil sinn a' dol a bhith na càirdean às dèidh seo? An do mhaitheas tu m'fhalt seann dhomh gu dearbh?"

Ghàir Anne agus dh'fheuch i gun soirbheachadh gus a làmh a tharraing air ais.

"Thug mi ma pardan dhut an latha sin aig lùb a' loch, ged nach robh fhios agam. Dè tha searbh gòiseidean beag a bh' annam. Bha mi - ma dh'fhaodas mi a bhith a' dèanamh faireachdainn iomlan - tha mi duilich bhon uair sin."

"Tha sinn a' dol a bhith na càirdean as fheàrr," thuirt Gilbert, gu subhach. "Rugadh sinn gus a bhith na càirdean math, Anne. Tha thu air do dhùil a chuir an sàs gu leòr. Tha mi a' fiosrachadh gum faod sinn cuideachadh a chèile ann an iomadh dòigh. Tha thu a' dol a chumail suas do sgrùdaidhean, nach eil? Mar sin tha mise. Thig, tha mi a' dol a bhith a' coiseachd dhachaigh leat"

Thug Marilla sùil èibhinn air Anne nuair a thàinig an teineadh a-steach don chidsin.

"Cò b' e sin a thàinig suas an rathad leat, Anne?"

"Gilbert Blythe," fhreagair Anne, a' faireachdainn buileach air a piseachadh. "Choinnich mi ris air cnoc Barry."

"Cha robh mi a' smaoineachadh gu robh thusa agus Gilbert Blythe cho math mar charaidean 's gu robh thu a' seasamh airson leth uair aig an geata a' bruidhinn ris," thuirt Marilla le gàire tioram.

"Chan eil sinn air a bhith, bha sinn nam nàimhdean math, Ach tha sinn air a-rèiteachadh gum bi e nas ciallaiche a bhith nar càirdean math san àm ri teachd. An robh sinn gu dìreach an sin le leth uair? Dh'fhalbh e coltach ris na mionaidean beaga. Ach, feuch, tha còmhraidhean a chaillear againn còig bliadhna airson gabhail suas le, Marilla."

Shuidh Anne fada aig a h-uinneag an oidhche sin còmhla ri toileachas sòlasach. Mùch an gaoth gu sèimh sna geugaichean sìlìn, agus thàinig analan mhinntinn suas gu i. Bha na rionnagan a' solas sna giuthasan beaga anns an lag agus bha solas Diana a' deàrrsadh tro am bealach seann.

Bha crìochan Anna dùinte a-steach bho oidhche a bh' ann an dèidh dhith tighinn dhachaigh à Rìghinn; ach ma b' e gu robh am slighe roimpe cuingealaichte, bha i a' fiosrachadh gun robh flùraichean sonais sàmhach a' blàthadh air a h-uile taobh dhith. Bha aoibhneas obair dhìcheallach, miann luachmhor agus càirdeas comhfhurtail a' dol a bhith aice; cha robh dòigh ann a bhith a' toirt air falbh an ceart-bhreith aice air fantais, no an saoghal ùdreamach aice de bhrùidhnean. Agus bha crom-lus aice air an rathad a h-uile uair!

"'Tha Dia anns a neamh, tha a h-uile càil ceart leis an saoghal,'" thogair Anne gu sàmhach.

Printed in Great Britain
by Amazon